KB231013

카프 창립 100주년 기념

백 년 동안의 미망과 희망

지은이

고봉준 경희대학교 후마니타스칼리지 교수

김학중 경희대학교 후마니타스칼리지 강사

윤종환 연세대학교 국어국문학과 박사수료

이용범 부산대학교 점필재연구소 연구교수

이재웅 경상국립대학교 국어국문학과 박사과정

이종호 고려대학교 국제한국언어문화연구소 HK연구교수

정윤성 연세대학교 국어국문학과 박사수료

조지혜 서울대학교 국어국문학과 조교

최병구 경상국립대학교 국어국문학과 교수

최은혜 경상국립대학교 사회과학연구원 연구교수

홍덕구 국립군산대학교 미래교육과 초빙교원

임화문학연구 8

백 년 동안의 미망과 희망

초판발행 2026년 2월 20일

엮은이 임화연구회

펴낸이 박성모
펴낸곳 소명출판
출판등록 제1998-000017호
주소 서울시 서초구 사임당로14길 15 서광빌딩 2층
전화 02-585-7840
팩스 02-585-7848
이메일 somyungbooks@daum.net
홈페이지 www.somyong.co.kr

ISBN 979-11-7549-048-2 93810
정가 3[illegible],000원

임화문학연구 8

카프 창립 100주년 기념

백 년 동안의 미망과 희망

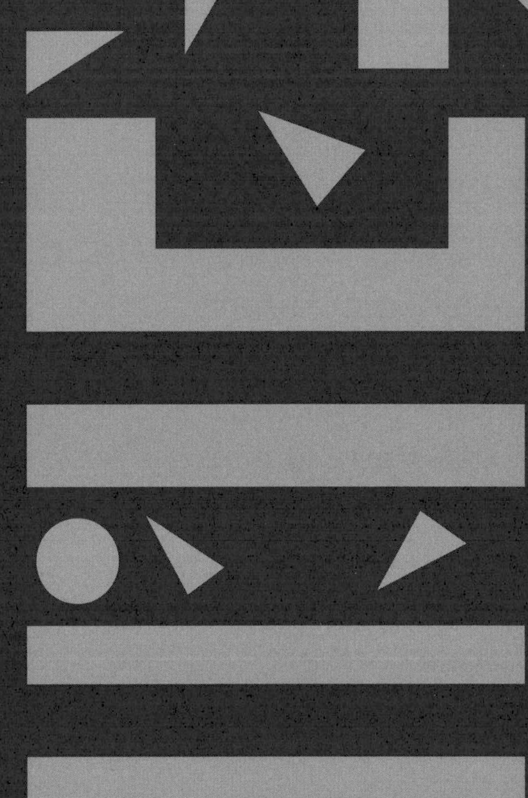

임화연구회 편

고봉준 정윤성
김학중 조지혜
윤종환 최병구
이용범 최은혜
이재웅 홍덕구
이종호

책머리에

3·1운동, 조선공산당과 카프KAPF의 창립, 6·10만세운동, 신간회와 근우회 창설 등으로 이어지는 식민지시기 사건들이 연달아 100년의 시간을 맞이하는 와중이다. 역사적 사건의 100주년을 '기념'한다는 행위에는 어떤 의미가 있는가. 한 세기가 흘렀다는 사실에는 분명 그 시간성에서 발생하는 압도적인 힘과 상징성이 있다. 그로부터 새삼 당시를 다시 바라보고 의미화하는 계기가 마련된다. 그러나 바라봄의 주체가 놓인 좌표가 대상의 크기와 모양을 결정하듯, 모든 역사는 결국 현재사와 다름 없다는 크로체의 전언을 떠올리지 않더라도 정작 중요한 점은 그러한 되새김이 이루어지는 바로 현재, 100년 전으로부터 이어진 '지금'이라고 할 수 있을 것이다. 연구 또한 시대와 이데올로기에 영향을 받는 역사적 구성 행위라는 사실을 염두에 둘 때, 100주년을 학술적으로 기념하는 것은 당시를 기억하는 방식의 긴긴 변화 궤적을 되짚고 그리하여 우리가 현재 어디에 도달했으며 그렇게 도착한 여기에서는 100년 전과 어떻게 소통하고 있는가를 돌이켜보는 작업과 연결될 필요가 있다.

기념의 대상이 '카프'라는 점은 중요하다. 냉전 질서의 정착과 분단체제의 고착화, 반공 이데올로기의 득세를 거쳐 소련 붕괴 이후 전지구적 자본주의화의 흐름 속에 완벽하게 자리잡은 남한에서 사회주의 사상과 떨어트려 놓고 생각할 수 없는 문학사적 사건을 기억하는 일, 그 의미를 찾는 일과 관련되기 때문이다. 역사적 시효를 다했다고 여겨지는, 케케묵은 사회주의 문학운동을 이제와 다시금 끄집어 내는 것이 앞으로 우리에게 어떤 방향을 열어줄 수 있는지 고민하지 않는다면, 100주년을 기념하는 행위도 그저 판에 박은 의례에 지나지 않을 뿐이다. 이념에 입각한 100년 전의 정치적 문학운동을 되짚어 보는 작업은 이념과 정치, 문학과 운동 모두가 희미해진 2020년대 현재를 위한 어떤 자원이 될 수 있음을 분명히 자각하는 지점에서부터 시작되어야 한다고 생각한다. 그것이 결국 헛된 노력에 그치게 된다 할지라도 말이다.

*

『백 년 동안의 미망과 희망』은 카프 100주년을 기념하기 위해 임화연구회가 반교어문학회와 공동주최로 2025년 2월 13일과 14일 양일간 열었던 심포지엄을 기반 삼아 만들어졌다. 이 학술 행사는 크게 '장르 횡단적 실천의 양상', '유동하는 네트워크로서의 카프문학', '주체들의 (재)발견', '현대적 시선으로 카프를 읽다' 4개의 세션으로 진행되었는데, 카프문학, 그 실천의 방식과 주체를 고정하지 않고 현재적으로 재구성해보겠다는 기획적 의지가 드러나는 구성이 아닐 수 없다. 임화연구회에서는 여기서 발표된 원고들을 모아 카프 시와 소설, 비평을 비롯해 사상과 실천의 의미를 되짚는 단행본을 발간하기로 했다. 카프가 지니는 문학·문화·사상사적 의미가 결코 적지 않은 만큼 한 권의 단행본으로 정리되는 것에는 단순화의 위험이 따르지만, 이것이 '정리'가 아니라 '시작'이라면 어떨까 하는 마음에서 결정된 일이다. 시, 소설과 비평, 실천이 3부로 정리된 책의 구성은 다소 일반적 장르 문법을 떠오르게 하면서도 그 세부의 글들은 다채로운 내용을 담고 있다.

먼저 제1부 '카프 시의 보편성과 그 현재적 지평'에서는 카프 시가 어떻게 현재적인 문제와 접속되고 있는지를 다룬 3편의 글을 묶었다. 고봉준의 「카프 시의 '자연' 인식—'인간'과 '자연'의 관계를 중심으로」가 카프 시가 '자연'을 다룬 방식에 집중함으로써 카프가 어떤 방식으로 대안적 근대성을 사유하고 있었는가를 살핀다면, 김학중의 「카프 시와 돌봄」은 카프 시가 근대 자본주의가 야기한 돌봄 위기를 다루고 있었다는 점을 새롭게 밝힌다. 최근 널리 운위되는 생태와 돌봄이라는 문제에 천착해 카프 시를 독해한 글들이라고 할 수 있다. 윤종환의 「김수영을 표절한 임화, 임화를 애도한 김수영(1)—임화와 김수영의 시적 세계관과 그 상동성」은 선존재先存在인 임화와 그 이후의 김수영이 어떻게 문학적 대화를 이어나가면서 시적 세계관의 상동성을 띠게 되는가를 구명한다. 다른 시기의 두 시인을 '대리보충의 관계'로 설명하는 흥미로운 글이다.

제2부 '카프문학의 서사적 가능성과 정치성'에는 프로소설, 혹은 프로문학의 서사성이 지니는 정치적 가능성을 되짚는 글 4편을 실었다. 조지혜의 「프로문학의 서사학 연구 시론」은 프로문인들이 프롤레타리아운동을 문학으로 추동하기 위해 집합적으로 공통의 서사 문법을 형성해나갔음을 밝힌다. 이 글이 소부르주아 지식인이 어떻게 '프로문인'이 되어 가는지를 여러 작가와 작품을 폭넓게 활용한다면, 이하의 글들은 각론적 차원에서 임화의 평론, 한설야, 지하련의 소설이 지니는 의미에 집중한다. 최은혜의 「'전위-되기'의 상상력—1920~1930년대 초반 임화의 예술정치와 그 실천의 임계」는 임화의 평론을 중심으로 그의 예술정치 실천을 분석함으로써 그가 예술운동의 내용과 형식을 둘러싼 정치적·미학적 문제를 어떻

게 통합적으로 사유했는지를 규명한다. 한편, 정윤성의 「'이동'의 프로문학-식민지시기 관북關北 텍스트 다시 읽기」가 관북 지역을 배경으로 한 한설야의 소설들이 '이동'의 문제를 대항적 서사의 가능성으로 다뤘다는 점을 새롭게 발견했다면, 이재웅의 「지하련 소설의 신여성과 정치적 감정의 문제-일제 말기 프로소설의 담론 해체 전략」은 지하련 수필과 소설을 통해 젠더적 위계성이 고발되는 지점을 밝힌다. 두 글은 프로소설에서 읽어낼 수 있는 핵심적인 문제계를 제시한다는 점에서 의미를 지닌다.

제3부 '카프의 사상과 실천, 테크놀로지적 상상력'은 카프 안팎의 여러 주요한 실천들을 다루는 4편의 글로 꾸려졌다. 이용범의 「자유주의자, 공산주의자, 그리고 일본인-경성콤그룹 신문조서에서의 김태준」은 김태준의 삶에 어떻게 사회주의가 개입했고 영향을 미쳤는지 1차 자료를 통해 면밀히 구명함으로써 궁극적으로는 사회주의자와 사회운동에 대한 기존의 인식에 문제를 제기한다. 이용범의 글이 카프 밖의 사회주의자 김태준에 집중한다면 다음의 글들은 '테크놀로지'가 조직, 소설, 매체 등에 어떻게 작용되고 있는지를 살핀다. 최병구의 「영화라는 미디어와 카프 기술부 설치의 의미망-운동성과 상업성을 횡단하는 카프」는 1930년 카프 기술부 설치라는 사건에 주목하여 자본과 기술, 운동성이 어떤 역학관계로 묶이는지를 밝혀냄으로써 카프의 구심점을 재구성해낸다. 이종호의 「통치 테크놀로지의 변화와 노동/노동자의 재구성-일제 강점기 노동소설에 나타난 노동과정과 산업합리화 재현 양상을 중심으로」는 '지배의 기술/기술의 지배'를 둘러싸고 노동과 자본이 어떻게 관계를 맺고 노동/노동자가 재구성되는지를 '계급 구성'의 관점에서 밝힌다. 마지막으로 홍덕구의 「비행기, 총, 독가스와 '자유비상익自

由飛上翼'—『별나라』 소재 과학문과 문예물을 통해 본 사회주의적 테크놀로지 인식·재현의 문제」는 사회주의적 테크놀로지가 국가-자본과 과학기술의 관계를 분리하게 한다는 점에서 과학기술 만능주의적인 주류 테크놀로지와 차이를 보인다는 점을 새롭게 발견한다. 테크놀로지의 문제가 어떻게 강조점을 달리하면서 당대의 사상·문학/문화적 실천과 관련을 맺었는지를 살핀 중요한 글들이라고 할 수 있다.

*

이렇듯 각기 다른 11편의 글이 실린 이 책이 어떤 공통성을 만들어냈는지, 혹은 공통성을 만들어내는 데 성공하기는 했는지 묻는다면 쉬이 그렇다는 답변을 할 수 없다는 것을 인정한다. 그럼에도, 이로부터 본격적인 이야기가 시작될 수 있다면 그것대로 중요한 의미가 있지 않을까 하는 생각을 가져보기로 한다. 2020년대 이후를 살아가는 지금의 우리에게 사회주의가 문학을 주조하는 이념이자 운동의 준거로서 이전처럼 의미를 지닐 수 없다고 하더라도, 여전히 사회주의는 변혁과 해방을 꿈꾸는 상상력의 차원에서 살아 있다. 그 흔적과 징후는 또 다른 장場에서, 또 다른 지면을 통해 이야기되어야 할 것이다. 다만 이 책을 통해 카프와 프로문학을 들여다보는 일이 그러한 상상력에 물을 주고 햇빛을 쬐게 하는 한 자원이 될 수 있길 바라본다. 아무리 해방과 혁명을 말하는 것이 공허한 시대가 되었다고 해도 100년간 미망未忘의 대상이 곧 해방을 향한 희망希望이기도 했다는 점을, 그리고 여전히 그 희망은 계속되고 있다는 점을 잊지 말아야 할 것이다.

임화연구회와 2025년 카프 100주년 학술행사를 준비하고 여러 고생을 나눠주신 반교어문학회 담당자 선생님들께 감사의 말씀을 전한다. 무엇보다 임화연구회의 회장이신 고봉준 선생님, 그리고 임원을 맡고 계신 이종호, 최병구 선생님께서 단행본을 기획하고 준비하는 데 큰 힘을 쏟아주셨다. 총무간사 이재웅 선생님께서 글을 수합하고 매만지는 데 여러 번거로운 일들을 함께 해주셔서 늘 든든했다. 『임화연구』 발간을 비롯하여 임화연구회에서 손을 내밀 때마다 늘 기꺼이 품을 내어주신 소명출판의 박성모 대표님, 짧은 기간 동안 편집과 교정의 수고를 아끼지 않아주신 이희선 편집자님께도 마음 깊이 감사드린다.

2026년 2월

저자들을 대신하여 최은혜

차례

제1부

카프 시의 보편성과 그 현재적 지평

카프 시의 '자연' 인식

'인간'과 '자연'의 관계를 중심으로

고봉준

1. 서론

이 글은 '인간'과 '자연'의 관계를 중심으로 카프 시[1]를 다시 읽어보려는 시도이다. 1925년 조선공산당의 영향으로 결성된 카프는 1935년 해체될 때까지 약 10년 동안 사회주의공산주의 사상을 바탕으로 무산 계급 예술운동을 수행했다. "봉건적 및 자본주의적 관념의 철저한 배격, 전제적 세력과의 항쟁, 의식적 조성 운동의 수행" 등을 강령으로 제시한 이들의 예술운동은 오늘날 "근대성을 극복하기 위한 또 다른 근대성"[2]으로 평가된다. 서구에서 근대성은 '시민'이라는 주체를

---

1 이 글에서 사용하는 '카프 시'라는 개념은 카프(KAPF)에 속한 시인들의 시를 가리킨다. 다만 제한된 지면에서 카프에 속한 시인들의 모든 작품을 대상으로 삼을 수는 없어 김성윤이 편집한 『카프 시인집』 I·II(시대평론, 1988)을 기본 자료로 삼았다. 그리고 '인간'과 '자연'의 관계 문제는 농민시에서 비교적 잘 드러날 것으로 판단하여 서범석이 편집한 『한국 농민시』(고려원, 1993) 가운데 『카프 시인집』 I·II에 수록되지 않은 카프 시인들의 작품을 참고 자료로 삼았음을 밝혀둔다.

2 "일반적으로 근대성이란 시민 계급이 이룩한 시민 혁명의 이념에 기초를 둔 것이며 따라서 시민 계급의 욕망의 체계가 근대문학의 앞자리에 놓이겠지만, 그 시민

중심으로 논의되지만 '근대 = 식민'이라는 특수한 조건으로 시민 계급의 성장이 불가능했던 조선에서는 제국주의에 반反하는 계급(성)이 주체의 자리를 차지하므로 '또 다른 근대성'이라고 명명할 수 있다는 것이다. '근대 = 식민'에 대한 저항과 극복의 움직임이 탈脫근대가 아니라 또 다른 근대성으로 연결되는 것은 1920~1930년대의 사회주의공산주의 운동이 "대안적 근대성"[3]으로 평가되는 것과 일맥상통한다. 이러한 시각은 20세기의 사회주의공산주의와 그 이념에 근거해 예술운동을 전개한 카프의 문학적 시도가 "근대 극복의 문제를 주요 화두로 삼았다"[4]라는 기존 시각이 재논의될 필요가 있음을 의미한다.

한편 2000년 이후 본격화된 근대성에 관한 논의는 '자본주의 = 근대'에 대한 대안적 이념으로 이해되던 사회주의가 또 다른 근대성, 즉 '사회주의 = 근대'라는 사실을 부각시켰다. 요컨대 자본주의 해체와 그 이후의 비전을 담고 있는 사회주의가 실상은 사회주의적 근대 기획, 즉 근대성이 발현되는 또 하나의 모델이었을 뿐 근대성 자체를 넘어선 것은 아니었다는 것이다. 이러한 주장에도 불구하고 사회

성의 발로가 빈틈없는 제국주의 형태로 치달아 그 수레바퀴 밑에 치여 있던 식민지 시대의 한국문학을 들여다보고 있노라면, 그것의 극복을 지향했던 계급성에 먼저 눈을 돌리지 않을 수 없었던 까닭이다. 이른바 근대성을 극복하기 위한 또 다른 근대성으로 계급성에 입각한 카프 문학이 보였던 것이다." 김윤식, 『김동리와 그의 시대』, 민음사, 1995.

3 박노자, 「식민지 시대의 사회주의 운동, 살릴 만한 가치란 무엇인가?」, 『마르크스주의 연구』 21(4), 경상국립대 사회과학연구원, 2024, 13면.

4 하정일은 제국주의 세계 체제에 맞선 프롤레타리아의 국제적 연대, 즉 반제국주의 운동을 근대 극복의 전망으로 해석한다. "이전의 사회주의 운동이 근대성의 성취에 몰두했던 데 비해 볼세비키론자들은 그것과 함께 근대 극복이라는 문제를 진지하게 고민하기 시작한 것이다." 하정일, 「프로문학의 탈식민 기획과 근대극복론」, 『한국근대문학연구』 11(2), 한국근대문학회, 2010, 438면.

주의, 그리고 맑스주의 사상의 탈근대성을 주장하는 목소리는 여전히 존재한다. 최근에는 사이토 고헤이나 존 벨라미 포스터 같은 생태사회주의자들이 반反자본주의적 성격에 근거하여 맑스주의, 사회주의의 탈근대성을 강력하게 주장하고 있다. 이들은 사회주의 사상이 '생태' 문제를 등한시한 적이 없으며, 맑스주의가 생태 위기에 직면한 오늘날에도 여전히 유효하다고 주장한다.[5] 마르크스가 노동과정을 인간과 자연 사이의 과정으로 규정하기 위해 신진대사 개념을 적용했고, 『자본』에서 대규모 산업과 대규모 농업이 토양과 노동자를 동시에 황폐하게 만든다"농업에 적용된 산업 체계는 노동자를 약화시키는 반면에 자신들의 입장에서 산업과 거래는 농업 분야에서 땅을 불모화하는 수단을 제공하기 때문이다"라고 지적한 것이 생태주의적 사고의 흔적이라는 것이다. 이들은 "노동과정은 인간과 자연 사이의 신진대사의 상호작용을 위한 보편적 조건이며, 영속적으로 자연에 부과된 인간 존재의 조건이다."라는 진술에 맑스의 생태에 대한 인식이 분명하게 포함되어 있다고 주장한다. 이들의 주장에 따르면 현재 인류가 직면하고 있는 '인류세' 문제는 자본주의에서 기원하므로 '자본세'라고 불러야 하며, 사회주의 사상은 인간과 자연의 관계를 자본주의의 그것과는 전혀 다른 방식으로 이해하므로 탈근대적이라고 말할 수 있다.

이러한 생태사회주의의 주장은 다음의 두 가지로 요약된다. 하나는 오늘날 인류가 직면하고 있는 모든 생태 문제가 자본주의에서 비롯된 것이며, 따라서 기후 문제는 자본주의의 지양을 통해서 해결될 수 있다는 것. "자본주의는 이윤 추구를 위해 천연자원을 상품화하

5 맑스주의적 관점에서 맑스주의와 생태의 관계에 관한 논의로는 최병두, 「자연의 지배, 탈소외, 승인」, 『도시연구』 3, 한국도시연구소, 1997 참고.

고, 인간이 아닌 존재들을 체계적으로 착취하면서 인류 역사상 가장 광범위하고 파괴적인 이념적 패러다임을 완성했다."[6] 둘째, 지금까지 알려진 맑스에 대한 인간주의적 해석은 잘못된 것이며 오해와 달리 맑스는 인간과 자연을 생태적 관계로 인식했다는 것이다. 하지만 이러한 주장은 러시아 혁명 이후에 탄생한 소비에트를 비롯하여 중국, 북한 등의 현실사회주의가 '과학기술혁명'에 부여한 중요성, 특히 식민지 조선에서도 사회주의는 과학기술혁명에 기초한 경제개발계획 등의 생산력주의로 이해되었다는 점에서 역사적 현실과 일치하지 않는다.[7] 이러한 생산력주의의 문제는 카프의 문학, 특히 시에서도 동일하게 나타난다. 카프 시는 식민지 자본주의에 대해 명시적으로 비판적 입장을 표명했으나 계급과 생산력주의의 관점에서 역사와 세계를 이해함으로써 사실상 '근대 = 자본주의'와 많은 것을 공유하고 있었다. 아래에서는 '자연'과 '인간'의 관계를 중심으로 카프 시의 근대적 성격을 살펴보고자 한다.

2. 노동의 시선과 '자연'에 대한 낭만주의적 사고

카프가 결성된 1920년대 중반 당시 조선 인구의 약 80퍼센트가 농민이었고, 이들 대부분은 소작농이었다. 이러한 현실에서 3·1운

6 에릭 잠파 앤더슨, 김성환 역, 『보이지 않는 존재들』, 한문화, 2024, 32면.

7 식민지 조선의 지식인들에게 '사회주의'가 어떻게 인식되었는가에 대해서는 최병구, 「과학기술과 사기 - 식민지 조선에서의 러시아 사회주의 인식」, 『구보학보』 18, 구보학회, 2018 참고.

동 실패 이후 조선에 사회주의 사상이 유입되기 시작했다. 식민지라는 정치적 조건은 사회주의가 수입되는 데 유리한 조건이었지만, 당시 좌파들은 사회주의를 산업 프롤레타리아가 아닌 "농촌 문제에 초점을 맞추며 식민지 조선의 사회경제적 조건"[8]에 대응하는 방식으로 전유했다. 1920년대 초반 농민·농촌 문제는 대개 소작제도의 불합리성, 식민자본의 약탈, 자본주의로 인한 노동의 문제로 인식되었다.[9] 카프는 바로 이런 상황에서 등장했다.

카프 시는 식민지 현실에 대한 문학적 대응이었으나 몇몇 시인을 제외한 대부분이 농민이 아니라 노동자의 관점에서 현실을 바라보았다.[10] 여기에서 노동자의 입장이란 현실을 '계급'을 기준으로 인식한다는 것, 그리고 '도시'와 '공장'의 감각이 중심이라는 의미이다. 엄밀히 말하면 사회주의 진영과 카프가 혁명의 주체로 설정한 것은 노동자가 아니라 프롤레타리아였다. 노동자와 프롤레타리아는 동일하지 않다. 맑스주의에서 프롤레타리아는 특정한 계급이 아니라 근대 사회의 변화로 인해 "사회의 해체를 체현한 특수한 한 신분"을 가리키는 개념이기 때문이다.[11] 이러한 차이에도 불구하고 현실에서 프롤레

8 박선영, 나병철 역, 『프롤레타리아의 물결』, 소명출판, 2022, 43면.

9 이에 대해서는 김민정, 「1920년대 『조선농민』 담론 연구」, 성균관대 석사논문, 2006, 31면 참고.

10 "한국에서의 프로문학은 처음에 농민문학에 대한 관심을 가지고 있지 않았다." 서범석 편, 『한국농민시』, 고려원, 1993, 992면.

11 "그 가능성은, 철저하게 속박되어 있는 한 계급, 시민사회의 계급이면서도 시민사회의 어떤 계급도 아닌 한 계급, 모든 신분들의 해체를 추구하는 한 신분, 자신의 보편적 고통에 의해서 보편적 성격을 소유하고 있으며, 어떤 특정한 부당성이 아니라 부당성 그 자체가 자신에게 자행되기 때문에 어떤 특수한 권리도 요구하지 못하는 한 영역, 더 이상 아무런 역사적인 명분을 내세울 수 없고 오히려 단지 인간적인 명분만을 내세울 수 있을 뿐인 영역 (…중략…) 한 마디로 말하자면, 그 가

타리아트는 종종 계급으로서의 노동자와 동일시되어 사용되었다.

흥미로운 점은 카프 시가 인구의 80퍼센트가 농민인데도 농민이 아니라 노동자, 농촌이 아니라 도시를 주요한 시적 대상으로 삼았다는 사실이다. 프로문학에서 농민 / 농촌 문제가 수면 위로 떠오른 것은 1930년 11월 하리코프 대회 이후의 일이다.[12] 당시 권환이 이 대회의 성과를 보고하면서 농민문학의 중요성을 지적했고, 안함광, 백철 등이 이 논의를 이어받았다. 하지만 시 분야에서 이 논의가 실제 작품으로 확산되지 못했다.[13] 김기진의 대중화론과 연결된 단편서사시 계열과 볼셰비키화에 따른 아지프로적 계열이 1930년대 프로시의 주류로 자리 잡았고, "농민문학은 프롤레타리아 헤게모니 밑에 놓여야 한다."라는 권환의 지적처럼 농민, 농촌 문제는 철저하게 계급적 관점에서 이해되었다. 『카프 시인집』 I·II시대평론, 1988에 수록된 600여 편의 작품의 절대다수가 도시, 노동자 등을 소재로 삼고 있는 것도 이런 맥락에서 이해할 수 있다.[14]

능성은 인간의 완전한 상실태이고, 따라서 인간의 완전한 회복에 의해서만 자기 자신을 획득할 수 있는 한 영역의 형성에 있다. 이같은 사회의 해체를 체현한 특수한 한 신분이 바로 프롤레타리아트이다." 칼 맑스, 홍영두 역, 『헤겔 법철학 비판』, 아침, 1988, 202~203면.

12 하리코프 대회 전후의 농민문학론에 관한 논의는 김영조, 「안함광의 프로문학론 고찰」, 수원대 석사논문, 1991, 24~32면 참고.

13 1933년 카프가 출간한 『농민소설집』(별나라사, 1933), 이기영의 『고향』(1933~1934) 등이 농민문학론을 의식한 산물이었다.

14 박경수는 서범석이 편집한 『한국 농민시』(고려원, 1993)를 대상으로 한 연구에서 다음과 같이 지적했다. "카프가 존속했던 기간 동안 카프 시인으로서 농민시를 2편 이상 발표한 시인은 12명 정도에 지나지 않으며 , 이들의 작품을 모두 합해도 50편이 채 못 된다. 이는 카프 시인 중 대부분이 농민시에 특별한 관심을 갖지 않았다는 점을 시사한다." 박경수, 「카프(KAPF) 농민시 연구」, 『우암어문론집』 5, 부산외대 국어국문학과, 1993, 55면.

1930년대 초 농민문학론의 주요 논자였던 안함광 역시 「농민문학의 일고찰」『조선일보』, 1931.8.12~13에서 프로문학이 노동자 계급을 대상으로 전개되어 온 것은 조선의 특수성을 무시한 것임을 비판하면서도 농민문학은 노동자 계급의 입장에서 전개되어야 하며, 따라서 빈농 계급에 프롤레타리아의 이데올로기를 주입하는 것이 중요한 문제임을 강조했다. 이처럼 카프는 농촌·농민 문제를 자본주의 문제로 인식했고, 그런 한에서 그들은 노동자와 농민의 연대가 제국주의와 자본주의에 맞서는 투쟁이라고 이해했다. 가령 "한여름 금볕을 싫다 않고 / 거름 주고 북돋워서 / 순집고 벌레 잡아 / 잘 지어놓은 이 담배를 / 맘대로 팔았다고 잡혀가는 이몸!"김창술, 「매벌」, "오오 그러나 그것은 줌이었다 / 거둔 곡식과 찌은 쌀이 / 하나도 우리의 손에 안 들어왔다 / 우리는 헐벗고 굶주린다 / 이것이 이 사회의 썩은 제도가 / 나아준 불행의 하나이다"박아지, 「농군행진곡」, "비료갑, 씨갑, 일군싹으로 내여 쓴 돈은 무엇으로 갚나 / 지주에게는 무엇으로 소작료를 주나"김병호, 「천화(天禍)」 등처럼 농촌 문제는 농산물을 마음대로 처분할 수 없는 권리의 문제, 열심히 농사를 지어도 가난의 굴레를 벗어나지 못하는 빈곤의 문제, 비싼 소작료를 둘러싼 갈등 등으로 등치된다.

이런 인식에는 근대적 인식, 즉 자연이 인간을 둘러싸고 있는 환경과 동일시되거나 인간과 멀리 떨어져 존재한다는 사고를 넘어서는 어떤 것이 들어설 여지가 없다. 알다시피 "근대성의 탄생은 '비-인간성-사물, 대상, 혹은 야수-의 탄생'과 동시에 이루어"[15]진다. 이것은 근대의 탄생이 인간문화과 비인간자연의 분할에 기초한다는 의미이다.

15 브뤼노 라투르, 홍철기 역, 『우리는 결코 근대인이었던 적이 없다』, 갈무리, 2009, 49면.

브뤼노 라투르는 이 분할을 '근대의 헌법'이라고 명명했다. 이러한 인식에 따르면 근대성이란 인간문화과 비인간자연의 분할에서, 그리고 후자를 통제의 대상으로 삼음으로써 위험성을 제거하는 과정이었다고 말할 수 있다. 문제는 식민지 자본주의 상태에서 '공장' 노동을 담당하고 있는 노동자의 관점, 즉 공장 노동자의 감각으로 인간과 자연의 관계를 사유할 때 소위 '자연'이 인간문화을 둘러싸고 있는 연속성의 관계로 인식될 가능성이 매우 희박하다는 사실이다. 공장 노동은 '자연'에 인위적인 힘을 가하여 그것을 인간의 의도에 맞게 변형하는 행위므로 자연 세계와의 공생적 관계가 한층 중요한 농사와 다르다. 물론 앞에서 지적했듯이 농민·농촌에 대한 카프 시의 관심이 이러한 관계의 연속성이 아니라 빈곤과 소작료 문제 등에 집중되어 있었으므로 노동자가 아니라 농민의 관점에서 세상을 바라보았다고 해서 사태가 근본적으로 달라졌을지는 의문이다. 왜냐하면 여전히 '계급'이라는 관점을, 그리고 식민지 자본주의 상태에서 농민이 처한 부정적 현실을 형상화한 작품이 주류를 이루었을 것이기 때문이다. 하지만 공장 노동자의 시각으로 세상을 바라봄으로써 인간문화과 비인간자연의 관계를 주객 관계로 인식하는 감각이 한층 강화되었다는 것, 그리고 인간과 비인간을 분리하는 이러한 감각에 근거하고 있다는 점을 고려하면 카프 시와 1930년대 모더니즘의 거리가 생각보다 훨씬 가까웠다는 것은 분명한 사실이다.

까닭도 없이, 시기, 질투, 모해, 살육을 일삼는,
인간이 사는 도회의 때를 흠뻑 묻힌 두 발이,
이기와 해타害他의 비린내 나는 싸움터를 지나와,
자욱자욱에 더러운 피를 묻힌 나의 두 발이,

절대의 무조건, 절대의 무저항, 절대의 포옹—
밑없이 깊은 자연의 사랑에 안길 때에,
아, 나는 운다 넋을 잃고 울뿐이다.

아, 나의 님이여 말없는 자연이여!
님의 품에 안긴 나!
나의 품에 안긴 님!
아, 이 거룩한 시간이,
다함 없이 이어있게 하소서.

—김석송, 「감사感謝」 부분

김형원은 1924년 파스큘라에 가담하면서 신경향파로 불리는 작품을 쓰기 시작했고, 1925년에는 창립 발기인으로 카프에 참여했다. 이런 점에서 이 시는 신경향파에서 카프로 넘어갈 무렵 시인의 내면 상태를 보여주는 작품이라고 말할 수 있다. 이 시에서 '감사感謝'의 대상은 '님', 즉 "말 없는 자연"이다. 1연에서 화자는 "더러운 때가 더덕더덕 붙은 발"을 함부로 담가도 즐겁게 흘러가는, "침을 뱉고 돌멩이"를 던져도 "생글거리는 시냇물"에게 감사의 마음을 표시한다. 2연에서 감사의 대상인 자연은 "가냘픈 나뭇가지", "흰구름", "흙", "꽃", "새", "다람쥐", "물파리떼" 등으로 확장된다. 그리고 위의 인용 부분에서 자연에 대한 시인의 인식이 명확하게 드러난다. 여기에서 시인은 인간 세계와 자연 세계를 명확하게 구분한다. 그에게 인간의 세계는 "시기, 질투, 모해, 살육"의 세계, "이기와 해타의 비린내 나는 싸움터"이다. 그리고 이러한 부정적 세계의 대표적인 공간이 바로 '도회都會'인 것이다. 반면 비인간, 즉 자연 세계는 "절대의 무조건, 절대의 무저항, 절대의 포옹—"이라는 진술에서 드러나듯이 완전한 긍정의 세계이다. 이러한 긍정의 세계에는 갈등이 존재하지 않으며, "도회의 때를 흠뻑 묻힌 두 발"마저 곧바로 정화될 정도로 "사랑"이 충분한 곳이다.

자연에 대한 루소적 낭만주의를 연상시키는 이러한 자연 인식은 자연 상태와 사회계약 같은 루소의 정치철학과 마찬가지로 인간문화과 비인간자연의 분할을 전제하고 있다. 자연 상태에서 인간은 선하고 평등했으나 문명화된 사회가 불평등과 부패를 가져왔다고 주장한 루소와 마찬가지로 시인은 인간 세계를 부정적 요소가 집적된 공간으로, 자연 세계를 그러한 인간 세계의 부정성을 씻고 치유해 주는 공간으로 설정한다. "더러운 때가 더덕더덕 붙은 발", "인간의 사는 도회의 때를 흠뻑 묻힌 두 발", "더러운 피를 묻힌 나의 두 발"처럼 '발'을 강조한 것, 그리고 그런 더러운 발을 정화하는 '물'의 이미지가 강조되는 까닭도 자연이 지닌 치유의 능력을 시각적·촉각적으로 제시하려는 의도의 결과라고 말할 수 있다. 하지만 '인간문화 = 타락'과 '비인간자연 = 순수'라는 인식의 도식은 자연을 인간 세계의 바깥, 즉 분리된 존재로 간주한다는 점에서 전형적인 비非생태적 사고이다. 이러한 사고에서 자연은 '환경'과 마찬가지로 우리를 에워싸고 있지만, 결국 두 세계는 완전히 분리되어 존재함으로써 오직 둘 가운데 하나를 선택하는 것만이 가능하다. 이러한 자연 인식은 근대의 산물이다.

4

우리의 마을에는 높은 뫼가 있고 맑은 시대가 있고 청초한 초가가 있다
농부의 꾸밈 없는 노랫가락이 있고 목동의 맑순한 풀잎피리가 있다

베 짜는 새악시의 달거리가 있고 모닥불 피우는 목동들의 퉁소 소리가 있다

그리고 우거진 수풀이 있고 새소리가 있고 나비의 춤이 있고 폭포의 장단이 있다

우차가 있고 지게가 있고 호미와 낫이 있고 도끼와 자귀와 곽지가 있다

이리하여 우리 살림에 필요한 모든 것이 있고 예술이 있고 사랑이 있다

(…중략…)

9

내가 말하기를 — 이날, 이 땅에 난 시인들이어! 그중에도 젊은 시인들이여! 농촌에 돌아오라

복잡하고 추악하고 죄악 많은 도회와 시달리는 저자의 살림을 버리고

단순하고 아름답고 다사하고 평화한 대자연의 무한한 사랑의 품으로 돌아오라

폭음과 가솔린 냄새에 신경이 착란된 도회의 시민들이여! 지저지는 전등 밑에 머리를 붙잡고 붓대만을 달리지 말라

낫과 호미를 매고 어두운 광야에서 빛을 찾아 헤매며

부르짖는 이 백성들을 어찌나 하려는가?

아! 이날, 이 땅에 난 젊은 시인들이여! 붓대를 던지고

농군의 행렬 앞에 횃불을 들고 나서라.

— 박아지, 「농가구곡農歌九曲」 부분

박아지는 카프 시인들 가운데 향토적 정서가 짙은 농민시를 주로 창

작한 시인이다. 임화가 지적[16]했듯이 그는 초기에는 주로 농촌을 배경으로 한 서정적인 시, 즉 전원시에 가까운 작품을 썼으나, 1927년 카프에 참여하면서 농촌의 현실을 고발하는 농민시를 창작하는 방향으로 나아갔다. 1927년 12월에 발표된 인용시 「농가구곡」은 이러한 변화가 잘 드러나는 작품이다. 전체 아홉 개의 연聯으로 구성된 이 시에서 1~8연은 생명, 사랑, 평화, 희망이 깃들여 있는 농촌의 풍경을 묘사하고 있고, 마지막 9연은 이러한 '흙'의 세계로 "젊은 시인들"을 부르는 권유의 목소리가 지배하고 있다. 김석송의 시에서 '자연'과 마찬가지로 이 시에서 '농촌'과 '자연'은 갈등이 존재하지 않는 완벽한 세계로 그려진다. 이러한 농촌 '풍경'이 농촌의 현실과 무관한 상상의 산물이라는 것을 인지하기는 어렵지 않다. 이들의 시에서 자연과 농촌은 그 자체로 숭고한 대상처럼 그려진다.

낭만주의 시대의 미학자인 에드먼드 버크는 '아름다움'과 '숭고'를 구분했다. 버크에 따르면 아름다움은 화사하고 평온한 자연풍경을 바라보면서 만족감과 즐거움을 느낄 때 적용되는 가치인 반면 숭고는 거친 파도에 휩싸인 바다나 거대한 산처럼 우리가 그것 앞에서 위력에 압도될 때 느끼는 감정이다. 즉 어떤 대상 앞에서 삶에 대한 우리의 의지가 고양되면서 처음의 공포감이 경이로움으로 바뀔 때 숭고가 체험된다는 것이다. 이러한 설명에 따르면 박아지의 시에 등장하는 농촌은 아름다움이라고 말할 수도 있다. 하지만 이때의 자연이 인간 세계와 완전히 분리되어 존재하는 세계, 그리하여 "주체가 경의를 표해야 하는 외적인 것"으로 간주된다면 그것은 아름다움보다는 숭고에 가깝다고 할 수 있

16 "저자는 조선시의 소박한 서정 시대에서 출발하여 프롤레타리아 시인 가운데 한 사람으로 활동하였다." 임화, 「박아지(朴芽枝) 시집 『심화(心火)』」, 『현대일보』, 1946.5.14.

다. 요컨대 박아지의 시에서 농촌과 자연은 그 안에서 살고 있는 인간들을 둘러싸고 있으면서도 사실상 인간적 삶과 완전히 분리되어 있다. 인용시에서 이러한 분리는 '농촌'과 '도시'를 정반대되는 가치로 규정함으로써 한층 강화된다. 김형원과 마찬가지로 박아지는 '농촌' 세계의 완전함을 '도시'와의 대비를 통해 그려낸다. 도시가 "복잡하고 추악하고 죄악 많은" 곳인 반면 농촌은 "단순하고 아름답고 다사하고 평화한 대자연의 무한한 사랑"이 지배하는 세계이다. 또한 도시가 "폭음과 가솔린 냄새에 신경이 착란된" 사람들이 살아가는 곳이기도 하다.

그런데 마지막 부분에서 시인은 농촌을 "낫과 호미를 메고 어두운 광야에서 빛을 찾아 헤매며 / 부르짖는 백성들"이 존재하는 곳이라고 설명한다. 농촌과 농민에 대한 이러한 부정적 인식은 카프 이전의 박아지 시에서는 좀처럼 찾아보기 어렵다. 1927년 무렵까지 그의 작품 대부분은 "맑은 하늘에 가없이 떠돌아가는 예조리雲雀 소리까지도 / 우리 농부만이 받을 수 있는 아름다운 선물입니다"「농부의 선물」이나 "모든 푸른 생명들이 힘껏 부르는 자연의 노래 속으로 / 오오 나가지 않으려나 발맞춰 나가지 않으려나?"「나가지 않으려나?」처럼 농촌을 이상적인 세계로 형상화하는 수준에 머물렀다. 이런 상황에서 시인은 "계급적 혁명을 위한 목적의식을 갖게 되어야 한다"라는 1차 방향 전환의 주장을 받아들여 이 시의 마지막 부분에 젊은 시인들이 "농군의 행렬 앞에 횃불을 들고 나서"는 장면을 삽입한 것으로 보인다. 이러한 변화에도 불구하고 이 시 또한 인간문화과 비인간자연의 근대적 분할에 기초하고 있으며, 나아가 자연 세계를 인간 세계와 분리되어 존재하는 이상적인 질서로 인식하고 있다는 점에서 근대적이라고 말할 수 있다.

3. '인류'의 진보와 과학에 대한 신뢰

1930년대 중반 임화는 당시 유행하던 휴머니즘론, 그리고 '인간 탐구와 고뇌의 정신'이라는 백철의 비평적 주장을 비판하면서 이 논쟁에 뛰어들었다. 유물론의 인간 이해가 '편견'에 사로잡혀 있다는 백철, 박영희 등의 주장에 맞서 그는 "사회적 인간 대신에 인간 일반, 인간적 인간을 추상"[17]하는 것이야말로 "진리와 편견이 그 위치를 전도한 것"이라고 주장했다. 임화는 현대의 휴머니즘론은 "전 인간이 아니라 개인, 전 인류가 아니라 소시민 지식인의 필요"에 의해 발생한 것이며, 이러한 근대적 휴머니즘은 "역사와 사회로부터 추상된 개인의 입장에서 제시된" 것이라고 지적한다. 또한 임화는 이 글에서 "현실적으론 '어떠한' '누구가' 항상 인간의 진정한 본질"이라고 주장하면서 김기림의 기교주의 비판이 "근대시의 기교화가 시민적 문학의 필연적 결과"라는 사실을 간과함으로써 "형식주의적 비평"으로 귀결되고 말았다고 비판한다. 요컨대 임화에게 인간의 본질은 구체적인 맥락, 즉 "사회적 인간"으로 이해되어야 하며, 이런 맥락에서 그는 "인간을 역사와 사회의 구체 상황 가운데 계급인으로 보는 과학적 인간학"[18]의 정당성을 옹호한다.

임화의 이러한 '인간' 이해는 그가 카프 결성 전후에 발표한 글, 대표적으로 「정신분석학을 기초로 한 계급문학의 비판」에서도 목격된다. 이 글에서 임화는 계급문학을 비판적으로 사용하는 것에 맞서 그것을 일반화한다. 즉 "이제까지 있어 온 부르문학도 계급문학"이라는 것, 따라

17 임화, 「현대적 부패의 표징인 인간 탐구와 고민의 정신」, 『임화문학예술전집』 4, 소명출판, 2009, 629면.

18 임화, 「조선문화와 신 휴머니즘론」, 위의 책, 2009, 755면.

서 계급문학이란 특정한 "계급이 가지고 있는 계급의식을 표현한 것"일 뿐이라는 것이다. 이런 관점에서 다음과 같이 주장한다. "현재의 프로문학은 전 프롤레타리아가 부르주아의 억압을 못 견디어 쏟아진 정의情意의 누설인 동시에 전 프로계급의 생존권을 요구하는 어떤 종류의 물건도 될 수 있는 것이다."[19] 이처럼 임화에게, 그리고 카프에 참여한 시인들에게 당대의 "사회적 인간"은 계급적 존재로 인식되었고, 이것이 바로 카프 문학의 이념과 방향성을 규정지었다.

하지만 프롤레타리아를 중심으로 한 이러한 계급적인 인간 이해가 인간 일반이나 개인individual을 중심으로 하는 근대적 인간관과 완전히 단절된 것은 아니다. 19~20세기에 '인간'은 모든 가치의 기준이었다. 앞의 '자연' 인식에 관한 논의에서 살폈듯이 카프 시 역시 '인간'을 계급'으로 바꾸었을 뿐 인간중심적 사고에서 벗어나지 못했다. 이는 농촌을 배경으로 한 소위 농민시에서도 생태적 사고의 흔적을 발견하기 어려웠던 데서 확인된다. 물론 현대적인 의미의 생태학이 원자 폭탄이 등장한 이후에 출현했다는 사실을 고려하면 인간중심적 사고를 카프 시의 한계라고 말하기는 어렵다. "1945년 7월 16일 앨러머고도 부근의 뉴멕시코 사막에서 눈부신 불덩이와 버섯모양의 방사성 기체 구름과 함께 시작되었다."[20] 하지만 카프 시가 도시와 공장을 주요 공간으로 설정함으로써 반反생태적인, 지극히 근대적인 성격을 띠었던 것은 분명한 사실이다. 알다시피 생태ecology는 중심-주변의 관계를 전제하지 않는다는 점에서 '환경'과 다르다. 중심-주변의 관계에 대해서라면 '생태'와 '환경'의 논리는 정반대라고 말할 수 있다. '환경'이 인간의 안락하고 쾌적한 삶, 즉 '인간'에서 출발하는 것

---

19 임화, 「정신분석학을 기초로 한 계급문학의 비판」, 위의 책, 2009, 17면.

20 도널드 워스터, 강헌·문순홍 역, 『생태학 그 열림과 닫힘의 역사』, 아카넷, 2002, 423면.

이라면 '생태'는 인간문화 세계가 비인간자연 세계에 둘러싸여 있으며 두 세계는 상호작용한다는 점에서 존재론적으로 평등하다고 말할 수 있다. 그래서 생태의 정치, 윤리 등은 인간과 비인간의 공존에 관한 사유라고 이야기할 수 있다. 반면 카프 시에서 도시와 공장은 이러한 공존의 세계가 아니라 갈등과 착취의 세계이며, 그 부정적 현실을 돌파하는 방법 또한 '계급'에 기초한 한계로만 주장된다. 그렇다면 카프 시는 인간중심적 사고와 얼마나 거리를 유지하고 있을까?

> 그들은 지금도 조상의 대를 이어 꾸준히 산에서 들에서 괭이자루를 땅 위에 드놓고 있다, 그뿐이냐? '엔진'과 '모-터'와 핏대에 싸여 무되인 악취, 강렬한 음향과 싸워 가며 공장 속에서도 땀을 쥐어짜고 있다.
>
> 그리고 또 광굴鑛窟에서도 부두에서도 가로에서도 어디서도 어디서도, 지상에서 지하에서 수상에서 수저에서 또 공중에서 그들의 움직이는 자취가 보이지 않는 곳이 없다.
>
> 그리고 또 밤으로 낮을 이어 그들의 움직이는 빛과 소리가 끊일 날이 없다.
>
> 그들의 움직이는 범위 — 그들의 활동하는 정도는 참마로 그들의 조상의 그것에 비하여 배가 열 배나 더하여졌는가 싶다 아니 백배나 천배나 더하여진 것도 같다.
>
> 따라서 그들의 피로 — 그들의 번뇌는 기하급수적으로 증가되었다.
>
> 그들의 활동 — 그들의 피로는 마음껏 컸다 기껏 자랐다.
>
> 그러나 그들의 그것은 벌써 그들의 조상의 그것은 되지 못하였다.
>
> 그들의 조상은 스스로 그것을 인식하고 스스로 그것을 의도하였다 그러나 이들은 그렇지 못하다.

그들의 조상은 스스로의 존재에 대한 광영과 스스로의 생존에 대한 환희를 느끼는 데서 이것을 게을리하지 아니하였다 그러나 이들의 그것은 그런 것이 아니다.

그들의 조상의 그것은 오직 건설로의 그것 — 또는 개척으로의 그것이었다 그러나 이들의 그것은 그런 전취적의 성질의 것이 아니다.

이들의 그것은 본능의 마비痲痹에서이다! 생의 고식固息에서이다! 현실의 미봉에서이다!

이들은 스스로의 신념 — 스스로의 의식 — 스스로의 기도를 잊었다.

이들은 그들의 활동이 그들의 근로가 어째서 가져지는지를 무슨 때문에 갖는지를 모른다.

그리고 다만 남은 것이라고는 마비된 본능의 한 가닥으로서 '생'에 대한 애착과 '먹이'에 대한 동경 뿐이다.

그렇다! 오직 붙어 있는 목숨을 살리기 위하여 그들은 '먹이'를 추구할 따름이다.

혈관을 달음질하는 핏기를 쉬지 않게 하기 위하여 사지를 움직일 따름이다.

그들은 굼벵이 모양으로 쉴 사이 없이 땅속을 뒤지고 호胡□마馬 모양으로 정신없이 바퀴를 돌렸다.

그리고 손톱만한 안식을 얻을 때라도 그들은 그들의 아내와 형제를 대하여 '생'에 대한 고민을 이야기하고 내일의 '먹이'를 근심하였다. 말하자면 그들은 그들 자신의 종생終生을 바쳐 그들 자신의 생生의 분묘墳墓를 판 것이다.

그렇다! 그들은 그들 자신의 '삶'을 죽음으로 떠메어 가는 데 아무런 의식 없이 그들 자신의 정력을 허비하여 온 것이다.

×××

이제 그들의 '열'에 대한 추구와 '광명'에 대한 동경은 컸다 — 식어 가는 그들의 '힘'과 저물어 가는 그들의 생활을 찾기 위하여.

그들은 초조하였다! 고민하였다! 탐구하였다!

그러나 마침내 그들에게 보람 있는 날이 왔다.

— 오랜 동안의 초조와 고민과 사색의 값어치로서

그들은 태양으로 가야 할 것을 깨달았다.

— 낡은 지상을 떠나 무한의 열 불가량의 광명을 가진 태양으로 가야 할 것을….

그리고 꾸준한 정력과 굳센 신념을 앞세우면 거기에의 도달에 아무런 어려움이 없으리라는 증명까지를 얻었다.

여기에서 그들은 그 장엄한 출발을 약속하였다! 그리고 그 출발의 행렬을 지었다.

1933년의 첫날!

— 새로운 햇발이 다시 한번 대지의 심장을 더듬을 때

'태양으로의 출발!' 이것은 확실히 인류사상의 한 크나큰 경이이요 기록이다.

— 유완희, 「(속)태양으로 가는 무리」 전문[21]

21 유완희, 「(속)태양으로 가는 무리」, 『삼천리』, 1933.4.

유완희에 관한 선행 연구는 매우 제한적이다. 그의 생애나 작품에 대해서는 매우 일부만 알려져 있다.[22] 특히 유완희의 경우 카프 참여 여부도 쟁점으로 남아 있다. 유완희는 1933년 『삼천리』 2월호와 4월호 두 차례에 걸쳐 「태양으로 가는 무리」라는 제목의 시를 발표했다. 이 작품은 총 65행에 이르는 장시長詩로서 전편前篇은 "1932년의 첫날", 속편續篇은 "1933년의 첫날"이 각각 사건의 시간으로 제시되고 있다. 이 시에서 이들 두 개의 시간은 반복되는 진술"이 땅의 젊은 아들과 딸들은 태양으로 가는 길을 발견하였다 / 그리고 그들은 그 길로의 장한 출발을 약속하였다."와 "여기에서 그들은 그 장엄한 출발을 약속하였다! 그리고 그 출발의 행렬을 지었다. / 1933년의 첫날! / - 새로운 햇발이 다시 한 번 대지의 심장을 더듬을 때"에서 확인되듯이 "태양으로 가는 길"의 발견과 "태양으로의 출발", 즉 인류가 태양을 향해 '로켓'을 쏘아 올린 사건과 관련된다. 실제로 1932년부터 1934년까지 『동아일보』와 『조선일보』 등에는 로켓 실험의 성공을 알리는 기사가 자주 실렸다. 가령 1932년 12월 5일 『동아일보』에는 독일의 라인홀드 데링 박사가 베를린 근교에서 무인 로켓 발사 실험에 성공했다는 기사가 실렸고, 1934년 1월 23일 『동아일보』에는 최근 독일에서 아돌프 로르바하 박사가 "현대항공계에 있어서 괴물"이라고 할만한 비행물체로켓를 만들었다는 기사가 실렸다. 특히 이 기사는 로켓의 원리,[23] 세계적인 학자의 이름[24] 등을 소개하면서 로켓이 완성되면

---

22 유완희에 대한 대표적인 연구는 정우택, 박정호, 강정구, 맹문재 등의 연구가 있다. 이 가운데 실증적 가치가 가장 높은 것은 정우택의 논문 「적구 유완희의 생애와 시세계」(『반교어문연구』 3, 반교어문학회, 1991)이다. 이 외에도 다음과 같은 논문이 있다. 맹문재, 「일제강점기 유완희의 시 세계 고찰」, 『우리문학연구』 53, 우리문학회, 2017; 박정호, 「유완희의 경향시 연구」, 『우리어문학연구』 2(1), 한국외대, 1990; 강정구, 「부르주아 민족주의 좌파 경향의 시인 유완희」, 『우리문학연구』 46, 우리문학회, 2015.

23 "비행기로 말하드라도 공기의 저항을 이용하는 것이기 때문에 지구를 싼 공기층 250리 이상에는 나갈 수가 업슬 것이오 공기의 부력에 의(依)하는 비행선, 경기구로도 불

"10시간 후에는 월月세계에 도달할 수 있을 것이오, 약 백 일 후에는 과학자의 동경의 지地인 화성"에 도달할 수 있다고 소개하고 있다.

유완희의 이 시는 이러한 과학의 발전, 특히 로켓 발사의 성공을 배경으로 인류사의 진보에 경의를 표시하고 있다. 시인은 지구의 탄생, 지구상에서 인류가 걸어온 역사를 길게 나열하고 있다. "태양은 무한의 열과 불가량不可量의 광명을 가졌다"다는 것, 지구는 바로 그 태양으로부터 탄생했으며, 태양은 지금까지 "그 무한의 열-불가량不可量의 광명으로써 지구를 길러 왔다"라는 것, 그리고 지구는 "온갖 동물과 아울러 인간을 빚어내었"고 그렇게 탄생한 인간이 "온 지구상의 가장 고등한 동물로서 모든 것을 지배하고 또 자신의 역사를 지어" 왔다는 것 등이 대략적인 내용이다. 인류, 즉 "이 지상의 지배자들은 이 역사를 등에 지고 꾸준히 대물려 가며 인간 된 광영 속에서 그들 자신의 천지를 개척하여" 왔으며, 그 결과로 "원시심의 환작換作! 자연의 개척! / 그것은 문명을 낳았고 문화의 길을 열었다"라는 주장이다. 시인은 이러한 시간의 역사가 곧 "그들의 전체였고 역사였다"라고 말한다. 이때 '그들'은 인간, 곧 인류를 가리킨다.

한편 「속續 태양으로 가는 무리」에서는 인류의 역사가 근대 이후에 어떻게 이어지고 있는가가 제시된다. 시인은 근대 이후 인간의 노동이 부정적인 조건에서 행해지고 있다는 사실을 특별히 강조한다. 오늘날 현

가능하다. 그러나 대(大)이학자 뉴튼은 운동의 삼법칙 중에서 제2법칙으로 『작용과 반작용은 상등하고 그 방향은 상반한다』는 것을 명백히 하고 이 반동을 이용하면 천체여행이 가능하리라고 말했다. 그 후 기다의 연구가가 이 원리에 의하여 구체적으로 시험한 결과 드디어 반동 『로케트』라는 것을 안출하였다."

24 "독일의 하-만·오벨트 박사, 미국의 로버트·에취·고따르 박사, 불국의 로버트·에스노르·벨테리 박사 등"

대인의 노동은 땅 위, 공장, 광굴鑛窟, 부두, 가로, 지상, 지하, 수상, 수저, 공중 등 모든 곳에서 행해지고 있으며, 그들의 활동하는 정도 또한 "조상의 그것에 비하여 배가 열 배나 더하여졌는가 싶다 아니 백배나 천배나 더하여진 것도 같"지만 그것은 '피로'와 '번뇌'의 기하급수적인 증가만을 가져올 뿐이라는 것이다. 이러한 부정적 결과의 원인은 조상들의 노동이 "스스로 그것을 인식하고 스스로 그것을 의도"한 데 비해 현대의 노동은 그렇지 못하기 때문이라는 것이 시인의 판단이다. 또한 시인은 조상들의 노동은 "스스로의 존재에 대한 광영과 스스로의 생존에 대한 환희"를 느끼게 하는 "오직 건설로의 그것 — 또는 개척으로의 그것"이었으나 현대의 노동은 "본능의 마비痲痺", "생의 고식固息", "현실의 미봉"에서 비롯됨으로써 결국 노동이 "'생'에 대한 애착과 '먹이'에 대한 동경"으로 전락하고 말았다고 주장한다. 이러한 진술은 지구의 탄생에서 인간이 지구상의 지배적인 생명체로 자리 잡는 과정을 기술한 다음, 인류가 "낡은 지상을 떠나 무한의 열 불가량을 가진 태양"을 향해 나아가는 장면을 극적으로 부각시키고 있다. "'태양으로의 출발!' 이것은 확실히 인류사상의 한 크나큰 경이이요 기록이다"라는 진술이 그것이다.

이것은 한나 아렌트가 1957년 최초의 위성인 스푸트니크가 발사되는 장면을 목격하면서 "인간의 아버지인 신을 거부하면서 시작되었던 근대의 인간해방과 세속화가 하늘 아래 모든 피조물의 어머니 지구를 거부하는 치명적인 결과로 끝나야 하는가?"라고 탄식한 것과 분명하게 대조된다. 아렌트는 위성이 지구를 벗어나 우주로 나아가는 장면을 보면서 인간이 인간 생존의 본질적인 조건인 '지구'를 버리기 시작했다고 탄식하고 '지구 소외'라는 개념을 만들었으나 카프의 일원이었던 유완희는 '지구' 바깥을 향해 나아가는 '로켓' 실험의 성공을 보면서 그것이 곧 인류 진보를 상징하는 사건이라고 감탄한다. 유완희에게 '인간'은 "그들 자신이 갓즐 수 있는-최재한의 모-든 이상과 의지와 노력의 총화"이고 '세계'는 주어지는 것이 아니라 인간이 "쌓어 가려는 도정에 있는 한 크나큰 건축"「생명에 바치는 노래」이다.

『굿센자여!
너의일흠은 푸로레타리아』

새로운 못토는 인류의 마음에 새향기를 새빗을 새힘을피웟다 보내엇다

동무야 우리는 모든 것을 떠나왓나니
술에서 계집에게서 또 공장에서 소작권에서

새로운 힘을 주문같이 실없은 그 껍질을 물리치고 세계의 디도[25]에 굵은 줄을 그린다

지형地型을 뜨는 — 대隊 —
아세아……모스크바 캘거타 상해 서울 도-쿄……바삐 진도陣圖를 그린다
인터네셔널의 준열한 선고가 대원의 가슴에 치밀緻密을 붙인다

이 큰물처럼 밀리는 동무의 발길이 굵은 줄을 밟고 간다
선부船夫여 갱부坑夫여 직공 인쇄 배달 헤일 수 없는 모든 공인工人이여 소작

25 지도.

인이여

『너의 일흠은 프로레타리아 굿센자!』

사랑하는 전위여 그대들은 지금 지형을 뜨고 있지 아니한가

보라!
해는 젊은해는 규찰대같이 우리를 보지 않느냐 굿세어라 —

『지형의 개조!』
물결치는 바다는 이 항선航船을 싣고 기쁨의 항해를 이어간다

같이 걸어가자 매진邁進이다 기관차처럼 가난한 사람아 일하는 사람아

×地에! ×地에!

— 김창술, 「지형地型을 뜨는 무리」 전문

김창술[26]은 1924년 전후 『조선일보』에 집중적으로 작품을 발표하면서 문학 활동을 시작했다. 김창술은 1902년 전주에서 태어나 노동하면서 독학했고, 1923년 무렵부터 문학 활동을 시작한 것으로 알려져 있다. 김창술이 어떤 경위로 카프에 가입했는지 알려지지 않았으나 1925년 카프에 가입한 이후 매우 활발하게 활동하여 대표적인 프로 시인

26 노용무, 「김창술 시의 근대성 연구」, 『한국언어문학』 78, 한국언어문학회, 2011.

으로 발돋움했다. 이는 그가 1931년 출간된 카프의 앤솔로지 시집 『카프 시인집』에 참여한 5인 가운데 한 사람이라는 사실을 통해서도 확인된다. 김창술은 1927년 『조선일보』에 계급적 시선이 명확하게 드러나는 「지형地型을 뜨는 무리」1927.6.22와 「무덤을 파는 무리」1927.06.26를 잇달아 발표했다. 전자는 "굿센자여! / 너의 일흠은 푸로레타리아"라는 진술로 시작하고, 후자는 "약한자여! / 너의 일흠은 ××××뿌르조아"라는 진술로 시작한다. 이처럼 이 시들은 식민지 조선의 현실을 자본주의로 인식하고 피지배-지배라는 계급적 관계를 프롤레타리아와 부르주아로 양분한 다음 각각의 진보성과 반동성에 관해 진술하고 있다. 이 시에서 지형地型을 뜬다는 것은 "술에서 계집에게서 또 공장에서 소작권에서" 해방되어 "세계의 지도에 굵은 줄"을 긋는 '새로운 힘'을 행사하는 것이다. 특히 화자는 이 새로운 힘이 "아세아⋯⋯ 모스코바 칼거타 상해 도-쿄", "유럽⋯⋯ 벨린 파리 런던 위인" 등의 다양한 도시와 국가를 연결함으로써 "인터네셔널의 준열한 선고"가 노동자의 가슴에 울려 퍼질 것이라고 예언한다. 유완희의 시에서 '인류'라고 지칭된 역사와 진보의 주체가 김창술의 시에서는 프롤레타리아 계급으로 구체화되었고, 이러한 국제적 감각에 따르면 세상에는 프롤레타리아와 부르주아의 두 계급만이 존재한다. 이러한 계급적 이해는 '인간'을 추상적 개념이 아니라 사회적 존재로 규정한 임화의 의견과 일치한다. 김창술은 1925년에 발표한 글에서 당대 조선 문학의 성격을 이렇게 규정했다.

계급적 관점에 따른 이러한 분할에는 인간 이외의 존재가, 인간 중에서도 '연대'의 대상이 아닌 존재가 개입할 여지가 없다. 여기에는 오직 연대의 대상과 단절의 대상이 존재할 뿐이고, 나아가 지형地型을 뜨기 위해, 혹은 진보를 향해 역사를 밀고 나가기 위해 개발하고 정복해야 할 대상이 있을 따름이다. 화자에게 세상은 "항선航船을 싣고 기쁨의 항해를 이어" 나가는 바다와 같은 곳이고, 계급으로서의 프롤레타리아는 "기관차"가 되어 미래를 향해 매진邁進해야 하는 주체로 인식된다. 임화의 지적처럼 부르주아의 휴머니즘이 종種으로서의 인간 / 인류가 아니라 '개인'에 근거한 것이라면 김창술의 인간 이해는 프롤레타리아, 즉 '개인'을 '계급'으로 대체한 것이라고 말할 수 있다. 김탄은 '농민'을 계급적 관점에서 이해하여 "우리는 자연을 정복하는 용사들이다 / 괭이로 파고 낫으로 베고, 손으로 웅치고 발로 밟으며 / 모-든 것을 뜻대로 만들고야 만다"「일하는 농민」라고 표현하기도 했다. 김창술에게 프롤레타리아가 "세계의 지도에 굵은 줄"을 그림으로써 "지형의 개조"를 수행하는 존재였다면, 김탄에게 농민은 "돌기둥 같은 다리와 기중기 같은 팔 / 황소와 같은 건전한 몸"으로 "자연을 정복"하는 존재, 자신의 의지대로 '자연'을 개척하는 존재였던 셈이다.

한편 카프 시에서 부정적 현실 역시 단결, 투쟁 등을 통해 해결되는 방향으로 제시된다. "아 현재의 노동의 보수報酬는 / 나를 굶기고 처자를 굶긴다 / 아니! 굶기는 것이 아니라 죽인다 / 아-나의 벗 노동자들아 / 우리는 먹을 것 조차 빼앗기려는가? / 우리는 단결하자"박태흠, 「나는 노동자」 이러한 단결과 싸움은 공장으로 표상되는 자본주의 자체에 대한 문제 제기가 아니라 공장을 노동자가 소유하는 것, 즉 생산수단의 소유권을 바꾸는 것으로 집약된다. 이러한 사회주의적 비전은 공장과 기계가 매개하는 인간과 비인간자연 사이의 근대적, 자본주의적 관계를 벗어나지 않는다. 카프는 노동자의 관점으로 세상을 바라보는 바로 그만큼 인간과 자연의 관계 또한 근대적으로 인식하고 있었던 셈이다. 이러한 구조적 반反생태주의는 21세기에도 노동운동이 생태운동과 연결되기 어려운 현실에서 고스란히 확인된다. 요컨대 인간과 자연의 관계를 중심으로 20세기를 바라보면 자본주의와 사회주의가 부정적인 방식으로 공모해 왔음을, 즉 근대성이라는 동일한 지평 위에 존재했음을 확인할 수 있다. 이것은 근대적 사회주의 이념, 그리고 그것에 근거한 카프의 문학 또한 예외가 아니었다.

4. 결론

이상으로 '인간'과 '자연'의 관계를 중심으로 카프 시의 특징에 대해 살펴보았다. 카프 시의 가장 큰 특징은 인구 대부분이 농민인 상황에서도 농민과 농촌이 아니라 노동자의 관점으로 세상을 보았다는 점이다. 카프 시의 공간적 배경이 '근대 = 자본주의'의 등장으로 인해 해체 위기에 직면한 농촌이 아니라 '도시'와 '공장'에 집중되어 있었다는 것은 이런 맥락에서 이해할 수 있다. 오늘날 '생태ecology'라는 개념은 특정한 사상과 인식이 근대성과 맺고 있는 관계를 판단하는 결정적인 기준으로 받아들여지고 있다. 브뤼노 라투르에 따르면 근대성은 '인간문화'과 '비인간자연' 사이의 근본적인 분할과 동시에 탄생한다. 이는 '인간'과 '자연'의 관계가 어떻게 이해되고 있는가를 살피면 특정한 예술 및 사상이 근대성과 맺고 있는 관계를 확인할 수 있다는 의미이기도 하다. 이 글은 이러한 문제의식에서 출발하여 『카프 시인집』 I·II에 수록된 카프 시인들의 작품을 두루 살펴보았다. 그리고 그 작업을 통해 카프 시가 생태적 사유와 일정한 거리를 유지하고 있었음을 확인했다.

현대적 해석에 따르면 맑스주의는 그 내부에 생태적 사고를 포함하고 있다. 하지만 맑스주의와 사회주의 이념에 기초한 카프 시에서 '인간'과 '자연'의 유기적 관계는 중요한 문제가 아니었다. 이는 카프의 시인들이 '도시'와 '노동자'에 초점을 맞춰 창작함으로써 생긴 문제라고 말할 수 있다. 사회주의는 자본주의가 농촌에 기반한 중세의 공동체적 질서를 파괴하면서 등장했다고 지적하면서도 정작 농촌이 아니라 도시, 그리고 산업 프롤레타리아트를 중심으로 혁명을 사고했다. 카프 시 또한 이러한 전통에서 벗어나지 않음으로써 '도시'에 대해 매우 비판적인 태도를 견지하면서도 그곳을 벗어나려 하지 않았고, 과학과 기계 등의 근대적 장치에 대해서도 동일한 태도를 취했다. 이런 점에서 사회주의, 그리고 그 사상에 근거하고 있는 카프 시는 근대 자체에 대한 부정이라기보다는 자본주의와 다른 방식의 대안적 근대성을 추구했다고 평가할 수 있다.

참고문헌

기본자료

김성윤 편, 『카프 시전집』 I·II, 시대평론, 1988.

서범석, 『한국농민시』, 고려원, 1993.

최명표 편, 『김창술 시전집』, 신아출판사, 2014.

강정구 편, 『유완희 시선』, 지식을만드는지식, 2014.

논문 및 단행본

강정구, 「부르주아 민족주의 좌파 경향의 시인 유완희」, 『우리문학연구』 46, 우리문학회, 2015.

김민정, 「1920년대 『조선농민』 담론 연구」, 성균관대 석사논문, 2006.

김영조, 「안함광의 프로문학론 고찰」, 수원대 석사논문, 1991.

김윤식, 『김동리와 그의 시대』, 민음사, 1995.

노용무, 「김창술 시의 근대성 연구」, 『한국언어문학』 78, 한국언어문학회, 2011.

맹문재, 「일제강점기 유완희의 시 세계 고찰」, 『우리문학연구』 53, 우리문학회, 2017.

박경수, 「카프(KAPF) 농민시 연구」, 『우암어문론집』 5, 부산외대 국어국문학과, 1993.

박노자, 「식민지 시대의 사회주의 운동, 살릴 만한 가치란 무엇인가?」, 『마르크스주의 연구』 21(4), 경상국립대 사회과학연구원, 2024.

박정호, 「유완희의 경향시 연구」, 『우리어문학연구』 2(1), 한국외대, 1990.

임화, 『임화문학예술전집』 4, 소명출판, 2009.

정우택, 「적구 유완희의 생애와 시세계」, 『반교어문연구』 3, 반교어문학회, 1991.

최병구, 「과학기술과 자기－식민지 조선에서의 러시아 사회주의 인식」, 『구보학보』 18, 국보학회, 2018.

최병두, 「자연의 지배, 탈소외, 승인」, 『도시연구』 3, 한국도시연구소, 1997.

하정일, 「프로문학의 탈식민 기획과 근대극복론」, 『한국근대문학연구』 11(2), 한국근대문학회, 2010.

박선영, 나병철 역, 『프롤레타리아의 물결』, 소명출판, 2022.

도널드 워스터, 강헌·문순홍 역, 『생태학 그 열림과 닫힘의 역사』, 아카넷, 2002.

브뤼노 라투르, 홍철기 역, 『우리는 결코 근대인이었던 적이 없다』, 갈무리, 2009.

에릭 잠파 앤더슨, 김성환 역, 『보이지 않는 존재들』, 한문화, 2024.

칼 맑스, 홍영두 역, 『헤겔 법철학 비판』, 아침, 1988.

카프 시와 돌봄

김학중

1. 카프 시의 돌봄 문제 가시화하기

이 글은 카프 시를 돌봄의 관점에서 살펴보기 위한 시도이다. 이는 지금까지 카프 연구에서 취한 적 없는 접근이라 할 수 있다. 카프 100주년을 염두에 두고, 카프 시의 새로운 가치를 어디에서 찾을 수 있을지에 대한 고민을 수행한 결과로, 기존의 카프 연구에서는 비가시화되어 있던 지평을 나름대로 가시화하는 작업이 될 것이라 기대한다.

그렇다면 여기서 다루려고 하는 돌봄이 어떤 개념인지 살펴볼 필요가 있을 것이다. 최근 돌봄 관련 연구는 사회학, 사회복지학의 경계를 넘어 정치학 및 윤리학의 영역에서 주요한 연구 주제로 떠오르고 있다. 특히 팬데믹을 통해 전 세계적으로 돌봄의 위기를 경험한 뒤에 돌봄 관련 연구는 더욱 활발해졌다. 이들 연구는 전통적인 돌봄의 관점에서 사회적 약자를 돌보는 돌봄의 개념을 넘어 더욱 확장된 돌봄을 제안한다. 그에 따르면, 돌봄은 우리가 사는 세계의 여러 주체들이 지닌 신체적 취약성으로 인해서 상호의존적이고 관계적으로 얽혀 있음에 주목한다. 이는 장애학에서 재전유된 돌봄을 참조한다. 장애학에서 돌봄은 비장애인이 장애를 돌본다는 전통적 돌봄의 관점을 해체하고 장애자가 비장애자의 신체적 취약성을 가시화하는 데 기여하고 있음을 논한다. 인간이 지닌 신체적 취약성은 장애자와 비장애자 모두에게 주어져 있으며 이는 상호의존적인 주체의 장을 드러내도록 이끈다. 이는 돌봄의 지평을 확장하게 한다. 왜냐하면 인간 모두에게 근본적인 취약성이 있다는 것을 환기하기 때문이다. 이제 상호의존적 주체들은 다른 주체들을 돌보면서 동시에 돌봄을 받는다.[1] 이렇듯 확장된 돌봄의 개념은 학문적 경계를 넘어서 다루어야 하는 주제가 된다. 토론토가 돌봄의 개념을 "가장 일반적인 수준에서, 가능한 잘 살 수 있도록 우리의 세상을 유지하고 지속하며 복원하기 위해, 우리가 하는 모든 것을 포함하는 종種의 활동"[2]으로 보고, 돌봄을 수행하는 주체가 사는 세계를 "우리의 몸, 자아 그리고 환경을 포함하는 복합적이며 생명유지의 그물망으로 엮을 수 있는 모든 것을 포함"[3]하는 것으로 이해하는 것이 대표적이다.

돌봄이 이렇듯 광범위한 영역을 논의의 대상으로 삼을 수 있다고 보는 것을 이해하기 위해서는 커타이의 논의를 살펴보는 것이 도움이 된다. 커타이는 "우리가 생존과 성장을 위해 돌봄이 필요했던 것처럼, 우리는 다른 사람이 — 돌봄노동을 하는 사람을 포함해서 — 생존과 성장에 필요한 돌봄을 받을 수 있는 조건을 제공할 필요가 있다"[4]고 논하고 있는데, 이러한 관점을 가능하게 하는 것은 "우리 모두는 — 평등하게

1 이 논의는 더 케어 컬렉티브의 『돌봄선언』(정소영 역, 니케북스, 2021)의 '1장 돌보는 정치'와 '3장 돌보는 공동체'를 참고하였다.

2 조안 C. 트론토, 김희강 외 역, 『돌봄민주주의』, 박영사, 2024, 73면.

3 위의 책, 73면.

4 에바 페더 커테이, 나상원 외 역, 『돌봄, 사랑의 노동』, 박영사, 2016, 200면.

— 어느 엄마의 아이"[5]이기 때문이다. 이렇게 보면 돌봄은 인간 주체가 생존하고 성장하는 데 필요충분적으로 요구되는 근본적 특성이다.

이러한 돌봄에 대해서 주디스 버틀러는 좀 더 엄밀한 철학적 접근을 통해 돌봄의 개념화에 기여하고 있다. 버틀러는 현상학의 담론을 경유하여 상호의존성의 지평, 즉 돌봄의 지평을 더욱 구체화한다. 그때에 버틀러가 경유하는 현상학은 신체의 현상학을 연 메를로퐁티의 현상학이다. 그 논의에 따르면, 인간 주체는 '세계-로의 존재'로서 나타난다. 이러한 주체들은 세계로 향해 있음으로 인해서 서로 살로서 얽혀 있다. 이때에 가시화되는 것은 주체의 신체성이다. 신체를 가진 인간 주체는 다른 주체 없이는 자신을 가시화할 수 없고 그 역도 그렇다. 이로 인해서 주체는 세계 속에서 세계는 물론이고 주체들과 상호 얽히게 된다. 버틀러는 바로 이러한 지평이 돌봄과 연결된 지평이라고 지적한다. 물론, 버틀러는 메를로퐁티가 주체의 신체성을 밝히는 데에는 기여했지만, 그러한 신체로 향하는 혐오와 폭력성에 대한 현상학적 검토가 누락되어 있음에 대해서는 비판한다. 그럼에도 메를로퐁티의 현상학이 돌봄의 개념을 철학적으로 정초하는 데 기여하고 있다고 평가한다.[6]

이러한 논의들은 인간학 그 자체에 가까운 논의라고 할 수 있다. 이러한 돌봄 담론의 인간학적 경향이 무리한 주장으로 보기 어려운 것은 뇌과학과 같은 자연과학의 영역에 속한 논의에서도 동일한 문제가 언급되고 있기 때문이다. 최근의 뇌 과학은 상호의존적인 주체의 특성이 뇌의 발달과정에서 확인되고 있다고 논한다. 그에 따르면, 우리가 복잡성 네

5 위의 책, 75면.
6 이에 대해서는 주디스 버틀러의 『지금은 대체 어떤 세계인가』(김응산 역, 창비, 2023)의 3장 '윤리와 정치로서의 상호 엮임'을 참조하였다.

트워크를 가진 뇌를 가지고도 작은 용량의 뇌를 통해 생활할 수 있는 것은 우리가 사회를 이루고 분업할 수 있었기 때문이라고 본다. 여기서 분업은 동시에 협업을 함의한다. 물론 뇌 과학에서 말하는 분업과 협업은 자본주의 시스템에서 노동과 생산의 영역에서 다루는 그러한 협의의 분업과 협업의 개념이 아니다. 아이를 양육할 때, 양육자가 참여하는 방식에서 여러 일들을 양육자가 나누어 담당하는 일을 포함한 광의의 개념이다. 그리고 이는 양육받는 아이들의 뇌와도 상호적인 관계 속에서 일어난다. 다른 사람의 뇌의 영향과 상호작용을 하면서 우리의 뇌가 움직인다고 말하는 것의 의미가 여기에 있다. 이때 아기의 뇌는 아기가 가진 신체적 취약성을 알고 양육자의 뇌와 교감하며 양육에 필요한 것들을 이끌어낸다.[7] "우리는 '양육이 필요한 본성'을 지녔다. 우리의 유전자가 완성된 뇌를 만들어내려면 적절한 물리적 환경과 사회적 환경"[8]이 필요하다고 논한다. 그러기에 만약 뇌의 성장에 이러한 양육이 제대로 이뤄지지 않고 지속적인 방치가 일어날 때에는 인간의 뇌는 회복할 수 없는 후유장애를 입을 수 있다고 이야기하고 있다. 그러한 비극적 후유장애가 나타난 사례로 1960년대 루마니아 고아원의 사례, 난민캠프, 이민자 구금시설, 장기적 빈곤에 시달리는 빈민가에서 자란 아이들의 사례를 언급한다.[9] 이러한 점을 감안할 때, 인간의 뇌는 상호의존적인 기능을 다른 어떤 기관보다 잘 수행한다는 것을 알 수 있다. 또한 인간의 뇌는 인간이 지닌 근본적 취약성을 잘 드러내는 기관임을 알 수 있다. 또한

7 이에 대해서는 리사 펠드먼 배럿의 『이토록 뜻밖의 뇌 과학』(더퀘스트, 2021)의 '2장 인간의 뇌를 만드는 방식 — 뇌는 네트워크다'와 '5장 타인의 뇌라는 축복 또는 지옥 — 당신의 뇌는 보이지 않게 다른 뇌와 함께 움직인다'를 참조하였다.

8 리사 펠드먼 배럿, 변지영 역, 『이토록 뜻밖의 뇌 과학』, 더퀘스트, 2021, 98면.

9 위의 책, 92~96면 참조.

우리가 인간적 능력을 수행하는 데 있어서 뇌의 기능이 중층적인 점을 떠올릴 때, 돌봄의 문제는 전통적으로 돌봄을 배당받은 주체들의 문제로 한정 지을 수 없다는 것을 의미한다. 이러한 지평들을 경유하여 최근의 돌봄의 개념은 상호의존적 주체의 여러 특성들을 가시화하며, 인간 주체의 신체적 취약성을 드러내는 데 기여하고 있다. 이러한 돌봄의 개념을 염두에 둘 때, 우리는 모두 돌봄 주체가 되게 된다. 토론토가 민주주의 재정립을 위해 돌봄에 기초한 민주주의 필요성을 요청하는 이유가 이러한 맥락에 놓여 있다.

문제는 카프 문학이라는 분석 대상으로 눈길을 돌렸을 때, 이러한 최근의 돌봄 논의가 어떤 독해의 지점을 제공하는가일 것이다. 사실 돌봄과 관련된 연구의 영토는 신자유주의 경제, 페미니즘 등 지금 여기의 맥락과 긴밀한 담론적 맥락을 지닌 것이 사실이다. 돌봄의 문제가 좁게는 사회복지학이나 윤리학 정도에서 논의된 것은 주지의 사실이고, 그 논의의 경계가 급작스럽게 확장된 경위에는 전 세계적 돌봄 위기를 야기한 근본적 지평이 존재한다. 그것은 신자유주의가 야기한 생명정치의 맥락이다. 신자유주의의 자기 착취는 전 세계적으로 돌봄의 문제를 가시화하는 데 기여했다. 한병철은 "성과주체는 주인에 묶여 있지 않으면서도 스스로를 자발적으로 착취한다는 점에서 절대적 노예라고 할 수 있다. 그에게 노동을 강요하는 주인은 없다. 그는 벌거벗은 생명을 절대화하고 그러기에 노동한다. 벌거벗은 생명과 노동은 동전의 양면"[10]이라고 이러한 신자유주의의 생명정치를 정의한 바 있다. 여기에 더해 팬데믹의 상황이 돌봄 위기의 문제를 심화시켰다. 그런 점에서 신자유주

10 한병철, 『심리정치』, 문학과지성사, 2015, 11면.

의로 인한 돌봄의 위기가 돌봄의 문제를 심화 및 가시화했다는 것이 된다. 그런 맥락이 카프와 어떤 연관이 있을까? 신자유주의와 아무런 관련도 없는 일제강점기 시대의 카프 시에서 돌봄의 문제를 읽어낼 만한 것이 있을까? 있다 하더라도 봉건주의적 가부장제의 잔재가 상존하는 식민지시기의 한계로 인해 전통적으로 배정된 돌봄의 형태만 드러나 있는 것은 아닐까? 카프 시와 돌봄에 대해 생각해 볼 때, 이런 질문들이 뒤따를 수밖에 없다.

이 질문들이 야기하는 담론적 지평을 돌파하기 위해서는 결국 돌봄을 문제화하는 근본적 지평에 주목할 수밖에 없었다. 그 시작에 놓인 논의는 토론토의 지적이다. 토론토는 "아리스토텔레스가 『정치학』 시작 부분에서 폴리스polis와 오이코스oikos, household를 구분한 것은 잘 알려져 있다. 19세기 미국의 영역 분리 이데올로기는 공적 영역을 남성 영역으로 사적 영역을 여성 영역으로 성별화했다"[11]고 문제화하면서 돌봄이 사적이고 여성적인 영역에 속하게 된 것이 돌봄 문제의 중요성을 정치적 장에서 인지하지 못하도록 만들었다고 주장한다. 그러나 토론토의 논의는 근대적 시스템의 중추에 놓인 경제개념이 바로 오이코스에서 파생되어 나온 오이코노미아에 근간한다는 것을 놓치고 있다. 아감벤은 스토아 학파 문헌에서 오이코노미아의 어원 분석을 수행한다. 여기서 아감벤은 "동사 'okonomein'은 무언가를 '통치하다, 관리하다, 보살피다'라는 넓은 의미에서 '삶의 필요에 대비하다, 양분을 공급하다, 양육하다'라는 의미를 획득"[12]하는 과정을 밝힌다. 그러면서 오이코노미아가 경영, 경제의 의미를 획득한다는 것을 언급한다. 이러한 오이코노

11 조안 C. 토렌토, 앞의 책, 46면.

12 조르조 아감벤, 박진우 외 역, 『왕국과 영광』, 새물결, 2016, 69면.

미아의 개념은 신학적 개념으로 수용되어 쓰이다가 근대적 생명정치의 시스템에 들어서면서 세속화된다. 범박하게 논하면, 생명정치의 영역에서 오이코노미아의 세속화는 주권과 통치를 관리하는 것으로 나타난다.[13] 이렇게 보면 오이코스는 결코 사적인 영역 및 여성적 영역의 배당에만 관여하고 있는 것은 아니다.

공/사의 구분 및 정치적인 영역과 감정적인 영역의 구분으로 인한 돌봄 문제의 비정치화보다 더 중요한 것은 오이코노미아의 문제다. 경제의 문제, 즉 사유 재산에 기반한 근대적 자본주의 시스템인 경제가 공적 영역을 완전히 장악하면서 나타나는 문제가 돌봄 위기의 근본적인 문제화 지점이다. 토론토가 비판하는 19세기의 돌봄 배당의 논리 자체가 경제에 기반한 논리였다는 것이 이를 통해 드러난다. 오히려 성별 돌봄 배당은 근대 자본주의 시스템의 여성 인클로저 전략이 성공한 결과였다. 이반 일리치는 이에 대해 "성별의 경제적 구분, 경제적 개념으로서의 가족, 가정과 공공 영역 간의 대립 같은 전례 없는 현상들로 인해 임금 노동은 삶의 필수요소가 되었다. 이 모든 과정을 완수할 수 있었던 비결은 노동하는 남성을 가사일하는 여성의 일대일 관리자로 임명하고, 이런 후견자 임무를 기꺼이 받아들여야 할 의무로 만든 데 있었다"[14]고

13 잘 알려져 있다시피, 아감벤은 칼 슈미트의 명제 "현대 국가 이론의 주요 개념은 모두 세속화된 신학적 개념들이다"에 기반해 주권 권력과 통치에 대한 생명정치적 분석을 수행한다. 아감벤은 『왕국과 영광』(박진우·정문영 역, 새물결, 2016)에서 기존의 입장을 확장하여, 슈미트의 주장이 정치학의 영역에서 뿐만 아니라 경제 및 인간의 재생산적 삶이라고 할 수 있는 모든 활동을 분석하는데 유효하다고 주장한다. 오이코노미아는 신학에서 신이 피조물인 우리를 양육하고 돌보고 통치하는 것을 의미하는데, 이것이 현대적 시스템에서 세속화된 오이코노미아는 관료제, 행정시스템, 경제적 관리시스템 등에서 나타나는 생명정치적 관리 및 운영에 관여하는 권력체계를 의미한다고 본다. 더 자세한 것은 『왕국과 영광』을 참조하라.

14 이반 일리치, 노승원 역, 『그림자 노동』, 사월의책, 2015, 189면.

분석한 바 있다.

문제는 성별의 경제적 구분과 돌봄 할당이 근대 자본주의 시스템에서 온전히 성공했다고 보기 어렵다는 것이다. 왜냐하면 여성들의 노동 활동은 자본주의 시작 이래 시스템적으로 완전히 배제된 적이 없기 때문이다. 경제적으로 활동하지 못하는 남성들을 돌보기 위해 여성들이 노동을 해야 하거나, 임금 가격에 민감한 자본주의 초기의 공업시스템에서 저임금 여성 노동을 필요로 하여 여성들이 직업을 가지고 노동현장에 나가는 일들이 일상적이었기 때문이다. 뿐만 아니라 아동청소년 노동도 자본주의 초기부터 나타난다. 칼 마르크스는『자본』1권에서 이러한 문제에 대해 언급한 바 있다. 당시 도자기 제조업 및 벽지 공장에서 이뤄지는 아동 노동자 착취에 대해서 보고한 부분과 모자 직공 부분에서 장시간 노동으로 인한 착취에 대해서 보고한 부분이 대표적이다. 그에 따르면, 이들 아동 노동자와 여성 노동자들은 취약한 환경에서 강도 높은 노동을 했고, 그로 인해 신체적 성장에 제약이 발생하거나 목숨을 잃는 경우가 발생했다.[15] 근대적 자본주의가 돌봄의 대상으로 집안에 위치 지었던 이들이 사실은 더욱 취약한 환경에서 노동을 했고, 돌봄받지 못하였다는 것이 이를 통해 드러난다. 심지어 이들은 취약한 거주 환경에 노출된 가족들의 돌봄을 감당해야 하기도 했다. 근대적 시스템에서 돌봄이 문제화되는 지점이 여기에 있다. 성역할 할당의 관점으로 해명되지 않는 지평이 존재하기 때문이다. 돌봄 위기의 지평이 바로 여기에 있기 때문이다.

흥미로운 지점은 카프의 시에서 바로 이러한 문제적 지점을 드러내고

---

15 칼 마르크스, 강신준 역,『자본 I-1』, 길, 2008, 346~362면 참조.

있다는 점이다. 이는 배상미[16]가 『카프 시인집』에 실린 여성 화자와 여성 청자 시 분석에서 그 문을 연 바 있다. 가부장제의 억압 속에서도 노동 현장에 나가 활동하면서 혁명적 주체로 변모하는 여성들의 모습을 분석하는 논의에서 어느 정도 가시화되었기 때문이다. 다만 배상미의 논의는 『카프 시인집』의 문학사적 배경을 중요시 한 나머지 그 시기 카프 시에서 여성 노동자 화자와 청자가 나타나는 사회문화적 상황에 대해서는 주목하지 않았다. 이 시기는 1920년대 일본에서 공장법 강화로 저임금 여성노동자에 대한 수요가 식민지 조선으로 옮겨 온 시기[17]이며, 세계 대공황의 여파가 일본의 시장에까지 미친 시기이다. 그런 이유로 식민지 조선의 저임금 노동자인 여성 노동자의 수요가 높아졌던 시기이다. 아동청소년 노동의 수요도 이 시기 증가한 것으로 보인다. 이런 상황에서 노동환경도 무척 열악하였기 때문에 이 시기 식민지 조선에서는 노동자들의 파업이 잦게 된다. 이런 사회문화적 상황이 『카프 시인집』 발간을 전후로 나타났다. 물론 그러한 경향은 일본이 대공황을 벗어나기 위해 점점 군국주의화되고 파시즘화되는 과정에서 좌익운동을 억압하면서 약화된다. 이 글은 이러한 이유로 『카프 시인집』의 발간을 전후로 한 1928년에서 1931년 사이 카프 시에 나타난 돌봄 위기에 주목하면서 앞서 논의한 돌봄의 문제적 지평들을 살펴볼 수 있을 것이라 판단했다.

실제로 이 글에서 주목한 시들의 경우, 아동청소년 노동자 주체가 등장한다. 이들은 일제강점기 노동자들이 처한 취약한 돌봄 위기 상황을 겪고 있다. 이들 주체는 제대로 된 식사를 하지 못하는 상황에서 강도

16 배상미, 「가부장적 억압과 혁명성의 경계에 선 여성들—『카프 시인집』 수록 시편들의 여성 청자와 화자」, 『한국학 연구』 50, 2018.

17 루스 베러클러프, 김원 외 역, 『여공문학』, 후마니타스, 2017, 51면 참조.

높은 노동을 수행한다. 또한 이들의 가족은 아동청소년 노동자들이 공장에서 임금을 받고 일해야 할 정도로 경제적으로 열악한 가정환경에 처해 있다. 이들은 가혹한 노동을 하면서도 가족들을 부양하고 돌봐야 하는 역할도 감당한다. 이를 위해 이들은 노동현장에서 부당한 대우를 당하는 것을 참기도 한다. 그러다가 강압적인 노동환경에 저항하게 되고, 그러한 저항으로 인해 투옥되고 고문 받아 신체가 훼손되기도 한다. 이러한 아동청소년 노동자들은 대체로 여성 주체들로 묘사되고 있다. 물론, 소년공이라 불리는 남성 주체들도 등장한다. — 소년공이라는 호칭이 있는 것에 반해 호명할 호칭이 없는 여성 아동청소년 노동자는 '여공'으로 불린다. — 이들 아동청소년 노동자들은 일제강점기 노동 현장에서 가장 취약한 위치에 놓여 있다. 아동청소년 노동자들은 사회문화적으로 돌봄을 받아야 하는 주체들이다. 그러나 일제강점기 하의 상황에서 아동청소년 노동자들은 사회문화적 돌봄에서 배제되어 있었다. 그런 점에서 이들에 대한 카프 시의 재현은 돌봄의 위기와 신체적 취약성의 문제를 가시화한다고 할 수 있다.

이 글에서는 이러한 돌봄의 위기를 문제화하는 지점을 가시화하고 이를 통해 카프 시가 오늘날 돌봄의 관점에서 새롭게 해석될 수 있는 지점이 있는지에 대해 논해 보고자 한다. 먼저 아동청소년 노동자 주체들이 처한 취약한 노동환경과 거주환경 문제를 카프 시가 어떻게 재현하고 있는지 살펴보고, 이로 인해 야기되는 돌봄의 위기에 대해 논해 보겠다. 이어서 아동청소년 화자들이 열악한 노동현장에 저항하고 그로 인해 검거되어 감옥에 수감되거나 수감된 동지나 가족들을 위해 돌봄을 감내하는 것을 카프 시가 어떻게 재현하고 있는지 살펴보겠다. 이를 통해 가시화되는 신체적 취약성과 돌봄의 위기에 대해 논해 보고자 한다.

2. 취약한 노동환경과 거주환경을 문제화하는 돌봄 위기

여기서는 아동청소년 노동자 주체가 처한 취약한 노동환경과 거주환경을 문제화하는 시를 살펴보고자 한다. 이들 시에서 아동청소년 노동자들은 일제강점기 식민지 경제의 최하층의 취약한 구조에 노출되어 있다. 그로 인해서 이들 주체는 자신들의 신체적 취약성을 드러내며 그러한 취약성을 문제화한다. 더불어 이에 저항하기 위해 상호의존적 주체들과의 연대를 꾀하기도 한다. 이를 통해 아동청소년 노동자 화자는 당대의 현실이 야기하는 돌봄 위기를 문제화한다.

이러한 논의를 위해서는 우리가 카프 시에 대해 가지고 있는 표준적인 관점에서 벗어날 필요가 있다. 일반적으로 마르크스주의적 관점으로 카프 시에 대해 접근할 때, 시의 주체들을 저항의 주체로만 읽어내는 경향이 있다. 이때 저항의 주체의 관점이 누락한 것이 저항하는 주체의 신체적 취약성이다. 이러한 신체적 취약성은 상호의존적 주체들의 연대가능성을 확보하는 기초가 된다. 신체적 취약성을 가진 주체들은 불안정한 관계에 놓여 있고, 그로 인해서 모두가 불안정적인 관계가 야기하는 권리 침해의 상황에 노출될 수 있다는 것을 감지한다. 그러한 신체적 취약성을 감지한 주체들은 저항하고 연대하는데, 이러한 연대는 단순히 프롤레타리아 계급혁명을 위한 연대로 환원되지 않는다. 왜냐하면 이들 아동청소년 노동자 주체들은 시적 재현 속에서 단수적으로 묘사되고 있음에도 동시에 복수적이고 유기적인 신체의 지평을 환기하고 있기 때문이다. 이들의 신체는 "지원받고 생존하기 위해 다른 신체를 필요로 하"[18]기 때

18 주디스 버틀러, 김응산 외 역, 『연대하는 신체들과 거리의 정치』, 창비, 2020, 260면.

문이다. 이들은 계급혁명 이전에 신체적 취약성이 위협받는 상황에 대해 폭로하고 더 나은 삶의 형태를 요청하고 있다. 이들이 겪는 고통스런 억압은 계급적 억압이라는 이데올로기적인 측면만이 아니라 실제적인 신체적 위기를 드러낸다. 그런 점에서 아동청소년 노동자 화자는 단순히 계급혁명을 노래하는 주체로 환원되지 않는다. 이들은 계급적 다중이 아니라 신체적 취약성에 놓인 단수적이며 복수적인 주체이다.[19] 이러한 측면은 기존의 표준적인 마르크스주의의 계급투쟁 관점에서 간과되어 있었다.

이 주체들이 신체적 취약성이 드러나고 상연되는 장소는 공장과 거주지이다. 공장과 거주지가 아동청소년 노동자 주체의 신체적 취약성을 드러내는 장소로 나타나게 된 이유는 1920년대 이후, 일본의 공업이 식민지 조선의 저임금 노동자를 고용하기 위해 공장을 늘려 나가면서부터이다. 이들 공장은 도시에 이미 거주하고 있는 아동청소년 노동자들을 고용하기도 하였지만, 대부분 농촌에서 노동자들을 모집하여 공장 노동자로 고용했다.[20] 때문에 이들은 저임금에 장시간 노동을 강요당했고 거주지도 공장에서 제공하는 기숙사로 제한될 수밖에 없었다. 이들 노동자들은 저임금을 받는 와중에 취약한 거주지인 기숙사를 이용하는 비용도 치러야 했다. 때로 가족들이 공장이 제공하는 기숙사에 함께 지내기도 했는데, 그만큼 더욱 열악한 환경에서 지낼 수밖에 없었다.

여기서 아동청소년 노동자들이 받는 임금이 어느 정도 저임금이었는지 언급할 필요가 있다. 이들이 받는 임금은 성인 남성의 임금의 절반에

19 이에 대해서는 주디스 버틀러의 『연대하는 신체들과 거리의 정치』(창비, 2020)의 '5장 "우리 인민" 집회의 자유에 대한 사유들'을 참조하였다.

20 루스 베러클러프, 앞의 책, 55면 참조.

해당했다. 이러한 임금 정책이 이뤄진 것은 일제가 '가족 임금'이라는 관념에 임금 정책을 연결지어 놓았기 때문이다. 노동자 계급 남성은 가족부양을 위해 높은 임금을 받아야 한다는 관념에 기대 임금을 책정했던 것이다. 그런 이유로 오히려 여성 노동자와 아동 및 청소년 노동자들은 열악한 노동환경 및 저임금 장시간 노동에 노출될 수밖에 없었다.[21]

대체로 이들은 노동집약적인 경공업 공장에서 일했다. 이는 1920년대 초에서 1930년대 초의 경성의 제조업에 어떤 직종이 있었는지 추측해볼 수 있는 연구에서도 확인된다. 그에 따르면, 인쇄직과 고무생산직 등이 있었으며, 양복직공, 양화직공, 양말직공 등 섬유제조업이 있었다.[22] 경성 외에 부산 등에서도 동일한 직종의 공장들이 있었다. 부산방직 파업을 다룬 임화의 「양말 속의 편지」1930를 통해서 부산에서도 노동집약형 경공업이 자리하고 있음을 유추할 수 있다. 이러한 일제강점기 공장의 형태는 이후 일제가 군국주의화되면서 악명 높은 〈군함도〉의 형태로 집약되어 나타난다. 일제시기의 이러한 가혹한 자본주의 생산시스템의 형태는 당대 식민지 조선의 피식민 노동자들의 신체적 취약성을 위협하는 잔인한 형태로 강화된 것이다. 그런 점에서 이러한 문제를 환기하는 카프 시들은 돌봄의 위기를 통해 당대 일제의 자본주의 시스템이 유기적 신체를 가진 인간에게 얼마나 위협적인지를 가시화하는 작업을 수행했다고 볼 수 있는 것이다.

이제부터는 앞서 논한 바대로 『카프 시인집』 수록 시들이 창작되고 시집으로 발간되던 시기의 카프 시들 중에서 아동청소년 노동자 주체들이

---

21 위의 책, 53~55면 참조.

22 정우택, 「종로의 사상지리와 임화의 "네 거리"」, 『민족문학사연구』 51, 민족문학사학회, 2013, 120~123면 참조.

나타나는 시에 주목하고, 이들을 통해 재현되는 신체적 취약성이 나타나는 장소인 공장과 거주지의 문제를 살펴보도록 하겠다. 그것을 통해 가시화되는 돌봄의 위기를 논하면서 그것이 가시화하고 문제화한 영토가 어디인지에 대해 논하도록 하겠다. 우선 당시 노동상황에서 어린 나이의 노동자들을 선호하는 경향이 나타나는 것을 시적으로 드러내고 있는 작품을 살펴보고, 그것이 아동청소년 노동자 수요가 높은 사회문화적 배경을 암시함을 논의하겠다. 다음의 시 「누나」는 박세영의 시로, 『카프 시인집』에 수록되었는데, 기존의 논의에서는 여성 청자인 '누나'에 주목하여 시를 독해했다.[23] 여기서는 화자와 청자에 주목하는 것이 아니라 그 배경에 놓인 상황에 대한 진술에 주목하여 독해하겠다.

> 누나!
> 그날을 또 어떻게 지내셨수
> 유황 가루 얻어맞은 것 같은 세 자식을 데리고
> 돌아가며 밥 달라는 굶은 어린것들을 데리고
> 허나 누나를 보고 오는 나의 마음은
> 비스듬한 고개가 갑자기 깎아질러 보이고
> 내려다뵈는 도시를 향하여 가슴을 몇 번이나 두드렸소
>
> (…중략…)
>
> 누나!

---

23 배상미, 앞의 글.

십 년을 공부하고 나온 몸이라
언제나 중병자(重病子)와 같은 여공들을 볼 때는
개나 같이 생각하지 않았수만은
누나도 사흘 굶고 공장에로 안 나서셨수
그럴 때 놈들은 누나가 늙었다고 거절을 하지 않았수
나이 삼십이 넘은 누나가 늙었다는 것은
자본주의 시대의 솔직한 말이 아니유
놈들은 조금이라도 우리의 힘을 더 빼앗을 생각밖에

— 박세영, 「누나」 부분[24]

이 시에서 시적 화자는 청자인 '누나'가 공장에 나간 상황에 대해서 노래하면서 시를 시작하고 있다. 그 배경은 "유황 가루 얻어맞은 것 같은 세 자식을 데리고 / 돌아가며 밥 달라는 굶은 어린것들을 데리고"에서 알 수 있다. 가족들의 생계를 위해 '누나'는 공장에 나가게 된 것이다. 가장인 남편의 부재로 경제적으로 곤궁에 처한 '누나'에게 경제활동을 위한 다른 선택지는 찾기 어려웠던 것으로 보인다. 이는 "사흘 굶고 공장에로 안 나서셨수"에 잘 나타난다. 하지만 공장에 취직하는 것도 쉽지는 않았다. "누나가 늙었다고 거절을 하지 않았"냐고 화자가 되묻는 표현에서 그것을 추측해볼 수 있다. 그런 어려움을 겪고 나서 '누나'는 겨우 공장에 나가는 "여공"이 될 수 있었다.

이 시는 여성 청자에게 안부를 묻는 방식을 통해서 양육의 문제, 가장의 상실이 경제적 빈곤에 치명적일 수 있는 사회문화적 배경의 문제, 노

24 김창술 외, 『카프 시인집』, 열린책들, 2022, 71~73면.

동조건에서 나이의 문제 등을 가시화하고 있다. 그래서 이 시는 "그동안 계급투쟁의 내용이 아니라고 생각했던 나이듦이나 양육의 문제를 계급투쟁의 범주 안에 새롭게 포함하고 있기도 하다"[25]는 평을 받았다. 그러나 여기서 놓치지 말아야 할 것은 대체적으로 자본시장 안에서 노동자로 인식하고 고용하는 나이대가 낮게 형성되어 있다는 사회문화적 맥락이다. 그리고 나이를 기준으로 고용 여부를 결정했다는 것으로 보아, 숙련도가 높은 작업이 공장에서 이뤄졌다고 보기는 어렵다는 것도 드러내고 있다. 대신 업무의 강도는 상당히 높았던 것으로 보인다. "언제나 중병자重病子와 같은 여공들"이라는 표현에서 이를 유추할 수 있다. 저연령 여성 노동자들이 상당한 장시간 고강도 노동에 시달리고 있음을 암시하고 있는 것이기 때문이다.

여기서 활용되는 "여공"은 여성 성년 노동자와 아동청소년 노동자를 포함하는 개념이다. 왜냐하면 나이가 적은 "여공"들과 삼십이 넘은 '누나' 모두를 "여공"으로 호명하고 있기 때문이다. 기존의 논의들에서 이런 부분을 주목하지 못한 이유가 있다. 남성 노동자들의 경우, 아동청소년 노동자를 구별 짓는 개념인 '소년공'이란 용어가 있는 반면 '소녀공'과 같은 개념은 활용되지 않았다. 이는 일제강점기 공장 노동을 비롯한 노동현장에서 임금 산정 기준이 가부장인 남성을 기준으로 책정되어 있었던 것과 관련이 있다. 여성의 노동은 그런 점에서 남성 노동자들의 노동과 구별되는 그 외의 기타 노동으로 사회문화적 맥락이 형성되어 있었다. 때문에, 이러한 문맥은 잘 가시화되지 못했다.

아무튼 여기서 중요한 것은 식민지 조선의 노동현장에서 저연령 미

25 배상미, 앞의 글, 54면.

성년 노동자를 선호하는 노동시장이 형성되어 있고, 이들이 공장에서 수행하는 업무의 강도가 높았다는 것이다. 아마도 그러한 노동시장이 형성되게 된 이유에는 아동청소년 노동자들의 임금이 매우 저렴했기 때문이다. 알려진 바에 따르면, 1931년 기준으로 식민지 조선에서 성년 여성 노동자들이 받는 임금은 제사 산업의 경우, 일당 10전이고, 견직 산업의 평균 일당은 41전, 방직공장에서는 일당 평균 60전을 받았다고 한다. 미성년 노동자, 즉 아동청소년 노동자는 성년 여성 노동자 임금의 절반이었다고 하니 제사 산업은 일당 5전, 견직 산업은 일당 20.5전, 방직공장은 일당 30전 정도를 받았을 것으로 추론할 수 있다.[26] 그러한 이유로 식민지 조선의 노동현장에서는 아동청소년 노동자를 고용하는 것을 선호했던 것으로 추측할 수 있다. 이들에게 장시간 고강도 노동을 시키는 것이 당시 식민지 조선의 노동현장이었던 것이다. 사회적으로 돌봄을 받아야 할 아동청소년기에 상당수의 아동청소년 노동자들이 열악한 환경 속에서 일했다는 것을 이를 통해 유추할 수 있다.

그런데, 이들이 겪어야 했던 열악한 노동환경에는 사용자가 만든 부당한 노동자 통제구조도 포함되어 있다. 아래의 시에서 이를 살펴볼 수 있다.

> 나는 밤낮 놀고만 먹는다 나는 비록 내 누이 동생에게 對해 살망정 그것 未安하지 않을 수 없다 해서
>
> 오늘은 生前 처음으로 德順이를 마즈려고 神經衰弱第三期에 있는 나의 몸을 이끌어 이 工場門까지 왔다.

26 루스 베러클러프, 앞의 책, 52면 참조.

工場正門에서 身體檢査가 시작되었다. 職工들은모××××이라 말이나? 正門兩便에서 주머니 뒤집을 한다. 감추운 ……! 담배! ……… 檢査員들의 눈알이 붉다. 그들의 손은 男職工의 적삼과 바지를 들치고 또 女職工의 저고리 위와 치마근처를더듬는다 그들의손이 가는곳에 만질데와 못만질데가업다

내누의동생은 올에열아홉살이다 시집도 가지 안은…… 가지안엇다는것보다도 가지못못한 長成한 處女다 그러나 우리 男妹살림을 爲해서 ××을보지 못하며날마다 苦役을한다 아아 스물두살된이덩치큰사내 子息의가슴이압흐고나

德順이가 나오지안는다! 웬일일가? 나는 潮水와가치밀려나오는 職工들을 본다 憂鬱, 憂鬱, 憂鬱 그리고 疲勞, 疲勞, 疲勞, 그들의얼골이말하고잇다 女職工 하나가 檢査員압에와서 「자- 할대로하시오」하는듯이 팔을버리면서 下腹部를쑥내여민다 檢査員은맛당히 그럴일이라는듯이 그의 全身을 뒤진다 만진다. 더듬는다. 그의 ×이 그의××××지들어간 것은勿論이다 나의얼골에 ×가올러온다 아아 나의누이동생은 올에열아홉살이다 그는붓그러워하는 수집은계집아이다

××工場正門압에서 數업시繼續되는 人××××여! 나는오지아니할것을공연히왓고나

—박팔양, 「午後여섯時 콘트」 부분[27]

이 시는 박팔양이 필명 '김여수'로 발표한 시이다. 시 제목에서 '콘트'라고 드러냈듯이 콩트로 창작된 것으로 보인다. 그런데, 산문시에 가깝

27 김성윤 편, 『카프시전집1 — 1920~1929년대』, 시대평론, 1988, 301~302면.

다고 보아『카프 시전집』에서는 시로 실어놓았다. 이 시에는 앞서 분석한 시에서 암시적으로 아동청소년 노동자들의 노동현실이 표현된 것과 달리 본격적으로 아동청소년 노동자가 마주한 노동현실이 묘사되고 있다.

이 시의 화자 '나'는 공장에서 퇴근하는 "누이동생"을 마중 나간다. 그리고 마중 나간 "공장문" 앞에서 부당한 대우를 당하는 노동자들을 마주한다. 아동청소년 노동자들도 여기서 예외는 아니다. 그런 점에서 이 시는 노동환경인 공장이 노동자들의 신체적 취약성을 위협하는 장소임이 드러난다. "工場正門에서 身體檢査가 시작되"는 장면을 목도하였던 것이다. 여기서 감시관들이 수행하는 "신체검사"는 노동자들이 공장에서 빼돌리는 물품이 없는지를 검사하는 목적인데, 명시된 검사규정 같은 것이 있는 것은 아니다. "이 시기에 조선과 일본의 모든 공장에서 노동자들은 모호하게 규정된 위반 사항들에 근거해 자의적인 처벌을 받곤 했다"[28]는 보고가 있기 때문이다. 작위적으로 시행되는 검사가 "男職工의 적삼과 바지를 들치고 또 女職工의 저고리위와 치마 근처를 더듬는다 그들의 손이 가는 곳에 만질데와 못 만질데가 업"을 정도로 폭력적이었다. 화자는 이 검사를 보면서 화가 난다. 문제는 감시관들의 부당한 행위가 극에 달하는 장면이 뒤어어 묘사된다는 점이다. "女職工 하나가 檢査員압에 와서 「자- 할대로하시오」 하는 듯이 팔을 버리면서 下腹部를 쑥 내여 민다 檢査員은 맛당히 그럴 일이라는 듯이 그의 全身을 뒤진다 만진다. 더듬는다. 그의 ×이 그의 ××××지 들어간 것은 勿論이다"를 묘사하는 장면이 그것이다. 이는 오늘날의 기준으로 보면, 여성노동자에 대한 성폭력을 수행한 것이다.

---

28 루스 베러클러프, 앞의 책, 52면.

화자는 이 장면을 보고 자신의 "누이동생"인 "덕선이"도 이와 같은 부당한 대우를 받을 것에 분노하게 된다. "나의누이동생은 올에열아홉살이다 그는붓그러워하는 수집은계집아이다"라고 노래하는 화자의 목소리는 부당한 노동현장의 대우에 대한 분노가 담겨 있다. 더불어 미성년인 아동청소년 노동자들을 보호하지 않는 공장의 태도를 문제화한다. 그리고 화자가 공장에서 나오는 노동자들의 얼굴 표정이 밝지 않은 이유가 무엇인지 드러난다. "憂鬱, 憂鬱, 憂鬱 그리고 疲勞, 疲勞, 疲勞, 그들의얼골이말하고잇다"라고 화자는 노래하는데, 여기서 피로만이 아니라 우울이 노동자의 얼굴을 잠식하고 있는 이유가 드러난다. 공장에서의 여러 부당한 대우에 저항할 방법이 없다는 현실에서 노동자들은 우울감과 무력감을 느끼고 있었던 것이다. 이 어두운 표정은 아동청소년 노동자인 화자의 "누이동생"의 얼굴에도 드리워져 있다. 물론 화자의 "누이동생"은 거기에 더해 이러한 성폭력을 포함한 부당한 노동상황을 오빠가 보았다는 것으로 인한 당혹감, 청소년 여성으로서 느끼는 수치심도 함께 느끼게 된다.

이 시는 이러한 노동현장의 부당함을 고발하는 것을 통해 계급혁명을 위한 혁명성을 고조하려는 의도를 가지고 있다. 그러나 거기에서 그치는 것이 아니라 당시 노동환경 저변에 이와 같은 노동자 학대가 있으며, 그로 인해 돌봄 받고 보호 받아야 할 아동청소년 노동자들의 신체적 취약성 뿐만 아니라 노동자 일반의 신체도 학대받고 있음을 드러내고 있다. 그런 점에서 이 시는 신체적 취약성을 지닌 노동자들과 공장이 지닌 취약한 노동환경이 상연되고 있는 작품이라고 할 수 있다. 다만 이러한 부분들이 적극적으로 문제화하는 측면은 부족하다고 볼 수 있다. 부당한 장면을 보고 있는 화자가 "신경쇠약"을 겪고 있어서 덜 적극적인 자세를 취하는 것일 수도 있지만, 작품에 묘사된 그러한 화자의 상황을 감안하더라도 더 적극적 문제제기의 태도를 보일 수는 있었다고 본다. 그런 점에서 아쉬운 부분이 보이는 작품이다.

아무튼, 이러한 상연을 통해서 우리가 확인할 수 있는 것은 단수복수적인 이들 노동자들이 더 나은 사회적 돌봄을 요청할 수밖에 없는 현실이 존재한다는 것이다. 또한 이러한 문제적 상황에서 더 취약한 상황에 놓인 것은 아동청소년 노동자, 그 중에서도 여성 아동청소년 노동자라는 점이다. 앞선 논의에서 언급했지만 공장의 노동자 중 상당수는 지방에서 모집되어 와서 공장에 부속된 기숙사에서 숙식을 해결해야 했다. 때문에 기숙사에서 살아가는 아동청소년 노동자들은 위 시에서 감내해야 했던 감독관이나 사용자 측의 부당한 대우를 기숙사에서도 감당할 수밖에 없었다. 이러한 상황은 다음에 살펴볼 시에서 잘 나타나 있다.

우리가 맨들어 주는 그 돈으로
×(놈)들 에펜네는 보석과 금으로 꾸며 주고
우리는 집에 병들어 누어 있는
늙은 부모까지 굶주리게 하느냐

안남미밥 보리밥에 썩은 나물 반찬
(돼)지죽보다 더 험한 기숙사밥
하얀 쌀밥에 고기도 씹어 내버리는
×(놈)의 집 에펜네 한번 먹여 봐라

태양도 잘 못 들어오는

어두컴컴하고 차디찬 방에
출×(입)조차 ·····························(맘대로 못하)게 하는
××(감옥)보다 더······(참혹)한 이 기숙사살이
낫이면 양산 들고 연인과 식물원 꽃밭에
밤이면 비단 커-텐 밑에서 피아노 타는
×(놈) 집 딸자식 하로라도 시켜 봐라

걸핏하면 길들이는 원숭이같이
모진 ×××(감독놈)의 날카로운 ×(욕)
×(놈) 집 여펜네 딸자식 한번 ×(먹)여 봐라

— 권환, 「우리는 가난한 집 여자아이라고」 부분[29]

이 시의 화자는 시 제목에도 제시되어 있듯이 "가난한 집 여자아이"이다. 물론 이 화자는 단수적인 "가난한 집 여자아이"가 아니다. 이 화자는 하나이며 여럿인 "우리"이다. 그런 점에서 아동청소년 노동자가 단수복수적 특성을 가진다는 점이 시에 반영되어 있다 하겠다. 물론 이 시가 카프 계열 시인 만큼 계급성 자체를 드러내기 위해서 이러한 화자를 활용한 것이라 보는 것은 당연하다.

인용된 부분에서 화자는 자신들이 받는 임금이 터무니없을 정도로 저임금임을 노래한다. "우리가 맨들어 주는 그 돈으로 / ×(놈)들 에펜네는 보석과 금으로 꾸며 주고 / 우리는 집에 병들어 누어 있는 / 늙은 부모까지 굶주리게 하느냐"라고 하는 부분이 그것이다. 더불어 화자는 자

29 권환, 『권환 전집』, 한국문화사, 2023, 12~14면.

신들에게 가해지는 임금착취가 가족 전체를 돌봄 위기에 내몰고 있다고 노래한다. 화자인 가난한 집 여자아이들은 가족들을 부양하기 위해 저임금에도 고향을 떠나 도시의 공장으로 온 아동청소년 노동자들이다. 이들을 모집할 때는, 안정적인 거주지인 공장 기숙사와 적절한 임금을 보장한다고 선전하였다. 그러나 대체로 선전에서 약속한 것들은 실제 취업을 한 공장에서 지켜지지 않았다.[30] 그런 이유로 이들은 공장이 약속한 임금을 지급하지 않는 것에 더욱 크게 분노할 수밖에 없었다.

공장이 제공하는 거주지인 기숙사는 이들에게는 일상적인 폭력으로 가득한 곳이었다. 임금 문제가 가족 돌봄의 위기를 야기하는 것이었다면 기숙사의 문제는 가난한 집 여자아이들인, 자신들에게 직접적으로 가해지는 물리적 위협이었다. 이들이 거주하는 기숙사는 "태양도 잘 못 들어오는 / 어두컴컴하고 차디찬 방"으로 혼자 쓰는 것도 아니고 여럿이 함께 거주해야 하는 상황이었다. 그래서 이들은 기숙사방을 "감옥"보다 더 참혹한 장소로 인식하게 된다. 실제로 감독자들에 의해서 출입도 통제받았기에 감옥이나 마찬가지였다.

이러한 기숙사에서 이들 화자는 "안남미밥 보리밥에 썩은 나물 반찬 / (돼)지죽보다 더 험한 기숙사밥"이 식사로 주어졌다. 제대로 된 식사마저 할 수 없는데, 감독관에게 작업장에서 지속적인 직장 내 괴롭힘을 받아야 했다. 이 시에서는 "욕"으로만 표현되고 있지만, 당시 노동현장에서 아동청소년 여성 노동자들은 성희롱이나 성추행은 물론이고 앞선 시 분석에서 볼 수 있었던 성폭행에 가까운 폭력을 감내해야 했다.

그런 점에서 이 시의 화자는 당대의 노동현장이 지닌 폭력성과 부당

---

30 루스 베러클러프, 앞의 책, 56면 참조.

함을 폭로하는 것만이 아니다. 돌봄 받고 보호받아야 하는 "아이"임에도 "가난한 집 여자아이"들이라고 돌봄과 보호에서 배제된 것을 폭로하는 것이다. 그리고 이러한 위기가 이들을 가장으로 둔 가정 전반의 취약성을 위협하는 것으로 작용하고 있음을 가시화하고 있다.

다음으로 살펴볼 시는 이러한 문제적 상황을 직접적으로 문제제기하는 파업을 일으키고 그에 따른 기업 측의 해고가 이어지면서 노동자들의 저항이 위협받는 상황을 노래하고 있다.

> 올해같이 몹시 오는 눈도 없었고 올해같이 추운 겨울도 없었다
> 그래도 우리들은 — 계집애 어린애까지가
> 다 — 기계들을 내던지고 일어나지 않았니
> 동해바다를 거쳐오는 모질은 바람, 회사의 펌프, 징박은 구두발 휘몰아치는 눈보라 —
> 그 속에서도 우리는 이십 일이나 꿋꿋히 뻗대오지를 않았니
>
> 해고가 다 무어냐 끌려가는 게 무어냐 그냥 그대로 황소같이 뻗대이고 나가자
> 보아라! 이 추운 날, 이 바람 부는 날 — 비누 궤짝 짚신짝을 신고
> 우리들의 이것을 이기기 위하여
> 구루마를 끌고 나아가는 저 — 어린 행상대의 소년을……
> 그리고 기숙사란 문 잠근 방에서 밥도 안 먹고 이불도 못 덮고
> 이것을 이것을 이기려고 울고 부르짖는 저 — 귀여운 너희들의 계집애들을……
>
> — 임화, 「양말 속의 편지 — 1930.1.15. 남쪽 항구의 일」 부분[31]

31 임화문화편찬위, 『임화문학예술전집 1 — 시』, 소명출판, 2009, 74~75면.

이 시는 시의 부제에서도 연상할 수 있듯이 1930년에 실제로 있었던 부산방직의 파업을 소재로 한 시이다. 부산방직은 식민지 조선의 노동 현장의 부당한 상황이 집대성되어 있는 사업장이다. 농촌에서 아동청소년 여성 노동자들을 모집해 와서 열악한 기숙사에서 부실한 식사를 제공하고, 장시간 고강도 노동을 시키며 저임금을 제공한 업장이다. 이에 회사측의 폭압에 저항한 여공들의 파업이 일어났다. 이는 당시 신문에서 크게 다룰 정도로 전국적인 관심을 끈 사건이었다.

임화의 이 시는 그러한 부산방직의 문제적 상황을 상당히 구체적으로 형상화하고 있다. 인용된 부분을 보면 "올해같이 몹시 오는 눈도 없었고 올해같이 추운 겨울도 없었다 / 그래도 우리들은 — 계집애 어린애까지가 / 다 — 기계들을 내던지고 일어나지 않았니"라고 하면서, 파업이 일어난 상황을 재현하고 있다. 여기서 주목해야 할 부분은 파업을 일으킨 주체들이다. 이들은 모두 "계집애" 및 "어린애"이다. 물론 "까지"란 표현을 보면 공장에 있는 노동자 모두를 포함한다고 해석할 수 있을 것이다. 그러나 파업의 전면에 나선 주체들은 아동청소년 노동자들임은 분명해 보인다. 이들은 부당한 노동환경에 저항해 "기계"를 끄고 파업을 일으켰고, 파업은 "이십 일"이나 이어졌다는 것을 확인할 수 있다. 이에 회사 측은 "해고"를 하거나 물리적으로 경찰력을 동원해 노동자들을 검거한 것으로 보인다. "해고가 다 무어냐 끌려가는 게 무어냐 그냥 그대로 황소같이 뻗대이고 나가자"에서 이를 유추할 수 있다.

이러한 회사 측의 억압에도 아동청소년 노동자들은 "이 추운 날, 이 바람 부는 날 — 비누 궤짝 짚신짝을 신고 / 우리들의 이것을 이기기 위하여 / 구루마를 끌고 나아가는 저 — 어린 행상대의 소년을"로 유추해 보아 자력으로 생존책을 찾으면서 저항한 것으로 보인다. 파업으로 인해서 이들에게는 최소한의 생계를 이어나갈 수 있는 임금도 끊어졌고, 기숙사에서 제공하는 식사도 끊어졌던 것이다. 그래서 이들은 "행상대"를 꾸려서 생활을 할 수 있는 방책을 세웠다. 시에서 더 구체적 묘사가 나오지는 않지만, "행상대"의 소년들은 겨울의 추위를 충분히 견딜만한 의복을 갖추지 못했을 것이다. 공장에서 이를 지원해주지도 않았을 것이고, 받는 임금에서 가족을 부양한 비용을 송금한 뒤 남은 돈으로는 의복을 구입하기도 여의치 않았을 것이다. "행상대"가 충분한 보온성을 갖춘 옷을 갖추지 못한 이유가 여기에 있다. 이런 면을 고려해볼 때, 이 시는 아동청소년 노동자들의 신체적 취약성을 가시화하는 것으로 독해할 수 있다.

다음으로 소년공들이 "행상대"를 꾸려 저항하는 와중에 기숙사에서 단식투쟁을 하는 이들도 있었다는 것도 알 수 있다. "계집애들"로 불리는 여성 아동청소년 노동자들이 그들이다. 잘 알려져 있다시피, "계집애"는 미성년 여성을 의미한다. 그동안의 시 독해에서는 이 점이 주목받지 못했다. 기존 독해에서는 젊고 어린 여성을 "계집애"로 통칭한다고 보았던 것이다. 그래서 이들을 여성 아동청소년 노동자로 인식하지 못했다. 하지만 이들을 여성 아동청소년 노동자로 인식할 때, 기존에는 비가시적이었던 부분이 나타나게 된다.

이들은 이 시에 묘사되어 있듯이 소년공들과 다른 방식으로 저항했다. 그것은 단식과 점거이다. 이는 "기숙사란 문 잠근 방에서 밥도 안 먹고 이불도 못 덮고 / 이것을 이것을 이기려고 울고 부르짖는 저 — 귀여운 너희들의 계집애들"을 통해서 확인할 수 있다. 여기서 추가적으로 유추할 수 있는 것은 기숙사가 회사에서 제공하는 거주지이기에 여기서 나가지 않고 점거하는 것도 감독자들에 대한 저항하고 회사 측에 저항하는 것으로 이해되었다는 것이다. 이는 여성 아동청소년 노동자들이 자신들의 신체적 취약성을 극단적으로 가시화하면서 이를 저항의 힘으로 활용했다는 것을 의미한다.

지금까지의 논의를 통해 확인할 수 있는 것은 식민지 조선의 노동환경에서 가장 취약한 구조에 놓인 주체들이 다름 아닌 아동청소년 노동자였다는 것이고, 이들이 당시 식민지 노동환경에 저항한 실질적 주체였다는 것이다. 이들이 이러한 저항을 할 수 있었던 것은 마르크스주의적 혁명주의에 찬동했다기 보다 이들이 처한 돌봄 위기의 상황 때문이다. 돌봄 받지 못하고 신체적 위협을 받은 주체들이 파업과 같은 극단적인 저항을 시도했다는 것이 더 설득력 있게 다가온다. 이 시기 카프의 시는 바로 이러한 돌봄의 위기를 마주하고 이것을 재현하고 고발하는 것을 통해 카프의 볼세비키화를 추진하려고 했다.

카프의 시가 원하든 원치 않던 이때의 카프 시들은 식민지 조선의 아동청소년 노동자들이 마주한 돌봄 위기를 가시화하였다. 이들이 열악한 노동환경에 처해 있었고, 부당한 대우 및 학대를 받으면서 저임금 장시간 노동을 감내해야 했다는 것을 드러냈던 것이다. 또한 이들이 공장에서 제공받은 거주지인 기숙사가 공장의 통제 하에 놓인 열악한 거주지이고 제대로 된 사회적 돌봄을 제공하지 않는 거주지였다는 것을 가시화하였다. 이들에게 양질의 거주환경과 양질의 식사를 제공한 적이 없기 때문이다. 더불어 이들 아동청소년 노동자들이 당시 상황에서 각기각 가장의 경제적 주체이거나 가장인 경우가 많았다는 것도 드러난다. 또한 일제의 공장들은 이들에게 성인 남성노동자 임금을 기준으로 한 임금지불기준을 강제해 다른 가족 구성원들의 생활을 취약하게 만드는 것에도 기여했다는 점도 가시화되고 있다. 그런 점에서 지금까지 살펴본 카프 시들은 당대의 돌봄 위기를 가시화하고 아동청소년들이 마주한 신체적 취약성들을 가시화하였다고 평가할 수 있다.

이어지는 논의에서는 아동청소년 노동자들이 파업과 같은 저항을 통해 검거 및 수감되게 상황을 다룬 시들을 분석할 것이다. 이 시들은 아동청소년 노동자들의 수감과 수감에 따른 고문, 그리고 고문에 의한 신체적 훼손 및 상실을 경험하는 것을 묘사한다. 또한 이 시들은 수감과 고문 경험으로 인해 신체적 능력을 훼손당한 주체들을 마주한 화자들을 등장시킨다. 이 시들의 분석을 통해서 돌봄 위기에 저항한 신체들이 겪는 고통이 우리에게 신체적 취약성을 환기하며, 그로 인해서 우리가 쉽게 훼손되는 신체를 가진 주체들임을 가시화한다는 것에 대해 논할 것이다. 상호의존적인 주체들의 가시화를 통해서 일제강점기 식민지 노동상황을 고발하고, 돌봄 위기를 문제화하고 있다는 논의를 할 것이다. 수감과 고문후유증으로 인해 새롭게 발생하는 돌봄의 문제가 당시에는 개인적인 차원에서 감내할 것으로 이해되고 있는 것으로 보이는데, 이는 아동청소년 노동자들이 이미 노동현장에 나서게 된 돌봄 위기의 상황을 더욱 심화시키는 것으로 보인다. 돌봄 위기가 돌봄 위기를 부르는 악순환이 나타나게 되는 것이다.

3. 수감 경험과 고문으로 인한 신체적 취약성을 문제화하는 돌봄 위기

여기서는 수감 경험과 고문으로 인해서 신체적 취약성이 드러나고 그것을 마주한 주체들이 돌봄을 감내하는 것을 시 분석을 통해 논해 보려고 한다. 1928년에서 1931년에 이르는 시기의 카프 시에서는 투쟁과 저항으로 인해 발생한 검거와 추방 및 수감 상황들을 소재로 다룬 시들이 여러 편 보인다. 이들 시에서는 감옥에서 마주한 혹독한 수감 생활로 인해서 건강을 잃거나 고문으로 인해서 신체적 훼손을 겪을 것으로 보이는 주체들이 등장한다. 이들은 그동안의 연구에서는 일반적으로 프롤레타리아 혁명에 적극적으로 참여한 청년으로 독해하는 것이 일반적이었다. 그러나 기존과 다른 독해를 통해서 살펴볼 때, 이 시에 나오는 화자나 청자들 중 상당수가 실제로는 아동청소년에 해당한다는 것을 확인할 수 있었다. 이는 돌봄을 중심에 두고 시 독해를 수행하는 과정에서 가시화되었다.

우선 수감 경험과 그에 따른 신체적 취약성의 가시화를 이야기하기에 앞서서 감옥 차제가 돌봄과 관련하여 어떤 담론적 지평에 놓여 있는지 살필 필요가 있다. 이에 대해서는 버틀러의 분석을 참고할 필요가 있다. 그에 따르면, 감옥은 공적 공간에 다가가지 못하게 금지하는 공간이다. 정치범, 난민 등 공적 공간에서 감옥으로 강압적인 이행을 겪은 이들은 신체적 취약성으로 인해 고통받지만 그러한 취약성으로 인해서 오히려 잠재적으로나 실질적으로 혁명적 상태가 된다.[32] 그런 점에서 감옥은 자신의 저항을 가시화하는 공공적 공간에서 배제를 의미하는 공간이며, 신체적 취약성을 위협받는 공간이다. 다만 여기서 강화되는 신체적 취약성은 저항을 시도한 주체들을 여러 다른 혁명 주체들과 상호의존하고 연대할 수 있도록 돌본다. 그 돌봄으로 인해 이들은 잠재적으로 혁명적 상태를 획득한다.

이제 살펴볼 시에서는 수감 경험과 그에 따른 돌봄의 위기, 고문으로 인한 신체 훼손과 그로 인한 돌봄의 위기 등이 나타난다. 이러한 돌봄의

---

32 이에 대해서는 앞선 논의와 마찬가지로 주디스 버틀러의 『연대하는 신체들과 거리의 정치』(창비, 2020)의 '5장 "우리 인민" 집회의 자유에 대한 사유들'을 참조하였다.

위기는 돌봄과 연관된 관계들도 신체적 취약성을 야기하고 그러한 고통은 잠재적 연대의 가능성을 환기하게 된다.

여기서 이러한 돌봄 위기를 문제화하는 주체들은 아동청소년 노동자들이다. 이들은 앞서 살펴본 노동환경 및 거주지 환경의 열악함 등으로 인해 야기된 돌봄 위기에 의해 식민지 조선의 노동현장에 대한 저항의 주체로 나타났다. 이들은 이런 과정에서 서로 연대하고 격려하면서 서로를 돌보고 지탱한다. 그러나 이 저항은 일제의 노동관리 시스템 하에서 경찰 등에 의해서 진압당하고 신체적 취약성을 더욱 가시화하는 감옥에 수감되게 된다. 그에 따라 수감된 주체들을 돌보는 주체도 나타나게 된다. 아래의 시를 살펴보면서 이에 대해 논의해 보겠다.

오오 사랑하는 요꼬하마의 계집애야
비는 바다 위에 내리며 물결은 바람에 이는데
나는 지금이 땅에 남은 것을 다 두고
나의 어머니 아버지 나라로 돌아가려고
태평양 바다 위에 떠서 있다
바다에는 긴 날개의 갈매기도 오늘은 볼 수가 없으며
내 가슴에 날던 요꼬하마의 너도 오늘로 없어진다

그러나 요꼬하마의 새야
너는 쓸쓸하여서는 아니 된다 바람이 불지를 않느냐
하나뿐인 너의 종이우산이 부서지면 어쩌느냐
어서 들어가거라
인제는 너의 게다 소리도 빗소리 파도 소리에 묻혀 사라 졌다

가보아라 가보아라

나야 쫓기어 나가지만은 그 젊은 용감한 녀석들은

땀에 젖은 옷을 입고 쇠창살 밑에 앉아 있지를 않을 게며

네가 있는 공장엔 어머니 누나가 그리워 우는 북륙北陸의 유년공幼年工이 있지 않느냐 너는 그 녀석들의 옷을 빨아야 하고

너는 그 어린것들을 네 가슴에 안아 주어야 하지를 않겠느냐

가요야! 가요야! 너는 들어가야 한다

벌써 사이렌은 세 번이나 울고 검정 옷은 내 손을 몇 번이나 잡아다녔다

인제는 가야 한다 너도 가야 하고 나도 가야 한다

이국의 계집애야!

눈물은 흘리지 말아라

거리를 흘러가는 데모 속에 내가 없고 그 녀석들이 빠졌다고

섭섭해하지도 말아라

네가 공장을 나왔을 때 전주電柱 뒤에 기다리던 내가 없다고

거기엔 또다시 젊은 노동자들의 물결로 네 마음을 굳세게 할 것이 있을 것이며

사랑에 주린 유년공들의 손이 너를 기다릴 것이다

— 임화, 「우산 받은 요꼬하마의 부두」 부분[33]

이 시는 잘 알려져 있다시피 임화가 나카노 시게하루의 「비 내리는 시나가와역」의 답시로 창작한 시이다. 그런 이유로 마르크스주의 국제주의적 경향을 환기하는 시로 독해되어 왔다. 여기서는 기존에 주목받

33 김창술 외, 『카프 시인집』, 열린책들, 2022, 63~65면.

았던 논의의 맥락에서 조금 벗어나서 돌봄의 관점에서 독해한 논의를 하고자 한다.

인용된 부분에서, 화자는 여성 청자인 "기요", 즉 "요꼬하마의 계집애"를 호명한다. 그녀는 추방되는 화자를 마지막으로 배웅하기 위해 요꼬하마의 도크에 나와 있다. 하지만 화자는 그를 추방하는 배 위에 올라 있어 그녀를 직접적으로 만나지 못한다. 그 상황에서 화자는 여성 청자에게 당부하듯이 노래한다. 그 당부는 돌봄의 당부이다. "나야 쫓기어 나가지만은 그 젊은 용감한 녀석들은 / 땀에 젖은 옷을 입고 쇠창살 밑에 앉아 있지를 않을 게며 / 네가 있는 공장엔 어머니 누나가 그리워 우는 북륙北陸의 유년공幼年工이 있지 않느냐 너는 그 녀석들의 옷을 빨아야 하고 / 너는 그 어린것들을 네 가슴에 안아 주어야 하지를 않겠느냐"가 이를 잘 보여주고 있다.

여성 청자인 "기요"는 시에서는 자세하게 묘사되어 있지 않지만 공장에서 일하는 여성 아동청소년 노동자로 보인다. 또한 노동운동을 수행한 주체이다. 이를 통해서 알 수 있는 것은 임화가 당시의 노동자로 인식한 주체가 아동청소년 노동자였다는 것이다. 실제로 일본에서도 여성 아동청소년 노동자들이 공장에서 노동자로 일하는 것이 일제의 공장법 시행 이후에도 이뤄지고 있었다. 1916년에 제정한 일본의 공장법에서 노동자로 고용할 수 있는 최저연령이 이미 아동청소년에 해당하는 연령을 포함하고 있었기 때문에 가능했다. 당시 일본의 공장법은 "노동자의 최저연령을 10세로 하는 경공업 분야를 제외하고는 최저연령은 13세로 정한다"[34]고 되어 있기 때문이다. 그래서 아직 성년이 아님에도

34 루스 베러클러프, 앞의 책, 51면.

“기요”는 공장에서 노동을 할 수 있었다. 물론, 식민지 조선에서 그랬던 것처럼, 일본에서도 아동청소년 노동자를 고용하는 이유는 비숙련 노동으로도 노동할 수 있는 노동집약적 산업들이 많았기 때문이다. 이들 산업에서는 임금이 싼 아동청소년 노동자를 고용하고 열악한 상황에서 작업하게 했던 것이다. 이러한 상황에 대한 저항으로 파업이 일어난 것은 일본에서도 마찬가지였을 것이다.

다시 시 분석으로 돌아가면, 화자는 “기요”에게 일본의 자본가들에게 저항하는 “소년공”들에게 돌아가 “사랑”을 배풀기를 바란다. 이 “사랑”은 표준적인 마르크스주의 독해에서 말하는 ‘적련’을 상기하기도 하지만 돌봄을 강하게 환기한다. 왜냐하면, “기요”는 파업 이후 검거로 인해 “쇠창살”에 갇힐 “젊은 용감한 녀석들”을 돌봐야 하고, 그들이 지금은 “쇠창살 밑”에 “땀에 젖은” 작업복을 입고 갇혀 있지 않더라도 그들이 “데모”를 할 때 걱정하고 격려해야 하며, 공장에 함께 거주하는 “어머니와 누나가 그리워 우”는 “유년공”들을 위로하고, “옷”까지 빨아 주며 의복까지 챙겨야 하기 때문이다. 공장 내에 있는 아동청소년 노동자들의 감정과 외관까지 챙겨야 하는 역할이 돌봄 이외에 무엇으로 설명되겠는가. 이 시의 화자는 이러한 점에서 볼 때, 여성 청자인 “기요”에게 프롤레타리아 연대의 측면을 환기하는 것보다 더 강하게 돌봄 책임과 돌봄 요청을 환기하고 있다.

돌봄 책임과 돌봄 요청을 환기하고 있는 이 시는 본 장에서 분석하려고 하는 수감 경험 자체를 재현하고 있지는 않다. 다만 수감의 가능성을 환기한다. 더불어 이러한 상황에 놓였을 때, 수감자가 어떻게 자신의 신체적 취약성을 드러내는지, 그 분위기 정도만 드러내고 있다. 대신 이러한 수감 상황에서 신체적 취약성을 감내하는 돌봄 주체가 같은 나이대의 여성 아동청소년 노동자인 것은 확실하게 나타난다. 이는 일반적으로 가족이 수감생활의 돌봄을 감내해야 하는 것으로 이해되는 맥락을 벗어나 있다. 이 시의 화자가 이러한 측면을 환기하는 이유는, 공장에서 노동자로 일하는 이들의 특성이 반영된 것이라 할 수 있다.

식민지 조선에서 그러했던 것처럼 일본의 경우도 저임금 장시간 고강도 노동이 요구되는 공장 노동을 수행하게 되는 노동자들은 고향을 떠나 도시로 이주한 경우가 많았다. 그런 점에서 이들 노동자들에게는 가족 환경 자체가 자신들이 거주하고 있는 곳과 매우 멀리 떨어져 있는 상황이었다. "어머니와 누나"를 그리워하는 "유년공"이란 묘사는 이를 잘 대변하고 있다. 집에서 떠나와 타지인 도시에서 노동을 하면서 가까이 있을 수밖에 없는 관계는 그런 점에서 오히려 노동자들의 관계이다. 이들 노동자의 연대에는 돌봄 연대까지 포함하고 있는 것이다.

이 부분을 놓치면, 우리는 카프 시에 나오는 모든 돌봄의 상황들이 단순히 '가족 내 여성 주체들'의 몫으로 돌아간다는 판단을 하게 된다. — 물론 노동자들의 돌봄 연대의 돌봄 책임을 여성에게 할당된 것은 부정할 수 없다. 다만 돌봄을 가족의 사적 토대에서 사유할 경우에 비가시화될 부분에 대하여 강조하기 위해 이런 주장을 펼친 것이다. — 이 부분을 염두에 두기 위해서 임화의 「우산 받은 요꼬하마의 부두」를 인용한 것이다. 다음 시에서는 수감으로 인한 신체적 취약성을 감내하고 있는 또 다른 돌봄 주체가 등장한다.

오늘밤 아버지는 퍼렁이불을 덮고
노들강 건너편 그 조그만 오막살이 속에 잠자는 네 등을 두드리고 있다.
그리고 지금 나는 네가 일에 충성된 것을 생각하며 대님을 묶은 길다란 바

지가 툭 터지는 줄도 모르고

첩첩히 닫힌 창살문 밖에 밝아가는 하늘을 바라보며 두 다리를 쭉 뻗고 있다

아직도 내가 동무들과 같이

오토바이에 실려 '불'로 '×××'로 끌려 다녔을 때 너는 어린 개미처럼 '사시이레' 보퉁이 끼고 귀를 에이는 바람이 노들강 위를 불어나리고

있는 집 자식들이 털에 묻혀 스케트 타는 얼음판을 건너

하루같이 영등포에서 서울로 아버지를 찾아왔다

(…중략…)

벌써 섣달!

동무들과 같이 아버지가 한데 묶여 ×무소로 넘어올 때

그때도 너는 울지 않고 너는 손을 흔들며 자동차를 따라왔다.

그러나 만일 네가 만일 네가

아버지 자식의 사이를 잡아 제친 온 동무들과 우리들 사이를 잡아제친

이 일을 네가 새로운 사업을 위하야 생각하기 않았다면은

너를 잊어버리지 않고 너를 한껏 사랑하는 아버지는 마음 놓고 ×밥을 입에다 넣지를 못하였을 것이다

(…중략…)

풋솜같이 깊이 자는 네 등을 두드리며 아버지는 조그만 네 가슴에 손을 얹어보고

네 가슴이 시계처럼 똑똑이 맥치는 것을 한껏 칭찬한다.

빠르지도 않게 느리지도 않게 언제나 틀림없지

아버지나 너는 언제나 일에 한결같아야 한다

그것 하나만을 가슴속 깊이 가지고 있어야 한다.

한번 폭풍에 짓밟힌 우리들의 사업은 언제 또 어그러질지도 모를 것이다.

그러나 언제이고나 우리들이 맘이 한결 같으면은 언제나 틀림없이 맥차는
염통이 가슴 속에서 움직이면
우리들 모두다 가슴에 피묻힌 염통을 괭이로 한목에 푹 파내이기 전에는
아무 대이고 아무 ×에게이고 우리들의 가슴을 만져보라고 내밀어 보자
무엇이 감히 우리들의 자라는 나무를 뿌리 채 뽑을 수가 있겠는가

— 임화, 「오늘밤 아버지는 퍼렁이불을 덮고」 부분[35]

이 시의 화자는 수감 경험을 하고 있는 아버지를 돌보고 있는 청자인 '너'를 부른다. '너'는 "동무들과 같이 아버지가 한데 묶여 ×무소로 넘어올 때 / 그때도 너는 울지 않고 너는 손을 흔들며 자동차를 따라"왔고 그 이후 아버지의 수감생활을 돌보고 있다. 화자인 '나'는 청자인 '너'를 "내가 동무들과 같이 / 오토바이에 실려 '불'로 '×××'로 끌려 다녔을 때 너는 어린 개미처름 '사시이레' 보통이 끼"고 감옥을 방문할 때 보았다.

여기서 '사시이레'는 사식을 의미한다. '너'는 감옥에 수감된 아버지의 건강을 돌보기 위해, 감옥에서 제공하는 부실한 식사로 신체적 취약성이 위협받게 될 것을 염려해 식사를 챙겨온 것이다. 청자는 이러한 돌봄 책임을 지속적으로 수행한 것으로 보인다. 강추위로 가혹한 날씨가 이어지는 겨울에도 돌봄을 수행한 것으로 보이기 때문이다. 이는 "귀를 에이는 바람이 노들강 위를 불어나리고 / 있는 집 자식들이 털에 묻혀 스케트 타는 얼음판을 건너 / 하루같이 영등포에서 서울로 아버지를 찾아"왔다는 진술에서 확인할 수 있다. 또한 화자가 굳이 "있는 집 자식들"이 "얼음판"에서 스케이트를 타는 것을 표현하는 것으로 보아 '너'가 비

35 임화문화편찬위, 『임화문학예술전집 1 – 시』, 소명출판, 2009, 78~80면.

유로 인용한 이이들과 비슷한 연령이라는 것을 추론할 수 있다. '너'는 아동청소년 노동자일 수도 있는데, 그런 점에서 아버지의 부재를 버티며 생계를 이어 가는 와중에도 아버지의 돌봄을 수행하고 있다고 독해할 수 있다.

아무튼, 이러한 청자의 돌봄으로 인해서 청자의 아버지는 "퍼렁이불을 덮"고 "첩첩히 닫힌 창살문 밖에 밝아가는 하늘을 바라보며 두 다리를 쭉 뻗고 있"을 수 있는 것이다. "만일 네가 만일 네가 / 아버지 자식의 사이를 잡아 제친 온 동무들과 우리들 사이를 잡아제친 / 이 일을 네가 새로운 사업을 위하야 생각하기 않았다면은 / 너를 잊어버리지 않고 너를 한껏 사랑하는 아버지는 마음 놓고 ×밥을 입에다 넣지를 못하였을 것이다"라고 노래하는 화자를 보면 청자는 또한 단순히 집안의 생계를 돌보고, 아버지의 옥바라지만 하는 것은 아닌 것으로 보인다. 아버지가 수행한 노동운동과 같은 저항을 "일"이나 "사업"으로 수용하고 아버지가 하던 일을 이어서 하고 있는 것이다. 이런 점에서 보면 위에서 살펴본 「우산 받은 요꼬하마의 부두」의 "기요"와 동일한 돌봄 책임을 수행하고 있는 것으로 보인다. 차이가 있다면, 가족 구성원인 아버지의 수감생활을 돌보는 것과 더불어 아버지의 노동운동을 이어받아 수행하는 점만 다를 뿐이다. 그럼에도 돌봄 책임을 수행하는 구조는 유사하다. 그 외에 '너'가 단순히 아동청소년 여성 노동자로 환원되지는 않는다는 점 정도의 차이가 있다. 이 시에서는 '너'라고 호명되는 청자가 여성이라고 구체적으로 표현되어 있지 않다. 다만 "'사시이레' 보퉁이"라는 말로 추측해 볼 때, 여성일 확률이 상대적으로 높다는 판단이다.

다음으로 살펴볼 시에는 수감생활로 인해 건강이 무너진 친구를 문명 간 시적 화자가 등장한다. 이 시에서 화자는 수감생활로 인해 드러난

청자의 신체적 취약성이 청자 혼자의 문제가 아니라 그 취약성을 향해 놓인 주체들과 공통된 문제로 인식하는 모습을 보인다. 이 시는 돌봄 책임의 문제를 가시화하지는 않지만 신체적 취약성을 강력하게 환기하는 것을 통해 돌봄 위기를 환기한다. 앞서 살펴본 시들에서 나온 아동청소년 노동자가 화자로 등장하지 않는다는 차이가 있지만 돌봄 위기의 환기 및 혁명적 연대의 지평을 어디에 근거하고 있는지 보여주고 있다는 점에서는 주목할 필요가 있다.

> 윤아 — 놈들이 가장 미워하고 우리가 가장 사랑하는 윤아
> 니가 작년 시월 놈들의 손에 병신된 몸으로 누어 있는 줄은 발서 알었 다마는
> 길이 멀고 일에 바뻐 인제야 온 것을 용서하여 다고
> 그러나 윤아!
> 우리는 정말 몰랐더니라 니가 이렇게도 무섭게 말 못 하게 된 줄을 네 몸이 이렇게도 부서지고 못 보게 된 줄은
>
> 윤아 —
> 작년 이월부터 맵고 센 왜바람이 불어
> 수백 명의 우리 ××(동지)들이 놈들의 쇠사슬에 매여 갈 때
> 너도 그중에 가장 용감하고 대담무적한 투사의 한 사람으로
> 염라궁같이 높고 무서운 돌집 경시청으로 들어가지 않었더냐
> 그 말을 우리 동지에게 들은 우리는
> 들고 있던 마치와 수군포를 떨어트리고
> 멀리 놈들의 치는 격금 소리를 귀 기울이고 들었더니라

그리고 이를 악물고 주먹을 부르쥐었더니라

그리고 일리치의 "네가 만일 놈들의 미움을 받거든

네가 바른길로 나아가는 가장 정확한 증거인인 줄을 알어라" 하는 말을 생각하였더니라

그리고 우리들의 배운 것 없고 비겁한 것을 자책하였더니라

그러나 윤아 —

니가 맞인 게 결코 너 혼자 맞인 게 아니다

너 아픈 게 결코 너 혼자 분한 게 아니다

우리 노동자 농민 전 계급의 맞인 게다

전 계급의 아픈 게다

전 계급의 분한 게다

— 권환, 「이 꼴이 되다니!」 부분[37]

이 시의 화자는 파업 등의 저항운동으로 인해서 일제 경찰에 의해 검거되고 고문과 수감생활을 겪은 친구를 찾아간다. 그 친구는 "윤"이다. "윤"을 문병하면서 화자는 참담함을 느낀다. 왜냐하면, "윤"의 몸이 참담할 정도로 훼손되었기 때문이다. "작년 시월 놈들의 손에 병신된 몸으로 누어 있는 줄은 발서 알었다마"는 "니가 이렇게도 무섭게 말 못 하게 된 줄을 네 몸이 이렇게도 부서지고 못 보게 된 줄"은 몰랐다고 진술하는 것에서 이를 알 수 있다.

화자가 이러한 참담함을 느끼는 데에는 또 다른 이유가 있다. "윤"이 노동현장에서, 일제의 자본가들에 맞서서 저항할 때, 가장 저항적인 인

36 권환, 『권환 전집』, 한국문화사, 2023, 3~5면.

물이었기 때문이다. “작년 이월부터 맵고 센 왜바람이 불어 / 수백 명의 우리 ××(동지)들이 놈들의 쇠사슬에 매여 갈 때 / 너도 그중에 가장 용감하고 대담무적한 투사의 한 사람”이었다고 화자가 기억하고 있는 것에서 이를 유추할 수 있다.

하지만 이러한 “투사”인 “윤”도 신체적 취약성을 가진 사람이다. 때문에 “염라궁같이 높고 무서운 돌집 경시청으로 들어가”고 그곳에서 고문을 받게 되면서 “윤”의 신체적 취약성이 가시화되게 되었다. 우리의 신체는 폭력으로 쉽게 훼손되고 신체로 감각하고 활동하는 기능을 상실할 수 있다. 그 결과가 “병신 된 몸”인 것이다.

이때 화자는 “병신”된 “윤”을 통해 “투사”가 가진 신체적 취약성을 직접적으로 마주한다. 그 마주함은 화자로 하여금 자신들의 신체적 취약성도 떠올리게 된다. 이때의 신체적 취약성은 계급적이기도 하면서 그것을 넘어서 신체를 가진 주체들의 취약성 자체를 환기하게 된다. 이 취약성은 화자로 하여금 단수적인 것이 아니라 복수적인 것으로 감지된다. 그래서 이러한 취약성을 통해 화자는 역설적으로 계급적 연대의 가능성을 환기하는 것이다. 이는 “니가 맞인 게 결코 너 혼자 맞인 게 아니다 / 너 아픈 게 결코 너 혼자 분한 게 아니다 / 우리 노동자 농민 전 계급의 맞인 게다 / 전 계급의 아픈 게다 / 전 계급의 분한 게다”라고 화자가 노래하는 것에서 확인할 수 있다. 이를 통해 이들 주체는 잠재적으로 혁명적 차원과 연결된다.

다만 이 시에서 돌봄과 관련된 관점에서 아쉬운 점은 “윤”을 집안에서 돌보는 주체가 비가시화되어 있다는 점이다. 추측컨대, “윤”의 돌봄을 담당하는 것은 여기서는 동년의 여성 노동자라기보다는 “윤”의 집안의 여성일 확률이 높다.

지금까지 수감의 경험과 그로 인한 신체적 취약성의 가시화가 야기하는 돌봄의 위기를 살펴보았다. 억압적인 일제강점기 노동환경에 노출된 상당수의 노동자들이 아동청소년 노동자였고, 이런 상황을 문제화하기 위해 이들은 저항운동을 펼쳤다. 그에 따라 일제 경찰 등의 검거와 고문 그리고 수감생활이 이어졌다. 살펴본 시들을 통해서 그러한 문제적 상황들이 실제적으로 수감으로 이어지는 경우들이 묘사되고 있음을 보았다. 그리고 그에 따라 수감생활에 대한 돌봄 책임이 나타나는 것을 확인하였다. 이러한 돌봄을 대체로 여성 아동청소년 노동자들이 나누어 감당하고 있음도 살펴보았다. 이들은 수감자를 돌보는 것 뿐만 아니라 생계를 챙기고, 노동현장에서 동년의 남성 아동청소년 노동자들의 감정까지 살피는 역할을 해야 했다. 다음으로 수감경험과 고문경험으로 인한 신체적 취약성의 가시화는 바로 그러한 취약성으로 인해 계급적 연대를 환기하고 잠재적으로 신체적 취약성을 지닌 주체들을 혁명성 있는 주체로 제작한다는 것을 확인할 수 있었다.

4. 카프 시의 돌봄 위기를 통해 우리 시대의 돌봄 위기를 마주하기

이 글은 카프 100주년을 기념하여 카프 시를 돌봄의 관점에서 독해해보려는 시도였다. 돌봄은 신자유주의가 공공적 돌봄시스템 등을 해체하려는 경향에 따라 전 지구적으로 나타나는 돌봄의 위기에 맞서 강조된 개념이었다. 신자유주의는 성과주체들에게 자기 착취적인 노동을 야기하면서 동시에 공적 영역에 속한 여러 문제들을 무가치한 것으로 만들었다. 그러는 와중에 우리가 사는 세계에는 기후위기를 비롯하여 가족붕괴 문제, 심지어 전 세계적인 보건위기인 팬데믹이 나타났다. 그 결과 돌봄 위기가 가시화되었다. 돌봄은 이러한 전 지구적 위기를 해소하고 지속가능한 민주적 시스템의 근간을 세우기 위한 지적인 노력의 결과로 우리의 관심을 환기했다. 이러한 돌봄이 지금 여기로부터 100년 가까운 과거의 시간에 창작된 카프 시를 보는데 어떤 의의가 있을지 쉽게 판단하기 어려웠다.

우선 카프 시를 독해하면서, 돌봄의 문제를 나름대로 야기하는 시편들을 찾았다. 그 과정에서 유사성 있는 작품들이 취합되었는데, 대체로 카프의 볼세비키화가 이뤄지는 제2차 방향전환 시기에 몰려 있었다. 이들 작품은 또한 카프에서 펴낸 유일한 기념시집인 『카프 시인집』 편찬을 전후로 한 1928년과 1931년 시기에 발표된 시들이었다. 흥미로운 점은 이 시기가 세계대공황 시기와 겹친다는 것이었고, 조선을 식민지화한 일제가 파시즘의 향기를 처음 풍기기 시작하고, 태평양전쟁의 시발점이라고 해도 과언이 아닌 만주사변을 일으킨 시기와 겹친다는 것이다. 이 우연성의 특성을 여기서 가시화하지 못했지만, 그 시기의 카프 시들이 증상적으로 돌봄의 위기를 야기하는 것은 분명하다는 것을 확인할 수 있었다. 그래서 이들 작품 중 일부에 주목하여 돌봄의 문제를 환기하는 지점들을 탐색하고자 시도하였다.

이 과정에서 전통적인 돌봄 배당구조가 19세기 자본주의의 성별 할당에 기반하고 발생했으나 그것이 이데올로기적으로 원활히 작동하게 된 것과는 별개로 실제 현실에서는 그것과 간극이 보이는 양상이 나타났음을 찾아냈다. 그것은 돌봄의 대상으로 할당된 주체들인 아동청소년들이 근대 자본주의 시스템에서 지속적으로 노동착취를 당했고, 가장 취약한 노동환경 속에 배치되었다는 것에서 찾을 수 있었다. 돌봄으로 양육해야 할 주체들을 착취의 대상으로 삼고, 이들의 신체적 취약성이 위협받는 상황에 지속적으로 내몰았던 것이다.

카프의 시에서는 바로 이러한 아동청소년 노동자들이 마주한 노동환경에서의 취약성과 돌봄 위기를 가시화하고 있었다. 이는 표준적인 마르크스주의 독해에서는 가시화하지 못한 부분이었다. 이 글에서 살펴본 카프 시에서는 식민지 조선에서 아동청소년들이 억압적인 장시간 고강도 노동에 노출된 당대상이 그대로 재현되고 있다. 특히 이 시기 아동청소년 노동자들 중에서 여성 아동청소년 노동자들이 카프 시에서 주목한 대상임도 밝혔다. 이런 현상이 벌어진 이유는 1920년대 들어서면 일본의 자본가들이 더 저렴한 임금을 찾아서 식민지 조선을 공장을 옮겼기 때문이다. 비숙련 고강도 노동이 필요한 제사 공업이나 방직공업 등에서 값싼 임금으로 고용하기 좋은 시장이 바로 식민지 조선이었기 때문이다. 일본의 자본가들은 조선의 지방에서 안정적인 직장과 기숙사 및 식사를 제공한다는 광고를 하고 여공들을 모집하였고, 이 모집에 응해 가난한 집안의 여성 아동청소년 노동자들이 공장으로 갔다. 이러한 시대적 상황이 카프 시에서 추구하는 계급혁명의 방향성과 맞아 떨어지면서 카프 시에는 계집아이 등의 호칭으로 여성 아동청소년 노동자가 등장하게 되었다.

카프 시는 이들을 재현하면서 그들이 혁명성을 강조하고자 의도한 것과 별개로 노동환경과 주거환경으로 인해 문제화되는 돌봄의 위기 등을 가시화하였다. 아동청소년 노동자들의 노동환경인 공장에서 마주해야 했던 일상적 감시 및 성폭력 문제, 건강을 위협하는 빈약한 식사 문제, 거주가 힘들 정도로 누추한 기숙사 등의 문제가 시를 통해 재현되었다. 이러한 문제에 저항하는 주체들이 파업과 점거를 시도하다가 일제 경찰에 의해 검거되고 수감되는 상황도 묘사되었는데, 이러한 부분도 돌봄 위기를 가시화는 데 기여하고 있다.

이어서 아동청소년 노동자들은 파업에 따른 수감으로 인한 옥바라지 등을 연대하여 감내하고 있는 모습도 보인다. 이들이 수감된 동지들을 돌보는 이유는 자신과 마찬가지로 동지들도 집을 떠나와 도시의 공장에서 생활했고, 그로 인해 고향에 있는 가족들이 수감자들을 돌보기 위해 도시로 오기 어려웠기 때문이다. 이때 돌봄을 감당한 주체는 대체로 여성 아동청소년 노동자였다. 이는 기존에 가족 이데올로기 차원에서 전통적 돌봄 배정이 일어났다는 관점을 더 확장시킬 수 있도록 한 분석이라 판단한다.

마지막으로 수감으로 인한 신체적 취약성의 가시화가 돌봄 위기를 가시화한 지점을 살펴보았다. 카프 시에는 수감과 고문으로 인해서 신체가 훼손되어 그 기능을 상실한 주체들이 등장한다. 이렇듯 신체가 훼손된 주체들을 돌보고 염려하는 주체들은 신체적 취약성이 가시화된 주체를 바라보면서 자신들의 신체적 취약성도 마주한다. 그래서 그들은 연대의 가능성을 본다. 왜냐하면 언제든 그러한 폭력이 자신들에게도 행해질 것이라고 감지하기 때문이다. 이로 인해 이들은 잠재적 혁명상태가 된다.

지금까지 살펴본 논의가 카프 시를 통해 살펴본 돌봄 위기의 문제이다. 돌봄 담론의 광범위한 특성상 이 글에서 다루어내지 못한 부분이 많다. 이런 부분은 이 글의 한계라고 할 수 있다. 특히 돌봄 담론에서 중요하게 다루는 개념인 수행성 개념은 본 논의에서 거의 다루지 못했다. 그 외에도 '더 케어 컬렉티브' 등을 통해 제안된 '난잡한 돌봄' 개념과 같이 젠더 및 장애 등과 연결해서 살펴봐야 하는 측면도 카프 시 독해에서 충분히 살피지 못한 면이 있다. 여기서 언급하지 못한 아쉬운 점들도 분명 여기저기에 산재되어 있을 것이다. 그럼에도 이를 통해서 가시화된 측면들이 있기에 다음 연구에서 아쉬운 부분들을 다듬어 더 나은 담론으로 나아갈 수 있다는 기대가 있음도 밝혀 둔다.

돌봄과 관련된 연구를 준비하면서, 주마등처럼 지나간 기억들이 있다. 2016년 구의역 스크린도어 정비업체 노동자 사망사고로 숨진 김 군, 2018년 태안화력발전소에서 컨베이어벨트에 끼여 숨진 김용균, 영화 〈다음 소희〉의 소재가 된 특성화고 학생의 현장실습 중 사망, 직장내 성폭력에 노출된 청소년 아르바이트생, 목숨을 걸고 배달을 하다가 길에서 죽음을 맞이한 배달노동자, 그리고 20년 넘게 강의료가 오르지 않는 강의노동자 강사들의 해촉 등의 기억이 지나갔다. 만약, 이들이 더 나은 사회, 상호의존적인 주체들이 서로의 돌봄을 인정하는 민주주의에서 살았다면 어땠을까? 나는 그 질문에 대한 대답을 떠올리다가 그 대답의 시작을 우리 문학사에서 모색해 볼 수 있는 기점이 있다는 것에 조금 감사함을 느꼈다. 그리하여, 다시 이 시대의 문제들을 사고하면서, 그 해결책을 모색하기 위해 카프 시인들의 시를 펼쳐 읽어야 함을 느꼈다.

참고문헌

기본자료

권환, 『권환 전집』, 한국문화사, 2023.

김성윤 편, 『카프시전집 1－1920~1929년대』, 시대평론, 1988.

________, 『카프시전집 2－1930~1935년대』, 시대평론, 1988.

김창술 외, 『카프 시인집』, 열린책들, 2022.

임화문화편찬위, 『임화문학예술전집 1－시』, 소명출판, 2009.

논문 및 단행본

김학중, 「임화와 동경」, 『한국시학연구』 72, 한국시학회, 2022.

배상미, 「가부장적 억압과 혁명성의 경계에 선 여성들－『카프 시인집』 수록 시편들의 여성 청자와 화자」, 『한국학 연구』 50, 2018.

신은주, 「나카노 시게하루와 한국 프로레타리아 문학운동」, 『일본연구』 12, 한국외대 일본연구소, 1998.

정우택, 「종로의 사상지리와 임화의 "네 거리"」, 『민족문학사연구』 51, 민족문학사학회, 2013.

조태구, 「돌봄, 주체 그리고 삶－미셸 앙리와 돌봄에 대한 다른 접근 가능성」, 『현상학과 현대철학』 102, 한국현상학회, 2024.

한병철, 『심리정치』, 문학과지성사, 2015.

더 케어 컬렉티브, 정소영 역, 『돌봄선언』, 니케북스, 2021.

루스 베러클러프, 김원 외역, 『여공문학』, 후마니타스, 2017.

리사 펠드먼 배럿, 변지영 역, 『이토록 뜻밖의 뇌과학』, 더퀘스트, 2021.

에바 페더 커테이, 나상원 외역, 『돌봄, 사랑의 노동』, 박영사, 2016.

이반 일리치, 노승원 역, 『그림자 노동』, 사월의책, 2015.

조르조 아감벤, 박진우 외역, 『왕국과 영광』, 새물결, 2016.

조안 C. 토렌토, 김희강 외역, 『돌봄 민주주의』, 박영사, 2024.

주디스 버틀러, 김응산 외역, 『연대하는 신체와 들과 거리의 정치』, 창비, 2020.

____________, 김응산 역, 『지금은 대체 어떤 세계인가』, 창비, 2023.

칼 마르크스, 강신준 역, 『자본 I-1』, 길, 2008.

김수영을 표절한 임화, 임화를 애도한 김수영(1)

임화와 김수영의 시적 세계관과 그 상동성

윤종환

1. 분단分段되지 못한 임화와 김수영의 세계

이 글은 임화와 김수영의 시적 세계관[1] 상의 상동성을 밝힘으로써, 한국 시사에서 중요한 두 문인 간 대화의 장을 구축하는 것을 목표로 한다. 그 문을 여는 열쇳말로 예상표절豫想剽竊, anticipatory plagiarism을 제시하며 그 통로에 애도라는 문턱이 은연 중 설치되어 있음을 밝히고자 한다.[2] 이는 분단으로 말미암아 전혀 다른 사상계에 놓인 듯한 두 시인 사이에 교통로를 놓는 일에 다름 아니다. 문학평론가 김현은 1950년대 문학인이 남북분단 때문에 극심한 이데올로기적 편향성을 유지할 수밖에 없었

1 "세계관의 힘은 직관력을 훨씬 능가하는 것으로서, 당시 현실에 대한 비전형적 인식은 곧 전형적 사태 급 정황의 묘사에 있어 확고 부동의 제한으로 나타나, 드디어 세계관 상의 약점은 그 예술적 창조의 힘을 파괴하고, 그 가치를 저하시킨 지배적 요인으로서 작용한 것이다." 임화, 「조선신문학사론 서설(序說)」, 『조선중앙일보』, 1935.10.9~11.13; 임화, 임화문학예술전집 편찬위원회 편, 『임화문학예술전집 2-문학사』, 소명출판, 2009, 398면. 이후부터는 전집 번호와 쪽수만 기재.

2 이 글은 그 기획의 첫 번째 작업에 해당하고, 이 글에서는 '예상 표절' 개념을 통해 그 다음 글에서는 '애도' 개념을 통해 서술한다.

고 그들 스스로도 선배 문학인으로부터 상속받은 것이 전혀 없음을 주장하며 선불리 전통과 단절을 꾀한 세태를 꼬집은 바 있다.[3] 비슷한 시기의 이어령이 그러하였는데, 그는 '제3세대론'을 주장하면서 한국문단을 1세대전쟁 전 기성 세대, 2세대전쟁 이후의 20대, 3세대4·19혁명을 이끈 세대로 구분해 1960년대 문학인의 성과를 치하했지만, 바로 그 도식적인 구획에 의해 전쟁 전과 후의 문단은 철저히 단절된 듯 여겨졌다.[4] 그러나 언표 상 단절이 선명하게 부각되었을지라도 그것이 이데올로기라는 대타자로부터 억압된 실재가 역전되어 강박의 양태로 드러난 것임을 고려한다면 그 기저에는 침묵으로 존재하는 상호 교접이 있음을 추론할 수 있다. 분단 후 남한에서 북北이라는 방향 지시어와 공산주의라는 이념과 동일시되어버린 '임화'의 이름을 한동안 부를 수 없었다면, 누군가는 '임화적인 것'을 부르짖으며 그 단절을 우회하고 있었을 것이다. 그 대표적인 문인으로 김수영을 우선 꼽는 바이다.

한국에서, 보다 엄밀히는 남한 구심적 사회에서 문학 연구자를 비롯해 독자에게 먼저 널리 알려진 시인은 임화가 아닌 김수영이다. 주지의 사실이듯 1921년생 김수영은 한국전쟁 이후 1951년에 부산 거제동 포로

3 김현, 「테러리즘의 문학」, 『현대 한국문학의 이론 / 사회와 윤리』, 문학과지성사, 1995, 241~244면 참고. 한편, 김윤식·김현은 임화를 '이식문학론자'로 규정하고 강력히 비판하면서 "문화가 이식되었다는 생각은 당연한 결과로 전통의 단절이라는 명제를 부른다"며, "연구가들은 외국의 원형 이론과 한국에서 작용된 사실태 사이의 관계를 주종 관계로 생각해서, 한국의 것은 틀렸다고 주장한다"했다. 하지만, 그들이 임화를 잘못 이해한 결과(임화는 한국문학을 이식문학의 역사로 매도해버린 단순한 이식문학론자가 아니며 현실을 정확히 파악하고 반성하기 위한 도구로서 '이식문학'의 사실을 검토한 것)로 임화의 문학사적 의의를 과소화함으로써 그와 다른 문인 간의 인식론적 단절을 만든 과정은 그들이 비판한 '전통과의 단절'에 스스로 연류된 것과도 같다. 김윤식·김현, 『한국문학사』, 민음사, 1996, 27~29면.

4 이어령, 「새 차원의 음악을 듣자」, 『중앙일보』, 1966.1.5.

수용소에 있다가 1952년 석방되었다. 이후 부산을 거쳐 서울에서 주로 생활·작품 활동을 해왔고, 1968년 6월 15일에 교통사고를 당해 다음 날 세상을 떠났다. 그 이후 민음사民音社를 중축으로 그의 작품이 출간·소개되었고, 1981년에는 같은 출판사에서 『김수영 전집』1·시, 2·산문이 간행됐다. 연구자 이영준의 노력으로 이 전집은 최근까지도 새로 발굴된 작품 추가, 오류 수정 등을 거쳐 재구성되고 있다. 김수영에 대한 수많은 독해가 증명하듯 그의 작품은 지난 수십 년간 한국문학의 고전이자 불멸하는 현대처럼 읽혀 왔다. 그만큼 비평과 연구의 수도 헤아릴 수 없다. "이곳에서 수영水泳 / 洙暎 금지"라는 장난말이 붙을 정도로 그의 수심水深은 깊지만, 젊은 사람들에 그 깊이를 아무도 알려준 일이 없기에 도무지 그 해협이 무섭지 않은 문학도들은 지금도 김수영을 읽고 연구한다.

반면, 김수영보다도 13년 일찍인 1908년에 출생해 작품 활동도 김수영보다 일찍 시작한 임화林和, 본명 임인식는 당대 조선 / 한국문단에서의 명성과 영향력이 막대했음에도 김수영보다 독자들에게 늦게, 덜 소개되었다. 여러 이유가 있겠지만 그 기저에는 해방 직후 1947년 평양으로 월북한 사건이 있다. 휴전 직후인 1953년 7월, 임화는 '조선민주주의인민공화국 정권 전복 음모와 반국가적 간첩 테러 및 선전선동 행위에 대한 사건'으로 구금됐고, 바로 다음 달인 1953년 8월에 최고재판소 군사재판부 법정에 미제스파이라는 죄목으로 사형선고를 받고 총살됐다. 엄밀히는 그러한 기록이 남아있다.[5] 임화 사후, 북한에서는 조선문학예

5 당시 동아일보는 평양방송에서 "민주주의를 부정하고 월북한 임화, 이원조, 설정식 등의 열성적인 공산주의자들이 박헌영과 함께 사형"됐음을 보도했다고 기록했다. 이들이 남에서는 공산주의자로, 북에서는 미제스파이라는 명목으로 사형되는 아이러니를 이해할 필요가 있다. 동아일보 기사는 다음 : 「괴뢰문화진붕괴」, 『동아일보』, 1953.8.14.

술사전과 북한문학사에서 그를 삭제했다. 남한에서도 월북작가라는 이유로 그의 작품은 오랜 기간 접근 금지 대상이었다. 그러다 1988년, 시인이었던 정한모 문화공보부장관이 '7·19해금조치'를 선포함에 따라 월/납북 문인 작품이 해금되었다. 이때부터 임화의 텍스트가 본격적으로 숨을 트게 됐다.[6] 그리고 아주 최근인 2009년, 소명출판에서 『임화문학예술전집』이 5권으로 간행됐다. 그 이전부터 서음, 한길사, 박이정 등의 출판사에서 임화의 글을 소개한 바 있으나, 시·산문이 망라된 전집은 이때가 처음이었다. 임화에 관한 선행 연구는 그 이전부터 누적되어 왔고 신진 학자자들의 연구도 활발히 생산되어오고 있지만, 김수영에 비하면 임화가 읽히는 시간은 역사적 후순後順이다.

이제는 세상에 없는 두 시인의 작품 읽기와 그 의미 생산이 시공간적 간극을 두고 김수영→임화 순으로 진행된 듯하나, 임화의 선존재先存在는 김수영에게 무척 중요했다. 최하림이 실천문학사에서 2001년 재출간한 『김수영 평전』 말미의 김수영 연보 중 1946년도 목록 마지막에는 "시인 임화林和에 경도"라는 짧고 강렬한 어구가 쓰여 있다. 이는 불과 몇 년 전인 1993년 문학세계사에서 출간된 동일 저자의 『한국현대시인연구 9－김수영』[7]에 실린 김수영 연보에는 없던 내용으로, 김수영 연구자이자 시인인 최하림에게도 당최는 조명하지 못했던, 그러나 "경도傾倒"

6 엄밀하게 임화가 한국문학 연구 학제에 소개된 것은 1970년 초의 일로, 김윤식이 유학을 마치고 와 한국에 임화에 대한 평과 함께 글을 발표한 바가 그것이다. 김윤식, 「임화 연구－비평가론 其七」, 『논문집－인문·사회과학』 4, 서울대 교양과정부, 1972. 김윤식이 임화를 소개한 이후부터 해금 조치 시기까지 소위 해적판으로 임화의 작품이 읽혔을 가능성을 배제할 수 없겠으나, 그 당시 발표된 학술지, 문예지에서 임화의 글은 '파편적'으로만 다루어졌으며 그의 텍스트를 종합·망라하여 이해, 제시하려는 분명한 시선은 불가능에 가까웠다고 할 수 있다.

7 최하림, 『한국현대시인연구 9－김수영』, 문학세계사, 1993.

라는 한 단어로 압축해야만 하는 사연 있는 기술記述인 것이다.

그 사연의 막사幕舍에는 임화를 향한 김수영의 애정이 주둔駐屯하고 있었다. 「연극하다가 시로 전향」[8]한 김수영이 연극무대를 꿈꾸며 임화와 관계를 맺은 게 연극·연출인 안영일, 박상진의 덕이었고, 김수영 산문에는 "연극의 사회적 역할을 강조"한 임화에 매료됐다는 생전 기술이 있다. 그는 임화의 시 「9월 12일」, 「길」, 「발자욱」에 대하여 "우리 시가 휘감고 있는 감상을 과감히 떨쳐버리고 혁명의 한가운데로 나아가고 있는 것 같"아 이로부터 "세계의 새로움이자 자유"를 경험했다고도 밝혔다.[9] 김수영의 미완·자전 단편소설 「의용군義勇軍」에는 "연극운동을 해보겠다고 극단을 따라다닐 때" 한 연출가가 서술자 '나'에게 임동은을 소개해주었다는 대목이 있다. '나'는 임동은을 "존경하고 있는 시인"이자 "좌익 문화인들의 지도자", "우상"으로 묘사하는데,[10] 이 작중의 인물 임동은이 임화다. 김수영은 해방 이후에도 임화가 중심으로 있던 조선문학가동맹 사무실을 자주 방문했었고, 동맹 활동을 하던 문인들이 집단으로 의용군에 끌려가게 될 때에도 그 대열에 합류해 있었다. 그 대열 안에서도 "임화의 뒤를 따르기 위해 낙동강으로 적을까" 고민을 했다는 김수영은 북에서도 "임화의 이북"에 왔다며 어딜가나 임화 생각뿐이었다.[11] 앞으로의 긴 서술을 통해 밝혀나가지만, 김수영은 그런 임화와의 이별 후에도 임화의 사유와 이미지를 자신만의 방법으로 변주, 전유하고 있었다.

김수영이 임화를 추종한 사실이 역사적 선행사건이지만 현대로 올수

8 김수영, 「연극 하다가 시로 전향—나의 처녀작」, 『김수영 전집 2—산문』, 민음사, 2018.
9 최하림, 『김수영 평전』, 실천문학, 2001, 91면.
10 김수영, 「의용군」, 『김수영 전집 2—산문』, 민음사, 2018.
11 최하림, 앞의 책, 137~153면.

록 김수영이 임화보다 먼저 그리고 깊게 읽혀옴으로써 시인의 전기·역사적 사건과 텍스트 의미 생성이 비순행적으로 교호交互해왔다는 점을 고려컨대, '임화가 김수영을 표절했다'고 명명할 수 있다. 언표 상 임화의 김수영 표절은 사뭇 모순적인 사건인 듯 보이지만 우리는 예상표절 Anticipatory Plagiarism 개념을 참고할 수 있다. 정신분석가이자 문학비평가인 피에르 바야르Pierre Bayard는 과거의 작품이 후대에 영향을 끼친다는 일반적 순행론를 한 번 뒤집으며, 시간순으로 구성되는 문학사를 벗어나 시공간의 한계를 횡단하며 유동하는 텍스트 공동체를 꾀하였다. 이때 표절 대상 텍스트가 표절한 텍스트보다 시간상 후대에 있을 때 발생하는 '시간적 도치'가 '부조화'를 일으키고, 부조화의 감각은 당대로부터 격리되어 마치 이질적인 시간에 그 텍스트가 있었던 듯 사유를 변이시킨다.[12] 김수영이 말한 "잘못된 시간의 / 그릇된 명상"「사랑의 변주곡」[13]이나

---

12 이때 사용한 개념이 예상표절인데, 이것은 '닮음', '은폐', '시간적 도치', '부조화'라는 네 가지 준거로 형성된다. '닮음'과 '은폐'는 표절 관계에 있는 작품 간 유사성이 명백하지만 표절행위 주체가 표절한 대상을 밝히지 않은 경우를 의미한다. 이때 표절 대상이 시간상 후대에 위치할 경우 '시간적 도치'가 발생하고, 이 점이 일반적 의미의 표절과 예상표절의 기준 준거가 된다. 또한 예상표절의 핵심 요소인 '부조화'는 표절된 부분이 그것이 수록된 작품 속에서 정확히 자기 자리를 차지하고 있지 못하다는 인상을 남길 때의 언어로, 표절 텍스트의 부조화는 "자기 시대로부터 고립되어 다른 시간에 배태되어 있는 것처럼 보이게" 된다. 피에르 바야르(Pierre Bayard), 백선희 역, 『예상 표절』, 여름언덕, 2010.

13 정한아는 김수영의 시 「사랑의 변주곡」의 후반부에 나오는 "아버지같은 잘못된 시간의 / 그릇된 명상이 아닐 게다"의 시구에서 '잘못된 시간의 / 그릇된 명상'을 해설하며, 니체의 『반시대적 고찰』이 캠브리지 대학 출판부 영역본에 'Untimely Meditations', 즉 '잘못된 시간의 명상'이라 번역되어 있다는 점을 확인하였다. 진지하게 세계를 사유하는 명상과 위대는 그 시대를 앞지르거나 초월, 혹은 빗겨나 있기 때문에 시대에 맞지 않기 때문에 그 명상은 '잘못되었다'는 니체의 철학을 경유해, 김수영의 시를 해석하는 한 길을 만들었다. 정한아, 「'온몸', 김수영 시의 현대성 – 죽음과 자유를 중심으로」, 연세대 석사논문, 2004, 81~84면.

발터 벤야민의 시대착오성anachronism처럼 특정 시대에 모순되는 현실 극복의 이질적 가능성들이 작품에 내재해있을 때, 그 난제를 파악하는 소급적 읽기가 예상표절의 한 실천 양상인 것이다.[14] 물론 결과만을 놓고 보면 두 시인은 다시 선형적으로 배치되고도 남기에 '예상 표절'을 적용하는 것이 과해 보일 수 있다. 하지만 그 선형화에의 작업 혹은 욕망에 앞서 창작과 수용 사이의 단절과 굴절, 한국문학사 구성 자체에 내재된 시대착오성이 우리 문학사의 엄연한 사실이라 할 때, 직관·상상력을 텍스트 분석에 동원해 현재로부터 과거로 회절해들어간 다음 그것을 시간순으로 재배치하는 작업은 그 과정을 생략하고 선형화하는 방법과는 질적으로 다른 결과를 낳는다. 오히려 역사 기록만을 목적으로 하는 순행적 문학사 쓰기 행위보다는 이 과정이 우리 문학사의 역사적 구조를 성찰하며 그것을 재구성하는 과정에 가깝다고 할 수 있다. 그리하여 김수영의 텍스트가 해독되고 임화의 텍스트가 해독되는 한국문학사의 구조를 우리 문학사의 저변으로 둔다면, 김수영을 읽어오고 앞으로도 읽는 만큼 임화의 시세계를 보다 명료히 보게되는 과정에의 몰두가 중요하고 또 필요한 것이다. '김수영→임화'를 거쳐 '임화→김수영'의 결론이 형성되는 방식이, 곧장 '임화→김수영'을 서술하는 것보다 한국 시사詩史를 입체적으로 보여주는 일이란 판단도 같은 맥락에서 비롯한다.

임화가 김수영을 예상 — 표절했다는 증거는 전기적 사실 외에 텍스트에도 여럿 존재한다. 김수영이 시인 데뷔 직후인 1945년에 발표한 「공자孔子의 생활난」의 시구 "동무여 이제 나는 바로 보마 / 사물과 사물의 생리와 / 사물의 수량과 한도와 / 사물의 우매와 사물의 명석성을"과

14 피에르 바야르는 고전적인 의미에서의 표절을 비판한다.

임화가 1936년에 "똑똑해진 진리에 의하여 굳어진 신념은 똑똑한 눈을 낳고 똑똑한 눈은 모든 인간 사물을 똑(바로) 보고 느끼어 그것은 불가피적으로 명확한 언어에 의하여만 표현"[15]이라 주장한 것은 무관할까? 김수영의 '온몸의 시학'을 내재한 「시여 침을 뱉어라–힘으로서의 시의 존재」1968.4[16]에서 "시의 형식은 내용이 되고 내용은 형식이 된다. 시는 온몸으로, 바로 온몸을 밀고 나가는 것"이라 주장한 바와 임화가 1936년 N. Y. 마르를 인용하며 "노동행위 가운데서 원인들이 육체적 동작을 가지고 연작한 '가시적 교통 수단'인 '동작언어'라는 것으로, 이곳에는 행위와 사유와 언어가 혼일히 융합된 상태"[17]라 주장한 것은 무연한가? 김수영이 1964년 발표한 「생활현실과 시」에서 제대로 생활현실을 담지 못한 시들에 대하여 "어느 특수층에나 속하는 나의 생활현실이지 우리들의 생활현실은 아니"라며 제대로 된 "인간의 회복"을 강조한 사실과[18] 임화가 1938년 "문학 위에서 최대의 휴머니즘은 리얼리즘"[19]이라고 주창, 그 전후로 "생활"[20]을 줄곧 강조한 것은 무관한가? 앞으로 밝혀나가겠으나, 임화와 김수영의 시적 세계관 사이 닮은꼴을 예각화하는 증거는 무수하다.

이와 같이 임화와 김수영 간 관계를 바탕으로 시적 세계관의 상동성을 탐구하는 작업은 선행 연구가 하지 않은 구체적 텍스트 기반의 상호

---

15 「시와 시인과 그 명예」, 『학등』, 1936.1; 『임화문학예술전집–평론 1』, 486면.

16 「시여 침을 뱉어라–힘으로서의 시의 존재」, 1968.4; 『김수영 전집 2–산문』, 민음사, 2018.

17 노동행위는 '인간적 행동'으로 임화 스스로 정의하고 있다. 「문학과 행동의 관계」, 『조선일보』, 1936.1.8~1.10; 『임화문학예술전집 4–평론1』, 526면.

18 원문에서는 '나의'와 '우리들에' 모두 강조점이 표시돼 있다.

19 「휴머니즘 논쟁의 총결산」, 『조광』, 1938.4; 『임화문학예술전집 3–문학의논리』, 172면.

20 「文藝詩評–레아리슴의 變貌–或은 生活의 發見」, 『태양』, 1940.1, 『임화문학예술전집 3–문학의논리』, 263면.

텍스트 분석에 조응한다. 지금까지 임화와 김수영의 관계를 분석하는 개별 연구는 거의 없지만 소수 있으며, 이들의 연구 양상은 ① 개별 시인의 작품 분석이숭원[22], ② 두 시인 간의 차이와 분리 초점화박지영,[22] 김혜진,[23] 홍승진,[24] 고봉준[25], ③ 두 시인 간의 공통과 영향 관계장문석,[26] 김응교,[27] 이경수[29]로

21 이숭원, 「제1부 전국학술대회 발표논문 – 주제 발표; 정치 현실에 대한 두 시인의 반응 – 임화와 김수영의 경우」, 『한민족어문학』 43, 한민족어문학회, 2003, 169~195면.

22 박지영은 김수영에게 있어 임화가 열등감과 경쟁심을 부추기는 인물이었다며 김수영 시의 자기 비하 태도가 "임화를 비롯한 월북 시인들과 자신의 시세계를 명확히 분리하고자 하는 그의 욕망의 또 다른 표현"이었다고 분석했다. 박지영, 「김수영 시에 나타난 '자기 비하'의 심리학 — '레드콤플렉스'를 넘어 '시인'되기」, 『반교어문연구』 26, 반교어문학회, 2009, 463~500면. 박지영, 「한국 현대시 연구의 성과와 전망 — '운명'과 '혁명', 왜, 아직도 '임화'와 '김수영'인가?」, 『반교어문연구』 32, 반교어문학회, 2012, 55~88면.

23 김혜진은 "좌익 이념 월북 문인 등에 관한 김수영의 죄책감"에 임화가 자리하고 있었다고 평가했다. 김혜진, 「김수영의 문학적 좌표로서의 해방직후 – 1960년대 김수영 문학의 재인식을 위한 하나의 시각」, 『한국언어문화』 44, 한국언어문화학회, 2011, 93~118면.

24 홍승진은 임화와 김기림, 김수영을 한 데 묶어 '문명비판'의 주체로 보면서도, 임화와 김기림의 문명비판론은 미국 / 소련의 목적론적 귀착점이 존재하고 헤겔식 변증법을 따르기에 성급한 종합과 섣부른 낙관의 한계를 안고 있다고 했다. 반면, 이들과 달리 김수영은 문명의 다질성과 그것의 역사적 창조 운동을 강조하여 전통적 보수와 맹목적 서구관 추구로부터 빗겨나고 있으며, 그리하여 김수영의 문명관은 김기림·임화와의 그것과는 다르다고 했다. 홍승진의 연구를 내밀히 보면 해방 전의 임화와 해방 후의 임화의 세계관 차이가 다름을 밝히고 있으며, 이는 타당한 지적임이 틀림없다. 그러나, 홍승진이 "문명사의 복잡다단한 요소들을 하나의 목적으로 환원하는 헤겔식 변증법"을 임화의 그것이라고 동일시한 데에는 재검토가 필요하다. 임화가 헤겔에 심취한 것과 그 영향이 신문학사 기술과 그 방법론에 반영된 것은 임화 스스로도 인정한 것이지만, 동시에 '헤겔의 임화'와 '임화의 헤겔'의 차이 역시 존재하기 때문이다. 이에 관하여는 3절에서 서술한다. 홍승진, 「해방기 김수영 시의 문명 비평적 역사성」, 『한국근대문학연구』 33, 한국근대문학회, 2016, 355~410면.

25 고봉준은 1930년대 임화의 사고가 '조선어'에 대한 긍정과 '언어'에 대한 부정이라는 표면적인 모순관계 속에서 전개되었고 이에 영향을 미친 것이 일제 식민치하 현실과 프롤레타리아 문학 운동이었다면, 김수영에게는 '언어'의 자유를 위해 싸우는 것이 시인의 사명이었던바, 그에게 언어가 미학과 혁명의 문제로 사유된 것이었다고 했다. 더불어 해방 전·사실주의의 대표로 임화를, 해방 후·모더니즘의 대표로 김수영을 구분·재확인하며 이들이 궁극적으로 문학적 경향 상 차이가 있다고 분석했다. 고봉준, 「임

일구분할 수 있다. 이상 연구들은 그간 학계가 주목하지 않은 임화-김수영의 관계를 통아 한국시의 역동적 형성과정을 탐색하려는 의미있는 출발선임이 분명하다. 한편, 임화와 김수영을 상호관계항으로 본다면 선행연구에서도 한계는 찾을 수 있는데, 이는 임화와 김수영을 비교 배치할 때 해방 전후의 역사가 강한 분별기준으로 선험적으로 반영돼, 분석 중 문학 텍스트의 내적 논리보다는 우리에게 대타자처럼 각인된 정치-이데올로기 언어가 돌출되는 지점을 내포한다는 것이다. 가령 '임화는 北, 김수영은 南'이라는 인식의 틀이 전제되기 때문에 결론에 이를수록 그 선험적 판단이 초기 연구 질문에 비해 강화되는 것과, '공산·사회주의 대 반공주의', 혹은 'KAPF·프로파간다 대 자유'라는 이분법적 틀이 작동하는 선에서 비교·대조가 진행되는 흐름이 있다.

최근 임화와 김수영을 비교한 한 심포지엄에서 염무웅은 임화로부터 김수영이 이어 달리기를 하고 있다며 "우리는 지금 나오는 시가 어떤 역사적 맥락 속에서 나오는지도 분명히 알아야 한다"고 강조했다.[29] 본고는 염무웅이 제시한 역사적 맥락이라는 어휘를 적극 고려하되, 역사라

화와 김수영의 '언어관' 비교」, 『한국문학논총』 80, 한국문학회, 2018, 253~287면.

26 장문석, 「밤의 침묵과 자유의 타수-김수영의 해방공간과 임화의 4·19」, 『반교어문연구』 44, 반교어문학회, 2016, 313~374면.

27 김응교의 연구는 임화와 김수영이 상관관계에 있다는 사실을 밝힌 후, 임화가 체험한 연극 / 연희예술과 김수영이 체험한 연극 / 연희예술을 구체적인 상황과 장소를 중점으로 추척, 분석한 글이다. 김응교, 「임화와 김수영의 연극 영화체험-김수영 연구(6)」, 『영주어문』 41, 영주어문학회, 2019, 313~336면.

28 이경수, 「임화와 김수영 시에 나타난 '거리'와 '방'의 공간 표상」, 『어문논집』 85, 민족어문학회, 2019, 57~104면.

29 육준수 기자, 「임화문학연구회, 임화와 김수영의 문학세계 비교하는 "제11회 임화문학 심포지움" 성황리에 끝내」, 『뉴스페이퍼』, 2018.10.17(접속일자 2023.12.23, 언론사 '뉴스페이퍼'는 '더스쿠프'로 상호를 변경해 운영 중. 확인일자 2024.4.25).

는 기표에 달라붙은 선험적인 지식을 경계하는 가운데 임화와 김수영의 텍스트를 바탕으로 그것의 세계관을 비교한다. 대표적인 예를 들어 우리가 단편적으로 이해하고 있는 서구 문예사조사, 고고학적 역사관에 입각하면 임화의 핵심 키워드인 낭만주의와 리얼리즘이 개념적으로 상치되는 듯하나, 그의 시세계에서 이 두 개념은 살갗 속의 피부이자 피부 속의 살갗이며, 그 속살은 다시 김수영의 새 피부가 된다. 이처럼 두 문인 각각의 특수성 또한 상호 내통하고 있다. 이에 본 연구는 "상식이 아니라, 상식에 의하여 연결된 현실 가운데를 상식의 외피를 찢고 들어가"[31]는 한 실천이자, 임화와 김수영이 대리보충Inter-Supplementary 관계로 재구성되는 한 꼭지가 될 것이다.

2. 생활에 잠재하는 김수영의 현대, 임화의 낭만

앞서 언급한 김수영의 작품 「공자孔子의 생활난」의 주체는 '바로 보기'를 수행하려는 자이다. 그의 '바로 보기'는 주어진 재현체계 혹은 선험으로서의 근대를 보지 않고, 그것을 비판적으로 새롭게 보고자하는 자유 실천의 한 방법론이었다는 분석이 그간 한국문학 연구 / 비평사에서 다수 제출되었다.[31] 김수영의 아주 초기작에 해당하는 이 작품이 시의 내력內力을 잠재하고 있었고 시세계의 한 거대한 뿌리를 잠재한 맹아였

30 임화, 「중견 작가 13인론」, 『문장』, 1939.12; 『임화문학예술전집 3－문학의논리』, 262면.

31 다음의 논문이 정리한 연구사를 참고할 수 있다. 조강석, 「김수영과 시각(視覺)의 문제」, 『현대문학의 연구』 22, 한국문학연구학회, 2004, 423~456면. 이광호, 「김수영 시에 나타난 시선의 정치학」, 『한국문학이론과 비평』 15(3), 한국문학이론과비평학회, 2011, 207~228면.

다는 설명이 주된 해석이다. 그러나 김수영을 다른 시인과의 비교해서 볼 때 「공자의 생활난」의 '바로 보기'는 맹아萌芽라기 보다는 종자種子에 가깝다. 그의 사상이 아직 구체적인 현실 세계에서 명징한 표상조차 얻지 못했다는 자/타의 판단 때문이다. 최하림은 평전에서 "김수영의 자유, 혹은 '바로 보마'의 정신은 임화나 오장환의 좋은 시처럼 현실에 충분히 뿌리내리지 못했으며 형상화되지도 못한, 관념적인 시라는 것은 두말할 여지도 없는 일"이라 평가했다. 김수영 당신도 그 스스로 「공자의 생활난」은 "급작스럽게 조제남조粗製濫造한 히야까시같은 작품"이라며 "리얼리스틱한 우수한 작품"인 「거인」에 비추면 "실질적인 처녀작"이 아니라 했다.[32] 여기서 눈여겨 볼 점은 김수영 스스로도 현실 기반의 리얼리즘을 좋은 시의 조건으로 제시했다는 점이다.

김수영의 시 세계에서 그 '현실'은 '생활'과 밀접한 공기관계에 있다 : "그는 모든 자기의 생활의 벽을 향하여 몸을 꽝꽝 부딪으며 나간다", 「안수길」, 1953 "내가 동경하고 있는 시인들은 이미지스트의 일군이다. 그들은 시에 있어서의 멋쟁이였기 때문이다. 그러나 이들 이미지스트들도 오든보다는 현실에 있어서는 깊이 잇는 멋쟁이가 아니다. 앞서가는 현실을 포착하는 데 있어서 오든은 이미지스트들보다는 훨씬 몸이 날쌔다 …… 이러한 위도緯度에서 나는 나의 생활을 향락하고 사람을 사랑하는 법을 배운다", 「무제」, 1955.10 "우리들한테는 옷이 없다 …… 말하자면 우리들의 생활에 완전히 적응·소화되어 있지 않다", 「흰옷」, 1961 "이 시는 오늘의 우리의 생활현실을 담지 못했다. 이 세계는 어느 특수층에 속하는 나의 생활 현실이지 우리의 생활현실은 아니다 …… 서울이 우주의 이향異鄕으

32 김수영, 「연극하다가 시로 전향—나의 처녀작」, 1965.9; 『김수영 전집 2—산문』, 민음사, 2018.

로 느껴지는 새로운 감정, 낡은 것이 새로운 것으로 바뀌는 순간. 이 시에는 죽음의 깊이가 있다",「생활현실과 시」, 1964 "이 시에 나타나 있는 현대성은 육체에서 나오고 있는 것이다. 그것은 시를 쓰기 전에 준비되어 있는 것이다. 우리 시단에서 가장 아쉬운 것이 이것이다. 진정한 현대성은 생활과 육체 속에 자각되어 있는 것이고, 그 때문에 그 가치는 현대를 넘어선 영원과 접한다."「진정한 현대성의 지향」, 1965.2 김수영의 현실은 생활을 벗어나 현전될 수 없었던 것이다.

김수영의 시적 주체는 시에서도 "생활하는 사람만이 이기는 법"「영롱한 목표」, 1957이라며 언제나 생활 '속'에 머물러 있었다. 의연한 태도와 끈질긴 마음을 고수하며 "이 눈망울을 휘덮는 싯퍼런 작열의 의미가 밝혀지기까지는 / 나는 여기에 있겠다"「동맥」, 1958는 전언을 남기면서까지, 그는 "문명에 대항하는 비결"을 위해 "스스로 문명이 되"「미스터 리에게」, 1959는 세계 속 주체였다. 이는 후설—하이데거[33]가 강조한 생활세계라는 구체적 현실 속의 존재, 즉 세계-내-존재being in the world로 우선 이해될 수 있다. 하이데거는 『존재와 시간』에서 세계라는 것이 인간이 자기 앞에 대면하고 있는 하나의 대상이자 객체로서의 물리적 대상이 아니라며 세계를 대상화하는 시선에 깃든 자연과학적 시선을 비판했다. 그에게 세계는 현존재가 살고 있는 바로 그 생활세계Life-world를 의미하며, 우리는 이미 세계 안에 던져져 있다. 메를로 퐁티는 이를 자신만의 몸-현상학으로 전유하면서 생활세계의 주체를 '세계에의 존재'로 명명하였다. 이미 구성된 세계에 우리가 던져졌다기보다는, 주체가 그 안에서 안으로 끊임없이 그 구성 배치를 변주하고 만들어나가는 몸의 기투企投, project를 지속해나가는

33 김수영과 하이데거의 관계성을 세목히 밝힌 연구로 김유중의 것을 꼽을 수 있다. 김유중, 『김수영과 하이데거』, 민음사, 2007.

주체라는 관점이다. 종합해보건대 이들 철학자의 주요 논점은 세계에 대한 이데아적 관념과 이상, 본질에 대한 논의가 아니라 구체적일 일상과 삶에서 관계 맺는 타자·사물과의 사건이며, 그 인장력引張力의 지속됨이다. 이 철학적 함의를 빌려 보면 김수영이 그 생활세계를 "현실"이라 명명하며 그 안에서의 "육체성"을 강조하는 건 리얼리티의 육화이자 그 구성적 실천인 '몸됨'의 운동성을 강조한 바로 이해된다. 무수한 선행연구가 밝혀 온, 그의 '온몸의 시학'도 이에 관계돼 있다.

해방 전 임화 역시 「생활의 발견」1940[34]에서 유사한 사유를 압축해보였다. 그는 "리얼리즘은 현실의 표현에 중점을 둔 작가의 예술적 태도"임을 껴안으면서도 "현실에 대하여 전폭의 신뢰를 경주할 만치 단순하고 행복한 작가란 없는 법"이라며 현실을 있는 그대로 그리는 것은 리얼리즘이 아니라 비판했다. 임화에게 현실은 "발전하는 것으로서의 현실"인데, 이 발전은 단순히 선형적 역사발전 단계 선상에 놓인 현실이 아니다. 우선 그 현실은 "현상으로서의 생활과 본질로서의 역사를 한꺼번에 통합한 추상물"이다. 이는 "일상성의 세계"의 구체성과 그로부터 비판 너머의 역사가 될 "진眞을 뽑아내"는 일의 잠재적 심층까지를 포괄하는 것이며, 그 잠재태에서 계속 진행되는 사건의 총체이므로 추상적이다. 다시 말하면 "발전하는 것으로서의 현실이란 것은 결코 먼 장래에서 유토피아를 발견하라는 말이 아니라, 그것이 장래와는 근사치도 아니한 현재 속에 맹아로 숨어 있음을 발견하"는 실천까지의 집합인 것이다. 이 '초현실화로서의 현실화' 운동이야말로 "생활의 본질적인 핵심"이기에, 그는 "현실을 알아내기 위하여 인간은 생활 이상의 수준에 서야 한다"고

34 원문 : 「文藝詩評 – '레아리즘'의 變貌 – 或은 生活의 發見」, 『태양』, 1940.1; 『임화문학예술전집 3 – 문학의논리』.

주장했다. 해방 전 임화의 이와 같은 생활세계 철학은 그의 중추 사상인 '낭만주의적 리얼리즘'으로부터 파생된 것인데, 그가 「낭만적 정신의 현실적 구조」1934, 「위대한 낭만적 정신」1936을 연달아 발표하며 낭만과 현실의 관계를 논리화한 데서 역사적 외피를 한 겹 벗겨낸 게 「생활의 발견」1940임을 추론할 수 있다.

> 물론 리얼리즘은 현실의 있는 그대로를 그리는 것이다. 그러나 **주의할 것은 현실이란 고정한 것이 아니라 부절히 변하고 발전하며 소멸하는 긴 과정임을 이해하는 것이다.** 그러므로 우리의 '사실주의'는 과거의 것이 고정적 정력학적이었음에 반하여 그것은 **동적 다이나믹한 것이다.** 따라서 현실에 만족치 않고 명일과 미래에로의 부단한 전진을 위하여 활동하는 것이다. 즉, 이것은 키르포친의 용어를 빌면 '현실적인 몽상', 현실을 위한 의지, 그것이 이 낭만적 정신의 기초이다. 동시에 중요한 것은 **과거의 리얼리즘이 몰아적 객관주의로 말미암아 도달치 못한 객관적 현실의 진실한 자태를 파악할 수 있다.** 고정한 표면적인 것만을 묘사하는 게 아니라, 현실을 그 발전에 있어 본질적인 제 관계에 있어 파악하는 것이다.
>
> —「낭만적 정신의 현실적 구조」(1934.4, 강조는 인용자)

> **구체적인 현실성 위에서 가장 명확한 장래로 향한 이상과 자기를 결합시키면서 창조하기 때문에 필연적으로 농후한 향토성**민족주의적이 아니다!**으로 자기를 조색한다.** 그러므로 그 기도하는 이상에 있어 역사적인 필연성 위에 놓인 것으로, 문학을 순간적 기술과 일상적 공리성의 도식으로부터 분리하여 영속적인 생명력을 가지고 독자 가운데 살아나게 하는 방향이다. 따라서 이 낭만주의는 새 리얼리즘이라고 부르는 문학의 불멸의 내용이고 그 빛나는 일면이다. **이것은 아**

마도 일편으로서는 '신' 로맨티시즘이라고 불러질 것으로, 리얼리즘 가운데 시를 존재케 하는 것이다.

—「위대한 낭만적 정신」(1936.1, 강조는 인용자)

위 인용문에서처럼 임화의 '낭만'은 현실의 재현체계에 대한 비판과 그 너머를 상상하기에 몽상이고 의지이지만, 그것이 현실 밖에 있지 않고 그 내부에 잠재돼 있다는 점에서 생활세계의 "구체적 현실"을 자기 조건으로 하는 개념이다. 그렇기 때문에 '향토성'은 그 생활 세계의 물질적 기반을 뜻하는 향지적向地的, down to earth 개념이며, 이게 리얼리즘의 작동 원력으로서의 '신'로맨티시즘이다. 이는 앞서 김수영이 "서울이 우주의 이향異鄕으로 느껴지는 새로운 감정, 낡은 것이 새로운 것으로 바뀌는 순간. 이 시에는 죽음의 깊이가 있다"「생활현실과 시」, 1964라고 말한 바와 조응하는 세계관인데, 서울이 우주와 별다른 세계가 아니라 우주 내 서울이자 지금과는 다른 — 현실의 한 모순과 문제가 극복된 — 우주의 이향이며, 현실의 한 국면"낡은 것"이 "죽음"으로써 그 자리에서 다른 현대"새로운 것"가 태어나기 때문이다.

최근 최은혜는 이 낭만성이 임화 리얼리즘의 내적 원리로서 저변되어있다고 분석했다. 그는 임화의 리얼리즘을 "삶과 세계를 반영하는 문제이자 그것을 형성하는 문제"로 보고, 리얼리즘 실천 과정에서 현실 반영을 넘어서 현실을 형성하는 원리로서의 '낭만적 정신'이 삶과 예술 전체의 동력이 되고 있음을 분석해냈는데,[35] 이는 타당한 분석이다. 특히

35 최은혜는 글의 후반부에서 리얼리즘에 저변화된 '낭만성'을 언급하고, 이것이 주체재건론과 관련 있을 것이라 마무리했다. 정확한 관계 파악이지만, 자세한 분석을 후일의 과제로 남겨 놓아, 현재 이로부터 진전된 바는 아직 없다. 최은혜, 「저변화된 낭만,

최은혜는 선행연구사를 검토하며 특정 시기의 유행에 따라 수입된 낭만정신론, 리얼리즘이 전파·수용되는 양상에 경도된 채 굳어진 의미으로서의 낭만과 사실 개념으로 시인의 세계관을 해석한 나머지 정작 임화 텍스트의 내적 정합성을 간과한 연구사를 비판한다. 최은혜가 지적한 이전 연구들의 관점이 지금까지 임화를 읽는 데 걸림돌이 되어온 것은 분명해 보인다. 더불어, 임화의 낭만성 연구사를 향한 최은혜의 비판은 임화가 당대의 동경문단의 유행을 향해 비판한 양상과 퍼즐처럼 포개어진다. 임화는 낭만주의가 현실 비판·극복을 위한 "회고적이고 환상적이며 관념적"인 미학으로 와전됐다는 서구 문예사 일면을 인정하면서도, 이를 무비판적으로 흡수한 조선문단은 "생활의 현대성을 노래하는 대신에 과거를, 현실 대신에 상상을, 물질세계 대신에 관념세계를 보다 더 현실적이라고 생각하며 보다 더 중요한 것으로 파악"했다고 지적했다.[36] 임화에게 동시대 낭만주의는 자본주의 이전의 사회적 제 계급과 긴밀히 연결돼 있고 농촌과 영지에 결부돼 있는 형이하학적 개념이었지만, 조선 문단은 이를 관념 차원에서 수입해 소비하고 만 것이다. 이러한 사조 소비현상은 임화에게 현실생활과는 동떨어진 비인간적인 망념妄念이자 이식된 상념想念으로 보였다.

그래서 임화가 자신의 낭만주의 리얼리즘을 설명하면서 휴머니즘으로까지 자신의 논지를 심화시킨 것이다. 임화는 『르네상스와 신휴머니즘론』1937.4, 『문예이론으로서의 신휴머니즘론에 대하여』1937.4를 거쳐 『휴

전면화된 사실－1920년대 후반~30년대 중반 임화 평론에 나타난 '낭만성' 재검토」, 『우리문학연구』 51, 우리문학회, 2016, 361~397면.

36 「33년을 통하여 본 현대조선의 시문학」, 『조선중앙일보』, 1934.1.1~1.12; 『임화문학예술전집 4－평론 1』, 371면.

머니즘 논쟁의 총결산』1938.4을 발표하며 "생활에서도 문학에서도 단순한 표상에 지나지 않는 인간을 주의로 한다는 어느 '이즘'이 아니라, 인간 그것의 진실을 표현하고 인간의 여태까지의 역사를 양기할 근원을 문제 삼는 일층 명확한 '이즘'이 우리에게 실제상의 의미를 갖지 않을 수가 없다"고 했다.[37] 즉, 텅 빈 기표로서의 이즘ism을 번역·수입해 그대로 사용하며 그 실체보다도 사조와 같은 관념만을 중시한 이들(예를 들면 '백철')이 정작 생활세계의 생산력과 그 구체성을 간과했다는 비판이다. 유물론적 사유에 충실했던 임화는 "르네상스는 인간을 천상에서 끌어내리고 근대는 인간을 지상에다 메어친 것"이라며 "르네상스가 휴머니즘이라 불러지고 방대한 인간적 에스프리로 충만된 것은 그들의 인위적 고안의 결과가 아니라 시대 자체가 낳은 자연스러운 결과"[38]라 했다. 르네상스인들은 당대에 있어서도 어떤 이데아적 관념으로서의 인간을 상정하고 그것을 좇은 것이 아니라, 당대의 인간군상의 현실이 그러함을 적극 반영 — 이 세계가 신이 만드는 곳이 아니라는 생활세계 리얼리티의 발견과 그것에의 반성, 그리고 그 사실을 반영 — 함으로써 인간의 세계를 열었기 때문에 '휴머니즘'이라는 것이다. 이는 김수영이 1964년 발표한 「생활현실과 시」에서 "오늘날의 시가 골몰해야 할 가장 큰 문제는 인간의 회복"을 강조한 것과 상통하는 문학의 논리이다.

---

37 「휴머니즘 논쟁의 총결산」, 『조광』, 1938.4; 『임화문학예술전집 3 – 문학의 논리』, 177면.
38 위의 글, 앞의 책, 186면.

3. 생활자 문인의 시적 세계관 “종자 속의 쌍엽”과 “복사씨와 살구씨”

그렇다면 문제는 낭만주의적 리얼리즘과 휴머니즘의 올바른 이해보다도 그것의 체현體現이다. 즉, 현대성을 담지한 혁명 정신의 육화이다. 이에 그것을 운동으로 전환시킬 에너지와 힘이 필요하고 그 힘의 수행자인 주체가 요청된다. 그리하여 임화는 「주체 재건과 문학의 세계」1937.11, 「사실주의의 재인식」1937.10, 「현대문학의 정신적 기축－주체 재건과 현실의 의미」1938을 연달아 발표하며 생활세계에 기반을 둔 낭만주의적 리얼리즘 문학론이 어떻게 주체 재건의 문제로 이어질 수 있는가를 집요히 탐문했던 것이다. 그간의 연구는 이 주체를 ‘당파성’, ‘계급성’을 ‘소유 / 보유’한 어떤 상징적 캐릭터로서 접근하거나, 주체를 특정 이념을 체화해 ‘기旣구성된’ 존재로 파악하며 임화의 세계관을 협소하게 이해한 경향이 있다. 그러나 임화에게 본질적으로 중요한 것은 그 주체가 “활자 제조기”가 아니라 “생활자” 문인이 되는 것이며,[39] “생활자” 문인이 되는 것은 “일상어 그것의 현실성”[40]을 에센스로 글을 쓰는, 수행자들이다.

> **내가 써온 시어는 지극히 평범한 일상어뿐이다. 혹은 서적어와 속어의 중간쯤 되는 말들이라고 보아도 될 것이다.** 고어古語도 연구해본 일이 없고 시조에 대한 취미도 없다. 어느 서구 시인이 시어는 15세까지 배운 말이 시어가 될 것이라고 한 말을 기억하고 있는데, 나의 시어는 어머니한테서 배운 말과 신문에서

39 「담천하(曇天下)의 시단 1년」, 『신동아』, 1935.12; 『임화문학예술전집 3－문학의 논리』, 497면.

40 「언어의 마술성」, 『비판』, 1936.3; 『임화문학예술전집 3－문학의 논리』, 456면.

배운 시사어의 범위 안에 제한되고 있다.

—김수영, 「시작노트 2」(1961.6.14, 강조는 인용자)

임화의 "일상어 그것의 현실성"은 김수영의 "지극히 평범한 일상어"의 속성이라 할 수 있다. 그러나 이 '지극히 평범한 일상'이라는 국면은 주어지는 바대로의 재현 체계를 뜻한다기보다는 "서적어와 속어의 중간쯤"으로 구성되는 것으로, 일상 행동 반경에서 구어 형태로 주어지는 속어 —"어머니한테서 배운 말"— 와 사회화 과정 중 학습한 지식 체계의 서적어 —"신문에서 배운 시사어"— 를 공동매개하는 딕션Diction의 장場다. "중간쯤"이란 단어에서 접미사 '쯤'은 속어와 서적어의 경계와 단위가 계량 가능하여 그 중위나 중앙을 상정할 수 없으며 되려 그 경계가 모호하여 분절할 수 없음을 지시한다. 이때 속어와 서적어는 이항 관계라기보다는 생활세계 현실성과 그 존재의 육체성을 구성하는 언어적 결합 관계와 그 항들의 동시성으로 이해되기에, 속어와 서적어라기보다는 속서적어 혹은 서적속어 구조와 같다. 그리고 이 속서적어 / 서적속어 구조가 현대성을 매개하는 시어로 양태화된다. 김수영이 "진정한 현대성은 생활과 육체 속에 자각되어 있는 것"[41]이라 했을 때 '자각'은 자각自覺이면서 자각自刻의 조건이기에, 서적속어 / 속서적어라는 "일상어 그것의 현실성"을 에센스로 하는 "생활자" 문인의 문학에는 생활에서 생활 이상 수준의 서는 자각自覺의 잠재성이 자각自刻돼 있는 것이다.

그러면 진정한 아름다운 우리말의 낱말은? 진정한 시의 테두리 속에서

41 김수영, 「진정한 현대성의 지향」, 『김수영 전집 2－산문』, 민음사, 2018.

살아 있는 날말들이다. 그리고 그런 말들이 반드시 순수한 우리의 고유의 날말만이 아닌 것은 물론이다. 이 점에서 보아도 민족주의의 시대는 지났다. 요즘의 정치풍조나 저널리즘에서 강조하는 민족주의는 이것과는 다르다. 그것은 미국과 소련의 세력에 대한 대칭어에 지나지 않는다. **우리들의 실생활이나 문화의 밑바닥의 정밀경精密鏡으로 보면 민족주의는 문화에는 적용되어서는 아니 된다. 언어의 변화는 생활의 변화요, 그 생활은 민중의 생활을 말하는 것이다. 민중의 생활이 바뀌면 자연히 언어가 바뀐다. 전자가 주主요, 후자가 종從이다.**

— 김수영, 「가장 아름다운 우리말 열 개」 일부(1966, 강조는 인용자)

총검을 들고 병사가 전선에 선 것과 마찬가지로 시인은 시를 가지고 전선에 서야 하는 것입니다 …… 이것은 모든 예술가, 시인이 가져야 할 단 하나의 불가결의 정신입니다. 이 정신은 곧 **생활의 정신**으로서 …… 영예 있는 신시대의 시인은 불가피적으로 **현실 생활의 본질적 관계에의 관찰과 인식**으로 과학자와 동일한 진리 탐구의 열의를 가지고 향하는 것이며 …… 진리에 의하여 굳어진 신념은 똑똑한 눈을 낳고 똑똑한 눈은 모든 인간 사물을 똑(바로) 보고 느끼어 그것은 불가피적으로 명확한 언어에 의하여만 표현하게 됩니다 …… **이 언어의 명확성의 원리란 곧 노래되어야 할 대상에 대한 가장 적절한 언어를 고르게 되며 …… 이러한 말은 말할 것도 없이 일상어 그것**입니다 …… 미적으로 가장 아름다운 시는 평범한 말에 비범한 내용을 담은 구어적 시이었던 것 …… 그러므로 가장 아름답고 **가장 내용 풍부한 시는 일체의 불분명한 언어, 비현대적 언어 — 사어, '고급' 언어와는 무관계**합니다.

— 임화, 「시와 시인과 그 명예」(1936.1, 강조는 인용자) 중

위 인용한 두 시인의 말처럼 생활세계의 일상어를 시어에 삽입함으로써 현실세계를 정확하게 인식하려는 노력은, "불분명한 언어"와 같은 추상적·관념적인 시어를 남발하는 것이나 민족주의에 혈안돼 사어를 현실의 시어이자 당위적 민족어로 주창하는 것과 거리를 두는 것에서 출발한다. 그리고 그 노력은 이중 구속 — 식민 / 피식민과 계급 간 모순의 중첩 — 상황에서 민족어를 사용하되, 고어나 관념어가 아닌 일상의 언어 그대로를 사용하는 것을 말한다. 그러나 일상어를 시로 표현했다고 하여 그 자체가 리얼리즘의 충만한 총체라 할 수는 없는데, 이와 관련해 임화는 생활이 구체일 때 현실은 종합으로서의 총체이므로 파악할 수 없다고 한 바 있다.

> 관조주의-사진기적 리얼리즘-란 현실의 잡연한 표면을 그대로 수용하는 태도요, 주관주의란 그것의 표면적 평가자라 할 수 있다. **그러나 표면이란 수포와 같이 현실의 한 면용에 불과한 것이다. 혼탁한 수면 하에 청정한 조류가 흐르는 바다처럼 현실의 심부란 표면과는 엄청나게 다른 것이다** …… 우리가 현실의 객관성 앞에 자기를 해체를 완료하고 과학적 세계관으로 주체를 재건하는 노선이며 우리의 문학이 협애한 현재 수준에서 역사적 지평선 상으로 나아가는 구체적 과정이다.
>
> — 임화, 「주체의 재건과 문학의 세계」 (1937.11, 강조는 인용자)

> **딴사람의 시간이 될 것이다. 딴사람 — 참 좋은 말이다.** 나는 이 말에 입을 맞춘다 …… 모든 사물을 외부에서 보지 말고 내부로부터 볼 때, 모든 사태는 행동이 되고, 내가 되고, 기쁨이 된다. 모든 사물과 현상을 씨동기로부터 본다 — 이것이 나의 새봄의 담뱃갑에 적은 새 메모다. 나의 〈마음대로〉의 새 오역이

다 …… 그러나 우리 앞에는 모든 냉전의 해소라는 커다란 숙제가, 우리들의 생애를 초월한 숙제가 가로놓여 있다. 냉전 — 우리들의 미래상을 내다볼 수 있는 눈을 주지 않는, 우리들의 주위의 모든 사물을 얼어붙게 하는 모든 형태의 냉전 — 이것이 우리들의 문화를 불모케 하는 냉전 — 너와 나 사이의 냉전 — 나와 나 사이의 모든 형태의 냉전 — 이것이 다름아닌 비평적 지성을 사생아로 만드는 냉전. 〈파고다〉여 전진하라.

— 김수영, 「생활의 극복」(1966.4, 강조는 인용자)

주지와 같이 르네상스는 이 모순의 소멸기가 아니라 이중의 모순의 시대, 즉 한 모순의 다른 모순에 의한 해결의 시대, 교체의 시대다. **그러나 긴요한 점은 낡은 모순은 이미 완전히 개화한 모순이고, 새 모순은 아직 전개되지 않는** 종자 속의 쌍엽雙葉**이었다는 것이며, 전자는 후자에 의하여서만 해결될 불가피한 운명을 가졌었다는 점이다.**

— 임화, 「휴머니즘 논쟁의 총결산」(1938.4, 강조는 인용자)

서론에서부터 반복해온 바와 같이 임화와 김수영의 생활과 현실은 유동하는 잠재이자 그것의 한 국면이며, 그 유동성과 국면의 접합Atriculation 관계에 의하여 주체의 정위定位, positionity는 변하기에, 주체 재건의 문제는 협착적狹着的이라기보다는 필-가변적必-可變的이어야 한다. 주체가 운동성과 지속성을 유지해야 한다는 것이다. 그러므로 주체는 재건'된' 주체가 아니라 재건'되어가는' 주체이다. 인용한, 김수영 식으로 말하면 "죽음"을 거듭 반복 경험하는 "딴사람"이다. 이 과정이 연속된다는 것은 "낡은 모순"의 다음 항이 새 시대가 아닌 "새 모순"이 되는 것이다. 그리하여 주체는 끊임없이 세계 내에서 다른 세계를 꿈꾸고, 그 세계 내 존재로서의 자기를 갱생更生해 나감으로써 자기 주관성과 리얼리티의 접합을 다시 보는 자가 되어야 한다. 세계 안에 세계의 문제와 문제 극복이라는 낭만이 있고, 자기 안에 주체됨의 문제와 새로운 주체라는 미래가 있을 때, 이 이미지는 "종자 속의 쌍엽"과 "복사씨와 살구씨"처럼 표상된다. 그리고 김수영은 그의 시 「사랑의 변주곡」에서 이 사유를 전개해나갔다.

> **욕망이여 입을 열어라 그 속에서 / 사랑을 발견하겠다** 도시의 끝에 / 사그러져 가는 라디오의 재갈거리는 소리가 / 사랑처럼 들리고 (…중략…) 왜 이렇게 벅차게 사랑의 숲은 밀려닥치느냐 / 사랑의 음식이 사랑이라는 것을 알 때까지

> 난로 위에 끓어오르는 주전자의 물이 아슬 / 아슬하게 넘지 않는 것처럼 사랑의 절도節度는 / 열렬하다 / 간단間斷도 사랑 / 이 방에서 저 방으로 할머니가 계신 방에서 / 심부름하는 놈이 있는 방까지 죽음 같은 / 암흑 속을 고양이의 반짝거리는 푸른 눈망울처럼 / 사랑이 이어져가는 밤을 안다 / 그리고 이 사랑을 만드는 기술을 안다 / 눈을 떴다 감는 기술 — **불란서혁명의 기술 / 최근 우리들이 4·19에서 배운 기술** / 그러나 이제 우리들은 소리내어 외치지 않는다 (…중략…) 복사씨와 살구씨와 곶감씨의 아름다운 단단함이여 / **고요함과 사랑이 이루어놓은 폭풍의 간악한 / 신념이여** / 봄베이도 뉴욕도 서울도 마찬가지다 / 신념보다도 더 큰 / 내가 묻혀 사는 사랑의 위대한 도시에 비하면 / 너는 개미이냐

> 아들아 너에게 광신狂信을 가르치기 위한 것이 아니다 / 사랑을 알 때까지 자라라 (…중략…) **너의 가슴에 / 새겨둘 말을 너는 도시의 피로에서 / 배울 거**

다 / 이 단단한 고요함을 배울 거다 / 복사씨가 사랑으로 만들어진 것이 아닌가 하고 / 의심할 거다! / 복사씨와 살구씨가 / 한번은 이렇게 / 사랑에 미쳐 날뛸 날이 올 거다!

—김수영, 「사랑의 변주곡」(1967.2, 강조는 인용자) 부분

지면의 한계상 이 장시長詩에 대한 가까이 읽기는 할 수 없으나,[42] 임화와 김수영의 상동성을 밝히는 목적하에 중요 부분을 발췌해 읽는다.

먼저 시적 주체는 "난로 위에 끓어오르는 주전자의 물"을 보며 "아슬 / 아슬하게 넘지 않는" 절도節度의 열렬함을 사랑에 빗대고 있다. 김수영은 그의 산문 「삼동 유감」에서 "마루의 난로 위에 놓인 주전자의 조용한 물 끓는 소리"가 "갓난아기의 숨소리보다도 약한 이 노랫소리가 「대통령 각하」와 『25시』의 거수巨獸 같은 현대의 제악諸惡을 거꾸러뜨릴 수 있다고 장담하기도 힘들지만, 못 거꾸러뜨린다고 장담하기도 힘들다"고 했다.[43] 김수영의 시 의식을 이해하는 데 있어 가장 중요한 텍스트로 이 산문을 꼽은 조강석은 현대의 혁명이 평범하고 상식적인 범속의 일상에서 지속 진행돼야 하고, 자신을 포유包有한 세계를 전복해야 하는 과제가 주전자의 조용한 물 끓는 소리에 있음을 지적하며 이 시의 이미지 사유를 분석한 바 있다.[44] 김수영이 그 혁명을 실행코자 곧장 시에 정치적으로 재현해내기보다는 그 가능성을 갖고 있는 잠재력을 '절도의

42 본 연구자는 최근의 학위논문에서 「사랑의 변주곡」에 등장하는 모든 시어를 바탕으로 시 한 편의 내적 종합성을 밝히는 '가까이 읽기'를 논문 한 절을 할애해 수행한 바 있다. 윤종환, 「김수영의 몸과 사랑—'생활피로'를 중심으로」, 연세대 석사논문, 2022.

43 김수영, 「삼동유감」, 『김수영 전집 2—산문』, 민음사, 2018.

44 조강석, 「김수영 후기시의 이미지 사유」, 『한국문학연구』 58, 동국대 한국문학연구소, 2018, 279~310면.

열렬함'으로 응축해냄으로써 시적 영원성을 획득한 것이다.

흥미로운 것은 "난로 위에 끓어오르는 주전자의 물"이 그의 산문에서 "갓난아기의 숨소리보다도 약"하다며 '굳이 비교'되었다는 점이다. 절도의 열렬함은 왜 갓난아기의 숨소리보다도 중요했던 것이었을까. "4·19"를 경험한 직후의 김수영이 이전과는 다른 방식으로 현실 변화에 천착했듯이, "불란서혁명" 직후 사회에 기민했던 헤겔의 텍스트에서 그 근거를 찾을 수 있다. 다음은 헤겔이 프랑스 혁명 당시 유럽 전반에 확산되고 있던 새 시대와 자유에의 갈망을 직감한 후, 그것을 세계 내 존재의 이성에 근거한 언어로 기술하려한 『정신현상학』의 번역된 한 부분이다.

> 우리의 시대가 탄생의 시대이며 새로운 시기를 향한 여명기임을 알아차리기란 어렵지 않다. 정신은 지금까지 일상세계나 관념세계에 결별을 고하고 이를 과거의 품속에 묻어버린 채 바야흐로 변혁을 이룩할 찰나에 이르러 있다. 정신은 한시도 쉬지 않고 끊임없는 진전운동을 전개한다. **그러나 마치 오랫동안 조용히 자양분을 섭취하며 차츰 성장을 거듭해온 태아가 세상에 모습을 드러내려는 최초의 숨결로 질적 도약을 이루어 신생아로 태어나듯이,** 자기도야를 지속해 온 정신도 또한 천천히 그리고 소리 없이 새로운 형태를 무르익게 하면서 앞서간 지금까지의 세계를 구성하고 개개의 부분들을 순차적으로 허물어버리는바, 이렇게 동요하는 조짐은 다만 간간히 엿보이는 징후 정도로 내비쳐질 뿐이다. (강조는 인용자)[45]

헤겔은 태아가 세상에 모습을 드러낼 때의 최초의 숨결, 즉 갓난아기

45 G. W. F. 헤겔, 임석진 역, 『정신현상학』(제1권), 한길사, 2005, 44~45면.

가 처음 내뱉는 숨결을 질적 도약으로서 새 시대가 도래한 것으로 비유한다. 그러나 혁명 이후의 시대는 그 위대한 전환에도 불구하고 "갓 태어난 아기의 경우와 마찬가지로 완전한 현실을 이루어내고 있지 않"으며, 바로 그 특성에 의해 "고개를 갓 들기 시작 …… 아직 세부적으로 다듬어지지도 않았고 완전한 형식을 갖추고 있지도 않다는 점"[46]에서 한계적이다.

헤겔이 새 형식의 부재를 비판한 이유는 낭만주의와 계몽주의 모두 때문이다. 우리가 지금 알고 있는 개념으로서의 그것들이 아니라, 이 두 "사태 자체에서 솟아나는 풍부함"과 그 "자발적인 힘"을 오성을 통해 개념으로 파악하고 이에 학문적·이성적 형식을 입힘으로써 모든 이들에게 제공될 수 있도록 하는 철학적 의무를 상실한, 그 당시 낭만주의와 계몽주의 때문이다. 그가 본 당대의 낭만주의는 경험의 역사성을 고려하지 않은 채 직관만을 강조해 절대자의 동일성을 파악하며, 인간 의식이 경험하는 현실에서의 분열과 모순의 간극을 무화無化한 채 비현실적인 보편이념만을 사변적으로 주장하는 이데올로기에 다름 아니었다. 또한 그에게 당대의 계몽주의는 '타자화된 세계에 대한 부정을 통해 오직 순수한 자아를 확보하고자 하는 순수통찰의 확산'으로 정의되는데, 프랑스혁명의 근간이 된 이 계몽은 배타적 이원론에 의존한 나머지 "자기 자신에 대해 계몽되지 않은" 한계를 갖는다.[47] 그리하여 세계뿐만 아니라 자신에까지도 유용성의 잣대를 적용하게 된다. 그는 모든 것이 타자

46 위의 책, 45면.

47 헤겔의 '계몽'에 대한 자세한 이해를 위하여는 남기호의 논문을 두루 참고하면 좋다. 특히, 다음의 논문 5장에 잘 요약돼 있다. 남기호, 「자기 자신에 대해 계몽되지 않은 계몽－헤겔 『정신현상학』의 근대적 주체성 비판」, 『가톨릭철학』 36, 한국가톨릭철학회, 2021, 29~69면.

화되고 전도되어 있는 세계 내의 '자기Ego' — 그가 비판하고자 하는 부정적 현실에 연루된 타자와의 매개를 통해서 구성되는 자아 — 와 그 현실에 대한 부정과 회의를 통해 피안의 새로운 현실을 그리는 순수한 '자기Self'를 통찰하려고 한 것이다. 결국 갓난아기의 숨결은 세계 내 질적 도약인 혁명의 은유로서 그 자체로 의미있지만 당대 낭만주의와 계몽주의의 한계를 지시하는, 철학적 형식의 부재를 재은유한다.

이를 고려컨대 김수영은 "갓난아기의 숨소리보다도 약"해 보임에도 자기 자신에 대해 계몽하는 순수 힘을 지속하는 "난로 위에 끓어오르는 주전자의 물"에 집중해 그것을 시의 언어로 옮긴 것으로 보인다. 이 형상화는 시라는 형식이 배태한 철학적 형식이었다고 할 수 있겠다. 따라서 "복사씨와 살구씨와 곶감씨의 아름다운 단단함"으로 시적 세계관이 이미지화되는 조형은 자연스러운 수순이다. 그 안에는 "고요함과 사랑이 이루어놓은 폭풍의 간악함"과 "신념"이 병존하며, 이 병존은 '자기'인 "내"가 "묻혀 사는 사랑의 위대한 도시"를 매개하여서만 가능하기 때문이다. 김수영이 4·19를 겪고도 "혁명은 안 되고 나는 방만 바꾸어버렸다"「그 방을 생각하며」, 1960고 반성한 것은 「사랑의 변주곡」의 주체가 재건되는 데에 필요한 열에너지였던 것이다. 그 에너지를 동원動源으로 하여 "복사시와 살구씨가 / 한번은 이렇게 / 사랑에 미쳐 날뛸 날이 올 거"라는 믿음을 전파시키는 수영의 행위는, 임화가 "장하게 / 날뛰는 것"임화, 「바다의 찬가」을 위하여 "육체의 곡조"를 반주케 하고 그 변주곡으로 「사랑의 찬가」를 탄생시킨 행위에 대응한다.

이 세계관은 앞서 인용한 임화의 「휴머니즘 논쟁의 총결산」1938.4에서 "종자 속의 쌍엽"으로 묘사되는 이미지의 세계관과 일치한다. 임화 당신이 "르네상스는 이 모순의 소멸기가 아니라 이중의 모순의 시대, 즉 한 모순의 다른 모순에 의한 해결의 시대, 교체의 시대"라 주장하며, 르네상스를 계몽의 첨단으로 보지 않는 사유로부터 이 비유를 탄생시킨 사실을 고려할 수 있다. 계몽은 자신이 포유한 쌍엽을 온몸으로 밀어올려 그것을 개화시켜야 하는 종자와 그것의 힘으로서 가능한 것이기 때문이다. 그리고 그 영원한 지속으로서 자기 계몽만이 계몽의 한계를 극복할 수 있기 때문이다.

1935년 카프KAPF가 해산되면서 한 차례 혁명에의 좌절을 경험한 임화는 헤겔에 심복해 있었고,[48] 그 영향으로[49] 한국문학이라는 추상에 '문학사'라는 기록된 형식을 입히고자 새로이 시도하였다. 헤겔의 변증법으로부터 당시 역사적 사회상을 소거한 채 방법론만을 독립적으로 볼 때에 그것은 존재하는 모순을 통합하여 화해시키려는 범박하고 위험한 방법이라 해석될 수 있다. 그러나 '혁명 직후'라는 새 시대를 실감하는 세계의 한 가운데에서 낭만주의의 사변성을 극복하고 혁명의 후회가 잠식해버리는 계몽의 자기 모순을 극복하기 위해 변증법적 종합

48 "그 뒤 카프는 해산되고, 경향문학은 퇴조하고, 그는 병들어 수년간 시골 가 누웠다가 결혼하고, 아이 낳고, 파스칼과 몬테뉴를 읽고, 헤겔에 심복하고, 고전을 읽고, 역사에 흥미를 갖고, 새로운 심정으로 문학을 다시 시작하야 한 책의 시집과 이삼 권의 졸렬한 저서를 만들고, 지금엔 주로 비평과 시를 써서 근근이 미염의 자(資)를 구하야 살어가는 동안에 어느듯 남자의 나이 33이 되었으니 어찌 가탄한 반생이 아니리오." 임화, 「어떤 청년의 참회」, 『문장』, 1940.2.

49 김상천은 임화의 '이식문학론'에 드리워진 기존 학계와 평단의 오독을 점검하며, 그의 이식문학이라는 언어가 몰주체적인 수용을 재현하는 개념이 아니라 '나'와 '나'를 포함한 '조선'의 현실을 염두에 둔 자기의식으로서의 개념임을 지적하였다. 이어 그는 임화가 헤겔의 '과정의 변증법'에서 '과정process'의 의미를 명확히 인지한 후, 사료와 자기 법칙을 상호연관시키며 고유한 자기 노선을 밟아가는 과정으로 전유했음을 밝힌 바 있다. 임화와 헤겔의 관련성을 밝혀내며 기존의 '이식문화론'에 대한 평가를 재검토한 과정은 타당한 분석이라 판단한다. 그 영향 관계를 면밀히 분석한 대목은 다음을 참고할 수 있다. 김상천, 『청년 임화』, 사실과가치, 2023, 265~316면 참고.

을 시도하는 자의 철학적 탐색은 시대적으로 요청된 값일 것이다. 그것이 수행되지 않는다면, 혁명은 단일한 사건으로 남아 실패 혹은 성공으로 점쳐지는 한 중단된 사건이 되기 때문이다. 따라서 그 힘을 보유하고 발휘하여 운동으로 전환시킬 수행 주체의 지속적 형식이 중요하게 여겨졌다. 김수영은 "복사씨와 살구씨"의 힘을, 임화는 "종자 속의 쌍엽"을 각각 시와 문학사로 유비했고, 이는 '생활자'가 수행하는 가운데 성립되는 것이었다.

4. 결론 및 의의

김수영은 "적을 운산運算하고 있으면 / 아무 데에도 적은 없"「적」, 1962다며 적敵을 계산하기보다는 "우리는 무슨 적이든 적을 갖고 있다 / 적에는 가벼운 적도 무거운 적도 없다 / 지금의 적이 제일 무거운 것 같고 무서울 것 같지만 / 이 적이 없으면 또 다른 적"「적 1」, 1965이 있다는 사실을 받아들인다. 이에 "제일 피곤할 때 적에 대"「적 2」, 1965하는 과정을 통과해서는 "적을 형제로 만드는 실증"으로서의 "사랑"「현대식 교량」, 1964에 당도한다. 임화 역시 "미소와 더불어 / 내미는 / 부드런 손길을 / 미친개처럼 / 물어뜯는 / 현실 가운데서 / 뮤즈여 / 과연 그대는 / 적에 대한 / 미움 없이 / 그대의 애인을 / 온전히 / 사랑할 수가 있는가?" 물었다. 이에 대한 대답으로서 그는 "어찌할 수 없는 / 증오 이외의 / 아무 곳에서도 / 나의 애인에 대한 / 뜨거운 사랑을 / 찾아볼 수는 없었다"며 "우리들의 적의 / 모든 이름이 / 지하에 묻히고 / 백골이 / 자갈이 되어 구르는……장대한 / 증오의 평원"「사랑의 찬가」, 『조광』, 1938년 4월호에서 "월계관을 버리는" 시인 되기를 천명한다. '적'과 '사랑'을 한 문장 안에서 동시에 탄생시키는 두 시인의 상동적 세계관은, "종자 속의 쌍엽"이자 "복사씨와 살구씨"처럼 세계에의 생활자를 재건해가는 과정에 비롯된 것이었다. 그 재건은 일련의 탈피脫皮 과정으로서, 세계 속의 자아와 자아 속의 신세계가 거듭 갱생되는 과정이기 때문이다.

텍스트가 입증하듯 김수영과 임화의 문학적 세계관은 떼려야 뗄 수 없는 관계에 있다. 김수영은 '생활'을 '현실'의 필요조건으로 보고 생활세계 내의 존재에게 육체성을 요청하였다. 그 육체성은 현실 관계를 단순 재생산하는 일상자의 수동적 성격이 아니라, 생활에 잠재하는 초현실의 계기를 실천으로 승화하는 존재의 기투성企投性을 담보한 개념이다. 임화 역시 현상으로서의 생활과 본질로서의 역사를 통합한 추상물이 '현실'이라 정의했다. 이 현실은 현재 속에 초현실을 맹아로 두고 끊임없이 구성되는 것이기 때문에, 그 역시 '생활' 속에서 '생활 이상 수준'으로 서는 자의 역사적 실천을 요청했던 것이다. 임화에게 낭만이 현실을 버리거나 등진 독아적獨我的 유토피아가 아니라 생활에서 현실을 극복해가는 자의 혁명 정신이었듯, 김수영에게 현대성은 생활자의 피로와 설움을 껴안으면서도 그것을 발판삼아 현실을 재구성하는 신생에의 의지이자 그 낭만성이었다.

나아가 두 문인에게는 그것을 영구적으로 체현體現할 주체, 즉 날마다 새로울 생활자가 절박했다. 임화와 김수영의 생활자는 문인으로서, 추상적·관념적 시어를 남발하거나 민족주의에 혈안된 나머지 사어死語, Aarchaism를 현실의 시어나 당위적인 언어로 이데올로기화하는 것과 거리를 둔 자이다. 그들은 이중 구속 — '식민 / 피식민'과 '계급 간 모순'이 중층결정된 국면 — 상태를 자각하고 민족어로서의 모국어를 사용하되,

당대에 생활세계에서 사용되는 일상어를 그대로 사용함으로써 일상을 초극해나가는 일상 개진의 주체들이다. 생활자의 현실은 유동하는 잠재이자 잠깐씩 포착되는 국면의 종합이므로 주체의 정위定位, positionity는 변하기 마련이다. 따라서 생활자 되기는 협착적이라기보다는 필-가변적인 목표이며, 운동성과 지속성을 본질로 하는 실천이기도 하다. 그들이 재건'된' 주체가 아니라 재건 '되어가는' 주체로만 규정될 수 있는 까닭이다. 이후 임화와 김수영은 각각 "종자 속의 쌍엽"과 "복사씨와 살구씨"라는 언어 형식을 통해 그 힘을 간직함으로써 문학적 영구永久를 추구하였다. 이 형식은 그들 세계관에 대한 비유이자, 생활자 자신이 포함된 세계에의 혁명을 수행하는 방법론적 이미지에 대응하는 바이다.

이 글은 두 시인의 관계를 설정하기 위해 '임화가 김수영을 표절했다'는 비유를 사용했다. 이때의 표절은 예상 표절로서, 표절 대상 텍스트가 표절한 텍스트보다 시간상 후대에 있을 때 발생하는 '시간적 도치'가 일으키는 '부조화'에 주목해 시간순으로 구성되지 않는 문학사를 설명하기 위해 사용된 개념이었다. 창작, 발표, 배포, 독해, 역사화 작업이 선형적일 수가 없었던 한국문학사의 현장에서, 임화는 바로 그 순행적 시간에서 배각되어 있었다. 해방 이전의 그는 문단의 최전선에 존재해 쉬이 역사화될 수 없었으며, 한국전쟁 이후에는 이념 문제로 부를 수 없는 이름이었다가, 뒤늦은 20세기 말에 이르러서야 조명받기 시작해, 아직도 그 자리를 찾지 못하고 있다. 여전히 임화라는 하나의 유령이 한반도를 떠돌고 있는 것이다. 그러나 "문화인이란 대개는 자기가 살던 시대에 대하여 그다지 동감하고 살지 않은 것이 역사상의 통례"임화, 「현대의 매력」[50]이

50 임화, 「현대의 매력」, 『조선일보』, 1939.4.13.

듯 그의 사상은 "잘못된 시간"김수영, 「사랑의 변주곡」에 존재하면서도 김수영을 이해하는 독자들에 의해 다시 불리어진다. 그 호명의 과정에는 상당한 저항과 피로가 수반되겠으나 "우리들의 자손이 미움을 모르고 사랑할 행복된 시대를 위하여서도"임화, 「사랑의 진리」[51] 미움이 필요하고, "사랑을 알 때까지 자라"려면 "먼 날까지 가기 전에 너의 가슴에 / 새겨둘 말을 …… 도시의 피로에서 / 배울"김수영, 「사랑의 변주곡」 수 있듯, 두 시인 간 이념적 단절에 대한 저항은 난로 위 주전자의 물 끓는 소리처럼 서서히 전개될 것이다.

이 글은 「김수영을 표절한 임화, 임화를 애도한 김수영」의 첫 번째 기획으로 그들의 문학적 세계관 상의 상동성을 바탕으로 쓰였다. 이후에는 그들의 구체적인 시 텍스트를 읽으며 시적 구현의 닮은 양태를 들여다 볼 것이다. 특히 임화의 '찬가' 연작은 김수영과의 관계에서 보다 깊은 주목을 요하는 작품이다. 가령, "장하게 / 날뛰는 것을 위하여, / 찬가를 부르자 …… 시인의 입에 / 마이크 대신 / 재갈이 물려질 때, / 노래하는 열정이 / 침묵 가운데 / 최후를 의탁할 때, // 바다야! / 너는 몸부림치는 / 육체의 곡조를 / 반주해라",「바다의 찬가」 "사랑은 역시 / 죽엄보다도 / 괴로운 것이 / 아니냐",「사랑의 찬가」 "나는 / 시꺼먼 / 갈빗대 속에 / 굼틀거리는 / 밤의 그 / 대담한 의지를 / 한량없이 / 사랑한다"「밤의 찬가」와 같은 대목은, 시적 제재나 문체를 깊이 고려하여 볼 때 김수영의 여러 시편들에서 변주되고 있는 것들이다. 다음 연구에서는 '애도'를 키워드로 그 연주를 시작한다.

51 임화, 「사랑의 진리」, 『조광』, 1937.3.

참고문헌

기본자료

김수영, 이영준 편, 『김수영 전집 1－시』, 민음사, 2018.

_______________, 『김수영 전집 2－산문』, 민음사, 2018.

임화, 임화문학예술전집 편찬위원회 편, 『임화문학예술전집 1－시』, 소명출판, 2009.

______________________________, 『임화문학예술전집 2－문학사』, 소명출판, 2009.

______________________________, 『임화문학예술전집 3－문학의 논리』, 소명출판, 2009.

______________________________, 『임화문학예술전집 4－평론 1』, 소명출판, 2009.

____, 「사랑의 진리」, 『조광』, 1937년 3월호.

____, 「어떤 청년의 참회」, 『문장』, 1940년 2월호.

____, 「현대의 매력」, 『조선일보』, 1939.4.13.

논문 및 단행본

고봉준, 「임화와 김수영의 '언어관' 비교」, 『한국문학논총』 80, 한국문학회, 2018.

김상천, 『청년 임화』, 사실과가치, 2023.

김유중, 『김수영과 하이데거』, 민음사, 2007.

김윤식·김현, 『한국문학사』, 민음사, 1996.

_____, 「임화 연구－비평가론 其七」, 『논문집－인문·사회과학』 4, 서울대 교양과정부, 1972.

김응교, 「임화와 김수영의 연극 영화체험－김수영 연구(6)」, 『영주어문』 41, 영주어문학회, 2019.

김현, 『현대 한국문학의 이론 / 사회와 윤리』, 문학과지성사, 1995.

김혜진, 「김수영의 문학적 좌표로서의 해방직후－1960년대 김수영 문학의 재인식을 위한 하나의 시각」, 『한국언어문화』 44, 한국언어문화학회, 2011.

남기호, 「자기 자신에 대해 계몽되지 않은 계몽－헤겔 『정신현상학』의 근대적 주체성 비판」, 『가톨릭철학』 36, 한국가톨릭철학회, 2021.

박지영, 「김수영 시에 나타난 '자기 비하'의 심리학－'레드콤플렉스'를 넘어 '시인'되기」, 『반교어문연구』 26, 반교어문학회, 2009.

_____, 「한국 현대시 연구의 성과와 전망－'운명'과 '혁명', 왜, 아직도 '임화'와 '김수영'인가?」, 『반교어문연구』 32, 반교어문학회, 2012.

육준수, 「임화문학연구회, 임화와 김수영의 문학세계 비교하는 "제11회 임화문학 심포지움" 성황리에 끝내」, 『뉴스페이퍼』, 2018.10.17. 접속 일자 2023.12.23; 언론사 '뉴스페이퍼'는 '더스쿠프'로 상호를 변경해 운영 중. 확인 일자 2024.4.25.

윤종환, 「김수영의 몸과 사랑-'생활피로'를 중심으로」, 연세대 석사논문, 2022.

이경수, 「임화와 김수영 시에 나타난 '거리'와 '방'의 공간 표상」, 『어문논집』 85, 민족어문학회, 2019.

이광호, 「김수영 시에 나타난 시선의 정치학」, 『한국문학이론과 비평』 15(3), 한국문학이론과비평학회, 2011.

이숭원, 「제1부 전국학술대회 발표논문-주제 발표; 정치 현실에 대한 두 시인의 반응-임화와 김수영의 경우」, 『한민족어문학』 43, 한민족어문학회, 2003.

이어령, 「'새 차원'의 음악을 듣자」, 『중앙일보』, 1966.1.5.

장문석, 「밤의 침묵과 자유의 타수-김수영의 해방공간과 임화의 4·19」, 『반교어문연구』 44, 반교어문학회, 2016.

정한아, 「'온몸', 김수영 시의 현대성-죽음과 자유를 중심으로」, 연세대 석사논문, 2004.

조강석, 「김수영과 시각(視覺)의 문제」, 『현대문학의 연구』 22, 한국문학연구학회, 2004.

______, 「김수영 후기시의 이미지 사유」, 『한국문학연구』 58, 동국대 한국문학연구소, 2018.

최은혜, 「저변화된 낭만, 전면화된 사실-1920년대 후반~30년대 중반 임화 평론에 나타난 '낭만성' 재검토」, 『우리문학연구』 51, 우리문학회, 2016.

최하림, 『한국현대시인연구 9-김수영』, 문학세계사, 1993.

______, 『김수영 평전』, 실천문학, 2001.

피에르 바야르(Pierre Bayard), 백선희 역, 『예상 표절』, 여름언덕, 2010.

홍승진, 「해방기 김수영 시의 문명 비평적 역사성」, 『한국근대문학연구』 통권33호, 한국근대문학회, 2016.

G. W. F. 헤겔, 임석진 역, 『정신현상학』 제1권, 한길사, 2005.

「괴뢰문화진붕괴」, 『동아일보』, 1953.8.14.

제2부

카프문학의 서사적 가능성과 정치성

프로문학의 서사학연구 시론試論

조지혜

1. 서론

프롤레타리아문학의 모든 이론 및 논쟁들 즉 '내용 형식 논쟁' '목적의식론' '대중화론' 등은 창작방법에 관한 담론이 아닌 것이 없다는 점에서 "창작방법론의 이형태異形態"[1]라고도 할 수 있지만, 직접적인 "창작방법 논의"의 이름으로 이루어진 논의는 김윤식에 따르면 "공허에 가까운 논의" "타성에 가까운 논쟁의 허세를 외견상 충족"하는 일이었다. "사회주의적 리얼리즘이 한국문단에 논의되기 시작한 것은 1933년이었고 1934년을 거쳐 1935년엔 그 절정에 달하고 1936년까지 뻗었던 것이나, 이 동안 명확한 해설이나 납득할 만한 문제 제출이 되지 못하고 여전히 창작과 유리된 공론"에 가까웠다. 즉 "사회주의적 리얼리즘은 지도적이 되지도 못했고, 실질성을 띠지도 못했다." 공산주의 운동 및 프롤레타리아문학운동의 국제적 자장 속에서 "대체로 프로문학론은 소련보다

1 김윤식, 『한국근대문예비평사연구』, 일지사, 1976, 84면.

일본이 1년쯤 후에 논의되고, 한국이나 중국은 일본보다 또 1년쯤 뒤에 수입됨이 일반적 현상"[2]이었고, 그런 동시에 식민지 조선의 프로문학은 '신경향파 문학'을 자신의 문학사적·창작방법적 전사前史로 전유하여 '프롤레타리아문학'을 형성하는 자원으로 삼았다. 이에 이 글은 '프롤레타리아문학'이 "신경향파의 문예의 주인공의 행동의 발단은 사회적으로 원인하엿다고 볼 수 잇다. 그러나 그 주인공의 행동의 종결終結은 비사회적이라고 볼 수 잇다" "파문을 이르킬 수 잇는 생명력이 후기에 신경향파 작품에는 확실이 침체되여서 잇다"라는 문제의식으로부터, "그러나 우리는 이 침체로부터 새로운 경지를 전개시키여야 한다"라는 프로젝트를 어떤 문학적 실험 및 모색들을 통해 집합적으로 진행해나가고 있었는지 살피는 것을 목적으로 한다. 이를 통해 프로문학이 신경향파 서사의 광기나 파국이라는 '막다른 골목'을 프로문학 서사를 위해 재조직하여, '미완'이나 '실패'라고 비판적으로 지적되어 온 결말을 포함한 서사 문법을 형성해나갔음을 밝히려 한다. 이 글의 결론적 주장은 프로문학 특유의 결말 구조가, 신경향파 문학이 보여준 "한 적은 파문"을 "대해를 움직일 수 있는 생명력의 성장" "전대해적 파문이 동할 수 있는 생명력의 성장"[3]으로 추동하기 위해 고안된 서사적 동역학의 핵심이라는 것이다.

---

2 위의 책, 84~85·99~101면. 사회주의 리얼리즘뿐 아니라 "과거 프롤레타리아 리얼리즘이나 변증법적 창작방법도 한국에서는 한 번도 진정한 토론을 거치지 않은, 한갓된 슬로우건으로 시종한 사실"과 더불어, 김윤식은 기존의 '기계적' '도식적' 창작방법에 대해 "반성적 태도"를 보이며 사회주의 리얼리즘을 논하는 안막의 "자기 비판의 서술"조차 그것 자체가 '사회주의 리얼리즘'의 소련에서의 주창 및 일본에서의 논쟁에서 이미 나타난바 자기 비판의 "기계적이며 추수적 도입 자세"라고 지적한다. 위의 책, 86~90·93~94면.

3 박영희, 「「신경향파」문학과 「무산파」의 문학」, 『조선지광』, 1927.2, 58·60면.

한정어 없이 '문학'이라 불리던 것이 기실 자신들의 계급적 입장에 대해 무반성적인 부르주아문학이었다는 점을 비판하면서 출범한 프롤레타리아문학은 '문학성'에 대한 변혁을 의식적으로 추구한 운동이었다. 문학을 통해 전세계 혁명에 동참하려 한 프로문인이 작가-서술자인 서사의 욕망은, 균형을 잃은 기존의 세계라는 문제를 해결하고 다시 세계를 봉합하려는 서사적 욕망과는 전혀 다른 것이다. 그럼에도 불구하고 프로문학 텍스트에 대한 비판은 바로 그 운동 주체들이 상대화하고 파괴하려 한 부르주아문학의 '완성도'를 잣대로 이루어지는 배리를 보이곤 한다. 프로문학을 '비문학적'인 것으로 평가하게 하는 기준은 부르주아문인과 프로문인을 포함한 식민지 조선의 문인-지식인에게 체화된 것이었고, 그러한 조건에서 '프로문인' 되기에 나선 문인-지식인들은 '프롤레타리아문학'의 이름으로 이미 익숙한 '문학'을 상대화하고 나아가 부정하는 시각과 거리를 확보하려 했다. 프로문인이 생산한 문학적 실천들의 가능성과 의의는, 프로문학의 서사에서 작품의 '결함'이나 작가의 '미숙함' 즉 '非문학'을 읽어내지[4] 않으려 할 때 즉 21세기 자본주

4 '카프계 노동소설'과 1980~1990년대 노동소설에 대해 공히 '과도한 신념으로 인한 현실 왜곡' '경직된 형식'을 보여주기에 호소력 또는 '문학성'이 떨어진다는 식의 평가가 이루어진다는 사실에 대해 천정환이 지적했듯, "지배적인 문학성의 체계 자체와 길항"하는 노동문학에 제대로 접근하지 못하는 문학사가 및 비평가들의 시각과 시야야말로 노동소설의 문학성에 있어 문제로 작용한다. "선험적인 '문학' 썬글라스를 끼"고 '문학성'을 구명하려는 자기순환적 접근에서 '삐라'나 '구호'는 非문학이 되고, 이러한 '문학주의'는 "지배학의 일종"으로 작용한다. 천정환, 「서발턴은 쓸 수 있는가」, 『민족문학사연구』 47, 민족문학사연구소, 2011, 243·252면; 천정환, 「세기를 건넌 한국 노동소설—주체와 노동과정에 대한 서사론」, 『반교어문연구』 46, 반교어문학회, 2017, 137면. 이를테면 '노동문학'에서 '노동'과 '문학'이 분리가능한 것이라는 입장을 취하여, '노동'문학이 '문학성'을 "획득"함으로써 노동'문학'으로 '발전'할 수 있다는 경로를 꾸리는 식의 사고가 전제하는 '문학성'이 "부르조아 자유주의 문학"이고, 이러한 '문학성' 논의의 자기반성적 의식 결여가 "성실성과 솔직함으로 포장"되어 있더라

의 남한 사회의 독자가 마찬가지로 자신에게 '완성도 있는 문학'으로서 이미 익숙한 바를 '문학'으로 절대화하지 않을 때 비로소 적극적으로 드러날 수 있다.

소재들이 사회적으로 상징적인 행위로서 통합의 규범에 따라 배치되었을 때 소설은 '리얼리티' 또는 '핍진성'을 함유한 것으로 평가되고, 자아 형성 서사로서 성장소설Bildungsroman은 개체 발생이 계통 발생을 반복하듯 '문명화'의 더 큰 서사에 포섭된다.[5] '리얼한' 재현으로서 서사화되는 이러한 주체 형성 과정을 독서 과정의 동일시 기제를 통해 반복함으로써 소설은 '교양'의 주체를 단지 형상화하는 데 그치지 않고 생산하려 한다. 그런 점에서 "문화 / 교양이란 자신이 좋아하고 싶은 대상처럼 되기를 배우는 것, 즉 동화라고 할 수 있다."[6] 소재나 대상 여하가 아니라 이처럼 "대상 / 장면에 세계가 지속될 것이라는 전망을 투자하는 관계가 존재하는지 여부"에 의해, 고전적 리얼리즘은 여타 재현 방식과 구분된다.[7] 그러나 케이퍼가 논의했듯 비체화된 타자를 제외하는 특권적 상상에서 배제된 이들은 "미래 없음의 미래", "시간 밖으로" 내몰아진 시간성에 놓이고, 이들을 무엇인가를 단지 상실한 존재로서 재현하는 프레임은 '잃을 것이 없는' 이들의 현실적 존재를 끌어들이지 못한다. 그러한 재현 방식에서 드러나는 사회의 주류적이고 특권적인 상상은 타자를 포함하도

도 사실상의 "왜곡 공작"이 된다는 점에 대해서는 조정환, 「문학성 이해의 제 경향과 문학적 현실주의의 문제」, 『현상과 인식』 12(2), 한국인문사회과학회, 1988, 11~12면 참고.

5 David Lloyd, *Anomalous States*, Duke University Press, 1993, pp.133~134.

6 "Culture can, so to speak, be understood as a learning to be like what we should like to like. That is, as assimilation." David Lloyd, *Under Representation*, Fordham University Press, 2019, p.79.

7 로런 벌랜트, 박미선·윤조원 역, 『잔인한 낙관』, 후마니타스, 2024, 101면.

록 확장될 것이 아니라, 중단되어야 한다.[8] 그렇다면 계급 의식 미각성 상태의 노동자가 프롤레타리아 운동의 헌신적이고 노련한 투사로 발전하는 과정을 재현하고, 동일시 기제를 통해 그 서사적 재현의 독자를 주체화하고자 한 프롤레타리아문학에서, 핵심적인 문제 가운데 하나는 전형적으로 부르주아적인 소설 양식으로 간주되는 교양소설 장르와 혁명적 목적의 잠재적인 상충이다.

장르 형식이 이데올로기적 유산을 내포하고 그 사실을 충분히 의식하여 비판적인 주의를 기울이지 않을 경우 그것을 재생산하게 되지만, 폴리의 지적처럼 정치와 소설 형식의 관계는 일방적이고 단선적인 것이 아니어서 정치적 '노선'과 결부된 서사적 전략에 따라 부르주아 유산도 프롤레타리아 운동에 유용하게 전유하는 것이 불가능하지 않다.[9] 다만 프롤레타리아적인 것과 그 운동이 부르주아적인 것에 대응적인 거울상이 아닌 만큼 프롤레타리아문학은 단순히 부르주아 형식을 프롤레타리아적 내용과 소재에 적용한 것일 수는 없다. 프롤레타리아 문학에서 서술자 / 작가 / 인물은 세계와 자아의 '동화'로서 성장하는 것이 아니라, 기성 세계를 혁명적 행위의 전제조건으로서 파악할 수 있게 됨으로써 의식화된다.[10] 프로문학에서 인물과 독자, 작가-서술자의 관계는 '의식화' 대상으로서의 현실 대중과 의식화하는 프롤레타리아 문인-지식인의 관계에 일단 상응하는 것처럼 보이지만, 프롤레타리아 혁명을 위해

8 앨리슨 케이퍼, 이명훈 역, 『페미니스트, 퀴어, 불구』(ebook), 오월의봄, 2023, 101~105/618면.

9 Barbara Foley, "Generic and Doctrinal Politics in the Proletarian Bildungsroman" in *Understanding Narrative*, edited by James Phelan and Peter J. Rabinowitz, Ohio State University Press, 1994, pp.43~44·61.

10 Barbara Foley, *Radical Representations*, Duke University Press, 1993, p.294.

'의식화'의 주체와 대상의 관계가 어떠해야 하는지는 물론, '의식화'하는 주체와 '의식화'되어야 할 대상의 정체가 과연 누구인지의 문제,[11] 그리고 '성장' 또는 '교양', '의식화'의 완성이 기성 세계로의 성공적인 입사이거나 그것을 통해 세계의 불균형과 갈등을 성공적으로 봉합하는 일이 아니라 프롤레타리아 혁명의 실천이어야 한다는 문제들은 '프로문학' 서사의 구성적 특질과 여러 요소들의 작동이 부르주아문학과는 질적으로 달라야 할 필요성을 드러낸다.

작가와 독자 사이의 계약으로서 문학 장르는 사회적 삶의 다른 제도들이 그러하듯 암묵적인 동의에 기반을 둔다. 특정 장르는 그 장르적 발화를 '적절하게' 이용하는 방법에 대한 지시나 신호로 표지된다.[12] 부스가 논의했듯, 작품이 역점을 두는 장르를 인지한 독자는 그 장르 작품에 대한 과거의 경험을 바탕으로 작품의 조건을 수용하고 기대하며, 장르적 약정에 따라 텍스트가 명백히 요구하는 바를 따라 읽을 수 있다. 예를 들어 작가명이 '아가사 크리스티'라고 표기된 소설에서는 살인 사건이 벌어지고 여러 용의자가 등장하고 누군가는 속지만 결말에 이르면 살인자가 밝혀지리라고 기대하며 그러한 수수께끼와 추리를 위해서 읽고, 대학교 출판부에서 발간한 '플라톤의 인식론'과 같은 제목의 책에서도 그 제목이 제시하는 장르적 약속이 대략 충족될 것이라 예상하고, 페

11 문학적 "'실천'의 요청이 리얼리즘(론)에 대한 요청으로 오인·전치되는 경향"이 있다는 점을 비판적으로 지적한 천정환의 논의대로, 식민지시기 사회주의 리얼리즘, '당-문학론', 1980년대 리얼리즘 등으로 나타난 리얼리즘은 객체와 주체를 분리하고 주체에 의해 객체를 재현한다는 '역사적' 전통 체제로서 "애도하여 역사박물관 속에 안치될 필요"가 있다. 천정환, 「1980년대 문학·문화사 연구를 위한 시론 (1)」, 『민족문학사연구』 56, 민족문학사학회·민족문학사연구소, 2014, 401~402면.

12 Fredric Jameson, "Magical Narratives : Romance as Genre," *New Literary History*, vol.7, no.1, 1975, p.35.

미니즘 서적을 주로 출판하는 출판사에서 발간한 '새로운 각성'이라는 제목의 소설이 있다면 마찬가지로 도입부에서 잔인하고 우둔한 남편과 겁 많은 아내가 등장하더라도 반드시 여성의 각성이 그려질 것이라고 기대하며 바로 그러한 해방과 각성의 순간을 위해서 읽어 나갈 수 있다.[13] 그러나 어떤 텍스트에 대해 그것의 장르는 확고하게 현전하는 것이 아니라 그 장르에 함께 속하는 여타 작품들에 대한 독자의 앎에 의존한다. 안정적으로 하나의 장르를 이루는 특질을 발견하기 어려운 여러 형식과 실험적 시도들을 관통하여 어떤 쓰기와 읽기의 전략들이 굳어지고 전통이 됨에 따라 비로소 '장르적 약정'이라고 인지되는 바가 형성된다.[14] "한때 인상주의는 매우 추상적이고 아방가르드적이어서 갤러리에 전시되기 어려웠지만, 지금은 서구 세계 전역에 걸쳐 가정집이나 이케아 가구 매장 그리고 변두리의 거실에서도 볼 수 있"[15]는 것과 마찬가지로, 재현의 특정한 문법은 시초의 시도들을 거쳐 규약으로 자리 잡아 생산자와 수용자에게 통용되기까지 시간이 소요된다. 1920년대 중반부터 약 10년이라는, 하나의 문학적 모델이 정립되기에는 길지 않은 기간에도 불구하고 식민지 조선의 프롤레타리아문학은 자신의 재현 문법과 스타일을 형성해나가고 있었다.

프로문학의 문학사적 전사로 의미화된 신경향파 문학은, 프로문인의 문학사 담론에서뿐 아니라 프로문학 작품에 있어서도 중요한 자원이 되었다. 케이퍼의 논의처럼, 자신이 계급화된 특수한 고통에 처해 있으

13 Wayne C. Booth, "The Ethics of Forms" in *Understanding Narrative*, edited by James Phelan and Peter J. Rabinowitz, Ohio State University Press, 1994, pp.102~103.

14 Gerd Bayer, *Novel Horizons : The Genre Making of Restoration fiction*, Manchester University Press, 2016, pp.6~11.

15 제임스 프록터, 손유경 역, 『지금 스튜어트 홀』, 앨피, 2006, 68면.

며 사회적으로 상상되는 '바람직한 미래'에서 배제된 존재임을 자각하지 못했던 주체에게, '배제됨 외에 어떤 미래가 당신에게 예상되는 것이겠느냐'가 현재 사회의 구조적 태도라는 사실과 직면하는 일은 '인간 생의 보편적 고통이 이러하다', '삶이란 누구에게나 원래 그렇다'라는 체념으로부터 '이런 게 그들과 다른 우리의 삶인가?'[16]라는 질문으로 이끈다. 이런 식으로 알려지는 미래 없음의 역설적 미래는 세상에 대한 주체의 전체적인 지향을 변경시킨다.[17] 신경향파 소설에 나타난 하층민의 "분노는 고통과 불행에 대한 자동 반응이 아니"고, "동물성의 징표가 아닌 다분히 인간적인 선택의 결과"[18]이다. 극한적 궁핍과 억압으로부터 분출되는 생의 에너지는 잠재적으로 혁명적이고, 그 서사의 광기 및 미래의 시간으로 연속되지 못하는 중단은 계급화된 사회가 상정하는 '자연스러운 미래'가 이미 배제하고 있던 이들의 입장과 경험, 감각을 재현의 중심에 놓아 이들에게 미래란 '없는 미래'라는 사실을 폭로하는 일이었다. 이 글이 시론적으로 구성해보고자 하는 것은 프로문학이 기존 세계의 파국이라는 신경향파적 결말이자 그 문학의 이와 같은 막다른 골목을 서사적으로 전유함으로써, 프롤레타리아 운동의 논리 속에서 서사의 향방과 의미, 에너지를 특정하게 조직하는 자신의 문법을 형성해 간 집합적 실천의 얼개이다. 일반적으로 지식인이 담지하는 것으로 여겨지는 매개자의 역할과 다른 프롤레타리아 지식인의 실천 형식은 '사라지는' 매개자적 성격에 있었다는 점에 착목하여, 이 글은 소부르주아 출신 문인-지식인에 의해 수행된 '프로문학'이 문학을 통해 프롤레타리

16 앨리슨 케이퍼, 이명훈 역, 앞의 책, 104/618면.

17 위의 책, 113/618면.

18 손유경, 『고통과 동정』(ebook), 역사비평사, 2008, 183면.

아 혁명에 동참하면서도, 현실 프로문인이나 현실 프로문학 자신이 아닌 프롤레타리아를 혁명의 주체로 세우고 사라진다는 실천 형식이 특유한 서사적 '미완결'의 플롯으로 나타난 양상을 추적하려 한다.

2. 세계의 파국과 서사적 종결을 전유하는 문법

악마들이 세상을 태우고 가족들을 칼로 찌른다는 환각 중에 "식구들의 괴로운 신음소리" "그 괴로워하는 삶生을 어서 면케 하고" "복마전伏魔殿 가튼 이놈의 세상을 부시"고 싶다는 이유로 남성 주인공이 아내와 딸과 어머니부터 손수 죽이고, 집을 나가 행인들에게 칼부림을 하다 순사를 찔러 총을 맞는다는 「기아와 살육」『조선문단』, 1925.6의 결말 이후, 「지옥순례」『조선지광』, 1926.11에서 빈민의 세상과 삶이란 '복마전 같은 세상'과 '생존이 괴로운 삶'이 아니라 '무지한 노동자를 조소하는 평화로운 세상'과 '살아 있는 한 지옥인 삶'으로서 재현된다.

> 어득한 구석구석으로서는 몸서리치도록 무서운 악마들이 쒸여나와서 세상을 짱그리 태여버리려는 듯이 쌝언 불ㅅ길을 활활 내뿜는다. 그 불은 집을 불살르고 어머니를, 안해를, 학실이를, 자기까지 태여버리려고 확확 몰켜온다. 쌝언 불 속으로서는 싯퍼런 칼든 악마들이 붉읏붉읏 나타나서 온 식구를 쿡쿡 찔은다. **픠를 흘리면서 헤를 갈으물고 쓰러저가는 식구들의 괴로운 신음소리는 참아 들을 수 업시 쌰ㅆ지 제리다. 그 괴로워하는 삶生을 어서 면케 하고 십헛다. 이러한 환상**이 그의 눈압헤 활동사진 가티 나타날 쌔,
>
> 『아아 부서라. 모다 부서라!』

소리를 지르면서 그는 벌꺽 일어섯다. 그의 손에는 식칼이 쥐엿다. 그는 으악— 소리를 치면서 칼을 들어서 내리찍엇다. **안해, 학실이, 어머니할 것 업시 내리찍엇다. 칼에 찍긴 세 생령**은 부르르 떨며, 방안에는 피비린내가 탁 터젓다.

『모두 죽여라! 이놈의 세상을 부시자! 복마전伏魔殿 가튼 이놈의 세상을 부시자! 모다 죽여라!』

박그로 뛰여나오면서 웨치는 그 소리는 침침한 어둠 속에 쌀쌀한 바람과 가티 처량이 울렷다. 그는 쓸쓸한 거리에 나섯다. (…중략…) 그는 허둥지둥 올너가면서 다 닥치는 대로 부신다! 상점이 보이면 상점을 짓모으고 사람이 보이면 사람을 찔럿다.

『홍으적(도적놈)이야!』

『저 미친 놈 봐라!』

고요하든 거리에는 사람의 소리가 요란하다.

『내가 미쳐? 내가 도적놈이야? 이 악마 가튼 놈덜 다 죽인다!』

경수는 어느 새 웃장거리 중국경찰서 압까지 일으럿다. 그는 경찰서 압헤서 파수 보는 순사를 콱 찔러 누이고 안으로 뛰여들어갓다. 창문을 부신다. 보이는 사람대로 찔은다.

『쌍 —……쌍 —……쌍쌍』

경찰서 안에서는 총소리가 연방 낫다. 벽력 가티 울리는 **총소리는 쌀쌀한 바람과 함께 쓸쓸한 거리에 처량이 울렷다.**

모—든 누리는 공포의 침묵에 잠겻다.[19]

— 최서해, 「기아와 살육」(강조는 인용자)

---

19 최서해, 「기아와 살육」, 『조선문단』, 1925.6, 38~39면.

가족과 행인과 순사를 찌르고 총을 맞는 최서해의 주인공 앞에서 「기아와 살육」의 "모 — 든 누리는 공포의 침묵에 잠겻다." 반면 "이틀 동안이나 아모것도 먹지 못하고 악마의 손아귀와 갓흔 추움의 손아귀는 쌔만 남은 칠성이 아버지의 온몸을 압착"하고 "어린 칠성이와 누덕이를 입은 안해의 주림에서 울부지지는 소리는 참아 듯기 어려"운 상태에서, 이대로는 바로 다음날 자신과 온 식구가 죽을 것임을 깨달은 주인공 칠성이 아버지가 "그냥 죽어서 무얼 하니 먹고나 죽자!"[20]라고 집을 나서서 떡 파는 아이를 죽이는 밤, 박영희의 「지옥순례」의 세계는 주인공 앞에서 공포에 떨지 않으며, 평화로운 고요 속에 조소하는 듯한 침묵으로 답한다.

그는 돌아서면서 주먹으로 그 애의 입을 싸렷다. 곳 입은 터 저서 붉은 피는 흰 눈을 붉게 물드린다. 이 순간에 두 사람은 한 가지 새로운 힘을 어덧다.

『아 — 아 —』 하고 질서 업시 부르는 외마듸 소리는 깁히 잠든 동내를 문득 불안케 하엿다.

강한 바람과 한가지로 사람의 비운을 고하는 두려운 부르지짐은 점점 하날 놉히 써올나가는데 이 동내는 맛치 ××××× **모든 리익을 ××× ×××× 그들의 생활과 그들의 생각이 침체되엿슬 째에 소극적으로 압박을 밧지 안는 가튼 계급의 ××××××× ××××평화를 차지하게 하는 듯하엿다.** 오히려 ×××× 끗업는 구렁터리에 잡어너어서 ×××××××××× ×××××××××××× ×× ×××××××××××그대로 되는 것을 보고 한편으로는 그들의 평화를 찬양하며 한편으로는 **로동자의 무지를 조소하는 듯이 평화로히 잠자는 이 동내는**

---

20 박영희, 「지옥순례」, 『조선지광』, 1926.11, 48~49면.

그들을 조소하는 듯이 고요하엿다. 침묵에 빠졋다.[21]

—박영희, 「지옥순례」(강조는 인용자)

가족들을 죽이고 집을 나서며 외치는 주인공의 목소리와 그를 쏘는 총소리 모두가 '처량하게' 울리고, 그가 칼부림을 하며 지나는 거리가 '쓸쓸'하다고 감지하는 「기아와 살육」에서, 고통스러운 삶의 근본 원인은 인물에게나 서술자에게 모두 파악되지 않고 '악마' '복마전'이라는 환각적 형상으로만 나타난다. 이와 달리 인물이 자신의 삶의 조건을 이해하지 못하고 떡 파는 아이를 죽여 자신과 가족들의 한 끼를 구하는 「지옥순례」의 담론 층위는, 세계가 '파국'을 맞기는커녕 평화로이 지속되는 이유가 주인공이 '압박을 받는 계급'으로서 떡 파는 아이와 입장이 같다는 사실 및 '압박을 받지 않는 계급'과 상충하는 이해관계로 얽혀있다는 점에 대해 "무지"한 '노동자'이고, 그렇기에 그의 폭력이 그의 삶을 살 수 없게 하는 원인과 무관한 곳으로 향한다는 데 있음을[22] 명시한다.

---

21 위의 글, 51면.

22 특정한 방향이 조직되지 않은 것으로 의미화되는 소위 '묻지마'식 폭력에서 그 폭력이 향하는 대상은 기실 여성, 아동, 청소년과 같은 매우 특정한 집단이다. 김민정, 「'묻지마 범죄'가 묻지 않은 것」, 『한국여성학』 33(3), 한국여성학회, 2017, 41면. '국가폭력을 폐지하려는 행위 자체도 폭력적인가?'에 대한 멘케의 논의가 보여주듯, 문제는 '비폭력인가 아니면 폭력인가'가 아니라 '폭력의 서로 다른 종류들'에 대한 것이어야 한다. 폭력(violence)이란 그것이 위반하는(violates) 것에 대한 작용을 가리킨다. 즉 '폭력이란 위반하는 일'이고 그런 점에서 모든 폭력은 어떤 종류의 고통을 야기한다. 정치적 재현 / 대변이 비폭력적이어야 한다는 입장이 기존하는 법, 질서와 형식, 자기규정, 자기재현들을 단지 그렇게 기성된 상태라는 이유만으로 '불가침'의 영역으로 취급한다는 점을 비판하며, 멘케는 '단지 기성된 상태로서의 우리는 우리 자신에게 부정의하고', 그런 의미에서 재현이라는 정치적 행위가 해방적이기 위해서는 반드시 폭력적이어야 한다고 강조한다. Christoph Menke, "Can There be Non-Violent Political Action?," *Behemoth*, vol.14, no.3, 2021.

끝에서 「지옥순례」의 인물들은 체포되지만 이들 또한 두려워하지는 않는데, 그러지 않았더라면 식구가 모두 죽어있었을 다음날 이들은 떡장수를 죽이고 얻은 떡을 먹고 살아있고, 이들이 살던 '좁고 춥던 지옥'에 비해 끌려가는 곳은 오히려 '넓고 화려한 지옥'이기 때문이다.

> 떡통을 째인 연기가 아즉도 사러지기 젼에 **진달이와 그의 안해와 아들과 순천이 아버지와 그의 집안 식구는 한 줄에 매여서 잡히여 갓다.** 동내 사람들은 처음에 싯푸르게 질린 얼골노 그들의 가는 것을 물그럼이 바라다보앗다. 그들은 그리 놀나지도 안코 쏘한 **그리 두려움도 업는 것 갓햇다.**
>
> 진달이는 ×××××××× 일허버린 적은 디옥에서 ×××××××××××××××××××××으로 옴기여 갓슬 섄이다. (…중략…) 진달이는 테형의 디옥으로 **좁고 춥든 적은 디옥에서 널코 화려한 디옥으로 옴기여 갓다.** (…중략…) 그들은 최후의 적은 힘이 남을 쌔까지 **이러케 디옥에서 디옥으로 쉬이지 안코 옴기여 단이고 말 것**이다.
>
> ―씃―[23]
>
> (강조는 인용자)

추위와 굶주림에 죽거나 무지한 폭력으로 인해 죽거나 사법적으로 죽는다는, 살 수 없는 삶의 조건은 노동자가 무지하여 세계가 자신들을 조소하도록 평화로이 두는 이상 계속해서 이들을 "이러케 디옥에서 디옥으로 쉬이지 안코 옴기여 단이고 말 것"이라고 강조한 「지옥순례」의 마지막 문장을 잇듯이, 「종이 뜨는 사람들」『대조』, 1930.4은 '노동자의 일생과 그 대를 이어 날마다 끝없이 이어지는 노동지옥'을 배경으로 제시하며 시작한다.

---

23 박영희, 「지옥순례」, 『조선지광』, 1926.11, 56~57면.

오전 세시를 땅! 치자 공장사무실에서는 우렁차게 싸이렌이 우럿다.

느진 봄 첫새벽녁헤 별안간 **이 귀곡성 갓튼 외마듸 소리는 쉼속처럼 괴괴하든 이 공장촌 일대의 적막을 깨트렷다.** 마을사람들은 자다가 벌떡벌떡 이러낫다. 그들은 이 한마듸 소리에 **마치 지옥사자에게 덜미잡이를 당한 듯이** 기급을 해서 이러낫다. **과연이다! 그들은 날마다 로동지옥에서 허매고 잇지 안은가? 염나국으로 가는 지옥길은 씃가는 날이나 잇는지 모르되 이 로동지옥 속은 날마다 헤매도 제턱이엿다. …… 그것은 애비가 죽으면 자식이 대스고 — 자식이 죽으면 또 그 자식이 대서서 — 이 공장촌 사람들은 발서 이러케 수백년 동안을 로동지옥에서 사러 온 터이니까. —**[24]

(강조는 인용자)

아무 일 없는 듯 흘러가는 세계를 태우거나 부수려 하는 「기아와 살육」의 '악마'나 주인공의 역할과, 표면적으로 자연스러워 보이지만 '복마전'인 현실이란 다름 아닌 무지한 노동자가 착취 당하는 세계라는 「지옥순례」의 이해를 종합하여, 「종이 뜨는 사람들」은 무지한 노동자들이 착취 당하는 '노동 지옥'으로서의 세계 및 노동자의 안식과 적막을 깨는 "귀곡성 갓튼 외마듸" 공장 사이렌 소리를 서두에서 재현한다. 그리고 이 소설에서 인물들은 노동자의 삶을 '지옥'으로 만드는 조건에 대한 앎을 바탕으로, 계급적 이해관계의 단층선을 편과 적의 구분선으로 삼음으로써 폭력의 방향을 설정한다.

사측에 영합하여 노동자 가운데서 회사의 이익을 대변하는 자와, 회사를 상대로 투쟁하려는 노동자들 사이에 주먹다짐과 칼부림이 발생하고, 이윽고 「지옥순례」에서 노동자의 가족이 "한 줄에 매여서 잡히여 갓"

---

24 이기영, 「조희쓰는사람들」, 『대조』, 1930.4, 104면.

던 것처럼 「종이 뜨는 사람들」의 "조합원은 모다 그 밤중으로 죽 — 포승을 지워서 ○○ ×××로 압송을 해 갓다." 그러나 계급적 인식과 목표하에 기도된 인물의 폭력은 단지 우발적이지 않고, 세계는 더 이상 "로동자의 무지를 조소하는 듯이 평화로히 잠자"는 상태로 남을 수 없다.

> 이 바람에 군중은 우 — 하고 박선달에게로 몰켜왓다 그들은 한 패가 쑤드리는 것을 한 패는 말니는 체하며 안싸고 뒤지기를 한참 하는 동안에 박선달은 자연 뭇매를 늘신하도록 마젓다. 그래서 박선달의 아들은 쏘처와서 칼부림을 하고 마누라는 몸부림을 하고 왼 동리가 밤중까지 발끈 뒤집어엽혓다. 박선달의 아들은 그 길로 십리나 되는 ××파출소로 쒸여가서 순사를 다리고 왓다. — **그래 그들 조합원은 모다 그 밤중으로 죽 — 포승을 지워서 ○○ ×××로 압송을 해 갓다. — 그들의 뒤를 그들 가족들이 쏘한 울며 불며 싸러갓다. — 그 근처에 잇는 개들은 왼통 밤새도록 컹! 컹! 지저서 별안간 무슨 난리나 처드러 온 것처럼 린근 동리는 무시무시하게 날을 새엿다. —**[25] (강조는 인용자)

'무지한 노동자'가 아니게 된 조합원들의 폭력을 개들이 밤새도록 짖고 인근 동리가 "무시무시하게 날을 새"게 만드는, '쳐들어오는 무슨 난리'와 같은 것으로 의미화하며, 이 소설은 '세계의 무시무시한 난리'를 세계의 '파국'을 알리는 것일 뿐 아니라 세계를 다른 것으로 '만드는' 행위라는 과정 속에 놓인 것으로 서사화한다.

> — 그래 그들은 위선 생활의 위협도 잇고 해서 할 수 업시 일을 다시 시작하엿

25 위의 글, 121면.

다. — 한 보름 동안 소요하든 이 쟁의도 **마침내 그들의 실패로 이러케 슷창**을 막고 마럿다. — 그러나 그들의 **이번 실패는 다만 실패만은 아니엿다. — 그들은 다시 상담하며** 오즉 샌님과 장별장이 어서 나오기를 기다리고 잇섯다. **(과연이다! 그들의 마음 속에 샌님의 쑤려준 씨는 낫으로 밤으로 싹트기 시작하엿다. —)**[26] (강조는 인용자)

세계를 부수고 바꾸려는 폭력이 일회성 난리가 아니고 "다만 실패만은 아니"지만, 동시에 작가-서술자는 작중 재현된 사건을 일단의 "실패"로서 분명하게 못박는다. "실패로 이렇게 슷창"난 쟁의가 "다만 실패만은" 아니고 '실패의 이야기'가 '단지 실패만인 것은 아닌 이야기'인 이유는 그것이 "이번 실패"라는 데 있다. 재현된바 '이번의 실패'가 남기는 것은 '다시 상담하는 노동자', '프롤레타리아 지식인은 사라졌지만 그가 뿌린 씨앗을 마음속에서 밤낮으로 싹틔우는 노동자'이다. 이 인물들은 소설 시작 부분의 '날마다 노동 지옥을 헤매는 노동자'나 그 이전의 '평화로운 세계에 의해 조롱당하는 무지한 노동자'와 질적으로 전화되어 있다.

엥겔스의 리얼리즘 미학이 "사회주의의 필연성이 상황과 행위 자체로부터 저절로 재현될 수 있다는 생각 위에 구축"된 것으로서 '구호'나 '도식'에 대립적인 '저절로 드러나는' 문학으로 구현될 것을 요구했고, 이러한 "리얼리즘이 재현하게 될 필연성은 노동자계급의 승리, 즉 사회주의의 필연성"[27]이라면, '선진한' 사회주의 이론 및 미학을 참고하면서도 식민지 조선의 프로문학이 실제로 형성해나가고 있던 서사 문법은 문학으로서는 저절로 / 필연적으로 다 재현될 수 없으며 또한 재현하지 않고자 한다는 분명한 문학적 태도를 구현한다는 점에서 차이가 있

26 위의 글, 같은 면.

27 조정환, 「사회주의 리얼리즘의 종말 이후의 노동문학」, 『실천문학』 57, 2000, 257면.

다. 프로문학 서사들은 성공한 혁명을 재현하지 않을 뿐 아니라 스토리의 사건을 실패한 혁명적 시도로서 재현하고, 혹 성과가 있을 경우 그것은 계속 이어져야 할 혁명적 행위의 서사 가운데 발단적 사건으로 재현되어, 본격적인 서사 과정의 미완결이 작품의 끝을 이룬다.[28] 작품 결말에 이르기까지 프로문학 서사에서 생산되는 것, 그리고 그 서사적 재현이 텍스트 '외부'에 산출하고자 욕망하는 것은 '혁명의 완성' 또는 성공이 아니라 '혁명적 행위를 계속 해나갈 수 있는 상태로 변화한 노동자'이다. '이번 실패'나 '발단적 성공'을 재현하는 작품이 끝남과 더불어, '외부'에서 노동 현장에 들어와 노동자 '내면'에 변화를 추동하며 '이번' 혁명적 시도의 촉매가 되었던 프롤레타리아 지식인은 사라진다.

「포이어바흐에 관한 테제」에서 마르크스가 인간적 본질이 '사회적 관계들의 앙상블das ensemble der gesellschaftlichen Verhältnisse'이라고 제시할 때 '앙상블ensemble'이라는 프랑스어를 채택함으로써 독일어가 표현하는 '완결성' 혹은 '총체성'을 거부했다는 사례가 시사하듯,[29] 계급화된 사회에서 '유기적인' 형식은 실질적 총체성에 접근할 수 있게 하기보다 '자족적' 텍스트 너머 세계의 분열과 소외를 회피하게 하도록 기능하며,[30] '유기적인' 것으로 자신을 내보이는 서사 텍스트의 결말closure은 고전적 리얼리즘 서사구조에서 전형적으로 나타나듯 불온한 문제들을 잠재워 이데올로기적 봉쇄closure를 산출하는 메커니즘이라는 점이 지적되어 왔

28 이경림은 프로문학에서 투쟁의 성공적인 결말이 확실히 재현되지 않고 "쉽게 체포되거나 쉽게 분열되어 사라진다"라고 분석하며, "성공하지 못한 투쟁" "반쯤 성공한 투쟁"의 사례만 제시하는 것이 한계라고 평가한다. 이경림, 「사회주의는 어떻게 폭력을 길들였는가」, 『민족문학사연구』 70, 민족문학사학회·민족문학사연구소, 2019, 357면.

29 정정훈, 『불온한 인권』, 후마니타스, 2025, 72면.

30 Barbara Foley, *Marxist Literary Criticim Today*, Pluto Press, 2019, p.147.

다.[31] 아울러 인식론적 권력의 문제와 서사 구조의 상관성에 대해 챔버스가 논의했듯, 특정한 서사 구조는 특정한 방식의 주체성 구축과 상관적이며 그러한 주체 구축을 수반한다. "서술자는 자신이 인식한 세계의 모습을 이야기라는 방식으로" 전달하는 자로서 독자가 세계를 인식하는 "매개"가 되는 정신이며, 그러므로 "서술자의 존재는 세계 인식의 내용뿐만 아니라 세계 인식의 형식"[32]과도 결부되어 있다. 스토리의 '닫힌' 구조와 서술자-서술되는 자의 '닫힌' 관계가 특정한 작가-독자 관계와 결부되어 담론적 개방성에 대한 종결을 구조적으로 도모한다고 할 때,[33] 프롤레타리아가 '프로문인'의 재현 / 대변을 프로문인이 아닌 '본래 프롤레타리아의 것'으로 자원화할 수 있게끔 '프로문학'은 신경향파 문학에 나타난 조직되지 않은 폭력적 에너지 및 기존 세계의 탈자연화, 파국을 프롤레타리아 혁명의 논리로 조직하고 의미화하되, 궁극적으로 프롤레타리아와 그 혁명적 행위를 프로문학 자신의 완결된 재현 대상으로 가두지 않아야 했다.

서사를 정적인 것으로 접근하는 시각과 달리, '사건'들을 '이야기'로 만드는 플롯의 능동적이고 구성적인 기능을 강조하며 브룩스는 '플롯'을 세계에 대한 이해를 특정한 방식으로 발화하는 문법, 이해를 특정한 양상으로 조직하는 동역학이자 동력, 또는 이야기를 틀 짓고 그것에 특정한 방향이나 의미화의 의도를 부여하는 서사 디자인이라 표현될 수 있다고 정의한다.[34] 김기진이 구분한 프롤레타리아예술의 세 시기, "一.

31 Barbara Foley, "Generic and Doctrinal Politics in the Proletarian Bildungsroman", p.47.

32 김종욱, 「1930년대 한국 장편소설의 시간-공간구조 연구」, 서울대 박사논문, 1998, 9~10면.

33 Ross Chambers, "Stolling, Touring, Cruising : Counter-Disciplinary Narrative and the Loiterature of Travel" in *Understanding Narrative*, p.18.

공상시대(무조직의 시기) 二. 프티 쌔르조아시대(자기중심의 푸로레타리아적 도취. 말하자면 XX적 유치한 명정酩酊시대) 三. 현실시대(사회주의의 시대)"[35] 가운데 2기에 속한 소부르주아 출신 '프로문인'의 실천으로서, '프로문학'은 3기를 추동하는 '성공적인 미완결' '성공적인 이번 실패'를 구현하는 문법·동역학·서사 디자인으로의 플롯을 구현할 때 성공적일 수 있다는, '프롤레타리아'라는 계급적 주체성의 구조만큼 역설적인 미학적 과제를 안고 있었다.

3. '외부'를 열망하는 '내부'와 발신자불명의 응답

1) 프롤레타리아가 '이미 아는 것'에 함축된 다른 요구

노동자의 '자생적' 조합 및 생활 세계에 자본과 권력이 쉬이 침투하여 노동자 계급을 '자연스럽게' 부르주아 이데올로기에 옭아맬 수 있다는[36] 사실과 더불어, 주체가 자신이 '자연스럽게' 형성된 조건과 다른 조건에서 형성되는 사상, 감각, 감정을 상상하거나 그것에 대해 정확한 개념, 인상을 가지기가 어렵다는 점은 식민지 조선의 사회주의적 초기 논의부터[37] 지식인에게도 자의식적 비판의 주제가 되었다.

---

34 Peter Brooks, *Reading for the Plot*(ebook), Alfred A. Knopf, 1984, pp. 9·21·27 / 366. 한편 펠스키 또한 '픽션은 플롯을 의미한다'는 입장에서, 플롯이란 작품을 이루는 단어들을 통어하는 보이지 않는 핸들로서 수 많은 방식을 통해 작품을 하나로 묶고, 그 때문에 플롯은 '내용'의 문제인지 '형식'의 문제인지의 택일로 규정되기 어렵다고 지적한다. Rita Felski, *Literature after Feminism*, The University of Chicago Press, 2003, p.95.

35 김기진, 「무산문예작품과 무산문예비평」, 『조선문단』, 1927.2, 12면.

36 손유경, 「삐라와 연애편지」, 『현대문학의 연구』 43, 한국문학연구학회, 2011, 16~18면.

37 이광수로 대변되는 '민족 부르주아' 진영을 향한 초기 사회주의 논자들의 대응에 대

다시 말하자면 사회 사람의 사상과 감정이라는 것이 결코 그 대상이 업시 홀연히 출래하는 것이 아니오 다못 사회적 모든 사실과 사람의 의식과 서로 접촉하고 서로 영사되는 데서 상호적 작용으로 표현될 섄이다. (…중략…) **조선에서 생장하야 아즉 일보도 고향을 출치 아니한 조선인에게 향하야 몽고사막에 대한 개념을 인입印入코자 아모리 노력하드라도** 그것이 얼마나 우론이 되며 도노徒勞가 되겟는가. 다행히 **그 설교가 극묘할 경우에는 혹은 그 사람으로 하야금 사막이라는 것의 윤곽은 방불하게 상상像想케 하기까지는 가능할는지 모르지만은 듯는 사람으로 하야금 자기가 체험한 경우와 갓치 도저히 정확한 실감은 주입되기 불가능할** 것이다.[38]

(강조는 인용자)

자신이 직접 경험하지 못한 것에 대해 이해하거나 구체적으로 상상하기가 어렵다는 문제를 김제관은 '조선에서만 산 사람'과 '사막'의 개념・인상・실감의 예를 들어 강조한다. 만약 '극묘한 설교'가 주어진다면 대략적으로 윤곽을 상상하는 일이 가능할 수 있겠지만, 그 경우에도 '직접 체험한 경우와 같은 도저하게 정확한 실감'을 가진다는 것은 불가능하다. 만약 자신이 '조선인'이고 자신 앞에 논리적이고 감성적인 파악의 대상으로 주어진 바가 '사막'이라면, 대상에 접근하고자 할 때 그는 자신에게 '자연스럽게' 여겨지는 논리와 감각에 의지할 수 없다는 사실을 자각하는 것에서부터 시작해야 한다. 펠스키가 논의했듯, 이해에는 언제나 이미 선행하는 이해의 지평이 있고 문학 독자는 언제나 이미 특수

해 김현주, 「1920년대 전반기 사회주의 문화담론의 수사학」, 『대동문화연구』 64, 성균관대 대동문화연구원, 2008; 최주한, 「민족개조론과 상애의 윤리학」, 『서강인문논총』 30, 서강대 인문과학연구소, 2011 참고.

38 김제관, 「사회문제와 중심사상」, 『신생활』, 1922.7, 43~45면.

한 믿음, 가정, 편견들을 담지하고 있지만, 그것은 단지 부정적인 것이 아니라 독해를 위한 출발점이자 나아가 동기로 작용한다. 만약 선이해의 지평을 위반하는 텍스트와 대화적 관계를 형성한다면, 자신에게 '새로운' 사상이나 '이상한' 시각에 대한 돌입의 경험은 독자의 기존 사상과 태도를 변화시킬 수 있다.[39] 역사 발전의 한 계기나 형식으로부터 다른 계기나 형식으로 이행해간다는 것은, 자신이 치료하려는 독에 중독되어 있다는 딜레마에 처한 모든 혁명적 주체에게 있어 특정하게 애착을 형성한 자기 자아의 상실을 의미한다.[40] 그리고 문학을 통해 프롤레타리아 혁명에 동참하려 한 '프로문인'에게 있어, '소부르주아출신의 고급한 문학적 교양 및 취향의 주체성'의 상실과 죽음, 즉 당연한 것으로 여겼던 자신의 신념 체계를 심문에 부치고 나아가 자신의 주체성을 의문시하는 일 그러므로 자신이 애착을 형성한 대상으로서의 자아 상실 자체가 그 주체성에 본질적인 동기로 자리한다.

계급의식을 미각성한 프롤레타리아에 대해 '외부'의 프롤레타리아 지식인이 그 구조적 기능에서 '알 것으로 상정된 주체' 정신분석가와 같다면, 기성된 주체의 '자연스러운' 사고와 감성을 파괴하여 '이상하고' 낯선 주체로 변화하는 과정을 추동해야 한다는 프롤레타리아 문인-지식인의 과제란, 정신분석가 되기의 핵심에 철저히 정신분석 과정을 통과하는 경험이 있는 것과 마찬가지로,[41] '자생적' 노동자를 대상으로 하는 이상으로 '프롤레타리아' 문인-지식인이 되기 위해 자신의 기성 주

39 펠스키는 '여성과 남성의 차이라는 것에 대한 지식이 없는 화성인'에게 오스틴, 디킨스, 발자크, 엘리엇, 플로베르의 '위대한 소설들'이 도무지 의미가 이해되거나 구체적인 감각으로 다가오지 못할 것이라고 예시한다. Rita Felski, op.cit., pp.9~11.

40 Fredric Jameson, *Inventions of a Present*, Verso, 2024, p.23.

41 Thomas Brockelman, *Žižek and Heidegger*, Continuum, 2008, p.128.

체성을 대상으로 이루어지는 '낯선' 주체로의 변화를 의미했다.

프롤레타리아 대중이 이해할 수 있도록 쉽게 그리고 '문학적'으로 써야 한다는 임무는, 만약 프롤레타리아 지식인으로서의 '프로문인'에게 기성 주체성에 대한 반성적 거리두기를 동반하지 않을 경우, '계급사회의 지식인의 문학 감수성'에 부합하는 형식으로 '계급사회의 지식인이 대변하는 교양의 미달태인' 주체로 하여금 '계급사회를 부정하는' 감성과 의식을 주입하고 나아가 내면화하도록 해야한다는 메시지를 지시하게 된다. 한편으로 「전투」『개벽』, 1925.1의 "결점"이 "넘우도 노골적으로 주관을 나타낼려고" 하며 "설교체로 지문을 잇다금식 가다가 써 노흔 것과 과장한 관찰로 설명하고자 한 점"[42]에 있다고 평가하고, 다른 한편 「사냥개」『개벽』, 1925.4에 대해 "독자에게 육박하는 작자의 냉정한 격분 — 이 말은 격분이 냉정한 외피로써 감초여 잇다", 하지만 "독자는 비상히 주의하야 이 작품을 읽지 아니하고서는 그 우의를 발견할 수가 절대로 불가능하다"[43]라고 비판하는 김기진의 비평이 그 이중구속을 구현한다. 그러나 1927년으로 접어들며 「철야」『별건곤』, 1926.11, 「지옥순례」『조선지광』, 1926.11를 중심으로 한 논쟁들을 통해, 프롤레타리아 혁명의 '논리'와 '조리'를 필연적인 것으로 의식했다 하더라도 소부르주아 출신 문인-지식인이 자신의 감성에 대한 비판적 거리 없이 자신에게 '자연스러운' '충분한' '실재감'을 주는 것이어야[44] 프로문학이 '문학'일 수 있고 동료 프로문인을 '작가'라고 인정할 것이라 판정하는 무반성은, 주지되듯 '동지들 앞에 사죄해야 할 오류'로서 프로문학운동의 원칙을 분명하게 한 반

42 김기진, 「1월창작계총평」, 『개벽』, 1925.2, 4면.

43 김기진, 「신춘문단총관」, 『개벽』, 1925.5, 2~3면.

증례로 자리매김되었다.

> 먼저 「철야」에 대하야서 간단하게 말하면 이 소설의 **구상은 가장 논리적으로 된 것 같다.** (…중략…) **가장 조리가 선명**한 듯한 이약이이다. (…중략…) 비단 이 소설뿐만 아니라 회월 형의 창작의 거개 전부가 이와 가튼 실패에 종사하고 마는 것은 **작가로서의 태도가 너무도 황당**한 까닭이다. (…중략…) 여러 가지 **부자연한 것이 잇고, 불충분한 것이 잇고, 모순된 것**이 잇게 된다. 이것이 회월 형의 창작상 근본적 결함이다. **나는 「철야」 일편에서 (…중략…) 사건에 대하야 족음도 실재감을 맛보지 못하얏다.** (…중략…)
>
> 다음으로 「지옥순례」 역시 소설이 요구하는 요건을 구비하지 못한 실패한 작품이다. 작품 「지옥순례」가 작품으로 성립되기 위하야서는 칠성이 아버지 진달이의 **그 단말마적 기갈에 대한 실감의 고조**가 무無하고는 만주 장사를 죽이고 감옥으로 가는 것이 아모리 하야도 **작자의 고의이지 사실은 아니다.** (…중략…) **실감의 고조가 이 소설의 가장 큰 요건**인데 작자는 그 요건을 무시하얏다. (…중략…) 이 소설은 족음도 침통하지 안코 심각하지 안흐니 무슨 까닭이냐. **묘사의 공과는 실감을 줌에 잇다.** (…중략…)
>
> 회월 형은 이것들을 선전문학으로 썻슬 것이다. 그러나 **선전문학도 문학으로서의 요건 — 소설로서의 요건을 구비하지 안흐면 안 될 것이다.** 나는 형에게 문채文債에 못익이어서 **이와 가튼 소설을 내놋치 안키를 바란다.**[45] (강조는 인용자)

의문형 통사구조 및 그렇게 발화하는 작가-서술자의 태도와 관점을

44 「사냥개」에 관해 염상섭은 '사냥개'가 '주인'을 문다는 사건 자체가 "부자연하다"고 평한 바 있다. "여하간 「산양개」가 주인을 물엇다는 것이 부자연하다는 점에 일으러는 나도 백화의 의견에 동감입니다." 「조선문단 합평회」, 『조선문단』, 1925.7, 146면.

전면화하는 「무엇?」『조선지광』, 1927.2은 '노동자'와 '말馬'이 겪는 고통을 생생한 언어로 재현하려 하지 않는다. 이 소설의 중점은 프롤레타리아가 현실로서 살고 있는바 '그가 피 솟도록 일하고 있다'는 것이 실제라고 새삼스럽게 감각하도록 하는 것과는 다른 곳에 있다.

> **반항이 업는 묵종**默從**! 이것이 말이 질머진 운명일까요?** (…중략…) 그는 생각하엿습니다. 그 — 말과 지금 이 방 — 짜듯한 스팀 압헤 가 서서 창에 가 기대여 잇는 지금의 자긔의 몸이 쪽갓다고 생각하엿습니다. — **그 운명이라면 운명이** —
>
> **이상하게 째여진 법측**이며 쏘한 그 법측을 자긔는 조곰이라도 버서나지 못하게 되는 것을 생각할 째 그는 가슴이 압헛습니다. 압흐다 못해 저리엿습니다. (…중략…)
>
> 말은 말이기 째문에 사람에게 부리여지고 매를 어더 맛고 하로에 콩죽 두 그릇에 목슴을 매달고 잇스며 자긔는 하급사무원이기 째문에 그 음흉한 눈깔 압헤서 하로에 열한 시간이나 부리여지고 한 달에 사오십 원에 목숨이 매여 달리여 잇고 (…중략…) **이째 그의 마음에는 — 그가 — 쌈을 흘리고 일하고 쏘한 피를 흘리는 것을 볼 째에 무엇을 요구하엿갯습니까? 쏘한 엇더케 되엿스면 하는 것을 바랫것습니가?** — 쏫 —[46] (강조는 인용자)

수레에 매여 학대 받는 '말'을 '노동자'와 비견해 설명함으로써 수월하

45 김기진, 「문예월평」, 『조선지광』, 1926.12, 8~9면. 한편 박상준은 「지옥순례」가 "구체적인 배경 설정이나 사실적이고 생생한 묘사 및 현실성 있는 행동들이 도드라지는" 작품이라 평가한 바 있다. 박상준, 『한국 근대문학의 형성과 신경향파』(ebook), 소명출판, 2002, 323면.

46 최승일, 「무엇?」, 『조선지광』, 1927.2, 144면.

게 우의를 해득할 수 있게 하며, 작가-서술자는 "그가 짬을 흘리고 사람에게 부려질 제 썌속에서 피가 솟도록 일을 할 째 무엇을 요구하갯습니까?"[47]라는 첫문장부터 소설 마지막 문장까지 계속해서 질문을 던진다. 프롤레타리아가 익숙하고 생생하게 알고 있지만 그러한 것이 '당연하고' '자연스러운' 삶의 고통이라 치부하던 바는, 특정한 방식으로 제기된 의문형 문법에 포섭됨으로써 "그것이 사람의 직분"으로서 "사람이란 그러케 살아야 된다"는 것이 아니라 기실 부자연스럽고 다른 '무엇'을 요구하는 것으로 전변된다. 즉 그러한 것이 만약 '운명'이고 '법칙'이라 한다면 그것은 "이상하게 째여진 법측"이며, 그것에 대해 "엇더케 되엿스면 하는 것을 바"라고 그것과 달라야 할 "무엇을 요구"할 '문제'가 된다.

> 아모 걱정이 업슬 것 갓흐면 쓰듯하게 불을 째이고 이리 뒹굴 계집과 히히 저거리고 해태海駝표나 애쭈지 태우면서 해가 서으로 써러지는지 동으로 기우러지는지도 모르고 히히저거리련마는 **도모지 세상일이란 그럿치 못하야** 그는 이 바람을 마즈며 이 어름판 우흐로 기웃둥기웃둥 거르면서 **그의 뇌동하는 곳으로** 가지 아니하면 아니 되게 되엿습니다. **누구나 얼뜻 생각하면 그것이 사람의 하는 직분이다.** 『뇌동은 신성하다』하는 말이 비발 갓치 이러나갯지마는 왼일인지 그러한 의미에서는 정반대인 선물이 그의게는 오고 쏘한 그의 눈압헤다 갓다주는 것이 아모리 생각하여도 그저 『뇌동은 신성하다』— **『사람이란 그러케 살아야 된다』— 쏘한 『사람은 그러케 살아야 사는 본의가 잇다』는 인식은 밧디 못하게 되는 사실이 날마다 그에게는 늣기여 지니 이 엇지 함니싸?**[48]
>
> (강조는 인용자)

47 위의 글, 142면.

48 위의 글, 같은 면.

고통 받는 프롤레타리아에게 자신의 삶이 고통스럽다는 것이 사실로서 존재함에 대한 실감을 자아내는 것이 아니라, '자연스러운 인간고'에서 '노동자의 계급화된 고통'으로 그 사실의 존재론적 지위를 변화시키려 하며 「무엇?」이 주제적으로 재현하는 것은 의문시하는 서술자의 주체 위치 또는 그러한 입지에 설 때 가능한 의문형 서술 구조라는 재현의 문법 자체이다.[49] '무엇?'의 의문문을 반복하는 구조를 통해 '날마다 그에게 느껴지지만' 특별히 언어화하고 그럼으로써 명료히 인식할 대상으로 간주되지 않았던 사실을 계급의식을 통해 초점화하되, 이 소설은 서술된 상황과 조건, 해설된바 우의의 내용이 명백히 지시하는 답이 '무엇'이라는 것을 텍스트 '밖'의 독자가 발화할 몫으로 넘긴다.

2) '알 것으로 상정된 주체'의 부재와 '이미 아는 것'의 재회

많거나 적게 묘사되는 현실의 고통이 프롤레타리아에게 이미 익숙한 것이라면, 프로문인은 그러한 사실을 설득하는 것이 아니라 그 사실에 대한 다른 태도, 즉 현실이 이러하지 않을 수 있고 않아야 한다는, 다른 관점으로 프롤레타리아를 끌어들여야 했다. 그리고 주체로 하여금 자신의 '자생적' 관점과 다른 발화 입지를 취하도록 한다는 것이 브룩스가 분석한바 서사 텍스트의 효과이다.

서사 텍스트는 이야기가 구성되고 해석되는 장소로서, 〈천일야화〉라는 알레고리적 전범이 드러내듯 서술 또는 서사의 과정에서 욕망을 불

49 앎을 위해 대상들을 구축하는 방식 즉 인식론적 수행을 변화시키는 일로서 "평서문에 의문 부호를 다는 것"이 다른 미래를 상상하고, 해체적으로 읽고 전복적으로 쓰는 실천이 될 수 있다는 점에 대해 장영은, 「삶을 교차하는 실험적 글쓰기」, 『민족문학사연구』 83, 민족문학사연구소, 2023, 573~574면 참고.

러일으키고 지탱하면서 '종결'에서는 그 욕망이 충족될 것이라고 기대하게 한다. 이때 플롯은 서사가 추동한 욕망을 담지하는 주체 즉 특정한 욕망의 주체를 생산하는 한편, 다른 주체의 발화라는 구조 안으로 듣는 자를 끌어들여 그로 하여금 '다른' 주체의 언어를 떠안게 함으로써 그를 자신의 이전 주체성으로부터는 소외시킨다. 그러므로 서사 과정에 참여한다는 일은 주체의 변형으로서 수행된다. 하지만 작가-서술자 쪽에서 사건을 특정한 이야기로 조직하고 의미화하는 한편으로 독자 또한 서술되는 이야기를 재조직하고 재해석하여 의미화함으로써 다시 쓰고 있으며, 서사 과정에 참여하고 있는 독자에게 서술은 (아직) 의미가 완전하지 않고, 무엇인가가 빠져 있고 의도하는 바가 명료하게 말해지지 않은 것으로 나타난다.

발화의 의도 또는 발화가 의미하는 바가 무엇인지를 놓고 작가-서술자와 독자 모두가 그것을 발견하고 번역하고 회수하려 한다는 점에서, '플롯'은 서사가 자신을 조직하는 동력학인 동시에 텍스트의 언어에 독자가 적극적으로 개입하여 해독해내는 문법으로서 구성된다. 특정한 주어 자리 / 주체 위치를 내장하는 동시에 발화가 발화자들에 의해 점유될 수 있다는 언어의 상호주체적 구조를 토대로, 서사는 그 서사에 대한 단일하지 않은 이해들이 교환되는 매개로 작동한다.[50]

프롤레타리아 의식의 담지자라는 발화 위치에서 언어화되며 프롤레타리아 혁명을 추구하는 '프로문학'의 기본적인 논리는, 계급사회에서 '살 수 없는 삶'의 조건에 처한 프롤레타리아가 자신의 삶에 대한 욕망으로서 언제나 이미 욕망하고 있는 프롤레타리아 혁명을 서사적 욕망

---

50 Peter Brooks, op.cit., pp.60~73·224~239·320/366.

으로 조직하는 문법을 생산하고, 자신의 욕망을 미각성한 프롤레타리아 대중을 그 서술 과정에 독자로서 참여시킴으로써 그를 '살 만한 삶'[51]에 대한 욕망 즉 프롤레타리아 혁명에 대한 욕망을 담지하는 주체로 변화시킨다는 것이었다. 그러나 프로문학의 서사가 추동하는 욕망이 혁명에 대한 욕망이라면, 그것은 프로문학 텍스트의 완결로써 충족되고 그럼으로써 해소되어서는 안 될 것이었으며 그러므로 프로문학 서사는 자신이 서사 과정에 프롤레타리아를 끌어들이면서 기대하게 한 바를 미충족시키거나 기대를 배반함으로써, 오히려 서사화의 목적을 달성하게 된다.

노동 현장 '외부'에서 들어온 "로동의 체험이 업는 샌님 갓튼 이",[52] "올차게 생기긴 하엿다마는 그의 두 손이 흰 것을 보아서 샌님 출처를 위선 짐작할"[53] 만한 프롤레타리아 지식인이 동맹파업을 추동하는 과정을 다룬 「종이 뜨는 사람들」에서, 프롤레타리아 지식인과 노동자의 관계는 앎을 주고 받는 자들이기보다 '이야기를 들려주는 자'와 '재미있는 이야기에 매혹된 자'로서 재현된다.

『샌님 고단하시지요! 어서 나갑시다! 발서 다들 나갓서요!……』

---

51 살 수 없는 삶, 그리고 반대로 살 만한 삶에 대한 버틀러와 보름스의 논의대로, 살 수 있는 삶은 몸으로 사는 주체가 지속되고 번창할 수 있는 사회적 존재론과 결부된 개념이다. '단지 살아있는 것' 또는 '생물학적인' 생존이 아니라, 주체로서의 누군가가 그 자신의 주체적 삶을 살 수 있어야 한다는 요구가 살 수 있는 삶을 구성하는 조건이다. 그러므로 '살 수 있는 삶'의 조건들이란 달리 말해 '주체성'의 조건들이다. Judith Butler and Frédéric Worms, translated by Zakiya Hanafi, *The Livable and the Unlivable*, Fordham University Press, 2023, pp.16~30.

52 이기영, 「조희쓰는사람들」, 『대조』, 1930.4, 105면.

53 위의 글, 106면.

이것은 쌔드렁니 억석이의 말.

『여보 샌님! 오날은 우리 일터로 와서 이야기나 좀 합시다그려…… 시럽시 나는 샌님의 이야기에 반햇서………… 허허허 ―』

이것은 노래가락 잘 부르는 원식이의 수작이다[54]

그런 째에 다른 숙련공들은 샌님의 스투른 메질하는 것을 보고 모다 허리를 잡고 우섯다. (…중략…) 원래 기술이 업서서 못하지만은 다른 두 가지는 힘에 부처서 할 수 업섯다. (…중략…) 샌님 갓흔 약한 손으로는 손아귀 선심力이 위선 부족하엿다.

그는 오날은 조희 다루는 일싼에서 조희 부하는 일을 하게 되엿다. 거긔에는 키다리 김선달 월성이 광문이 누구누구 한 십여명이 쎙 ― 돌너 안저서 조희를 부하는 터이엿다. (…중략…)

『여보! 샌님 유물사관 이야기나 좀 하시구려…』

『아주 김선달은 유식하닛가…… 우리는 도모지 말귀를 잘 몰나서 재미가 잇서야지!』

『그래 그보다도 지진통 이야기나 좀 들녀주어요 난 그 이야기가 재미잇더라 ―』

『응! 지진 이야기도 조치. 앗다 아모것이나. ―』

『아니 그보다도 로동자 이야기를!』

그들은 이러케 샌님을 한가운대다 노코 한마듸식 써드러댄다.[55] (강조는 인용자)

기술도 없고 힘도 없어서 노동을 제대로 하지 못하는 '샌님'임에도 불구하고, 노동자들은 "샌님에게서도 자긔自己를 발견"하여 "동류의식을

54 위의 글, 같은 면.

55 위의 글, 110면.

늣기"[56]고 '오늘은 우리 일터로 오라'고 부른다. 이는 먼저 그가 "조금도 손 흰 틔 — 유식한 틔 — 를 보이지 안"[57]기 때문이고, 더욱이 "지금 그들은 샌님의 존재에 큰 흥미를 늣기게 되엿"[58]기 때문이다. 자신의 일터로 그를 불러 "한가운대다 노코 한마듸식" 앞다투어 건네며 주위를 둘러싸는 노동자들은 그의 '재미있는 이야기'에, 그리고 '재미있는 이야기를 들려주는 샌님'에게 반해 있다. 노동자 간의 차이에 따라 다른 정도로 재미있게 와 닿는 샌님의 '유물사관 이야기' '지진통 이야기' '노동자 이야기'들은 노동자들로 하여금 노동 못하는 프롤레타리아 지식인에게서 '자기를 발견'하게 하고 '동류 의식'을 느끼게 하며, 그가 노동자 무리 속으로 오도록 부르게 한다.

'샌님'은 한편으로 이야기꾼으로서 노동자들을 향해 발화하여 노동자가 '자기'를 발견하도록 하지만, 다른 한편 노동자 자신에게 든 생각과 의문을 언어화하기 위한 대화 상대역으로서 노동자에 의해 호출된다.

> 이때까지 아모 말이 업시 쑤지럭쑤지럭 조희만 부하든 월성이는 별안간 **샌님에게 이러케 무럿다.**
>
> 『**여보 샌님! — 사람이란 참으로 무엇하러 사는 게라오?** (…중략…) 날마다 자고 먹고 이러케 밤낫 일만 하는 사람들 (…중략…) **난 엇던 쌔 못득 그런 생각이 나겟지요!**』[59]
>
> (강조는 인용자)

56 위의 글, 109면.
57 위의 글, 같은 면.
58 위의 글, 같은 면.
59 위의 글, 110면.

'내부'의 자기를 만나게 하는 이야기를 발화하는 '외부'이자 '내부'의 고민이 발화되는 장면을 구성하는 '외부'로서, 프롤레타리아 지식인은 '내부'의 열망에 응하여 발화한 후 그 언어를 노동자들 사이에 남기고, 대화의 현장 및 노동 현장에서 사라진다. '샌님이 들려준' 흥미로운 이야기가 노동자의 이야기로 다시 발화되고 '노동자의' 의문이자 문제로서 공유됨으로써, 노동자 무리는 "말 못하는 물건연장이나 마찬가지"인 "무지한 로동자"로부터 "말하는 사람이 되랴는 참"인 "우리"로 구성된다.

『얘 너 말하는 물건이 무엇이냐? (…중략…) 말하는 물건은 너. — 반씀 말하는 물건은 당나귀. 아주 말 못하는 물건은…… 하하……』

하고 억석이는 고만 우슴을 내쌤는다. 한 손가락으로는 조희를 가리치며. —

『오 — 저 자식이 **인저 보닛가 샌님한테 드른 이야기를 하는 고나.** 그럼 나만 말하는 물건이냐? **너도** 그러코 **이 방 중 사람이 모다** 그러치.—』

『그러기에 인제 우리는 말하는 물건으로부터 **말하는 사람이 되랴는 참이야.** —그런데 그 맘이 업는 너 갓튼 자식이야말로 말하는 물건이란 말이다!』

『이 자식아! **나도 그래서 생각해 보앗단다** —사람이란 무엇하러 사는 게냐고?—』

그들은 모다 일전에 샌님에게 드른 이야기 — 다만 무지한 로동자는 반씀 말하는 즘성이나 아주 말 못하는 물건(연장)이나 마찬가지라는 — 옛날 노예시대의 이야기 — 가 생각키엿다.[60] (강조는 인용자)

이후 이들의 동맹파업에서 '샌님'의 말이 힘이 되고 동맹파업이 성공적으로 진행되고 있다는 사실이 노동자 '배후의 존재'의 증좌가 되어

60 위의 글, 112면.

'샌님'은 잡혀 들어가지만, 프롤레타리아 지식인이 사라진 제지공장촌에서 노동자들은 운동을 계속 해 나간다. 그것은 '샌님'의 눈으로 자신들을 판단하여 "샌님을 보기가 부ᄭ럽다"고 여겼기 때문이 아니라, "위선 리해타산으로 보아서" '회사'와 '노동자'의 관계 및 자신들의 계급적 위치를 파악했기 때문이다.

> 샌님과 장별장이 드러간 후로 그들은 참으로 엇지할 줄 몰낫다. (…중략…) 그러나 그러타고 이쌔까지 잇다가 자긔네가 먼저 **회사로 가서 항복하기는 너무도 못난 짓으로 생각되여서** 그러케 하기도 어려웟다. 그것은 일후에 장별장이나 **샌님을 보기가 부ᄭ럽다는 것보다도 위선 리해타산으로 보아서도** 그러타. 만일 그러케 하게 되면 회사에서는 자긔네를 그전보다도 더 만만하게 보지 안을 것인가? 무식한 로동자에게도 그것은 보엿다. 그래서 그들은 **샌님이 드러가기 전에 말한** — 만일 우리 중에서 누가 한두 사람이 불행한 일이 잇드라도 그대들은 조곰도 겁내지 안코 일제 한 행동을 취하라! 그러케 그대로 나가기만 하면 일이 잘 될 것이다. 만일 그러치 안코 와해하는 말이면 죽도 밥도 안 된다고 — 부탁하든 **말이 생각나서** [61] (강조는 인용자)

노동자들은 이제 파업한 목표를 이루지 못하고 회사에 "항복"한다는 것을 "너무나 못난 짓으로 생각"한다. '샌님'이 잡혀가고 '첫 번째' 동맹파업의 조합원들도 모두 잡혔다 나오면서 공장은 재개된다. 그러나 소설 시작 부분에서 제시된바 "애비가 죽으면 자식이 대스고 — 자식이 죽으면 ᄯ 그 자식이 대서서 — 이 공장촌 사람들은 발서 이러케 수백년

61 위의 글, 119면.

동안을 로동지옥에서 사러온 터"[62]였던 것과 달리, '샌님'과의 이야기 이후 노동자들의 "마음 속에 샌님의 뿌려준 씨는 낫으로 밤으로 싹트기 시작"하여 "이번 실패"에도 불구하고 "다시 상담"[63]하며 다음 기회를 모색하게 된다.

그러나 아렉싼드르, 쌜록크는 「혁명과 지식계급」이라는 소문小文 속에서 지식계급에게 다대한 신망을 가지고 잇넌 것 가티 말한다.

그러나 결국決局의 일은 지식계급자가 하지는 못한다.

「처녀지」에 나오는 소로민이 안이면 할 수가 업는 것이다.

○

그러면 지금의 지식계급자들은 무엇을 하여야 하겟느냐? 글을 쓴다는 문학자들은 무엇을 하여야 하겟느냐 (…중략…) 시대의 선구로 자임하는 동모야 황막한 「처녀지」는 너희들의 손으로 가러붓처놋치 안으면 안될 것이다. **너희들이 「갈」고 너희들의 뒤에 오는 사람이 「뿌리」고 그 뒤에 오는 사람이 「거두」어야 한다. 결론을 찻기를 급히 하지 마러야 한다.**

○

그런데 서울에는 결론을 찻는 사람이 모히여 잇다 그 중에는 결론도 찻지 안코 결론의 표면의 위를 할틀려고만 하는 사람이 만타.

그러치 안은즉 중산계급적 사회주의자가 군집하여잇다. 양반계급자의 출몰이 비상非常하면 반다시 반동적 기운이 낫하나게 된다. 더구나 그네들이 자기네끼리는 반동운동이 안인 것으로 알고 잇넌데 이르러서야!……………………………………

62 위의 글, 104면.

63 위의 글, 121면.

모든 운동의 귀결은 결국 푸로레타리아의 손으로 도라가는 것이다 모든 운동의 모든 결론이.[64] (강조는 인용자)

1920년대 초 김기진이 프롤레타리아 운동의 기치 아래 모여든 "지식계급자들" "문학자들"을 향해, "모든 운동의 모든 결론" "모든 운동의 귀결은 결국 프로레타리아의 손으로 도라가는 것"이니 '지금의 지식계급자는 뿌린 씨를 거두거나 결론을 찾기를 바라지 않고 다만 땅을 갈아야 한다'라고 강조하며 "결국決局의 일은 지식계급자가 하지는 못한다"라고 선언했듯, 2기의 프로문학 또는 식민지 조선의 현실 프롤레타리아문학은 충족되기를 고대하는 서사적 욕망 즉 혁명에 대한 욕망을 환기하고 고조하되 정작 끝에 이르면 자신이 기대하게 한바 욕망의 충족 / 해소를 이룰 수 없고, 이루지 않는 것이어야 했다. '프롤레타리아'라는 주체 위치의 의미 및 그 자리가 구조적으로 내포하는 욕망에 대한 '진정한' 언어화, 그리고 / 또는 '프로문학'이 고조하고 자각하게 한 '프롤레타리아의 욕망'의 해소는[65] 작가-서술자가 아니라 작가-서술자의 의미화가 서사의 '결말'에 이르러서도 완전하지 않다고 감지하는 프롤레타리아가 직접 실행하고 달성할 몫이었고, 이에 프로문학의 미학적 특성과 실험들은 서사적 욕망으로 끌어들이고 고조하되 결국 그것을 충족시키지

64 김기진, 「Promeneade Sentimental」, 『개벽』, 1923.7, 97~98면.

65 프롤레타리아 계급을 없애는 주체 '프롤레타리아'의 프롤레타리아 의식 각성이 혁명 수행의 과정을 통해 이루어지고 프롤레타리아 혁명이 프롤레타리아 계급을 없애는 과정이라는 점에서, '프롤레타리아'의 완성된 발화는 프롤레타리아 계급의 부고(訃告)와 같다. 아울러 브룩스는 문장의 종결을 통해 의미화가 완결되듯 서사의 완결된 의미는 서사의 결말 전에 있을 수 없고, 그러므로 서사의 완결된 의미화란 필연적으로 회고라는 점에서 부고의 성격을 지닌다고 지적한다. Peter Brooks, op.cit., pp.35~36·105·119/366.

않는 서사 / 서술의 문법을 겨냥했다.

주인공이 노동현장 '외부'에서 왔다가 사라진 '사나이'를 기다려 온 시간의 연속선에 스토리 시간을 두는 「공장신문」『조선일보』, 1931.7.5~15에서, 주인공 관수는 자신의 "있는 데까지의 지혜와 경험을 털어서 모든 것을 해보앗서도 일은 마음대로 되여가지 안"는 상태에 있다. 서사적 긴장 또한 관수의 '사나이'에 대한 기다림 및 '사나이'의 부재로 인해 운동이 진행되지 않는다고 느끼는 초조함을 축으로 조직된다.

> 그는 최근에 이르러 자긔가 **완전히 초조하여 잇다**고 생각하엿다
>
> 이럿케도 해보고 저럿케도 해보고 자긔 압헤 남겨노은 임무를 다 하기 위하야 **잇는 데까지의 지혜와 경험을 털어서 모든 것을 해보앗서도 일은 마음대로 되여가지 안헛다**
>
> 엇더케 하면 조고만 불평불만이래도 잡을 수가 잇슬까? 엇더케 공장 안에서 일어나는 불평불만을 대표하야 그의 선두에 설 수가 잇슬가? 공장 로동자 속에 아즉 뿌리를 박고 잇는 타락한 조합간부의 힘을 엇더케 업시 할 수가 잇는가? (…중략…) 수준이 놉흔 로동자는 **지낸 여름 파업 때에 다 — 업서지고** 지금은 하나도 업섯다
>
> **관수도 무엇인지 똑똑하게는 몰라도 자긔에게 결함이 잇는 것은 알고 잇섯다 그러기 때문에 그는 그럴 때마다 누구의 가르킴을 밧고 십헛다**
>
> **지내간 여름 파업이 완전히 실패에 돌아가고** 몹시 전렬이 혼란해저서 입으로 옴길 수 업는 악선전이 공장과 공장을 써돌 때에 돌연히 잠깐 참말로 번개 가티 잠간 동안 맛내엿든 엇던 사나희한테서는 그후 지금까지 두 달이 되여도 아모 소식도 업섯다

그 사나희가 지금 잇스면 얼마나 조흘싸 — 하고 그는 생각하엿다[66] (강조는 인용자)

사측에 포섭된 노동자와 어용 조합 등의 장애물 앞에서 노동자를 조직하기에 자신의 힘과 경험이 부족하다고 느끼던 차에, 공장측이 수도를 쓰지 못하게 막는 방침을 세우면서 관수의 답답한 심정과 '그 사나이'를 의지하고 기다리는 마음은 더욱 심화된다. "저녁 쌔가 되여도 저녁 먹을 긔운이 나지 안"고, "몹시 분한 생각이 나면서도 그 간부한테 속아 넘어가는 직공 일동이 미워지"[67]는 저녁, 관수를 '누가 보자고 한다'는 소식이 전해진다. '그 사나이인가?'라는 물음은 이때 관수와 독자 모두의 것으로 부상하며, 혹여나 시간에 대지 못할까 약속 장소를 향해 뛰고, 근처에 도착해서는 주위를 살펴보는 긴장과 기대감도 관수와 독자에게 공유된다.

관수는 길을 걸으며 생각하엿다 마음에 직각되는 것은 **파업이 씃날 쌔 맛냇든 사나이의 생각이다 그 사나흰가?** (…중략…)

그는 마즈막 일분간을 쒸여갓다 공회당 뒤를 훠 — 한반 휘돌아서 샛쌔라나무 선 곳을 본즉 아모도 업섯다 그러나 곳 엇던 어름한 옷을 입은 사나희가 그 압헤 와 서서 담배를 붓첫다

관수는 가슴이 쒸엿다 그래서 언덕을 쒸여내려가며 **본즉 그것은 자긔 엽헤서 일하는 창선이라는 직공이엿다** (…중략…) **관수는 좀 견주엇든 곳이 어그러진 듯한 락망을 늣겻다 — 창선이면 물론 잘 안다** (…중략…) 관수는 마음 속에 좀 불평을 늣기면서 창수 가는 길을 싸라 묵묵히 거러 갓다 (…중략…) 창수에게

66 김남천, 「공장신문」, 『조선일보』, 1931.7.5.
67 김남천, 「공장신문」, 『조선일보』, 1931.7.10.

쓸려서 여덜시 정각에 어쩐 집을 차저 갓슬 째 **관수는 놀래엿다**

그기에는 **벌서 길섭이 동찬이 선녀 창호 보무에미 등등의 사오인의 얼골이 등쌜을 돌녀싸고 잇섯든 것이다** 그는 성큼 방 안에 들어서서 문을 닷첫다 —[68]

(강조는 인용자)

약속한 곳에 와서 서는 '어떤 사나이'를 멀리서 발견하고 언덕을 뛰어 내려간 관수가 "그것은 자긔 엽헤서 일하는 창선이라는 직공"이지 '그 사나이'가 아님을 깨달은 "락망" 또한 관수만의 것은 아니다. 그런데 창선이는 '그 사나이'와 뜻을 함께 하고 있었고, '잘 아는' 옆자리 노동자가 이끌어 데려간 곳에서 관수는 놀랍게도 다른 동료 직공들이 이미 모여 있음을 알게 된다. "무엇인지 똑똑하게는 몰라도 자긔에게 결함이 잇는 것은 알고 잇"기에 "그럴 째마다 누구의 가르킴"[69]을 원했던 관수는 일을 뜻대로 하기 위해 필요한 '외부'를 자신이 '잘 아는 동료 노동자들'이라는 뜻밖의 '내부'에서 만난다.

'속기만 하는 동료 노동자들'에 대한 미움과 혼자라는 무력감 및 울분이 '옆에서 일하는 동료들이 구성한 동지 모임'에 마지막으로 초청되는 주인공이라는 구도 역전과 함께 해소되고, 기다리던 '외부'를 '내부'의 동지 모임을 통해 만남으로써 노동자들은 단결을 통해 노동자 대표를 선출하여 "이제야 우리들은 우리끼리 선거한 지도부를 가젓습니다"라고 선언한다.

박수 소리가 마당 안에 갓득 찻다 모임은 지금 한창 진행중이엿다

68 김남천, 「공장신문」, 『조선일보』, 1931.7.11~12.

69 김남천, 「공장신문」, 『조선일보』, 1931.7.5.

『자—그러면 우리끼리 준비 위원을 선거합시다!』(…중략…)

창선이가 쑥 머리를 내밀고 좀 놉흔 데 올너섯다

『여러분 **이제야 우리들은 우리끼리 선거한 지도부를 가젓습니다** 우리들 아홉 사람(略) 준비위원회는 죽을 힘을 다하야 씃까지 여러분들의 **의견을 대표하야 싸우겟습니다** 여러분 자— 일동이 (略)준비위원회 만세 —』[70] (강조는 인용자)

'대변자 영웅'과 부차적인 조연들로 구성되는 전형적인 '저항의 영웅 서사'에서, "비협조와 반란 또는 배신으로 어려움이 커질수록 영웅은 그만큼 더 빛난다. 이런 좌절과 시련 덕분에 결국 영웅은 그에 걸맞은 위상에 올라선다. 그리고 영웅은 마지막에 그래도 자신을 따르기로 결심한 조연들과 함께 세계를 바꾼다."[71] 그러나 프로문학 서사에서 '무지한 노동자'가 매혹되고 자신들의 중심에 세워 이들의 '자기' 이야기를 발화하게 하는 '외부'의 대변자는, 최초에 저항 무대의 주역으로 등장하더라도 끝에서는 저항의 현장으로부터 멀어지고 '세계를 바꾸는' 역할은 대변되고 이야기를 듣던 이들에게로 넘어간다.[72]

'인간고'로서 자연화된 고통을 상대화하게 한다는 점에서 계급 의식은 "외부성과 불온성이라는 '형식'"적 '외부성'을 통해 "부르주아 남녀가 주

70 김남천, 「공장신문」, 『조선일보』, 1931.7.15.

71 프리데만 카릭, 김희상 역, 『우리의 싸움은 아직 시작도 하지 않았다』, 원더박스, 2024, 64~65면.

72 노동자가 "'경제 투쟁 바깥의 인텔리'와 삐라라는 '형식' 덕택"에 각성하지만 "삐라의 발신자"인 인텔리는 전향한다는 「인간문제」(『동아일보』, 1934.8.1~12.22)의 플롯을 통해, 작가 강경애가 "지식인의 개입을 중시하면서도 끝내 그 개입의 결과물을 노동자의 손에 쥐어줌으로써" "첫째를 무대 위에 홀로 세워놓는다"는 점을 손유경이 분석한 바 있다. 손유경, 앞의 글, 27~28면.

고받는 연애편지 이상의 가슴 두근거림과 불안감을 수반"[73] 한다. 그리고 그 혁명적 내용은 노동자 '내부'의 '자기'가 이미 열망하던 바를 만나게 하는 것으로서, '외부'는 익숙하다고 여겼던 '자기'와의 놀라운 재회를 위해 '내부'로부터 불려온 것으로 발견된다. 그러므로 혁명적 메시지는 '내부'에 대한 단순한 부정으로서의 '외부'로부터 발신되었다고 할 수 없으며, 1932년 권환의 시에서 제시되듯 그 발신자는 '우리 안에 있는 자'이든지, 혹은 그 언어가 '우리의 안을 열띠게 하는' 효력으로 나타났다면 발신지가 대관절 '안'인지 어떤지는 무의의한 것으로 자리매김된다.

> 그러치만 대관절 **이걸 뉘가 썻슬가**
> **이안에잇는놈일가**
> 이안에도 이러케 지식잇고 잘아는놈이 잇슬가?
> **아 — 니 뉘가썻는지 그건알어뭣해**
> 우리가 뉘한테 엇더케 속힌것만
> **우리**는 어썩해야 된다는것만 알면 그만이지
> 이런게다 이런게다
> 참 이런게로군 이런걸!
> **가슴속이 펄덕펄덕쒸엿다**
> **마치 사랑하는 처녀의편지를 바더본것처럼**
> **얼골위싸지 확근확근하엿다**
>
> — 권환, 「삼십분간」 부분[74](강조는 인용자)

---

73 위의 글, 26면.

74 권환, 「삼십분간」, 『제일선』, 1932.9, 110면. "식민지 '문역'에 저촉될만한 특정 표현을 사용하지 않음으로써 검열관의 관심을 전혀 받지 않고도 '불온문서'의 정치적 본질을

프롤레타리아가 자신의 위치를 자각적으로 조망하기 위한 '다른' 관점 및 발화 위치에 무지하다면 계급적으로 차별 받는 프롤레타리아의 고통스러운 삶은 마치 그를 조소하듯 영구불변히 지속될 것이지만 '자생적' 프롤레타리아의 외부적 관점 및 입지를 만나고 그로부터 프롤레타리아가 본래 자신의 것이었던 바를 의식적으로 알게 된다는 이야기에서, 처음에 프롤레타리아의 '자기'를 프롤레타리아 자신보다 더 잘 '알고' 언어화하는 자로서 나타났던 '외부'의 주체는 계속해서 프롤레타리아에 대한 앎의 담지자를 자임할 수 없다. 이에 프로문인이 고안해야 할 것은, 프롤레타리아를 열띠게 하는 프롤레타리아의 '자기' 이야기를 발화하는 자를 대체하여, 그가 담지하는 것으로 상정되었던 앎과 그가 점하던 발화 위치 모두를 프롤레타리아에게 넘길 수 있는 장치였다.

4. 문인-지식인의 사랑이라는 자원과 '혁명가'의 조건

'프롤레타리아 혁명'에 대한 욕망을 서사의 욕망으로서 환기하고 그것이 해소 / 충족될 것이라는 기대를 자아내어 서사 과정에 독자를 열띠게 참여시키되, 결국 서사 및 그 작가-서술자가 자신이 구조화한 서사적 욕망으로부터 그러므로 서사 과정으로부터 자신을 소외시키고, 그처럼 욕망하는 문법과 그 발화 입지를 프롤레타리아 독자에게 떠안긴다는 동역학은 '프로문학' 서사에서 프롤레타리아문학적 본질로서 요청된다. 이는 자신이 약속한 바를 충족시키지 않는 미완으로서 득의의

파헤친 권환의 서술전략"에 대한 논의로 한기형, 「불온문서의 창출과 식민지 출판경찰」, 『대동문화연구』 72, 성균관대 대동문화연구원, 2010, 464면 참고.

미학적 완성을 얻는 프로문학 서사에 대해, 그 작가-서술자 위치에서 프로문인은 자신의 이야기 및 그 이야기의 발화 위치를 점하고 있는 자신을 향해 프롤레타리아의 열망을 끌어들이되, 프롤레타리아의 기다림과 의지, 사랑의 수신자로 귀착될 수 없고, 귀착되지 않기를 욕망해야 함을 의미한다.

「종이 뜨는 사람들」에서 제지공장촌이라는 '끝없는 노동지옥'과 살아서도 죽어서도 대를 이어 그 '지옥'을 벗어나지 못하는 제지공장 노동자들이라는 문제 상황으로부터 그것을 다르게 만드는 과정을 추동한 서사는, 첫 번째 동맹 파업과 계속해서 심화되고 성장할 노동자들의 계급의식이라는 결말에 이르러 자신이 고조한 서사적 욕망이 계속 추구되고 충족 / 해소를 향해 나아갈 텍스트 '외부'를 가리킨다. '샌님'의 이야기와 이야기꾼 '샌님'에게 반해있던 노동자들은, '샌님'이라는 구체적인 발화자가 감옥에 들어가 자신들로부터 떨어져 나갔음에도 '샌님'이 했던 이야기를 이미 가슴 속에서 싹 틔우고 자신의 것으로 한 상태에 놓인다. 프롤레타리아 운동의 언어화 및 그 언어의 발화 위치가 귀속되는 구체적인 주체에 대한 혁명 운동의 논리에서, '외부'의 프롤레타리아 지식인은 즉자적 프롤레타리아가 '자기'를 만나는 대자적 주체가 되기 위해 필요한 매개물로서 프롤레타리아 '내부'에서 요청되어 '내부'를 대변하는 발화 및 발화의 문법을 남기고 사라지는 자이며, 그처럼 사라지기를 욕망하는 주체로서 형식화된다. 프롤레타리아 혁명을 또는 프롤레타리아를 욕망의 직접적 대상으로 삼는 주체가 아니라, 서사 과정을 통해 프롤레타리아 혁명을 욕망하는 프롤레타리아를 생산하기를 욕망한다는 욕망 형식으로 '프로문인' 주체성은 성립한다. 그러나 이와 같이 스스로를 소멸시키는 주체로서의 욕망 형식은 피와 살을 가진 문인-지식인이 그 논리를 납득하고 추구하더라도, 간단하게 체화하여 그런 주체로 될 수 있는 것이 아니다. 프로문학의 주체로 나선 문인-지식인들에게, '프로문인' 되기라는 과제야말로 '프로문학' 실천에 있어 지난한 것이었다.

프롤레타리아를 대변하는 발화자가 자신(이 점한 발화 위치)에 대해 프롤레타리아의 욕망을 고조하여 프롤레타리아를 '반하고' '열띠게' 한다는 일이 성공하기 어려운 데 더하여, 자신이 이끌어 낸 욕망과 애정을 끝내 수신하지 않는다는 요건이 "문학청년"과 "푸로문인"을 가르는 마지막 관문이라는 점이 「종이 뜨는 사람들」『대조』, 1930.4에서 「제지공장촌」『카프작가칠인집』, 1932으로의 개작을 통해 전면화된다.

「종이 뜨는 사람들」은 감옥에 들어간 '샌님'으로 하여금 그를 "속사랑"[75]하던 삼분이로부터 편지를 받게 하고, 그 편지 내용을 서술한다.

> 지금 샌님은 한간방 속에 안저서 고요히 책을 보고 잇섯다!…………어느 날 그의 압헤는 낫스른 편지 한 장이 간수의 손에서 써러젓다.
>
> 『저는 이 편지를 몃번이나 쓰다가찌젓는지요. (…중략…) 당신은 엇잔지 우리 갓튼 가난한 로동자를 참으로 위해서 일해주는 훌륭한 량반이란 생각이 — 낫서요. (…중략…) 아모조록 몸성히 잘 게시다가 다시 우리들 총중으로 드러와주실 줄 간절히 밋겟슴니다.
>
> 그러면 안녕히 게시다가……이만 긋치나이다. —
>
> ×월 ×일
>
> 삼 분 이 올님
>
> 황운 씨 압헤

75 이기영, 「조희쓰는사람들」, 『대조』, 1930.4, 119면.

『삼분이?』

샌님은 부지중 입밧그로 부르지젓다. — 그는 참으로 이제까지 늣겨보지 못한 엇던 격렬한 감격에 물결치기 마지안엇다. — 그는 오래도록 그 편지를 손에서 쎄지 안코 보고 보앗다. — **(그는 그후 자긔가 나올 쌔까지 그 편지를 진니고 잇섯다.)** — (…중략…) 그의 눈압헤는 둥굴고 갸름한 **삼분이의 어엽쑌 얼골**과 아울너 공장촌의 **가난한 모든 로동자들의 모양**이 알연히 써올넛다. (…중략…)

과연 샌님은 황운이라는 일개 무명한 문학청년이다. — —(씃) —[76] (강조는 인용자)

"당신은 엇잔지 우리 갓튼 가난한 로동자를 참으로 위해서 일해주는 훌륭한 량반"이라는 '샌님'의 의의가 삼분이에 의해 발화되고, '샌님'은 그 언어를 수신하고 노동자들 및 삼분이를 떠올린다. ('샌님'이 떠올린 바가 서술되는 순서는 "삼분이의 어엽쑌 얼골"이 "가난한 모든 로동자들의 모양"에 앞선다) '샌님이 감옥에서 나와 노동자 속으로 다시 올 것을 노동자들이 기다리고 있다고 삼분이가 말한다', '삼분이의 편지를 감옥에서 샌님이 지니고 있다', '샌님이 감옥에서 나온다'를 서사적 사실로서 제시한 뒤, 「종이 뜨는 사람들」에서 "샌님(그들은 그를 이러케 불넛다)"[77]으로 내내 지시되던 프롤레타리아 지식인이 누구인지 밝히는 서술이 마지막 문장으로 나타난다.

「종이 뜨는 사람들」은 '샌님'의 이름과 정체를 드러내는 문장으로 끝나지만, 이전까지의 서사 과정에서 '샌님의 정체는 과연 무엇인가?'는

76 위의 글, 121~122면.

77 위의 글, 105면.

서사적 욕망의 대상으로 표면화되지 않았다. "과연이다! 그들의 마음 속에 샌님의 썌려준 씨는 낫으로 밤으로 싹트기 시작하엿다"[78]라고 제시되는바 노동자들이 소설 끝에서 다다른 상태가 과연 어떠한지에 대응하여 '과연 샌님은 누구인가'에 대한 답을 마지막으로 명시하는 구조는, 독자를 끌어들여 '프롤레타리아 혁명'을 욕망하도록 추동하는 서사의 동력학 아래에서 '외부의 프롤레타리아 지식인이란 누구인가?'의 문제가 텍스트 구조 설계자에 의해 견지되고 있었음을 의미한다.

「제지공장촌」으로 개제되어 『캅프작가칠인집』에 수록되면서 크게 달라진 점은 「종이 뜨는 사람들」에 있었던 '삼분이의 편지'가 「제지공장촌」의 서술에는 없다는 것이다. '삼분이의 속사랑'은 「제지공장촌」에서 발화되지 않고, 그러므로 "삼분이의 속사랑을 샌님은 물론 쉮에도 몰"[79]르는 상태가 소설 끝까지 유지되며, 「종이 뜨는 사람들」에서 삼분이의 편지를 통해 전해졌던바 '샌님은 노동자를 참으로 위해주는 훌륭한 자'로서 '노동자들의 간절한 기다림의 대상'이라는 의의도 「제지공장촌」의 프롤레타리아 지식인에게는 수신되지 않는다. "지금 샌님은 한간방 속에 안저서 고요히 책을 보고 잇섯다"에서, '샌님'의 이름과 정체를 밝히는 대목으로 바로 이어짐으로써 개작 후 텍스트에서는 '샌님'이 이후 감옥에서 나오는지 여부 또한 알려지지 않는다. 그리고 이때 '샌님'은 비로소 "일개 무명한 문학청년"이 아닌 "푸로문인의 한 사람"으로서 정체화된다.

---

78 위의 글, 121면.

79 위의 글, 119면. 「종이 뜨는 사람들」이 "지식인 주체로부터 하방된 혁명에 대한 교의와 이를 수행하는 노동자 대중이라는 구도였다면 마지막의 연정을 확인하는 장면은 부자연"스럽다는 점을 최병구가 지적한 바 있다. 이 글과 달리 최병구는 이를 "혁명과 연애의 양립 가능성"으로 의미화하고, "일상의 혁명에 대한 작가적 의지"로 해석한다. 최병구, 「1920년대 이기영 소설의 젠더 감성과 그 역학」, 『어문연구』 113, 어문연구학회, 2022, 438면.

지금 샌님은 한간방 속에 안저서 고요히 책을 보고 잇섯다…………**그는 황운이라는 푸로문인의 한 사람이엿다.**

— (슷) —[80](강조는 인용자)

프롤레타리아의 '미각성'이라는 문제를 해소하기 위한 주체 변형의 과정에서, 프롤레타리아의 '자기'를 '아는 주체'로서 상정되었던 프롤레타리아 지식인은 '아직 모르는 주체'였던 프롤레타리아가 '아는 주체'가 될 때 더 이상 '아는 주체'로 상정되지 않고, 그럼으로써 그가 '아는 주체'의 위치를 점유한다는 조건으로 유지되었던 과정을 끝낼 수 있다. 분석 대상이 분석 주체로 이행하는 이 지점에서, 홍준기가 표현했듯 분석가가 "분석의 끝에서 대상 a, 즉 쓰레기처럼 버려"짐으로써 분석 대상이었던 자는 "스스로 분석가의 위치를 취"[81] 한다. 서사를 통해 혁명에 대한 욕망을 조직하고 그것을 프롤레타리아가 담지하도록 추동하는 '외부'의 이야기꾼이 만약 그러한 욕망 조직 및 프롤레타리아 의식화의 과제를 일단 달성한 후에도 프롤레타리아의 '자각'에 대해 몫과 의의를 요구하며 자신의 행

---

80 이기영, 「제지공장촌」, 조선프롤레타리아예술동맹 편, 『캅프작가칠인집』, 집단사, 1932, 30면.

81 홍준기, 「이데올로기의 공간, 행위의 공간」, 『마르크스주의 연구』 5(3), 경상대 사회과학연구원, 2008, 211면.
분석 대상은 분석가가 자신의 문제를 알 것이라고 상정하고, 자신의 문제에 대한 '앎'을 원함으로부터 그는 그것을 알 분석가와 유대를 형성한다. 그러나 분석가가 분석 대상에게 있어 '주인 기표'의 자리를 점하고 있는 이상 그는 '아는 주체'로 상정된 분석가를 파악하여 그가 욕망하는 바를 줌으로써 유대 관계를 유지하려 하게 된다. 이런 욕망은 분석 대상과 주체의 구도를 뒤집는 것으로, 분석 대상 자신이 분석 주체에 대해 '아는 주체' 즉 분석 주체가 되기를 욕망하는 것과 같다. 미스테리였던 '환자'의 증상을 '의사'가 해결한다는 그림과 달리, 분석 과정을 통해 분석 대상은 자신을 분석의 '대상'이게 했던 조건을 없애게 되며, 분석가는 더 이상 분석 대상이 모르는 답을 쥔 '주인 기표'라는 자리를 점하지 않고 그러므로 유대 즉 정신분석적 전이가 끝나게 된다. Thomas Brockelman, op.cit., pp.128~134.

방을 '내부'에 불명으로 남기지 않는다면, 그의 정체는 '프롤레타리아의 혁명에 대한 욕망'을 욕망하는 주체가 아닌 '혁명을 욕망하는 프롤레타리아'를 자신의 욕망 대상으로 가지는 욕망 형식의 주체로서 부상한다.

프롤레타리아 지식인이 대상의 사랑을 획득하여 대상과 자신의 사랑을 쌍방향 회로로 완성하고자 하는 순간 그의 정체가 '혁명가'가 아닌 것으로 결정되고 그에 대한 사랑 또한 무화된다는 논리는 이미 1924년 「이중병자」『개벽』, 1924.11에서 중심 주제로 다뤄졌다. 주인공이 혁명적 사업을 배반하기 전까지 (마치) 사랑하는 사이로 나타났던 관계에서, 사업에 대한 배신과 '사실은 한 번도 당신을 사랑한 적이 없었다'라는 서사적 의미화는 함께 발생하여, 혁명에 대한 배신이라는 계기가 사랑의 부재를 드러내는지 발생시키는지를 결정 불가능한 것으로 만든다.

주인공 윤주는 소설 시작부 현재로부터 세 달 전 ××사 편집인으로서 세 달 간의 동맹휴업을 시작했으나 휴업 한 달 후 뇌병으로 입원한 지 두 달째이다. 간호사인 운경을 사랑하게 되고 운경 또한 자신을 사랑한다고 느끼던 그는 운경이 며칠 내로 병원 일을 그만둘 것임을 알게 된다. 사측으로부터 협력하면 돈을 주겠다는 제의를 받은 윤주는 "그러면 동지들에게 대한 나의 면목이 얼마나 업게 되나? 나는 불신한 사람이 될 것이다. 나는 약조를 저버리는 위선자가 될 것이다. 안이 된다."라고 생각하지만 결국 "윤주는 자긔가 운경과 한가지 쌋듯한 생활을 시작하려고 여러 방면으로 생각하여보다가 우연히 ××사의 원조를 좀 밧고 십헛"고, "병인에게는 좀 불신한 것을 용서하야 줄 터이겟지!"[82]라고 결심한다.

82 박영희, 「이중병자」, 『개벽』, 1924.11, 162면.

이윽고 "윤주가 ××사로부터 오십원의 돈과 사장의 편지를 밧"[83]자 운경은 사라지고, 윤주는 "한가지로 발신인發信人의 일흠도 업고 주소도 업"[84]는 세 장의 편지를 받게 된다. 각각 운경, 박 의사, "편즙원 일동"[85]으로부터 온 그 편지들은 입을 모아 윤주의 '정신' 및 그에 따라 윤주의 '사랑'을 부정하고, 윤주가 애정이라고 느꼈던 관계들을 폐기한다.

> 당신이 나를 당신의 진실한 안해와 가티 사랑하시는 것을 알엇습니다. 그러나 **나는 당신에게서 족으마한 요소일지라도 나와 합할 만한 정신을 찾지 못하엿습니다.**
>
> (…중략…)
>
> 사랑에는 친절은 업슬지라도, 침묵한 가운데서라도 정신과 정신을 서로 잡어 흔들 만한 정신의 위대한 행동의 단결이 잇서야 함니다.
>
> **나는 모든 것을 다 내여버리고 박 의사를 좃차감니다. 죽는 쌍에 나아갈지라도 나는 그의 사업뎍 정신에서 일치하겟슴니다. (…중략…) 나와 당신의 련애는 오즉 서로 사기**詐欺이엿든 것을 다시 말함니다. — 김운경에게서[86] (강조는 인용자)

박 의사와는 그의 사업적 정신과 자신의 정신이 일치하는 사랑의 관계인 데 반해 윤주와의 '사랑'이란 '오로지 상호적인 사기'라고 규정하며 윤주와 윤주의 병실을 박 의사와 진행하는바 '해삼위'와 결부된 어떤 사업적 목적을 위해 이용했음을 알리는 운경의 편지와, 윤주의 행동이

83 위의 글, 163면.
84 위의 글, 164면.
85 위의 글, 166면.
86 위의 글, 165면.

"저급"하고 그의 '사랑'이란 "오락적"인 데 불과하지만, 자신은 의사이고 윤주는 환자이므로 윤주를 "너그러히 용서"[87]하며 운경과 함께 해삼위로 간다고 알리는 박 의사의 편지, 그리고 '모든 신의를 멸시하고 모든 약조를 깨고 생을 멸시하는 자'로서의 윤주를 용서하겠으나 윤주가 결코 '생의 힘을 발휘하는 용사'로서 동지일 수는 없음을 알리는 편집원들의 편지를 수신한 윤주는 돈을 손에 쥐고 마음과 희망, 삶의 의미를 잃은 상태로 남는다.

> 윤주는 이 편지를 읽기를 다 맛치기 전에 손에 든 돈을 보며 썰엇다. 그에게는 모든 것이 화려한 쑴과 가티 지냇다. 그의 마음은 조각조각 낫다. (…중략…)
>
> 윤주의 虛無한 날은 아모 希望도 업시 이와 가티 지내가고 말엇다.
>
> —씃—[88]
>
> (강조는 인용자)

혁명가가 사업에 충실할 때 유지되던 관계들이 혁명가적 역할을 배반하는 순간 그를 추방하며, 동지적 사랑과 연애를 관통하여 사랑 및 인격적 정신성을 소급적으로 무효화한다는 메커니즘을 서사화하는 「이중병자」와, '전번前番의' 혁명적 시도를 촉발한 후에도 자신을 향해 지속되는 노동자들의 사랑을 확인하고 노동자들에게 돌아가는 '문학 청년'과 다른 '프로문인'을 사라지는 매개자로 (비)위치화하는 「종이 뜨는 사람들」/「제지공장촌」과 같은 프로문학의 논리를 통해, 프롤레타리아 계급을 대변하는 프롤레타리아 문인-지식인이란 프롤레타리아를 위하여 언어화하면서도 스스로는 사랑 받기 또는 되사랑받기를 기대하지 않는

87 위의 글, 같은 면.

88 위의 글, 166면.

다는 어려운 조건 위에 지탱되는 주체로, 그리고 '프롤레타리아'가 혁명가를 사랑한다는 것은 결국 혁명가와 그의 사랑을 혁명을 위해 자원화하는 일로 재현된다.

5. 창작 과제로서의 내포작가와 '미완의 프로문인' 되기

분석 대상이 '아는 주체'로 화함으로써 유대의 끝에서 버려지는 정신분석가라는 분석 주체의 역할 모델은 분석 과정을 설명하는 유일한 판본이 아니다. 분석 주체와 대상의 관계에 대한 다른 이해에서, 분석 주체는 '이야기의 영웅'으로서 자신이 서술하는 서사의 '주권자'이며, 대상이 자신이 구성하는 서사의 '접근 가능 범위'를 벗어나지 못하도록 포섭한다.

> **이론이 이야기라는** 점은 프로이트를 보면 매우 명확히 알 수 있다. 프로이트의 심리 분석은 심리적 장치의 설명 모델을 제공하는 이야기다. (…중략…) 일화는 프로이트가 구성해 나가는 서사로 포섭된다. **이 과정에서 프로이트는 자기 이야기의 주인공으로 등장한다.** 일그러진 형식으로 전달된 내용을 구성하는 재서술자로서, (…중략…) 그에게는 아무 문제가 발생하지 않는다. 예상되는 반격이 있더라도 자신의 자료에 대한 **해석의 주권**을 잃지 않기 때문이다. 심지어는 **해석되어야 하는 자료가 자신의 접근 가능 범위를 벗어나려고 할수록** 그는 자신의 정신분석적 해석 규칙의 정당성을 더욱 고집스럽게 주장하며, 그 과정에서 **자신의 분석적 이야기의 숨은 영웅으로 정체**를 드러낸다.[89] (강조는 인용자)

89 한병철, 최지수 역, 『서사의 위기』(ebook), 다산북스, 2023, 64~65/101면.

그러나 "스스로를 진보적 지식인으로 정체화하는 인물이 가장 경계해야 할 것 중 하나"가 자신이 이미 진보했고 더 나은 주체라고 무비판적으로 확신하는 것, 자신을 "'보편적 인간'으로 오인할 가능성"[90]이다. 이글턴이 지적했듯 여타 이론 및 이론가들과 달리 마르크스주의 및 마르크스주의자는 "자신의 폐지를 주요 목표로 삼은 활동"을 수행함으로써 "쓰레기통에 던져질 날을 고대"한다. "마르크스주의의 목표는 자신을 실현하면서 또한 제거하는 것이다. 그런 이론의 임무는 자신이 불필요해지는 사회의 탄생에 기여하는 것이지, 자신이 계속 고용되기를 바라며 어슬렁거리는 것이 아니다."[91] 프롤레타리아가 아직 모르는 바를 '아는 주체'로 상정될 때 효과를 발휘하지만 결국 프롤레타리아 자신이 아는 주체임을 의식하게 하는 프롤레타리아 지식인은, "이론이 이야기"라 하더라도 "자기 이야기의 주인공으로 등장"할 수 없으며 '영웅'으로 정체화될 수 없다. 한병철의 논의대로, 이러한 관계에서 이야기하는 사람은 청자에게 '조언을 주는 사람'이지만 이 조언은 "이야기가 어떻게 이어지면 좋을지에 대한 제안"이며, 조언을 구하는 사람으로 하여금 스스로 이야기하게 하는 것이다. 그리고 「공산당선언」이야말로 그러한 이야기로서의 서사를 예시한다.[92]

90 손유경, 「해방기 진보의 개념과 감각」, 『현대문학의 연구』 49, 한국문학연구학회, 2013, 155~156면.

91 테리 이글턴, 전대호 역, 『유물론』(ebook), 갈마바람, 2018, 105/201면.

92 한병철, 최지수 역, 앞의 글, 11~12·20·24/101면. 권영민이 논의했듯, 식민지 조선의 '지식인들'이 '마르크스주의자'로 전화하고 사회주의 운동에 나선 것 또한 '공산주의 선언'이 제시한 "출구" 및 코민테른이 제기하고 구체화한 문제와 담론의 효과였다. 권영민, 『한국현대문학비평사』, 서울대 출판문화원, 2024, 303~305면. 아울러 "마르크스와 엥겔스, 그리고 레닌이나 로자 룩셈부르크 같은 저술가들의 '명문'"이 혁명을 예견하며 또한 혁명적 힘을 발휘하는 "수행성"에 대해 손유정, 「혁명과 문장」, 『민족문학사연구』 63, 민족문학사학회, 2017 참고.

'Ending'과 'closure'를 구분하여 전자가 작품이 중단되는 지점이고, 후자가 이야기의 요소가 그 요소에게 필수적인 종료를 얻었으며 제기된 문제들이 해결되었다는, 즉 열려있던 것이 닫혔다는 만족감에 결부된 용어라 한다면,[93] 프로문학이 형성하고 있었던 서사 문법은 한 편의 작품이 끝난다는 점에서의 결말이 서사적 닫힘을 적극적으로 거부한다는 것을 핵심으로 한다. 그러나 이는 시적 정의를 무시하거나 서사 과정에서 모든 가능성을 열어둠으로써 문제를 해결짓지 않는 '열린 결말open ending'[94] 또는 단순한 '행방불명'이 아니라, 아주 특정하게 의미화된 행방을 향해 서사 과정 전체를 조직하고 그것에 대한 욕망을 추동하되 그것을 '프로문인'의 서사 및 그 텍스트 '내부'에서 완성되는 재현 대상으로 삼지 않는다는 구조적 결정을 의미한다.

외마대 소리와 쑹쑹하는 소리가 들니고 **피비린내가 쫙 퍼지더니** 우샛가 황망히 층층대를 굴너써러지다십히 쿵쿵거리며 내려왓다. 다른 방에서 갈보들이 놀나 깨엿는지 「엉엉」하는 소리가 들녓다.

쟝사보다도 더 억세인 超自然的 힘으로 우샛는 쇠대문을 써밀어 열엇다. 그러고 **그는 생전 처음으로 제 맘대로 문 밧그로 내달앗다.** 거리는 어둑컴컴하고 좌우의 집들은 모두 식컴언 상판으로「나는 모른다」하는 드시 내대고 잇섯다.

우샛는 에드와드路 뎐등이 잇는 짝을 향해 줄다름질 첫다. (…중략…) 세멘트 깐 반들한 길 우흐로 밋그러질 드시 내달앗다…………죠롱을 버서난 종달새가 파—란 하늘 우흐로 노래하며 춤추며 울드시……………**영원히 영**

93 Brian Richardson, "Endings in Drama and Performance" in *Current Trends in Narratology*, edited by Greta Olson, De Gruyter, 2011, p.183.

94 Ibid., pp.186~187.

원히 우쏘는 다름질햇다. 끗[95]

— 주요섭, 「살인」(강조는 인용자)

이제로부터 피는 흘너나린다. 이 어둔 밤에 붉은 피가 혼자서만 몰래 땅 속으로 숨여흐른다. (…중략…) 그 이튿날 느진 아츰 째 정호의 신체가 발견되엿슬 째는 그 개의 자최는 또다시 볼 수 업섯다. (…중략…) 도적을 충실이 직히는 개는 마지막 주인까지 죽여버리고 다시는 어듸로 간는지 모르나 그는 살어잇스면 씃업시 널분 대지 우에서 자유러웁게 도라단이면서 주린 배를 불릴 것이다.

낫이면 굴근 쇠사슬에 목을 매여잇고 밤에는 그 줄을 끌러놋는 그러한 압흔 생활도 다시는 그에게 업섯슬 것이다. — (끗) —[96]

— 박영희, 「사냥개」(강조는 인용자)

피억압자가 자신과의 관계에서 계급적 착취를 구현하는 상대를 죽이고 탈주한다는 이야기는 그 탈주가 '영원히 달음질하는 일'인지[97] 아니면 '끝없는 대지 위의 자유롭고 배부른 삶'을 향해 간 것으로 제시되는지에 따라, 서사적 욕망을 벡터 없는 에너지로 분출하는지 방향과 목적을 위한 동력으로 조직하는지가, 그러므로 그처럼 조직하는 서사적 동역학이 결정적으로 분기한다.

---

95 주요섭, 「살인」, 『개벽』, 1925.6, 9면.

96 박영희, 「산양개」, 『개벽』, 1925.4, 7면.

97 "신경향파 소설이 주로 시간적인 전망이 존재하지 않는 폐쇄적인 구조 속에 놓여 있다"는 점을 김종욱이 논의한 바 있다. "서사를 구성하는 현재의 삶은 앞으로의 그 무엇을 위한 가능성을 염두에 둘 때에 의미를 지닌다. 서사적 현재는 미래의 가능성을 실현하기 위한 물질적이고 정신적인 조건을 만드는 과정이다." 김종욱, 앞의 글, 30~31면. 세계의 '파국'이나 '영원한' 탈주라는, 행방을 조직하지 않는 '열린' 결말은 역설적으로 구조적 폐쇄를 구현한다.

끊임없이 '외부'에 열려 있어야 한다는 프로문학운동의 조건에 대해 차승기가 지적했듯, "이 운동이 '운동'으로 전개되기 위해서는 그 자체가 일종의 모순된 상태를 유지해야만 했다." "프롤레타리아 문학의 자기동일성을 생산적으로 파괴하게 만"[98]드는 역설적 조건은, 프롤레타리아 문학의 '진정한' 주체의 발화를 '2기의 프로문학' 서사가 완결되지 못하도록 만드는 능동적 '외부'로 호출하며 추동하는 서사 문법을 통해 프로문학이 자신의 미완결 및 '이번 실패'를 원칙으로 구조화하게 한다. "관객층은 당연히 노동자와 농민이어야 한다. 노동자와 농민이어야만 극이 진행되는 동안 극중에 나타나지 않는 공격자의 역할을 감당할 수 있기 때문이다. 만일 극중의 공격자의 역할을 관객이 담당하지 않는다면 극의 마지막에 등장하는 노동자들의 상징은 개연성 없는 비약으로 이해되기 쉽다."[99]라는 송영 풍자극에 대한 지적은, 서사가 시동시킨 프로젝트 및 욕망을 '외부'의 프롤레타리아에게 떠안기는 프로문학 문법 일반에 관한 진술로 확장될 수 있다.

프롤레타리아를 배제하는 방식으로 포함하고 그러므로 비체화하는 계급 사회에서, 프롤레타리아에게 '되기'란 역사적 혁명의 주인공 되기로서의 주체-됨이라 할 수 있다.[100] 그러나 '프로문인'에게 프로문인이

98 차승기, 「프롤레타리아 문학과 대중화」, 『한국학연구』 37, 인하대 한국학연구소, 2015, 210~211면.

99 김재석, 「식민지 작가의 길 찾기」, 『어문론총』 31(1), 경북어문학회, 1997, 382면. 아울러 서발턴과 재현적으로 관계하려 할 때 "언제나 담론과 텍스트를 통한 재현의 '실패' 혹은 '한계'를 같이 문제시해야"하며, 그러한 재현의 텍스트를 읽을 때에도 그러한 실패나 한계는 "전제"되어야 한다는 점에 대해 유승환, 「한국현대문학연구의 하위주체론」, 『한국현대문학연구』 66, 한국현대문학회, 2022, 9~10면 참고.

100 "식민지 / 주변부 지역에서 프롤레타리아는 사회변혁으로의 비약을 가능하게 하는 주체이자, 동시에 그 스스로가 존재론적 비약을 단행하는 주체였다"는 점에 착목하여, '주체 아닌' 존재에서 '주체'로 되는 프롤레타리아의 '비약'을 논의한 연구로 최은

된다는 일은 프롤레타리아의 주체-됨을 가능케하는 주체-됨이면서, 동시에 혁명 주체의 자리와 의의는 프롤레타리아의 몫으로 남김으로써 사라지는 매개자가 된다는 것을 의미한다. 소부르주아 출신 '프로문인'의 과제는 지배 질서를 자연화하는 기존의 문학과 다른 효과를 발휘하는 '다른 문학'으로서의 프로문학의 주체가 되기 위해, 기성 '문학'의 성공 기준을 위배하는 문학을 시도함으로써 기성된 '문학'의 기준에 언제나 '실패'로 나타날 문학을 수행하고, 이를 통해 프롤레타리아가 혁명의 주체로 얼마나 비약되었는지 확인하며 다시 다음 번의 '다른' 문학을 실천하는 일을 의미했다. 그러므로 프로문인의 '되기'란 비주체의 주체로의 비약 또는 도약이 아니라, 이전의 자신과 '다른' 주체 되기 및 '다르게' 문학하기로서 언제나 자신의 이미 그러한 대로의 주체성으로 '되돌아가' 다시, 다르게 실천하는 일로서 수행된다.[101]

1932년 식민지 조선의 현실프로문인은 '우리들이 가진 프로문학 중 최대의 수확'과 '최고의 작품, 우리들의 프로문학'을 엄격히 구분하여, 후자는 "잇슬 수 업는 것"이라고 단언한다.

『공장신문』김남천, 『목화와 콩』권환 이 두 작품을 두고 말할 때 **1931년도에 잇서서 우리들의 가진 최대의 수확**이라고 보는 것은 움즉일 수 업는 사실이다. 캅

혜, 「식민지기 박화성 소설에서의 교차성과 주체성」, 『한국문학연구』 76, 동국대 한국문학연구소, 2024 참고.

101 이러한 의미에서 '다르게' 되기로서의 '되기'는 주체가 이미 훈련한 사회적인 '능력' 및 그 '성공'의 기준과 단절하고 주체성을 무효화하는 실천(praxis)이고, 그런 만큼 성공 가능성이 보증되지 않은 실험이라는 점에서 연습(practice)과도 같은 실행의 의미를 지닌다. Christoph Menke, translated by James Ingram, "Two Kinds of Practice : On the Relation between Social Discipline and the Aesthetics of Existence," *Constellations*, vol.10, no.2, 2003.

프는 언제던지 이것을 시인한다. **그러나 절대로 그것은 최고의 작품은 아닌 것이다. 우리들에게 잇서서 최고의 작품이란 것은 잇슬 수 업는 것이다.**[102] (강조는 인용자)

"三. 현실시대(사회주의의 시대)"가 아직 되지 못한 "二. 프티 뿌르조아시대(자기중심의 푸로레타리아적 도취. 말하자면 ××적 유치한 명정酩酊시대)"[103]의 '2기 프로문인' 공동체로서, 현실프로문학 작품들의 상대적 우열을 평가할 수 있을지언정 '우리들'의 어떤 작품도 프로문학으로서 "최고의 작품"으로 존재할 수 없다는 궁극적 '미완' 및 '실패'가 카프의 존재론적 조건이고, 그러한 것으로서 자각된 조건이다. "「신경향」이 안이라 벌서 이 경향傾向을 넘어선"[104] 움직임을 문학으로 산출하고자 한 프롤레타리아문학에서 소외疏外되고 '행방불명'으로 남을 것은 혁명이나 프롤레타리아가 아니라 '프롤레타리아 문인-지식인'과 그의 '프롤레타리아문학'이었다.

텍스트 '뒤'의 작가적 현전 또는 '내포 작가'는 '허구성'을 표방하는 텍스트뿐 아니라 모든 텍스트에 대한 구성물이다.[105] 서술 주체의 존재는 서사에 필연적으로 내포된 것으로, 고닉의 지적대로 이 주체가 보는 방식 및 선택하기로 또는 무시하기로 하는 결정들이 곧 대상이 재현되는 방식이다. 그러므로 '말하는 주체', '서술자', '화자', '저자의 페르소나'는 서사에서 결정적으로 중요한 생산물이다. 그것은 주제를 위해 구상되어

102 신고송, 「동반자작가문제」, 『제일선』, 1932.9, 104면.

103 김기진, 「무산문예작품과 무산문예비평」, 『조선문단』, 1927.2, 12면.

104 박영희, 「「신경향파」문학과 「무산파」의 문학」, 『조선지광』, 1927.2, 58·60면.

105 Susan S. Lanser, "The "I" of the Beholder" in *A Companion to Narrative Theory*, edited by James Phelan and Peter J. Rabinowitz, Blackwell Publishing, 2005, p.211.

야 하는 '제일 적절한 자기'이다.[106] '매일 4시간 동안 소설을 수정한다는 것이 어떤 일인지'를 물은 웨인 부스에게 솔 벨로가 대답한 것처럼, 작가가 '마음에 들지 않는 자신의 자아를 쓸어내' 해당 작품의 작가가 '되어야' 한다는 것이 곧 서술이라는 일이다.[107] 프롤레타리아를 움직이는 문학 운동이라는 '프롤레타리아문학'의 과제는 문인-지식인 자신을 그러한 문학을 만들어내는 '프롤레타리아문인'으로 만들어내야 하는 과제이기도 했다. 프롤레타리아를 프롤레타리아로 만드는 일은 동시에 소부르주아 출신이자 프롤레타리아적으로 '도취한' 현재의 문인이 프로문학으로서 기능하는 문학을 산출한 프로문인이 '된다'는 과제로서 자기 (탈)주체화의 과정이었고, '프로문학'의 플롯을 통해 '프로문인'은 자신의 존재의의를 걸고 프롤레타리아를 위해 언어화하면서도 '본래 프롤레타리아의 손으로' 이루어지는 혁명 과정에서 자신의 존재가 마침내 무의의하기를 욕망해야 하는 작가-서술자로서 자신들을 형성해 나가고 있었다. 식민지시기 카프 작가들이 "끊임없이 되뇌었을 질문은

106 Vivian Gornick, *The Situation and the Story*(ebook), Farrar, Straus and Giroux, 2012, pp.7~8/108.

107 이에 부스는 소설이 '말하기'가 아니라 '보여주기'로 이루어져야 한다는 입장은 소설이 '객관적인' 제시로서 작가의 의견을 말소하고 모든 판단을 독자에게 맡겨야 하며, 소설이 무엇인가를 의미하는 것이 아니라 단지 존재해야 한다는 것이고, 문학은 윤리와 무관하며 시나 소설은 그것을 통해 아무 일도 일어나지 않도록 만드는 작업이라는 입장이라고 지적한다. 이런 입장에서 작가적 논평이란 '시적' '예술적' 성격을 위반하는 것이 되며, 또한 이러한 관점에서는 조셉 필딩이나 제인 오스틴, 조지 엘리엇, 그리고 많은 러시아 소설가들의 작가적 재능과 그 서사 또한 평가절하될 것이다. 더욱이 이 입장이 간과하는 것은 '작가적 논평'과 그 수사 자체가 미학적 창작의 주안점일 수 있다는 것이다. 예를 들어 텍스트 '밖' 메리안 에반스의 내포 작가 조지 엘리엇이 제시하는 긴 작가적 논평들과 '개입'들은 독해에 도움이 될 뿐만 아니라 그 소설 창작자에 대한 경외와 애정을 불러 일으킨다. Wayne C. Booth, "Resurrection of the Implied Author" in *A Companion to Narrative Theory*, pp.75~77.

바로 "글을 한다는 우리들 마침내 어디에 쓰일까"가 아니었을까?"[108]라고 김재석이 물은 바 있다. 프로문인의 '쓰임새'는 궁극적으로 '쓸모 없었던 것'이 된다는 역설적인 데 있었고, 그러한 것으로 의식되었다.

---

108 김재석, 앞의 글, 368면.

참고문헌

기본자료

『개벽』『대조』『신생활』『제일선』『조선문단』『조선일보』『조선지광』

조선프롤레타리아예술동맹 편, 『캅프작가칠인집』, 집단사, 1932.

논문 및 단행본

권영민, 『한국현대문학비평사』, 서울대 출판문화원, 2024.

김민정, 「'묻지마 범죄'가 묻지 않은 것」, 『한국여성학』 33(3), 한국여성학회, 2017.

김윤식, 『한국근대문예비평사연구』, 일지사, 1976.

김재석, 「식민지 작가의 길 찾기」, 『어문론총』 31(1), 경북어문학회, 1997.

김종욱, 「1930년대 한국 장편소설의 시간-공간구조 연구」, 서울대 박사논문, 1998.

김현주, 「1920년대 전반기 사회주의 문화담론의 수사학」, 『대동문화연구』 64, 성균관대 대동문화연구원, 2008.

박상준, 『한국 근대문학의 형성과 신경향파』(ebook), 소명출판, 2002.

손유경, 『고통과 동정』(ebook), 역사비평사, 2008.

______, 「삐라와 연애편지」, 『현대문학의 연구』 43, 한국문학연구학회, 2011.

______, 「해방기 진보의 개념과 감각」, 『현대문학의 연구』 49, 한국문학연구학회, 2013.

______, 「혁명과 문장」, 『민족문학사연구』 63, 민족문학사학회, 2017.

유승환, 「한국현대문학연구의 하위주체론」, 『한국현대문학연구』 66, 한국현대문학회, 2022.

이경림, 「사회주의는 어떻게 폭력을 길들였는가」, 『민족문학사연구』 70, 민족문학사학회 · 민족문학사연구소, 2019.

장영은, 「삶을 교차하는 실험적 글쓰기」, 『민족문학사연구』 83, 민족문학사연구소, 2023.

정정훈, 『불온한 인권』, 후마니타스, 2025.

조정환, 「문학성 이해의 제 경향과 문학적 현실주의의 문제」, 『현상과 인식』 12(2), 한국인문사회과학회, 1988.

______, 「사회주의 리얼리즘의 종말 이후의 노동문학」, 『실천문학』 57, 2000.

차승기, 「프롤레타리아 문학과 대중화」, 『한국학연구』 37, 인하대 한국학연구소, 2015.

천정환, 「서발턴은 쓸 수 있는가」, 『민족문학사연구』 47, 민족문학사연구소, 2011.

______, 「1980년대 문학 · 문화사 연구를 위한 시론 (1)」, 『민족문학사연구』 56, 민족문학사학회 · 민족문학사연구소, 2014.

천정환, 「세기를 건넌 한국 노동소설–주체와 노동과정에 대한 서사론」, 『반교어문연구』 46, 반교어문학회, 2017.
최병구, 「1920년대 이기영 소설의 젠더 감성과 그 역학」, 『어문연구』 113, 어문연구학회, 2022.
최은혜, 「식민지기 박화성 소설에서의 교차성과 주체성」, 『한국문학연구』 76, 동국대 한국문학연구소, 2024.
최주한, 「민족개조론과 상애의 윤리학」, 『서강인문논총』 30, 서강대 인문과학연구소, 2011.
한기형, 「불온문서의 창출과 식민지 출판경찰」, 『대동문화연구』 72, 성균관대 대동문화연구원, 2010.
홍준기, 「이데올로기의 공간, 행위의 공간」, 『마르크스주의 연구』 5(3), 경상대 사회과학연구원, 2008.

로런 벌랜트, 박미선·윤조원 역, 『잔인한 낙관』, 후마니타스, 2024.
앨리슨 케이퍼, 이명훈 역, 『페미니스트, 퀴어, 불구』(ebook), 오월의봄, 2023.
제임스 프록터, 손유경 역, 『지금 스튜어트 홀』, 앨피, 2006.
테리 이글턴, 전대호 역, 『유물론』(ebook), 갈마바람, 2018.
프리데만 카릭, 김희상 역, 『우리의 싸움은 아직 시작도 하지 않았다』, 원더박스, 2024.
한병철, 최지수 역, 『서사의 위기』(ebook), 다산북스, 2023.

Bayer, Gerd, *Novel Horizons : The Genre Making of Restoration Fiction*, Manchester University Press, 2016.
Brockelman, Thomas, *Žižek and Heidegger*, Continuum, 2008.
Brooks, Peter, *Reading for the Plot*(ebook), Alfred A. Knopf, 1984.
Butler, Judith and Frédéric Worms, translated by Zakiya Hanafi, *The Livable and the Unlivable*, Fordham University Press, 2023.
Felski, Rita, *Literature after Feminism*, The University of Chicago Press, 2003.
Foley, Barbara, *Radical Representations*, Duke University Press, 1993.
___________, *Marxist Literary Criticim Today*, Pluto Press, 2019.
Gornick, Vivian, *The Situation and the Story*(ebook), Farrar, Straus and Giroux, 2012.
Jameson, Fredric, "Magical Narratives : Romance as Genre," *New Literary History*, vol. 7, no. 1, 1975.
___________, *Inventions of a Present*, Verso, 2024.
Lloyd, David, *Anomalous States*, Duke University Press, 1993.

__________, *Under Representation*, Fordham University Press, 2019.

Menke, Christoph, translated by James Ingram, "Two Kinds of Practice : On the Relation between Social Discipline and the Aesthetics of Existence," *Constellations*, vol. 10, no. 2, 2003.

__________, "Can There be Non-Violent Political Action?," *Behemoth*, vol. 14, no. 3, 2021.

Phelan, James and Peter J. Rabinowitz (eds.), *Understanding Narrative*, Ohio State University Press, 1994.

__________, *A Companion to Narrative Theory*, Blackwell Publishing, 2005.

Richardson, Brian, "Endings in Drama and Performance" in *Current Trends in Narratology*, edited by Greta Olson, De Gruyter, 2011.

'전위-되기'의 상상력

1920~1930년대 초반 임화의 예술정치와 그 실천의 임계

최은혜

1. 임화라는 프리즘과 카프KAPF 예술운동의 스펙트럼

'조선프롤레타리아예술가동맹'의 에스페란토어 'Korea Artista Proleta Federacio'을 줄여 부르는 카프KAPF는 이미 그 명칭에서 드러나듯 '예술가 단체'이다. 카프가 예술운동을 이끄는 기수로서 세간의 주목받기 시작한 것은 조직의 전모가 언론을 통해서 밝혀진 1926년 말 무렵으로 보이는데, 당시 동맹원의 면면을 살펴보면 시와 소설 등을 창작하는 문학가를 비롯해서 연극계, 미술계 인사들이 눈에 띈다.[1] 1927년 10월 카프 동경지부의 창립 결의 사항을 통해서는 서무부, 교육부, 출판부, 재정부,

1 카프의 조직적 활동과 실체가 전면적으로 드러난 것은 1926년 12월 24일 경성 청진동 95-2호에서 열렸던 임시총회를 알린 기사를 통해서이다. "작년 여름에 창립된 '조선프롤레타리아예술동맹'에서 금번에 일층 그 목표하는바 예술운동을 하기 위하여" 임시총회를 개최했다고 밝힌 『중외일보』의 기사를 통해 위원과 강령, 규약 등을 확인할 수 있다. 이에 따르면 당시의 동맹원에는 "이기영, 김영팔, 이량, 조명희, 홍기문, 김경태, 임정재, 양명, 이호, 김온, 박용대, 권구현, 이적효, 김기진, 이상화, 김복진, 최학송, 최승일, 박팔양, 박영희, 김동환, 안석주"가 있었던 것으로 확인된다. 「무산계급예술동맹 임시총회에서」, 『중외일보』, 1926.12.26, 2면.

기술부와 같은 부서 외에 각 예술 분야와 관련된 전문부장을 두어 문학부장, 연극부장, 미술부장, 음악부장이 있었다는 것을 알 수 있으며,[2] 이후 동경 무산자사에서 활동하던 임화와 권환 등이 참여한 경성본부는 1930년 4월 기술부를 분리 설치하여 그 아래 문학부, 영화부, 연극부, 미술부, 음악부를 두기도 했다.[3] 카프의 기관지였던 『예술운동』 창간호만 하더라도 무산계급 문예운동에 대해서 다루는 박영희의 글이나[4] 여러 시, 소설, 동화극과 같은 문학 작품을 비롯해, 러시아의 극문학을 소개하는 윌켄스타인의 글을 번역한 것,[5] 츠키지築地 소극장에서 연극을 보고 쓴 평론[6] 등 다양한 예술 분야 관련 글들이 실려 있다.

그러나 해금 이후 본격적으로 이루어진 카프에 대한 연구는 '예술'이라는 큰 범주를 염두에 두며 진행되기보다는 대체로 문학, 연극, 영화, 미술 등 세분화된 장르에 집중되어 학문 분야의 경계 안에서 저마다 달리 축적되어왔다. 카프라는 조직의 세부와 구체적 활동을 실증적으로 이해할 수 있게 한다는 점에서 각 장르에 집중된 연구들은 무척 중요한 의미를 지니지만, 한편으로 이러한 경향 자체가 '예술운동'이라는 기치를 내건 카프의 포괄적 철학과 지향성, 그리고 그 속에 담긴 의미 전반을 살피는 데로까지 적극적으로 나아가지 못한 것은 아닌지 더불어 생

2 "상무위원 5인 : 서무부 조중곤, 교육부 한식, 출판부 이북만, 재정부 김두용, 기술부 홍양명 / 전문부장 4인 : 문학부 장준석, 연극부 최병한, 미술부 이경진, 음악부 채규엽" 「조선 '프로'예술동맹의 동경지부」, 『조선일보』, 1927.10.10, 3면.

3 "기술부 권환(상임) = ▲문학부 권환(상임) 이기영, 한설야, 박영희, 송영 ▲영화부 윤기정(상무) 임화, 김효식, 이웅종, 박완식 ▲연극부 김기진(상임) 최승일, 안막, 한택호, 신영 ▲미술부 이상대(상임) 안석영, 정하보, 강호" 「조선프로예맹 서면대회 소집」, 『조선일보』, 1930.4.29, 3면.

4 박영희, 「무산계급 문예운동의 정치적 역할」, 『예술운동』 1, 1927.11, 4~8면.

5 윌켄스타인, 「혁명 로서아의 극문학」, 『예술운동』 1, 1927.11, 32~33면.

6 김무적, 「프롤레타리아극장 공연을 보고」, 『예술운동』 1, 1927.11, 37~40면.

각해볼 필요가 있다. 물론 간間장르적 연구가 전무한 것은 아니다. 『백조』에서 파스큘라, 그리고 카프 형성에 이르기까지 1920년대 초중반의 미술인들과 문인들의 교류에 집중하거나[7] 카프 미술 담론을 살피면서 문학계와의 상호관계를 고려하는[8] 등의 글이 발표되었다. 전위 예술을 수용한 카프 시와 평론에 대한 비교문학적 접근이 이루어지는가 하면[9] 카프의 연극 무대 장치가 세계적 전위 미술로부터 받은 영향이 논구되기도 하였다.[10] 이러한 연구들이 예술단체로서 카프를 폭넓게 이해하는 데 도움을 준다는 점은 분명하다. 그럼에도 여전히 특정 장르에 대한 이해를 위해 그 영향 관계를 설명하는 방식이 우위를 점하고 있다는 점 또한 부인하지 못할 사실이다.

이와 관련하여 장르에 속박되지 않은 채 카프가 지닌 성격의 전모를 밝히는 데 임화만큼 적당한 인물은 없다. 카프의 대표적 이데올로그로 한때 서기장을 도맡기도 했던 임화는 문학, 미술, 영화, 연극 등 예술 전반에 두루 관심을 가진 이론가·평론가였을 뿐만 아니라 그 자신이 시를 쓰고 연기하는 예술가이기도 했기 때문이다. 카프가 예술운동 조직이자 '예술가 단체'였다는 점을 생각할 때, 예술운동의 정치성과 조직화 방식에 대해 논리적으로 고민했던 한편, 창작의 현장에 직접 투신해 몸소 예술적 실천을 이어갔던 임화는 카프가 가지는 성격의 스펙트럼을

---

7 기혜경, 「1920년대의 미술과 문학의 교류 연구—카프 형성과정을 중심으로」, 『한국근현대미술사학』 81, 한국근현대미술사학회, 2000.

8 홍지석, 「카프 초기 프롤레타리아 미술 담론」, 『사이間SAI』 17, 국제한국문학문화학회, 2014.

9 이성혁, 「1920년대 한국 근대시의 전위성 연구—아나키즘 다다와 임화의 초창기 시문학에 대한 비교문학적 접근」, 한국외대 박사논문, 2007.

10 이민영, 「프로파간다 연극 무대의 미학적 기원—이상춘과 구성주의」, 『민족문학사연구』 68, 민족문학사학회·민족문학사연구소, 2018.

펼쳐 보여주는 유용한 프리즘이 될 수 있을 것이다. 다음 인용문은 카프가 해산된 후 임화가 스스로를 '그'로 지칭하면서 카프 시절을 회고하는 글의 일부이다.

그는 이삼二三의 신문에다 시와 감상문을 투고를 했습니다. 곧잘 발표되어 용기를 얻었습니다. 어느 해 봄 그는 이상화라는 미목수려眉目秀麗한 장발의 시인을 만날 기회를 가졌습니다. 『백조』에 났던 「나의 침실로」란 그의 시에 못지않게 그 사람은 좋았습니다. 그는 그에게서 분명히 시인을 보았습니다. 『시대일보』에다 모파상의 「벨 아미」를 번역하고 있었으나 그것은 시보다 재미없었습니다.

윤기정 군을 만난 것은 그보다 좀 뒤였는데 그는 나의 학교 친구로 그때 소설을 쓰는 조趙 군과 친했습니다. 나는 그와 곧 친해지면서 예술동맹에 가입하는 것을 명예라고 생각했습니다. 박영희 씨를 안 것도 물론 그때입니다. 이 단체 안에서 최서해, 송영, 김영팔, 팔봉, 김복진, 최승일, 박팔양, 이기영, 안석영 등의 제씨諸氏를 알았습니다. 서력西曆으로 1926~7년경이겠지요. (…중략…)

윤기정 군의 소개로 영화에 관계하게 되어 일전에 작고한 김유영 군과 서광제, 강호 군과 영화를 하나 만들었습니다. 28년에 또 하나 김 군과 더불어 영화를 만들고, 그때 한참이었던 '아나'와 '볼'의 논쟁에 참가하면서 논단에 데뷔하였습니다.

그로부터 연극, 영화, 예술, 문학, 철학, 함부로 각색 서적을 난독亂讀하여 두뇌가 쓰레기통 같아졌습니다. 예술동맹 사람들은 그를 퍽 아껴주어 그는 28년에 간부가 되고 그 익년翌年에 아버지에게 알리지도 않고 청운의 뜻을 품고 동경으로 갔습니다. 동경 갈 때 그는 기이하게도 연극을 배우려고 떠났으나 돌아올 제 그는 연극도 문학도 배우지 않고 전연 딴 생각을 가지고 왔습니다.[11]

카프에 가담하기 전후로 임화는 시를 창작했고, 문학을 비롯하여 연극, 영화, 미술에 대한 글을 썼다. 특히 흥미로운 것은 그가 다다나 표현주의, 구축주의와 같은 전위 예술에 깊은 관심을 지니고 있었다는 점이다. 1933년 무렵 문학의 리얼리즘을 강조하는 경향으로 완벽하게 기울기 전까지 그는 전위 예술의 형식이 지니는 정치성에 주목하며 예술운동의 가능성을 발견하고자 했다. 그 자신 또한 이치우지 요시가나一氏義良의 『미래파 연구』나 알렉세이 간의 『구성주의 예술론』, 독일 표현주의 극작가 게오르그 카이저의 「칼레의 시민」 등에 영향을 받았다고 밝힌 바 있다.[12] 그런데 이처럼 임화가 예술적 전위를 실천하고자 한 예술가이면서, 동시에 "프롤레타리아 전위의 눈"을[13] 강조하며 정치적 전위의 자리를 고수한 카프의 핵심적 이론분자이기도 했다는 점은 특별한 주목을 요한다. 손유경이 지적한바, "예술적 전위와 정치적 전위되기의 길이, 적어도 1930년대 식민지 조선의 예술가들에게는, 뫼비우스의 띠처럼 궁극적으로 서로 통할 수밖에 없는 동일한 유토피아적 충동의 소산"이었고,[14] 임화는 이미 1920년대 중후반부터 이를 가장 두드러지게 보여준 '전위' 그 자체였던 것이다. 전위 예술과 정치적 전위를 동시에 강조한 임화의 행보를 짚어볼 때, 정치적 전위가 승한 카프의 리얼리즘과 예술적 전위를 지향하는 구인회의 모더니즘이라는 구도가 사후적으로 고정된 것은 아닌지, 그러한 구도를 반성 없이 받아들여도 되는지, 거기

11 임화, 「어떤 청년의 참회」, 『문장』 2(2), 1940.2, 23~24면.

12 위의 글, 22면. 이 시기 임화의 독서 목록과 그 의미에 대해서는 다음 논문을 참고. 이형권, 「임화의 독서 경험과 문학적 지향의 상관성」, 『비평문학』 85, 한국비평문학회, 2022.

13 임화, 「탁류에 항(抗)하여」, 『조선지광』 86, 1929.8, 92면.

14 손유경, 「식민지 조선에서 '전위'가 된다는 것(1)」, 『한국현대문학연구』 41, 한국현대문학회, 2013, 439면.

에 성찰적으로 접근할 면은 없는지 등에 대한 질문이 파생된다.

이 글은 궁극적으로 카프의 예술운동이 가지는 의미를 발견하기 위해 1920~1930년대 초반 임화의 예술적·정치적 실천에 주목하고자 한다. 다양한 분야에 걸쳐 활동했던 임화의 경우를 통해 문학론, 연극론, 영화론, 미술론 등의 구분을 가로지르는 예술론을 구성함으로써, 카프의 '예술운동'적 실천이 어떻게 진행되었는지 보다 포괄적으로 접근하는 것이 가능할 수 있을 것이다. 여러 분야에서 전위 예술에 관심을 표했던 임화의 글을 대상으로 예술의 형식 실험이 가지는 정치성을 고구했던 지점과 그 의미에 대해서 논의하고, 정치적 전위되기를 강조했던 임화가 1920년대 후반부터 본격적으로 중요하게 부각된 대중화의 문제에 어떻게 대처해 나갔는지를 살피고자 한다. 그러나 임화의 예술운동 실천에서 '전위-되기'의 상상력은 1933년 무렵부터 반영론적 문학론으로 완벽하게 기울어 리얼리즘 중심성을 띠게 되는데, 이는 카프 맹원들이 대규모 검거된 1931년 7월 제1차 카프 검거 사건 이후의 분위기와 무관하지 않다.

2. 전인적 예술의 실천과 '내용-형식 일원론'의 의미

임화가 '성아星兒'라는 필명으로 처음 글을 싣기 시작한 것은 1926년 1월 1일 『매일신보』의 「근대 문학상에 나타난 연애」를 통해서다. 이를 기점으로 임화는 같은 해 동일 지면에 총 9편의 글을 싣는다. 그 제목을 나열하면 「젊은이 순이와 영철이」1926.1.17·1.31, 「잡지문학의 해설」1926.2.7, 「문학 사상의 2월 25일」1926.3.7, 「폴테스파의 선언」1926.4.4·4.11, 「근대문예잡감」1926.5.23, 「위기에 임한 조선 영화계」1926.6.13, 「심심풀이로」1926.8.8, 「환멸의 철인」1926.10.3 등인데, 이는 빅토르 위고의 낭만주의 연극에 대한 소개부터 로댕의 조각을 통한 예술 원론, 미래파와 소용돌이파 미술에 대한 비평, 조선 영화계 및 영화 이론 일반의 설명 등까지 예술 전반에 걸쳐 있는 임화의 폭넓은 관심을 보여준다. 이러한 관심의 폭을 확인할 수 있는 것 외에 이 글들에서 중요한 지점은 바로 세계적으로 흥기했던 전위 예술에 임화가 주목하고 있다는 점이다.

> 이상 말한 미래파의 운동을 개관해보면 이 운동이 여하히 광적이고 또 기기奇技하다고 그래도 요컨대 예술의 제재를 취급하는 문제에 지나지 않는다. 그리고 이 문제가 극히 추상적이고 국경 초월, 민족 초월, 세계인적이란 점을 기성예술의 경향 그대로 속행續行하고 특히 과학문명의 극도의 생활을 표상하려고 하는 것으로 이 미래파Futurelism란 자의字義가 표시하는 것 같이 미래, 적어도 현재 이후의 것만에다 주목을 하고 또한 그것을 일절의 대상으로 하여 무엇이고 과거라고 말할 만한 것에 대하여는 존재 그것조차 생각지 아니하였다. 모든 현재와 이전의 것은 사갈蛇蝎시 해버리려고 할 것이다.[15]

> 조각의 정력은 첨형尖形이다. 조각의 감정은 제물諸物에 관계의 감상이다. 조각적 능력은 평면을 가지고 제물에 관계를 결정하는 데 있다. 석기시대에 폴테스는 더든 동洞에 장식이 되어 있다. 석기시대의 인간은 야수와 영지를 다투었다. 그들의 생활은 유렵遊獵모험이다. 그들의 가장 위대한 승리는 야수의 2~3종을 가축을 만든 것이다. 원시시대에 우선 야수란 것으로만 점령되

15 성아, 「폴테스파의 선언」, 『매일신보』, 1926.4.3, 3면.

었던 두외로부터 fanto-de-gonne 그 암상巖上에 새겨진 소의 각刻을 얻었다 — 그 조각적 표현은 가장 참다운 세계 그것이다. 이 세계야말로 우주를 통하여 무애無礙하게 투여한 것이다 — 이것이 폴테스의 혼魂이고 목적이다.[16]

위 인용문은 「폴테스파의 선언」이라는 글의 일부분으로 각각 이탈리아의 미래주의와 영국의 보티시즘vorticism을 설명하고 있다. 미래주의와 보티시즘은 모두 20세기 초반에 등장한 전위 예술 운동의 일종으로 현대성, 기계 문명, 속도와 역동성을 강조한다는 공통점을 지닌다. 하지만 여기에서 임화는 보티시즘을 설명하기 위해 그것의 성립에 영향을 준 미래주의를 비교항으로 도입함으로써 그 공통점보다 차이점에 더 주목한다. 그가 주목하는 것은 바로 시간성에 대한 부분이다. 미래주의가 글자 그대로 "미래, 적어도 현재 이후의 것"에만 관심을 두는 데 비해, 보티시즘은 현대 문명의 속도와 역동성을 긍정하면서도 과거와 현재, 미래 모두에 시선을 둔다는 것이다. 임화는 "과거라고 말할 만한 것에 대하여는 존재 그것조차 생각지 아니 하였다. 현재와 이전의 것은 사갈시해버리려고 할 것이다"라며 미래주의의 한계를 은근히 지적하는데, 이러한 지점은 그가 이후 선사시대의 도르도뉴 동굴에 새겨진 동굴 벽화로부터 가능성을 발견하는 보티시즘을 언급하는 것과 대비를 이룬다. 소개에 그치고 있기 때문에 자신의 생각을 적극적으로 표명하지는 않지만, 임화가 미래주의가 지향한 것과 같은 찰나적 시간성이 아니라 역사적 시간성을 염두에 두었다는 점을 확인할 수 있는 대목이다.[17]

역사적 시간성과 예술에 대한 관심은 동시기 쓰인 다른 글에서도 발

16 성아, 「폴테스파의 선언」, 『매일신보』, 1926.4.11, 3면.

17 이성혁, 앞의 글, 144~145면 참고.

견된다. '제4의 점령'이라는 개념을 통해 예술을 설명하는 「근대문예잡감」이라는 글이 대표적이다. 『매일신보』에 실린 다른 임화의 글들이 대체로 예술의 새로운 현상을 소개하고 있다면, 이 글에서는 비교적 예술에 대한 임화 자신의 생각이 명확하게 드러난다.

> 기 천년 내로 인류는 속박으로부터 자유에로 부단히 진출하고 필경은 절대의 해방을 욕구하고 거기에 굳게 집착하여 가지고 살아온 것이다.
>
> 사람은 누구이든지 제1, 제2의 점령 범위 내에서는 자유인 상태에 있다. 즉 말하자면 앞으로 걸어 갈 수도 있고 또한 옆으로 누울 수도 있다. 그러나 그 다음으로 제3의 점령은 용이히 자유로운 상태에 나아갈 수가 없었다. 땅에서 조금이라도 높이 뛰어오르려고 해도 결국 지구의 인력에 제지되어 얼마 뗄 수가 없다.
>
> 그러나 당세기에 있어서 비행기의 발명은 결국 인류를 제3의 점령에서 비교적 완전히 탈출시키고 말았다.
>
> 여기에서 여태껏 곤란한 제3의 점령도 함락하게 되고 만 것이다.
>
> 그러나 제4의 점령에 대해서는 고래로부터 아주 절망을 하고 말았다. 그리하여 도저히 불가능하다고 거기에 대하여는 조금도 진출할 생각은커녕 몽상도 못 했다.
>
> (…중략…)
>
> 그러나 인간의 욕망은 그칠 바를 몰랐다. 이 제4의 점령에 다 자유 해방을 구하여 결국 예술을 낳아 놓고 말았다. 예술의 세계는 인간의 제4의 점령의 세계이다. 제3의 점령까지는 현실의 생활 즉 동물의 생활이고 제4의 점령에 있어서는 전연히 예술의 세계가 전개되는 것이다.[18]

18 성아, 「근대문예잡감」, 『매일신보』, 1926.5.23, 3면.

인류가 지닌 해방의 욕구는 점과 면이라는 제1, 2의 점령을 지나 3차원적 공간폭, 넓이, 길이으로부터의 자유를 확보하는 제3의 점령까지 나아가게 했고, 끝내는 인간을 시간에 대한 자유인 제4의 점령에 이르게 한다. 임화에 따르면 불가역적 시간 앞에서 한없이 나약한 인간이 그것을 극복하게 된 것은 바로 '예술'을 통해서다. 즉 예술이야말로 시간의 제약으로부터 부자유한 인간을 해방케 하는 길이 된다는 것이다. 임화는 이와 관련해 두 가지 예를 든다. 로댕의 조각상과 웰스의 '타임머신'이 바로 그것이다. H. G. 웰스가 「타임머신」에서 고안한 기계인 타임머신이 현재에서 과거와 미래를 자유롭게 오가게 하므로 시간에 대한 자유를 확보하게 한다는 것은 쉽게 이해할 수 있는 지점이다. 현실에 존재하지 않는 이 기계는 SF소설 속에서나 가능한 것이므로 시간을 넘어서는 제4의 점령은 예술을 통해 비로소 가능해진다.

그렇다면 3차원적 공간에 존재하는 로댕의 조각품이 제4의 점령인 이유는 무엇인가? 로댕의 예를 들기 전, 임화는 예술의 극치를 표현하는 것이 바로 음악이라며 다음과 같이 말한다. "장長, 폭幅, 후厚 세 가지 중에 하나도 음악은 차지한 게 없다. 즉 제3의 점령까지를 소유치 않고 오직 시간의 경과만이 있을 따름이다. 곧 완전히 제3의 점령까지를 하고 제4의 점령만을 가지고 있는 것이다." 시간의 경과감은 '리듬'이라는 다른 말로 대체되어 표현된다. 여기에서 음악과 리듬은 예술의 한 장르로서의 음악과 그 특징으로서의 리듬을 일컫는 것이기도 하지만, 예술성 자체와 등치되는 표현이기도 하다. 임화의 예술론을 이해하기 위해서는 이 점을 깨닫는 것이 무엇보다 중요하다. 로댕의 조각품을 예로 드는 것도 이와 상통한다. 임화는 로댕의 조각품이 3차원에 정지되어 있을 뿐이지만, 그것을 들여다보면 '시간의 경과감', 즉 "인생의 리듬"을 확인할 수 있다고 말한다.[19] 그가 생각하는 예술은 '찰나'가 아니라 '흐름'의 시간, 즉 역사적 시간성을 담고 있는 것이다.

한편 이 글에서 임화가 인간이 "위대한 생명력, 즉 제4의 점령인 혼"을 "자신으로부터 분리할 수 없는 특유한 생활"로 간직하고 있다고 언급하는 것을 함께 떠올려 본다면, 그에게 예술이란 현실 생활과 동떨어진 것이 아니라는 점 또한 중요하다.

> 문예는 결코 도락적 기분에서 나오는 오락의 일종이 아니고 현실 생활을 초월한 유리된 유선적幽仙的 존재가 아니다. 그것은 절실한 현실 생활의 결과인 것이고 정확한 반영인 것이다.
>
> 이 점에 있어서 문예작품은 작가 자신의 참된 내면적 창조 생활의 일부분인 것이요, 다시 말하면 그 작가의 진眞 생활의 전부라고도 할 수가 있는 것이다.
>
> 그러므로 작가라 하는 인물은 또한 사회를 조직한 조직체의 일 분자이니까 그 사회와의 불가리不可離한 유기적 관계를 갖는 것이다.[20]

예술의 전위적 형식에 대한 임화의 강조는 결코 현실 생활과 유리되어 있지 않다. 이 시기 그가 시종일관 관심을 지속하고 있는 예술은 인간

---

19 이를 설명하면서 임화는 어느 자연주의 시대의 평자가 한 말을 인용한다. "로댕의 조각이 인생의 '리듬'을 표현했다고 하는 것은 그가 인간 자연의 자태를 하는 데 명관(明觀)적 견안(見眼)을 소유했다는 까닭이다. 가령 반나체의 여자가 거울을 향하여 머리 빗고 있는 작(作)을 보아도 그 자태 가운데도 가장 자연적 자태가 있다. 그때 그 여인의 나체를 형성한 선이 주(奏)하고 있는 일종의 리듬은 산악을 형성하고 해양의 면을 형성하고 있는 것 같은 각종각양의 '라인'과 '스페이스'와의 존재한 자연의 '리듬'과의 동일한 것이다. 양자 사이에는 신비한 조화가 있고 합주가 있고 그 해조(諧調) 속에서 생활을 하고 있는 자연의 생활을 하고 있는 것이다. '로댕'의 조각의 생명은 실로 여기에 있는 것이다." 위의 글.

20 성아, 「정신분석학을 기초로 한 계급문학의 비판(2)」, 『조선일보』, 1926.11.23, 3면.

이 가지고 있는 자유에 대한 존재론적 갈망, 기성적 사회 질서를 파괴하고 저항하고자 하는 본능으로부터 발생하는바, 이러한 전위적 형식의 추구는 전통적 질서를 담지하는 예술지상주의적 예술에 반대하는 것이자 한편으로는 "자본주의의 극성기極盛期고 말기末期라고 할 현대"에 그러한 사회 자체에 반대하는 것이라고 할 수 있다. 이때 전위 예술은 프롤레타리아 예술과 결코 다르지 않다. 정신분석학과 사회주의 문예를 접목하는 「정신분석학을 기초로 한 계급문학의 비판」이라는 흥미로운 글에서 임화는 자본주의적 규율과 착취에 상처받은 존재들이 그로부터 벗어나고자 하는 마음을 표출하고 새로운 질서 창조의 가능성을 만들어가는 가는데 프롤레타리아 문예의 존재 이유가 있다고 설명한다. 프랑스어로 "선봉"을 뜻하는 전위Avant-garde가 기존의 규범이나 전통을 깨고 새로운 실험적 시도를 추구하는 움직임을 가리킨다면, 이 시기 임화가 생각하는 프로문학도 곧 전위문학인 셈이다. 그렇기에 "프로문학의 현출現出은 결코 우연이 아니다. 시대의 고민을 집단적으로 받는 억압은 반드시 문학 상에 심적 상해傷害를 노출하게 된 것이다." 다시 말해, 임화에게 프로예술은 "부르주아의 억압을 못 견디어 쏟아진 정의情意의 누설인 동시에 전 프로계급의 생존권을 요구하는 어떤 종류의 물건도 될 수 있는 것이다."[21]

이와 같은 인식은 미술과 관련된 글에서도 나타난다. 다음의 인용문은 임화가 1927~1928년도에 쓴 미술 비평 두 편에서 발췌한 것인데, 그는 카프의 대표적 이데올로그가 된 뒤에도 지속적으로 전위적 형식의 문제에 대한 관심을 유지하고 있다. 여기에서는 '형식 혁명'이라는 표현이 직접적으로 등장한다.

21 성아, 「정신분석학을 기초로 한 계급문학의 비판(3)」, 『조선일보』, 1926.11.24, 3면.

㉠ 우리는 김 씨의 소론과 여如히 기성 예술의 평범한 형식적 기교미를 파괴치 않으면 아니 된다. 그것은 무엇보다도 우리는 대중의 눈에 새로운 기운의 상징을 흥興하기 위함이 하나요, 또 하나는 대중의 눈을 경악게 하여 대중으로 하여금 많이 보게 해야 할 것이다. 즉 여기에서 우리는 드디어 소위 기상천외의 신형식을 선택할 것이 필요하다. 그러고 미래파, 입체파의 형식은 벌써 그 형식에 있어서나 내용에 있어서나 벌써 반역의 예술임이 사실이다. 기성 사회와 그 관념을 방축放逐한 것이다. 우선 우리는 과학적인 정확한 우리의 실증적 형식을 취키 전에 형식 혁명을 병竝한 예술운동을 해야 할 것이다.[22]

㉡ 그러면 대체 이 협전에 출품된 양화洋畵는 어떠하였던가. 우선 먼저 말할 것은 제諸 작품 중 하나도 회화의 전통을 벗은 것이 없으며 벗으려는 것도 없다는 것이다. 가장 ××적 형식이라는 것이 겨우 후기 인상파적 형용을 가진 것이다. 이 얼마나 섭섭한 사실인가. 조선의 화가란 이들은 형성예술이 가진 제요소를 조금도 향유할 줄 모르는 것이다. 그것은 '캔버스'에 들어간 모든 대상의 '코스'가 전부 천편일률인 것이다. 보는 각도의 축소 혹은 확대가 없단 말이다. 모두가 직선적이고 평면적이다.[23]

인용문 ㉠은 김용준의 「프롤레타리아 미술 비판—사이비 예술을 구제하기 위하여」『조선일보』, 1927.9.18~9.30을 조목조목 비판한 임화의 글 일부이다. 예술이란 "실감에서, 직감에서, 감흥에서, 이 세 가지 조건 하에서 창조되는 것이다. 그러면 예술은 결코 이용될 수 없고 지배될 수

22 임화, 「미술영역에 재(在)한 주체이론의 확립(4)」, 『조선일보』, 1927.11.24, 3면.
23 임화, 「서화협전의 진로(5)」, 『조선일보』, 1928.11.28, 3면.

없으며 구성될 수도 없다"라고[24] 말하며 프롤레타리아 예술을 비판하는 김용준을 향하여 임화는 "기성 예술의 평범한 형식적 기교미를 파괴치 않으면 아니 된다"면서 "형식 혁명을 병한 예술운동"의 필요성을 논한다. "기상천외의 신형식"을 통해서 기존 사회의 규범성과 기성 예술의 규율성을 깨는 것이 필요하다는 것이다. 서화협회전람회의 작품을 보고 비평한 글의 일부인 인용문 ㉡에서 또한 이러한 지점을 중요한 평가 기준으로 삼고 있다. 기존의 회화 관습을 따르는 서양화들로부터 아쉬움을 느끼는 면모는 녹향회의 제1회 전람회를 평하는 글에서도 확인 가능한데, "신비적 고전주의"나 "불란서 인상파적 부류" 등 전통적 회화 형식을 그대로 따른다며 출품 작품들을 비판한 것이다.[25] 이는 "상연을 위한 상연"을 거부하는 연극 평론을 비롯해[26] 이 시기 임화의 예술 관련 글 전반에 나타나는 태도이다. 표현주의 연극을 대표하는 독일의 연출가 막스 라인하르트나[27] 프리츠 랑이 연출한 독일 표현주의 영화 〈메트로폴리스〉1927를[28] 소개하는 것도 동일한 맥락에서 이해할 수 있다.

그 자신이 창작한 「화가의 시」에서는 "목 떨어진 노동자의 피비린내"가 나고 "처와 자식들의 말라붙었던 껍질"이 흐느적거리는 아틀리에 안에서 풍경화를 그리던 천재 예술가가 "회화에서 도망"쳐 "사랑할만한 '아카데믹'의" 작품들을 버리고 "공적功的이고 난조미亂調美"가 나타나는 미래파를 추구하다가 끝내는 "총銃과 마차馬車로 그림을 그리"겠다며 다

24 김용준, 「프롤레타리아 미술 비판(5)」, 『조선일보』, 1927.9.25, 3면.
25 임화, 「제1회 '녹향회'전의 비판」, 『조선지광』 85, 1929.6, 40~49면.
26 임화, 「토월회 57회 공연을 보고」, 『조선지광』 81, 1928.11, 82면.
27 임화, 「라인할트 극장」, 『조선문예』 1, 1929.6.
28 임화, 「영화적 시평」, 『조선지광』 85, 1929.6.

짐하는 장면이 펼쳐진다.[29] 이는 노동자의 피와 가족들의 희생으로 유지되던 '예술을 위한 예술'의 기조로부터 벗어나는 길이자 정치적 전위로서의 정체성을 입게 되는 과정과 다르지 않다. 무엇보다 그 속에는 전통적이고 규범적인 예술의 형식 파괴에 대한 필요가 각인되어 있다.

> 나는 미美 문제에 대한 고증자료로 '칸딘스키'의 예술론의 인부를 발췌해 온다.
>
> "최초 추상적으로 나온 내용이 예술품이 되려면 제2의 요소 — 외부적인 요소 — 가 그것을 구체화하는 역할을 맡는다. 그러므로 내용은 표출 수단을 요구한다. 실체적인 형식을 요구한다. 그리하여 예술품은 내적 요소와 외적 요소와의 즉 내용과 형식과의 불가분할 융화이다. 그러나 결정적 요소는 내용이다. 형식은 추상적 내용의 실체적 표출에 불과하다. 형식의 선택은 내적 필연성에 의하여 결정된다. 이 내적 필연성 그것이야말로 예술의 유일불변의 법칙이다. 상술한 경로를 과정한 작품은 아름다움美이다……"[30]

중요한 것은 '형식 혁명'을 주장한 임화에게 예술의 내용과 형식이 결코 분리된 요소가 아니라는 점이다. 정치성을 중시하는 임화가 시종 내용-형식의 일원론을 주장한 것은 어쩌면 당연하다. 그러나 내용과 형식이 각각 정치성과 예술성을 담지한 것으로 이해되는 가운데 프로 예술 평단에서 내용-형식의 일원론이 넌지시 내용 우위와 연결됐다는 점을 염두에 둔다면, '형식 혁명'을 강조한 임화의 일원론이 지니는 의미는

---

29 임화, 「화가의 시」(『조선일보』, 1927.5.8), 『임화문학예술전집』 1, 김재용 편, 소명출판, 2009, 40면.

30 임화, 「미술영역에 재(在)한 주체이론의 확립(3)」, 『조선일보』, 1927.11.23, 3면.

〈최후의 미래파전 : 0.10〉(1915) 전시 중 말레비치의 작품들

정치적 내용과 예술적 형식이라는 구도를 넘어서는 지점에서 형성된다고 봐야 할 것이다. 즉, 형식 자체가 정치적일 수 있다는 임화의 인식이 박영희와 같은 다른 프로문인들과 또 다른 차원에 놓여 있다는 것은 강조될 필요가 있다. 이는 "감각적인 것의 나눔"을 통해 예술의 정치성을 논한 랑시에르가 감각의 질서를 전복하고 재구성하는 예술이 "사회에서 자신의 자리 / 몫을 가지지 못했던 존재들의 해방과 평등을 가능"하게 한다고 주장했던 바를 떠올리게 하는 대목이기도 하다.[31]

기압이 저하하였다고 돌아가는 철필을
도수가 틀린 안경을 쓴 관측소원은
깃대에다 쾌청快晴이란 백색기를 내걸었다

31 자크 랑시에르, 양창렬 역, 『정치적인 것의 가장자리에서』, 길, 2013, 221~222면.

그러나 제 눈을 가진 급사란 놈은

이삼분이 지낸 뒤 비가 쏟아지면 바꾸어 달 붉은 기를 찾느라고 비행기가 되어 날아다닌다

▶

아까 — 그 사무원이 페쓰트로 즉사하였다는 소식은 벌써 관측소를 새어나가

— 거리로

▶우주로 뚫고

— 산야山野로

질주한다 — 확대된다

그러나 아직도 급사란 놈은 기旗에다 목을 걸고 귓짝 속에서 난무한다

비 ● 바람

쏴 —

그것은 여지없이 급사를 사무실로 갖다 붙였다

페쓰트 — 그것은 위대한 것인 줄 급사는 알았다

▶

저기압과 페쓰트 —

충실한 자 사무원은 창백한 관棺 속에서도……를

반듯이 생각뿐만 아니라 반듯이 찾을 것이다

그럼 그는 기를 달지 않을 수가 없었다

대신 그는 백색기를 관棺 속에 누운 그의 가슴에다 놓아주었다

— 가는 자에게 한줄기 안위를 주기 위하여

○

하아! 사십년 동안에 최초로 한 실수는

저기압과 '페쓰트'라고 급사란 놈은 창밖에서 웃었다

박테리아 박테리아

— 그 힘은 위대하다

— 그 힘은 위대하다

○

일분간에 한 마리씩 잡아 삼키니

십육억분이면 — 시간 환산은 성가시다

= 지구는한寒이다

= 지구는한寒이다

'박테리아'는 지구를 포옹하고 홍소哄笑한다

크게 —

크게 —

(그 웃음은 흑색黑色 사변형斜邊形에 배류倍類로 증대한다) —[32]

1920년대 후반 임화의 시에는 전위적 형식을 실험하고자 하는 지향이 나타난다. 물론 그 형식은 정치적 내용을 담아낸다. 위에서 전문 인용한 「지구와 '박테리아'」는 그 대표적 시로 '▶●○ — =' 등의 기호를 사용하고 공백을 다양하게 활용하면서 낯선 형식을 선보인다. 형식적으로 낯선데다가 추상성이 높아 언뜻 봐서는 이해하기 어려운 시이지만, 그만큼 여러 상상력이 개입할 여지가 열려 있기도 하다. 혁명이나 프롤

32 임화, 「지구와 '박테리아'」(『조선지광』, 1927.8), 김재용 편, 앞의 책, 41~42면.

레타리아 등의 단어가 직접 언급되지 않음에도 불구하고, "백색기"와 함께 "도수가 틀린 안경을 쓴 관측소원"을 관에 묻어버리고 지구 전체를 포옹해버린 박테리아의 힘을 보여주는 방식은 충분히 정치적 상징성을 띤다. "붉은 기를 찾느라고 비행기가 되어 날아"다니는 급사는 '박테리아'로 표현되는 혁명적 흐름을 실현하는 존재이며, 박테리아의 파급력은 ▶라는 기호와 그 앞의 공백으로 시각화된다. 예술적 형식의 규범성으로부터 벗어난 창작의 정치성은 이와 같은 정치적 내용과 만나 더욱이 배가된다. 박테리아의 홍소가 "흑색 사변형에 배류로 증대한다"는 마지막 문장은 절대주의의 창시자 카지미르 말레비치의 사각형에 영감을 받았을 가능성이 크다.[33] 말레비치가 자신의 기존 작업들을 검은 사각형으로 덮어버린 뒤 재현을 거부하는 형식적 실험으로 나아간 것이[34] 이후 1917년 10월 혁명이 일어나는 데 기여한 혁명적 분위기와 조응하고 있었듯, 임화 역시 전위적 형식과 정치적 내용이 결코 동떨어져 있다고 생각하지 않았던 것이다. 요컨대 그에게 '내용-형식의 일원론'이란

33 이는 이성혁의 주장에 의한 것이다. "1926년에 출판된 무라야마의 『구성파 연구』에는 말레비치의 흰 사각형 위의 검은 사각형이 도판으로 실려 있기 때문에 임화는 분명히 말레비치의 사각형을 알고 있었을 것이다. 말레비치는 혁명기에 검은 사각형 및 여러 사각형이 흰 공간 위에서 증식하여 가는 모습을 그리고 있었는데, 무(無) 위에서 돌출된 전율적인 무엇이 무한대로 나아가고 늘어나는 느낌을 주는 것이었다. 마치 말레비치의 회화에서 증식해가는 흑색사변형의 전율적인 증대를 통해, 임화는 여기에서 박테리아의 힘, 프롤레타리아의 힘을 드러내려고 했다." 이성혁, 앞의 글, 256면.

34 "말레비치는 1915년 여름 어느 날 갑자기 자신의 화폭에 그려져 있던 형태들을 검은 사각형으로 덮어버렸다. 그는 이를 자신의 일생일대의 사건이라 생각했으며 그 후 일주일간 먹지도 마시지도 잠들지도 않는 흥분 상태에 있었다고 전해진다. 말레비치의 절대주의의 검은 사각형에서 색과 형태를 부정하는 '검은색'으로부터 강한 파괴의 에너지를 감지하는 것은 어렵지 않다. 그것은 재현의 기호를 지우는 힘이며 명백한 '죽음충동(death drive)'이다." 이지연, 「이콘과 우상—말레비치의 4차원과 시선의 혁명」, 『슬라브학보』 32(1), 한국슬라브유라시아학회, 2017, 214면.

결코 내용 우위를 염두에 둔 일원론이 아니었으며, 그는 시 창작을 통해 실제로 혁명적 내용과 혁명적 형식이 일치를 이루는 예술을 창조하고자 했다.

3. '전위-대중의 변증법'과 예술의 역할 대중화론 재독

이렇듯 전위 예술의 정치성을 실천하는 데 열정을 쏟던 임화는, 그와 동시에 정치적 전위와 예술의 관계에 대한 사유를 펼쳐 나갔다. 계급적 '전위의 눈'을 가지고 예술 활동을 해야 한다고 주장한 것인데, 이때의 '전위'란 명백하게 레닌의 전위당 개념에 기반해 있다. 주지하다시피 레닌은 그의 혁명 이론을 원형적으로 제시했다고 평가되는 팸플릿 『무엇을 할 것인가』에서 전위당 이론을 제시하고, "선진적 이론으로 지도되는 당만이 전위 투사의 역할을 수행할 수 있다"면서 그 필요성과 역할에 대해 구체적으로 서술한 바 있다.[35] 이로부터 파생된 전위는 혁명을 선도하는 역할을 부여받은 존재로, 흔히 노동자 계급으로부터 혁명적 의식을 이끌어내고 그들을 조직화하는 역할을 한다고 알려져 있다. 그러나 식민지 조선에서 '전위당'으로서 조선공산당의 위치는 불안정했으며 임화 그 자신이 당원이지도 않았다는 점을 두루 염두에 둘 때, 이 시기 그가 빈번하게 언급하던 전위라는 단어가 레닌의 전위 개념으로 온전히 포섭된다고 할 수만도 없다. 특히 전위와 대중의 관계를 사유하는 방식이 그러하다.

35 블라지미르 일리치 레닌, 최호정 역, 『무엇을 할 것인가?』, 박종철출판사, 2015, 39면.

임화를 비롯해 대부분의 프로 예술가들은 무산계급으로서의 계급적 위치에 있지 않았다. 이에 임화는 전위로서의 정당성을 확보하기 위해 "무산계급의 인생관을 가지고 모든 현상을 통찰하는" 것으로부터 무산계급 예술의 작가가 될 자격이 주어진다고 주장한다. 그리고 다음과 같이 덧붙인다. "누구를 물론하고 그저 무산계급의 생존권의 탈취를 위하여, 또는 무산계급 문화의 장래를 위하여 싸우는 사람이면 누구든지 좋다. 마치 '다다DADA'가 '다다이즘'에 공명하는 사람이면 누구든지 남녀노소를 물론하고 시인 예술(가)가 될 자격이 있다는 것과 같이 '프로'의 인생관을 기초로 하여 출생된 작품의 작가는 누구든지이다."[36] 흥미로운 것은 정치적 전위로서 예술가가 될 수 있는 자격을 논하는 과정에서 전위 예술인 '다다이즘'을 비교항으로 설정한다는 점이다. 이는 임화에게 정치적 전위와 예술적 전위의 거리가 멀지 않다는 것을 보여준다. 다다이즘이 기성의 예술에 반대하는 모두에게 열려 있는 것처럼 프로 예술 또한 자본주의에 반대하는 무산계급적 인생관을 가진 모두에게 열려 있다는 것이다. 나아가 기성의 예술은 곧 부르주아적 예술이라는 점에서 이 두 가지 전위의 길은 결코 동떨어져 있지 않다.[37] 전위 예술에서든

---

36 성아, 「무산계급 문화의 장래와 문예작가의 행정(2)」, 『조선일보』, 1926.12.28, 3면.

37 다음 임화의 서술을 참고할 수 있다. "현대는 가장 복잡하고 모순과 당착이 거듭한 이루 갈피를 잡을 수가 없는 세상이다. 그리고 현대의 예술은 인생파의 예술로부터 한 걸음을 나와 생활을 위한 예술, 생존의 예술, 행동 선전의 예술을 낳지 아니치 못하게 된 것이다. 그것은 현대가 가진 예술 가운데서도 더구나 지금 말하고자 하는 문학운동이란 것은 재래의 그것과 같이 그렇게 단순한 의미를 가진 것은 아니다. 다시 말하면 전자의 운동과는 동일시 할 수가 없게 된 것이다. 그것은 신흥문학의 운동이란 것은 예술자체를 위한 운동이 될 뿐 아니라 '프롤레타리아'의 장래를 위하여 생존권의 확립을 요구하는 사회운동과 병행되지 않을 수가 없는 것이오. 그뿐 아니라 현재 병립하여 진행되는 것은 그 예가 얼마든지 있다는 것이다. 쉽게 말하면 현대 신흥문학의 운동이란 이중의 의의를 가지고 있다는 것이다." 성아, 「무산계급 문화의 장래와

무산계급 예술에서든, 그 의식을 공유하는 자라면 "누구든지"를 강조하는 임화의 태도는 중요하다. 그에게 '전위'라는 것이 소수에게만 주어진 특별한 자리가 아니라는 점을 보여주기 때문이다. 그는 "사회적 혁명기를 전제로 한 무산대중을 움직일 선전적 문화조직을 수행"하는 예술가의 역할을 논하며[38] 레닌적 의미에서의 전위 개념을 따르기도 하지만, 그렇다고 전위와 대중을 반드시 지도와 피지도의 일방향적 관계로 묶어두지도 않는다.

전위와 대중에 대한 임화의 고유한 사유는 예술 대중화의 필요성을 처음으로 주창한 김기진과의 논쟁에서 시작된 일련의 대중화 관련 글들을 통해 확인할 수 있다. 김기진이 전개한 대중화론의 요체는 "어떻게 하면 대중이 이해할 수 있게, 그리고 우리의 목적을 달達할 수 있을까? 여기서 반드시 우리들의 기술 문제가 일어나는 것이니 우리는 우리의 예술을 대중화하기 위하여 먼저 우리의 목적을 더욱 교묘히 달達하는 수단으로 재미있게, 평이하게, 대중이 친할 만큼, 검열에서 통과되도록, 지어내는 재주를 획득하여야 한다"라는 서술로 정리될 수 있는바[39] 이러한 김기진의 주장에 가장 적극적으로 반론을 펼친 것이 바로 임화였다. 김기진의 대중화론에서 중요한 대목은 ① 검열을 피할 수 있을 정도로만 정치적 내용을 담아내야 한다는 것과 ② 그 연장선상에서 대중의 흥미를 이끌어 낼 수 있는 형식을 지향해야 한다는 것인데, ①과 관련하여 임화는 김기진의 주장이 "싸움에 임하는 우리들의 작품의 수준을 현행 검열제도 하로, 다시 말하면 합법성의 추수"로 끌어내린다고 비

문예작가의 행정(1)」, 『조선일보』, 1926.12.27, 3면.

38 임화, 「분화와 전개(6)」, 『조선일보』, 1927.5.21, 3면.

39 김기진, 「예술운동의 일 년간」, 『조선지광』 89, 1930.1, 147면.

판한다. 또한 검열을 통과하기 위해서 ②처럼 형식을 문제삼는 것은 "맑스적 원칙의 포기를 강요하는 것"과 다르지 않다면서 "오직 그것은 ××적 원칙에 의한 실천적인 세력과의 싸움에서만 해결할 수 있는 문제"라고 주장한다.[40]

김기진의 대중화론은 특히 ②의 문제에 치중되어 있는데, 그는 '양식 문제에 대한 초고'라는 부제를 단 글 「변증적 사실주의」에서 "변증적 사실주의"를 프롤레타리아 작가가 형식적으로 지향해야 할 것으로 내세운 바 있다. 이 글에서는 작가가 현실을 객관적으로 보고 분석해야 한다는 것, 추상적인 원인과 결말을 지양해야 한다는 것, 사물의 운동 상태를 바라보아야 한다는 것, 물질적 사회생활을 중심에 두고 인간성을 그려야 한다는 것, 부르주아와 프롤레타리아의 대조를 활용해야 한다는 것, 객관적이고 구체적으로 묘사해야 한다는 것 등이 변증적 사실주의의 내용으로 언급되는데,[41] 임화는 이와 다르게 '사회적 사실주의'라는 개념을 꺼내 든다.

> 그러면 사회적 사실주의는 어떻게 해석할 것인가? 이것은 결코 상기한 것과 같이 문학의 형식상의 일 유파가 아니라, 철학에 있어서 부르주아적 유물(론)과도 같은 부르주아적 사실주의에서 그 객관적 태도를 섭취하여 사회적인 성질의 것을 표현하는 것이다.
>
> 그러면 무엇이 사회적 성질의 것이냐?
>
> 즉 무엇이 '사실寫實'이란 데에 내포된 현실이냐?
>
> 여기에는 유일한 철학적 근거 맑스 철학이 말하는 자본주의 사회에 현상

40 임화, 「탁류에 항(抗)하여」, 『조선지광』 86, 1929.8, 93~94면.

41 팔봉, 「변증적 사실주의(8)」, 『동아일보』, 1929.3.7, 3면.

되는 모든 사실이 있다.

그것은 같은 맑스 철학의 방법이 말하는, 각 역사적 순간에 재在한 계급의 제諸 관계와 그 구체적 특수성의 가장 정확하고 객관적인 분석을 프롤레타리아 전위의 눈으로 보는 것이다.

그러면 어째서 이 사실을 프롤레타리아 전위의 눈으로 보아야 하는가?

그것은 리얼리즘의 객관적 태도는 동일하나 오직 현실을 그 전체성에 있어서, 그 발전 속에서 보는 것은 오직 맑스 철학의 파지자把持者……프롤레타리아의 전위만이 가능한 까닭이다.

그러므로 우리의 예술의 새로운 과제, 사회적 사실주의는 속학자배俗學者輩의 관념적 분석과 같은 단순한 분리된 내용과 형식, 즉 '스타일'에 관한 양식상의 문제가 아니라, 이것은 우리들의 예술이 발전하는 한 계단으로 예술 자신 전체의 문제인 것이다.[42]

위 인용문에 따르면 임화에게 '리얼리즘'은 양식이 아니라 태도와 위치성의 문제와 관련된다. 염상섭이나 양주동 등에 의해 언급된 리얼리즘뿐만 아니라 김기진이 주창한 '변증적 사실주의' 또한 리얼리즘을 모두 재현과 관련된 형식의 문제로 바라보는데, 이에 비할 때 임화는 현실의 사실적 재현이 프로 예술의 궁극적 목적이 아님을 분명히 하는 것이다. 앞서 살핀바 기성의 질서를 파괴하고 그로부터 해방되는 것으로 프로 예술을 바라봤던 임화에게 재현의 지나친 강조는 오히려 그 규범성으로 다시 빨려 들어갈 가능성을 농후하게 가진 방식과 다름없다. "분리된 내용과 형식, 즉 '스타일'에 관한 양식상의 문제"로 리얼리즘의 논의가 모아

42 임화, 「탁류에 항(抗)하여」, 『조선지광』 86, 1929.8, 92면.

지는 경향을 경계하기 위해 임화가 취한 전략은 리얼리즘을 형식이 아닌 태도와 위치성의 문제로 바라보자는 주장을 펼치는 것이었다. 그리고 바로 이 지점에서 그는 "프롤레타리아 전위의 눈"을 요청한다.

프롤레타리아 전위의 눈을 가진다는 것은 프롤레타리아를 이끌고 조직화하는 전위가 되어 예술을 창작한다는 말이면서, 동시에 프롤레타리아 그 자신이 전위적 역할을 자각하여 그야말로 전위가 된 프롤레타리아의 시선으로 예술을 창작한다는 말이다. 전위와 대중에 대한 이 두 가지의 상반된 시각이 임화의 논의 속에서는 조화롭게 제시된다. 그리하여 임화는 "시인이여! 프롤레타리아의 이름으로 자기를 방어하자!"[43] "시인은 부단히 이 전全 프롤레타리아의 생활을 자기의 시로 하여야 한다"고[44] 말하는 것이다. 여기에서 임화가 전위 개념을 소수 인텔리겐치아 중심으로 한정하지 않는다는 점은 분명히 강조되어야 한다. 이러한 입장은, 대중을 위해 '쉽고 재미있는' 형식을 창조하는 작가와 그것을 흥미본위로 소비하는 대중의 구도가 만들어짐으로써 작가와 대중 사이에 좀처럼 좁히기 힘든 간극이 놓이게 되는 것을 방지한다.

> 사실에 있어서 현재까지의 우리들이 생산한 예술 특히 시에 있어서 우리는 급격히 성장하는………의 요구, 앙등하는 ××적 파도의 고조된 욕구를 자기의 예술로 하지 못한 것이다. (…중략…) 그러므로 우리들 예술가 그리고 시인은 이 앙등된 욕구를 자기의 예술로 할 수 있는 자기의 생활을 영위하여야 하고 또 그 용의用意에서의 시인이어야 할 것이다. (…중략…)
>
> 우리는 이 길의 단초를 시작한다. 즉 프롤레타리아 시의 시야視野의 인식

43 임화, 「노풍(蘆風) 시평에 항의함(1)」, 『조선일보』, 1930.5.15, 5면.

44 임화, 「노풍(蘆風) 시평에 항의함(3)」, 『조선일보』, 1930.5.18, 5면.

활동의 범위의 확대 확보를 위하여, 나아가서는 예술운동을 일보 역사의 전면으로 진출하는 데 그 전全 의의를 갖는다.

여기에서 우리는 전에 누구가 말하던 어떠한 의미에서보다도 별別 의미의 시의 대중화를 부르짖으며 시의 프롤레타리아화를 제기한다.

시는 절대 무조건적으로 대중화하여야 하며 또한 시로 엄정한 프롤레타리아화해야 한다.[45]

위 인용문에서 임화는 프로 예술가들이 "앙등하는 ××적 파도의 고조된 욕구를 자기의 예술로 하지 못한" 이유로 시인 자신이 프롤레타리아의 생활을 시야에 넣지 못했다는 점을 지적한다. 시인의 일보전진을 위해 임화가 주장하는 것은 시의 대중화이자 시의 프롤레타리아화이다. 임화가 논의의 대상으로 삼는 대중화는 대중에게 널리 예술 작품을 유포하는 차원을 넘어서는 지점에서 형성된다. 요컨대 그에게 예술적 대중화란 전위 자신이 바로 프롤레타리아 대중이 되는 것, 또 다른 한편으로는 대중이 곧 프롤레타리아 전위가 되는 것, 그렇게 '전위-되기'의 입장을 선택하여 그 위치성 속에서 예술을 창작하고 향유하는 것을 의미한다. 이때, 전위와 대중은 지도자와 피지도자의 관계가 아니라 상호침투하여 서로가 서로를 이끄는 관계에 놓이게 된다.

이를 염두에 둘 때라야 위 인용문 이후에 이어지는 다음의 진술이 충실히 이해 가능해진다. "진정한…………으로 대중화하려면은…………것 ××의 것이 되는 한限에서만 가능한 것이다. 그러므로 시인은 이제와서 '시인'인 것을 완전하게 포기하여야 한다. 일보전진하는 것은 ×

45 임화, 「시인이여! 일보 전진하자!」, 『조선지광』 91, 1930.6, 64~65면.

××××× 의 생활 속으로 들어가는 것과 노동자 농민의 생활 감정을 자기의 생활 감정으로 하는 것을 의미하는 것 이외에 아무것도 아니다."[46] 검열 탓으로 그 내용이 온전히 노출되고 있지는 않지만, 이 부분이 그가 '프롤레타리아의 생활 속으로' 들어가야 한다는 것을 주장하는 대목이라는 점을 확인하기는 어렵지 않다. 시인임을, 예술가임을 완전하게 포기하라는 전언은 문자 그대로 예술을 포기하라고 하는 것이 아니라 자본주의 사회에서의 예술지상주의적 경향으로부터 벗어나라고 주문注文하는 것과 같다. 예술가로서의 권위를 내려놓으라는 주장은 1920년대부터 1930년대 초반까지 일관되게 유지되어 왔던 것이다.

> 우리는 선전의 필요가 있다. 그러나 그것도 현재 부르 사회에서 행하는 것 같은 기만적 선동이나 허위의 과대 선전이 아니다. 정당한 새로운 정의를 위하여 그들의 행할 바 길을 지시하는 것이며, 그들의 피폐한 정신에 강한 충동을 주는 것이다. 그들은 이것을 가리켜 문학의 선전화요 문예도文藝道의 몰락이요 타락이라고 한다.
>
> 그러나 선전을 문학으로 하는 것은 결코 아니다. 문학으로 우리는 선전하게 되는 것이다. 다시 말하면 문학으로 가지고 선전용의 포스터로 하용하는 게 아니라 사회운동의 실제 투졸鬪卒이 아닌 우리는 문예작품으로 새 시대의 의의와 존재 가치를 대중에게 알리는 동시에 그들의 진로를 암암暗暗히 보여주는 것이다. 이것이 무슨 그들의 소위 예술의 생명을 다치는 것이 될 것인가. 거기에 오히려 더 큰 예술의 가치가 잠재해 있음이 아닐 것인가?[47]

---

46 임화, 위의 글, 70면.

47 성아, 「무산계급 문화의 장래와 문예작가의 행정(2)」, 『조선일보』, 1926.12.28, 3면.

물론 이 시기 임화는 예술의 선전적 역할에 대해서도 지속적으로 관심을 기울였다. 프로 예술의 형식은 "가장 정확한 유물변증법 기저 하에 재在한 실증적 미의 형식을 필요"로 한다는 것, "그리하여 내용표현의 무기武器가 되지 아니할 수 없다"는 입장은[48] 예술의 선전을 위한 기술들과 관련된 실천으로 이어졌다. 앞서 확인했듯 임화가 현실을 재현하는 양식의 문제로 리얼리즘에 접근하는 이들에게 비판적인 시선을 드리우긴 했지만, 이것이 곧 형식-기술 자체에 대한 폐기를 의미하지는 않는다는 점을 환기할 필요가 있다. 예술을 무기로서의 기술로 이해하는 임화에게, '기술'은 김기진이 말하는 '기법'을 넘어서는 것이며 전위로서 행하는 투쟁의 한 방식이 되는 것이다. 영화와 연극에 대한 임화의 특별한 관심도 이러한 차원에 놓인 것이었다고 할 수 있다. 그는 1927년 조선영화예술협회의 1기 연구생으로 참가해 "영화 이론, 분장술, 연기 실습 등을 공부"하고 1928년부터 김유영 감독의 〈유랑〉과 〈혼가〉의 주연배우로 출연하면서 본격적으로 영화계에 뛰어든 뒤로 심훈 감독의 〈먼동이 틀 때〉에 대한 논쟁에 참여하는가 하면 『별나라』에 영화소설 「신문지와 말대리」1929.5~8를 연재하기도 한다.[49] 한편, 연극 공부라는 목적 하에 이루어진 동경 유학 시기, 임화는 카프 동경지부의 연극부에 가담했으며 1929년 11월 카프 동경지부가 해체되면서 개편된 '무산자극장'에 참여하기도 했다. 그 활동의 자세한 내용은 알려져 있지 않지만 임화는 여기에서 스승격인 이병찬, 최병한을 만나게 되고 이는 귀국 후의 연극 관련 실천에 영향을 미치게 된다.[50]

---

48 임화, 「미술 영역에 재(在)한 주체 이론의 확립(4)」, 『조선일보』, 1927.11.24, 3면.

49 김종욱, 「일제강점기 임화의 영화 체험과 소년영화론」, 『한국현대문학연구』 31, 한국현대문학회, 2010, 88~93면.

우리는 여기에 1928년의 교훈으로서 우리 자신의 ×××기술의 일층 더 첨예한 세련을 요구하게 된다. 우리는 이 한해를 두고 또 그 아래 끊이지 않고 우리들의 기술적 능력의 충실을 도圖하여야 할 것이다.

×××승부는 실력량量인 이 기술의 능력이 좌우하는 것이다. 우리는 빈궁 속 ×××에서도 이를 갈고 우리들의 기술적 기능의 확충에 전력을 다 해야 할 것이다.

그리하여 예술의 명목 밑에 있는 모든 부문 왈曰 문학, 미술, 음악, 연극, 영화, 건축 기타 모든 종류의 기술의 '가나다'부터 공부를 시작해 나가야 할 것이다.[51]

위 인용문에서 드러나듯 예술의 기술에 대한 강조가 이어지는 가운데, 1929년을 전후하여 임화는 새로운 방식의 시를 창작한다. '단편서사시'라고 지칭되었던 일련의 시들에서는 "변사적 내레이션은 물론이며 몽타주와 영화적 기법을 운용"한 흔적이 발견된다. 또한 그 시들이 자신이 연기했던 배역과 관련되거나 "각 시들에 독특한 캐릭터들이 설정되어 있고" 나아가서는 "「네거리의 순이」, 「다시 네거리에서」, 「우리 오빠의 화로」 등 각 시들에 설정된 상황이 서로 연결되어" 있다는 점에서 이 시기에 창작된 임화의 시에는 영화적 요소가 분명히 드러난다.[52] 다다이즘이나 표현주의 등에 비할 때 형식적 급진성은 부족할 수 있으나 영화적 요소를 도입한 서사시의 형식 자체는 분명 기존의 서정시는

---

50 니삼, 「임화의 유학과 연극」, 『한국연극학』 1(85), 한국연극학회, 2023, 55~61면.

51 임화, 「기술적 능력의 확충과 조직」, 『조선지광』 82, 1929.1, 114면.

52 윤수하, 「〈네거리의 순이〉의 영화적 요소에 관한 연구」, 『한국시학연구』 9, 한국시학회, 2003, 190~191면.

물론이고 다른 프롤레타리아 시의 문법으로 벗어난 것이었으며, 그 내용 또한 정치적 메시지를 강하게 지녔다는 점에서, 이 시기 임화의 시들은 분명 부분적으로나마 전위성을 띠고 있었다. 그러나 1930년 3월 「양말 속의 편지」를 마지막으로 이러한 기술적 시 창작은 중단되고, 3년 동안 공백기를 갖다가 1933년 3월 「오늘 밤 아버지는 퍼렁이불을 덮고」『제일선』, 1933.3로 창작을 재개하게 된다.

4. 1933년이라는 기점과 예술가에서 문학자로의 변모

카프가 해체된 것은 1935년이지만, 그 시작점에 1931년 7월 제1차 카프 검거 사건이 놓여 있다는 것은 주지의 사실이다. 종로경찰서 고등계는 동경의 무산자사에서 활동하는 카프 맹원들이 신간회를 해체하고 조선공산당을 재건하려는 불법적 세력과 결탁해 있다고 판단하여, 박영희와 김기진, 안막, 이기영, 임화 등을 검거했다.[53] 이를 기점으로 이후 카프 경성본부를 이끌었던 1세대 프로 문인 박영희가 잃은 것은 예술, 얻은 것은 이데올로기라며 전향 선언을 하는 등 전향자들이 대거 등장했다. 그리하여 위기를 맞은 카프 내부에서는 도식적 기법과 창작의 빈곤에 대한 자기반성이 시작되었고 사회주의 리얼리즘론과 같은 창작 방법론이 본격적인 논의의 대상이 되었다. 1차 카프 검거 사건 직후인 1931~1932년 무렵 임화는 예술운동을 이끄는 조직으로서 카프를 재건하기 위한 일련의 글들을 작성한다. 위기를 기회 삼아 "우리들의 부대

53 「조공 재건설을 목표로 결사협의회 조직」, 『조선일보』, 1931.10.6, 3면.

의 전진하는 방향에 결정적인 전향"이 필요하다고 보았던 것이다.[54] 그는 "문화사업 통일과 새로운 중앙부의 건설과 문화 전선의 편성"을 위해서 "극좌적인 관념론과 완강히 다투는 일방 또한 문화사업에 대한 비관주의의 우익 일화견주의에 대하여 똑같은 힘으로써 다투어야 한다"고 주장했다.[55] 그러한 가운데 경성본부의 원년 멤버들을 극좌적 관념론이나 일화견주의적 태도 등의 수사를 통해 비판했고, 이것이 반영되기라도 하듯 1932년 5월의 카프 중앙 집행위원회 임시총회에서 임화가 주요 보직을 맡게 된 데 반해 안막, 김기진, 박영희, 권환, 한설야가 사임위원에 이름을 올리게 된다.[56] 이처럼 이 무렵의 임화는 카프의 조직적 재건에 힘쓰게 되면서 사실상 이전에 보이던 전인적 예술가로서의 실천으로부터 거리를 두게 된다.

그러다가 사회주의 리얼리즘이 수용되던 1933년 중순부터 임화는 문학의 특수성에 대한 논의를 새로이 시작한다.[57] 그는 더 이상 이전의 프롤레타리아 예술론을 전개하지 않고 그 실천적 행보 또한 보이지 않게 된다. 전위 예술과 정치적 전위를 함께 사유하던 방식으로부터 벗어나 이제는 사회주의 리얼리즘 논쟁의 맥락에서 문학의 재현적 리얼리즘과 그 가능성에 대해 이야기하기 시작한다.

> 문학 혹은 예술에 있어 형상이란 것은 이야기되는 내용 — 환상이 서술되는 유일의 본질적인 '모-멘트'이라는 것은 거의 명확한 일이다. 따라서 문학

54 임화, 「예술운동의 일반적 방향(8)」, 『조선일보』, 1932.2.7, 5면.

55 임화, 「예술운동의 일반적 경향(9)」, 『조선일보』, 1932.2.9, 4면.

56 「프로예맹 신진용(新陣容)」, 『조선일보』, 1932.5.19, 7면.

57 신두원, 「계급문학, 민족문학, 세계문학-임화의 경우」, 『민족문학사연구』 21, 민족문학사학회·민족문학사연구소, 2002, 40면.

예술은 다른 추상 과학의 논리적 성질과 이곳에서 구별되며 양자 각각이 한 점에서 자기를 독자적으로 성격화한다는 것도 이곳에서 진리가 아니면 아니 된다.

그러므로 문학에 있어서 형상의 문제는 전혀 그것에 의하여만 문학이 다른 모든 것으로부터 구별되는 동시에 그것의 양부良否에 의하여 우열愚劣히 좌우되고 또한 그것이 없는 예술이 성립하지 못하는 이 본질적인 문제가 오늘날에 이르기까지 우리의 예술이론의 활동적 영역에 있어서 그다지 높은 달성을 보지 못했다는 것은 커다란 '마이너스'가 아니면 아니 된다.[58]

위 인용문은 문학 혹은 예술의 '형상'에 주목하는 글의 일부로서 임화에게 형식이 '형상'으로 귀착되었음을 보여준다. 이에 기반하여 임화는 "프로문학은 단순한 집단 묘사의 문학이 아니라는 것, 나아가서 그것은 인간의 자태를 정말 구체적 각양성 가운데서 형상화할 수 있는 문학이라는 것을 이야기"한다.[59] 이는 전통적으로 다루어진 예술의 미메시스를 문제화함으로써 기성의 예술을 파괴하고 새로운 곳으로 나아가고자 하는 이전의 형식적 지향과 다른 방향성을 가진 것이다. 형상론을 전개하는 순간, 임화의 예술론은 문학론으로 협소해지고, '전위-되기'의 상상력은 그 빛을 잃게 된다. 이로써 임화는 전위적 의미의 전인적 예술가에서 전통적 범주에서의 문학자로 변모하게 되는 것이다.

이처럼 임화는 1930년대 초반까지 유지했던 전위 예술과 정치적 전위를 병행하려던 입장에서 벗어나 사회주의 리얼리즘의 수용과 함께 문학의 형상화 문제로 관심을 좁혀가는 과정을 보여준다. 1920년대 후

58 임화, 「문학에 있어서의 형상의 성질 문제(1)」, 『조선일보』, 1933.11.25, 7면.

59 임화, 「문학에 있어서의 형상의 성질 문제(7)」, 『조선일보』, 1933.12.2, 6면.

반 임화가 강조했던 형식 혁명과 전위 예술의 정치성은 1931년 제1차 카프 검거 사건 이후 조직 개편과 내부 논쟁을 거치며 점차 재현적 리얼리즘과 결합하는 방향으로 이동한다. 이는 단순히 그의 개인적 변화라기보다는 당시 사회주의 리얼리즘이 국제적인 흐름 속에서 카프 내부의 창작 방법론으로 자리 잡게 된 과정과도 맞닿아 있다. 정리하건대 카프의 조직적 재건을 주도했던 임화는 더 이상 실험적 형식의 정치적 가능성을 강조하기보다 문학의 형상적 특수성을 논하며 보다 안정된 이데올로기적 창작 방법론을 구축하는 쪽으로 나아갔다. 물론 임화의 변모는 후퇴가 아니라 카프 내부에서의 예술론적 변화로부터 비롯된 것이다. 그가 형상론을 전개하며 문학의 특수성을 강조하게 된 것은 기존의 도식적 리얼리즘에서 벗어나 예술의 구체성을 확보하고자 했던 당대의 논쟁과도 연결된다. 그 속에서 임화의 예술 정치 실천은 1930년대 초반을 기점으로 전위적 예술운동에서 문학적 재현의 가능성을 탐색하는 방향으로 이동했던 것이다.

지금까지 이 글은 1920~1930년대 초반 임화의 예술정치 실천을 분석함으로써 그가 예술운동의 내용과 형식을 둘러싼 정치적·미학적 문제를 어떻게 통합적으로 사유했는지를 밝히고자 했다. 이 시기 임화가 걸었던 일련의 행보는 식민지 조선의 예술운동이 단순한 이데올로기적 계몽의 장이 아니라 형식과 정치성 사이에서 끊임없이 변화하는 역동적 과정이었음을 보여준다. 한 가지 더 염두에 두어야 할 것은, 임화가 예술가로서의 전인적 실천에서 벗어나 문학적 재현을 중시하는 이론가로 변모한 사실이 식민지 조선에서의 예술운동이 더욱더 강하게 이데올로기적 통제를 받으며 변형될 수밖에 없었던 1930년대 이후의 현실과 밀접하게 관련되어 있다는 점이다. 이러한 지점이 1930년대 중반 이

후 임화가 행했던 수많은 담론적 실천들, 예컨대 전통 혹은 조선에 대한 관심, 문학사 서술 등과 어떻게 관련되어 있는지 보다 통시적인 시야에서 논해질 필요가 있다. 특히 1920~1930년대 초반의 예술운동이 해방 이후의 예술운동과 어떻게 교차하며 차이를 보이는지에 대한 부분을 후속 연구에서 이어가고자 한다.

참고문헌

기본자료

『동아일보』, 『매일신보』, 『문장』, 『예술운동』, 『조선문예』, 『조선일보』, 『조선지광』, 『중외일보』

김재용 편, 『임화문학예술전집』 1, 소명출판, 2009.

논문 및 단행본

기혜경, 「1920년대의 미술과 문학의 교류 연구－카프 형성과정을 중심으로」, 『한국근현대미술사학』 81, 한국근현대미술사학회, 2000.

김종욱, 「일제강점기 임화의 영화 체험과 조선영화론」, 『한국현대문학연구』 31, 한국현대문학회, 2010.

니삼, 「임화의 유학과 연극」, 『한국연극학』 1(85), 한국연극학회, 2023.

손유경, 「식민지 조선에서 '전위'가 된다는 것(1)」, 『한국현대문학연구』 41, 한국현대문학회, 2013.

신두원, 「계급문학, 민족문학, 세계문학－임화의 경우」, 『민족문학사연구』 21, 민족문학사학회·민족문학사연구소, 2002.

윤수하, 「〈네거리의 순이〉의 영화적 요소에 관한 연구」, 『한국시학연구』 9, 한국시학회, 2003.

이민영, 「프로파간다 연극 무대의 미학적 기원－이상춘과 구성주의」, 『민족문학사연구』 68, 민족문학사학회·민족문학사연구소, 2018.

이성혁, 「1920년대 한국 근대시의 전위성 연구－아나키즘 다다와 임화의 초창기 시문학에 대한 비교문학적 접근」, 한국외대 박사논문, 2007.

이지연, 「이콘과 우상－말레비치의 4차원과 시선의 혁명」, 『슬라브학보』 32(1), 한국슬라브유라시아학회, 2017.

이형권, 「임화의 독서 경험과 문학적 지향의 상관성」, 『비평문학』 85, 한국비평문학회, 2022.

홍지석, 「카프 초기 프롤레타리아 미술 담론」, 『사이間SAI』 17, 국제한국문학문화학회, 2014.

블라지미르 일리치 레닌, 최호정 역, 『무엇을 할 것인가?』, 박종철출판사, 2015.

자크 랑시에르, 양창렬 역, 『정치적인 것의 가장자리에서』, 길, 2013.

'이동'의 프로문학

식민지시기 한설야 관북關北 텍스트 다시 읽기

정윤성

1. 들어가며 '이동'의 관점으로 읽는 한설야의 프롤레타리아문학

1980년대 말 월북 문인들의 작품이 해금되면서 해방 이전 한국 좌익 문단의 지형도가 본격적으로 조명되기 시작했다. 문학예술이자 사회운동을 수행한 좌익 문인들은 식민지 자본주의를 최전선에서 비판했다는 역사적 의의를 부여받았고, 시원始原이자 중심으로 여겨진 조선프롤레타리아예술동맹이하 KAPF은 한국 근대문학사의 한 축을 구성하는 핵심적인 집단으로 자리매김했다. 학술적 관심은 KAPF의 성립 과정, 주요 창작 논쟁 및 반제·반자본 투쟁을 주도하던 사회주의 운동 세력과의 관계로 집중되었고,[1] 이 중심적 조직에 대한 이해를 배경으로 개별 문인들의 연구가 수행되기 시작했다.

2000년대 중반 재장전된 프로문학[2] 연구는 KAPF의 위상을 상대화

1 김윤식, 『한국근대문예비평사연구』, 일지사, 1985(초판 1976), 16~106면; 김윤식·김현, 『한국문학사』, 민음사, 1996(초판 1973), 229~231면.

2 식민지시기 좌익문학을 지시하는 학술 용어는 다양하다. 전통적인 노자(勞資)의 적

하면서, 프로문학의 전체상을 복원하는 데 주력했다. 문단의 지형도가 탈중심적으로 재구성됨에 따라 충분히 주목받지 못했던 작중 다양한 타자 형상이 연구의 시각에 포착되기 시작했는데, 예컨대 젠더의 문제의식은 식민지 근대의 위계질서와 남성적 시선이 교차한 타자이자, 투쟁의 새로운 거점으로 재현된 여성의 사례에 주목했다. 이론 본위의 시선을 거두고 식민지 현실로부터 룸펜프롤레타리아, 농업노동자, 성노동자를 하위주체로 조명한 시도가 분석되는가 하면, 계몽의 위계로 수렴되지 않는 지식인 / 민중의 다양한 관계 양상이 논구되기도 했다. 이때 동반자작가와 더불어 민족주의 좌파, 아나키즘, 페미니즘 문인에 대한 주목으로 좌익문단의 외연이 확장되면서, KAPF 또한 '물결'의 넓은 편폭篇幅 중 한 갈래에 지나지 않는다는 평가가 도출되었다.[3] 최근의 프로문학 연구가 중심성의 재구와 식민지에서 배태된 다기多岐한 사회주의적 상상력의 복권을 공통된 의제로 삼는바, 이 글 또한 식민지시기 '프로문학'을 보충하는 한 흥미로운 사례로서 한설야의 텍스트를 재독하고자 한다.

선행연구 다수는 한설야를 자본가 / 노동자농민, 제국 / 식민지의 위계, 적대 구조를 서사화한 대표적인 작가로 간주하여, 사회과학 이론의 반영으로서 각 작품을 검토하고, 식민지시기 프로문학의 성취와 한계를 가늠

대적 관계를 지적하는 마르크스문학 또는 계급문학, 계급과 민족 해방의 중첩된 문제와 이를 도모하기 위한 실제 사회운동과의 연관을 강조하는 사회주의문학, 당대 좌익 문예운동을 주도한 KAPF의 대표성을 강조하는 KAPF문학이 그것이다. 이 글은 '프로문학(프롤레타리아문학)'을 채택하여 한설야가 '이동'의 문제의식 하에서 수재민, 유랑민, 화전민 등을 식민지 프롤레타리아로 전면화했음을 강조할 것이다.

3 KAPF 중심성 해체의 문제의식으로 수행된 연구 지형도는 다음의 논문을 참고. 최병구, 「프로문학 연구의 현실 인식과 전망-2010년대 이후 연구를 중심으로」, 『민족문학사연구』 83, 민족문학사연구소, 2023.

했다. 요컨대, 한설야의 프로문학이 식민지 자본주의의 민족적·경제적 모순 구조를 재현했다는 문학사적 의의가 도출되었으나,[4] 서사에 선재先在하는 이론적 도식성과 경직성은 맹점으로 지적된 것이다.[5] 긍정 또는 부정의 상반되는 평가로 낙착되는 이 일관된 현상은 '식민지 자본주의에 대한 사회과학적 비판'이라는 추상적이고 범박한 연구 전제로부터 기인하는 것일뿐더러, 주관적 인상에 의존하는 개연성, 도식성의 평가 기준은 생산적인 쟁점을 제기하기에 적합하지 않다고 판단된다. 한설야를 "원론적 마르크스주의자"로 전제하면서도 그가 "교조적 이념의 폐쇄성에 자신의 사유를 가둬두지 않으려 했다"[6]는 연구의 결론이 대표하듯, 한설야 문학 텍스트는 이론적 반영의 성패를 재단하는 시도 속에서 단순화되는 경향이 존재한다. 이에 본 연구는 한설야의 프로문학을 이론이라는 '보편'과 작가 개인적 '특수'수사, 표상, 내적 논리 등의 교호 관계 속에서 검토하여 텍스트를 입체적으로 조망할 것이다. 아래의 두 대표적인 연구는 공통된 핵심 주제 또는 개념어를 공유하며, 본 연구가 비판·경계하고자 하는 지점을 드러내기에 본격적인 논의에 앞서 짚어보고자 한다.

---

4 김종호, 「한설야 「탁류」 3부작의 리얼리즘적 세계와 구조」, 『국어교육연구』 24, 국어교육학회, 1992; 양문규, 「일제하 한설야 소설의 농촌·농민의 형상화」, 문학과사상연구회 편, 『한설야 문학의 재인식』, 소명출판, 2000; 고명철, 「한설야 문학, 그 탈식민의 맥락」, 『반교어문연구』 20, 반교어문학회, 2006; 임미진, 「한설야 문학의 계급과 민족의 친밀성 연구」, 『한국학연구』 73, 고려대 한국학연구소, 2020; 최은혜, 「1930년대 프롤레타리아 문학의 '수리(水利)' 노동 재현과 그 정치적 함의」, 『민족문학사연구』 80, 민족문학연구소, 2022 등.

5 이선영, 「『황혼』의 소망과 리얼리즘」, 『한설야 문학의 재인식』, 위의 책; 하정일, 「1930년대 후반 한설야 문학과 자기 성찰의 깊이」, 위의 책; 노태훈, 「사회주의 마스터플롯의 형성과 서사적 실패 – 한설야 『황혼』 다시 읽기」, 『우리문학연구』 77, 우리문학회, 2023 등.

6 이노원, 「원론적 마르크스주의 비평의 가능성」, 『국어국문학』 193, 국어국문학회, 2020, 500면.

먼저 김재영의 연구는 배경이 되는 함흥 일대에서 축적되는 제국 자본과 이에 포섭되는 식민지 민중의 양상을 신문 기사, 시지市誌 등 문헌과 겹쳐 읽으며, 「과도기」에서 함흥의 변모가 "한 인간의 삶 안에서 핍진하게 드러나고 있다"고 평가한다.[7] 산견되는 "핍진"이 방증하듯, 연구는 제국 / 식민지, 자본가 / 노동자농민의 범박한 대립구도로써 묘사의 사실성을 결론으로 제시한다. 이는 곧 한설야의 프로문학이 배경 재현에 있어 가동하는 의미망과 그에 입각한 사회주의적 전망, 요컨대 지역성과 정치의식을 연계하는 논리를 간과하게 되며, 프로문학 연구는 개별 작가 또는 작품이 혁명의 물질적 토대가 되는 프롤레타리아를 재현하는 구체적인 방식을 설명해야 한다. 한편 하신애의 연구는 본 연구의 관점인 '이동'특히 물 관련 표상 및 수사를 종합하여 한설야의 프로문학이 내포한 국제주의적 속성을 검토했다. 요컨대 연구는 국제연대와 공동투쟁의 은유인 '바다'와 이를 억제하는 혈연공동체와 제국의 공간인 '고향' 사이에서의 길항하는 서사를 징후적으로 독해한다.[8] 연구의 의도와 성취에 공감하면서도 이 글은 표상과 수사 등 개념을 경유한 독해에는 사회정치적 배경, 작가의 실제적 경험이 반드시 종합되어야 함을 주장한다. 이는 당대 문헌과 다양한 장르의 텍스트를 함께 검토함으로써 의미의 연속과 단절이 파악되고, 문예 '운동'으로서의 프로문학의 면모가 함께 고려될 수 있기 때문이다.

이 글이 주목하는 것은 한설야의 문학적 본령으로 일컬을 수 있는 관북 지역이다. 함경남도 함흥 출신의 한설야는 '중앙어'와 구분되는 '관

7 김재영, 「한설야 문학과 함흥」, 『한설야 문학의 재인식』, 앞의 책, 155면.

8 하신애, 「바다와 고향—연대의 공간, 혈연의 장소」, 『한국학연구』 51, 인하대 한국학연구소, 2018, 328~329·334면.

북어'의 속성을 운운하며 자신을 '북방의 인간'이자 '북방 출신의 작가'임 공언하고 지역에 대한 애착과 이를 중심으로 하는 실천의 의지를 드러낸 바 있다.[9] 1920년대 후반부터 본격적으로 설치된 공업지대와 이에 부수하는 제반 시설을 구체적으로 조망함으로써 지역의 근대화를 인식[10]하던 한설야는 1928년 함경남도 원산으로부터 함경북도 회령을 연결한 함경선咸鏡線이라는 '이동'의 장치[11]를 서사의 전제로 설정한다. 그러나 그는 기차(길)로 은유되는 지역 내 공업화의 파행적 침투 자체를 겨냥하기보다 제국의 대자본이 지역민의 '이동' 양상에 미치는 효과에 천착한다. 더 나아가 급속한 공업화에 대한 인식은 지역 내 빈번했던 홍수와 맞물리면서 한설야의 관북 서사는 인구의 이동과 재구성을 비판적

9 "관북의 말씨도 아름답다거나 곱다고는 할 수 없고 무뚝뚝하고 괴벽스럽고 거칠지요. 저는 이 지방어를 작품에 그대로 사용해 본 적도 있습니다만, 일반이 알기 어렵기 때문에 문학에 있어서는 여러 난색이 있습니다. (…중략…) 그럼 그 대신 관북어가 가지고 있는 그 독특한 향토미와 순실성과 강인력과 정열을 취해서 문학에 집어넣으려고 합니다. (…중략…) 제가 쓴 중앙어에는 순수한 중앙인의 그 정조와는 다른 어떤 이단적, 북방적인 것이 섞여 있어야 할 것입니다만, 과연 그런지 어쩐지는 저로서는 알 수 없습니다. 그러나 그렇게 되려고 애쓰는 것은 사실입니다. (…중략…) **어디까지든 저는 흙내 나는 북방의 인간이오 북방 출신의 작가인 점을 키여 가고 싶습니다.**" 「관북, 만주 출신 작가의 『향토문화』를 말하는 좌담회」, 『삼천리』, 1940.9, 97면.

10 "남으로 공장지대, 본궁과 홍남을 그 산하에 넣으려고 하면서 있는 도시가 곧 함흥이다. 이곳은 사적의 지요 또 근대공업의 중심지다. 귀깊이 듣는다면 누구나 여기에서 신구교류의 협행을 읽을 수 있을 것이다. (…중략…) 곡절 많은 전통과 급격히 이루어진 근대공업도시의 음향이 있으며 동시에 그것이 혼효하는 교향보의 아룀이 그윽히 들린다. (…중략…) 저류의 우으로 부전강 수전, 장진강 수전, 홍남질소공장, 본궁공장(대두백 조달, 카-바이드, 화약 등 공장), 함흥 홍남 간 기동차, 함흥 비행장 등등 근대적 메카니즘의 거류가 소리 높이 흐르고 있다." 한설야, 「산문도시 함흥」, 『신동아』, 1936.6, 272~279면.

11 푸코가 지적했듯 통치 권력은 다양한 제도적, 물리적, 행정적 메커니즘과 지식 구조를 포괄하는 장치(dispositif)에 의해 행사되며, 장치는 인간과 사물의 순환적, 예측가능한 움직임을 (재)생산하는 통치술의 대표적인 한 방도이다. 미셸 푸코, 오트르망 역, 『안전, 영토, 인구』, 난장, 2011, 444~446면.

으로 재현한다. 강, 개천의 범람은 인구의 급격한 이동을 촉발했고, 가족과 생계의 터전을 잃은 이들은 유랑민 또는 화전민이 되거나, 제국의 대자본이 들어선 지역과 그 근방의 날품팔이 노동자로 변모한다. 한설야는 방축이 무너지며 형성하는 물의 급속한 흐름과 이를 맞닥트리는 민중의 장면을 여러 차례 서사화하는데, 노동 현장에서 발생하는 이 '홍수'는 이동과 정착의 자유를 박탈당한 민중의 사회적 위치를 환기하는 서사적 장치로서 기능한다. 또한 KAPF 해산 이후 발표된 일련의 텍스트가 민중의 일상적, 우발적 움직임을 계기로 통치술의 구체적 면모를 드러내는 사실은 '이동'을 경유한 사회적 비판이 한설야의 문학 전반에 관류하고 있음을 보여준다.

2. 유이流離하는 민중, 유동流動하는 장소

「나는 Only love를 부인한다. 러 — 브는 얼마든지 이동하는 것이다. 이동은 진화다. 온리 러브에 의한 일부일부一夫一婦도 틀린 것이며 진화인 이동에 의하여 생기는 신일부일부를 나는 주장한다.」[12](현대어 변환은 필자)

한설야는 등단작 「그날 밤」에서 "지나치게 정직한 날생원"인 남성 H와 그와 대조되는 "나쁜 여자" R 간의 관계를 묘사한다. 서술자 S는 R에 대한 H의 '순애'를 비웃으며, 자신의 연애관을 '이동'의 수사로써 전달한다. 요컨대 "연애 그것은 신성한 것"이지만, 한 사람만을 대상으로 하

12 한병도, 「그날 밤」, 『조선문단』, 1925.1, 89면.

는 것은 이동하지 않기에, 근대적 행위인 "러브"와 부합하지 않는 것으로 설명된다. "이동에 의하여 생기는 신일부일부"는 "도덕 사상의 진화"를 보여주는 지표이기 때문이다. 이로써 "재래의 유령 도덕"인 "온리 러브"의 가치는 부정되고, 비판의 여지에도 불구하고 "부도덕"한 '러브'의 가치가 옹호된다. 즉, '이동'의 여부는 사상적, 도덕적 진보를 가늠하고, 작중인물의 입장을 드러내는 기준으로 기능한다. 더불어 '이동'의 수사와 묘사는 한설야의 '프로문학' 곳곳에서 인물과 주제의식의 전달에 활용된다. 일례로 계급운동의 동지들은 "길동무"로 지칭되는가 하면, 조직운동의 험로險路에 투신하려는 개인의 의지, 의식화의 수준은 이동을 뒷받침하는 "역학力學"으로 여러 차례 은유된다.[13]

은유와 수사의 차원을 넘어서, 한설야는 '이동'의 문제의식에 근거한 특유의 프로문학을 산출했다. 이때 '프롤레타리아'로 명명되는 식민지 민중의 구체적인 속성과 이를 형성하는 사회적 조건은 여러 이동의 결과로 묘사된다는 점은 주목할 필요가 있다.

귀향 후 그가 발표한 「과도기」는 1927년부터 약 2년간 지속한 조선질소비료회사의 부지 선정과 원주민의 강제 이전 문제, 함흥의 '구룡리 사건'을 배경으로 한다. 사건을 둘러싸고 동아일보와 조선일보는 일방적으로 부지를 측량한 회사, 무력으로 지역민을 체포한 주재소의 폭압

13 작중 계급운동을 '역학'에 빗댄 서술은 다음과 같다. "뒷길에서의 꾀임을 거부할 만한 힘은 없었다. **그를 끌어 고개로 올리던 역학(力學)**은 도깨비불에 확 타버린 재 속의 불꼬치같이 애오라지 반짝거리는 가엾은 대목이다."(41면), "**모처럼 부살아나던 새로운 력학(力學)**의 움직이는 파도는 없었다. 내뿜으려던 새 인간성은 옛 놀이터의 미련을 따라 퇴각을 하고 말았다."(47면), "뒷걸음질은 더할 나위 없이 쉬운 것이다. **의식과 역학이 풀리고 보니** 괴로운 자극을 받을 양심도 자취를 감추었다."(49면) 한설야, 「뒤ㅅ걸음질」, 『조선지광』, 1927.8.

을 앞다투어 기사화했다.[14] 주거 권리 보호를 요구한 주민들의 소송이 각하되자, 이들은 당국의 합당한 조치를 요구하기 위해 무리 지어 도청에 쇄도했고,[15] 조선일보는 거대 공업자본과 행정기관, 그리고 이들의 '주구走狗'로서 지역민을 기만한 부흥회를 규탄했다.[16] 지역민의 거주 문제가 심화하는 가운데, 1928년 9월 함경남도 남단의 원산과 함경북도 회령을 잇는 함경선이 완공되면서 관북 지역의 공업화는 가속화한다. 당시 조선일보 함흥지부 기자로 활동하던 한설야는 작품 속에서 마을의 변화를 다음과 같이 묘사한다.

> 검퍼런 공장복에다 진흙빛 감발을 친 청인인지 조선 사람인지 일인인지 모를 눈에 서투른 사람이 바쁘게 쏘다닌다. 허리를 질근질근 동여맨 소매 기다란 청인들이 왈왈거리며 지나간다. **조선 사람이라고 보이는 것은 어울리지 않는 감발을 이고 상투를 갓 자르고 남도 사투리를 쓰는 패뿐이다.**[17]
>
> (강조와 현대어 변환은 필자)

간도에서 돌아온 중심인물 창선은 고향의 상전벽해를 마주한다. "지금은 모든 것이 달라졌다"[18]는 그의 감각은 먼저 구수한 흙냄새, 소수레, 농군으로 구성된 마을의 과거가 공장과 벽돌집, 부수레기차, 노가다노동자 패로 대체되었다는 사실, 즉 창리의 주된 산업이 농업과 어업에서

---

14 「수전기지문제로 함흥 여론 비등」, 『조선일보』, 1927.6.4, 2면; 「함흥질소공장부지문제진상」, 『동아일보』, 1927.6.18, 5면.

15 「비료회사 걸어 사기고소 토지 빼앗기고」, 『조선일보』, 1928.2.11, 5면; 「구룡리 백여 주민 함남도청에 쇄도」, 『동아일보』, 1928.12.20, 2면.

16 「구룡리사건에 감하야」, 『조선일보』, 1928.12.2, 1면.

17 만년설, 「과도기」, 『조선지광』, 1929.4. 172면.

18 위의 글, 177면.

공업으로 변모했다는 인식에 근거한다. 하지만 창선이 느끼는 생경함은 그의 곁을 지나가는 사람들로부터 기인하는 것이기도 하다. 창선은 국적을 가늠하기 어려운 외국 노동자들과 마주치며, "남도 사투리"로 말하는 조선인 막노동꾼 또한 그가 살던 고향에서는 볼 수 없었던 이들이었다. 공업화로 인한 촌락의 인구 변화는 유이민流離民이 거대 자본에 포섭된 노동자로 이행하는 과정 중 겪는 경제적 수탈과 생명 정치의 결합[19]이 산출한 결과였다.

「과도기」의 서사에서 파행적 공업화가 촉발한 민중의 집단적 이동과 어촌의 인구 재편은 이동의 물질적 기반인 '길'로써 표현된다. 예컨대 창선에 의해 구룡리 마을은 "산도 그렇고 물도 그렇고 철도 길이 고개를 갈라먹고", "철도 길 바람에 마을 한복판이 툭 끊어져버"린 것이다. 이때 '갈라먹다', '끊어졌다'는 서술은 통합된 과거를 상상하는 낭만적 태도이자, "옛일에 대한 애착이 아직까지 뿌리 깊"은 창선의 감정을 뒤흔드는 "과도기의 공포와 설움"[20]과 연관된다. 땅에 각인된 길의 네트워크는 이동의 물리적 토대일 뿐만 아니라, 무수한 이동으로써 침전된 공동체의 집단기억과 관습을 함유한 공간이기 때문이다.[21] 구룡리로 강제 이주하는 창리 주민들이 회사가 엉터리로 건축한 항구로 더 이상 조업 활동이 어려워진 상황과 더불어 "돌강스랭이험한 길"와 "수레길이 없"[22]는 상태의 묘사는 삶의 양식과 길이 맺는 관계를 지적하는 서술이다. 비유컨대 마을의 역사와 전통의 은유인 '뿌리root'는 이동의 매개인 '길route'

19 나병철, 「유민화된 민중과 디세미네이션의 미학-1920년대 문학을 중심으로」, 『현대문학이론연구』 60, 현대문학이론학회, 2015, 270면.

20 만년설, 앞의 글, 184면.

21 존 어리, 김태한 역, 『모빌리티』, 앨피, 2022, 67면.

22 만년설, 앞의 글, 183면.

에 의해 재편[23]되는 것으로 장소, 인구의 변모를 포착한 서술은 지역과 '프롤레타리아'의 유동하는 속성을 전면화할 가능성을 내포하지만, 서사 전반에 비등하는 '이동'의 요인과 장면은 점차 후경화한다.

> 포구에는 배따라기가 떠보지 못하고 산야에는 격양의 노래가 끊어졌다. 다만 들리느니 저녁놀이 사라지는 황혼의 노동자 노래뿐이다. (…중략…)
>
> 텁스럽고 까라진 아리랑이보다 — 사자밥을 목에 단 배꾼의 노래보다 씩씩한 노래다. 옛 살림을 빈정대고 새살림을 자랑하는 노래다. 그 후 얼마 못 되어서 이 고장 백성들은 상투를 자르고 공장으로 몰려갔다. 그러나 그렇게 함부로 써주는 것이 아니다. 맨 힘차고 뼈 굵고 거슬거슬하고 나이 젊은 우둥퉁하고 미욱스럽게 생긴 사람만 뽑히었다. 그리고 거기서 까불려난 늙고 약한 사람이 개똥밭 농사나 짓고 은어 부스러기 고기잡이나 하는 수밖에 없었다.
>
> 창선이는 요행 공장 노동자로 뽑혔다. 상투 자르고 감발 치고 부삽 들고 콘크리트 반죽하는 **생소한 사람**이 되었다.[24]
>
> (강조와 현대어 변환은 필자)

「과도기」의 배경인 창리는 흘러들어오고, 흘러나가는 사람들에 의해 유동流動한다. 대공업지대 건설을 위해 모여든 국내 방방곡곡과 외국에서 모여든 품팔이꾼들과 더불어, 2천 명에 달하는 마을 주민들은 인천

---

23 이는 인류학자 팀 잉골드의 지적을 차용한 것이다. 그는 경관(landscape)이 단순히 자연 또는 문화의 개념으로 소급되지 않으며, 거주민들의 활동에 의해 사회적으로 구성된다는 점을 지적하며 행위경관(taskscape)의 개념을 제시한 바 있다. 이때 길은 행위경관의 가시적인 징표로서, 한 공동체가 여러 세대에 걸쳐 침전된 활동을 드러낸다. 잉골드의 사유로 길과 장소(성)의 관계를 논의할 수 있다. 존 어리, 앞의 책, 66~67면.

24 만년설, 앞의 글, 185면.

항을 방불케 할 시설을 세워준다는 유력자들의 야바위에 속아 인접한 구룡리로 이주하고, 어떤 이들은 인근 지역으로 흩어진다. 주민 중 일부의 건강한 자들만이 "생소한 사람"으로 변모해 고향에 머무를 뿐이다. 서술자는 서사를 끝맺으며 창리의 새로운 주민이 된 노동자들의 아리랑을 덧붙인다. 이들은 지역의 변모를 노래"장진물이 넘어서 수력 전기 되고 / 내호(內湖) 바닥 기계 속은 질소 비료가 되네"하고, 서술자는 "배따라기"를 대체한 "노동자 노래"를 "옛 살림을 빈정대고 새살림을 자랑하는 노래"[25]로 평가한다. 김기진은 「과도기」가 "최초로 프롤레타리아 사실주의의 길을 개척한 공로"를 인정하면서도, 그는 결말에 덧붙여진 노동자들의 아리랑으로 전달되는 민중의 '생활', 이로부터 조직되어야 할 '운동'의 묘사가 구체화하지 못함을 지적했다.[26] 그러나 '이동'의 문제의식으로 재구성된 마을과 작중의 아리랑은 '유동'하는 마을이 과거와 단절되었으며, 무엇보다도 이곳에 모여든 다종다양한 이들이 '노동자'라는 균질적인 집단으로 재편되었음을 선언하는 장치이다.

관북 지역의 한 어촌을 주목한 서사 저변에는 논리의 두 흐름, '이동'의 문제의식으로 구성되는 복잡한 프롤레타리아와 단일한 투쟁집단을 형상화하려는 서사적 욕망이 감지된다. 전편 「과도기」에서 창선을 감상에 젖게 할 만큼 큰 변화였던 인구의 재편이 여러 차례 묘사되었다면, 후편 「씨름」은 "이 지방 노동자가 대개는 이 근방 농민"[27]임을 명시하며 전편인 「과도기」가 주목한 '이동'하는 프롤레타리아의 관점을 후경화한다. 과연 서사는 노동자 집단 내부의 "이단적 세력"을 공동행동을 위한 "바른

25 위의 글, 185면.

26 김기진, 「일년간 창작계(四)」, 『동아일보』, 1929.12.31, 4면.

27 만년설, 「씨름」, 『조선지광』, 1929.8, 158면.

줄기"로 복속시키는 조직론으로 수렴되고, 씨름과 중심인물의 손을 통해 발신되는 '힘'의 수사는 '이동'의 시선을 억누른다. 중심인물 명호가 가진 노동의 경험, 사회과학 지식, 야학, 농민회 등의 조직 운영 이력 등이 작용하지만, 씨름 대회와 더불어 명호와 요시다가 맞잡은 손을 통해 전달되는 '힘'은 '노동자'라는 균일한 집단을 주조하는 결정적으로 작용함을 주목해야 한다. 이때 손이란 만주를 배경으로 한 그의 소설에서도 확인되듯[28] 지식인 '백수白手'와 대조되는 노동하는 자의 상징이라기보다, 조직 운동의 논리와 당위를 전달하는 매개에 가깝다. 「과도기」와 「씨름」의 서사 내부에서 포착되는 '이동'과 '힘'의 논리적 착종, 그리고 '힘'의 우세는 '이동'의 문법으로 고안된 '프로문학'의 한 경로를 예증한다.

3. 홍수의 기억과 프롤레타리아의 신체

1928년무진년 8월 관북 지역은 대수재大水災로 수천의 사망자가 발생했고 유랑민이 들끓었다. 관북은 역사적으로 물난리가 빈번했지만, 피해 규모는 상당했고 피해 복구를 위해 지역의 신간회, 근우회의 함흥지회와 함흥의 청년동맹, 노동연맹, 농민조합 등 여러 사회단체가 힘을 모

28 예컨대 만주의 조선인 노동자 두목 격인 C는 '우리'로 불리는 조선인 집단을 조직하며, 집단 내부는 "서로서로 간격이 없는 친분"(121면)이 자리 잡고 있다. 중심인물 수돌('나')은 유곽에서 유년기 동무인 은순을 마주친 뒤, 그를 데리고 고향으로 돌아가고자 했으나 C에 붙잡혀 실패한다. 이때 C는 수돌은 조직을 배신했다는 이유를 들어 "정신차려!"라고 질책하면서 동시에 자신의 손을 내민다. "무쇠 글로브(glove) 같은" C의 손에 이끌려 수돌은 "부지 중에 손을 내밀어 힘있게 잡"은 후 그에 감응한다(128면). 한병도, 「인조폭포」, 『조선지광』, 1928.2.

았다. 한설야는 구제회의 간부이자 추도회의 준비위원으로 참여했고,[29] 이듬해 홍수가 휩쓴 함흥의 봄을 그리는 글[30]을 남기기도 했다. 지근한 거리에서 목도한 수재민의 삶은 그가 남긴 (비)문학 텍스트에서 산견되며, 관북 지역의 환경적 특성과 지역민의 이동 양상을 보여준다는 점에서 중요하다. 한설야는 '홍수'를 제목으로 한 두 편의 소설을 각각 1928년, 1936년에 남겼거니와, '홍수'를 일종의 계기로써 작중 프롤레타리아의 재현과 이에 근거한 전망을 서사화한다.

> 북선 지방에 수재가 나서 흉년이 들은 관계로 사람들이 살길을 찾아 헤매는 터이니만치 훨씬 경제적으로 채용할 수 있다는 것과, 그런 지방 면사무소나 주재소에 의뢰하면, 그 구제에 머리를 앓던 당국자들은 즐겨 요구에 응할 것이라는 것(…중략…)[31]

인용된 『황혼』의 일단은 홍수와 식민지 프롤레타리아, 이에 대응하는 공업자본의 구도를 압축적으로 보여준다. 한설야는 수해로 살길이 일거에 막막해진 이들의 행방을 공장 관리자의 입을 빌려 서술한다. 수재민이 공장과 그 인접지의 노동자로 흡수되는 과정에는 두 가지 이해관계가 존재했다. 첫째는 수재민들과 노동력을 요구하는 자본의 만남으로, 생계의 토대를 상실한 수재민들은 공업지대로 흡수되어 노동자 또는 날품팔이의 길로 들어선 것이다. 둘째로는 지방 행정·경찰 기관과 자본의

---

29 「함흥서 조직된 수재구제회」, 『조선일보』, 1928.9.26, 5면; 「관북대수재의 참사동포 추도준비」, 『조선일보』, 1928.10.16, 7면.

30 만년설, 「재지의 봄」, 『조선문예』, 1929.5, 67면.

31 한설야, 「황혼(30)」, 『조선일보』, 1936.3.8, 6면.

결탁이다. 수재민 구제에 요구되는 재정적 부담에 덧붙여, 홍수가 촉발한 이동성의 급격한 증가는 민중의 잠재적인 폭력성을 촉발할 한 조건이었다.[32] 홍수로 인한 민중의 집단적 이동은 잠재되었던 폭력성을 불러일으킴으로써, 단순한 소요를 넘어 민족적 경계를 수면 위로 끌어올리는 계기로 전화轉化할 수 있었다.[33] 따라서 치안 당국에게 이들을 공장 지대로 정착시키는 조치는 경제적 구제만큼이나 중요한 것이었다.[34]

삶의 터전이 훼손된 관북의 수재민은 지방 행정기관에 구제를 요청했지만, 많은 경우 육박하는 생존의 위협으로 인해 이동해야만 했다. 1929년 5월, 13회에 걸쳐 조선일보에 연재된 「관북 수재민 이주 상황 답사기」는 수재민의 집단적 이동과 생활 양상을 추적했다. 특파원 한홍정韓鴻霆은 수재민과 동행하며 이들의 사연을 르포르타주의 형식으로 전

---

32 존 어리는 '이동적인(mobile)'과 폭도(暴徒)(mob)가 동일한 라틴어 어근을 가지고 있음에 착목하여 저항적 군중이 경계 안으로 고정되지 않으며 자유로운 이동성을 발휘하는 존재임을 지적한다. 그런가 하면 팀 크레스웰은 정주(定住)에 대한 전통적인 믿음 아래 모빌리티(와 유목적 생활양식)를 '위반', '위협' 또는 '기능장애'로 바라보았던 역사적 담론의 사례들을 제시하면서, 모빌리티를 경유한 장소의 인식이 도덕적 판단과 결부되어 있음을 논했다. 존 어리, 앞의 책, 24~25면; 팀 크레스웰, 최영석 역, 『온 더 무브–모빌리티의 사회사』, 앨피, 2021, 61~114면.

33 수재로 인한 군중의 불안과 불만은 종종 우발적인 궐기로 이어졌다. 황해도 안악군에서는 수해로 터전을 잃은 주민들이 동척 출장소와 주재소에 쇄도하고, 동척 출장소의 일본인 주임을 구타한 사건이 발생하기도 했다. 주민들은 폭행으로 체포된 이들에 대해 "흥분된 의기를 참지 못"한 것으로 동정하며, 이들의 폭력이 우발적인 것이라 주장했다. 「오십여 농민이 경찰서에 쇄도」, 『동아일보』, 1929.8.4, 4면.

34 세계는 몹시 불균등한 형태, 특히 "강렬하고 광범위한 부동성"에 의존한다는 피터 애디의 지적을 참고할 수 있다. 식민지 민중의 집단적 유랑에 대응하는 권력 주체의 조치는 상이했다. '값싼' 노동력의 확보를 위한 공장 지대로의 이주(및 정착)는 증가했지만, 가뭄과 수재로 일본행을 택한 경상도, 전라도의 "유랑농민군"은 일본 본토의 노동자들과 "노동시장 쟁탈전"을 일으킬 수 있다는 이유로 일본 내무성은 고용 증명이 가능한 자에게만 입국을 허용했다. 피터 애디, 최일만 역, 『모빌리티 이론』, 앨피, 2019, 36~37면; 「일개월 도일 이만 명」, 『조선일보』, 1929.8.13, 2면.

한다. 취재에 따르면 함경남도 수재민 중 극빈 계층에 속하는 820호를 대상으로 국유 미간지로의 이주 및 정착 지원금 지원 계획이 수립되었지만, 해당 지역은 높은 고도의 불모지이기에 수재민 다수는 정착 대신 화전민이 되어 생활하게 되는데, 이들의 '무분별한' 화전으로 인해 통치 당국과 마찰을 빚었다.[35] 한편 함경남도 갑산甲山에서 발생한 수재민의 집단적 움직임, 이른바 '갑산 화전민사건'[36]은 홍수로 인한 '민족적 열정'이 재점화한 대표적인 사례였다. 1929년 조선일보는 21만여 명의 화전민이 조선 각지에서 생활하고 있다는 총독부 산림부의 3~4년 전 자료와 더불어, 그간 발생한 한재旱災와 수재로 인한 이재민의 수가 200여만 명에 달할 것으로 전망했다. 기사는 화전민 중 과거부터 화전을 일군

35 연재는 화전민이 된 수재민의 수가 증가 추세이며, 경찰기관의 추정치를 상회하는 6천 명에 달한다는 점, 각지로부터 모여든 수재민들이 처벌을 감수하면서도 생존하기 위해 비옥한 국유 임야를 화전하고 있다는 점을 기술한다. 이들에게 주어진 거주지, 식량, 일자리 등의 지원은 충분치 못했다. 한편 영림서와 경찰은 '고정 방화선'을 설치하거나, 국유림에 화전으로 밀경(密耕)하던 기존 거주자들의 토지를 빼앗아 새로 들어온 수재민들에게 부여함으로써 이들 간의 갈등을 종용했다. 「관북 수재민 이주 상황 답사기(13회 연재)」, 『조선일보』, 1929.5.4~17.

36 1928년의 대수재로 실향(失鄕)한 관북 지역민들은 비어있는 땅을 찾아다니며 유랑생활을 이어가던 중, 국유지에 자리를 잡고 화전을 일구었다는 이유로 관계 당국에 의해 그곳으로부터 쫓겨나자 총독을 찾아가 진정서를 제출했다. 조선인 전원술(全元述), 전진극(全鎭極) 등은 천여 명의 이재민을 대표하여 총독부 임무(林務)과장에게 수재민들의 사정을 설명하고 갑산군(甲山郡)의 황무지를 개간할 수 있도록 진정하였으나, 총독부와 함경남도청 모두 교섭의 책임을 회피한다. 한편 경찰과 영림서(營林署)의 인력은 교섭 중에도 주거지에 불을 질러 이들을 쫓아내고자 했다. 이에 분개한 주민들은 경찰서와 영림서에 항의했으며, 동아일보, 조선일보 등 언론 기관과 신간회를 중심으로 한 전국의 사회단체는 사건을 무마하려는 행정 당국에 맞섰다. 관북 지역의 수재와 화전민의 문제는 다음의 기사를 참고. 「관북재민의 유이군 황무지 주접도 금지」, 『동아일보』, 1929.6.19, 2면; 「천여 수재민 둔취」, 『조선일보』, 1929.6.20, 2면; 「영림서의 서소로 육십여호 구축」, 『동아일보』, 1929.6.25, 2면; 「구축당한 화전민 대표진정도 무효」, 『조선일보』, 1929.7.10, 2면.

자는 극소수이며, 대다수는 "시국의 변천"에 따른 것으로 설명하는데, 이때 "시국의 변천"이란 지주 계급에서 자작농, 자작농에서 소작농으로 전락하고 종국에는 생활난으로 산으로 들어가 화전민이 되는 양상을 의미했다.[37] 1931년에 이르러 검찰 당국은 화전 행위에 대해 과거 200원 이하의 벌금형에서 3년 이하의 징역형으로 처벌의 수위를 높였다. 이에 동아일보는 사설에서 "농토의 불소유자"이자 "경작할 권리조차 없는 빈민"인 화전민이 전조선 농민 인구의 약 1%를 점하며, 한설야 소설 배경으로 여러 차례 설정되는 함경남도의 경우 그 비율이 5%에 육박한다는 점을 들어 법적 처벌 대신 정당한 이해와 안정된 삶을 위한 제도적 조치를 요구했다.[38]

정주定住를 강제하는 통치술을 일찍부터 인지하던[39] 한설야는 화전민을 둘러싼 '이동'의 문제에 지대한 관심을 보였다. 1928년 말 동장진東長津 일대 조선수전주식회사의 수력발전소 건설 현장에 특파된 한설야는 "기행문이 단순히 주관 표백表白에 그치지 않고 좀 더 나아가 진정한 비판과 간취의 계시"[40]를 마련해 동장진 일대로 유랑하는 수재민들을 위문하고 조사하겠다는 의지를 내비친다. 면장, 수전회사 간부를 취재한 한설야의 시선은 수재의 참혹한 흔적慘迹, 그리고 "방황하는 백의인"에

37 「원시생활의 화전민」, 『조선일보』, 1929.7.25, 2면.

38 「화전민 생활의 위기」, 『동아일보』, 1931.2.12, 1면.

39 간도에서의 귀국 후 안정적인 거주지를 찾지 못해 이곳저곳을 전전하던 한설야는 자신이 "순검류 철학으로 보면 '주소부정(不定)'이라는 현행범"일 수 있음을 비꼬듯 서술한다. 그는 '주소부정'이 공원에서 생활하는 극빈자를 쫓아내고, 일본에서 거주하는 조선인을 임의로 잡아들이는 구실에 지나지 않음을 지적했는데, 이는 한설야가 개인의 거주와 이동을 통제, 규율하는 방식에 민감하게 반응하고 있음을 보여준다. 한설야, 「산탄」, 『조선일보』, 1927.10.7, 3면.

40 설야생, 「동장진행」, 『조선일보』, 1928.12.24, 4면.

고정된다.[41] 그는 삼림과 수원水源보호에 급급하여 산속 화전민을 끌어내 정착시키려는 조치에 "사선死線에 선 빈민들이 최후 일생을 모謀하는 일규一揆를 일으"킬 수 있다는 경고를 남기며,[42] 수재로 인한 궁민, 유랑민, 화전민의 문제가 "일지방에 국한하여 생각할 것이 아니고 전체에 있어서 모든 우리가 한결같이 생각하고 한결같이 수단을 취하는데에 전심을 두어야 할 것"을 강조한다.[43] 약 한 달 후 발표한 화전민의 생활상을 연구한 글에서도 화전민이 "조선 민중의 구성 일부"임이 재차 강조된다.[44] 두 기고를 통해 한설야는 떠날 수밖에 없으며 정착할 수 없는 자들을 식민지 프롤레타리아의 '환유'로 의미화한다. 다시 말해 관북 지역의 빈번한 홍수는 민중의 유민화流民化를 촉발했던 것인데, 한설야는 '홍수'와 밀접하게 연관되는 지역의 역사, 그리고 이를 배경으로 형성되는 민중의 형상을 여러 차례 서사화한다.

1928년 동아일보에 연재된 「홍수」는 소작을 얻기 위해 지주가 소유한 농지의 방축을 지키는 유이민들을 묘사한다. 그들은 "여기 저기서 모여든 땅 파먹는 무리"이자 "맨 밑바닥의 빈농"으로, "하늘"의 논리만을 운운할 뿐 자신들이 처한 경제적 모순을 구조적으로 파악하지 못하는 존재이다.[45] 그러나 이들은 홍수로 방축이 무너지는 이유가 더 큰 경제적, 정치적 토대를 배경으로 한 아래 동의 방축이 물길을 막았기 때문이라는 사실을 인식한 후, 비로소 아래 동을 향한 "미움"을 가지게 된다. 의식상의 변화는 공존共存을 목적으로 "인정"에 따르는 방식의 과거 몽리蒙

41 설야생, 「동장진행(二)」, 『조선일보』, 1928.12.25, 4면.
42 설야생, 「동장진행(六)」, 『조선일보』, 1928.1.8, 4면.
43 설야생, 「동장진행(七)」, 『조선일보』, 1928.1.9, 4면.
44 한병도, 「화전민의 연구」, 『조선지광』, 1929.2, 29면.
45 한형종, 「홍수(一)」, 『동아일보』, 1928.1.2, 1면.

利 관습을 떠올리게 하고, 비로소 이들은 장마가 자신들의 둑을 무너뜨리기 전에 아래 동의 둑을 터트리는 행동으로 나아간다. 즉 "미움"을 가진 이들에게 홍수는 육박하는 힘이자 극복해야 할 권력의 대리물로 인식된 것이다.

> 그들이 S동리에 터를 잡은 후 이곳 저곳에서 작인들이 모여들었다. 범 영감네는 백오십 리나 되는 Y군에서 이사왔다. 그때 마침 Y군 일대에는 전무후무한 대창大滄이 나서 집과 곡식과 전토가 혹은 흘러가고 혹은 패여 나가고 혹은 파묻혀 버려서 그 지방 주민은 마침내 그 땅에서 살 수 없어서 삼수갑산으로 이유離流를 갔는데 범 영감네만은 조그만 인연을 더듬어서 S동리로 오게 되었다.[46]

그런가 하면 중편 『탁류』의 제1부이자 1936년 발표된 「홍수」에서 홍수는 복잡한 의미를 획득한다. 배경이 되는 함흥의 한 마을은 함경선 철도와 역시驛舍를 제외하면 "대체로 문명에서 뒤떨어진 미개"[47] 한 빈촌에 불과하지만, 이곳은 과거 "십만 평이 넘는 큰 농장"인 김갑산 동과 더불어 비슷한 시기 철도 근방이 일본군의 군용지로 편입되면서 "흘러온 사람들"[48]이 모여드는 장소이다. 인용이 드러내듯 이 작품 또한 끊임없는 민중의 흐름, 이로써 재편되는 장소가 배경으로 제시되는데, 여기에는 거대 농업 자본의 도입과 일본군의 진주라는 구체적인 맥락이 덧붙여진다. 조선인 종걸을 내세운 사사끼 교장은 김갑산 동을 매입하려는 시도가 실패하자, 그 아래에 높은 방축을 세워 물길을 가로막아 김갑산 동을 홍수

46 한설야, 「홍수」, 『조선문학』, 1936.5, 65~66면.
47 한설야, 「홍수」, 앞의 글, 59면.
48 위의 글, 66면.

에 취약하게 만든다. 한편 폭우로 무너질 위기에 처한 방축을 지켜내는 것은 순전히 소작인들의 몫이 되는데, 지주 김갑산이 이들과 떨어진 곳에 거주하며, 금광 사업에 몰두하느라 그의 집안 머슴에게 관리를 맡겼기 때문이다. 방축은 결국 홍수에 유실되며 이들은 방축을 재건하는 노동 현장으로 동원되면서, "불행과 수난이 오로지 하늘에만 달려 있지 않은 것"[49]이라는 1928년 작 「홍수」의 입장이 반복된다. 이로써 제국의 거대 자본이 수립한 수리水利 농장[50]이 비판의 대상으로 설정되지만, 다음과 같은 서술은 관북 지역과 홍수, 그리고 민중의 삶을 문제시하는 '프로문학'의 구성방식을 보여준다.

> 지나놓고 보니 옛날은 대명천지 밝은 낮같이만 생각되는 늙은 축들은 바뀐 세상의 재미를 통 알 수 없다. **김갑산 동이 처음 개간될 때 그 근방 몽리蒙利 백성들이 인수와 배수 문제로 한참 말썽을 일으키던 것은 잊어버린 듯이 까먹고 지금 그들이 당면한 위험만이 가냘프게 머리를 차지하고 있는 것이다.**[51]
>
> (강조와 현대어 변환은 필자)

서술자로 개입한 한설야는 물의 흐름을 경유한 역사적 연속성을 언급한다. 농지의 물 문제, 즉 몽리에 있어 과거의 김갑산 동과 사사끼 동의 행태는 일관된 것이며, 소작인은 항상 홍수의 급류에 맞닥뜨려야만

49 위의 글, 78면.

50 최은혜는 수리 노동과 농장에 주목한 1930년대 중반 한설야의 텍스트가 자본주의 비판과 반식민적 시각을 함께 견지한 결과이자, 서사를 일본인 지주(자본가) / 조선인 소작농(프롤레타리아)의 구도로 파악한다. 이 글은 연구가 지적하는 '수리 노동'의 함의에 유의하면서 계급 모순의 역사적 재현이 민중과 물의 '이동'에 근거해 이루어진다는 점을 논증하는데 목표를 둔다. 최은혜, 앞의 글.

51 한설야, 「홍수」, 『조선문학』, 1936.5, 71면.

하는 존재인 것이다. 거대 농장의 설립과 운영은 앞서 언급된 바와 같이 홍수의 피해로 떠돌게 된 자들의 노동력이 있었기에 가능한 것이며, 그렇기에 홍수의 기억은 이들로 하여금 구조적 모순을 자각하게 되는 계기로 작용한다. 다시 말해 한설야의 텍스트 속 식민지 민중은 사회과학적 지식체계가 아닌 홍수의 경험에 근거한 신체적 감각으로써 자신의 사회적 위치를 자각한다.

『탁류』의 제2부 「부역」 또한 홍수를 매개로 한 이동의 역사, 이로써 프롤레타리아의 신체적 감각을 전면화하는 여러 서술을 제시한다. 예컨대 홍수로 피해를 입고 마을로 이주한 범 영감이 "기미년 큰 물난리大漲 뒤라 살아갈 수 없는 아낙네들이 중이 돼가지고 동냥"[52]한 과거를 언급하는가 하면, 일본인 사사끼 교장이 점차 김갑산 동을 인수하고 일본 본토의 '모범 농민'이 조선인 소작인들을 대체할 것이라는 불길한 소문을 마주한 소작인 기술이는 "지난 여름의 홍수를 또 연상"한다. 상상 속의 홍수는 그로 하여금 "무엇이 무엇인지 갈피를 출 수 없"게 하며, "장차 어떻게 될 것인지", "지금 어디로 걸어가는 것인지"를 "분간해 낼 수 없"게 한다.[53] 그가 '홍수'로부터 감각하는 것은 불확실한 목적지와 그럼에도 어디론가 또다시 흘러가게 될 것이라는 불길한 예감을 가리키고 있으며, 이는 곧 연작의 제목 탁류濁流가 의미하는 바일 터이다.

제3부에 해당하는 「산촌」은 소작인들의 이동을 비로소 구체적으로 서사화한다. 무진년 장마로 먼 곳에서 이주해 온 복례 아버지 또한 기술과 함께 김갑산 동의 소작인으로 변모하지만 이내 소작권을 잃는다. 그는 살길을 찾기 위해 만주 또는 지방 주재소와 연계하여 산촌 수재민의

52 한설야, 「부역」, 『조선문학』, 1937.6, 8면.

53 위의 글, 10면.

노동력을 흡수하려는 도시의 제사공장을 저울질했지만, 과연 딸 복례를 데리고 "종적을 바로 알 길이 없"[54]이 마을을 떠난다. 그런가 하면 소작권을 잃은 기술과 그의 아버지가 김갑산 동과 사사끼 동을 연결하는 부역 현장에 나아가는 장면 이면에는 아직 마을을 떠나지 않은(또는 못한) 소작인들은 산속에서 식량을 찾거나, 소작권을 주장하다가 결국 감옥"태양이 없는 우리"에 갇히기도 한다. 『탁류』의 배경인 소작촌은 흘러들어온 이들에 의해 형성되었지만, 이들은 끝내 정착하지 못하고 다시 흘러나간다는 점에서 그야말로 한설야가 주목한 프롤레타리아의 속성을 상징하는 공간에 다름 아니다. 개별적인 단편으로 발표한 것이지만 세 편의 작품을 모아 놓아야 "작가가 취급한 전모"를 이해할 수 있다는 언급[55]을 유념한다면, 서사가 등장시키는 '이동'의 수사와 국면들은 '정치적 개념'으로서 식민지[56]의 의미와 맞닿아 있음을 보여준다.

54 한설야, 「산촌」, 『조광』, 1938. 11, 204면.

55 한설야, 「자화자찬」, 『조광』, 1939.7, 276면.

56 이는 역사학자 로라 스톨러(Ann Laura Stoler)의 지적이다. 그에 따르면 '식민지'는 그 자체로 정치적 개념이 되거나 권력을 발휘하지 않으며, 일반명사로서 사람들이 들어오고 나가는 장소이자, 미정착과 강제된 이주로 특징지어지는 분노, 희망, 절박함, 폭력성의 순환이 이루어지는 장소이다. 한편 정치적 개념으로서의 '식민지'는 장소가 아닌 이동을 관리하는 일련의 원칙으로, 사회적 위치를 관장하는 규칙과 위계에 따라 인구를 이동시키거나 움직이지 못하게 하는 것이다. A.L. Stoler, *Duress;Imprial Durabilities in Our Times,* Duke University Press, 2016, pp.117.

4. 철로와 철로건널목 '이동'의 일상적 규율

1927년 초 함흥으로 돌아온 한설야는 같은 해 11월 「새벽」[57]을 발표한다. 이 작품을 기점으로 하여 그는 관북 지역을 배경으로 한 적지 않은 (비)문학 저술을 남겼는데, 대표작으로 알려진 「과도기」1929의 부제이기도 한 「새벽」은 지역의 사회적 변모를 '이동'의 문제의식으로 고안된 프로문학의 맹아를 내포한다는 점에서 세밀한 독해를 요한다.

> 그러나 고약한 세상이다. 맘 놓지 못할 세상이다. 농촌의 행복과 농민의 단꿈은 여지없이 깨어지는 판이다. 그때이다 **철로길이 새로이 마을을 뚫고 나가는 판이다. 프롤레타리아의 몇몇 집은 이 철로길 밑에 깔리고 말았다. 중국 인부, 조선 인부들이 수없이 몰려들었다.** 인부를 거느리는 십장도 많이 있었다. **물 푸는 기계, 콘크리트 다지는 기계, 밀구루마 소리가 아침부터 저녁까지 끊이지 안 했다.** 농민은 놀랬다. 그러나 돈이 많이 생긴다는 바람에 그네들은 다투어 가며 철로판으로 모여들었다.[58]
>
> (현대어 변환과 강조는 필자)

57 소설은 1927년 6월에 탈고되었으며, 동년 11월 16일부터 27일까지 『중외일보』에 총 10회 연재되었다. 필자가 확인한 두 연보(문학과사상연구회, 『한설야 문학의 재인식』, 소명출판, 2000 및 서경석 편, 『한설야 단편선』, 문학과지성사, 2011)는 이 작품을 누락하거나 잘못된 서지 사항을 전달하고 있다. 작품에 대한 이례적인 무관심은 서지 정보 오류와 무관하지 않은 것으로 보인다. 한설야는 『조선지광』 1929년 8월호에 게재된 「씨름」의 서언(序言)에서 「과도기」의 속편으로 「새벽」을 『문예공론』(창간호는 1929년 5월 발행)에 발표했으나 검열로 삭제되었음을 언급한 바 있으나, 『중외일보』에 발표된 작품과 검열로 발표되지 못한 작품이 동일한 것인지는 확인되지 않는다.

58 한설야, 「새벽」, 『중외일보』, 1927.11.20, 3면.

「새벽」의 중심인물 철수는 열다섯이 되던 해 매부를 따라 일본의 한 공장에 유년공으로 취직한 인물이다. 매부가 주도한 동맹파업이 실패하고 주모자들이 체포되는 것을 목도한 어린 철수는 공장에서 쫓겨나고 동료 노동자들의 도움을 받아 고향으로 돌아온다. 어느 농가에 데릴사위로 들어간 그는 몇 년 후 아내가 생길 것이라는 희망을 품고 살아가는데, 인용에 묘사되는 고장의 변화 속에서 D회사의 소작인으로 변모한다. 남선南鮮의 토지를 집어삼키고 북선北鮮까지 사업 계획을 확장한 회사에 맞서 철수를 비롯한 여러 소작인은 조합을 결성한다. 지역의 신문지국과 사회단체가 합세하며 소작인 조합의 궐기는 주재소와 회사를 일시적으로 위협하는 듯했지만, 조직은 이내 와해하고 마지막까지 남아 소작권을 지키고자 한 철수는 구류된다. 며칠 간의 유치장 생활 후 철수는 전군全郡을 아우르는 H소작인조합을 설립하고, 고향을 떠나기 전까지 "황소"와도 같은 농촌의 힘을 지도할 "앞잡이"의 중요성을 강조하는 장면으로 서사는 갈무리된다.

1926년 초 함흥 동척소작인조합을 설립[59]을 배경으로 하는 「새벽」에서 두드러지는 면모는 단연 조직 운동의 자원으로서 농민소작인을 재현하는 방식이다. 농민은 '데릴사위'와 같은 일종의 전근대적 습속과 여전히 접해 있을뿐더러, "없는 탓으로 있는 놈에게 굽실굽실 순종해가며 부지런히 일하는 사람들"[60]에 불과하다. 더불어 이들이 가진 땅에 대한 '애착'[61]은 계급적 인식, 더 나아가 공동행동을 저해한다. 반면 고향을

59 작중 D회사는 동양척식주식회사, H소작인조합은 함흥동척소작인조합이며, 다음의 기사로부터 작중 "M이라는 새 농감"은 실존 인물인 농감 문석규(文錫奎)로 추정된다. 「교묘잔인한 동척의 착취술」, 『조선일보』, 1926.2.4, 2면.

60 한설야, 「새벽」, 『중외일보』, 1927.11.21, 3면.

61 소작인들과 더불어 이들을 중심으로 한 조직을 설립하는 철수 자체도 "D회사 땅

떠나는 철수가 공장 또는 광산으로 향할 계획이며, 일본에서 경험한 조직적인 파업을 "해일海溢과 같이 우렁차든 그 광경"으로 추억하는 서술[62]은 '프롤레타리아'의 일 분자로서 농민을 승인하는 데 주저하는 태도로 읽힌다.

한편 「새벽」과 「과도기」는 공통적으로 노동 인구의 유입으로 변모하는 마을의 정경을 배경으로 설정하지만, 「과도기」가 길과 같은 '이동'의 일관된 시선으로 마을 공동체의 급격한 변화를 소명하는 것과는 달리 「새벽」은 이를 단편적인 묘사로 대체한다. 다만 '이동'의 문제에서 '마을을 뚫고 나가는' 철로길에 깔리는 '프롤레타리아의 몇몇 집'이라는 인용의 일단이 여타 소설에서 반복되고, 변주된다는 점에 주목할 필요가 있다.

> 기차 굴뚝에서 나온 조그만 석탄불이 집어삼킨 불탄 두세 집이 보인다. 나직나직한 곤돌초막은 무서운 듯이 쪼그리고 있다. 자꾸 더 쪼그릴 것 같다. 그리 되면 그 속의 식구들이 모조리 깔리고 말 것이다.[63]

> **작년에는 그 말썽 많던 화재 문제가 여러 해의 운동 덕으로 해결되었다.** 즉 기차 굴뚝에서 나오는 불똥이 철길 가 초가지붕에 떨어져서 가끔 불이 나는 일이 있었는데 그것은 오래도록 말썽이 되어오다가 **결국 작년에 와서야 조철 당국은 그 연선 초가집을 양철로 바꾸어 이어주게 되었던 것이다.**[64](현대어 변환과 강조는 필자)

에 제 땅과 같은 깊은 애착을 들"이는 존재로 묘사된다. 한설야, 「새벽」, 『중외일보』, 1927.11.21, 3면; 한설야, 「새벽」, 『중외일보』, 1927.11.24, 3면.

62 한설야, 「새벽」, 『중외일보』, 1927.11.27, 4면.

63 만년설, 「과도기」, 『조선지광』, 1929.4, 177~178면.

64 한설야, 「철로교차점(후미끼리)」, 『조광』, 1936.6, 161면.

「과도기」, 「부역」의 인용된 일단은 대규모 공업화를 지탱하는 기차(길)과 민가가 맺는 직접적인 관계를 서술한다. 1929년 발표된 「과도기」의 서술은 앞서 인용된 「새벽」의 서술에 '화재'라는 구체적인 사건이 덧붙여진 것이며, 7년 뒤 발표된 「부역」은 조선철도주식회사의 예방적 조치에 대한 묘사가 추가된다. 당시 함경선 연선沿線 민가에 빈번했던 화재[65]와 빗발치는 주민들의 진정과 관계 기관이 수행한 조처[66]의 역사적 양상을 성실히 반영한 일련의 서술을 유념할 때, 기찻길과 식민지 민중의 관계를 묘사한 다음의 예시는 서술 전략상의 변화를 알린다는 점에서 주목을 요한다.

> 함경선의 두 번째의 북행이 땅바닥을 울리고 지나갔다. 벌써 점심때다. 허기가 배로부터 명치끝으로 쌀쌀 기어올랐다. 그들은 군침을 삼키며 바지띠를 바싹 졸라매었다. (…중략…) 세 번째 남행이 지나가고 인차 화물열차가 지나갔다. 인제 한 시간쯤 있다가 서울 가는 급행열차가 지나가면 그제는 바로 긴역 때다. **기차는 그들에게 있어서 틀림없는 '시계' 인데,** 오후가 되고 석양이 되는데 따라서 **이 '시계' 의 돌아감이 어쩐지 몹시 뜬 것같이 그들에게는 생각되었다.**[67]
>
> (현대어 변환과 강조는 필자)

인용에서 주목할 점은 함경선 위를 달리는 열차에 대한 소작인이 느끼는 모종의 거리감이다. 이 정서(또는 태도)는 기찻길과 지리적으로

65 「기차방화로 공포중의 일촌」, 『조선일보』, 1926.5.16, 2면; 「빈한한 농가에 열차가 방화」, 『동아일보』, 1927.4.16, 7면 등.

66 「열차매연에 인한 화재방지명안」, 『조선일보』, 1935.11.1, 5면 등.

67 한설야, 「부역」, 『조선문학』, 1937.6, 3면.

연관되는 함흥 사회의 변모를 매개하고, 더 나아가 서사에 내장된 제국 / 식민지의 긴장을 '점근선적'으로 구축한다. 중심인물 기술은 홍수로 살길을 잃고 조선인 농장인 김갑산 동의 소작인이 되어 홍수로 무너진 방축을 복구하는 노역에 동원된다. 기차의 정시성定時性을 믿어 의심치 않는 그이지만, 모종의 이유로 기차의 '시간'에 거리감을 드러낸다. 이 거리감은 철도 둑 옆으로 통하는 수리水利길에서 초등학교 동창 문근을 우연히 마주했을 때 증폭한다. 소작인으로서 간신히 생계를 유지하는 기술은 자신이 살고 있는 면의 서기가 된 옛 친구에 대해 "생래 첨으로 만나는 사람보다 더 야릇한 무엇이 둘 사이에 끼어 있는 듯해서 몹시 께름"[68]해한다. 문근의 입으로 전달되는 함흥부H부의 군사 훈련은 과거 기술이 살던 마을 터이자, "철도 선로 북쪽 사방砂防 10여 리 지대"의 "군용지"[69]에서 이루어진다. 한편 기술은 문근을 통해 "이 지방의 면목"을 위해 기술이 속한 김갑산 동 대신, 일본인 교장 사사키가 경영하게 될 농장이 '모범 부락 시찰'의 대상이 될 것이며, 머지않아 사사키 교장이 김갑산 동을 차지할 것임을 알게 된다. 이로써 한설야는 홍수로 인해 소작인으로 전락한 기술, 무너진 방축,[70] 늙은"노토리" 소작농들의 과거 회상[71]을 배치하고, 기차(길)은 물질적 기능이 아닌 그와 결부되는 식민지 민중의 정서를 근거로 제국의 정치적군사적, 경제적 침투를 전시한다. 요컨대 「부역」의 서사는 두 층위의 '이동' 표상과 의미망에 의해 견인되는 것이다.

---

68 위의 글, 13면.

69 위의 글, 14면.

70 "이 농장 북쪽 — 당초에 지저번(沼地)이었던 곳은 여름 홍수 때에 맨 첨으로 이 방축의 운명을 터트린 곳인데 그만 착 첫 물살의 된탕을 맞아서 제일 깊게 패어나갔다", 한설야, 「부역」, 앞의 글, 8면.

71 "그게 바루 기미년 이듬해였다. 기미년 대창(물이 불어남, 大漲) 뒤라 살아갈 수 없는 아낙네들이 중이 돼가지고 동냥을 다니는 때야 바루……", 위의 글, 7면.

이 동네는, 가난한 동네가 거의 다 그런 것같이 아이들이 많다. 그리고 그 어린애들은 대부분 유치원이나 학교로 갈 수 없고 또 모여 놀 적당한 장소를 가지지 못한 까닭으로 조그만 빈터가 있는 '후미끼리' 대목으로 낮이면 모여든다.[72]

한편 기찻길은 '이동'을 둘러싼 식민지의 정치적 역학을 환기하는 또 다른 계기를 제공한다. 룸펜 생활을 청산하고 함흥 성천강"S강"의 제방 공사장에서 부역하는 중심인물 경수는 귀가하는 도중 철로건널목에서 한 아이가 기차와 충돌해 사망했다는 소문을 듣고 아연하여 현장으로 달려간다. 그러나 사망한 아이의 아버지는 "평안도에서 막벌이로 이곳 온 지 얼마 안 된", 다시 말해 이 고장으로 '흘러들어온' 자임이 이내 밝혀지고, 경수는 주민들과 함께 사건에 대한 진상 규명과 안전 조치를 철도회사 측에 요구한다. 이 일상적 사고를 둘러싸고 집단화하는 민중의 묘사에서 주목해야 할 것은, 사고에 개연성을 부여하는 일련의 서술이다. 서술자는 인용과 같이 사망한 아이가 철로교차점에 있을 수밖에 없는 경제적 배경을 지적한다. 사고의 빈도가 경수가 처음 이 마을로 왔을 때보다 2배 이상 증가했으며, 그리고 이 현상이 늘어난 기차의 운행 빈도, 인구로 인한 것임이 덧붙여진다. 그리고 기차의 운행 증가는, 주민 대표로 입을 통해 전달되듯 흥남 질소공장"H읍에 질소 공장"과 본궁本宮 대두백 공장"B촌에 대두백(大豆粕) 공장"[73·74]이 들어섰기 때문으로 소명된다. 경수의 네 자식 또한 찻길에서

72 한설야, 「철로교차점」, 『조광』, 1936.6, 162~163면.

73 위의 글, 33면.

74 이는 본궁 지역에 설립된 대두백 공장을 지시한다. 1935년 4월 자본금 1천만 원으로 설립된 대두화학공업주식회사는 본궁(本宮) 부근에 50여만 평의 부지를 매수하여 12월 조업을 목표로 착공했으나, 대두공업기술의 연구가 불충분하다는 판단이 내려지면서 공장은 완성되지 못하고 조선질소비료주식회사에 합병되었다. 공장 설립 당시 시범적으로 생계가 곤란한 흉작민들을 철로를 통해 이동시켜 노동력으로 활용코

놀다가 기차 통행을 방해하였다는 이유로 여러 번 붙들린 일이 언급되기에, 철로건널목 사망 사건은 정치·경제적 분석의 대상으로 그 의미가 확장되는 것이다.

이와 더불어 주목되는 것은 아이들의 이동 방식이다. 작중 아이들은 "주린 눈에는 한 가지 유혹"[75]을 제공하는 신호등("시그널")과 함께 뛰어 놀 수 있는 적당한 공간이 있는 철로건널목으로 향하며 따라서 철로건널목이 아이들에게 채택되었던 것처럼, "사람은 물론, 석탄과 재목을 실은, 뙤낮고 속력이 뜬 경편차" 등 감각적으로 이끌리는 대상을 향해 거리낌 없이 움직인다. 반대로 말하자면 아이들의 '이동'은 오히려 가난으로 교육기관에 '갇혀'있지 않기에 더욱 빈번하고 광범하게 수행될 수 있었던 것이다.

아이들의 '이동'을 둘러싸고 전개되는 비판적 시선을 유념할 때, 성천강 만세교"S강으로 놓인 M다리"에 모여든 아이들로 인해 연쇄되는 장면들은 의미심장하게 읽힌다. "부민의 소중한 위생을 위하여" "교통정리"[76]가 요구되는 만세교는 사과 장수, 수레를 끄는 말, 썩거나 익지 않은 과일을 인 아낙네들, 그리고 "범벅덩이의 파리" 마냥 값싼 물건을 찾아다니는 이들로 뒤얽힌다. 아이들은 혼잡한 통에 떨어지는 과일들을 향해 강으로 거침없이 뛰어들며 그 중 경수의 아들은 인지하지도 못한 채 철로건널목으로 접어든다. 하지만 아이들의 '유희'는 이를 경계하던 역장에

자 했는데, 공장의 설립이 지체되자 모여든 노동자들의 생계 문제가 부상한 바 있다. 「본궁 공사장으로 재민 백명을 수송」, 『조선일보』, 1935.4.14, 2면; 「장진수전이주민 극도의 생활난!」, 『동아일보』, 1935.8.18, 5면; 「본궁대두회사서 동아암염매입」, 『동아일보』, 1935.11.10, 5면; 「대두화학공업 근근해체결정」, 『동아일보』, 1936.2,1, 4면.

75 한설야, 앞의 글, 36면.

76 한설야, 「임금」, 『신동아』, 1936.2, 130면.

의해 제지되며, 역장은 "교통 방해가 사회의 안녕질서에 큰 영향을 준다"는 점을 운운하며 아버지 경수를 훈계한다. 한설야는 아이들의 천진난만한 (따라서 정치적 의도가 결여된 것처럼 보이는) 움직임과 이를 규율하려는 '엄숙한' 교통 규범을 대조적으로 보여줌으로써, 미시적이며 일상화된 '이동'의 통제와 규율이 식민의 작동 방식임을 묘파한다.

5. 결론

이 글은 한설야의 관북關北 지역 (비)문학 텍스트를 '이동'의 관점에서 재구성함으로써, 그의 '프로문학'이 내장한 정치경제적 비판을 구체화했다. 한설야는 식민지 민중이 겪는 여러 형태의 '이동' 문제를 서사화함으로써 지역 특유의 프롤레타리아 형상을 재현했다. 이는 곧 한설야의 프로문학이 단순하고, 도식적인 계급 투쟁의 형상을 넘어, 식민지 조선의 정치경제 구조를 입체적으로 비판했음을 보여준다.

한설야가 주목하는 '이동'은 단순한 공간적 변화를 매개하는 것이 아니라 식민지 조선의 사회적 억압과 계급적 모순을 드러내는 핵심적인 기제이다. 그의 제국의 대규모 공업지대, 그리고 이를 지탱하는 기반 시설을 시야에 넣으면서도, 공업지대 내부가 아닌 그 인접지에서 드러나는 '이동'의 양상, 이를 둘러싼 역학에 천착했다. 하지만 '이동'의 시각으로 고안된 그의 계급 서사는 때로 일정한 한계를 드러내기도 했다. 「과도기」와 후편 「씨름」이 예시하듯 한설야 민중을 균질한 집단으로 재현하려는 조직론적 지향과 다방향적인 이동을 유지하려는 서사적 욕망 사이에서 길항했다. 한편 관북 지역의 홍수는 민중의 폭발적인 이동, 그리고 이에 대응하는 식민 주체와 자본의 담합으로 이어진다. 한설야는 화전민, 수재민, 궁민, 날품팔이 농민, 노동자를 식민지 조선 민중의 '환유'로 전면화하며, 홍수를 식민지 조선 민중의 '본원적 축적'의 계기로 의미화한다. 이후 한설야의 비판적 시선은 인도교人道橋, 철로 건널목 등 일상적인 공간으로 옮겨간다. 강물에 흘러가는 썩은 과일을 쫓거나, 유희할 거리를 찾아 철로 건널목의 신호등으로 모여드는 아이들의 우발적인 움직임은 규율 체계로서의 식민지를 재차 환기했다.

1939년 8월 한설야는 장진長津, 부전赴戰의 인공 호수, 둑堰堤, 수력발전소를 거치며 기행문을 연재한다. 흥남興南 대공업지대의 안정적인 전기 수급을 위해 설치된 시설들은 지역을 "근대적인 음향"을 지닌 "관광지대"[77]로 변모케 하였으나, 문면에는 현재의 정경만큼이나 과거의 장면들이 비중 있게 묘사된다. 예컨대 나무를 찾아볼 수 없는 부전고원의 산맥을 바라보며 화전민이 연상되는가 하면,[78] 과거 장진군 갈전리葛田里에서 생활하며 주민과 수전회사의 갈등을 취재한 바 있는 한설야는 이제는 "도깨비굴"과 같이 빈집이 즐비한 마을을 찾아가 그곳에서 묵기로 결심한다. 그는 마을의 한 노인으로부터 인공 호수와 둑이 들어선 이후 홍수로 물이 불어날 때마다 수전회사는 수문水門을 열었고, 촌민들이 "노아의 홍수보다 더 무서운" 물길을 피해 이곳저곳으로 흩어졌음을 독자에게 전한다.[79] 관북의 공업화와 홍수, 그리고 흘러나가고 흩어지는 민중의 연쇄적 이미지는 한설야가 자신의 실존적, 문학적 본령으로 일

77 한설야, 「부전고원행(1)」, 『동아일보』, 1939.8.4, 3면.

78 한설야, 「부전고원행(2)」, 『동아일보』, 1939.8.6, 3면.

79 한설야, 「장진호(一)」, 『조선일보』, 1939.8.3, 5면; 한설야, 「장진호(二)」, 『조선일보』, 1939.8.23, 5면.

컬을 수 있는 관북 지역을 '이동'의 문제의식으로 재구성하며, '식민지 근대'가 산출하는 특유한 효과, 그리고 이를 비판할 토대를 자신이 발붙인 그곳으로부터 마련했음을 보여준다.

참고문헌

기본자료

『동아일보』, 『삼천리』, 『신동아』, 『조광』, 『조선문단』, 『조선문예』, 『조선문학』, 『조선일보』, 『조선지광』, 『중외일보』

논문 및 단행본

고명철, 「한설야 문학, 그 탈식민의 맥락」, 『반교어문연구』 20, 반교어문학회, 2006.

김윤식, 『한국근대문예비평사연구』, 일지사, 1985(초판 1976).

______·김현, 『한국문학사』, 민음사, 1996(초판 1973).

김종호, 「한설야 「탁류」 3부작의 리얼리즘적 세계와 구조」, 『국어교육연구』 24, 국어교육학회, 1992.

나병철, 「유민화된 민중과 디세미네이션의 미학-1920년대 문학을 중심으로」, 『현대문학이론연구』 60, 현대문학이론학회, 2015.

노태훈, 「사회주의 마스터플롯의 형성과 서사적 실패-한설야 『황혼』 다시 읽기」, 『우리문학연구』 77, 우리문학회, 2023.

문학과사상연구회 편, 『한설야 문학의 재인식』, 소명출판, 2000.

이도연, 「원론적 마르크스주의 비평의 가능성」, 『국어국문학』 193, 국어국문학회, 2020.

임미진, 「한설야 문학의 계급과 민족의 친밀성 연구」, 『한국학연구』 73, 고려대 한국학연구소, 2020.

최병구, 「프로문학 연구의 현실 인식과 전망-2010년대 이후 연구를 중심으로」, 『민족문학사연구』 83, 민족문학사연구소, 2023.

최은혜, 「1930년대 프롤레타리아 문학의 '수리(水利)' 노동 재현과 그 정치적 함의」, 『민족문학사연구』 80, 민족문학연구소, 2022.

하신애, 「바다와 고향-연대의 공간, 혈연의 장소」, 『한국학연구』 51, 인하대 한국학연구소, 2018.

미셸 푸코, 오트르망 역, 『안전, 영토, 인구』, 난장, 2011.

존 어리, 김태환 역, 『모빌리티』, 앨피, 2022.

팀 크레스웰, 최영석 역, 『온 더 무브-모빌리티의 사회사』, 앨피, 2021.

피터 애디, 최일만 역, 『모빌리티 이론』, 앨피, 2019.

A. L. Stoler, *Duress;Imprial Durabilities in Our Times,* Duke University Press, 2016.

지하련 소설의 신여성과 정치적 감정의 문제

일제 말기 프로소설의 담론 해체 전략

이재웅

1. 서론

프로문학 연구에 '젠더'가 질문이 되면서 그동안 발굴되지 못했던 여성 작가의 문제가 조명되었다. 크게 본다면 식민지시기 문학 장에서 '여류'라는 기표에 의해 억압 받았던 여성 작가의 문제가, 좁혀 본다면 남성 중심의 사회주의 운동의 한계가 성찰되었다.[1] 프로문학에 젠더를 기입하는 일은 기존의 시각에 '젠더'를 더한다는 것과 다른 의미를 지닌다.[2] 그것은 '다시-제시'[3]됨으로서 지워졌던 목소리들을 복원하는 작업

---

1 프로문학 연구사에 대해서는 최병구, 「프로문학 연구의 현실 인식과 전망−2010년대 이후 연구를 중심으로」, 『민족문학사연구』 83, 민족문학사연구소, 2023, 177~207면 참고.

2 최병구가 지하련 소설 연구를 '사회주의에 젠더를 기입'하는 일로 고찰했던 사례가 대표적이다. 그에 따르면, "사회주의자의 젠더 인식이란 단순히 여성 차별을 해소해야 한다는 수준이 아니라 근대 자본주의 사회의 이분법적 구조가 구축되는 경제적 / 심리적 메커니즘을 파악하고 환기하는 과정"이다. 다르게 말한다면 지하련 소설은 여성 사회주의자의 근대 비판을 함의하고 있으며 "사회주의자의 현실 인식이란 계급과 젠더가 교호하는 과정"을 드러낸다. 최병구, 「지하련 소설의 현실 인식과 젠더 전략」, 『한민족어문학』 94, 한민족어문학회, 2021, 337~362면.

이기도 하다. 남성 중심의 사회주의가 제시 되었을 때, 지워지는 여성-사회주의 문제에 대해 고찰하는 것이 사회주의에 젠더를 질문 하는 일이라고 할 수 있다. 그런 의미에서 지하련 소설 연구는 지워진 여성의 목소리를 복원하는 작업의 일환이다.

지하련 소설에 대한 독해는 지금까지 크게 지하련의 생애와 작품의 관계를 연구한 작가론 연구, 일제 말기 파시즘 분위기 속에서 지하련 소설이 드러내는 젠더 전략을 다룬 연구, 그리고 남편 임화와의 관계속에서 지하련 작품의 특수성을 밝힌 연구가 있다. 지하련 작가론 연구는 지하련의 자유연애 추구 성향과 더불어 운동가적인 면모를 밝혔다.[4] 임화

3 스피박에 따르면, 재현은 하나의 이론 생산으로서 그 역시 실천의 영역에 해당한다. "재현에는 정치에서처럼 누군가를 '대변'speaking for한다는 재현과, 예술이나 철학에서처럼 '다시-제시're-presenting한다는 재현이라는 두 의미가 함께 작동한다."(60~61) 이때, 담론을 주도하는 이론가는 피억압 집단을 재현하거나 그 집단 자체가 되지 않는다. 실제 피억압 집단과 그들을 서술하는 이론가 주체의 시각은 불연속적이며 그것은 주체-특권화로서 이론가의 서술을 보여준다. 요컨대, "지식인들은 서발턴들을 재현(대표)하면서 자신들을 투명한 존재로 재현"(62)한다. 즉, 담론의 특권적인 주체들은 자신의 언어를 통해서 대상을 서술하고 지배하고자 한다. 동시에 그들은 자신을 객관적이고 투명한 존재로 보이고 싶어한다. 객관적이고 투명하다고 여겨지기에 특권적인 주체의 대상에 대한 규정은 권위를 획득하고 규정(기표에 구속된 의미들)에 포획되지 않은 지점들은 말해질 수 없다. 스피박은 그와 관련한 유명한 사례로 인도의 부와네스바리의 자살이 벵골 지역에서 유일하게 허용되는 사티(과부의 자기-화살 self-immolation)나 불륜이나 죄에 대한 회피로서 행위 어느것으로 읽힐 수 없었던 일을 든다. 남성-인도인과 사티를 반인륜적이라는 이유로 금지했던 남성-영국인이 구성한 자살 담론 바깥에 있는 부바네스와리의 죽음은 하나의 말하기로서 역설적으로 그것이 말해질 수 없는 것이다. 다시-제시하기는 담론 주체가 원하는 대상의 이해방식을 생산하는 동시에 대상이 주체로서 지니고 있었던 다른 특질들을 지우는 작업이라 할 수 있다. 가야트리 차크라보르티 스피박, 「서발턴은 말할 수 있는가?」, 로절린드 C. 모리스 편, 태혜숙 역, 『서발턴은 말할 수 있는가?－서발턴 개념의 역사에 관한 성찰들』, 그린비, 2013, 42~139면 참고.

4 지하련 작가론 연구는 공통적으로 지하련의 생애와 작품이 맺는 관계에 주목했다. 그들은 지하련의 작품이 자신의 체험을 소재로하여 창작되었다는 점을 규명했다; 허예슬, 「지하련 연구－'여성해방주의'와 '고독'을 중심으로」, 『여성문학연구』 46, 한국

의 부인으로서 남편에게 순종한다는 이미지와 다르게 그의 활달하고 뚜렷한 계급의식을 알 수 있다. 그로부터 지하련의 소설의 '연애'로서 표면적 층위보다 '주체의 문제'라는 심층적 층위에 주목할 것이 요구되었다. 지하련 소설을 젠더의 관점에서 고찰한 연구는 파시즘-남성성의 공모와 여성 연대가 갖는 의미를 규명했다.[5] 지하련 소설의 젠더 의식 연구는 파시즘 속에서 구분되는 제국 / 식민지, 남 / 여, 공 / 사 구분을 젠더를 통해 풀어냈다는 점에서 의의가 있다. 마지막으로, 남편 임화와의 관계속에서 지하련의 소설을 분석한 연구는 임화를 설명하는 타자로서 지하련을 설명했다.[6] 한편으로는, 지하련의 위치를 제고하면서 임화의 텍스트와의 교차를 통해서 지하련 소설이 지니는 의미를 구체화하기도 했다.[7]

여성문학학회, 2019, 291~311면; 이장렬, 「지하련의 가계와 마산 산호리」, 『지역문학연구』 5, 경남부산지역문학회, 1999, 111~130면; 장윤영, 「근현대 여성작가열전 6 지하련—여성적 내면의식에서 여성해방운동으로」, 『역사비평』 40, 역사문제연구소, 1997, 378~394면; 임정연, 「시대의 공동(空同), 역사의 도정(道程)을 걸어—지하련의 삶과 문학의 궤적」, 『이화어문논집』 41, 이화어문학회, 2017, 197~205면.

5 박찬효, 「지하련의 작품에 나타난 신여성의 연애 양상과 여성성—「가을」, 「산길」, 「결별」을 중심으로」, 『여성학논집』 25.1, 이화여대 한국여성연구원, 2008, 31~59면; 서재원, 「지하련 소설의 전개양상—인물의 윤리 의식을 중심으로」, 『국제어문』 44, 국제어문학회, 2008, 329~354면; 서영인, 「제국의 논리와 여성주체—이선희, 지하련의 소설을 중심으로」, 『배달말』 55, 배달말학회, 2014, 339~363면; 최병구, 「지하련 소설의 현실인식과 젠더 전략」, 앞의 글; 서승희, 「식민지 여성 작가의 글쓰기와 여성성의 표상」, 『한국문학논총』 72, 한국문학회, 2016, 261~287면; 윤영옥, 「한국 근대 여성소설에 나타난 자기서사와 신여성 표상—자유연애 결혼과 생활인으로서의 여성 젠더」, 『현대문학이론연구』 61, 현대문학이론학회, 2015, 327~351면; 김정남, 「지하련 소설의 메타—정치성 연구—'남성됨-정치'의 신화를 내파하는 서사 전략」, 『현대소설연구』 89, 한국현대소설학회, 2023, 69~99면.

6 김윤식, 「지하연, 동반의 대결의식」, 『임화연구』, 문학사상사, 1989, 461~505면; 권성우, 「임화의 산문에 나타난 연애, 결혼, 고독」, 『한민족문화연구』 42, 한민족문화학회, 2013, 278~318면.

7 정종현은 일제 말기 지하련 작품에 나타난 오빠에 대한 비판과 그들의 불안을 여성 인물들의 자기반성이자 두려움으로 읽어냈다. 정종현, 「오빠들이 떠난 자리—전향의

지하련 소설에 대한 선행연구는 그의 작품이 남성 중심의 사회주의 운동과 제국의 총동원 담론[8]에 내재한 젠더 위계를 비판하고 있다는 데 의견을 같이한다. 이들 연구의 분석 틀은 대타항으로서 남성-사회주의를 설정하고 있다. 이와 같은 경향은 선행 연구가 이전의 임화, 남성 문학가 중심 연구에 대한 연구사적 비판의식에 기반해 있다는 사실을 보여준다. 선행 연구의 시도에서 공통적으로 확인할 수 있는 것은 지하련 소설의 난해함을 일제 말기의 억압적 분위기에 원인을 두고 있다는 점이다. 이에 대하여, 지하련 소설 난해함의 이유가 당대 담론이 구성되는 방식에서 빗겨나가서 그럴 수 있다는 가능성 또한 질문된다. 담론이 구성되는 방식에 대한 은유로서 지하련의 소설을 바라 볼 여지가 존재하는 것이다. 이 글은 당대 담론이 소설에 기입된 것이라기 보다는 담론이 구성되는 방식을 지하련 소설이 문제 삼고 있는 양상을 고찰하고자 한다.

2. 왜 지하련은 말할 수 없는가 일제 말기 여성 담론에서 배제된 '여성'

일제 말기 조선에는 제국의 억압적 통치와 이데올로기적 통치가 함께 수반되었다. 이때, 조선 또한 일본과 마찬가지로 천황의 자식으로서 보호를 받는다는 공동체 의식과 다른 식민지에 대한 위계 질서를 내면화하는 결과를 낳았다. 담론장에서는 여성에게 군국의 어머니와 총후부인으로서의 역할을 요구했다. 이때, 신여성은 제국의 호명에 응답하는

시대, 임순득·지하련의 사회주의 관련 소설 연구」, 『한국학연구』 61, 인하대 한국학연구소, 2021, 85~124면.

8 일제 말기의 정치적 특수성에 대해서는 차승기, 『비상시의 문 / 법』, 그린비, 2016 참고.

주체와 그에 불응하여 탈주하는 불온한 존재들로 분화되어 재현되었다.[9] 군국의 어머니로서 여성의 역할에 대한 강조는 단순히 여성에 대한 요구만을 의미하지 않았다. 여성 그들로 하여금 스스로 담론의 주체가 되어서 남성에게 제국의 하수인으로서 활동할 것을 요구하는 공적인 목소리를 보장해주었다. 그에 부응하여 당대 잡지에는 여성의 일상생활과 전시체제를 함께 연결하여 병치하는 글들이 실렸다.[10] 그러나 이를 단순히 검열에 따른 것이라고 보기에는 어렵다. 당시 조선의 신여성이라 불리는 세대에는 성차별에 대한 불만이 있었다. 일례로, 지하련이 참여하기도 했던 『신세기』의 〈남성폭격좌담회〉 코너는 남성의 배녀주의

9 일제 말기에 들어서면서 국가에 헌신하는 현모양처를 거부한 신여성은 내부의 잠재적인 적으로서 의미를 지니게 된다. 그 시기에는 스파이 담론이 유행처럼 번지고 있었는데, 신여성은 특유한 허영심 때문에 언제든 외부의 적과 결탁할 수 있다고 여겨졌던 것이다. 그것은 고도국방국가화로 인한 안보의식과 신여성이 갖는 부정적 이미지가 결합한 결과였다. 권명아, 『역사적 파시즘―제국의 판타지와 젠더 정치』, 책세상, 2006, 159~204면 참고.

10 특히, 가정에서의 여성 역할을 사회적 차원, 전시체제기의 물자 통제·방공 정책과 관련시켜서 강조한 글들이 다수 발견된다. 특히, 당대 잡지 『춘추』, 『여성』에서는 여성의 역할을 가정에서의 내조, 육아에 한정하는 것을 넘어서 물자 통제에의 협력(사치 금지 등), 사회 복지 사업에 있어서 모성 발휘를 요구했다. 최영수, 「여인 사치의 후일담(만문만화)」, 『춘추』 1권 1호, 1941, 200~203면; 문선호, 「여성과 사회사업」, 『춘추』 2권 4호, 1941, 225~234면; 양사통인, 「가정경제의 신방향」, 『춘추』 2권 5호, 1941, 244~248면; 일기자, 「비상시국민생활개선안」, 『여성』 4권 1호, 1939, 13면; 손정규, 「半島婦人의 결함(시국교훈―오)」, 『여성』 4권 9호, 1939, 16~17면; 송금선, 「부녀는 가정에」, 『여성』 4권 11호, 1939, 25면; 이건혁, 「전시경제하의 가정생활」, 『여성』 5권 1호, 1940, 18~19면; 「국민정부와 여성의 힘」, 『여성』 5권 5호, 1940, 16면; 이건혁, 「사치품제한과 가정생활」, 『여성』 5권 9호, 1940, 44~46면; 김광섭, 「여성과 사치」, 『여성』, 5권 9호, 1940, 30~32면; 이러한 가정과 전시체제기의 연결은 가족국가라는 인식에 기반해 있었다. 이때, 국가에 있어서 가정은 정세를 "깊이 인식하고 내조하는 것"(「신동아건설과 가정의 내조」, 『여성』 5권 9호, 1940, 25면)을 요구 받았다. 다시 말해서, 전시체제기 국가에 대한 관념은 가족으로 표현되지만 영토를 확장하는 제국의 군사(남성)와 후방에서 그들을 내조하는 일반 가정(여성)의 이분법이 전제되어 있었다.

에 대한 여성의 지적들이 많이 수록된 것으로 유명했다. 〈남성폭격좌담회〉의 사례는 신여성이라 불리는 여성 지식인들의 불만이 표면화된 것이라 할 수 있다.[11] 그런 그들에게 남성으로부터 강요된 침묵을 넘어서는 방법 중 하나는 현실을 수용하고 제국의 담론에 협력하는 것이었다. 천황-돌봄-여성의 구도는 모성의 성격을 고조함으로써 여성의 목소리를 제한적으로 보장하는, 협력 이끌어내기의 기만술이었다. 이 상황에서 지하련이 제출했던 글들은 총후부인이나 군국의 어머니의 담론 내부에 자리하기보다는 그들이 부정하던 가치를 표상하고 있었다.

지하련이 최정희에게 보내는 글, 「편지」에서는 지하련의 아내로서 정체성이나 어머니로서 자의식이 두드러지지 않는다. 한 명의 사람으로서 동무에 대한 자신의 감정과 관계를 소중히 여기고 있음이 드러난다. 동시에 자유롭고자 하는 자신의 의지를 억압하는 세상에 대한 한탄이 그려지고 있다. 특히, 이 글은 지하련 소설 세계를 이해하는데 중요한 개념으로서 '신神', "어진 안해"와 '동무'관계에 대한 인식을 확인할 수 있다는 데 주목을 요한다.

> 이제까지도 나는 내가 동무를 많이 가진 것을 한번도 그르다 않었고 차라리 완전完全히 「남」인 「벗」이 나를 능히 질겁일 수 있단 것을 스스로 자랑해왔는지도 몰루오, 그러나 생각하면 이따금 코전을 치고 냄새를 품기는 그 「어진 안해」 가운데 역시亦是 우리들의 평범平凡한 진리眞理가 있지 않었든가 십소, 어듸 착한 부인이 「동무」를 작만합듸까, 이건 자기네들의 즐거움 즉 「낙」을 구하는데 전全혀 타인他人이 소원所願되지 안키 때문이 아니겠오. 정말이지

11 이와 관련해서, 허예슬은 자신의 논문에서 〈남성폭격좌담회〉에서의 지하련의 남성비판이 배녀주의를 계속 견지했던 근거임을 밝힌 바 있다. 허예슬, 앞의 글.

「여자」의 모든 것이 이곧에 있지 않다면 곤란困難한 법法인가 보오—교문敎門을 나서는 마음이 「별」을 안으려든 때처름 항상恒常 구름이 따르려 잔디 우에 둥굴고 싶어 하는 사람이 있다면 우리 신神은 확실確實이 노怒할 것이고 이 딱한 사람 우에 꼭 벌罰이 있을 것만 같어서 나는 이지간 무서워지오. 사실 요새 드러 모도들 나보구 야단하는 것만 같어서 당황唐惶합니다—비누질도 않고 녀편네가 「동무」는 다 뭐냐고 어머니께서 노怒여하시고 내가 제일第一 따르는 분도 나를 주책없는 사람으로 나무라는 것 같고 내가 평소平素 존경尊敬하는 분들까지 다들 나보구 조금도 현명賢明치 못하고 햇찰 굳기만한 사람이라고 꾸중하는 것만 갔소, 내가 별노 아니 조금도 납분 게 없다고 생각할 때 이리 되면 나눈 몹시 억울하고 괴롭고 슬프지오. (…중략…) 나는 이지간 야릇한 신神을 늦기오, 희야가 웃을지도 모르고 또 혹 말이 안될지는 모루나 아무튼 나의 신神은 말하자면 「속신俗神」이오—(웃지마소)—앞으로 나는 그를 좇고 진심으로 노怒엽이기를 두려워한다면 혹시 나도 착한 사람이 될지 모루겠오, 정말이지 신神이 나를 사랑해 준다면 얼마나 다행하고 행복幸福할 일이겠오, 그러나 나는 끗내 그가 미워할 사람인지도 그의 은혜恩惠를 간수할 고흠이 없는 사람인지도 모루겠오.[12]

이 글에서는 "여자의 모든 것"으로 표현된 것의 좌절과 절망이 두드러진다. 자기를 규정하는 관계가 당사자의 의사가 아니라 주변의 여러 요건에 의해 구속된다는 것에 대한 지하련의 좌절이 드러난다. 지하련은 위의 글에서 동무를 사귄 것이 "「남」인 「벗」이 나를 능히 질겁일 수 있단 것"에 대한 자랑에서 이뤄졌음을 밝히고 있다. 벗은 자신과 다른 타인

12 지하련, 「편지」, 『삼천리』, 1940.4, 289면.

으로서 그와 함께 관계를 맺을 뿐만 아니라 "교문敎門을 나서는 마음이 「별」을 안으려든 때처름 항상恒常 구름이 따르려 잔디 우에 둥굴고"하는 존재이기 때문이다. 지하련에게 있어서 '벗'은 자유로움에 기반하고 외부의 제한 없이 서로 연결되어 있다는 감정을 전제로 하고 있음을 알 수 있다. 그러나 지하련에게 동무 관계는 "어머니", "따르는 분", "평소 존경하는 분들"에 의해서 주책 없는 일로 비판 받는다. 주변의 시선은 "바누질"보다 타인과의 관계에 신경쓰는, 당위보다 자유를 추구하는 지하련의 태도를 옳지 못하다고 여기는 것이다.

비판자들의 절대자는 "속신俗神"으로 표현된다. 속신은 직역하면 풍속의 신이다. 신이 세계의 질서를 대변하는 형상이라는 점을 고려한다면 지하련을 옥죄고 있는 것의 의미가 명확해진다. 그것은 여성-부인-어머니의 역할에 구속되지 않고 최정희와 같은 '동무'들과 관계를 맺는 것을 부정하는 풍속이다. 특히, 속신의 문제는 지하련이 부기한 것처럼, 웃지 말아야 할 문제로서 진지하게 여겨진다. 지하련이 말하는 속"신神이 나를 사랑해 준다"는 것은 현실에서 자신을 구속하고자 하는 관습과는 정반대의 의미를 지닌다. 다시 말해서, 지하련은 '사랑'이라는 관념을 통해서 세계의 질서또는 풍속가 여성으로서 자신을 제한하기보다 그의 자유를 존중하는 방향으로 흘러가는 것일 수도 있음을 보여준다. 그것은 '속신의 사랑에 대한 희망'을 통해 드러난다. 피억압자 여성 자신에 의해 새롭게 풍속이 만들어질 수 있는 가능성을 내포한다. 그 이면에는 자유롭고자 하는 여성을 배제한 당위적인 여성을 호명하는 담론장에 대한 비판이 깔려 있다.

지하련은 개인으로서 자신에게 가해지는 현실의 구속에 대한 좌절을 '속신'과 '사랑'이라는 언어를 통해서 새로운 해석으로 나아갔다. 억압적인 '풍속'이 실상, 자유로움을 보장하는 것으로 재규정 될 수 있다는 것이다. 하지만 실상, 그렇지 못하기 때문에 「편지」에서 그녀의 좌절은 고독의 감각으로 이어진다. 왜냐하면 지하련이 주장하고자 하는 자유로운 풍속은 당대 담론장 내부의 사람들에게는 읽힐 수 없는 것이거나 반대되기 때문이다. 그녀의 다른 글을 함께 참조한다면 지하련이 느꼈던 답답함이 남성 중심 사회에 대한 단순한 반항을 넘어선다는 것을 확인할 수 있다. 즉, 그녀가 작가로서, 자신의 사상을 표현하는데 제한을 하는 정치적 현실과 언어 감각의 문제 또한 견지하고 있음을 알 수 있다.

지하련은 등단지 『문장』에 「인사」라는 제목의 당선 소감을 밝힌다. 글에는 단순히 작가로서의 포부나 사상 또는 겸손의 의미에 한정해서 읽기에는 주목을 요하는 부분이 있다. 그녀는 서두에 "사실 내게는 이렇다는 포부抱負라고 할 게 없습니다. 혹 평소平素 바라든 바가 있었다면 한 사람의 여자女子로서 그저 충실充實히 혹은 적고 조용하게 살어가고 싶었든 것인지도 모"[13]른다고 밝히고 있다. 이와는 다르게, 아래 인용문은 지하련이 글을 쓰는 것에 대한 다른 사유의 지점을 보여준다.

> 허나 내게는 별 것이 없어, 무릇 색채色彩가 풍부豐富한 찬란燦爛한 생생한 「문학文學」을 결코 없을 것 같습니다. 설사 내가 그것을 아무리 바란다고 해도 도저히 가망可望이 없을 것만 같습니다.
>
> 단지 내게 있다면 어데까지 찌그러진 한껏 구속拘束받은 「눈」이 있겠는데 물론 내 이 눈이 무엇을 보고 어떻게 받어드리느냐는 것을 알 수가 없으나 그저 바라는 바는 되도록 내 애꾸눈이 흐리지 말었으면 그래서 욱박질리운 메

13 지하련, 「인사」, 『문장』 제2권 4호, 1941.4, 264면.

마른 내 인간人間들을 너무 천대賤待하지 말었으면 하고 생각할 뿐입니다.[14]

인용문에서 그녀는 자신에게 "색채가 풍부한 찬란한 생생한 문학"이 결코 없을 것이라 전망한다. 그것은 "도저히 가망이 없을 것만 같"다는 체념으로도 이어진다. 이때, 체념의 근거는 "어데까지 찌그러진 한껏 구속받은 눈"으로 나타난다. 표면적으로 보면 차별 받던 여류작가로서 또는, 신인으로서의 겸손일 수 있다. 그러나 앞선 「편지」, 당대 문단의 분위기와 함께 놓고 보았을 때 다르게 읽힐 수 있는 지점이 제시된다. 그것은 지하련에게 가해졌던 제한으로서 '여성'과 '작가'라는 정체성과 관련된다고 할 수 있다.

여성을 군국의 어머니, 총후부인으로 다시-제시[15]하는 제국의 전략 속, 제국-남성이 구축한 담론 바깥의 여성의 언어들은 침묵될 것이 강요되었다. 다르게 말하자면, 담론장에서의 구성원들은 제국이 구성한 의미 체계 바깥의 목소리를 들을 수 없게 되는 상태에 이르렀다고 할 수 있다. 그 속에서 자유를 추구하는 지하련의 글쓰기는 '말을 할 수 없는 사람'이 말을 하는 일에 가까웠다. 당대에는 자유주의와 개인주의에 대한 비판과 혐오가 지면을 채웠고, 그것은 고도국방국가화를 도모하던 제국의 의도에 상응한 것이었기 때문이다. 언어를 매개로 개인-자유를 추구하기 위해서는 검열 뿐만 아니라 제국이 구축한 담론장의 경계를 허무는 것이 필요했다. 그런 그녀에게 소설의 특성으로서 형상화의 방식은 효율적으로 담론장 바깥의 주제를 포착할 수 있는 수단이었다.

지하련은 담론장 바깥의 가능성을 호명함으로써 담론 구성 주체가

---

14 상동.

15 '다시-제시'에 대해서는 각주 3번 참고.

말살했던 자유의지 영역을 되살리고자 했다. 그에 대한 수단으로서 그녀가 선택한 방법이 소설 창작이라고 할 수 있다. 이와 관련해서, 「소감」은 지하련 자신이 생각하는 작가의 역할과 소설의 의미, 그리고 어려움을 드러낸 글이다. 이 글을 통해서 일제 말기 담론장과의 관계 속에서 바깥을 계속해서 추구하고자 하는 '고독한' 지하련의 사유를 추적해 볼 수 있다.

> 이보다도 — 어느 터전에 무슨 체목으로다 어뜬 솜시로 지어진 얼마나 훌륭한 집이냐 — 고 사람들은 먼저 물을 것이고, 이건 집에 대한 좋은 안목眼目 일지도 모른다. 물론 개중에는, 저렇게 삐두러진 터전에 저처름 굽은 나무로다 그래도 용케 집을 세웠다는 식으로 먼저 목수의 경우를 삺이려는 사람이 있을지도 모루나, 그러나 목수木手는 한 사람도 이것을 바랄 염치廉恥는 없을 거다.[16]

위의 글에서 지하련은 '터전'과 '재목'의 비유를 통해서 소설 창작 어려움의 원인들을 드러내고 있다. 여기서 터전은 소설이 창작되는 데 있어서 목수가 발을 서 딛고 있는 환경, 즉 시대 현실이라 할 수 있다. 재목은 작가가 그 터전, 배경 위에서 구하는 대상의 문제라 할 수 있다. 소설은 일상이나 있을 법한 재료를 주인공과 사건을 중심으로 형상화의 방식을 통해서 구성된다. 이를 고려한다면 지하련은 소설 창 과정에서 가해지는 외적인 조건환경과 제재소설의 제재 문제를 삼고 있다. 이는 글을 둘러 싸고 있는 당대의 조선문인보국회의 결성과 검열 정책, 그리고 제국

16 지하련, 「소감」, 『춘추』, 1941.6; 서정자 편, 『지하련전집』, 푸른사상, 2023, 266~267면; 앞으로 서정자가 엮은 『지하련전집』에 실린 글에 대한 서지사항은 '원문 출처; 전집, 면수'로 표기하도록 하겠다.

에서 강제했던 보국문학의 기류를 환기한다. "목수木手는 한 사람도 이것을 바랄 염치廉恥는 없"다는 말을 통해서 작가에게 가해지는 제한이 결코 그들이 원하는 것이 아님을 드러낸다.

환경과 제재 선택의 문제는 단순히 일제 말기의 제국 정책과 억압에 국한되지 않는다. 제국과 공조하는 남성 지식인들의 여류 문사에 대한 차별과 논거에 대한 문제의식을 포함한다. 남성 문인들의 남성-이성 / 여성-감성, 정치적 소재-남성 / 일상의 감성적 소재-여성, 남성-계몽주체 / 여성-계몽대상의 이분법적 구획과 위계의식이 비판된다. 성별에 기반한 차별 의식에 따라 호명되는 여성 작가로서 자신의 정체성과 문단의 주체의 문제가 함께 다뤄지고 있는 것이다. 요컨대, 여성은 제국에 의해서 군국의 어머니, 총후부인으로, 또 남성 지식인들에 의해서 현모양처, 감성적인 계몽대상으로서 호명되고 응답함으로써만 말할 수 있었다. 그녀들이 말할 수 있는 언어와 사유의 폭은 남성제국의 주체들이 그녀들을 재현하는 선에서만 가능했다. 남성-제국이 주도한 재현의 정치 속에서 재현된 여성 바깥의 모든 여성은 말할 수 없는 존재였다.

3. 여성의 말하기와 남편 / 오빠의 불안

3, 4절에서는 지하련 소설에 대한 분석을 통해서 그녀가 말하고자 하는 내용이 제국 / 남성의 언어로 포착될 수 없는 것임을 밝히고자 한다. 본 장에서는 여성아내, 누이을 초점자로 해서 쓰인 「결별」, 「산길」, 「체향초」에 대한 분석을 하겠다. 이를 통해서 여성 주체가 느끼는 시대의 불합리함에 대한 지하련의 사유를 추적하고자 한다.

「결별」은 주인공 형예가 친구 정희의 결혼 잔치에 가면서 결별을 결심하게 되는 과정을 그리고 있는 소설이다.[17] 작품의 처음과 끝에서 형예에 대한 남편의 무시가 형예 부부간의 대화 단절로 이어지는 양상이 제시된다. 형예는 남편이 다른 사람 일에 분주한 것에 대해 불만을 느낀다. 그의 분주함이 자신을 무시한다고 느끼기 때문이다.

> 형예亨禮가 눈을 떴을 때 제일 먼저 머리에 떠오르는 것은 어제밤 다툰 일이다. 하긴 어제밤만 해도 칠원관평은 몸소 가 봐야 하겠다는 둥 무슨 이사회가 어떠니 협의회가 어떠니하고 길게 늘어놓는 남편의 이야기가 그저 좀 지리했을 뿐 별것 없었다면 그도 모르겠는데 어쩐지 그게 꼭 「이러니 내가 얼마나 훌륭하냐」는 것처럼 댓듬 비위에 와서 걸리고 보니 형예로서도 가만이 있을 수 없어 자연 주고받는 말이란 것이 기껏
>
> 「남의 일에 분주헌 건 모욕이래요」
>
> 「남의 일이라니 웨 결국 내일이지」
>
> 이렇게 나오지 않을 수 없었고 이렇게 되고 보니 딴 집으로 났을 뿐 아직 한집안일뿐 아니라 큰댁에서 둘째 아들을 더 힘 믿는 판이고 보니 하긴 남편의 말대로 짜장 그렇기도 한 것이 형예로선 더 노꼴스럽게 된 판에다가,
>
> 「여자가 아무리 영니해도 밖앝 일을 이해 못함 그건 좀 골난해」
>
> 하고 짐짓 딴대리에서 거드름을 부리는 것은 더 견대어낼 수가 없어서 이래

17 지하련의 결별 삼부작(「결별」, 「가을」, 「산길」)은 줄곧 최정희의 「인맥」과 비교선상에서 함께 고찰되어왔다. 최정희와 지하련의 소설은 남편-아내-아내의 친구 구도에서 그들 간 애정갈등을 그려낸다는데 공통점을 지닌다. 지하련의 삼부작이 결국 이뤄질 수 없는 남편-아내 친구의 사랑과 부부 관계에 대한 좌절로 그려지는 반면, 최정희의 소설은 불륜녀의 내면 묘사를 통한 공감을 유도한다는 점에서 차이를 보인다. 최정희, 「인맥」, 『최정희전집』, 설문각, 1982, 200~222면.

서 결국 형예 편이

「관둡시다 관둬요—」[18]

남편은 형예에게 "이사회가 어떠니 협의회가 어떠니" 하고선 자신이 "얼마나 훌륭"한지를 자랑하듯이 이야기한다. 그에 대해 형예는 바깥의 공적인 일을 하는 남편이 마치 자신을 무시하는 것과 같은 느낌을 받는다. 그래서 그녀는 "남의 일에 분주헌 건 모욕"이라는 말로 자신이 느끼는 불쾌함을 드러낸다. 이에 대해 남편은 "결국 내 일"이라는 말로 응수한다. 형예는 남편의 책임의식보다는 "한 집안일 뿐 아니라 큰댁에서 둘째 아들을 더 힘 믿는 판"으로, 가정 차원에서 남편의 말을 수용하는데 노력한다. 이때, 남편의 다른 사람 일에 대한 분주함이 형예의 생활 속에서 번역되는 과정은 주의를 요한다. 왜냐하면 여기서 남편의 언어와 다른 층위의 부인의 언어를 생각해볼 수 있기 때문이다. 남편은 사회 공동체라는 인식 속에서 "밖앝 일"을 명목으로 형예를 무시하지만, 형예는 자신과의 관계 속에서 남편과의 연결을 도모하고 있기 때문이다. 여기서부터 남편의 단절 / 위계, 형예가 지닌 연결 / 평등의 가치가 상충됨이 드러난다. "여잔 웨 관평을 하러 다니지 않을가?"[19]라는 형예의 말을 통해서 부부간의 이해의 상이함이 실제 현실에서 성별역할분업에 따른 문제로 구체화된다.

형예는 남편을 이해하는 것에 그치는 "어진 안해"로서만 그 주체적인 위치를 인정받을 수 밖에 없는 것에 불만을 느낀다. 그들의 부부관계는 사랑이라는 감정 대신, '남편을 이해하는 영리한 여자'가 되라는 남편의

18 지하련, 「결별」, 『문장』, 1940.12, 65~65면.

19 위의 글, 66면.

위계적인 호명과 그에 따른 의무만이 확인될 뿐이다. 남편과의 사랑 부재와 부인으로서 역할의 대치는 근대 가부장제가 요구하는 부부의 지속이 불가능함을 보여준다.[20]

형예는 부부라는 의무 아래서 사랑을 구하다가 실패한 인물이다. 그렇기 때문에 사랑을 통해서 부부로 나아간 정희 부부의 사례는 '부부'와 '결혼'이라는 제도의 구속에 대한 부정으로 이어진다. 사랑이 없는 부부관계에 대한 의문은 곧 형예와 남편 간의 갈등으로 표면화된다. 특히, 형예 남편의 정희 남편에 대한 멸시는 아내의 불경에 대한 두려움이 발현된 것이라 할 수 있다. 아내의 존경심이 부재하는 순간, 가장으로서의

---

20 누스바움에 따르면, 국가의 훌륭하다고 여겨지는 정치 기획이 지속되기 위해서는 그를 뒷받침하는 정치적 감정이 배양되어야 한다. 정치 기획은 법률이나 제도를 통하기 때문에 강제성을 지니지만, 그 목적이 평등과 자유를 지향해야 한다는 전제를 지녀야 한다. 특히, 정치 기획에 있어서 중요한 것은 정치적 자유주의로서 항상 있을 수 있는 모든 비판에 열려 있어야 한다는 점이다. 모든 소통의 장을 열어두고 평등한 존엄과 자유를 추구하기에 정치기획은 정당화 될 수 있다. 하지만, 그 기획이 지속되기 위해서는 그에 걸맞은 감정들이 배양되어야 한다. 무엇보다도 정치 기획을 지속시키는 가장 중요한 감정은 사랑으로, 타인과의 관계 속에서 나의 위치를 확인하고 다른 이에 대한 공감의 근거가 된다. 공감은 타인의 고통을 나의 것으로 받아들이는 것이다. 그것은 다른 이의 고통을 진지한 것으로 여기고, 그의 잘못이 아니라 다른 구조적 요인으로부터 고통이 유발되었음을 인지(무결성)하는 것이다. 그리고 공감은 나에게 소중한 존재와 관련된 고통으로서 감각의 확장, 신체의 연장의 의미를 지닌다고 할 수 있다. 정치적 감정이 결여될 경우, 정치 기획은 냉소주의로 팽배한 빈 껍데기가 되거나 기획 자체가 무산될 수 있다. 사랑이 중요한 정치적 감정인 것과 반대로 타인을 배제하는 두려움, 시기심, 수치심은 정치기획 지속에 악영향을 미친다. 두려움은 지배집단이 자신의 무력감을 받아들이지 못하는 상태에서 발생하는 감정이다. 시기심은 보다 우위의 대상에 대한 생산적이지 않은 불만이다. 그리고 수치심은 자신의 약점이 노출된 것에 대해 느끼는 부끄러움이다. 이들 감정은 주로 다른 이들과의 연결을 방해하고 개인의 발전을 저해한다는 점에서 부정적으로 평가된다. 하지만 다르게 본다면, 파시즘의 정치 기획에 있어서 이들 부정적인 감정의 발굴은 그 기획이 갖는 오류의 가능성을 비판하는 하나의 우회로로 읽힐 수 있을 것이다. 이하 정치적 감정과 제도의 지속성에 대한 논의는 마사 누스바움, 박용준 역, 『정치적 감정 – 정의를 위해 왜 사랑이 중요한가』, 글항아리, 2019 참고.

권위가 떨어지기 때문이다. 가장 권위의 중요성은 사적 공간과 공적 공간으로서의 의미가 교차하는 가정의 상징성에서 비롯된다.

'남편'형예 남편은 바깥 일을 한다는 이유로 아내에게 위계적인 모습을 고수하면서도 자신이 전능한 주체이기를 희망한다. 그런 남편에 대한 형예의 분노는 말하지 못하던 부인으로 하여금 저항의식을 갖게 한다. 남편에 대한 형예의 저항은 시대 담론이 형성한 젠더 위계와 정상성을 뒤집고자 하는 시도로도 읽힐 수 있다.

> 「이렇게 욕 주고 사람을 천대할 법이 있는냐?」
>
> 는, 욋침이 전광처럼 지나간다. 순간, 관대하고 인망이 높고 심지가 깊은 「훌륭한 남편」이 더헐 수 없이 우열한 남편으로 하낱 비굴한 정신과 그 방법을 가진 무서운 사람으로 형예 앞에 나타났다. 점점 이것은 과장되여 나종엔
>
> 「그가 반드시 나를 햇치리라 ―」
>
> 는 데서 그는 오래도록 노여웠다.[21]

형예가 남편에게 느낀 분노는 단순히 남편의 대화를 단절하려는 모습이나 정희의 남편을 모욕한 것에 대한 감정에 불과한 것이 아니다. 남편이 형예의 부부간의 사랑이라는 깨달음과 그녀의 인격을 무시했기 때문이다. 형예가 자신의 이야기를 하기도 전에 남편은 아내의 이야기를 끊어버린 것이다. 남편의 고압적인 태도와 형예의 불만은 대립을 이룬다. 그것은 대화가 시작하고 끝나는 데 전적으로 남편의 의지에 좌우된다는 것에 대한 당위의 위계와 저항의식의 관계를 형성한다. 위계로

21 지하련, 「결별」, 앞의 책, 82면.

인해 평등이 말살된 부부관계가 형예의 고독을 형성한다. 형예의 고독은 위계를 형성하는 담론장 바깥 존재의 적막함이라 할 수 있다. 형예는 정희 부부와의 만남을 통해 부부간 위계 바깥을 상상하게 되었다. 고독은 그녀가 자신의 언어로 남편과 통할 수 없는 것에 대한 감정이다. 그녀는 더 이상 남편을 이해할 수 없게 되었고 남편은 그런 그녀를 부정한다. 여성은 남성이 구축한 담론장에 의해서 그녀는 배제되기도, 포섭되기도 하는 것이다.

형예가 남편이 자신을 해칠 것이라 확신하는 대목은 표면적으로 논리적 비약이 있어보인다. 하지만 남성남편의 의지에 따라 맺고 끊어지는 담론장에서 주체의 자리에 의구심을 갖고 문제를 제기하는 여성을 위한 언어는 존재하지 않는다. 바깥을 상상하고 그 언어를 구사하고자 하는 아내 형예는 말을 할 수 없고 그 질서 속에서 침묵을 강요당한다. 그녀는 죽은 존재가 될 수 밖에 없다. 그렇기 때문에 그녀 자신이 해침을 당할 것이라 확신하는 것은 담론장에서 침묵을 강요당하는 여성 주체의 위치를 확인하는 과정이라 할 수 있다.

「산길」의 주인공은 '순재'라는 부인이다. 그녀는 친구 문주로부터 남편이 자신의 친구 연희와 사귄다는 이야기를 듣는다. 순재는 분개하면서도 아내로서 남편을 이해해야만 한다는 윤리적 책임에 괴로워한다. 그래서 그녀는 자신을 배신한 남편을 사랑할 수 밖에 없는 사실을 '질서의 구속'으로 받아들인다. 연희와 남편과의 불륜에 대한 순재의 괴로움은 여성으로서의 질투의 의미만을 지니지 않는다. 부인의 역할을 다하지 못했다는 질책, 부인의 위치가 위협받는 사실에 대한 수치심의 성격 또한 지닌다.

괴로워하는 순재에게 연희는 만남을 요청한다. 이에 순재는 응하게 된다. 함께 걷는 둘 사이에는 진솔한 대화가 오고 간다. 두 여성은 서로의 사회적 위치에 대한 토로를 통해서 공감대를 형성하고 이해를 구축한다.

「이제우리 두 사람을 나란이 세워 놓고 누구의 형상이 숭 없는가 한번 바라다보십시오. 내 모양이 사뭇 고약할 테니.」

연히는 여전 같은 태도로 말한다.

「안해란 훨신 늙고 파렴치한 겁니다.」

순재는 결국 그 노염을 이렇게 표현할 수밖엔 없었으나, 말이 맞자 연히의 표정 없는 얼굴이 무엇엔지 격노하고 있는 것을 놓질 수는 없었다. 과연 모를 일이다. 이제 막 순재가 한 말은 순재로서 대단 하기 어려웠든 말일뿐 아니라 또 어느 의미로 보아선 정말이기 때문이다.[22]

연희는 자신과 순재 사이에 놓여 있는 '부인 / 불륜녀'의 위계구도에 대한 한을 털어놓는다. 연희의 "형상이 숭 없는가"라는 말 속에는 불륜에 대한 도덕적 책임을 넘어선 두려움이 자리해 있다. 그것은 부인으로서 자신의 자리를 지키는 순재와 유부남을 유혹한 여성으로서 불리워질 자신에 대한 대조적인 낙인의식이다. 신여성의 부정적인 이미지를 구성하는 요건 중 하나가 문란한 연애관계였음을 고려해보면 순재에 대한 성토 속에서 나타나는 연희의 모습은 순수한 사랑에 가깝다.

제도와 분위기에 구속되지 않고 사랑을 토로하는 연희를 보면서 순재는 노염보다 "늙고 파렴치"한 자신을 발견한다. 순재의 부부관계에의 집착은 해방적인 연애를 지향하는 연희에게 있어서 '노염'의 대상이다. 연

22 지하련, 「산길」, 『춘추』, 1942.3, 145면.

희의 분노와 그에 대한 순재의 긍정과 자기 부정의 장면은 당대 담론이 구축한 부인 / 불륜녀의 위계가 전복되는 순간이다. 연희의 사랑 고백과 순재가 부인으로서 자기 정체성에 대해 느끼는 허탈감은 가족제도에 대한 정당성을 의심하게 만든다. 보다 중요한 것은 연희와 순재 사이에 이뤄지는 대화가 어느 한편에서 시작하고 일방적으로 끝맺는 위계구조가 아니라는 점에 있다. 그들이 상호관계 속에서 서로의 감정을 정립하고 지지를 보내주고 있다는 점이 주목된다. 남성을 사이에 두고 대립하고 있지만 "자유로운 상태"를 지향한다는 욕망에 대한 상호 공감이 나타나고 있다. 그들은 저마다의 애인으로서의 욕망을 드러낸다. 동시에 아내 이전의 여성으로서의 욕망을 억압하는 부부 제도 모순을 폭로하고 있다. 요컨대, 두 여성 간에 교환되는 감정과 위계의 전복은 새로운 연대의 구축과 기존의 '정동-하기'[23]에 대한 저항의식을 생산한다고 할 수 있다.

순재와 연희 간에 이뤄지는 대화는 아내의 불륜녀에 대한 일방적 패배 또는 불륜녀의 뻔뻔함을 강조하는 결말을 맺지 않는다는 점에서 특징적이다.[24] 이때 가족제도가 일제 말기 제국의 정치적 기획 속에서 무게가 더해져 개인을 구속했던 배경을 고려할 필요있다. 그랬을 때, 그녀들의 연결은 억압적이고 남성제국 중심의 담론장 너머로서 자유로운 상태를 꿈꿀 수 있는 토대를 산출한다. 연희와의 사건을 "생각하면 대단

23 정동-하기가 제도가 구축한 정동의 체계를 벗어나고자 하는 능동적 행위라면, 정동-되기는 지배적인 사회 문화가 구축된 인식·감정 체계를 받아들이는 수동적 행위이다. 최병구, 「지하련 소설의 현실인식과 젠더 전략」, 앞의 책, 2021, 342~343면.

24 지하련 소설과 대조적인 작품의 예시로 유진오의 「젊은 안해」를 꼽을 수 있다. 「젊은 안해」는 불륜녀(마미)와 아내(분옥) 간 갈등에서 동등한 대화가 성립되지 않고 아내의 일방적인 패배로 끝나는 점이 특징적이다. 유진오, 「젊은 안해」, 『춘추』, 1권 1호, 1941, 260~274면 참고.

유감스런 일이지만 이미 지나간 일이니 이해하시오 —"[25]라는 말로 덮어버리려는 남편의 태도와 대조적이다. 남편과 아내순재 간에 존재하는 대화의 일방적인 구조는 가정 내에 자리한 위계를 보여준다.

「못쓰는 일을 왜 했어요?」

「그렇게 사과하지 않소 —」

「사과를 해요?」

「마졌오 —」

순재는 뭔지 더 참을 수가 없었다. 그는 무슨 까닭으로 이 순간 연히를 생각해 냈는지

「연히가 개가 무슨 봉변이겠어요… 당신 개헌테도 나헌테도 나뻔 사람이에요.」

하고는 허둥 허둥 모를 말을 중얼거렸다.

남편은 뭔지 한동안 물끄럼이 안해를 보구 있더니,

「그래 마졌오. 당신 말이 —」

(…중략…)

「사과 할 길밖에 도리 없다는 사람 가지고 웨 작구 야단이요? 웨 따지려구만 드오, 따저선 뭘하자는 거요? 당신 날 사랑한다는 것 거짓말 아니요? 웨 무조건하고 용서할 수 없오?」

하고 벌컥 하는 것이다.

이리 되면 이건 언어도단이다. 너무도 이기적이라니 그 정도를 넘는다. 그러나 알 수 없는 일은 지금까지의 어느 말보다도 오히려 마음을 시원하게, 후

---

25 지하련, 「산길」, 앞의 책, 148면.

련하게 해주는 것이 스스로도 섬찍하고 남을 일이었다.[26]

순재는 남편이 불륜에 대해 책임을 회피하려는 태도에 "나쁜 사람이" 라며 분노한다. 이에 대해, 남편은 화를 내면서 자신에게 불리한 대화를 종결시킨다. 남편의 태도는 그들의 관계가 더 이상 사랑에 의해 지속될 수 없음을 보여준다. 남편의 일방적인 대화 태도는 담론의 주도권을 쥐려는 남성의 욕망을 보여준다. 그것은 자신에게 불리한 사안에 대한 아내와의 대화 단절을 통해서 드러난다. 남편은 자신에 대한 아내의 존경을 중요시한다. 그러면서도 자신이 허락하는 범위 내에서, 자신의 입지가 위협받지 않는 선에서만 아내의 발화를 허용하는 이중적인 면모를 보여준다. 아내는 오로지, 남편의 권위를 침범하지 않는 선에서만 발화의 주체로서 인정받을 뿐이다. 그 외의 이야기는 침묵을 요구받거나 남편이 들을 수 없는 것으로 치부된다. 이를 보고 순재가 느끼는 후련함은 더이상 그녀가 부부간의 윤리나 질서에 구속될 필요 없다는 사실을 깨달음을 보여준다.

남편과 다르게, 연희는 동등한 위치에서 상호 합의하에 대화를 시작하고 끝내는 모습을 보여주었다. 대화 속에서 여성들은 상호 주체성을 인정하는 관계였다. 부부관계에서 구해야만 했던 자유, 평등, 존중의 가치가 불륜녀인 연희와의 마주침 속에서 구해졌던 것이다. 연희의 말하기는 순재에 의해서 비로소 발견되었고, 순재 또한 여성으로서 자신의 언어를 찾을 수 있었던 것이다.

「제향초」는 무기력한 전향자 오빠를 누이의 시선에서 그려낸 작품이

26 지하련, 「산길」, 앞의 책, 149~150면.

다.[27] 누이 '삼히'가 오빠와 함께 지내는 일상은 단순히 전원풍경을 그려내기 보다는 전향자의 고뇌가 그려져 있다. 무엇보다 오빠의 생활 태도가 삼히의 시각에서 이상하게 그려진다. 열심히 일을 하는 오빠의 모습은 삼히의 눈에는 부자연스럽게 보인다.

「내 보니께 그렇데요. 괘니 남이 해도 될 걸 손수 허고, 헐 땐 지나치게 열중해 뵈구…」

「그게 자랑이란 말이지?」

「그러믄요—」

(…중략…)

「자기가 하는 일에 열중한다는 것은, 남의 간섭干涉이나 침범侵犯을 거절하는 것이고, 또 이것이 생활태도라면, 거기엔 반다시 어떤 긍지가 있을 것 같애서요—」

하고는 무슨 연설이나 하듯 딱딱한 태도로 된 둥 만 둥 말을 했다.

그랬드니, 오라버니는 웬일인지 제법 소리를 내고 우섰다.

이래서 삼히는, 제가 한 말이, 오라버니가 평소에 자긍하든 그 무었의 급소를 찔른 것이라고, 즉 방금 오라버니가 웃은 것은 말하자면 뭐라고 헐 말이 없어 웃은 것이라고, 이렇게 생각이 들고보니, 오라버니가 웃은 것이라든지, 또 저를 보고 하이칼라라고 하던 그 태도라든지가 새삼스럽게 비위를 상해 주었다.

27 「체향초」는 지하련이 실제 요양생활 중에 겪은 체험을 쓴 것으로 알려져 있다. 허예슬 등은 이 소설이 오빠 이상조를 모델로 한 소설로 보고 있지만 단순히 이상조를 재현하기보다는 그녀의 현실 인식이 어느 정도 반영되었다고 할 수 있다. 지하련의 세계를 이루는 반역 의식은 그녀가 감각하던 위계의 불합리를 한층 더 부각해서 그려냈을 거라 할 수 있기 때문이다.

그래서

「그건 일종의 「태」라는 거에요, 오라버니든 누구든, 아무리 훌륭한 분이래도 그 생활에서 태를 부리기 시작하면, 보는 사람이 얼굴을 찡기는 법예요—」하고는 발칵했다.

「그래 네가 말하는 그 태라는 게 나도 싫어서 이렇게 일을 허는데도, 말성이니 그럼 어떻게야 헌담—」[28]

'하이칼라'를 보면 돼지들이 달려든다는 말에 발끈한 삼히가 오빠를 조소하는 장면이다. '하이칼라'라는 말을 들은 삼히의 반응이 히스테리적인 것은 당시 신여성을 지칭하기도 했던 하이칼라라는 말에 여성의 사치, 허영에 대한 비난이 있었기 때문이다. 신여성은 총후부인 등 '계몽 되어야 할 여성'과 그와 반대로 사치와 허영심에 들어서 잠재적인 스파이[29]가 될 수 있으므로 '배제되어야 할 여성'으로 분화되어 있었다. 그러나 이들 모두 남성 지식인들의 재현에 따른 것으로, 여성 입장의 반영이 없었던 이미지들이었다. 이를 고려하면, 삼히의 오빠에 대한 신경질적인 반응은 정체성 문제에 대한 누이의 반발로서 읽힐 수 있다.

삼히는 오빠의 일하는 모습을 「태」라 부르면서 비판한다. 일제 말기 총동원령과 당대 분위기는 어떻게든 제국이 요구하는 바에 따라 '하는 척' 하는 것이 필수적이었다. 이를 고려하면 삼히의 비판은 다음과 같은 의미를 지닌다. '하이칼라'를 비판하는 남성 지식인들이 실제로 자신이 무엇인가를 하는 척하면서 기만한다는 것이다. 즉, 진심으로 자신이 하고자 하는 바를 하는 것투쟁과 티를 내려는 「태」는 일제 말기 이전의 모

28 지하련, 「체향초」, 『문장』, 1941.3, 5면.

29 신여성과 '스파이 만들기'에 대해서는 권명아, 앞의 책 참고.

습과 그 이후의 오빠를 대조하는 표현이다. 후자의 생활은 "오라버니가 정말 불쾌한 생활"[30]이다. 동시에 그것은 남성이 위계를 구축하고 여성을 배제하는 일종의 몸짓에 가깝다. 그런 오빠에 대한 삼히의 비판과 조소[31]는 오빠의 생활과 기만을 강요한 제국에 대한 반응이기도 하다. 제국이 표방하는 사상전향정책과 그를 포괄하는 총동원 정책에 대한 조소인 것이다. 총동원 기획이 양산하는 부지런한 삶의 기쁨이라는 감정, '흙'에 대한 사랑이란 감정이 조선 인민에게 실제로 내면화 될 수 없는 것임을 보여준다.

삼히가 지적한 '태'는 오빠에게는 불쾌한 생활을 지적한 것이다. 그의 불쾌한 것은 '비굴한 것'으로 받아들여진다고 할 수 있다. 오빠와 그의 친구 태일 간의 논전에서 '태'의 문제가 결국 비굴함과 연결되어 있음을 보여준다. 그들에게 지금의 생활은 비굴하냐 아니냐의 문제로 수렴된다.

「그 비굴이란 것이 대체 어떤 것이요?」

하고 무렀다.

오라버니는 잠간 피우든 담배 토막을 부빈 후

「글세, 그렇게 말하면 또 별겨겠지만 아무튼 옳은 건 옳고, 글른건 글른 것 아니겠오 —」

하고, 말을 받었다.

잠깐 침묵이 있은 후, 청년은 다시 말을 이었다.

---

30 지하련, 「체향초」, 앞의 책, 6면.

31 조소는 현재 이뤄지고자 하는 정치적 기획이 터무니 없음에 대한 주체의 감정 반응이다. 다시 말해서, 조소는 정치 기획 주체에 대하여 개인이 종속되지 않았다고 여겼을 때 보일 수 있는 능동적인 행위이다. 마사 누스바움, 앞의 책 참고.

「비굴한 사람보다도, 사람을 비굴하게 만드는 사람들이 더 비굴할 것이요—」 하고, 비교적 "사람"이란 말에 억양을 넣어 말을 하면서, 이번엔 훨신 롱쪼로,

「형이 그 사람을 몰라 그렇지, 그 사람 참 좋은 사람이요. 제일 본받기 쉬운 어린애의 마음이 제일 아름답다는 크리스도의 말에 빚처 본다면, 그 사람 천사 같은 사람일 거요.」하고 우섰다.[32]

오빠와 태일은 '비굴함'에 대해 문답을 나눈다. 여기서 옳고 그름을 명확히 하려는 "편협"[33]한 오빠와 사람을 비굴하게 만드는 환경을 문제 삼는 태일이 대조를 이룬다. 비굴한 삶을 주조하는 환경에 대한 태일의 비판은 일제 말기 삶의 방식에 대한 작가의 인식이 내포되어 있다. "가장 독닙한 인간"인 태일은 그가 살아가는 환경이 사람을 비굴하게 만든다는 점을 누구보다 알고 있었다. 그들이 말하는 비굴함이란 주체의 입장에서는 자신이 사랑을 느끼지 못한 일을 사랑하는 것처럼 보이는 일('태')이다. 그리고 그 '태'를 만들어내는 것을 더한 비굴함으로 비판된다. 비굴한 오빠들은 자신들로 하여금 '태'를 견지하게 하는 권력주체를 더 비굴한 것으로 비꼬고 있는 것이다. 하지만 그들은 정작 자신 또한 여성삼히의 침묵을 강요하는 더 비굴한 주체임을 자각하지 못한다. 오빠들은 자신들이 덜 비굴하다고 자부하지만, 정작 누이의 눈에는 오빠와 제국 모두 자신들의 위계를 위해서 타자를 배제하는 존재에 불과한 것이다.

자신의 생활에 대해 사랑을 느끼지 못하는 오빠는 태일을 부러워한다. 태일은 마치, 전능한 존재처럼 다른 사람들간의 싸움도 말리고 자신에 대하여 자신이 가득한 명랑한 주체이다. 자신이 전능하지 못함을 아

32 지하련, 「체향초」, 앞의 책, 11면.

33 위의 글, 10~11면.

는 무력한 주체의 수치심이 오빠가 태일을 대하는 모습에서 드러난다. 그러나 그의 모습에서는 여성과 위계를 두려는 남성의 모습도 함께 드러난다. 여기서 누이는 그오빠에 의해 재현된다.

「"자랑"을 가졌으니까 생명과, 육체와, 또 훌륭한 "사나히"란 자랑을 가졌으니까—」
하고, 오라버니는 혼자ㅅ말처럼 말하는 것이었다.
삼히는 오라버니의 이러한 말에 진작 대척이 없이, 속으로 "사나이", "생명" "육체"하고, 되푸리해 보았으나, 그렇다고 이것이 그에게 별다른 감동을 주지는 않았다.
오라버니는 다시
「그는 저와 상관되는 일체의 것을 자긔 의지意志아래 두고 싶은 앗미을 가졌으면서도, 그것을 위해 조금도 비열하지도 않고, 아무 것과도 배타排他하지 않는, 이를테면 풍족豐足한 성격일 뿐 아니라, 이러한 성격이란 본시 "남성"의 세계世界이니까—」
하고, 말하면서,
「그러기에 이러한 사나이의 세계란, 가령 어떠한 사정事情이나 환경에서 패敗하는 경위라도 결코 "비참"한 형태는 아닐거다—」하고 말했다.[34]

오빠는 삼히를 "녀자",[35] 동생으로서 연약한 인간으로 규정하는 반면, 태일을 사나이로 상찬한다. 여기서 "사나이 세계"를 동경하는 오빠의 모습이 나타난다. 그에게 사나이란 어떤 "사정이나 환경에서 패"하더라도

34 위의 글, 18면.
35 상동.

자랑스러운 것이다. 그의 논리에는 종속적이고 연약한 여성의 세계가 상정되어 있는 것처럼 보인다. 그것은 무력한 남성 지식인의 "자기 약점에 대한 일종의 반발"[36]로서, 자신의 수치심을 남 / 여 위계 설정을 통해서 해소하려는 발버둥이기도하다. 사나이 세계 속 오빠는 담론을 구성하는 주체로서 삼히누이를 연약한 존재로 재현한 것이다. 이때, 여성의 다른 가능성과 능력은 모두 지워진다.

"사나이의 세계"를 동경하는 오빠의 남아 있는 자부심은 태일의 변절로 인해 무너져내리고 만다. 태일이 사관학교나 연구실에 갈 것이라는 오빠의 말에 삼히가 조소하자 두 남매 간에는 언쟁이 불거진다. 두 남매의 언쟁에서 누이의 오빠의 위계적인 태도 대한 비판이 나타난다. 그 과정에서 오빠의 젠더 위계를 통한 자기기만이 비판된다.

「오라버니만 바라다보구 남은 바라다보면 못쓴단 법이 어듸있어요?」

하고, 말을 했다. 오라버니는 잠좋고 있드니

「그게 존거면 모루지만, 나뿌니 말이지. 난 이러한 것을 남에게서 보면, 영기가 차고 우울해서……」

하고, 말을 흐렸다. 삼히는 이러한 오라버니의 말이 안되게 생각되면서도 그는 끝내

「그래도 오라버니 태도로는 횡폭하고 비겁한 것 같애요」

하고 말했다. 오라버니는 쉽사리

「그럴지도 몰라 ―」

하고 말했다. 삼히는 어쩐지 맘이 언짢었다.[37]

36 상동.

37 위의 글, 25면.

'조소'하는 것에 대한 자기의 권리를 주장하는 삼히의 모습은 특별한 의미를 갖는다. 태일의 연구소와 사관학교의 진학이 제국의 총동원 정책과 관련을 갖는바, 조소의 태도는 제국의 정치 기획에 대한 정치적 감정의 발현이라 할 수 있다. 삼히의 조소에 대한 오빠의 비난은 여성에게 결코 남성 전유 영역으로서 정치를 내어줄 수 없다는 고집에서 나온 것이다. 누이에 대한 오빠의 호명은 위계를 공고히 하고자 하는 시도로 읽힐 수 있다. 그런 오빠에 대한 누이의 저항과 비판은 남성 사회주의자의 계몽적 기획과 제국의 총동원 기획이 공유하는 선별과 배제의 전략을 폭로한다. 이러한 폭로 전략은 근우회 시절부터 연속된 지하련의 위계에 대한 반발 심리로부터 비롯된 것이라 할 수 있다.[38]

오빠에 대한 삼히의 동정은 전향자의 고뇌에 대한 공감이자 그를 비굴하게 만드는 제국에 대한 비판의 의미를 지니고 있다. 그로부터 총동원 기획이 인민들로 하여금 진정으로 따르게 할 수 없음을 드러낸다. 한편으로, 남 / 여 위계에 따라 자신들이 담론의 구성 주체라고 믿는 남성 지식인들이 실제로는 상위 주체인 제국이 만들어 놓은 담론장에 구속된 존재에 불과하다는 진실을 보여준다. 깨닫지 못한 남성들에게 자유로운 여성들의 언어는 이해될 수 없는 이유이기도 하다. 신여성의 담론 바깥을 향한, 자유롭고자 하는 탈주의 언어는 담론장 내부에 있는 사람들에게 들릴 수 없다.

38 지하련의 근우회 시절과 배녀주의에 대한 반발심리에 대해서는 허예슬, 앞의 글 참고.

4. 우울한 남성의 몸짓과 탈주하는 여성

앞선 절에서는 지하련 소설 중 여성 초점자를 내세운 소설에 대한 분석을 통해서 담론장을 구성하는 주체의 문제, 거기서 배제된 바깥의 자유롭고자 하는 여성들은 어떻게 침묵을 강요당하는가를 살펴보았다. 이번 절에서는 남성을 초점자로 하는 「가을」, 「종매」, 「양」에 대한 분석을 통해서 남성인물의 불안이 지니는 의미에 대해 살피도록 하겠다.

지하련의 「가을」은 주인공 석재가 아내 친구 정예의 유혹을 두고 고뇌하는 내용을 담고 있다. 어느 날, 석재는 자신과 만나고 싶다는 정예의 편지를 받는다. 그는 정예의 편지를 두고 선 그녀를 둘러싼 소문을 떠올린다.

> 듣는 바에 의하면 여자는 그 후 결혼을 했으나 곧 이혼을 했다는 것이고 이혼한 후엔 그 소위 「연애 관게」가 무척 번거러워서 그의 아는 사람도 여기 관게 된 몇 사람이 있다고 한다. 이리되면 이건 그로서 도저히 이해할 수도 없으려니와, 불쾌하다니 그 정도를 넘고도 남는다. 또 사람의 기억이란 꽤 야속하게 되어서 사랑하는 안해와의 모든 것도 삼 년이 지난 오늘엔 구름을 바라보듯 묘연하거든 항차 정예란 여자와의 지난날이 지금 껏 그의 머리ㅅ속에 자리를 잡고 남어 있을 턱이 없다.
>
> 이러한 오늘에 다시 편지를 보내고 만나자니 — 만나 소용없단 것을 이편보다도 저 편이 더 잘 알면서 만나자니 — 이제 그에게 「여자」란 대상이 다시금 알- 수 없어지는 것도 또 이 여자가 가지는 바 그 풍속風俗이 더 오리무중五里霧中인 것도 사실은 무리가 아닐지 모른다.[39]

---

39 지하련, 「가을」, 『조광』, 1941.11, 192면.

정예를 둘러싼 소문은 그녀의 복잡한 연애 관계에 대한 것이다. 오래 지속하지 못한 그녀의 결혼생활은 복잡한 연애 관계가 그 이유가 된 것으로 알려져 있다. 정예에 대한 소문은 석재 자신에게 혼란스러움을 가져다 준다. 석재에게 정예는 문란한 여자이면서도 그의 "풍속風俗이 더 오리무중五里霧中"인 존재이다. 여기서 풍속이 의미하는 바를 고려해본다면, 석재가 비판적으로 생각하는 "「여자」란 대상"은 문란한 여성, 이성관계가 복잡하여 부부생활을 지속하지 못하는 존재이다. 풍속에 내재한 관습의 의미를 고려했을 때, 정예라는 인물의 복잡한 연애관계가 개인의 문제이기 보다는 특정 집단에 대한 규정의 의미를 지니고 있음을 알 수 있다. 정예는 정절을 지키지 않고 문란한 지식인 여성, 부정한 신여성의 표상이다. 석재가 정예와의 만남을 꺼리는 것 또한 죽은 아내의 친구라기 보다는 '신여성'이라는 이미지와 접촉하는 것에 대한 두려움에 가깝다고 할 수 있다. 한편으로, 주목해야할 것은 정예와의 만남을 주선하기까지하고 그녀와 남편의 단둘의 만남을 허락하는 아내의 태도이다. 석재가 정예뿐만 아니라 아내에게도 느끼는 불만은 부부 윤리에 어긋날 수도 있는 일에 대해 아내가 그냥 넘어가는 태도에 있다. 그 이면에는 그녀들 사이에 존재하는 관계에 석재 자신이 배제되어 있다는 사실이 자리해 있다. 무엇보다도 정예와 아내의 자유로운 관계와 태도는 친구로서 서로 동등한 입장에 있고, 석재-정예 / 아내처럼 위계를 이루지 않는다. 그렇기에 그녀들은 동등한 위치에서 남성석재의 담론장과는 다른 네트워크담론장를 구축하고 있다고 할 수 있다. 배제되어 있다는 감각 속에서 그는 두려움을 느낀다.

아내 사후 3년이 지나고서야 나타난 정예와 재회한다. 정예와 석재의 대화는 그들이 연결될 수 없는 이유에 대해서 보여준다.

「인생이란 어떤 고약한 사람에게도 역시 소중하고 고귀한 것인가 봐요 — 아무리 가혹한 운명이라도 이것을 완전히 뺏지는 못하나 봐요 — 죽기 전 꼭 한번 뵙고 싶었어요. 뵈고는 젤 고약하고 숭없는 나의 이야기를 단 한 분 앞에서만 하고 싶었어요 —」

하면서 역시 아까와 같은 어조로 도란도란 이야기했다.

그는 머리를 숙인 채 맘속으로 지금도 정예가 울면서 이야기를 할 게라고 생각했다. 뭔지 더 참을 수가 없었다. 당장 손이라도 쥐고 숫한 이야기를 하고도 싶은 이상한 충동을 순간 느끼는 것이었으나 역시 뭐라고 표현 할 말이 없었다.

그는 끗내

「얘기 관둡시다… 내가 고약한 사람일 거요. 그리고 당신은 숭없지도 아무렇지도 않소.」

하고는 뭔지 자기도 모를 말을 중얼거렸다. 그리고는 비로소 처음으로 여자의 얼굴을 정면으로 바라보았다.

그러나 여자는 그의 말을 조금도 믿지 않었다. 믿지 않는 것을 그는 여자의 얼굴에서 보았다.[40]

정예는 석재에게 자신의 마음을 고백한다. 하지만 석재는 그녀의 말끝을 반복할 뿐, 그녀와의 대화를 단절하려는 모습을 보인다. 석재 또한 정예의 "손이라도 쥐고 숫한 이야기를 하고도 싶은 이상한 충동"을 느끼지만 그것을 표현할 수 없다. 대신, 그는 그녀와의 이야기를 빨리 끝내기 위해서 마음에도 없는 위로를 한다. 석재가 "표현할 말이 없"는 건

40 지하련, 「가을」, 앞의 책, 206~208면.

그 또한 정예와 마찬가지로 바깥을 상상하지만 담론 안의 언어로는 그것을 표현할 수 없기 때문이다. 석재의 언어와 욕망 대상과의 불일치는 "더 비굴한 딴 것"으로 표현된다.[41] 「체향초」에서와 마찬가지로 그를 비굴하게 만드는 '더 비굴한 것'은 그를 구속하는 담론장이다. 결코 그는 아내-정예의 네트워크의 언어가 지시하는 대상에 닿을 수 없는 것이다.

「종매」는 병자를 간호한다는 이유 아래 남녀들이 형성한 공동체와 사랑 이야기다. 소설에서 주인공 석희는 절로 와달라는 정원의 요청을 받는다. 그렇게 간 절에서 그는 정원과 그녀가 간호하고 있는 철재와 함께 지낸다. 함께 지내면서 석희는 철재와 친해진다. 석희와 철재의 '관계'에 대한 이해와 정원의 이해 간 충돌은 이 소설의 핵심이 되는 문제의식을 보여준다.

> 석희는 요지음 「나보담도 오빠가 더 동무지 뭐 —」하고, 곳잘 말하는 원이를 생각하면서,
>
> 「남성끼리는 친하면 혹 당신 말대로 육친이란 걸 느낄 수 있을지 모르나 이것이 이성일 땐 좀 다르리다 —」
>
> 하고, 짐짓 피식이 우스며 건너다보았다.
>
> 철재도 여겐 별반 말없이, 그저 그렇겠노라는 듯이 듯고 있드니 조금 후에
>
> 「아무튼 당신 말대로 하면 이성과의 사구미이란 너무 편협해서 그 어듸……」
>
> 하고, 말하는 것이었다.
>
> 「허나 사나이들의 사귐이 편협해지지 않기 때문에, 편협한 이성과의 사귐

41 "그러나 다음순간 눈앞엔 어느 거지같은 여자보다도 더 비굴한 딴 것이 싸늘한 가을바람과 함께 그의 얼굴에 조수처럼 몰아쳤다." 위의 글, 208면.

보단 훨신 평범한 것이 아니겠오?… 아무튼 당신은 그림쟁이니까, 나보다 더 잘 아리다—」

석히가 짐짓 농쪼로 말을 받어서, 두 사람은 제법 소리를 내고 우섰다.[42]

석히와 철재는 이성 간 관계를 편협한 것으로, 남성 사이의 관계를 그렇지 않은 것으로 규정한다. 그러나 원이가 철재와의 관계를 단순한 연애가 아닌, 사람과 사람 사이의 돌봄으로서 추구했던 사정은 그들의 논리에 정면 반박하는 것처럼 보인다. 오히려, 석히와 철재가 '사나이'와 '이성' 간 관계를 통해 이해하는 것은 그녀보다 더 협소한 시각을 드러냈다고 할 수 있다. 이성간에도 '인간'으로서 윤리적 관계가 가능함을 정원은 알고 있었다. 하지만 그런 정원이 철재와 석히에게 느낀 감정은 단순한 질투나 답답함은 아니었다. 그들 간에 구축되는 관계가 정원, 자신을 배제하는 일종의 네트워크의 의미를 지녔기 때문이다. 그들의 "사나이의 세계"는 정원을 여성으로, 누이로 호명·배제하는 관계망의 의미를 지니는 것이다. "사나이의 세계"를 전면으로하고 "소녀의 세계"를 저변으로 하는 남성들의 담론장은 자신의 바깥에 있는 정원의 세계를 이해할 수 없다.

철재의 병환이 나아가면서 그들이 구축한 공동의 세계가 와해되어간다. 그에 따라 다시 "산 문제"[43]에 대한 욕구가 석히에게 드리워진다. 여기서 또한 「태」의 문제가 등장한다. 석히는 철재를 돌봄으로써 열심히 살아가는 척을 하고 싶었던 것이다. 아픈 환자를 돌보는 데 힘을 쓰고나서 환자가 쾌차함에 따라 그 에너지는 그의 "산 문제", 야릇한 의욕을 자

42 시하린, 「종배」, 『노성』, 1924.4; 선집, 208면.

43 위의 글, 220면.

극한다. 철재에 대한 간호는 "산 문제"를 피하여 "야릇한 의욕"[44]이 피난했던 곳이라 할 수 있다. "산 문제"는 진정으로 그들이 직면해야 할 문제가 다른 곳에 있었음을 암시한다.

전면화되지 않은 현실문제는 철저히 감추어진 채, 암시되고 있다. 이 암시는 남녀간의 사적 관계로부터 드러난다. 이후, 철재가 다 낫고나서 가을에 돌아다니자는 석희의 말에 철재는 그래 봐야 무엇을 하겠냐며 농담한다. 철재의 병환이 나와도 둘은 딱히 할 수 있는 것이 없다는 사실에 공감하는 것이다. 석희의 가슴에 있는 "크다란 구멍"[45]은 자신이 상실했지만 표현할 수 없는 욕망의 장소를 드러낸다. 그것은 일제 말기 제국에 의해 상실한 것이지만 소설 속 인물들은 알 수가 없다. 그렇기에 소설 전반을 지배하는 우울한 분위기가 인물들의 성격에 잔재해 있다.[46]

한편, 태식과 정원 사이에 존재하는 그들만의 네트워크가 있다. 그것은 태식과 원이 사이에 흐르는 미묘한 연애 기류와도 관련되어 있다. 훗날 둘의 관계는 원에 대한 태식의 지배욕망과 원의 동등한 주체로서 입장 지향의 충돌로 이어진다. 석희는 이 둘의 관계에서도, 원과 철재 사이에 존재하는 관계에서도 배제된다. 특히, 그는 원과 태식의 갈등을 이해하지 못하고 답답함과 두려움만을 겪는다. 그의 두려움은 태식과 정원 사이의 공동체에서 소외되는 이의 반응이라 할 수 있다.

소설 속 인물 중 유일하게 다른 목적을 가지고 공동체에 합류한 인물

44 상동.

45 위의 글, 221면.

46 지젝에 따르면, 우울증에 걸린 주체는 자신이 원하고 있었지만 정체를 모르는 대상 소문자 a를 박탈당한 존재이다. 대상 소문자 a는 뚜렷한 형체를 가지지는 않지만 주체의 세계를 지탱하는 욕망의 대상이다. 그것은 다양한 모습으로 변곡되어 나타난다. 대상 소문자 a와 우울증적 주체에 대한 지젝의 논의는 슬라보예 지젝, 주은우 역, 『당신의 징후를 즐겨라』, 한나래, 2006 참고.

이 태식이었다. 그는 순전히 석희의 사촌동생 정원에 대한 호감을 가지고 절에서 함께 지냈다. 하지만 정원은 그런 태식에게 불편함을 느끼면서 가끔 피하기도 한다. 어느날 태식의 생일에, 태식은 정원에게 무례를 범하고 만다. 정원과 태식의 대화는 복종시키자 하는 남자와 탈주하고자 하는 여자의 결합이 불가능한 지점을 보여준다.

「그건 결국 내가 정원씨 앞에서 무례하게 구렀다는 말인데, 글세 올시다 어떻게 예의를 지켜야 하는 것인지, 나는 잘 알 수가 없었든 모양입니다 ―」

다분이 조소적인 말이었으나, 극히 얕은 침착한 음성이었다.

「아무튼 나로서도 말을 헐라면 할 말이 있는 게, 정원씨는 처음부터 나를 싫어했을 뿐 아니라, 나도 아여 좋게 생각하리라고 믿지 않었기에, 가령 내게 대한 당신의 친절한 태도에서도 나는 우롱을 느껴왔든 것입니다 ―」

말을 마치자 태식이는 정면으로 원이를 보았다. 그러나 이 말엔 원이도 가만있지 않었다.

「우롱을 당한 사람은 나예요 ―」

역시 낮은 음성이었으나 싸늘했다.

「혹 내 성격에 약점이 그렇게 보였는지는 모르겠으나, 난 꿈에도 정원씨를 농락했다고는 생각지 않습니다」

두 사람은 잠깐 말이 없었으나, 원이는 끝내,

「……제가 태식씨 앞에 겁을 먹고 도망을 가든지, 혹은 전연 분별을 잃게 되었드라면 통쾌하실 것을, 결구 끄렇지 않은 것이 괫심하단 말슴이겠는데, 허지만 저는 조금도 무섭지가 않었습니다 ―」

하고, 꽤 차근차근 말하면서 이러났다.

청년은 뭘 더 말하려구 들지는 않었다. 그러나 다음 순간, 극히 맹열한 형세로 원의 어깨를 안었다. 결코 애정의 표시가 아닌 더 많이 미움에 가까운 심히 조폭한 그 고집을 원이 페밭듯 뿌리쳤을 때, 석히는 방금 청년이 여자에게 따귀를 맞인 것이라고 착각하며 망연히 서 있었다.[47]

정원은 전날 자신에게 무례하게 대했던 태식에게 사과를 요구한다. 그런 정원의 항의에 태식은 애초부터 자신이 싫었으면 잘하지 말했어야 한다고 조소한다. 태식은 정원을 여자로서 대했고 그런 그녀가 처음부터 자기를 좋아하지 않아도 친절했던 것을 어떤 여지로서 착각했다. 지금에 와서 정원에게 자신의 마음을 거절당하고 나서야 태식은 그것이 우롱이었다고 생각한다. 하지만 정원의 친절은 사람 대 사람으로서 태식에게 대한 예의였다. 오히려, 태식이 그 의도를 악용하였다고 생각한다. 태식의 정원에 대한 "조폭한 그 고집"은 남성이 여성에게 대하는 폭력이다. 정원의 저항을 그는 꺾어보려 했지만 결국 실패한다. 결국, 태식이 원이에 대하여 느끼는 수치심이란, 자신의 위계가 부정당한 것에 대한 권력의 반응이라 할 수 있다. 제국의 이상적인 '명랑한 청년'은 스스로를 지배할 수 있는 전능한 주체로 착각한다. 하지만 지배하지 못하는 여성의 존재는 그로 하여금 '전능하지 못한 주체'의 모습을 확인하라고 요구한다. 지배의 환상에 갇힌 청년은 자신의 논리 바깥에 있는 자유로운 주체의 존재를 거부할 수 밖에 없다. 소설 속 원이가 보여주는 사랑과 저항은 제국의 기획에 대하여 그것을 폭력적이라 느끼는 정치적 감정의 부당함을 보여준다. 동시에 제국이 요구하는 지배의 사랑과는 다른 새로운 사랑의 제시를 드러낸다. 그것은 바로 지배와 종속이 아니

47 지하련, 「종매」, 앞의 책, 225~226면.

라, 동등한 관계에서 서로 통할 수 있는 언어를 매개로한 자유로운 주체의 연대이다.

석희가 마지막에 느끼는 적막함과 원이에 대한 분노[48]는 남성들이 구축한 네트워크, 담론장에서 빠져나가는 누이에 대한 분노의 의미를 지닌다. 동시에 자신이 배제된 채로 이야기가 오고 갔던 그들 관계에서 느낀 고독의 결과이다. 즉, 오빠석희를 중심으로 하는 "사나이의 세계"가 무너지고 그 속에서 자신의 위치를 상실한 주체의 우울한 몸짓에 가깝다.[49]

「양」은 땅을 구입해서 함께 농사짓고 사는 성재와 정래, 그리고 정래의 동생 정인 간에 일어나는 일을 그려낸 소설이다. 성재와 정래의 사이에는 미묘한 기류가 흐른다. 그리고 그들은 저마다의 고독을 느낀다. 그것은 "어떠한 평화도 욕망도 정열까지도"[50] 차단시키는 것으로, 신뢰를 기반으로 한 애정의 문제가 발생했음을 보여준다. 고독은 관계형성의 불가능성에 따른 것이다. 일제 말기 구속되었던 다양한 관계의 가능성들이 총동원과 억압에 의해 불가능했음을 암시한다.

성재는 자신이 좋아하던 여자, 정인이 양품점 하는 박이라는 청년과 결혼하기로 했다는 소식을 듣고 정래에게 사정을 묻는다.

> 「정인이가 그 사람을 좋아한다면 단지 그 사람이 하천下賤한 사람이라는 것, 그래서 안심할 수 있다는 것 이것 때문일거요 ―」하고, 말했다.
>
> 일이 이렇게 되었다면, 가사 성재로서 오래ㅅ동안 정인이를 연모해온 터

48 "얼마나 고약한 또 하나의 모습인가? ― 인색하기보다는 훨신 탐욕적인 그 용모는 아모리 보아도 숭없었다." 위의 글, 227면.

49 우울증적 주체와 관련해서 각주 46번 참고.

50 지하련, 「양」, 『춘추』, 1943.5; 전집, 243면.

이라 해도, 더 뭐라고 할말이 없겠거럼 된 셈이다. 그러나 다음 순간 그는 이처럼도 고집하는 두 남매를, 이대로 영원이 노쳐 보낼 수는 도저이 없었다. 이건 무슨 애정이나 미련에서라기보다도, 훨신 자조에 가까운 역시 그 "고집"에서다. 마츰내 그는 어떻게 해서든지, 정말 무슨 수로 해서든지 꼭 잡어 보고 싶은 꽤 조폭하고 끈기 있는 욕망에 괴로웠다.

(…중략…)

「정말은 내가 매씨를 사랑하고 있었다면, 그리고 매씨가 "안심"할 수 있는 그러한 "하천"한 사람이 될 수도 있다면, 일이 어떻게 되겠오?」

하고, 다잡었다.

「잘 믿지 않을 거요 —」

성재는 이 말을 듯자 이상하게 괴로웠다. 사람과 사람끼린데, 더구나 이렇게 사랑하는 사람끼린데, 무엇이 이처럼 여지없는 장벽을 가저왔나 싶다.

「여보! 이건 지옥이요!」[51]

정인이 양품점 박이라는 청년과 결혼하기로 결심한 것은 그가 다루기 쉬운 하천한 사람이기 때문이다. 그 사실을 알게 된 성재는 정래에게 자신이 하천한 사람이 될 수 있다면 어떻겠냐고 묻는다. 하지만 아무리 성재가 그에 맞게 변한다고해도 정래는 믿지 않는다고 대답한다. 그러면서도 정래는 성재와 함께 하고 싶다는 의견을 내비치고 성재는 두 남매를 붙잡고 싶어한다. 여기서 성재가 정래 남매와 함께 하고 싶기 때문에 정인과의 결혼을 원했다는 것을 알 수 있다.

그런데 남성이 하천하여 다루기 쉽다 하여 여성이 그를 고른다는 사

51 위의 글, 245~246면.

실은 다소 문제적이다. 현실의 남성들이 여성들에게 다루기 쉬운 것, 즉 정절을 지키고 집안일을 잘하고 남편을 배려해야 한다는 덕목의 반대 인상을 남기기 때문이다. 그러면서도 실제 결혼을 생각하는 당대 여성들의 생각을 현실적으로 그려낸 것이다. 계산적인 정인의 모습은 자신이 진실로 좋아하는 상대와 연애를 포기하고 가족을 어쩔 수 없이 꾸리는 여성의 최선이었다고 할 수 있다. 정인의 태도는 일제 말기에 요구되었던 여성상, 총후부인, 양처와는 다른 것으로 그 이면의 현실을 보여준다. 정인을 통해 나타난 이면의 현실은 이상적인 연애가 불가능한 가부장제 사회, '신뢰'와 네트워크도 불안한 시대상이 반영된 것이라 할 수 있다. 한편으로, 그 속에서 여성이 남성을 선택함으로써 나타나는 남/여 위계의 전복은 억압과 그에 대한 전복의 시도 속에서 남성이 느끼는 이질감을 드러낸다. 그리고 성재가 느낀 현기증은 동시에 정래와 그의 누이 정인간의 관계에서 자신이 배제되는 것에 대한 두려움, 그 사실에 대한 반응으로서 나타났다고 할 수 있다. 성재는 정래 남매에게 말할 수 없기 때문에 잠에 빠지고 마는 결말로 나아간다.

지하련의 남성 초점자 소설에서 남성이 느끼는 싸늘함과 현기증, 그리고 두려움은 담론의 주체로서 남성이 자신의 자리를 상실하는 것에 대한 반응이라 할 수 있다. 하지만 그들은 자신을 구속하고 있는 담론장 바깥의 자유, 다른 상상의 임계를 넘지 못한다. 왜냐하면 바깥에 있는 여성아내, 누이의 목소리가 그들에게 들릴 수 없기 때문이다. 그들에게 여성은 말할 수 없는 존재이다.

5. 결론

일제 말기 제국이 구축한 젠더 위계는 민족 위계와 교차하면서 총후 담론의 억압성을 배가했다. 제국이 호명한 식민지 인민들은 동원의 대상이자, 총동원 담론 속에서 위계와 희생을 강요하는 주체의 면모도 보인다. 제국의 테두리 내에서 그들이 스스로를 총동원의 주체로 생각했던 것은 제국이 표방했던 내선일체, 가족국가의 이념의 효과였다고 할 수 있다. 총동원을 위한 내선일체 정책은 창씨개명, 내지-조선 결혼의 장려 등으로 실천되었다. 그 속에서 제국 내의 입지를 다지고자 했던 식민지 지식인들의 욕망은 제국의 확장 정책과 영합하여 위계 구조를 더 공고화하는 결과를 낳았던 것이다.

지하련의 수필과 잡문을 통해서 그녀의 '여성 / 작가'로서 지니고 있던 문제의식을 살펴보았다. 그녀는 담론 생산의 주체로서 서지 못하고, 그 담론 내부의 언어로 말할 수 없는 담론 바깥의 '자기'를 고독 속에서 드러내고 있었다. 이를 통해서, 지하련 소설의 난해함이 단순히 일제 말기의 특수성 문제에 한정되지 않음을 알 수 있었다. 지하련의 언어글를 바라보는 당대 독자 / 연구자들의 언어가 일제 말기의 암흑기-남성중심의 언어에서 아직 크게 벗어나지 못했을 가능성을 시사한다.

지하련 소설은 여성 인물을 통해서 여성의 정체성이 제국-남성의 재현 정치에 의해서 조작되고 있음을 보여준다. 윤리적 구속담론을 통제할 수 있다고 착각하는 남성인물은 항상 자신이 다른 네트워크로부터 소외되는 것을 두려워한다. 불안한 오빠, 남편 인물을 통해서 그들의 진정한 자기 해방은 젠더 / 국가 / 공사의 이분법적 세계를 넘어서 있다는 것을 보여준다. 생활 속에서 혁명의 전망을 탐색하던 지식인들의 좌절은 제국의 정책 뿐만 아니라 그들의 남녀성별역할분업적인 시각과 젠더 위계 의식 속에서 생활과 거리를 두게 했다. 남성인물의 호명에 대한 누이의 저항, 그에 따른 남성 인물의 불안은 제국-남성이 구축한 상징세계의 실패를 보여준다. 요컨대, 지하련은 남성-제국의 언어로 구성된 세계에서 여성은 말할 수 없음을 보여주었다. 오로지 남성에 의해 재현된 여성의 목소리만이 들릴 뿐, 그들 세계 바깥의 여성은 말할 수 없어야 했다.

참고문헌

기본자료

『조선일보』, 『춘추』, 『여성』, 『문장』, 『삼천리』, 『신세기』, 『조선중앙일보』

서정자 편, 『지하련전집』, 푸른사상, 2023.

국내 논저

권성우, 「임화의 산문에 나타난 연애, 결혼, 고독」, 『한민족문화연구』 42, 한민족문화학회, 2013.

권명아, 『역사적 파시즘－제국의 판타지와 젠더 정치』, 책세상, 2006.

김윤식, 『임화연구』, 문학사상사, 1989.

김정남, 「지하련 소설의 메타－정치성 연구－'남성됨-정치'의 신화를 내파하는 서사 전략」, 『현대소설연구』 89, 한국현대소설학회, 2023.

박찬효, 「지하련의 작품에 나타난 신여성의 연애 양상과 여성성－「가을」, 「산길」, 「결별」을 중심으로」, 『여성학논집』 25.1, 이화여대 한국여성연구원, 2008.

서승희, 「식민지 여성 작가의 글쓰기와 여성성의 표상」, 『한국문학논총』 72, 한국문학회, 2016.

서영인, 「제국의 논리와 여성주체－이선희, 지하련의 소설을 중심으로」, 『배달말』 55, 배달말학회, 2014.

서재원, 「지하련 소설의 전개양상－인물의 윤리 의식을 중심으로」, 『국제어문』 44, 국제어문학회, 2008.

윤영옥, 「한국 근대 여성소설에 나타난 자기서사와 신여성 표상－자유연애 결혼과 생활인으로서의 여성 젠더」, 『현대문학이론연구』 61, 현대문학이론학회, 2015.

이장렬, 「지하련의 가계와 마산 산호리」, 『지역문학연구』 5.3, 경남부산지역문학회, 1999.

임정연, 「시대의 공동(空同), 역사의 도정(道程)을 걸어－지하련의 삶과 문학의 궤적」. 『이화어문논집』 41, 이화어문학회, 2017.

장윤영, 「근현대 여성작가열전 6 지하련－여성적 내면의식에서 여성해방운동으로」, 『역사비평』 40. 역사문제연구소, 1997.

정종현, 「오빠들이 떠난 자리－전향의 시대, 임순득·지하련의 사회주의 관련 소설 연구」, 『한국학연구』 61, 인하대 한국학연구소, 2021.

차승기, 『비상시의 문 / 법』, 그린비, 2016.

최병구, 「지하련 소설의 현실 인식과 젠더 전략」, 『한민족어문학』 94, 한민족어문학회, 2021.

최병구, 「프로문학 연구의 현실 인식과 전망-2010년대 이후 연구를 중심으로」, 『민족문학사연구』 83, 민족문학사연구소, 2023.
최정희, 『최정희전집』, 설문각, 1982.
허예슬, 「지하련 연구-'여성해방주의'와 '고독'을 중심으로」, 『여성문학연구』 46, 한국여성문학학회, 2019.
______, 「지하련 연구-'여성해방주의'와 '고독'을 중심으로」. 성균관대 석사논문, 2019.

슬라보예 지젝, 주은우 역, 『당신의 징후를 즐겨라』, 한나래, 2006.
가야트리 차크라보르티 스피박, 태혜숙 역, 「서발턴은 말할 수 있는가?」, 로절린드 C. 모리스 편, 『서발턴은 말할 수 있는가?-서발턴 개념의 역사에 관한 성찰들』, 그린비, 2013.
마사 누스바움, 박용준 역, 『정치적 감정-정의를 위해 왜 사랑이 중요한가』, 글항아리, 2019.

제3부

카프의 사상과 실천, 테크놀로지적 상상력

자유주의자, 공산주의자, 그리고 일본인

경성콤그룹 신문조서에서의 김태준

이용범

1. 문제제기

사회주의자 김태준에 대한 신화 혹은 전설의 요체는 '지리산 입산설'로, 남부군과 이현상의 최후를 연상시키는 장엄한 파국catastrophe이다. 지리산 입산은 언뜻 그럴 듯하긴 하지만, 같은 남로당 계열의 임화와 이원조가 월북하여 문필에 종사한 것을 생각해 보면 의구심이 일어난다. 전설에서 입산의 이유는 그가 처음부터 사회주의 활동에 열심이었기 때문이라는 순환논리에 근거하고 있다. 하기 인용문이 전형적이다.

> 미군정청에 의하여 남쪽의 계급운동이 전면 봉쇄되자, 김태준은 지하로 들어간 남로당의 무장폭력투쟁에 관계했다. 그는 이현상을 정점으로 한 지리산유격부대의 문화공작을 책임졌다. 결국 1949년 겨울에 처형당한 김태준의 비극은 바로 경성대학 경제연구회 참여에서 발단된 것이다.[1]

---

1 김용직, 『김태준 평전』, 일지사, 2007, 98면.

2절에서 자세히 다루겠지만, 인용문에서 언급된 김태준의 활동 중 논증된 것은 없다. 한국적 맥락에서 '사회주의자'라는 호명은 사실관계의 진술이라기보다는, 모두가 그런 것이 아니었다고는 해도, 때때로 발언자 자신의 이데올로기적 좌표를 진술하는 것에 가까웠다.[2] 곧잘 '빨치산 철학자'로 형상화되어 온 박치우에 대한 연구사를 검토한 박민철은, 빨치산이라는 수사修辭가 한국 철학사에서 박치우의 학문적 본질에 대한 검토를 가로막는 가장 중요한 장애물임을 지적한다. 그리고 이데올로기적 편견이 착색된 단순화가 동시대 다른 철학자들에 비해 쉽게 또 자주 일어난다는 점을 발견한다.[3]

지리산 빨치산은 단순히 해방공간으로부터 내전기의 활동뿐만 아니라, 그들이 '말해질 수 없던' 독재정치의 억압과 그것의 종식까지의 장기간을 포괄하는 기표였다. 공공연히 가능해진 빨치산이라는 호명은 애증의 대상이었던 '남로당이었던 아비'[4]를 다시 끌어안는 카타르시스적인 것이었으며, "부인되고 낙인이 찍혔던 아버지를 역사의 이름으로 복

2 "식민지시기 사회주의 경험은 오랫동안 학문의 대상이라기보다 이데올로기의 자원이었다. 각자가 생각하는 오늘의 반공주의 혹은 사회주의를 그려내기 위해 그에 들어맞는 사실의 조각을 어제의 경험에서 찾아내기 바빴다." 홍종욱, 『민족과 혁명－식민지 사회주의의 이념과 실천』, 역사비평사, 2025, 8면.

3 "이렇듯 한 개인의 특정한 실존적 행위가 그의 철학적 사유를 평가하는 기준이 된다는 점은 박치우 철학을 이해하는 첫 번째 걸림돌이다. 박치우 철학에 대한 이해로 진입하는 문턱에서 그는 아주 쉽고도 간단하게 '빨치산 철학자', '불온한 철학자', 심지어는 "진짜 빨갱이 철학자", "게릴라 철학자" 등으로 호명된다. 박치우(철학)를 향한 이러한 과도한 수사학은 위험수위에 이르고 있다. 안호상을 '배타적 민족주의자이자 반공주의자'로, 박종홍을 '박정희 정권에 복무한 이데올로그이자 국가주의자'로 우선 호명하지 않는 것에 비해, 그들 삶의 어떤 특정한 순간과 고유한 철학적 사유를 특정 단어로 일순간에 치환시켜버리는 단순정리는 박치우에게 유달리 쉽게 허용된다." 박민철, 「박치우 '찾기'－박치우 연구에 발생한 이해와 오해, 그리고 논쟁들」, 『시대와 철학』 31(1), 2020, 154면.

4 김윤식, 「현실성 形象化로 분단文學 새영역 구축」, 『소설과 현장비평』, 새미, 1994, 61면.

권”[5] 시키는 것이기도 했다.

해금 직후 김태준을 말하는 것은 한국문학 연구사의 공백을 복원하는 것이면서도 그 이면에 가슴 벅찬 파토스가 일렁이는 착종된 행위였다. 더 나아가 관련자료의 수습과 정리의 첫 걸음을 이제 막 시작한 당대 연구환경은 불명료한 사실관계와 일종의 낭만화 — 혹은 전설 — 를 유예시키는 토양이 되었다. 김태준의 삶을 비극이라는 단어로 요약하고자 했던 『김태준 평전』은 어쩌면 개관논정보다는 낭만화, 곧 신화의 반복과 확산에 더 큰 이바지를 하고 있는 것일지도 모르겠다.[6]

이 글은 구체적인 자료를 통해 전설, 신화, 아니면 통념이라 할만한 것들을 극복해 보고자 한다. 경성콤그룹과 관련하여 신문조서를 1차자료로 활용한 연구는 희소하며, 제출된 이후 적지 않은 시간이 흘렀다.[7] 경성콤그룹 내에서 김태준의 역할과 위상이 상대적으로 약했기 때문에 김태준은 충분히 초점화되지 못했다. 『김태준 평전』은 선행연구를 그대로 전재하는 데 그쳤다.

용어와 관련하여, 이 글에서는 마르크스주의, 사회주의, 공산주의를 통칭하는 용어로 사회주의를 사용하고자 한다. 각각의 용어가 제각기 지니는 함의가 있지만, 전기적 사실을 바로잡고자 하는 핵심목적에 충

5 이혜령, 「빨치산과 친일파－어떤 역사 형상의 종언과 미래에 대하여」, 『대동문화연구』 100, 성균관대 대동문화연구원, 2017, 454면.

6 “곧 한두 가지 예외를 보기는 하겠지만 보통 사람에게 유포되는 신화의 다수는 그것을 퍼뜨리는 사람이 믿는 것이기도 하다.” 테리 이글턴, 정영목 역, 「유익한 허위」, 『비극』, 을유문화사, 2023, 119면.

7 신주백, 「박헌영과 경성콩그룹」, 『역사비평』 15, 역사비평사, 1991; 이애숙, 「일제말기 반파시즘 인민전선론－경성콤그룹을 중심으로」, 『한국사연구』 126, 한국사연구회, 2004; 김재용, 「김태준과 민족문학론」, 염무웅 편, 『해방 전후, 우리문학의 길찾기』, 민음사, 2005.

실하기 위해서이다. 단, 원문을 직접 인용하는 경우는 원문의 변용을 최소화하기 위하여 그대로 사용한다.

글의 구성은 다음과 같다. 2절에서는 타성적惰性的으로 '짐작되어 온' 사회주의 활동 참여여부가 면밀히 검토된다. 무의식적으로 전제되었던 경제연구회, 반제동맹사건, 미야케三宅 사건, 지리산 입산 등을 면밀히 검토한다. 통념을 극복하는 사전작업에 뒤이어 3절부터는 경성콤그룹에의 참여경위와 전후사정을 명확히 한다. 경성콤그룹에의 참여에는 이데올로기 외의 변수들도 개입되어 있다. 다른 한편으로 김태준이 자신의 사상적 지향 중 하나로 자유주의를 내세웠다는 것도 확인된다. 4절에서는 그동안 거의 알려지지 않았던 수감기간의 일을 다룬다. 그의 가족관계와 비상시의 연락관계, 받아들여지지 못한 '일본인'이라는 일종의 전향선언도 볼 수 있다. 사료에 대한 정밀한 검토를 통하여 사실관계를 명확히 하는 한편, 김태준 그리고 사회주의자와 사회운동에 대한 우리의 통념을 재고해보고자 한다.

2. 사회주의자라는 통념

해금 이후, 사회주의가 김태준을 선험적으로 정의하는 조건이 됨에 따라 '사회주의적인 것'들에 대한 단편적 지식들이 그의 일생을 구성하게 되었다. 경성제국대학에 대한 충실한 연구가 부족했던 것도 적지 않은 몫을 했다. 전설과 통념, 그리고 열악했던 연구성과는 김태준의 경성제국대학 재학기를 경제연구회 — 반제동맹사건 — 미야케 사건으로 도식화했다. 그것은 식민지시기 사회주의에 대한 우리의 지식수준이 연역적으로 그의 삶을 재구성하는 과정이기도 했다.

제시된 사건들과의 관계를 하나씩 살펴보도록 하겠다. 첫째, 경제연구회는 기관지를 남기지 않았다. 구성원 및 활동상에 대해서는 참여자들의 증언에 의존할 수 밖에 없다. 중심인물이었던 유진오俞鎭午는 해방 후의 회고에서 경제연구회에 참여한 인물의 이름을 일일이 열거하고, 신문에 연재된 「편편야화」에는 몇 차례의 기념사진도 제시한다. 하지만 유진오가 "좌익의 농간으로 선출된 경성제대 총장 후보"로 또렷이 기억하는 김태준의 이름이나 얼굴은 없다.[8]

다음으로 경성제대 반제사건으로 알려져 있는 '반제경성도시학생협의회反帝京城都市學生協議會, 이하 반제사건'이다. 협의회를 주도한 신현중愼弦重, 1910~1980, 조규찬 등이 독서회를 조직하던 시점은 1931년 4월이다. 김태준은 이미 같은 해 2월 졸업하고 경학원·명륜학원에서 근무를 시작했다. 이 시점은 김태준, 김재철, 이재욱李在郁 등 경성제대 3회 졸업생들이 주축이 되어 결성한 조선어문학회가 첫 번째 잡지를 한창 준비하던 시점이었다.[9] 반제사건의 인물들과는 관련성이 희박하며, 신문기사 등 각종 자료에서도 김태준의 참여는 확인되지 않는다.

세 번째로 미야케 사건이다. 경성콤그룹 사건 조서의 「사건송치서」 중 '범죄사실'은 김태준이 미야케 사건에 '連坐'된 것을 계기로 공산주의적 사상으로 이동해갔다고 쓰고 있다.[10] 이에 기반하여 기존의 연구들은 김태준도 미야케 사건과 모종의 관련이 있었던 것으로 여기고 있었다.

---

8 이용범, 「'사학자' 김태준에 대하여」, 『동방학지』 205, 연세대 국학연구원, 2023, 442면.

9 『조선어문학회보』는 1호의 간행일은 1931년 7월 23일이다.

10 한국역사연구회 편, 『일제하사회운동사자료총서』 8, 고려서림, 1992, 609면.

그런데 미야케 사건을 정리하고 있는 경성지방법원 검사국 자료 「城大教授三宅鹿之助ヲ中心トスル鮮內赤化工作事件檢擧ニ關スル件」의 연루자 119명기소 34명, 기소유예 13명, 기소중지 8명, 불기소 64명의 명단 중 김태준의 이름은 없다.[11] 여기서의 '연좌'는 경찰 신문조서의 다음과 같은 부분을 요약하는 과정에서의 와전이다. 자세히 살펴보면, '연좌'는 이재유에 엮여 들어간 미야케를 가리키는 것이고, 김태준이 받은 것은 '격동'이었다.

> 昭和 10년 城大 三宅 교수가 사상사건으로 連坐되어 검거되었다. 그들이 內地人이면서도 조선공산주의 운동 사건에 관계되었던 것에 非常히 激動을 받았다. 나는 민족주의라는 것에 의혹을 품었고, 나의 민족주의 사상은 그때를 계기로 자유주의적 사상으로 전향했다.[12]

미야케 사건과의 관련이 확인되지 않는 것과 더불어, 재학기 이강국, 최용달 등 이른바 성대城大그룹 등과의 관련성도 밝혀진 바 없다.[13]

위의 인용문에서 한 가지 더 흥미로운 것은 자유주의라는 언급이다. 그 의미는 비교적 모호하지만,[14] 앞뒤로 언급된 '조선민족론' 및 최남선의 단군론 등으로 추정해 볼 수 있다. 그는 민족주의를 일종의 도그마로 간주했는데, 자유주의는 그것에 대해 비판적인 거리를 유지할 수 있는

---

11 「城大教授三宅鹿之助ヲ中心トスル鮮內赤化工作事件檢擧ニ關スル件」, '고려대 도서관 경성지방법원 검사국 컬렉션 200-69. 城大 三宅교수의 적화공작 사건', 1934.8.31.

12 「(경찰) 김태준 1회」, 『아연 300-5-138』, 1941년 4월 2일, 562~563면.

13 심지연, 『이강국 연구』, 백산서당, 2006, 21~27면.

14 자유주의라는 용어는 민족주의나 사회주의에 비해 외곽선을 획정하기 어렵다. 유럽, 특히 독일의 개념사에서는 "극단적이고 당파적이지 않다는 의미(47면)"가 그 골격을 이룬다. 보다 자세한 내용은 루돌프 피어하우스, 공진성 역, 『코젤렉의 개념사 사전 7 - 자유주의』, 푸른역사, 2004를 참조.

태도를 지칭한 것으로 생각된다. 자유주의로 획득하고자 했던 위치는, 민족과 계급이 제각기 이데올로기적 정당성을 주장하는 뒤얽힘으로부터 벗어난 곳이다. 마치 아카데미즘이 현실에 대해 거리를 두고 무관한 것처럼 자신을 정의하는 것과 유사하다.

자유주의가 중간항으로 설정됨에 따라, 자신의 '이론과 실천의 괴리'를 설명할 수 있는 방법도 생겨난다. 자신은 자유주의자로서 민족주의에 대한 합리적 비판을 행한다. 학자로서 사회주의 이론에 대해 공부하고 연구에 활용해 보았지만, 적극적으로 운동에 참여할 만한 '주의자'까지는 아니었다는 것이다. 이러한 자기정의는 이론과 실천을 겸비한 사회주의자에 대한 동경憧憬으로 발전할 가능성이 있으며, 해방 후 김태준·임화에게 보이는 박헌영에 대한 경도傾倒의 원인 중 하나일 수도 있다고 여겨진다.

마지막으로 해방기의 지리산 입산설을 살펴보도록 한다.

> 이때 남로당 간부부장이며 모스크바 유학차 월북 중 반김일성파로 지목되어 다시 서울로 피신해 왔던 이현상이 자진해서 지리산에 들어갔다. 그가 이 반란군 잔여세력을 기간으로 부근의 야산대와 반란에 동조하다가 도피중인 민간인을 규합해서 조직한 것이 '지리산 유격대'이며, 49년 7월부터는 그 공식명칭이 제2병단이 된다. 남로당 중앙지도부는 제2병단의 유격전구가 형성되자 문화부장 김태준, 시부 유진오, 음악부 유호진, 영화부 홍순학 등을 파견해서 유격대의 문화활동을 담당하게 하는데, 이것이 당시 유명한 '지리산 문화공작대 사건'이다.[15]

15 이태, 『남부군－최초로 공개된 지리산 빨치산 수기』, 두레, 2024(재편집증보 개정판 6쇄), 272면.

상기 내용을 담고 있는 『남부군』 초판은 1988년 간행되었다. 『남부군』의 저자도 자신의 경험과 견문이 틀릴 수 있다는 점을 명시하고 있지만, 그런 주의사항은 잘 받아들여지지 못했다. 위의 '픽션'은 연구서에도 — 비록 한정을 달고 있지만 — 수용되게 된다.

> 그의 검거와 혐의에 대해 위의 신문기사와는 일정하게 내용을 달리하고, 그대로 믿을 수는 없지만 그럴듯한 풍설이 있다. 그 풍설을 종합하면 다음과 같다.
>
> 남한에 단독정부가 수립되어 좌익에 대한 탄압이 가중되는 상황하에서 4·3제주도사건, 여순사건 등을 계기로 남로당은 무장유격투쟁에 상당한 중점을 두게 되었다. 군단위마다 야산대가 조직되고 지리산을 중심으로 한 산악지대에 인민 유격대가 조직되었다. 이에 남로당은 유격대를 고무하기 위해 문화공작대를 파견하기로 했는데 김태준이 책임자를 자원했다는 것이다. 그는 열혈시인 유진오俞鎭五와 함께 시인, 소설가, 음악가, 연극인, 무용가, 화가 등 문화·예술인으로 구성된 문화공작대를 이끌고 지리산을 향했다. 그러나 문화공작대는 덕유산에서 지리산으로 이동하는 도중에 매복해 있던 경찰에 의해 검거되었다는 것이다. (…중략…) 그러나 문화공작대 재판을 보도한 신문 기록에서는 김태준과의 관련성을 찾을 수 없다.[16]

이러한 내용은 『김태준 평전』에 이르면 조심스러운 접근이나 검증, 범위의 한정은 온데 간데 없이 사실로서 전재轉載된다.

소위 남부군의 지휘를 이현상이 맡은 것은 대략 1948년 말에서 1949

16 임대식, 「혁명적 지식인 김태준」, 김재용 편, 『사람과 사상』, 한길사, 1996, 389면.

년 3월 사이다.[17] 여순사건의 발생이 1948년 10월의 일이다. 김태준은 1947년 10월 '미군 포고령 2호' 위반 혐의로 체포되었다가, 1948년 9월 14일이 되어야 병보석으로 풀려나게 된다. 12월까지 서울에서 진행된 공판에 참여한 것을 감안하면 이 시점 지리산 입산은 불가능하다.[18] 또, 상기 『남부군』이 "제2병단 유격전구가 형성되고 문화부장 김태준 등을 파견"했다고 지목하는 시점인 1949년 7월 김태준은 서울시 경찰국 사찰국에 의해 검거된다.[19] "지리산에서 덕유산으로 이동하다가" 잡힐 여유가 없던 것이다. 1949년 7월 경 지리산 빨치산의 활동이 격렬해진 것은 사실이지만,[20] 관계성은 희미하다.

김태준에 대한 재판은 지리산 문화공작대에 대한 재판과 동시에 진행되었다. 그러나 그것이 곧 김태준이 지리산에 들어갔다는 근거로 해석하기는 무리가 따른다. 해당 재판에는 서울에서 경찰을 살해한 혐의를 받는 남로당 소속의 이용운 등도 포함되었다. 언론자료를 다수 교차검증한 연구에 따르면, 김태준의 지리산 입산과 문화공작대 활동은 근거가 없다.[21] 체포 당시 김태준의 주소지는 서울의 해방촌 언저리였다.[22]

---

17 이선아, 「지리산권 빨치산의 형성과 활동—6·25 전쟁 직후부터 1951년 '남부군' 결성을 중심으로」, 『남도문화연구』 28, 남도문화연구소, 101면.

18 이용범, 「김태준의 사상자원과 학술실천」, 성균관대 박사논문, 2019, 239면.

19 이용범, 위의 글, 2019, 242면.

20 이선아, 앞의 글, 102면.

21 이용범, 앞의 글, 2019, 239~249면.

22 "김태준(金台俊 : 45南勞黨特殊情報部責任者 本籍 平北雲山郡東新面聖旨里 四四八) 現住所 서울市龍山區 厚岩洞 三五八의 三四", 「金台俊을 審理」, 『경향신문』, 1949.10.1.

3. 머뭇거리는 동정자同情者

현재 전하는 경성콤그룹 사건 관련 기록은 검거시기에 따라 1차와 2차 두 가지로 나뉜다.[23] 그 중 김태준에 대한 신문조서는 1차 검거와 관련된 기록인 「이관술 외 15명 형사제일심소송기록」에 합철되어 있다. 기록은 총 20여 책으로 추정되지만 현재 7책만이 남아 있다. 서지사항은 말미의 '〈부록 1〉 「이관술 외 15명 형사제일심소송기록」20여책 추정 현황'에 정리하였다. 소장처는 국사편찬위원회이하 국편와 고려대학교 아세아문제연구소이하 아연로 분산되어 있다.[24]

국편 소장자료 중 제2책「경성지방법원 형사사건기록 1094」, MF1094은 별도의 자료집에 포함되어 간행되기도 했다.[25] 『이정 박헌영 전집』 4권에 수록된 것은 국사편찬위원회 소장 자료의 MF1096로부터 발췌·번역한 것이다. 제2책 중 「사건송치서」에는 사건의 개황槪況 및 개별 피의자의 '범죄사실'이 요약·정리되어 있다.

'〈부록 2〉 김태준 경성콤그룹 사건 관련 신문조서 일람'은 '〈부록 1〉' 중 김태준 신문조서만을 별도로 정리한 것이다. 선행연구 2편이 경성콤그룹 신문조서를 전반적으로 다루고 있지만,[26] 김태준 개인에 대한 조

---

23 『刑事第一審訴訟記錄(李觀述外十五名)』(1941~1944년 편철), 『刑事第一審訴訟記錄(德山仁義外四十五名)』(1941~1944년 편철) 이애숙, 「일제말기 반파시즘 인민전선론-경성콤그룹을 중심으로」, 『한국사연구』 126, 한국사연구회, 2004, 207면; 해당자료에 대한 해제는 『일제강점기 사회·사상운동사자료 해제』II, 국사편찬위원회, 2008, 330~346면을 참조.

24 김태준의 기록이 포함된 「이관술 외 15명 형사제일심소송기록」(20여책 추정)의 서지사항은 부록의 〈표 2〉 참조. 국편과 아연에 자료가 분산된 계기에 대해서는 정병욱, 「경성지방법원 검사국 기록과 '사상부'의 설치」, 『기록학연구』 40, 한국기록학회, 2014, 100~109면을 참조.

25 한국역사연구회 편, 『일제하사회운동사자료총서』 8, 고려서림, 1992, 499~730면.

명은 빈약한 편이다.[27] 『김태준 평전』도 선행연구를 요약하는 수준이다.

피의자 신문조서는 모두 손글씨로 작성되어 있으며 기술자記述者에 따라 편차가 매우 크다. 일본식 초서체草書體 및 조사기관 특유의 용어나 약자의 등장빈도가 높아 해독이 까다롭다. 식민지시기 공문서 전문가가 번역하고 역사학자가 검수한 『이정 박헌영 전집』에서도 오류가 있을 정도이다. 서기가 작성한 법원 기록의 가독성이 가장 좋으며, 그 다음으로 경찰 신문조서도 해독이 가능한 수준이다. 검찰에서의 신문조서는 심한 흘림체로 쓰여 있어 주의를 요한다.

경찰과 검찰에서의 신문내용은 대동소이하다. 단, 법원에서는 경찰·검찰에서의 신문이 "嚴問"에 의한 것이었다면서 부인하는 내용도 적지 않다. 신문조서라는 텍스트는 쓰여 있는 그대로 해석하기 곤란한 측면이 많다. 조사기관은 사건을 성립시키기 위해 특정한 방향으로 심문을 진행하며, 피심문자는 자기자신, 그리고 조직과 운동의 보호를 위해 거짓정보를 흘리거나 엉뚱한 방향을 가르키기도 한다. 경성콤그룹 신문조서에 이미 죽은 김단야의 이름이 등장하는 것도 한 사례가 될 것이다. 이하에서 인용될 내용도 그 점에 주의하며 독해되어야 할 것이다.

경성콤그룹 신문조서를 인용할 때에는 긴 길이의 서지사항이 빈출하는 번거로움과 '앞의 신문조서' 등으로 표기할 때 야기될 수 있는 혼란을 피하기 위해 다음과 같은 규칙을 세워 표기하고자 한다.

---

26 신주백, 「박헌영과 경성콩그룹」, 『역사비평』 15, 역사비평사, 1991; 이애숙, 「일제말기 반파시즘 인민전선론－경성콤그룹을 중심으로」, 『한국사연구』 126, 한국사연구회, 2004.

27 한편, 김재용은 김태준 신문조서를 활용하고 있는데, 제시된 서지사항만으로는 어떤 것인지 모호하다. 김재용, 「김태준과 민족문학론」, 『해방 전후, 우리문학의 길찾기』, 염무웅 편, 민음사, 2005.

규칙 : 「(생산주체) 피심문자명 및 신문회차, 『소장처 및 소장처 관리번호』, 생산일자, 쪽번호

예시 : 「(검찰) 김태준 1회」, 『아연 300-138-5』, 1941년 4월 2일, 110면.

원문자료에는 전체 자료의 쪽번호로 4자리수의 표기가 있으나 자료의 상태에 따라 보이지 않는 것도 많아 사용하기 곤란하다. 쪽번호는 현재 소장처인 국편과 아연에서 인터넷으로 제공되고 있는 뷰어의 쪽번호를 기준으로 삼아 제시하도록 한다.

김태준이 경성콤그룹의 일원으로서 활동을 시작한 것은 이현상에 의한 '교양'과 그들에 대해 김태준이 '감동'한 이후인, 1940년 8월경의 일로 보는 것이 적절하다. 1940년 8월부터 이듬해 1월 초까지 약 5개월 남짓 김태준이 수행한 역할은 모임장소로서 자신의 서재 제공, 박헌영에게 기관지 집필을 위한 공간·숙박 제공, 신명균과 박헌영의 만남 중개 및 기관지 배포와 연락 등이었다. 1940년 가을부터 경성콤그룹 관련자들에 대한 체포가 이어졌다.[28] 김태준은 1941년 1월 9일경 체포되었다.

김태준이 권우성權又成; 北川又成, 1915~?을 통해 경성콤그룹에 참여하게 된 것은 비교적 잘 알려져 있다. 그러나 마산 및 경남권을 중심으로 활동한 사회주의 활동가 권우성과, 주로 서울에서 활동한 김태준이 만나게 된 경위와 그 이상의 전후상황은 해명되지 못한 과제였다.

두 사람의 연결고리는 안복산安福山, 1914~?이었다. 안복산은 반제동맹사건의 하부조직인 적우회赤友會에 가담하여 1931년 치안유지법·출판법 위반으로 징역 2년을 언도받았다. 신문기사에 따르면 안복산의 직업

28 김경일, 『이재유, 나의 시대 나의 혁명』, 푸른역사, 2007, 288면.

은 '조선일보 급사'로 되어 있다.[29] 사건에 연루된 인물 중 경성제대 조선문학 전공의 고정옥高晶玉, 1911~?이 있다. 1930년대 후반에 가면 김태준과 어느 정도 학문적 관계가 있었을 것으로 짐작되나,[30] 반제사건 당시에 안면이 있었을지는 불확실하다.

김태준은 "나는 당시 思想運動者에 대해서 義俠的 交際"를 하고 있었다며, 안복산도 반제동맹 사건과 관련되어 알고 있던 것으로 이야기한다.[31] 반제동맹 사건은 조선일보와 접점이 많다. 안복산은 체포 당시 조선일보사의 급사였고, 주모자였던 신현중은 복역 후 조선일보사에 기자로 취직한다. 김태준은 1933~1934년간 『조선일보』에 「조선가요개설」을 연재하고 있었다.

1934년 11월경 안복산은 자신이 알고 있던 권우성을 김태준에게 데려가 소개한다.[32] 권우성은 이후로도 종종 김태준을 찾아가 조선문학 및 조선역사에 대해 이야기를 나누었다.

> 昭和 10년 9월 내가 검거되기 전까지 7~8회 방문해서 만났다. (…중략…) 그의 인물은, 매번 만날 때 마다 매우 圓滿하고 문학방면에 조예가 깊었다. 특히 조선문학에 상세한 것들을 알고 있었다. 일찍이 상당히 사상이 좌익적 실천운동자에게 대해서 동정심을 가지고 있다는 것을 알았다. 나는 非常히 私淑하고 있었다.[33]

---

29 「京城帝大生을 中心한 共產黨再建事件終豫」, 『동아일보』, 1932.8.16.

30 훗날 고정옥은 『조선민요연구』에서 매우 희귀한 중국 궈모뤄(郭沫若)의 글을 인용한다. 이용범은 그것을 궈모뤄를 읽고 번역한 김태준과의 관계를 암시하는 것으로 풀이했다. 이용범, 「김강사와 T교수—조선어문학회의 한국문학연구 정초(定礎)」, 『민족문학사연구』 68, 2018, 358면.

31 「(경찰) 김태준 1회」, 『아연 300-5-138』, 1941년 4월 2일, 602~603면.

32 「(경찰) 권우성 1회」, 『아연 300-5-138』, 1941년 3월 26일, 49면.

33 「(경찰) 권우성 1회」, 『아연 300-5-138』, 1941년 3월 26일, 50면.

김태준이 보여준 '동정심'은 이후 "그들경성 콤그룹의 진지한 태도와 □相에 인간적으로 감동"[34]하게 되는 밑바탕이 된다. 권우성은 1935년 검거되어 3년 6개월형을 살았다.[35]

1940년 3월, 대전형무소에서 출옥한 권우성은 4월 5일 경성에 갔다가 남대문 학예사學藝社 앞 길거리에서 우연히 김태준을 마주치게 된다. 두 사람은 반갑게 이야기를 나누었다. 권우성은 공부를 하고 싶다며 성대城大 도서관 열람증을 만들어 줄 수 있냐고 말을 걸었고, 김태준은 한학漢學 공부를 권유하며 양자는 교류를 재개했다.[36] 권우성은 마산에서 고무護謨 사업체를 운영했다. 사업을 핑계로 서울을 자주 오갔다. 그는 서울에 오면 대개 오후에 원서동에 있는 김태준을 방문하고, 저녁에는 이현상과 파고다 공원에서 접선했다.

이때 권우성은 김태준의 동정심에 기반하여 슬쩍 그를 떠보았지만, 김태준은 자신의 감정을 쉽게 내비치지는 않았다.

> 나는 전향자연맹에 대해, 또 전향자 (중) 형식적 전향자에 대해 부정적이고 또 분노에 가득 찬 의견을 말했다. 선생은 생긋—웃으며 "과연成程; なるほど"이라고 말하는 태도를 보이고 별다른 말을 하진 않았다.[37]

자칫 어색해질 수도 있던 순간 대화의 돌파구는 김태준의 중국행에 대한 것이었다. 김태준은 '조선문학사' 연구를 위해 중국에 가서 문헌을

---

34 「(경찰) 김태준 1회」, 『아연 300-5-138』, 1941년 4월 2일, 572면.
35 강만길·성대경 편, 『한국사회주의운동 인명사전』, 창작과비평사, 1996, 36면.
36 「(경찰) 김태준 1회」, 『아연 300-5-138』, 1941년 4월 2일, 605면.
37 「(경찰) 권우성 1회」, 『아연 300-5-138』, 1941년 3월 26일, 61면.

수집하고자 하는데, 여비가 없다는 말을 했다. 권우성은 자신이 돈을 마련해줄 수 있다고 대답했다.

> 김태준이 渡支하여 支那文學을 연구하고 싶은데 돈이 부족하다는 말을 흘렸기에, 나는 그것을 同情하여 돈은 어떤 방법으로든지 마련할 수 있다고, 천 엔이 있으면 충분하겠냐고 답했다. 그 정도의 금액이라면 나라면 여름방학 전까지 極力 만들테니 중국으로 가십시오 라고 약속했다. 김태준은 꼭 부탁한다고 기뻐하며 그동안 중국에 건너갈 준비를 하겠다고 말했다.[38]

김태준의 신문조서에도 "그(권우성)의 집이 資産家라는 것을 알고 있었기에 반드시(라며) 부탁했다"[39]고 기록되어 있다.

한편, 권우성은 김태준을 만나고 난 뒤 곧바로 이현상을 만났다. 이현상이 소련에 입국하고 싶으나 불가능하다는 취지의 이야기를 하자 권우성은 중국에 갈 수 있는 사람을 알고 있다고 답한다. 이현상은 그게 누구인지 물었다.

> 나는 경성제국대학 강사 김태준이라고 대답했다. (이현상은) 김태준의 素性, 나와의 관계, 사상경향, 실천운동의 有無를 상세히 물었다. 나는 前述한 것처럼 김태준에 대해 내가 알고 있는 것을 모두 말했다. 그가 자신이 김태준을 보고 싶으니 소개시켜 달라고 의뢰하였기에 나는 먼저 김태준을 만난 뒤 소개합시다 라고 했다.[40]

---

38 「(경찰) 권우성 1회」,『아연 300-5-138』, 1941년 3월 26일, 80면.

39 「(경찰) 김태준 1회」,『아연 300-5-138』, 1941년 4월 2일, 608면.

40 「(경찰) 권우성 1회」,『아연 300-5-138』, 1941년 3월 26일, 84~85면.

다음날, 권우성은 김태준의 앞으로의 삶을 뒤바꿔 놓게 되는 질문을 던졌다.

나는 김태준에게 솔직하게, 나는 형무소에서 출옥하여 곧바로 현재 예전의 실천운동에 들어가 있다는 뜻을 누설했다. 그는 아무 말도 하지 않고 가만히 기다렸다. 이번 경성에 있으면서 어떤 동지로부터 의뢰받은 일이 있다. 그대가 支那에 간다면 운동에 관련된 연락을 전달해 줄 수 있냐는 뜻을 말했다. 그는 자신은 실천운동은 불가능하지만, 심부름의 정도라면 할 수 있다고 답했다. 그래서 나는 머지않아 나에 대해 말하며 그대를 방문해 올 것이니 안심하고 만나라고 말하고 나왔다.[41]

이 전까지 김태준은 사회주의 실천운동과 관련된 이야기가 나오면 침묵하거나 회피해왔다. 그러나 이번 차례는 피할 수 없었다. 위험을 무릅쓰고 자신의 신분을 밝힌 권우성을 신고할 것인가, 아니면 그것을 숨기고 자신도 위험을 감당할 것인가? 고민에는 연구를 위한 자금 1,000엔까지 함께 걸려 있었다. 이외에도 본래 품고 있던 민족주의적 경향성, 사회주의 운동가에 대한 평소의 동정 등도 복합적으로 작용하고 있었다. 김태준은 "실천운동은 불가능하지만, 심부름의 정도는 해보겠다"고 절충안을 제시했지만, 그것도 자유주의의 선을 넘는 것임은 분명했다.

이현상은 곧바로 김태준을 찾아가지 않았다.

권우성 이현상과 만나 김태준을 방문했는가 물었다. 그는 방문하지

41 「(경찰) 권우성 1회」, 『아연 300-5-138』, 1941년 3월 26일, 86~87면.

않았다고 했다. 그래서 내가 이유를 물었다. 그는 김태준이라는 자는 실천적 경험이 없어 함부로 신뢰할 수 없다고 말했다. 나는 김태준을 소개시켜 주고 싶다고 한 것은 좌익문학자로서 우리를 동정하고 있는 자로서지, 결코 실천적 인물로서 소개하고자 한 것이 아니라고 말했다. 김태준을 이용할 것인가 말 것인가는 이현상에게 일임하겠다는 뜻을 말했다.[42]

경성콤그룹 내에서는 김태준의 활용에 대한 논의가 오고 갔다. 연락선은 권우성으로부터 이현상, 이현상으로부터 박헌영으로 이어졌다. 김태준의 활용 여부에 대해 권우성은 '이현상에게 일임'한다며 한 발 뒤로 물러섰고, 박헌영은 이현상에게 김태준을 조사해 보라고 했다.[43] 이 시점 박헌영은 다시 지하로 잠적한 상태였기에,[44] 경성콤그룹에서 김태준의 포섭과 활용 여부에는 이현상의 판단이 크게 작용하게 되었다.

권우성이 5월에 암시했던 방문자 이현상은 7월 초가 되어야 김태준을 방문한다. 이현상은 이정균李井均이라는 변명變名을 사용했다.[45] 서재

---

42 「(경찰) 권우성 1회」, 『아연 300-5-138』, 1941년 3월 26일, 98~100면.

43 "문 : 그래서 피고인은 5월 중순 경 박헌영을 만났을 때 권우성이 말한 김태준에 대해 말했는가.
답 : 그렇습니다. 김태준에 대해 말했는데 박헌영은 나에 대해 김태준을 한 차례 만나서 확실한 사람인지 어떤지를 잘 조사해달라고 말했습니다." 이정박헌영전집 편집위원회 편, 「이현상 피고인신문조서(제2회)」, 『이정 박헌영 전집』 4, 역사비평사, 2004, 145면.

44 박헌영은 1940년 2월 하순경 지하에 잠복했고, 김삼룡, 이현상 등과 드문드문 연락을 하는 상황이었다. 이정박헌영전집 편집위원회 편, 「이현상 피고인신문조서(제1회)」, 위의 책, 141면.

45 "7월 초순 日不詳 오전 9시경 신사복을 입은 중년의 안경 낀 남자가 나의 집을 방문해왔다. 자신을 李井均이라고 말하는 자였다." 「(경찰) 김태준 1회」, 『아연 300-5-138』, 1941년 4월 2일, 612면.

로 안내된 이현상은 김태준에게 조선역사와 조선문학사에 대한 질문을 던진다. 김태준은 "日韓併合後 朝鮮史는 민족주의적 독립운동과, 이후 今日의 사회주의적 계급운동까지 자본주의 발달사와 일본의 계급운동사의 일부"[46]라는 의견을 피력했다. 이현상은 문화사 연구는 유물변증법적 파악에 기반하지 않으면 도로徒勞에 그친다고 말했다.

이어 조선에 있어서 혁명의 성질과 세계정세, 소련의 정치·외교문제 등에 대한 것으로 화제가 옮겨갔다. 김태준은 소련의 폴란드·베사라비아波蘭·芬蘭 정복이 백색白色 제국주의 국가의 그것과 무엇이 다른지 물었다. 이현상은 "폴란드·베사라비아의 인민대중의 요구에 의해 무력에 의거하여 인민대중을 위하여 해방시켜 진정한 프롤레타리아 국가를 건설하는 것이다. 그것의 세계사적 의의는 세계혁명에 일보일보 가까워지는 것이라는 의미다"[47]라고 답한다. 박헌영을 만났을 때 동일한 질문을 한 것을 보면 김태준은 이현상의 답변이 만족스럽진 못했던 것 같다. 박헌영과 이현상은 판에 박은 듯 동일한 대답을 한다.[48] 그러나 이후 김태준이 정태식을 만나 "소련의 핀란드 침략이 공산주의가 확대되는 결과가 되었다"고 말한 것을 보면 이현상에 의해 반복된 '교양'을 통한 어느정도 '의식화'가 이루어진 것으로 여겨진다.

첫 방문 이후 이현상은 일주일에서 10일 주기로 김태준을 방문하며 '교양'했다. 이현상의 '교양'은 이론적 측면보다는 현실인식에 초점을 맞추고 있었다. '교양'의 주요 내용은 현재 조선사회에 요구되는 혁명의 단계는 '부르주아 민주주의 혁명'이라는 것 외에는 대개 중일전쟁에 대

46 「(경찰) 김태준 1회」, 『아연 300-5-138』, 1941년 4월 2일, 614~618면.
47 「(경찰) 김태준 1회」, 『아연 300-5-138』, 1941년 4월 2일, 622~623면.
48 이정박헌영전집 편집위원회 편, 「김태준 피고인신문조서(제2회)」, 앞의 책, 137면.

한 것이었다. 이현상은 『改造』에 실린 마오쩌둥의 「지구전을 논하다持久戰を論ず」를 읽어보았냐고 물으며, 해당 글의 요지를 길고 자세히 설명한다. 그리고 제국주의 국가들의 몰락을 자신있게 예견한다.[49]

4. 자유주의자, 공산주의자, 일본인

7월 하순이 되어 김태준의 중국행 문제가 다시 부각되었다. 이현상은 김태준에게 "권우성에게 들었는데, 그대가 합법적으로 上海를 경유하여 重慶까지 가는 것이 가능하다던데 진실이냐"고 물었다. 김태준은 충칭重慶까지는 2개월 이상 걸리는 여정이며, 자신은 경성제대 출장명령의 기한인 8월 30일까지 돌아와야 한다고 대답했다. 이현상은 중국에 가게 되면 운동과 관련된 연락을 취해달라고, 때가 되면 다른 동지가 와서 내용을 전달할 것이라고 말했다.[50]

문제는 비용이었다. 호기롭게 천 엔을 내겠다던 권우성이 연락이 없자 김태준은 7월 하순 직접 마산으로 찾아간다. 권우성은 대구에 사는 자신의 형이 사업에 실패했고, 또 형수가 형에게 자신을 멀리하라는 말을 해서 자금융통이 어려워졌음을 말했다. 김태준은 곧바로 단념하고 당일 서울로 돌아왔다.[51] 김태준은 이후 중국에의 연락 건이 박헌영의

---

49 "'세계는 지금 제국주의 國家群의 凋落과 각 열강의 蹂躪下에 있는 弱小民族群의 蹶起와 反帝運動이 彌滿하고 있다. 세계혁명은 머지 않은 시일 내에 있을 것이다.'고 이야기했다. '필연적인 운명이다.' 등 기타 상세하게 설명해주었지만 잊어버렸다." 「(경찰) 김태준 1회」, 『아연 300-5-138』, 1941년 4월 2일, 634~635면.

50 「(경찰) 김태준 1회」, 『아연 300-5-138』, 1941년 4월 2일, 640~642면.

51 「(경찰) 김태준 1회」, 『아연 300-5-138』, 1941년 4월 2일, 639~639면.

자신에 대한 시험이 아니었을까 생각하기도 했다.[52] 그 비용은 애초에 권우성 개인이 출자를 약속한 것이었기에, 경성콤그룹 내부의 사정과 큰 관계는 없었다. 경성콤그룹은 만성적인 자금부족에 시달리며 “돈도 없고 일이 진척되지 않는”[53] 상황이었다. 박헌영은 권우성을 소개받고 즉석에서 고무공장의 운영자금 1만 엔을 빼서 지하로 들어올 것을 권유하기도 했다.[54]

8월 초 이현상은 김태준을 찾아와 중국과의 연락 건은 필요가 없어졌다고 말했다. 대신, 자신이 신뢰하는 우수한 동지를 소개해 주고 싶다고 했다. 그 동지가 올 때에 김태준의 막내딸 이름인 “보원寶元”을 대기로 약속했다.[55] 8월 10일경 김태준을 방문한 이는 박헌영이었다.[56] 박헌영과 김태준의 대화, 그리고 김태준의 서재를 활용한 내용들은 이미 선행연구들에 자세히 밝혀져 있기 때문에 간단히 요약하도록 한다. 박헌영은 9~11월간 한달에 한 번 정도 김태준의 집에 숙박하며 기관지 『코뮤니스트』를 편집했다. 9월 중순에는 김태준에게 민족주의, 국제노선, 조선인의 중앙아시아 강제이주, 소련의 폴란드·베사라비아 합병 등에 대해 답변해주었다. 11월 중순 박헌영은 김태준에게 소련까지 갈 여비를 변통해줄 것을 요청했다. 김태준이 신명균과 박헌영의 만남을 주선한 것도 이 무렵이다.[57]

52 「(법원) 김태준 4회」, 『국편 MF1096』, 1942년 10월 28일, 615~616면.

53 이정박헌영전집 편집위원회 편, 「김태준 피의자신문조서(제2회)」, 앞의 책, 137면.

54 「(경찰) 권우성 1회」, 『아연 300-5-138』, 1941년 4월 2일, 115~123면.

55 『이정 박헌영 전집』은 “나의 부인 이름, 즉 寶元”으로 번역했으나 誤譯이다. 원문은 ‘自分の娘の名前「寶元」’이다. 이정박헌영전집 편집위원회, 위의 책, 134면; 「(법원) 김태준 1회」, 『국편 MF1096』, 1942년 9월 15일, 317면.

56 이정박헌영전집 편집위원회 편, 「김태준 피고인신문조서(제2회)」, 앞의 책, 135면.

57 이애숙, 앞의 글, 227면; 이정박헌영전집 편집위원회, 위의 책, 133~139면.

10월경 김태준은 이현상을 통해 정태식鄭泰植, 1910~?을 소개받는다. 정태식 또한 경성제국대학 출신이며 일찍이 미야케 사건으로 체포된 전력이 있다. 그는 박헌영의 아지트 키퍼로 자신의 당조카 정순년을 알선하기도 했다.[58] 한 선행연구는 정태식이 김태준을 경성콤그룹에 끌어들였다고 서술하고 있다.[59] 이전의 연구에서는 찾아볼 수 없는 정보인데 근거가 제시되지 않았다. 경성콤그룹 사건 신문조서의 내용과도 어긋난다. 뿐만 아니라 해당 연구는 자료의 오독誤讀도 지적되어 있어 주의를 요한다.[60]

법원 신문조서에 의하면 김태준은 정태식을 '城大 연구실'에 출입하는 조수助手 중 한 명으로 얼굴만 알고 있었으며, 이현상을 통해 소개받았다.[61] 정태식은 "소련의 핀란드 침략은 필경 제국주의적 침략과 다르지 않다"[62]는 회의적 입장을 피력했기에 박헌영·이현상과는 분명한 차이가 있었다. 박헌영이 정태식의 전향여부를 계속 의심한 것도 이러한 입장차에서 기인했다고 생각된다.[63]

그 외에 경찰과 검찰이 추궁했지만 입증하지 못한 부분으로 중국 공산당과의 관련성이 있다. 경성콤그룹이 중국 공산당을 통한 소련과의

---

58 임경석, 『이정 박헌영 일대기』, 역사비평사, 2004, 191면.

59 김태윤, 「북한 간부이력서를 통해 본 일제 말 사회주의 운동과 네트워크의 연속성－경성제국대학 법문학부 독서회 참여자를 중심으로」, 『한국독립운동사연구』 72, 독립기념관 한국독립운동사연구소, 2020, 159면.

60 정종현, 「북으로 간 국문학자 신구현－경성제대 출신 독학자에서 주체문예학자가 되기까지」, 『인문논총』 81(2), 서울대 인문학연구원, 2024, 124면.

61 「(법원) 김태준 3회」, 『국편 MF1096』, 1942년 10월 8일, 477~478면.

62 「(법원) 김태준 3회」, 『국편 MF1096』, 1942년 10월 8일, 479면.

63 "박헌영은 정치운동은 학교 나온 것이 소용없으며 결국 佐野學처럼 되므로 정태식을 가까이하지 않는 것이 좋겠다고 말했습니다. 박헌영은 정태식이 전향하지 않았는가 하고 의심하는 태도여서 이렇게 말했다고 생각합니다." 이정박헌영전집 편집위원회, 「김태준 피의자신문조서(제3회)」, 앞의 책, 139면.

접촉을 획책했기에 조사당국은 중국이라는 채널을 깊이 파고들었다. 심지어 김태준과 경성제대 지나문학 전공 후배인 이상옥李相玉; 岩村相玉, 배호裵澔와의 식사자리도 해부대상이 됐다. 이상옥은 당시 경성제국대학 도서관에서 일하고 있었다. 혐의는 김태준이 그에게 입수를 부탁한 중국관련 서적들이 박헌영·이현상 등 경성콤그룹 지도부의 요구에 의한 것이 아닌가 하는 것이었다.[64] 김태준은 일관되게 혐의를 부인했다. 소련에서 엘리트 코스를 밟은 박헌영의 전후前後 행보로 미루어보아도 중국과의 관련성은 미미하다. 만일 경성콤그룹 지도부가 중국 공산당의 서적을 필요로 했다고 하더라도 그것은 소련이라는 '중심'과 접촉이 불가능한 상황에서의 우회를 시도하는 부차적 대안이었을 가능성이 높다.

1940년 하반기의 대규모 검거가 시작된 후 김삼룡이 연락두절되자 박헌영은 체포를 의심하였다. 12월 23일 이관술이 상황파악을 위해 김태준을 방문했으나 이때 김태준은 모친이 위독하여 평안북도 운산에 내려가 있었다. 1월 7일 이관술은 재차 김태준의 집을 방문했다가 경찰에 체포되었다.[65] 1월 9일, 김태준은 다음 학기 강의 준비를 위해 다시 서울로 올라왔고,[66] 곧바로 검거된 것으로 보인다.

검거 후 수사당국은 기본적인 인적사항을 파악한 뒤, '친우親友'를 비롯한 인간관계를 추궁했다. 김태준은 친우로 경학원·명륜학원의 동료인 안인식安寅植, 1891~1969과 경성제국대학 조선문학전공의 주임교수였던 다카하시 도루高橋亨, 1878~1967 두 사람만 언급했다.[67] 조윤제, 이재욱, 이

64 「(법원) 김태준 3회」, 『국편 MF1096』, 1942년 10월 8일, 465~469면.

65 한국역사연구회 편, 앞의 책, 571면.

66 「(법원) 김태준 3회」, 『국편 MF1096』, 1942년 10월 8일, 483~484면.

67 「(검찰) 김태준 1회」, 『국편 MF1095』, 1941년 12월 14일, 632면.

희승, 방종현 등 예과시절부터 근 15년간 함께 조선문학을 공부하며 중앙인서관中央印書館 『조선어문학총서』 및 학예사의 『조선문고』 간행에 함께 참여한 경성제국대학 출신 조선인들, 그리고 '외우畏友' 임화의 이름은 나오지 않았다. 김태준은 체제협력적이었던 두 사람의 친우 외에는 입을 다물었다.

다카하시 도루는 이미 정년퇴직한 후였다. 대한제국 시기에 도한渡韓하여 조선총독부 관료로 충실히 봉직했던 그는 애초에 참고인 조사의 물망에 오르지도 않았을 것이다. 안인식과 김태준은 명륜학원의 전임강사로 10년간 동고동락했으며, 가정의 대소사를 함께 챙기는 긴밀한 사이였다. 경성콤그룹사건과 관련하여 안인식이 조사를 받은 기록은 찾기 어려우나, 해방 후 간행된 그의 문집 『嵋山文稿』에 계미년1943 봄 "이유를 알 수 없이不知何故" 동대문경찰서에 끌려가 십여 일 고초를 치렀다는 언급이 있다.[68] 시기1941~1942와 장소서대문경찰서에 차이는 있지만 비교적 근사近似하다.

여기서 잠시 김태준의 가족사항을 살펴볼 필요가 있다. 장녀인 보희寶禧가 투옥 중 김태준의 행동과 결심에 지대한 영향을 끼치게 되기 때문이다. 김태준의 가족사항은 학적부에 있는 부친의 이름, 그리고 「연안행」에 실린 단편적인 정보들만이 주로 알려져 있었다.[69] 이하의 '〈표 1〉 김태준 가족관계 도표'는 신문조서에 기반하여 가족관계를 정리한 것이다.

---

68 李壽源, 「序文」, 『嵋山文稿』, 文潮社, 1973. 원문 쪽번호 없음.

69 "數年前에 감옥에 있을 적에 老母, 안해, 乳兒를 잃은 것은 出獄後의 나에게 굳센 復讐의 念에 불타게 하였다. 우리民族의 원수, 人民의 원수, 家族의 원수인 日帝를 東海밖으로 擊退하지 않고는 到底히 이 하늘에 머리를 두고 살수 없다고 하였다." 김태준, 「연안행」 1, 『문학』 1, 조선문학가동맹, 1946, 188면.

〈표 1〉김태준 가족관계 도표

관계	성명	연령	생년	비고
본인	김태준	37	1905	
아내(妻)	李氏	40	1902	名 없음
장녀	金寶禧	19	1923	同德女高普 재학(1937년 입학)
차녀	金寶仙	16	1926	
장남	金世準	14	1928	
차남	金世雄	11	1931	
삼녀	金寶元	5	1937	
사녀	金寶玉	1	1941	김태준 투옥 중 출산, 사망
남동생(弟)	金玉俊	31	1911	間島省 延吉縣 縣公署 근무
제부(弟婦)	梁鳳雛	36	1906	
부친	金河龍	58	1884	평안북도 운산 거주
모친	白氏	미상	미상	김태준 투옥 중 사망

출전 : 「(경찰) 김태준 1회」, 『아연 300-5-138』, 1941년 4월 2일, 554~555면; 「(검찰) 김태준 1회」, 『국편 MF1095』, 1941년 12월 14일, 631면.
비고 : 이 도표는 경찰 신문조서 및 검찰 신문조서를 종합하여 재구성한 것이다. 생년은 김태준의 것만 확정이며, 나머지 인물들의 것은 신문조서에 기재된 연령으로부터 역산한 것이다.

검거 직후 김태준은 구명을 위해 다양한 인사들에게 연락을 취했다. 연락은 주로 장녀 보희를 통했다. 처 이씨는 문맹이고,[70] 임신중이었기 때문에 거동이 여의치 않았다.

이때 김태준이 연락하고자 했던 인물로 경성제국대학 법학 전공의 하나무라 요시키花村美樹, 1894~? 교수, 야스다安田 변호사, 중동학교 교장 최규동崔奎東, 1881~1953 등이 있었다. 하나무라 요시키는 1918년 도쿄제국대학을 졸업하고 경성지방법원 판사, 조선총독부 사무관 등을 거쳐 경성제국대학 법문학부 교수로 재직했다. 전공분야는 형법과 형사소송법이지만 조선 법제사에도 관심을 기울였다.[71] 「大明律直解攷」1936, 「高麗

70 「부록 3 해방전후의 여운형－이란(李欄) 씨의 회고」, 이정식, 『시대와 사상을 초월한 융화주의자 여운형』, 서울대 출판부, 2008, 781면.

71 장경준, 「花村美樹의 대명률직해 교정에 대하여」, 『규장각』 46, 서울대 규장각한국학

律」1937 등의 텍스트 독해·교정을 위해 김태준과 협업했을 가능성이 높다. 야스다 변호사는 불명이다. 최규동은 교육계와 조선인 사회에서 명망이 있었다. 이 무렵 중동학교 교원 김광섭金珖燮, 1905~1977도 체포되어 서대문형무소에 수감 되었다.[72] 김태준은 최규동에게 보낸 편지에 김광섭의 소식을 전한다.[73] 김태준이 접촉하고자 했던 인물들은 당연히 이보다 더 많았을 것이지만, 기록이 남은 것은 여기까지이다.

수사당국은 장녀 김보희의 경성콤그룹 참여여부를 문제 삼았다. 김태준은 자신이 검거될 것에 대비하여 좌익서적 등의 처분을 보희에게 말해 두었다.[74] 김태준이 수감 중 연락을 부탁한 인물 중 정태식이 있던 것이 화근이었다. 수사당국의 입장에서는 김보희를 경성콤그룹의 하부세포이자 연락책으로 간주할 수 있는 실마리를 잡았다. 김보희는 김태준의 '명령'에 따라 증거인멸을 의뢰받았고, 김태준의 체포 이후 정태식 등 경성콤그룹의 연락책으로서의 역할을 수행했다. 글자를 읽고 쓸 줄 안다는 것도 자발적 참여의 근거로 활용될 수 있는 부분이었다. 김보희는 김태준을 압박할 수 있는 으뜸패였다.

문 김보희도 공산주의적 경향이 있는가?

답 그 애소女는 당시 동덕여학교에 다니고 있었습니다. 그런 경향은 없었습니다.[75]

연구원, 2015, 180~181면.

72 김광섭, 「'마음'발문」, 『金珖燮詩全集』, 일지사, 1974, 210면.

73 「(법원) 김태준 3회」, 『국편 MF1096』, 1942년 9월 18일, 464~494면.

74 「(법원) 김태준 3회」, 『국편 MF1096』, 1942년 9월 18일, 484면.

75 「(법원) 김태준 3회」, 『국편 MF1096』, 1942년 9월 18일, 484면.

그리고 김보희를 초점에 두고 집요한 질문들이 이어진다. 이때 김태준이 받은 압박은 전방위적이었다. 일신의 구속수감 외에도 가족이 위험했다. 가장이 부재하는 사이 사기꾼이 인감을 위조해 집을 빼앗겼고 딸 보희마저 체포될 위기에 처했다. 고민 끝에 그가 내놓을 수 있었던 것은 자신의, 정말이지 정체성밖에 남지 않았다.

> 문 피고인은 현재 공산주의와 운동에 대해 어떻게 생각하고 있는가?
>
> 답 공산주의에 흥미를 가지고 共鳴하게 된 것은 참으로 不謹愼하고 심히 경솔한 것이었다고 후회하고 있습니다. (…중략…) 사상이나 운동은 물론 정치적 관심을 끊어버리고 이제부터 진실한 日本人이 되어 순수한 문학인으로 專攻하며 살아가고자 합니다.[76]

그는 법정에서 진실한 일본인이 되고자 한다고 고백했다. 그러나 수사당국, 그리고 판사는 별다른 감흥을 받지 않았다. 오히려 심드렁했던 것 같다. 식민지에서 조선인의 국적은 일본국이 아니었던가. 감옥의 밖에서는 '황국신민'이 유행하고 있었다. 그것은 늦기도 너무 늦었고 다른 전향자들에 비해 열성이 느껴지지 않는 미지근한 '전향선언'이었다. 고심 끝에 간신히 일본인임을 선언한 김태준이야말로, 자유주의와 공산주의로의 전환을 토로했다 하더라도 거부할 수 없이 조선인이었던 것이 아닐까.

76 「(법원) 김태준 2회」, 『국편 MF1096』, 1942년 9월 16일, 353면.

5. 결론을 대신하여

민족주의자, 자유주의자, 공산주의자, 아니면 일본인이나 조선인 그 어느 하나도 김태준의 정체성을 온전히 설명해 줄 수 있는 용어는 아닐 것이다. 그럼에도 불구하고 이 글의 표제로 정체성을 지시하는 문제적 용어들을 나열한 것은 김태준 = 사회주의자라는 당연시當然視와 그에 수반되는 무의식적 전제들, 더 나아가 지금까지도 그런 반복을 가능케 하는 우리의 인식론에 문제제기를 하기 위함이었다.

던져지지 않았던 질문이 하나 남았다. 김태준이 생각하는 사회주의는 무엇이었나 하는 것이다. 아마 빨치산에게 사회주의란 무엇인가를 물을 필요가 없다고 여겨졌기에 심층적 분석에 소략했던 것 같기도 하다. 식민지시기 사회주의자들의 좌표를 정리해 준 글을 참조해 볼 수도 있겠지만,[77] 김태준 본인의 발언을 들어보는 것도 모종의 의미가 있을 것 같다.

> 문 그대의 신봉하는 바의 공산주의란 무엇인가
>
> 답 공산주의는 경제·정치제도 상에 있어 인류의 최고 이상인 "자유와 평등"에 이상을 두는 바의 주의이다.
>
> 1941년 4월 2일 서대문경찰서 피의자 신문 중[78]

발언을 문면 그대로 신뢰하기는 곤란하다. 신선한 충격을 주는 부분

77 조형열, 「1930년대 조선의 '歷史科學'에 대한 학술문화운동론적 분석」, 고려대 박사 논문, 2015

78 「(경찰) 김태준 1회」, 『아연 300-5-138』, 1941년 4월 2일, 573~574면.

이 있기는 하지만, 좀 더 조심스럽게 접근해야 할 것이다. 김태준은 뒤이어 마르크스·레닌주의의 역사와 혁명의 필요성을 길게 역설하고 있기에 아주 독특하거나 새로운 형태의 사회주의를 지향했다고 말할 수는 없을 것 같다.

그렇지만 이 글의 내용을 통해 김태준의 사회주의 실천활동에 대한 여러가지 통념들이 불식되었을 것이라고 생각된다. 신문조서에 기재된 일방적 진술이라는 한계는 명확하지만, 그의 사상적 지향은 민족주의에서 자유주의로, 다시 공산주의로 변화하였다. 진실한 일본인이 되고자 한다는 읍소의 이면에는 지워낼 수 없는 피식민자, 조선인이라는 자기인식이 뿌리깊게 자리 잡고 있었다. 민족주의가 사상적 지향일 수 있는가 하는 질문이 다시금 떠오르는 순간이기도 하다.

참고문헌

기본자료

「이관술 외 15명 형사제일심소송기록」(국사편찬위원회 및 고려대학교 아세아문제연구소 소장, 상세한 서지사항은 〈부록 1〉과 〈부록 2〉를 참조).

한국역사연구회 편, 『일제하사회운동사자료총서』 8, 고려서림, 1992.

『국도신문』, 『경향신문』, 『文學』(조선문학가동맹).

논문 및 단행본

강만길·성대경 편, 『한국사회주의운동 인명사전』, 창작과비평사, 1996.

국사편찬위원회, 『일제강점기 사회·사상운동자료 해제』 II, 국사편찬위원회, 2008.

김광섭, 『金珖燮詩全集』, 일지사, 1974.

김경일, 『이재유, 나의 시대 나의 혁명』, 푸른역사, 2007.

김용직, 『김태준 평전』, 일지사, 2007.

김윤식, 「현실성 形象化로 분단文學 새영역 구축」, 『소설과 현장비평』, 새미, 1994.

김재용, 「김태준과 민족문학론」, 염무웅 편, 『해방 전후, 우리문학의 길찾기』, 민음사, 2005.

김태윤, 「북한 간부이력서를 통해 본 일제 말 사회주의 운동과 네트워크의 연속성－경성제국대학 법문학부 독서회 참여자를 중심으로」, 『한국독립운동사연구』 72, 독립기념관 한국독립운동사연구소, 2020.

동아시아식민지문학연구회·중국해양대학교한국연구소 편, 『동아시아 식민지 문학사전』, 소명출판, 2022.

박민철, 「박치우 '찾기'－박치우 연구에 발생한 이해와 오해, 그리고 논쟁들」, 『시대와 철학』 31(1), 2020.

박정선, 「해방기 조선문학가동맹의 문화대중화 담론과 조직적 실천」, 『어문학』 93, 한국어문학회, 2006.

신주백, 「박헌영과 경성콩그룹」, 『역사비평』 15, 역사비평사, 1991.

심지연, 『이강국 연구』, 백산서당, 2006.

이선아, 「리산권 빨치산의 형성과 활동－6·25전쟁 직후부터 1951년 '남부군' 결성을 중심으로」, 『남도문화연구』 28, 남도문화연구소, 2015.

이애숙, 「일제말기 반파시즘 인민전선론－경성콤그룹을 중심으로」, 『한국사연구』 126, 한국사연구회, 2004.

이용범, 「김태준의 사상자원과 학술실천」, 성균관대 박사논문, 2019.

______, 「'사학자' 김태준에 대하여」, 『동방학지』 205, 연세대 국학연구원, 2023.

이정박헌영전집 편집위원회 편, 『이정 박헌영 전집』, 역사비평사, 2004.

이정식, 『시대와 사상을 초월한 융화주의자 여운형』, 서울대 출판부, 2008.

이태, 『남부군－최초로 공개된 지리산 빨치산 수기』, 두레, 2024.

이혜령, 「빨치산과 친일파－어떤 역사 형상의 종언과 미래에 대하여」, 『대동문화연구』 100, 성균관대 대동문화연구원, 2017.

임경석, 『이정 박헌영 일대기』, 역사비평사, 2004.

임대식, 「혁명적 지식인 김태준」, 김재용 편, 『사람과 사상』, 한길사, 1996.

장경준, 「花村美樹의 대명률직해 교정에 대하여」, 『규장각』 46, 서울대 규장각한국학연구원, 2015.

정병욱, 「경성지방법원 검사국 기록과 '사상부'의 설치」, 『기록학연구』 40, 한국기록학회, 2014.

정종현, 「북으로 간 국문학자 신구현－경성제대 출신 독학자에서 주체문예학자가 되기까지」, 『인문논총』 81(2), 서울대 인문학연구원, 2024.

조은정, 「해방기 문화공작대의 의제와 성격」, 『상허학보』 41, 상허학회, 2014.

조형열, 「1930년대 조선의 '歷史科學'에 대한 학술문화운동론적 분석」, 고려대 박사논문, 2015.

홍종욱, 『민족과 혁명－식민지 사회주의의 이념과 실천』, 역사비평사, 2025.

루돌프 피어하우스, 공진성 역, 『코젤렉의 개념사 사전 7－자유주의』, 푸른역사, 2004.

테리 이글턴, 정영목 역, 「유익한 허위」, 『비극』, 을유문화사, 2023.

李壽源, 「序文」, 『嵋山文稿』, 文潮社, 1973.

〈부록 1〉「이관술 외 15명 형사제일심소송기록」(20여책 추정) 현황[79]

<table>
<tr><th>구분</th><th>구성</th><th>생산년월일</th><th>소장정보</th></tr>
<tr><td>제2책</td><td>사건송치서, 압수금품총목록,
사건의 특이성, 보고서, 기관지의 내용</td><td>사건송치서(1941.09.15.)
보고서(1941.09)</td><td>국편 MF1094</td></tr>
<tr><td>제5책</td><td>피의자 신문조서
권우성, 범죄사실 조사회보(김덕연),
권우성, 김삼룡, 김태준, 김응빈</td><td>1941.03.26.~1941.04.03</td><td>아연 300-5-138</td></tr>
<tr><td>제11책</td><td>피의자 신문조서
이관술, 본적조회 소행조사(최영자)</td><td>1941.06.03.~1941.06.14.</td><td>아연 300-5-139</td></tr>
<tr><td>제13책</td><td>피의자 신문조서
이관술, 김덕연, 이옥동,
남상도, 이응윤, 소행조사(남상도)</td><td>1941.07.03.~1941.07.20.</td><td>아연 300-5-140</td></tr>
<tr><td rowspan="2">제18책</td><td>예심 피고인신문조서
安田小周(3회), 李家安鎬(3회),
北川又成(5회), 김태준(4회), 이현상(4회)</td><td>1942.08.28.~1942.10.08</td><td rowspan="2">국편 MF1096</td></tr>
<tr><td>예심 증인 신문조서
富永載轍, 文岩尙甲, 李家敎炫</td><td>1942.10.19.~1942.10.23</td></tr>
<tr><td rowspan="2">제19책</td><td>피고인 신문조서
이남래(3회), 이옥동(3회), 大山承烈(4회),
漢原福禮(3회), 이관술(14회)</td><td>1942.08.28.~1942.10.14.</td><td rowspan="2">국편 MF1097</td></tr>
<tr><td>증인 신문조서
大山一榮, 池田壽辰, 林良麗,
이종갑, 夏山正常, 이복기</td><td>1942.10.15.~1942.11.1.1</td></tr>
<tr><td>별책 2책</td><td>표지에 "별책 追送기록 제2책"
경찰 피의자 신문조서
김태준(8회), 김삼룡(6회), 암촌상옥,
이현상(4회), 김택응빈,
이옥동(이인동)(2회), 이관술(3회), 이남래</td><td>1941.12.14.~1942.05.13.</td><td>국편 MF1095</td></tr>
</table>

79 도표 중 '구성'은 국사편찬위원회, 『일제강점기 사회·사상운동자료 해제』 II, 국사편찬위원회, 2008, 330~346면 및 고려대학교 아세아문제연구소 웹페이지에서 제공하는 해제를 정리한 것이다.

〈부록 2〉 김태준 경성콤그룹 사건 관련 신문조서 일람

단계	회차	일자	입회자	권수	소장처 / 관리번호	비고
경찰	1	1941.4.2	巡査 松山繁生	第5冊	아연 300-138-5	
검찰	1	1941.12.14	檢事 杉本寬一 巡査 居世吉倚	別冊 追送記錄 第2冊	국편 MF1095	
	2	1941.12.21				
	3	1941.12.26				
	4	1941.12.27				
	5	1941.12.30				
	6	1942.3.10				
	7	1942.5.2	檢事 杉本寬一 巡査 三神孫之坊			
	기타	1942.1.12	巡査 重光龜彦 巡査 居世吉倚			岩村相玉·金台俊 對質訊問
법원	1	1942.9.15	判事 田中壽夫 書記 花岡秀典	第18冊	국편 MF1096	
	2	1942.9.16				
	3	1942.10.8				
	4	1942.10.28				

영화라는 미디어와 카프 기술부 설치의 의미망

운동성과 상업성을 횡단하는 카프

최병구

1. 카프의 기술부 카프를 어떻게 규정할 것인가?

이 글은 카프KAPF의 안과 밖을 가로지르는 조직의 구심력을 기계문명, 특히 영화라는 미디어를 중심에 놓고 재구성하고자 한다. 카프는 조직 내부와 외부 구성원들의 자본과 테크놀로지에 대한 인식에 바탕을 두고 실재적으로 존재했다. 카프 영화 논쟁에서 드러나는 실재적 존재 방식을 질문함으로써 사회주의 문화단체로서 카프의 새로운 면모가 드러날 수 있을 것이다.

카프는 1925년부터 1935년까지 일본의 나프NAPF와 긴밀하게 연결된 합법적 문화단체였으며 비합법 사회주의 조직과도 소통하고 있었다. 이러한 카프의 연결망은 1927년 1차 방향전환과 1930년 2차 방향전환을 통해 조직노선을 정비하고 운동성을 강화했다는 문학사의 서술로 이어졌고, 김윤식의 『한국근대문예비평사연구』1976 이래 1990년을 전후한 일련의 연구를 통해 그 실체가 상당 부분 드러났다.

한편 2000년대 이후 카프 연구는 '운동으로서 카프'와 일정한 거리를 두며 식민지 문화정치의 맥락 속에서 프로문학에 접근하는 특징을 보였다. 조직 노선이라는 구심력에서 감성·젠더·검열·미디어 등 다양한 원심력으로 초점이 이동한 것이다. 여기서 연구의 대상이 '카프'에서 '프로문학'으로 변경되었던 문제의식에 주목할 필요가 있다. 연구의 대상을 카프로 호명할 때와 프로문학으로 명명할 때는 적지 않은 차이를 갖는다. 카프는 조직의 선명성을 강조하며 이는 카프가 외부와 벌인 수많은 논쟁을 통해 가시화된다. 반면 프로문학 혹은 프롤레타리아 문학은 조직과 노선의 선명성이 아니라 식민지 일상을 살아가는 주체의 삶에 주목하는 것이다. 그간 사적인 것으로 비판받았던 영역이야말로 가장 정치적인 공간이라는 문제의식이 기저에 깔려 있다.[1]

2000년대 이후 프로문학 연구가 운동으로서 카프와 거리를 둔 것은 변화된 시대 환경을 반영한 결과이지만, 그럴수록 연구대상인 '카프'라는 조직의 성격은 1990년대의 인식에서 벗어날 수 없었다. 2000년대 이후 프로문학 연구는 사실상 '카프'에는 괄호를 치고 진행되었기 때문이다.

이 글은 카프 연구에서 프로문학 연구로 중심을 이동한 지난 연구사를 염두하며, 카프의 성격을 새롭게 규명할 수 있는 사건으로 1930년 카프 기술부 설치에 주목한다. 카프는 1930년 4월 기술부 설치를 핵심으로 하는 조직 개편안을 발표했다. 당시 중앙위원으로 선출된 임화, 권환, 안막 등은 카프를 기술단체로 규정하고 예술운동의 볼셰비키화를

1 카프 혹은 프로문학의 문제의식과 연구사에 대한 자세한 논의는 손유경, 「최근 프로 문학 연구의 전개 양상과 그 전망」, 『상허학보』 19, 상허학회, 2007; 박상준, 「프로문학 연구의 새로운 방향과 의의」, 『어문학』 102, 한국어문학회, 2008; 최병구, 「프로문학 연구의 현실 인식과 전망–2010년대 이후 연구를 중심으로」, 『민족문학사연구』 83, 민족문학사학회, 2023을 참조할 것.

주장했다.'문예의 볼셰비키화'로 요약되는 조직개편에서 기술부 설치는 노동자, 농민의 투쟁과 조직 활성화를 위한 방법론의 혁신으로 제시된 것이다.[2]

하지만 카프 기술부 설치는 1929년 발생한 문학 대중화 논쟁의 맥락과 문단 내부에서의 기계문명에 대한 논쟁, 더 나아가서는 식민지시기 내내 카프의 고민이었던 대중과 접점을 어떻게 형성할 것인가라는 문제의식이 중층적으로 결합한 결과였다. 좀 더 구체적으로 카프 기술부 설치에는 운동성 강화라는 목적을 넘어서 근대의 테크놀로지를 기반으로 형성된 식민지 일상과 제국의 지배체제를 가로지르는 아래와 같은 맥락이 결부되어 있었다.

① 운동성 강화 측면 : '문예의 볼셰비키화'를 이루기 위한 선전 선동의 강화
② 법-제도의 측면 : 제국 일본의 검열과 사회주의 검거에 어떻게 대응할 것인가
③ 지식 전달의 측면 : 사회과학 / 자연과학 지식의 확산을 통한 대중 포섭
④ 테크놀로지와 일상의 측면 : 근대의 기계문명과 식민지 일상의 변화에 어떻게 대응할 것인가

①은 카프 기술부 설치에 대한 전통적인 시각이고, ②는 1929년 임화와 김기진을 중심으로 벌어진 대중화 논쟁의 맥락, 즉 제국의 검열제

2 1930년을 전후하여 동경 무산자사의 김남천·임화·안막·권환 등은 국내로 들어와서 신간해 해소, 공산당 재건 등의 임무를 수행하며 예술의 볼셰비키화를 목적으로 기술부의 독립을 내세운 조직 재편을 시도했다. 이에 대한 자세한 내용은 권영민, 『한국 계급문학 운동사』, 문예출판사, 1998, 206~215면 참고.

도 속에서 지속가능한 미디어의 범주와 성격, 그리고 문예의 표현수위에 대한 논의를 포괄하는 것이다.[3] ③은 사회주의 진영이 잡지를 매개로 근대 과학과 경제 지식을 전달하며 대중을 포섭하고자 한 전략으로, 1920년대 후반 『조선지광』에서 이루어진 유물논쟁과 사회과학 / 자연과학 강좌를 대표적인 사례로 들 수 있다.[4] ④는 1929년 기계문명에 대한 일련의 글과 카프 준기관지 『조선문예』, 그리고 영화라는 미디어를 둘러싼 논쟁을 사례로 들 수 있다.

일단 중요한 것은 편의상 네 가지 유형으로 분류하였으나 각각은 서로 겹친다는 점이다. 가령 ①의 측면에서 카프 맹원들은 부르주아 미디어와 대별되는 프롤레타리아 미디어를 강조했지만, '미디어'라는 점에서 근대의 자본과 과학기술을 공유하며 ③과 ④의 맥락에 걸치게 된다. 또한 제국 일본의 검열과 마주해야 한다는 점에서 ②와도 결부된다. 그간의 논의는 이러한 연결성을 제대로 파악하지 못하고 논쟁을 통해 조직의 선명성을 강조한 카프 맹원의 시각을 중심으로 카프 기술부 설치를 이해했다

3 이에 대한 연구는 엄청나게 축적되어 있다. 최근의 연구 성과로는 이원동, 「예술 대중화 논쟁과 매체 전략」, 『어문학』 127, 한국어문학회, 2015; 차승기, 「프롤레타리아 문학과 대중화」, 『한국학연구』 37, 인하대 한국학연구소, 2015; 한기형, 『식민지 문역』, 성균관대출판부, 2019; 최병구, 「1920년대 비평(사)의 문화적 배경 또는 논쟁의 심층」, 『구보학보』 25, 구보학회, 2020 등을 들 수 있다.

4 1922년 발간된 『조선지광』은 월간지와 주간지 형태로 발간되다, 1926년 11월 복간 이후 월간지로 발간되며 지식인만 이해할 수 있는 어려운 글을 지양하고 "각 방면의 종합적 또는 대중화한 재료 논전 문장 취미적 오락적의 온갖 것을 취택(取擇)"하려는 지향을 드러냈다. (「편집여언」, 『조선지광』, 1927.10, 56면) 이후 1920년대 후반 『조선지광』에는 '사회과학강좌'와 '자유대학강좌'와 같은 학술 기획이 이루어지고, 1928년 이후에는 '연극과 영화'란을 신설하기도 했다. 다시 말해 1920년대 후반 『조선지광』은 근대 과학과 기술에 대한 지식을 독자들에게 전달하며 근대기술의 산물인 연극와 영화 장르에 깊은 관심을 보인 것이다. 이에 대한 자세한 내용은 최병구, 「1920년대 사회주의 대중화 전략과 『조선문예』」, 『반교어문연구』 37, 반교어문학회, 2014를 참고할 것.

는 점에서 재고의 여지가 크다. 여기서는 이러한 연결성을 염두하며 ④를 중심으로 카프 기술부 설치의 의미망을 살펴보고자 한다.

이 글은 논쟁이 발생하는 기제인 영화의 상업성과 운동성에 대한 인식이 논객들 사이에서 어떻게 결합하고 분리하는지에 초점을 두고자 한다. 영화는 당대의 최첨단 미디어로서 앞선 네 가지 맥락의 중심에 놓이는 대상이며, 상업성과 운동성은 영화 미디어의 속성이자 테크놀로지의 성격이라는 점에 주목한 것이다.

카프의 논객들에게 영화는 예술이면서 산업이었다. 동시에 그들에게 영화의 운동성과 상업성은 쉽게 결합하기 어려운 것이었다. 사회주의 문화예술 단체를 표방한 카프에게 자본과 산업은 손쉽게 부르주아의 영역으로 치부되었던 까닭이다. 카프의 맹원들은 국가·자본·기술과 친연성을 가지고 움직이는 영화의 속성을 인식하고 있었지만, 조직의 논리가 앞서며 영화에 결합한 이러한 조건을 구체적으로 질문하지 못했다. 하지만 카프의 내부와 외부에 걸쳐서 영화 미디어에 함축된 국가와 테크놀로지에 대한 인식과 그에 맞는 대응 방법이 추구되기도 했다. 일관된 맥락으로 수렴하지 않는 이러한 현상을 직시할 때 카프 기술부에 대한 새로운 접근이 가능할 것이다.

이와 관련하여 일제 말기 임화의 「조선영화론」『춘추』, 1941.11은 중요한 시사점을 던져준다. 이 글에서 임화는 영화의 상업성과 운동성의 통합에 대해 다음과 같이 이야기한다.

> 불소不少한 자본을 단지 상품으로서의 영화를 생산하려고 하는 기업의 입장에서 볼 때 영화 작가라는 것은 우수한 예술가이기를 요망하는 것이요, 광고와 선전의 필요에서 영화의 생산에 관여하는 입장에서 볼 때에도 영화작가

는 역시 탁월한 기능의 소유자이기를 희망하는 것이다. 그렇지 않으면 좋은 상품의 생산도 불가능할 것이며, 투철한 효과를 거두는 대중적 영향을 미치는 작품의 생산도 한가지로 불가능하기 때문이다. 고쳐 말하면 어떠한 조건하에서도 이곳의 영화라는 것은 우수한 문화, 탁월한 예술인 한에서만 장래를 가질 수 있는 것이다.[5]

인용문에서 임화는 기업이 예술가로서 영화작가의 정체성을 인정하며 영화를 제작해야 상업성을 얻을 수 있다고 말한다. 예술성 확보로 더 많은 대중의 눈길을 사로잡는 것이 곧 상업성이라는 판단이기도 하다. 이것은 최소한의 정치적 발언조차 불가능한 일제 말기에 예술가의 정체성을 강조하며 일본의 기업화 논리에 대응하고자 한 것이다. 그래서 임화가 강조한 예술가라는 정체성은 단순히 예술, 그 자체를 강조하려는 것이 아니라 운동으로서 문학예술을 강조한 1930년대 입장의 연속선상에 있다고 해석할 수 있다.

일제 말기 임화는 어떻게 영화의 운동성과 상업성의 연결고리를 제시할 수 있었을까. 1930년 전후 임화는 카프 맹원으로서 윤기정, 한설야 등과 비슷하게 운동성을 강조했지만, 상품성의 기반을 이루는 테크놀로지의 화려함에 대해서도 긍정하는 태도를 보였다. 다시 말해 임화의 경우 1930년대부터 상업성과 운동성, 어느 한쪽으로 수렴하는 것이 아니라 각각의 맥락이 현실에서 지니는 가능성을 인식하고 있었다. 이것의 연장선상에서 일제 말기 임화는 작가의식운동성의 강화가 상품성을 얻을 수 있다는 시각을 드러낸 것이다.

5 임화, 「조선영화론」, 『춘추』, 1941.11; 백문임, 『임화의 영화』, 소명출판, 2015, 284~285면.

임화라는 사례가 보여주듯 운동성과 상업성이 교차하는 맥락을 파악하는 것이 중요하다. 이는 곧 카프를 이해하는 새로운 시각을 확보할 수 있는 길이기 때문이다. 표면적으로 식민지시기 카프의 맹원은 운동성과 상업성 중에서 운동성을 선별해서 강조했으며, 이것은 카프가 벌인 논쟁의 중요한 계기가 되었다. 따라서 이러한 계기들이 드러나는 카프 기술부 설치의 맥락을 종합할 때 상업성과 운동성의 충돌을 해결할 수 있는 실마리를 찾을 수 있을 것이다.

마지막으로, 이 글이 해명하고자 하는 쟁점을 정리하면 다음과 같다. 첫째, 근대의 테크놀로지에 대한 카프의 인식은 어떤 기제로 구체화 되었는가? 카프의 테크놀로지 인식은 근대 미디어신문, 잡지부터 영화, 연극 등 예술장르에 이르기까지 다양한 범주에 걸쳐 있었지만, 대중과 접점을 넓히는 것에 테크놀로지가 중요하다는 일관된 생각을 하고 있었다. 근대의 테크놀로지를 매개로 대중과 접속해야 한다는 목표가 운동성과 상업성을 동시에 포괄한다고 할 때, 운동성 / 상업성에 대한 카프 안팎의 인식을 재구하는 것은 근대의 테크놀로지에 대한 카프의 다양한 입장을 확인한다는 점에서 중요하다.

둘째, 카프 영화 논쟁에서 드러나는 양쪽의 입장을 당대 기계문명과 속도, 식민지 조선의 일상에 대한 인식과 결합할 때 카프의 테크놀로지에 대한 인식이 가진 다층성이 드러날 수 있지 않을까? 카프는 수많은 논쟁을 통해 조직을 강화했지만, 논쟁의 과정에서 대비되는 두 집단의 인식은 (불)연속적인 당대 삶의 구조에서 어느 한쪽을 두드러지게 강조한 것이다. 이럴 때 논쟁에서 드러나는 차이와 그 지반을 함께 인식한다면 카프라는 조직의 실체가 드러날 수 있을 것이다.

2. 조직운동을 상대하는 또 다른 현실 참여의 방법

1926년 임화는 당대의 최첨단 테크놀로지인 영화를 거론하며 "조선 민중은 '스크린'에 무엇을 요구하는가를 생각해야 할 것이다"[6]라며 민중의 시선을 강조하고, 영화 산업의 성장을 위해서는 식민지 조선에서 기술과 자본의 부족을 해결해야 할 필요성을 역설했다.

조선 민중의 시선, 그리고 과학기술과 자본은 프롤레타리아 영화의 발전을 위해서는 모두 필요했지만, 어느 하나 쉽게 충족하기 어려운 것이었다. 카프의 노선에서 민중은 계급으로 구체화되어야 했고, 과학기술과 자본은 객관적 대상이거나 혹은 부르주아적인 것으로 인식하였기 때문이다. 카프 시기 임화는 민중과 자본이 충돌하는 지점을 구체화하지 않고 상황에 따라 어느 한쪽을 강조하는 모습을 보였으며, 더 나아가 이런 장면은 카프 안팎의 다양한 주체들에게서 발견되는 특징이다. 달리 말해 카프 시기에는 영화의 배경으로서 과학기술과 상업성이 식민지 프롤레타리아 계급의 전위를 강조해야 한다는 목적성과 대립했다.

이러한 입각점은 1927년 발표된 심훈의 영화 〈먼동이 틀 때〉를 둘러싼 한설야, 윤기정, 임화 등과 심훈 사이의 논쟁에서 선명하게 드러난다. 논쟁의 포문을 연 것은 윤기정이었다. 그는 1927년에 개봉한 세 편의 영화 〈먼동이 틀 때〉심훈, 〈뿔 빠진 황소〉김태진, 〈잘 있거라〉나운규에 계급투쟁의 모습이 보이지 않는다고 비판하며 다음과 같이 적었다.

> 우리가 요구하는 작품을 제작하지 못하였는가? 그 이유로는 두 가지가 있

6 임화, 「위기에 임한 조선영화계」, 『매일신보』, 1926.6.13~20; 위의 책, 204면.

으니, 하나는 영리적 흥행 정책에 있고 또 하나는 검열관계에 있는 것이다. 나는 흥행가치에 원인이 있다는 것은 말하고 싶지 않다. 다만 검열문제에 대한 것만을 한 말로써 운위하고 그만두겠다. 문예운동에서도 검열이 중대한 문제이지만, 영화에 있어서는 한층 더할 것이다. 이 까닭에 우리는 조선영화의 내용이 반동화하지 않을까 우려하기를 마지않는다. 원작은 영화의 중요한 가치를 결정하게 되므로 원작자는 유의에 유의를 거듭하지 않으면 안 된다.[7]

인용문에서 윤기정은 조선에서 프롤레타리아 영화를 제작하기 어려운 이유로 상업성과 검열을 꼽으며, 검열을 의식하며 작품을 만든다면 부르주아적인 내용만 담길 것이라는 우려를 드러낸다. 검열을 의식하는 것이 어떻게 반동의식으로 귀결되는지는 제대로 설명하지 않은 채 노동자와 농민 주체의 전위성이 드러나지 않는다는 점만 비판한 것이다. 상업성을 쫓는 영화는 "민중을 떠난 공상, 몽환에 암영이 될 것이다. 처지를 운운하고 검열을 구실 삼아가지고 일개의 날탕패 영화를 지어놓는다면, 우리는 그것을 방어하지 않을 수 없다"[8]라는 한설야의 발언도 비슷한 맥락에 있는 것이며, 더 나아가 1929년 김기진의 "작금 1년 이래로 극도로 재미없는 정세에 있어서 우리들의 '연장으로서의 문학'은 그 정도를 수그려야 한다"[9]는 말에 대해 합법성의 추구가 의식적인 퇴각을 의미한다는 임화의 시각[10]과도 맥락을 함께 하는 것이다. 한 마디

7 윤기정, 「최근 문예 잡감」, 『조선지광』, 1927.12, 96면.

8 만년설, 「영화예술에 대한 관견」, 『중외일보』, 1928.7.1~9; 백문임 외, 『조선영화란 하오』, 창비, 2016, 123면.

9 김기진, 「변증적 사실주의」, 『동아일보』, 1929.2.25~3.7; 홍정선 편, 『김팔봉문학전집』 I, 문학과지성사, 1988, 62면.

10 임화, 「탁류에 향하여 – 문예적 시평」, 『조선지광』, 1929.8.

로 1920년대 후반 카프의 맹원들은 상업성 혹은 합법성을 비판적으로 상대하며 강화된 일본의 검열 정책에 적극적으로 맞서길 주문하고 있었다. 검열을 의식한 표현 수위 조절이 결국 검열자의 의도에 편입될 수 있다는 점을 고려할 때 카프 소장파의 공통된 인식이 가진 의미는 일단 인정되어야 할 것이다.

그렇지만 동시에 이들은 식민지 현실의 물질성을 구체적으로 인식하지 못했다는 비판에서 벗어나기 어렵다. 윤기정과 한설야는 1920년대 후반 『조선지광』에서 벌어진 유물논쟁 당시 유심론을 비판하며 생산력의 중요성을 강조하는 입장에 선다.[11] 한설야가 욕망과 의식을 강조하는 유심론을 비판하며 역사는 "역사적 필연의 합법칙성에 눈 밝은 프롤레타리아 과학에 의하여 엄연히 진전하고 있다"[12]고 주장할 때 '프롤레타리아 과학'의 함의가 근대 과학기술의 발전과 이에 따른 생산력 향상을 포함하고 있음은 분명하다. 근대의 과학기술은 기계문명의 발전을 만든 원천이며 기계로 인한 삶의 변화는 생산력 향상과 인간의 의식욕망이 밀접한 관계를 맺으며 이룩한 것이다. 새뮤얼 버틀러는 이 점을 강조하기 위해 기계가 완전히 사라진 에레혼 마을을 상상했다. 기계가 인간의 의식을 지배하며 인간이 기계의 노예가 되는 사태를 목격해야 할지도 모른다는 불안감이 기계를 모두 부정하는 결과로 이어졌지만, 그 결과 마을은 식민지가 될 운명에 처하게 된다. 기계를 부정할 것이 아니라 기계가 인간의 욕망을 지배하지 않을 방법을 생각해야 했지만, 에레혼

---

11 1920년대 후반 『조선지광』의 유물논쟁에 대한 자세한 논의는 박민철·이병수, 「1920년대 후반 식민지 조선의 맑스주의 수용 양상과 의미」, 『한국학연구』 59, 고려대 한국학연구소, 2016; 이병태, 「1920년대 『조선지광』의 유물론 수용이 지닌 사상사적 함의」, 『통일인문학』 87, 건국대 인문학연구원, 2021을 참고할 것.

12 한병도, 「역불멸설과 기계학」, 『조선지광』, 1927.9, 28면.

마을은 그러지 못했고 그 결과는 비참한 것이었다.[13]

과학기술과 인간 욕망의 연결고리를 차단한 결과 식민지가 될 운명을 맞은 에레혼 마을과 프롤레타리아 과학을 강조하지만 정작 인간의 욕망과 의식을 부정적으로 인식한 카프 맹원의 사고는 과학 문명과 인간 욕망의 순환구조를 인식하지 못했다는 점에서 구조적으로 유사한 것이다. 이러한 사고는 기계문명이 만든 자본주의적 삶의 형태가 인간의 욕망에 기대고 있으며, 이는 뒤집어 말해서 인간의 욕망을 뒤바꿀 때 자본주의적 삶이 변할 가능성을 원천적으로 차단한다는 점에서 문제점을 갖는다.

이러한 맥락에서 식민지 조선에서 더욱 예민하게 인식해야 하는 것은 근대의 과학문명과 인간 욕망의 관계가 되어야 했다. 하지만 1920년대 후반 카프의 맹원들은 "영화는 기술 및 생산의 급격한 발전과 그 거대한 전문적 분화와 생산에 있어서, 오로지 과학적 기계적 방법이 중시되는 현 시대의 산물이라는 것을 잊어서는 안 된다. (…중략…) 그 내용과 형식이 모두 자본주의적인 것이다"[14]라고 말할 만큼 영화와 기계문명의 관계를 명징하게 인식했지만, 근대의 테크놀로지와 인간 욕망의 네트워크를 간과했다.

심훈은 윤기정, 한설야 등의 비판을 들으며, "조선에 문단이라는 것이 형성된 지 이미 한두 해가 아니어늘 문예잡지 한권이 부지를 못하고 '프롤레타리아예술동맹'이 존재가 있다 하건만 도대체 하는 일, 해나가는 일이란 무엇인가? 작품 하나 변변한 것을 내놓지 못하면서 무슨 건덕

13 새뮤얼 버틀러, 한은경 역, 『에레혼』, 김영사, 2018. 이 소설은 영국에서 뉴질랜드로 이주한 후 양을 키우며 많은 돈을 벌고 싶어하는 주인공 '나'가 에레혼 마을에 도착하는 것으로 시작한다. 소설의 결말부에 주인공은 다시 영국으로 돌아가서 에레혼 마을 사람들을 노동자로 착취할 계획을 세운다.

14 만년설, 「영화비판－외국 영화에 대한 오인의 태도」, 『조선지광』, 1929.1, 79면.

지를 가지고서 청산 배척 극복을 한단 말인가?"[15]라는 반문으로 논의를 시작한다. 심훈은 카프의 운동 지향에 대한 비판과 함께 식민지 조선의 대중이 읽고 볼 수 있는 작품이 발표되어야 한다는 시각을 드러낸다. 이는 "환경을 뜯어고치기 전에는 한 계급이(그중에 일부분인 맑시스트가)요구하는 영화는 절대로 제작 할 수 없다는 것을 단언"[16]한다는 말처럼 조선의 물질적 조건을 긴밀히 고려한 것이기도 하다. 심훈은 이러한 인식을 토대로 영화 발전을 위해 고려해야 할 것으로 영화 검열, 자본의 문제, 능력 있는 영화인의 필요성과 영화인의 생활을 차례로 강조한다.

식민지 조건에서 검열은 작품이 대중에게 전달되는 것에 가장 큰 위협으로 작용했다. 훗날 심훈은 검열을 통과하기 위해 소설을 여러 차례 개작할 만큼 현실의 시스템에 민감한 의식을 가진 인물이었다.[17] 문학에 비해 기계설비 등이 많이 필요한 영화 생산에서 자본은 피해 갈 수 없는 것이며, 영화에 대한 전문적인 지식과 능력을 갖춘 인물의 부재도 조선 영화의 발전을 가로막는 장벽이다. 또한 영화인의 생계를 책임지는 것이 영화 발전의 중요한 항목이라는 인식은 예술인의 물질성을 고려한 발언이다. 한 마디로 심훈은 자본과 과학기술이 구축한 식민지 조선의 삶에 천착한 인식을 보인 것이다.

무엇보다 중요한 것은 이를 토대로 심훈이 내세운 영화의 제재이다. 심훈은 극장에 몰려드는 관객이 누구인지 그들이 극장에 무엇을 기대

15 심훈, 「우리 민중은 어떠한 영화를 요구하는가? — 를 논하여 '만년설'군에게」, 『중외일보』, 1928.7.11~27; 김종욱·박정희 편, 『심훈 전집 8 — 영화평론 외』, 글누림, 2016, 80면.

16 위의 책, 149면.

17 심훈 소설이 검열을 의식하여 여성 문제와 농촌 문제를 다루었으나 그 이면의 전달하고자 하는 내용은 사회주의자의 시선을 담은 것이었다. 이에 대한 자세한 논의로 손성준, 「검열, 그 이후의 창작」, 『동아어문학』 87, 동악어문학회, 2022를 참고할 수 있다.

하고 가는지를 생각해야 한다며 다음과 같이 말한다.

> 내 생각 같아서는 모든 제재 가운데에 우리에게 절박한 실감을 주고 흥미를 끌며 검열관계로도 비교적 자유롭게 취급할 수 있는 것은 성애 문제性愛問題일까 한다. 즉 연애문제 — 결혼 이혼 문제 — 양성 도덕과 남녀해방 문제. (…중략…) 자본주의의 독액이 인간의 골수에까지 침식되고 현대 남녀의 애욕갈등이란 또한 '돈' 즉 생활 문제로 말미암아 나타나는 경우가 많겠고 여자란 결국 돈 있는 놈에게로 팔려가는 상품이요 용모나 재화는 '시세'의 고저나 금액의 다과를 보이는 인육판매의 광고판에 불과한 것이다! 이것은 누구나 부정치 못할 현상이다.[18]

인용문은 심훈이 소설과 영화에서 연애나 사랑과 같은 제재를 사용한 이유를 명확히 보여준다. 자본주의가 빈부격차를 만들고 대중의 삶을 지배하는 것은 이념의 문제가 아니라 자본주의 문명이 만든 사적 욕망의 결과이다. 여성이 상품화되고 결혼제도가 남성화되는 현상은 자본가 / 프롤레타리아라는 이분법으로 설명하기 어렵다. 성 상품화는 자본가만이 아니라 남성 프롤레타리아도 함께 동조하는 현상이기 때문이다. 따라서 혁명을 위해 필요한 것은 노동자 주체의 전위성이 아니라 자본주의가 우리의 삶을 규율하고 나의 인식력을 포섭하는 방법을 인지하는 일이다. 무엇보다 이것은 검열을 피해 갈 수 있기에 식민지 조건에서 더욱 효과적인 실천적 방법이 될 수 있다. 흔히 '통속'이라고 명명되는 연애와 애정의 문제를 다시 살펴봐야 하는 이유는, 그로부터 자본주

18 심훈, 앞의 글; 김종욱·박정희 편, 앞의 책, 92~94면.

의 문명이 만든 식민지 조선인의 일상을 구체적으로 파악할 수 있기 때문이다.[19] 요컨대 과학기술은 객관적 대상이거나 부르주아적인 것으로 배척할 대상이 아니라 삶을 만드는 기제로서 인간의 욕망과 깊은 관계를 맺고 있는 분석해야 할 존재이다.

결국 심훈이 카프 논객들에게 대항하며 드러낸 자본주의의 구체성은 영화의 물질적 배경을 이루는 과학기술과 인간 욕망의 네트워크를 간취한 결과이다. 한설야, 윤기정 등은 자본주의 문명의 산물로서 영화를 이해했지만, 운동성의 측면에서 심훈의 영화와 현실 인식을 투쟁의 현장에서 후퇴하는 것으로 판단하며 비판했다. 이들은 영화 탄생의 근원인 근대 과학기술 문명의 네트워크 속에서 영화를 인식하지 못하고 이념의 차원에서 협소하게 바라봄으로써, 근대의 테크놀로지가 대중의 일상을 어떻게 변화시켰는지를 인식하기 어려웠다. 간단히 말해 영화의 상업성을 간단히 넘어갈 것이 아니라 상업성의 맥락을 들여다봐야 했다. 카프가 자본주의 체제를 비판하고자 했다면 이 과정은 더욱 필수적인 것이었지만 1920년대 후반 카프는 표면적으로는 아직 이 과정을 살필 수 있는 상황이 아니었다.

하지만 카프 내·외부에 걸쳐서 기계문명과 식민지 일상에 대한 논의가 이루어지고 있었음을 간과해서는 안 된다. 이 흐름은 1930년 카프 기술부 설치의 직접적인 배경이 된다는 점에서 주의 깊게 살펴볼 필요가 있다.

---

19 한편 심훈의 이러한 입장은 1930년대 엄흥섭의 사례와도 겹친다. 1930년 2차 방향전환 당시 카프 중앙위원에 선임된 엄흥섭은 카프 해산 직전인 1930년대 전반기에 연애 혹은 가정 문제에 초점을 둔 다수의 작품을 발표한다.(최병구, 「엄흥섭 소설에 나타난 젠더 감성과 그 역학」, 『어문연구』 121, 2024) 심훈과 엄흥섭은 자본주의 근대 문명이 식민지 개인의 인식과 삶에 어떤 영향을 미쳤는지를 탐구했다는 점에서 공통적이다. 이들은 운동으로서 카프와 구별되는 또 다른 카프의 존재 방식을 보여준다.

3. 카프 기술부 설치의 배경과 그 중층성

1928년 심훈과 한설야 등의 영화 논쟁에서 후자의 입장을 공유했던 임화는 1929년 세계영화의 동향을 논의하는 글에서 다음과 같이 말한다.

> 영화라는 이름 한 예술은 지금 우리가 면전에 보는 것과 같이 그 표현수단이 다른 모든 예술같이 단순하지 않으며 따라서 그것은 근대사회의 기계문명의 발달에 의거하여 생산된 그만치 그것은 완전히 한 개의 산업으로서 자본가 기업가의 손을 거치지 않으면 아니되게 되었다. 그러므로 이것은 근대사회의 일반적 법칙과 함께 그것은 벌써 산업의 부문을 구성하는 훌륭한 기계공업으로서 큰 규모 밑에서 발달하는 것이다.[20]

인용문에서 임화는 영화를 근대의 기계문명과 산업화의 맥락에서 파악하고 있다. 이 글에서 임화는 대자본 밑에서 성장한 미국 영화를 시작으로 프랑스, 독일, 러시아 영화를 차례로 소개한다. 미국 시스템이 프랑스, 독일로 퍼져 나간 상황을 공유하며 독일 영화 〈아침부터 밤중까지〉, 〈칼리가리 박사〉, 〈닥터 마부제〉를 "새로운 혁명적 경향으로서 출현한 표현파의 내용과 형식에 의거한 가장 주목할 가치가 있는 영화"로 고평한다. 형식적 측면에서 새로운 기계문명을 사용한 점과 이 사실이 던지는 메시지를 높게 평가한 것이다. 임화는 영화 제작 시스템과 내용을 함께 사고하며 글의 마지막에 러시아 영화 제작시스템이 "감독이나 스타의 개인주의가 절대로 용납지 못한다"는 점을 배워야 한다고 주장

20 임화, 「최근 세계영화의 동향」, 『조선지광』, 1929.2, 76면.

한다. 요컨대 임화는 근대의 기계문명이 만든 영화 산업의 구조에 대한 이해를 토대로 형식테크놀로지과 내용이념이 어떻게 결합해야 하는지를 제시한 것이다.

산업으로서 영화가 지닌 상업성과 분업 시스템은 영화 발전을 위해서 우선 고려해야 할 대상이다. 앞서 심훈의 시각은 바로 이 점에 토대를 둔 것이었으며, 임화도 영화의 이러한 성격을 늘 염두하고 있었다. 임화와 심훈의 거리가 그리 멀지 않다면, 카프 맹원과 심훈의 차이와는 별개로 카프와 심훈이 공유하는 지점도 있었던 것 아닐까?

이를 확인하기 위해서는 영화라는 미디어의 바탕을 이루는 기계문명에 대한 당대의 인식론을 살펴볼 필요가 있다. 1929년 염상섭은 「명일의 길–다시 기계정복」에서 기계문명이 돈 있는 소수의 소유물이 된 현실을 비판적으로 인식하지만 기계문명을 부정할 수는 없다고 말한다. "과학문명이다. 스피드의 문명이다. 그러므로 다시 말하면 현대의 모든 문명을 부정할 수는 없다"거나 스스로를 "기계력이 천만인의 신뢰를 받을 만큼 완전한 발달을 수遂하기를 누구보다도 더 간절히 바라는 자"로 규정하는 대목이 보여주는 바처럼, 염상섭은 조선의 발전을 위해 기계문명을 긍정하는 것을 넘어서 적극적으로 발전시켜야 한다는 인식을 보여주었다. 하지만 염상섭은 인간이 기계화되는 맥락을 지적하며 다음과 같이 말한다.

> 우리의 생활이 기계화하였다는 사실은 우리의 생활을 영위케 하는 모든 객관적 조건이 기계화하였다는 데에 그치는 것이 아니라 사람 자체가 기계화하였다고도 볼 수 있다. 요사이 박람회통에 진고개에 마네킹 걸들이 수입되었다 하여 구경거리같이 떠들지마는 구경 가는 자기네들이 벌써 마네킹 걸이

요, 마네킹 보이인 것은 깨닫지 못한 것이다. (…중략…) 자기를 잃어버린 자는 다만 객관적 존재일 따름이요, 그에게는 생명이 없다. 전심全心 전령全靈, 전정全情을 쏟아 부어서 새로운 자아를 발견하고 새로운 생명을 창조하려는 노력, 여기에서만 생명이 용약勇躍하는 것이다.[21]

인용문에서 확인할 수 있듯 염상섭이 비판하는 것은 기계문명의 영향으로 인간이 생명력을 잃어가는 상황이다. 나아가 염상섭은 인간이 기계의 주인이 되지 못하고 기계가 인간의 주인이 된 현실에서 생겨나는 다양한 문화현상을 지적한다. 가령 속도 제일주의의 시대에 "소설에 있어서도 장편을 볼 새가 없는 현대인은 단편, 단편도 지난하고 조급하여서 콩트를 요구하는 것이 현대인"이라고 판단하는 대목은 콩트 장르를 기계에 예속된 인간의 욕망이 투영된 것으로 판단하는 것이다.

1920년대 대표적인 아나키스트 이향은 기계의 발명은 인류의 산물로 저주하고 부정할 수 없다는 인식을 보이지만, 기계문명이 만든 스피드가 자본주의 체제로 성장하며 인간을 기계화한다는 점에서 단호하게 비판한다. "금일의 우리를 지배하는 자는 군벌도 아니오 정치가도 아니오 양반도 아니고 대도시의 금융기관이며 상업시장이며 자본가도 라스토이다. 근대도시제도가 기계를 인생의 주인으로 만들었다"[22]는 발언이 보여주는 바처럼, 이향은 기계문명이 세계 경제 시스템을 자본과 시장을 중심으로 재편하였다는 사실을 인식하고 있었다. 이런 맥락에서 이향의 "오직 우리들의 경제생활을 좌우하는 치차齒車가 자기의 원리하에 그 계기에 우리들의 감정과 인격과 의지와 사상이 속박되어 우리는 기

21 한기형·이혜령 편, 『염상섭 문장 전집』, 소명출판, 2013, 131~132면.

22 이향, 「인생과 기계, 기계와 문예(5)」, 『동아일보』, 1929.11.1.

계의 노복이 되는 이외 타도가 없음을 배척하고 부정"[23]한다는 주장은 근대의 기계문명이 포괄하는 국가와 자본, 그리고 인간 욕망의 네트워크를 날카롭게 지적한 것이다.

한편 강경애는 과학문명이 인간을 기계의 노예로 만든다는 염상섭의 시각에 반대하며 "기계로부터의 해방보다 차라리 기계에 계류될망정 악수하고 싶다. 우리들은 엔진에 주린 사람이"[24]라고 한다. 또한 속도 제일주의가 만든 새로운 양식에 대한 대중의 요구는 새로운 예술의 소재로 평가해야 한다고 말하기도 한다. 세계 문명에 한참 뒤떨어진 식민지 조선이 새로운 문명을 받아들이는 것을 최우선의 과제로 인식한 것이다.

강경애의 시각을 카프 작가 전체로 일반화할 수는 없을 것이다. 앞서 살펴본 카프 맹원의 시각은 근대의 기계문명에 내재한 상업적인 면을 적극적으로 비판한다는 점에서 강경애의 입장과는 대립하는 것으로 보이기도 한다. 그렇지만 조직의 표면적 입장과 다르게 강경애의 시각은 1920년대 후반 카프 내부와 외부에 걸쳐 광범위하게 발견되는 특징이었다.[25]

1929년 경성에서 『조선문예』가 발간된다. 『조선문예』는 1929년 5월 창간호, 1929년 6월 2호를 끝으로 폐간된 잡지로 인쇄인은 송영, 편집 주간은 박영희였다. 필진으로는 임화, 윤기정, 송영, 김기진, 이상화 등 카프 내부의 인물부터 유진오, 이효석, 주요한 등 외부의 인물까지 참여하고 있었다. 『조선문예』는 잡지명에서 확인되듯 '순문예'를 표방했으

23 이향, 「인생과 기계, 기계와 문예(3)」, 『동아일보』, 1929.10.30.

24 강경애, 「염상섭 씨의 논설 「명일의 길」을 읽고」, 『조선일보』, 1929.10.3~7; 이상경 편, 『강경애 전집』, 소명출판, 2002, 707면.

25 홍덕구는 1930년대 초 템포의 사회주의적 전유 양상을 살펴보며 서광제, 이갑기 등 카프의 구성원이 템포의 역동성을 긍정한 사실을 거론하며 사회주의와 자본주의가 더 빠른 속도에 대한 지향을 공유했음을 밝힌 바 있다. 홍덕구, 「1920·30년대 문학·문화 담론에 나타난 가속화와 템포의 문제」, 『한국현대문학연구』 71, 한국현대문학회, 2023.

며 "연극, 영화 시 등 최고 권위로만 본지의 소개"[26]를 하려는 목적을 가지고 있었다. 따라서 1929년 조직의 주도권을 잡고 『무산자』를 발간한 무산파에 의해 반동 잡지로 비판받는 것은 당연한 결과이다.[27]

이 지점에서 1930년 동경 무산자파가 『무산자』를 발간하며 주도한 방향전환의 결과로 설치된 것이 카프 기술부라는 사실과 1929년 경성지부 맹원들이 발간한 『조선문예』가 영화와 연극을 두드러지게 강조하며 기계문명과 속도감을 인식하고, 이를 반영한 콩트 장르의 필요성에 대한 논의가 이루어졌다는 점에 주목할 필요가 있다.[28] 두 잡지 모두 카프와 직접적으로 연관되었다고 할 때 『조선문예』에 대한 무산자파의 비난과는 별개로, 『조선문예』의 구심점을 이루는 근대의 속도감을 따라잡고자 하는 의식과 새로운 장르에 대한 열망은 분명 카프의 한 축을 이루는 것이기 때문이다.

이처럼 1929년 발간된 경성지부의 『조선문예』는 기계문명에 대한 당대의 논의 속에서 탄생한 잡지였다. 1920년대 후반 카프 동경지부는 『무산자』를 발간하며 문예의 볼셰비키화를 주장하며 기술부를 설치했지만, 다른 카프의 구성원은 이효석, 유진오 등 외부와 네트워킹하며 『조선문예』를 통해 식민지 경성의 일상에 주목하고 기계문명의 속도를

---

26 「편집후기」, 『조선문예』, 1929.5, 123면.

27 김두용은 노골적으로 『조선문예』를 비판(김두용, 「우리는 어떻게 싸울 것인가-아울러 『문예공론』 『조선문예』의 반동성을 폭로함」, 『무산자』, 1929.7)했으며, 1930년 권환은 "대중적 계급적 아지프로의 정기간행물 우(又)는 단행본을 출판하여 그들에게 '지입'하여야 할 것이다. 이것은 즉 연극영화가의 직접 대중 속에 출연영사하는 것과 마찬가지인 실천적 사업"(권환, 「조선 예술운동의 당면한 과정」, 『중외일보』 1930.9.2~9.16; 박정선 편, 『권환 전집』, 한국문화사, 2023, 303면)이라며 미디어의 아지프로적 성격을 강조했다.

28 이에 대한 자세한 내용은 최병구, 「근대 미디어와 사회주의 문화정치」, 『한국학』 40, 한국학중앙연구원, 2017을 참고할 것.

따라잡고자 했으며, 기계와 속도를 포괄하는 예술장르로 콩트와 영화, 연극 등에 관심을 보였다. 1930년 카프 기술부 설치는 카프 동경지부의 운동성 강화, 경성지부의 테크놀로지와 속도에 대한 깊은 관심이 중층적으로 작용한 결과인 셈이다.

4. 식민지 조선에서 영화를 제작한다는 것
운동성과 상업성의 사이에서

카프 기술부 설치에 잠재되었던 기계문명에 대한 카프의 중층적 인식구조는 조직 개편에 대한 카프 영화인의 시각 차이로 다시 가시화되었다. 1927년 카프는 산하에 〈조선영화예술협회〉를 두고 〈유랑〉1928을 제작했으며, 〈조선영화예술협회〉는 1929년 〈신흥영화예술가동맹〉으로 이름을 바꾸고 활동을 이어 나갔다.[29] 카프 산하 영화 조직에는 윤기정, 임화 등 익숙한 카프 맹원과 서광제, 김유영, 강호 등 영화에 치중한 활동을 펼친 구성원이 함께 존재했다. 이들은 심훈과 같은 카프 외부의 인물과 논쟁을 벌이며 일관된 목소리를 냈지만, 1930년 카프 기술부 설치 과정에서 〈신흥영화예술가동맹〉의 해체와 영화부로의 통합이 결정되자 균열을 보이기 시작했다. 조직의 통합을 중시하던 카프 맹원과 영화에 본령을 둔 구성원 사이에 이견이 노출되기 시작한 것이다. 서광제의 "어떤 예술부문보다 급속한 템포로 발전해 나아가는 시대의 최첨단아인 영화를 이해하지 못하는 조선프롤레타리아 예술동맹 현 간부 아

29 카프 산하 영화 조직의 흐름에 대해서는 이효인, 『한국 근대 영화의 기원』, 박이정, 2017을 참고할 수 있다.

래에 설치한 영화부"[30]로 인해 프롤레타리아 영화의 침체가 가속화될 것이라고 주장에서 확인할 수 있듯, 영화인에게 카프 영화부 설치는 영화 발전을 위한 올바른 방향이 아니었다.

이러한 카프 맹원과 카프 영화인의 시각 차이는 영화란 무엇인가에 대한 각기 다른 정의로부터 생겨난 것이다. 맹원의 시각에서 조직의 일사불란한 움직임에 영화도 포함되는 것이 중요했다. 반면 카프 영화인에게는 조직의 움직임보다 식민지 현실에서 영화라는 테크놀로지의 속성을 어떻게 극대화할 것인지가 중요한 과제였다. 그런 만큼 이들은 자본주의 산업과 기술에 관심을 가질 수밖에 없었다.

1930년 윤기정은 영리와 흥행 중심의 영화 제작 상황을 거론하며 나운규의 〈아리랑 후편〉을 비현실적 반동적 영화라며 집중적으로 비난한다. 영화 제작자가 "불합리한 현실에 대해 왜 눈을 가리느냐 말이다. 그리고 생활고로 악머구리 같이 아우성치는 소리를 왜 듣지 않으려고 귀를 틀어막"는다는 비난이나, "개인주의 의식을 양기하고 인류의 공통된 행복의 날을 가져오기 위해 줄달음치는 투사인 평가平家, 자기를 희생하면서라도 대중을 위해 싸우는 영화인을 왜 사갈시하느냐"[31]는 주장에서 운동을 위한 수단으로 영화를 인식하고 있는 윤기정의 입장을 파악하기란 어렵지 않다.

한편 이러한 윤기정의 비판에 나운규는 다음과 같이 답변한다.

> 투쟁이 없는 곳에 무슨 희망이 있겠느냐고. 그렇다. 투쟁이 없으면 희망이

30 서광제, 「조선영화예술사」, 『중외일보』, 1930.6.23~7.8; 백문임 외, 앞의 책, 232면.

31 윤기정, 「조선영화의 제작경향 – 일반 제작자에게 고함」, 『중외일보』, 1930.5.6~12; 위의 책, 209면.

> 없는 것은 물론이요. 멸망밖에 없다. 그런 줄을 잘 안다. 그런데 군 등의 투쟁이라는 것은 직접 행동을 말하는 것이다. 대체로 군 등은 투쟁이니 계급이니 떠들면서, 그 투쟁의 상대와 계급의 대립체를 아는 듯하면서도, 또 분명히 안다고 자신하면서도, 모르는 것 같은 행동을 하고 있다. 이 땅은 조선이다. (…중략…) 우리는 조선사람이다. 처지가 다른 동시에 모든 상대가 다르다. 수많은 소작인에 지주가 누구며 공장 주인들은 누구냐. 일본 잡지를 직역이나 해서 늘어놓고, 남들이 이렇게 한다 하니 우리도 이렇게 해야 될 줄로만 알았지, 제 처지와 제 사정은 문제 밖으로 안다. 먼저 투쟁의 필요성을 느끼기 전에 투쟁의 상대를 알아라. 이 말은 더 길게 않고 그치겠다. 자본주의 대회사가 프로예술운동을 방해한다는 것은 일본에서나 적당한 말이지, 조선에서는 대회사는 고사하고 영화란 아직도 인형도 못 된다.[32]

인용문에서 나운규는 조선의 현실을 직시하라고 강하게 말하고 있다. 조선의 현실에 맞지 않는 일본발 지식을 번역하며 공허한 투쟁만 외치지 말고 식민지 조선의 현실에 맞는 투쟁을 해야 한다는 것이다. 조선에서는 테크놀로지가 발달하지 못해서 상업적 이익을 남기는 영화가 없으며, 그런 의미에서 자신의 영화도 부르주아적인 것으로 볼 수 없다는 것이다. 동시에 기계문명의 발달이 이루어져야 가능한 소작인 / 지주, 공장주 / 노동자라는 명확한 구분이 조선에서는 이루어지지 않았으며, 계급 대립보다 검열과 자본 문제에 노출된 것이 조선의 현실이라는 인식을 피력했다. 그래서 나운규는 글의 마지막에 "그러니 자본주를 위한 상품이 아니라 사업의 생명을 이어가기 위한 상품영화다"고 말한다.

---

32 나운규, 「현실을 망각한 영화평자들에게 답함」, 『중외일보』, 1930.5.13~19, 위의 책, 223면.

나운규와 비슷한 맥락에서 서광제는 프롤레타리아 영화운동에 대해 다음과 같이 이야기했다.

> 프롤레타라리아 영화운동에 있어서, 프롤레타리아트가 그 자체의 이데올로기 혹은 심리 등을 표현시키는 데 이용될 무기의 하나인 프롤레타리아 영화도 그 자신의 본질로 말한다면, 영화 이외의 별개의 것은 아닌 것이다. 즉 프롤레타리아트가 자본주의 문화의 유산인 영화가 그 기술을 이용하고 있는 것인, 이 근본적 사물을 보는 데 있어서 당연히 시나리오가 문제가 되는 것이며, 더욱이 제1은 경제요, 제2는 기술의 시간적 정력을 허비하지 않는 점에서 그 생산의 합리화가 중대성을 띠고 있다.[33]

인용문에서 프롤레타리아 영화운동도 영화의 본질인 경제와 기술의 문제를 벗어날 수 없다는 시각을 확인하기는 어렵지 않다. 이는 곧 나운규가 강조한 상품영화의 본질에 해당하는 것으로, 산업과 기술의 발전이 영화 제작의 핵심이 된다는 사실을 나운규와 서광제가 공유하고 있다는 점을 확인시켜준다.

1930년대 초반 카프는 나운규와 서광제의 시각을 드러내놓고 품을 수 없었다.[34] 그렇지만 카프 안팎으로 잠재된 영화의 태반에 대한 인식은, 1933년 조직 활동이 불가능해질 무렵 가시화되기 시작했다. 1933년 강호는 '조선영화예술협회', '신흥예술가동맹', '카프 영화부', '시나리오

---

33 서광제, 「최근의 조선영화계」, 『동아일보』, 1932. 1. 30~2. 30; 위의 책, 276~277면.

34 1930년 2차 방향전환 이후 카프는 〈신흥영화예술가동맹〉 해산을 권고했으며, 1931년 『군기』 사건으로 엄흥섭, 양창준, 이적효 등 개성지부 맹원을 축출했다. 즉 1930년대 초 카프는 조직의 노선을 선명하기 위해 카프의 주변을 배척하는 방향으로 나아갔다.

작가협회'로 이어졌던 카프 영화 단체를 일별하며 "조선프롤레타라이아 문화연맹의 결성을 전제로 한 카프 각 부문의 기술별의 전문 부문적 독립단체로의 재조직 실현을 위해 싸우지 않으면 안 된다"[35]라며, 각 기술부의 독립을 주장했다. 이에 따라 카프 영화부도 부원을 획득하고, 제작 상영을 전문화하여 각 영화 제작 기반에 충실할 것을 촉구했다. 이것은 "과거의 카프 영화부는 일종의 관념적 조직"[36]이라는 자기비판이 증명하는 바처럼, 1930년 카프 2차 방향전환 당시 영화부에 대한 카프 맹원들이 보여준 인식의 한계를 명확히 한 것이기도 하다.

결국 카프 영화 논쟁은 영화의 상업성과 운동성 사이에서 진동한 것이다. 다시 말해 자본주의 생산체제 안에서 고도의 기술력과 자본이 뒷받침되어야 하는 영화의 태반을 어떻게 인식하냐에 따라 입장이 갈린 것이다. 첫 번째는 윤기정으로 대표되는 카프 맹원의 시각이다. 이들은 노동자와 농민의 전위성을 강조하며 나운규의 영화를 비판했다. 검열이라는 영화 제작의 한계를 모르지 않았지만, 한계를 넘어설 수 있는 감독의 의지와 판단력을 강조한 것이다. 하지만 그럴수록 카프는 고립되었고 결국 지속가능성은 사라지고 말았다. 한편 나운규와 서광제와 같은 카프 안팎의 인물은 영화의 태반에 집중하며 식민지 현실의 상황을 적극적으로 고려하고자 했다. 이들에게 상업성이란 영화의 물질적 조건, 즉 영화를 제작하기 위한 자본과 기술력의 확보를 의미했다.

카프가 일사불란하게 움직이든 단체가 아니라는 사실을 다시 상기할 필요가 있다. 카프라는 조직은 근대의 테크놀로지에 깊은 관심을 가

---

35 강호, 「조선영화운동의 신방침-우리들의 금후 활동을 위하여」, 『조선중앙일보』, 1933.4.7~17; 백문임 외, 앞의 책, 289면.

36 위의 글; 위의 책, 291면.

졌지만, 그 인식의 편폭은 조직 내외부에 걸쳐서 다양하게 나타났다. 이 중층성을 그 자체로 인식하는 것이 중요하다. 바로 이 중층성이야말로 식민지 조선의 사회주의 지식인들이 처한 운명이자 카프의 실질적 존재 방식이었기 때문이다. 카프 영화 〈유랑〉과 심훈의 〈먼동이 틀 때〉, 나운규의 〈아리랑〉의 서사가 "'동조적 분노-카타르시스-절망적 희망'의 패턴을 공유"[37]하며 조선의 전근대성을 전면에 내세웠다는 사실은, 논쟁의 차이와 별개로 식민지 영화가 놓여 있는 현실을 보여주는 것이다.[38] 당대의 최첨단 기술을 활용한 영화 제작에 대한 열의와 이를 뒷받침하기 어려운 식민지 현실의 거리는 쉽게 좁히기 어려운 것이었다. 이 거리를 극복하려는 방법은 달랐지만, 주어진 물질적 조건에서 자유롭기는 어려웠다. 경제적 착취구조를 가시화하고 넘어서며 조선의 모순을 드러내고자 했던 카프와 식민지 조선의 정치경제적 상황에서 조선인의 삶에 주목했던 심훈과 나운규의 거리는 멀지 않았던 것이다.

37 이효인, 앞의 책, 70면.

38 일제 말기 임화가 〈아리랑〉을 회고하며 "이 작품에 소박하나마 조선사람에게 고유한 감정, 사상, 생활의 진실의 일단이 적확히 파악되어있고 그 시대를 휩싸고 있던 시대적 기분이 영롱히 표현되어 있었으며 오랫동안 조선사람의 전통적인 심정의 하나이었던 '페이소스'가 비로소 영화의 근저가 되어 혹은 표현의 색조가 되어 표현되었었다"(임화, 「조선영화발달소사」, 『삼천리』, 1941.6; 백문임, 앞의 책, 276면)라며 긍정적으로 서술하는 대목도 카프 시기 논쟁 이면의 식민지 삶에 기반을 둔 영화의 성격을 단적으로 보여준다.

5. 카프의 혁명은 실패했는가?

1935년 해산계를 제출한 카프의 운동은 공식적으로는 실패한 것이다. 하지만 카프 운동을 실패라고 단정할 수 없는 이유는 카프 해산 이후 본격화되는 근대 미디어에 대한 비판적 인식은 카프 시기부터 축적된 것이기 때문이다. 가령 카프 해산 이후 임화와 김남천의 미디어 비평은 근대의 기계문명에 대한 구체적 인식이 있었기 때문에 가능한 것이었다.[39]

이와 관련하여 카프 해산 이후 발견되는 임화와 서광제의 문예의 기업화에 대한 인식은 지금 우리가 카프를 어떻게 다시 읽을 것인가에 대한 중요한 해답을 주고 있다. 일제 말기 임화는 과거를 회상하며 식민지 조선의 문인들이 자본과 무관한 고결한 정신을 가진 대상으로 문화를 인식한 사실을 환기한다. 임화는 출판 미디어, 영화 연극, 그리고 스포츠까지 경제적 가치를 중요하게 여기는 시대에 과거를 회고하며 "문화인은 직업인으로서 권리를 자각해야 할 것이며 자본은 문화인을 생산자로서 대우"[40]해야 한다고 말한다. 그리고 궁극적으로는 문화인은 어떠한 문화를 생산해야 할지 고민해야 한다고 주장한다. 이것은 자본주의 시스템 안에서 문화가 어떤 역할을 해야 하는지에 대한 깊은 고민의 결과이며, 카프 시기 조직의 논리와 근대 자본주의 문명 진보의 향방을

---

39 1935년 카프 해산 이후 임화와 김남천 당대의 신문과 잡지에 대한 비평문을 지속적으로 제출했으며, 1935년 이후 사회주의 잡지 『비판』은 당대의 신문에 대한 비판적 기사를 지속적으로 내보냈다. 파시즘 체제 하 제국의 언론 통제가 강화되던 무렵 카프 맹원과 사회주의 잡지 『비판』의 이러한 행보는 미디어와 근대국가 시스템에 대한 통찰에 바탕을 둔 것이다.(최병구, 앞의 글, 2017)

40 임화, 「문화기업론」, 『청색지』, 1938.6; 하정일 편, 『임화문학예술전집』 5, 소명출판, 2009, 59면.

동시에 사유했기에 가능한 발언이다.

한편 서광제는 카프 해산 이후 일본으로 영화 유학을 다녀온 후 군국주의 영화 〈군용열차〉를 제작하고 영화의 기업화에 천착했다. 일제 말기 일본 제국에 의해 수행된 영화의 기업화는 식민지 조선을 병참 기지화하려는 목적과 직접적으로 결부되었지만, 서광제는 이러한 정치적 상황은 시야에 넣지 못했다. 일본과의 합작으로 만든 〈군용열차〉 제작 경험을 토대로 기술과 자본을 이용하는 것이 조선 영화의 세계화를 위해 꼭 필요한 것으로 확신하며 친일의 길로 들어서게 된다.[41]

카프 시기 카프 영화부에서 활동하며 사회주의 영화 비평과 제작을 함께 하던 임화와 서광제의 이러한 차이는 영화라는 미디어를 둘러싼 국가와 기술, 그리고 자본의 역학관계에 대한 인식의 깊이로부터 생겨난 것이다. 그리고 이것은 카프 맹원의 시각을 곱씹어 볼 필요성을 제기하는 것이다. 비록 그들은 기술과 자본의 영향력을 손쉽게 단죄하였지만, 이것은 기계문명의 놀라운 속도를 목격하고 그것이 초래하는 식민지 조선인의 구속을 누구보다 명확하게 인식한 상태에서 내린 결론이었다. 특히 임화는 다른 카프 맹원과 다르게 기계문명의 상업성과 운동성 사이를 진동하며 자본주의 시스템이 인간에게 미치는 내적 영향력을 뚜렷하게 인식했다.

따라서 하나의 지점으로 수렴되지 않는 카프의 구조를 직시하는 것이 중요하다. 카프 영화 운동을 이끌었던 추민은 훗날 카프시기 영화운동을 회고하며 "'카프' 영향하에 자라난 라운규를 비롯하여 많은 진보적 영화 일군들은 〈아리랑〉을 비롯한 일련의 진보적 영화들을 우리 나라

41 정예인, 「서광제 연구」, 『상허학보』 57, 상허학회, 2019.

영화 사상에 남기였다"[42]고 말한바 있으며, 강호도 비슷한 맥락에서 영화 〈아리랑〉을 조선의 생활을 진실하게 묘사한 진보적 작품으로 고평한다.[43] 카프 시기와는 사뭇 다른 이러한 회고는 카프의 영화 운동에 다양한 주체들이 포섭되어 있었음을, 그리고 그들은 식민지 현실을 누구보다 직시하며 작품을 창작했음을 증명하는 것이다.

기술과 자본이 인간을 지배하는 사회는 현재에 더욱 가속화되었다. 기술과 자본으로부터 자유로운 사람은 아무도 없지만 그렇다고 기술과 자본이 우리의 미래를 보장할 것이라는 주장은 신뢰하기 어렵다. 이럴 때일수록 기술과 자본의 실체를 인정하면서 어떤 삶을 살아가야 할지에 대한 고민이 필요하다. 임화가 말한 이 시대에 필요한 '어떤 문화'의 구체성을 찾기 위한 시작은 카프가 추구한 운동성을 재구하는 일이다.

42 추민, 「'카프'시기의 영화 운동」, 『문학신문』 1957.9.5; 정종현·고자연 편, 『또 하나의 카프－북으로 간 카프 맹원들의 집단기억』, 한국문화사, 2023, 316면.

43 강호, 「영화예술연구－카프시기 영화들의 주제 사상과 인물 형상」, 『조선영화』, 1962.06; 위의 책, 660~668면.

참고문헌

기본자료

『조선지광』, 『조선문예』, 『동아일보』

김종욱·박정희 편, 『심훈 전집 8. 영화평론 외』, 글누림, 2016.

박정선 편, 『권환 전집』, 한국문화사, 2023.

백문임, 『임화의 영화』, 소명출판, 2015.

백문임 외, 『조선영화란 하오』, 창비, 2016.

이상경 편, 『강경애 전집』, 소명출판, 2002.

정종현·고자연 편, 『또 하나의 카프－북으로 간 카프 맹원들의 집단기억』, 한국문화사, 2023.

홍정선 편, 『김팔봉문학전집I』, 문학과지성사, 1988.

하정일 편, 『임화문학예술전집 5』, 소명출판, 2009.

한기형·이혜령 편, 『염상섭 문장 전집II』, 소명출판, 2013.

논문 및 단행본

권영민, 『한국 계급문학 운동사』, 문예출판사, 1998.

박민철·이병수, 「1920년대 후반 식민지 조선의 맑스주의 수용 양상과 의미」, 『한국학연구』 59, 고려대 한국학연구소, 2016.

박상준, 「프로문학 연구의 새로운 방향과 의의」, 『어문학』 102, 한국어문학회, 2008.

손성준, 「검열, 그 이후의 창작」, 『동아어문학』 87, 동악어문학회, 2022.

손유경, 「최근 프로 문학 연구의 전개 양상과 그 전망」, 『상허학보』 19, 상허학회, 2007.

이병태, 「1920년대 『조선지광』의 유물론 수용이 지닌 사상사적 함의」, 『통일인문학』 87, 건국대 인문학연구원, 2021.

이원동, 「예술 대중화 논쟁과 매체 전략」, 『어문학』 127, 한국어문학회, 2015.

이효인, 『한국 근대 영화의 기원』, 박이정, 2017.

정예인, 「서광제 연구」, 『상허학보』 57, 상허학회, 2019.

차승기, 「프롤레타리아 문학과 대중화」, 『한국학연구』 37, 인하대 한국학연구소, 2015.

최병구, 「1920년대 사회주의 대중화 전략과 『조선문예』」, 『반교어문연구』 37, 반교어문학회, 2014.

______, 「1920년대 비평(사)의 문화적 배경 또는 논쟁의 심층」, 『구보학보』 25, 구보학회, 2020.

최병구, 「프로문학 연구의 현실 인식과 전망—2010년대 이후 연구를 중심으로」, 『민족문학사연구』 83, 민족문학사학회, 2023.

_____, 「근대 미디어와 사회주의 문화정치」, 『한국학』 40, 한국학중앙연구원, 2017.

_____, 「엄흥섭 소설에 나타난 젠더 감성과 그 역학」, 『어문연구』 121, 2024.

한기형, 『식민지 문역』, 성균관대출판부, 2019.

홍덕구, 「1920·30년대 문학·문화 담론에 나타난 가속화와 템포의 문제」, 『한국현대문학연구』 71, 한국현대문학회, 2023.

새뮤얼 버틀러, 한은경 역, 『에레혼』, 김영사, 2018.

통치 테크놀로지의 변화와 노동 / 노동자의 재구성

일제시대 노동소설에 나타난 노동과정과
산업합리화 재현 양상을 중심으로

이종호

1. 식민지 조선의 노동과 기술 지배와 해방의 테크놀로지

1922년 『동명東明』의 창간 기자로 참여하고 있었던 염상섭은, 일본 니가타현新潟縣 수력발전소 건설 현장에서 발생한 조선인 노동자 학대와 학살 사건[1]에 주목하여, 이에 대한 장문의 기사 —「니가타현 사건에 감鑑하여 이출노동자에 대한 응급책」— 를 작성하면서 그 사건의 함의를 서술하고 구체적인 대응책을 모색하였다.[2] 이는 조선의 공업적 발달 정

1 당시 일본의 신에쓰전력주식회사(信越電力株式會社)는 조선인 노동자 6백 명과 일본인 노동자 6백 명을 고용하여 동양 최대의 수력발전소를 건설하고 있었는데, 조선인 노동자에게는 하루 17시간의 강제 노동과 노예에 가까운 감시와 학대가 가해지고 있었다. 이에 분노한 식민지 조선의 조선인들은 '니가타현 조선인 노동자 학살사건'에 대한 진상 규명과 대응책 마련을 위해 광범위한 활동을 전개하였다. 「일본에서 조선인 대학살, 관(觀)하라! 잔인 악독한 참극을」, 『동아일보』, 1922.8.1, 3면 등 참조.

2 상섭(想涉), 「니가타현(新潟縣) 사건에 감(鑑)하여 이출노동자에 대한 응급책」(전2회, 『동명』, 1922.9.3~9.10), 한기형·이혜령 편, 『염상섭 문장 전집』 I, 소명출판, 2013,

도와 노동자의 계급 구성을 고려하는 가운데 제출된 것이었다. 염상섭은 1922년 당시 조선의 "공업의 발달이 아직 유치"하여 "상당한 기술노동자가 극소수에 불과"하다고 짚었고, 조선에서 일본으로 이출되는 노동자들은 "그 대다수가 일정한 기술 훈련이 없는 농민" 출신으로 "공업노동에 대한 무경험자"이며 그로 인해 노동자로서의 "단결이 없다"라고 파악하였다. 이와 더불어 그는 "노동자 개개인의 전투력은 기술에 있는 것"이며, 그렇기에 "저급노동자의 집단으로서는 자본가에 대한 권위를 발휘키 어렵고, 따라서 아무리 그 원수員數가 다대할지라도 도저히 자기의 주장을 관철키 어려운 것"이라고 분석하였다. 이 글에서 염상섭은 노동자의 '기술'과 '단결'이라는 문제에 초점을 맞추어 노동자의 계급 구성을 기술적 측면과 정치적 측면으로 나누고 양자가 긴밀한 관련을 지니고 있다고 서술한다.[3] 여기서 기술은, 노동자가 이론과 경험을 통해 정신과 육체에 조직화한 지식 내지는 지성을 의미하며, 그것은 곧 '노동자 개개인의 전투력'이 된다. 노동자는 '기술'을 통해 노동과정을 통제할 수 있으며, 그것을 자본의 방식으로 재편성하려는 시도에 맞서서 저항할 수 있게 된다. 그리고 개인적인 차원을 넘어 '단결'함으로써 더 강력한 통제력, 즉 노동과정에 대한 자율성을 집단적으로 획득할 수 있게 된다. 그리하여 기술을 기반으로 삼아 단결한 집단적 노동자의 저항은 자본주의적 생산을 중단시키는 개별 공장의 파업으로 나타나기도 하고,

---

248~263면.

3 염상섭의 「니가타현 사건에 감하여 이출노동자에 대한 응급책」에 나타난, 노동자의 기술적 구성과 정치적 구성의 상응 관계, 두뇌와 신체에 각인된 인간 지성의 응축물로서의 기술, 노동과정에서 노동자의 기술이 지니는 함의 등에 관한 논의로는 다음을 참조. 이종호, 「혈력(血力) 발전(發電 / 發展)의 제국, 이주노동의 식민지-니가타현(新潟縣) 조선인 학살사건과 염상섭」, 『사이間SAI』 16, 국제한국문학문화학회, 2014.5, 40~41면.

공장 담벼락을 넘나들며 산별·지역별 동맹파업 등과 같은 급진적인 정치적 행동으로 발현되기 마련이었다. 여기서 기술은 잠정적으로는 식민지 조선 노동자의 정치적 성장과 해방을 이끄는 원동력들 가운데 하나인 '해방으로서의 기술'로 자리매김되고 있다.

1929년 염상섭은 기술의 진보로 발현된 기계의 문제를 논의하는 글, 「명일明日의 길-다시 기계정복에」를 발표한다.[4] 때는 원산총파업1929.1.13~4.6이 끝난 지 6개월이 채 되지 않은 시점으로 조선총독부는 시정施政 20주년을 기념하는 조선박람회1929.9.12~10.31를 바로 앞두고 있었으며, 세계대공황의 시작을 알리는 검은 목요일1929.10.24도 얼마 남지 않은 시기였다. 이 글에서 염상섭은 과학문명 및 현대문명을 부정하지 않지만, "사람이 '사람'을 잃고 기계화"하는 현상, 즉 "용주傭主에 대한 피용인被傭人은 집물什物이나 기구와 동일시되는 영업용품이나 그 이하의 지위에 처한 것", "생산기계에 예속한 기계의 수직군守直軍 — 기계의 노예화함에 만족하는 수밖에 없"게 된 현상을 비판했다. 그러면서 그는 '노동자의 공장주로부터의 해방', 즉 "무산계급의 해방"을 "기계로부터의 해방"에서 찾았다. 염상섭은 자신의 논지가 과학문명과 기계를 부인하는 것이 아니라는 사실을 거듭 강조하고 "누구보다도 가장 기계를 부리는 주인 되기"를 희망하면서, "무산계급과 약소민족의 해방은 기계문명의 완실한 영유領有로부터 비롯하여 기계문명으로부터의 해방을 의미하는 것"이라고 주장했다. 말하자면 이 무렵 그는 지배로서의 기계 및 '지배로서의 기술'을 강하게 의식하고 있었으며, 자본주의적 형태의 기술적 구성 — 인간과 기계의 조직화 방식 — 을 탈구하여 대안적 형태로

4 염상섭, 「명일(明日)의 길-다시 기계정복에」(전8회, 『조선일보』, 1929.9.7~9.21), 한기형·이혜령 편, 『염상섭 문장 전집』 II, 소명출판, 2013, 128~142면.

재조직화할 필요성에 대해서 역설하고 있었던 것이다.

1922년에서 1929년에 이르는 시기, 염상섭은 한편으로 노동자의 정치적 성장과 해방의 계기로서의 기술에 주목했으며, 다른 한편으로는 자본주의의 지배 도구로서의 기술을 매우 비판적으로 검토하였다. 일견 시간에 흐름에 따라 기술을 둘러싼 염상섭의 관점이 변화한 것으로 보이기도 하지만, 그러한 해석보다는 기술을 둘러싸고 마치 이중나선 구조처럼 두 개의 적대적인 힘들 — 노동과 자본 — 이 충돌하면서 빚어내는 양상을 일정한 시차를 두고 포착한 것으로 보는 편이 적절할 듯하다. 그리고 기술에 대한 이러한 사유는 니가타현에서 수행된 조선인의 이주노동, 제국주의로부터 해방되기 위한 약소민족의 방략으로부터 촉발되고 있기에 식민지라는 조건을 고려한 가운데 형성된 것이었다. 비자본주의적 생산관계에 놓여 있었던 인간을 자본주의적 생산관계의 노동자로 포섭하는 과정에서는 지속적인 폭력과 강제가 수반되었다. 또한 그 과정에서 토지에 결합되어 있던 인간이나 산포되어 있는 인간을 단일한 공장에 가두는 작업을 비롯하여, 자본주의적 노동과정에 체계적으로 배치하는 작업에 이르기까지 그 각각의 국면마다 상시적인 충돌이 발생하기 마련이었다. 그 충돌의 향배를 갈랐던 것은 노동과정에 대한 통제력이었고, 그것은 생산에 관한 경험과 지식을 응축하고 있었던 기술에 의해 좌우되곤 했다. 노동자들이 자신의 기술을 통해 노동과정을 장악함으로써 그 통제력을 행사할 수 있었고, 그 힘에 기초하여 집단적 노동자들의 단결력 또한 강화할 수 있었다. 이러한 노동자의 계급 구성을 탈구성하며 재편성하기 위해, 자본은 산 노동에 체화되어 있었던 기술을 분리하여 이전시킨 기계라는 죽은 노동을 도입하였다. 그리하여 "기계는, 자본의 독재를 반대하는 노동자들의 주기적 반항인 파업을 진압하기 위한 가장 유력한 무기"[5]가 되곤 했다. 다시 말해 "자본은 등장 이래로 노동과정과 노동시장에서 노동에 대한 자본의 통제 강화를 목적으로 하는 기술형태를 개발·혁신·채택"[6]하였다. 그런 의미에서 기술은 '노동수단의 체계'로 등장할 때에도 항상 권력의 문제와 결부되어 있었다. 즉 노동은 기술과 접속함으로써 자율성·투쟁성을 실현하고자 했고, 다른 한편으로 자본은 기술을 통해 노동에 대한 통제력·지배력을 행사하고자 했다.

염상섭이 당대를 "스피드 문명"이라고 총칭하면서[7] 지배로서의 기술에 비판을 가했던 1929년 무렵은 주지하듯이, 근대자본주의 역사상 유례없는 세계대공황이 발생했던 시기였다. 이 위기는 제국 일본을 거쳐 식민지 조선 및 동아시아 전역까지 파급되었고, 그에 대응하는 과정에서 제국에 의한 식민지의 포섭 정도가 더욱 강화되었다.[8] 다만 이러한 위기가 갑작스럽게 발생한 것은 아니었다. 제1차 세계대전의 호황 이후에 찾아온 불황이 관동대지진1923을 거쳐 1927년 금융공황으로 전개되는 등 1920년대 내내 지속되었다.[9] 이후 세계공황의 심각한 타격 속에서 일본은 쇼와昭和공황이라는 대불황을 맞이하게 된다. 당시 일본의 "하마구치濱口 내각은 경제 정책의 기조를 산업합리화로 잡"고 "임시산업심의회와 임시산업합리국을 설치하여 산업합리화의 자문과 촉진을 도모"했는데, "산업합리화는 노동생산성의 향상, 과학적 관리법의 응용에 의한 기업

5 카를 마르크스, 김수행 역, 『자본론 I(하)』(제2개역판), 비봉출판사, 1994, 552면.
6 데이비드 하비, 황성원 역, 『자본의 17가지 모순－이 시대 자본주의의 위기와 대안』, 동녘, 2014, 166면.
7 염상섭, 앞의 글, 앞의 책, 130면.
8 히라이 가즈오미, 「세계공황과 제국일본」, 『한국사학보』 38, 고려사학회, 2010.2 참조.
9 나리타 류이치, 이규수 역, 『다이쇼 데모크라시』, 어문학사, 2012, 264~273면 참조.

내의 합리화, 기업 간 경쟁을 억제하는 기업합동·기업연합·동업자조합의 결성에 의해 일본 경제의 체질을 강화하는 것을 목적으로 했다."[10] 이와 같은 산업합리화 정책은 식민지 조선에서도 다양한 형태로 추진되었다. 가령 공장 영역에서는 정리해고, 조업단축, 노동강도 강화, 노동시간 연장, 임금 삭감 등과 같이 절대적 잉여가치에 기반을 둔 방략이 행해지기도 했고, 나아가 생산수단을 중심으로 변화를 꾀하는 기술혁신, 즉 대량생산의 기반이 되는 자동기계의 도입과 근대적 대공장으로의 재편과 같은 상대적 잉여가치에 기반을 둔 방략이 추진되기도 하였다. 특히 자동기계의 도입은 식민지 조선에서 공장의 변화뿐만 아니라 그 경계를 넘어서 사회적으로도 많은 변화를 야기했다. 기술혁신으로 인한 생산수단의 변화는 단순히 불변자본의 변화만을 의미하지 않으며, 이는 단지 경제나 산업의 문제로 국한될 수 없는 다층적이고 총체적인 변화를 수반하였다. 자본의 구성에서 불변자본의 변화는 그와 유기적으로 관계를 맺고 있는 가변자본의 변화를 필연적으로 추동하였다. 기술혁신을 통한 생산성 향상은 상품 생산에 불필요해진 가변자본을 정리해고하여 유휴 노동력으로 퇴출시켰으며, 동시에 그보다 더욱 중요하게는 가변자본이 불변자본과 맺는 관계 및 양자의 배치를 변화시켰다. 달리 말해 새로운 기계와 기술의 도입은 그것에 결합하는 노동자의 변화 및 적응을 강제했다. 자본의 입장에서 가변자본은 단지 상품 생산에 필요한 자본 구성의 일부이지만, 관점을 역전시켜 노동의 입장에서 보면 살아 숨 쉬고 감정을 느끼고 생각하는 존재, 즉 인간 주체성이다. 이 인간들은 언제든지 노동을

10 이하 쇼와공황에 대응한 하마구치 내각의 방책(산업합리화정책, 중요산업통제법 제정 등)에 대해서는 다음을 참조. 하종문, 「일본의 쇼와공황과 민주주의의 엇박자」, 『역사비평』 87, 역사문제연구소, 2009.5, 138~141면.

거부하고, 동맹파업을 일으키며, 공장을 장악할 태세가 갖추어진 존재들인데, 실제로 1930년을 전후한 시기에 다수의 동맹파업이 발생하기도 했다.[11] 따라서 기술혁신은 저항하며 순종하지 않으려는 인간들을 새로운 기계와 기술에 적응시켜야 할 규율을 만들어 내고 이들을 훈육하여 새로운 인간형으로 탈바꿈시켜야 함을 의미했다.

식민지 조선에서의 노동, 노동자, 기술, 기계 등을 둘러싼 문학적 재현은 주로 카프KAPF 및 동반자 작가들을 중심으로 창작된 1920~1930년대 노동소설을 통해 이루어졌다. 노동소설에 관한 연구는 납·월북 문인에 대한 해금 조치1988를 통해 본격화되기 시작했는데, 그 학술적 연구의 필요성을 역설하는 논의를 비롯하여 노동소설의 전반적인 변모 양상, 노동운동과 노동소설의 전개 양상을 고찰하는 개괄적인 논의가 이루어졌다.[12] 1990년대에 들어서는 노동소설이라는 개념 설정을 통해 예술방식의 변모 과정과 양식적 특성을 고찰한 논의를 비롯하여 공장의 억압적 노동현실과 그에 대한 비판 양상의 형상화 논의, 텍스트 의미형성 주체로서의 서술자와 인물에 주목한 논의 등이 수행되었다.[13] 1990년대 노동소설 연구는 대체로 리얼리즘 방법론을 배면에 놓고 진

---

11 이 시기 노동자 대중운동은 1930~1931년에 급격히 고조되었다가 1932년 무렵부터 퇴조하기 시작했다. 김영근, 「세계 대공황기 노동력의 성격과 파업투쟁」, 『역사와 현실』 11, 한국역사연구회, 1994.3, 90면 참조.

12 박대호, 「노동문학의 현실성과 목적성」, 김윤식·정호웅 편, 『한국문학의 리얼리즘과 모더니즘』, 민음사, 1989, 103~106면 참조; 하정일, 「식민지시대 노동자소설의 변모 양상」, 『식민지시대 노동소설선』, 민족과문학, 1988, 311~333면; 김재용, 「일제하 노동운동과 노동소설」, 『민족문학운동의 역사와 이론』, 한길사, 1990, 75~103면 등.

13 조현일, 「1920~30년대 노동소설 연구」, 서울대 석사논문, 1991; 김영숙, 「일제시대의 노동소설 연구－1925~1935년에 나온 공장을 배경으로 한 단편소설을 중심으로」, 건국대 석사논문, 1990; 김장원, 「1920~30년대 노동소설 연구－서술자와 인물을 중심으로」, 서강대 석사논문, 1992.

행되었는데, 이러한 경향은 2000년대에 접어들면서 변화하기 시작했다. 즉 푸코의 훈육 권력론에 기반하여 노동소설에 나타난 근대적 공장에서의 시공간성 재현 양상을 분석한 논의가 있었고, 무엇보다 프로문학에 관한 감정 및 감성구조에 관한 논의가 제출되면서[14] 노동소설에 대한 연구 경향이 크게 전회하였다. 그리고 한국현대문학사에서 한 세기동안 단속斷續적으로 시도된 "노동소설의 내용·개념과 문화사적 배치"를 재구성하고자 하는 시도[15]도 있었다. 이러한 변화 속에서 최근의 노동소설 연구는 크게 다변화되었다. 구체적으로는 노동소설을 젠더 및 섹슈얼리티를 통해 재검토한 논의를 비롯하여[16] 기술과 기계의 재현 양상 및 그에 관한 태도를 다층적으로 고찰한 연구,[17] 식민주의적 축적을 "자연 / 인간, 노동 / 자본, 식민지 / 식민 본국"의 전선들을 교차시키면서 입체적으로 독해하는 작업,[18] 노동자의 몸에 주목하여 계급적 주체성을 탐색하는 논의[19] 등을 들 수 있다.

이러한 기존 논의를 참조하면서 이 글은 1920~1930년대 노동소설에 나타난 구체적인 노동과정의 재현 양상을, '자본의 구성자본의 유기적 구성'에 병치되는 '계급 구성class composition'의 관점에서 독해해 보고자 한다. 해

14 손유경, 『고통과 동정 – 한국 근대소설과 감정의 발견』, 역사비평사, 2008; 『프로문학의 감성 구조』, 소명출판, 2012 참조.

15 천정환, 「세기를 건넌 한국 노동소설 – 주체와 노동과정에 대한 서사론」, 『반교어문연구』 46, 반교어문학회, 2017.8, 131면.

16 배상미, 『혁명적 여성들 – 프롤레타리아 문학의 젠더, 노동, 섹슈얼리티』, 소명출판, 2019.

17 홍덕구, 「1920~30년대 한국 근대소설의 과학·기술 표상 – '과학적 시간성'과 '기술적 속도'에 대한 대응을 중심으로」, 동국대 박사논문, 2021.

18 차승기, 『식민지 / 제국의 그라운드 제로, 흥남』, 푸른역사, 2022.

19 최은혜, 「'아픈 몸'과 계급 – 식민지기 프롤레타리아 소설의 질병과 장애 재현」, 『현대소설연구』 89, 한국현대소설학회, 2023.3; 「'노동자의 몸'에 대해 쓰기 – 송영과 이북명 소설의 직공 재현과 신체성」, 『현대소설연구』 96, 한국현대소설학회, 2024.12.

리 클리버Harry Cleaver에 따르면 자본의 구성과 계급 구성은 "모두 동일한 현상 즉 생산 과정의 조직"을 가리키는데, 자본의 구성 개념이 "불변자본에 의한 가변자본의 집계적aggregate 지배"에 주목한다면, 계급 구성 개념은 "불변자본 및 가변자본의 특정한 조직과 결합된 노동 분할 내에 현존하는 계급 권력의 구조"에 주목한다. 여기서 '계급 권력'은 "자본의 지배하려는 권력뿐만 아니라 또한 노동자들의 저항하려는 권력과도 관련"을 맺는다.[20] 이와 관련하여 닉 다이어-위데포드Nick Dyer-Witheford가 적절하게 평가했듯이, 계급 구성은 "고전적인 마르크스주의의 범주를 전도"한 개념으로 "계급 구성을 분석하는 목적은 자본의 통제력을 빼앗을 수 있는 산 노동의 능력을 평가하기 위해서"이다.[21] 이러한 계급 구성의 관점에서 이 글은 노동소설을 독해하는 가운데 노동자들의 저항 및 주체성의 형성에 관해 살펴보고 그 의미를 노동계급의 기술적 구성technical composition과 정치적 구성political composition의 차원에서 짚어볼 것이다.

일제시대 노동소설은 1930년대에 들어서면서, 공장 내 산업합리화를 둘러싼 다층적인 문학적 재현을 시도하였다. 이는 윤기정의 「양회굴뚝」『조선지광』, 1930.6, 이적효의 「총동원」『비판』, 1931.9, 김남천의 「공우회」『조선지광』, 1932.1~2, 한설야의 「삼백육십오일」『문학건설』, 1932.12, 이북명의 「질소비료공장」『조선일보』, 1932.5.29~31; 「초진(初陣)」, 『文學評論』, 1935.5, 한설야의 『황혼』『조선일보』, 1936.2.5~10.28 등을 비롯하여 여러 소설에서 공통적으로 두드러지는 현상이었다. 이 소설들에서는 산업합리화라는 지배의 테크놀로지로 인해 촉

20 해리 클리버, 이원영·서창현 역, 「마르크스주의 이론에 있어서의 계급 관점의 역전」, 『사빠띠스따』, 갈무리, 1998, 335면.

21 닉 다이어-위데포드, 신승철·이현 역, 『사이버-맑스 – 첨단기술 자본주의에서의 투쟁주기와 투쟁순환』, 이후, 2003, 149~150면.

발된 공장 내 억압과 갈등, 그리고 그에 대한 노동자의 대응과 이후 노동의 재편 양상 등이 서사를 이끄는 주요한 축으로 작용한다. 그리고 산업합리화에 관한 구체적 실행과 문학적 재현뿐만 아니라 그와 관련한 논의도 "산업합리화를 위시하여 합리화는 일종의 유행어가 되"[22]었을 정도로 담론화가 이루어지면서[23] 세간의 이목을 집중시켰다. 따라서 노동소설에서 재현된 산업합리화의 시대적 함의를 살펴보기 위해서 이 글에서는 먼저 여러 층위에서 제기된 산업합리화 담론을 검토하고, 이후 노동소설에 나타난 '지배의 기술 / 기술의 지배'를 둘러싼 노동과 자본 간의 공방전 및 노동 / 노동자의 재구성 양상을 고찰해 보고자 한다.

2. 기술혁신과 통제로서의 산업합리화

앞서 언급했듯이 일본에서는 하마구치 내각이 들어서면서 대공황으로 인한 불황을 해소하기 위한 산업합리화 정책이 시행되었다. 구체적으로는 노동생산성을 향상하기 위해 기술혁신생산설비 및 기술의 개선, 과학적 관리법 도입이 이루어졌으며, 카르텔에 의해 산업을 통제하기 위해 '중요산업통제법'[24]이 제정되었다.[25] 당시 하마구치 내각의 상공성 관료로 재직하

22 「農民片壇－知識階級 失業救濟」, 『農民』 2(6), 1931.6, 45면.

23 산업합리화를 둘러싼 담론화 양상에 대해서는 다음을 참조. 이수일, 「1920~1930년대 산업합리화 운동과 조선 지식인의 현실 인식」, 『역사와 실학』 38, 역사실학회, 2009.4; 정근식, 「서장－식민지 일상생활 연구의 의의와 한계」, 공제욱·정근식 편, 『식민지의 일상, 지배와 균열』, 문화과학사, 2006, 28~34면.

24 '중요산업통제법'은 시장규제, 기업규제의 성격을 지니고 있었다. 이는 "시장질서의 문란(= 카르텔의 문란)을 스스로의 힘으로 수습할 수 없게 된 업계를 후방에서 지원하는 것으로, 일정한 요건이 충족되면, 카르텔의 비회원에게도 강제적으로 카르텔의

고 있었던 요시노 신지吉野信次는 제1차 세계대전 이전의 자유방임적 자유주의를 비판하는 입장에서 자유경쟁을 부정하고 국가의 간섭과 통제의 필요성을 역설하였다. 그리고 "구주九州 전후戰後 국가의 권력으로 산업의 자유주의를 제한"하는 전 세계적인 경향을 확인하고 "산업자유주의는…… 산업통제주의에 굴복"했다고 평가하였다.[26]

식민지 조선에서도 산업합리화에 대한 인식은 크게 다르지 않았다. 미국에서 경제학을 전공하고 당시 『동아일보』 조사부장으로 재직 중이던 김우평金佑坪은 「산업합리화－의의 방법 급及 범위」[27]라는 글에서 산업합리화의 유래와 의의, 방법 등에 대해서 서술했다. 그에 따르면 조선에서도 산업합리화란 "산업의 과학적 경영과 통제"를 의미하는 것이었다. 통제란 문자 그대로 국가의 경제적 개입과 계획 및 관리를 의미했다. 과학적 경영은 "모든 과학을 산업에 응용"하여 생산설비의 혁신의 이루는 동시에 "인사人事에 관하여도" 테일러로 대표되는 "과학적 경영방법"을 도입하는 것이었다. 그리고 이러한 합리화는 "생산 방면뿐만 아니라 분배 방면에 있어서도", 나아가 "일반 사회적 현상"으로까지 확대되어야 하는 문제로 설정되었다. 즉 공장을 중심으로 이루어진 혁신과 통제가 사회 영역에까지 점차 확산되면서 사회의 영역이 마치 공장처럼 변화해야 한다는 것을 의미했던 것이다. 말하자면 공장을 중심으로 포섭했던 자본이 사회로 그 포섭의 범위를 확장하고 있었던 상황을

협정사항을 받아들이도록 하게 하는 것을 주된 내용으로 하고 있었다." 유진식, 「일본에 있어서 관민협조체제 「법」의 역사적 전개」, 『행정법연구』 3, 행정법이론실무학회, 1998.10, 102면.

25 일본의 산업합리화에 대해서는 다음을 참조. 塚田一三, 『産業合理化論』, 日本出版社, 1942, 6~10면; 이상의, 『일제하 조선의 노동정책 연구』, 혜안, 2006, 82~83면 등.

26 吉野信次, 「産業合理化의 意義」, 『朝鮮』(조선문) 14(6), 1930.6, 5~17면.

27 金佑坪, 「産業合理化－意義方法及範圍」(전5회), 『東亞日報』, 1930.9.2~9.6, 8면.

짚었던 것이다. 당시 식민지 조선에서는 제국 일본과는 상이한 정책들이 시행되었는데, 실제로 국가가 개입하고 통제한다는 점에서는 각각은 크게 다르지 않았다고 할 수 있다. 제국 일본이 '중요산업통제법' 등을 통해 규제 방식의 통제를 시행했음에 반해, 식민지 조선에서는 우가키 가즈시게宇垣一成 총독을 중심으로 개발통제가 시행되었다.[28] 조선식산은행朝鮮殖産銀行의 조사과장은 산업합리화와 관련하여 이와 같은 조선총독부의 입장[29]과 유사한 견해를 표명하였다. 그는 지역적 특수성을 강조하는 입장에서 "조선사업계의 합리화"에 대해 논의하는데, 규제 중심의 산업합리화와는 다른 "산업의 합리적 진흥, 사업의 합리적 기획"을 강조하였다. 요컨대 그는 조선의 산업화 상태를 고려하여, "자본이윤율의 향상, 사무공정의 기계화, 단순화, 조직화"를 통해 "노동능률의 최대한도까지(의) 증진"을 꾀하는 산업합리화는, 내지와 동일한 규제가 아니라 개발을 중심으로 진행되어야함을 주장하였다.[30]

---

28 '중요산업통제법'의 경우, 조선총독부는 조선의 특수사정을 내세워 식민지 조선에서의 실시를 반대하였고, 규제적인 경제통제가 아닌 개발통제 정책, 즉 농공병진(農工竝進) 정책을 실시하였다. 방기중, 「1930년대 朝鮮 農工併進政策과 經濟統制」, 『東方學之』 120, 연세대 국학연구원, 2003.6 참조. 이외에도 '중요산업통제법'의 조선 시행에 관한 논의로는 다음을 참조. 이승렬, 「1930년대 전반기 일본군부의 대륙침략관과 '조선공업화'정책」, 『國史館論叢』 67, 국사편찬위원회, 1996.6; 배성준, 「일제말기 통제경제법과 기업통제」, 『韓國文化』 27, 서울대 규장각 한국학연구원, 2001.6; 김제정, 「1930년대 전반 조선총독부 경제관료의 '지역으로서의 조선' 인식」, 『역사문제연구』 22, 역사문제연구소, 2009.10.

29 조선식산은행은 조선총독부와 긴밀한 연관을 맺고 있었다. 총독부는 일반은행과 달리 특수법을 통해 식산은행을 설립하였으며, 또한 식산은행에 여러 특권을 부여하였다. 총독부는 식산은행 설립 시 직접 출자하기도 하였으며, 식산은행의 운영과 감시, 인사 등의 감독권을 행사하였다. 정병욱, 「1918~1937년 朝鮮殖産銀行의 資本形成과 金融活動」, 『韓國史硏究』 79, 한국사연구회, 1999.12, 72~73면 참조.

30 守屋徳夫, 「朝鮮事業界合理化의 傾向에 關한 一考察」(전2회), 『朝鮮』(조선문) 14(2)~14(3), 1930.2~3.

1930년대 식민지 조선에서의 근대적 자동기계의 도입과 공업화의 진행은 이러한 맥락에 놓여 있었다. 기술혁신과 계획경제라는 산업합리화가 진전됨에 따라, 식민지 조선에서는 노동계급의 기술적 구성이 변화하기 시작했고 그에 따라 그 정치적 구성 역시도 변모하는 중이었다. 당시 카프의 임화林和는 세계경제공황을 거치면서 변화하는 국가의 성격과 노동자의 계급 구성이 지닌 의미를 여러 문헌을 참조하는 가운데 논의한 바 있다.[31] 임화가 서술한 요지를 정리해 보면 다음과 같다. 첫째로 국가의 성격이 변했다는 것이다. 공황을 사이에 둔 자본과 노동의 적대 속에서 "노임勞賃에 대한 공격에의 국가기구의 직접적 참가"와 같이, 국가의 성격이 개입주의 국가로 변화하였으며 이것은 "전 세계적" 단위에서 벌어지고 있는 보편적인 현상임을 진단한다. 둘째로 노동계급의 기술적 구성이 달라지기 시작했다. "숙련노동자"들의 '숙련'을 기계에 이전하기 위한 기술혁신 — "전송기傳送機", 즉 컨베이어 벨트 시스템 구축 — 이 단행되었으며, 이로 인해 숙련노동자들은 그 헤게모니를 점차 상실해 갔다. 그 과정에서 노동자들은 "전송기컨베이어 벨트－인용자에 결부되"면서 "노동자 대중의 균등화의 과정"이 진행되었고, 숙련 없이도 컨베이어 벨트에 붙어서 일할 수 있는 "불不숙련노동자, 부인婦人, 청소년"으로 구성된 노동자들을 중심으로 새로운 기술적 구성이 이루어졌다. 셋째로 노동자계급의 기술적 구성이 변화함에 따라 그 정치적 구성도 변화하게 되었다는 것이다. 즉 숙련노동자가 중심이 되었던 "국제사회

31 임화, 「世界經濟恐慌의 發展과 勞働者階級의 新狀態」, 『신계단』 1(6), 1933.3. 이 글은 임화가 말미에 참고한 문헌을 부기하고 있듯이, 그만의 독창적인 사유를 정리한 것은 아니다. 하지만 대공황을 극복하기 위한 자본과 국가의 전략이 계급 구성을 어떻게 변화시켰는지, 나아가 그러한 변화가 지닌 정치적인 의미를 정확하게 포착하고 있다는 점은 흥미롭다.

민주주의와 노동조합개량주의" 운동과 투쟁이 "파멸 위기"에 놓이게 되었다는 점이다. 넷째로 기술 관료들의 등장이다. 기술혁신 과정에서 소수의 "더 범위가 좁은" "새로운 노동귀족의 층", 즉 기술 관료가 등장하게 되었고, 이들은 "훨씬 더 긴밀히 기업가와 결부되어" 지배의 입장에서 노동자들을 관리하게 되었다.

임화의 계급 구성의 탈구성과 재구성에 관한 이러한 진단은 식민지 조선에서도 전면적이지는 않았지만 부분적으로는 해당하는 논의였다. 자본주의의 발전 정도가 미국, 독일, 영국, 일본 등과 같은 제국주의 국가처럼 심화되지는 않았지만, 대공황기를 거쳐 1930년대에 접어들면서 숙련노동자들의 저항과 투쟁을 체제 내로 포섭하기 위해 자동기계화와 대량생산체제가 (부분적으로) 시대를 이끄는 주요한 경향으로서 식민지 조선에 도입[32]되었기 때문이다. 물론 산업화와 공업화가 전면적이지 않았고 일본제국주의에 종속된 기형적인 형태였지만, 이러한 흐름은 노동자 주체성의 기술적·정치적 구성에 변화를 야기하며 제국 일본 자본주의 발전의 동력이 되었다.

대공황기를 거쳐 1930년대에 들어서면서 조선총독부의 개발통제농공병진 및 공업화 정책에 따라[33] 경성-인천, 평양, 함흥-흥남, 부산 등을 중심으로 공업지대가 형성[34]되기 시작했다. 평양고무공장 파업을 형상화

32 참고로 본고는 자본주의의 산업화 및 공업화, 그리고 그 과정에서 야기된 분업화, 조직 혁신, 기술 혁신 등이 자본의 자기 운동의 결과로서 비롯되었다기보다 노동계급이 전개한 투쟁의 산물 내지 결과라는 관점을 취하고 있음을 부기해 둔다.

33 小林英夫, 「1930년대 조선 '공업화' 정책의 전개과정」(『朝鮮史硏究會論文集』 3, 1967), 사계절 편집부 편역, 『韓國近代經濟史硏究－李朝末期에서 解放까지』, 사계절출판사, 1983 참조.

34 박순원, 「식민지 공업 성장과 한국 노동계급의 등장」, 신기욱·마이클 로빈슨 편, 도면희 역, 『한국의 식민지 근대성－내재적 발전론과 식민지 근대화론을 넘어서』, 삼인,

한 「총동원」이적효, 「공장신문」·「공우회」김남천, 흥남의 질소비료공장을 형상화한 「질소비료공장」·「암모니아 탕크」·「기초공사장」이북명, 경성의 방직공장을 다룬 『황혼』한설야 등과 같은 노동소설이 등장한 것도 이와 같은 공업화를 빼놓고는 생각하기 어렵다. 생산설비 자동화의 측면에서 경성 지역의 원동기原動機 보급률이 높아지고[35] 있었으며, 면방적업 대공장에는 자동직기가 설치되고, 차량 및 기계기구를 제작하는 대공장에서는 일괄생산체제가 구축되기도 하는 등 대공장을 중심으로 최신식 기계가 설치되고 대량생산 설비가 갖춰지고[36] 있었다. 특히 경성의 면방직대기업의 경우, 전체 주요 공정의 기계화가 이루어졌고 일본의 면방직업이 도달해 있었던 기술 수준과 거의 유사한 기술화 정도를 보여주었다. 그리고 이러한 기계화를 통해 저학력 미숙련 방직 여공을 대량으로 고용한 상태에서도 공장을 충분히 가동할 수 있었다고 한다. 또한 테일러주의에 입각한 합리화된 공장체계가 적용되어 공장 조직과 분업 모두 과학적 관리가 시도되고 있었다. 즉 공장은 대규모화되고 탈숙련 노동자들을 중심으로 계급 주체성이 재구성되기 시작했다.[37] 이러한 기계자동화와 탈숙련 대중노동자 계급 구성을 보이는 것은 경인 지역에

2006, 212~214면 참조.

35 경성지역 공장의 원동기(原動機) 보급률은 1920년대 말에는 40%대에 머물렀지만 공황기를 지나면서 1934년에는 59%까지 상승하였다. 배성준, 「日帝下 京城지역 工業 硏究」, 서울대 국사학과 박사논문, 1998, 97면 참조.

36 위의 글, 99~100면 참조.

37 강이수, 「1930년대 면방대기업 여성노동자의 상태에 대한 연구－노동과정과 노동통제를 중심으로」, 이화여대 박사논문, 1992, 67~104면 참조. 이 논문은 조선총독부 자료를 활용하여 1941년 현재 방직공업의 업종별 노무자와 기술자의 인원수를 제시하고 있는데, 각각 66,776명과 594명으로 "구체적인 과학적 지식을 갖추고 공정관리, 설계, 견적, 검사, 작업, 의료위생, 연구들에 관한 업무를 하거나 지도감독하는" 기술자 수는 소수였다(강이수, 같은 글, 94~95면 참조).

한정된 것이 아니라 평양 지역에서도 유사한 형태로 나타나고[38] 있으며, 중화학공업에서도 자동기계를 중심으로 노동력이 배치되고, 부분적이기는 하지만 컨베이어 벨트와 엘리베이터 등으로 연결되는 연속공정작업이 이루어지기[39] 시작하였다. 이와 같이 노동계급의 기술적 구성이 변화하면서 정치적 구성에서도 일정한 변화가 수반되었다.

3. 식민지의 노동과정과 계급 구성의 재현 양상

1920년대에 접어들면서 창작되기 시작한 이른바 노동소설에서 노동자, 빈자貧者, 제국주의에 대항하는 식민지 원주민 등 프롤레타리아에 대한 형상화는 처음부터 자연스럽게 이루어졌지만, 초기 노동소설에서 구체적인 노동과정에 대한 재현은 드물었다. 가령 유광렬의 「어린 직공의 사死」는 동아연초회사 유년노동자 김길영이 '부가청년富家青年'의 자동차에 치여 사망한 가운데, 동료 유년노동자는 함께 슬퍼하고 김창세를 비롯한 노동자 군중이 열광적으로 항의하는 내용으로 이루어져 있다.[40] 작품의 주요한 배경으로 설정된 동아연초회사는 실제로 일본인이 경영한 공장으로 "노동자가 4,000명이 넘는 조선 최대 규모의 연초공장"이었다.[41] 작품에서는 1919년에 동맹파업을 일으킨 것으로 설정되

---

38 梶村秀樹, 「日本帝國主義下의 조선 자본가층의 대응－平壤메리야스工業을 중심으로」(『朝鮮史硏究會論文集』 3·5, 1967·1969), 사계절 편집부 편역, 앞의 책, 452~457면 참조.

39 곽건홍, 『日帝의 勞動政策과 朝鮮勞動者』, 신서원, 2001, 147~174면 참조.

40 유광렬, 「어린 직공의 사(死)」(『동아일보』, 1920.1.2), 『일제강점기 한국노동소설 전집』 1, 인송헌 편, 보고사, 1995, 7~11면.

41 배성준, 『한국 근대 공업사 1876~1945』, 푸른역사, 2022, 173면 참조.

어 있는데, 실제로 임금인상을 요구조건으로 내걸고 9일 내지 17일 동안 긴 파업을 전개하기도 하였다.[42] 즉 소설은 제국주의 일본 자본가와 식민지 조선 노동자의 대립 구도 아래에 다시 부자청년과 유년노동자라는 대립 구도를 중첩시킨다. 다만 연초공장에서 노동이 어떻게 조직되고 수행되는지기술적 구성, 또 그 노동과정에서 파업이라는 행위가 어떻게 촉발될 수 있는지정치적 구성는 재현되지 않는다.

1920년대 중반 일본에 이주한 조선인 노동자가 '노가다판'과 '철공장' 등에서 수행하는 노동과정이 재현되기는 했지만,[43] 식민지 조선의 근대적 공장에서 수행된 노동과정에 대한 문학적 재현은 좀 더 시간을 필요로 했다. 한설야의 「그 전후」『조선지광』, 1927.5는 서울의 방직공장을 배경으로 "기계가 돌아가는 데 따라 제 손과 맘을 기계에 맞도록 놀려"갈 수밖에 없는 "자동인형"과도 같은 여공의 조건을 언급하고 있지만 기계의 작동과 노동과정 모두 피상적 서술에 그치고 있다.[44] 같은 시기 이기영의 「민며느리금순의 소전」『조선지광』, 1927.6는 전근대적 농촌의 봉건적 질서에 놓여 있었던 금순이라는 여성이 서울 방직공장의 노동자로 변모하여 최종적으로 "무산계급 전선의 한 투사"가 되기로 결심하면서 마무리된다.[45] 즉 이 작품은 토지에서 분리된 농민이 공장의 노동자로 변모하게 된다는 전형적 서사에 기반을 두어 계급의식을 획득해 가는 과정을 보여준다. 다만 금순이 제사공장에서 만 일 년 동안 노동자로 일한 것으로

42 강만길·최윤오·박은숙·곽건홍·하원호, 『한국노동운동사 1-근대 노동자 계급의 형성과 노동운동 / 조선후기~1919』, 지식마당, 2004, 238면 참조.

43 송영, 「늘어가는 무리」(『개벽』, 1925.7); 「용광로」(『개벽』, 1926.6), 『일제강점기 한국노동소설 전집』 1, 44~81면.

44 한설야, 「그 전후」(『조선지광』, 1927.5), 『일제강점기 한국노동소설 전집』 1, 198면.

45 이기영, 「민며느리(금순의 소전)」(『조선지광』, 1927.6), 『일제강점기 한국노동소설 전집』 1, 211면.

설정되어 있음에도 불구하고 그러한 공장노동에 대한 구체적인 재현은 이루어지지 않기에 그의 계급적 각성이 생경하게 느껴지기도 한다.

이러한 경향은 1920년대 후반에 접어들면서 조금씩 달라지기 시작한다. 이기영의 「종이 뜨는 사람들」『제일선』, 1930.4은 가내공업 형태를 띠고 있었던 제지공장촌이 자본주의적 공장공업으로 포섭되어 가는 과정과 그 와중에 전개된 임금투쟁을 형상화한다. 여기서 노동은 이중적인 형태로 조직화되어 있다. 소설의 배경이 되는 제지공장촌은 전근대적 시기부터 형성된 가내공업 형태의 소규모 공장들을 기반으로 한다. "수백 년 동안" 공장촌은 소규모 단위로 물주物主가 기초적인 생산설비와 작업장 환경을 갖추고 일용 노동자들을 조직화하여, 종이를 생산하는 형태를 취해 왔다. 그러다가 공장촌에 자본을 투자하여 근대적인 대공장으로 재편하겠다는 회사가 등장했고, 이십여 물주들은 기존의 노동조직을 유지하면서 대공장의 하위마디로 포섭된다. 소설에서 전근대적인 가내공업과 자본주의적 공장공업을 구별 짓는 상징물로 '모터'와 '사이렌'이 제시된다. 다만 모터는 "기계문명"을 의미하고 있지만, 종이를 생산하는 전체 노동과정에서 차지하는 비중은 높지 않기에 상징적인 차원에 그치고 있다. 모터와 달리 사이렌은 근대적인 노동규율과 효율적 노동조직화 양상을 보여주는 상징물이다. 오전 세 시부터 우렁차게 울리는 사이렌 소리는 기상, 출근, 작업, 휴식, 퇴근 등에 이르기까지 노동자의 하루 전체를 규율하는 강력한 장치로 기능한다. 사이렌의 연장선상에 놓여 있는 것이 "종이 한 덩이를 뜨자면 최소한도의 공전이 얼마나 되는가를 알기 위하여" "아무쪼록 놀지 않고 많은 능률을 내도록 한" 생산성 측정과 그에 기반을 둔 임금 및 성과급 지급 방식이다. 이는 당시 유행하고 있었던 과학적 관리기법인 테일러주의를 적용한 것으로 보아도 좋을 듯싶다. 이렇게 조직화된 노동과정은 다음과 같이 묘사된다.

> 원식이와 깐깐이는 지금 종이를 뜨느라고 철벅철벅한다. 그들은 어디를 가든지 맞붙어 일하는 짝패이었다. **제지공장에서는 발질**종이 뜨는 일**하는 일꾼이 제일 상일꾼으로, 따라서 그들의 품삯이 제일 많았다. (하루에 일 원 오십 전이다.)**
>
> 올해 열한 살 먹은 만순이는 그들의 종이 뜨는 머릿맡에 앉아서 벼개모를 놓고 있었다. 그는 졸려 죽겠는 듯이 연해 선하품을 한다. 그는 장별장네 이웃에 사는 늙은 홀어머니와 함께 날품을 팔아먹고 사는 아해이였다. 그는 하루 공전은 이십 전. 억석이와 키다리 김서방은 마주 서서 닥풀을 비비었다. 그들은 맨발을 벗고 작대기를 집고 서서 나무구수에 담은 닥풀 뿌리를 '윰! 윰!' 하고 발꿈치로 비비고 섰다. 다른 한패는 개울 옆에다 걸어놓은 큰 가마 속에다가 닥을 삼느라고 지껄여대고 또 한패는 삶아 내는 닥을 널판 위에 놓고 철썩! 철썩! 친다. 그들의 기구는 모터를 빼놓고서는 모두 원시적原始的이어서 인력人力이 많이 들었다.[46]

닥나무를 원료로 하여 종이를 제작하는 노동과정은 각 공정별로 분업화되어 있었다. 닥나무를 삶고, 삶은 닥나무를 널판에 놓고 두들기고, 다시 그것을 발꿈치로 비비는 등의 공정을 거쳐 종이를 뜨는 일로 이어진다. 이 과정 자체만 놓고 보면, 작품에서 제시되고 있는 제지공장 노동은 그 포섭의 밀도가 높았던 것은 아님을 알 수 있다. 즉 분업화되어 있었던 수공업 형태의 노동과정이 거의 대부분 유지된 채, "근대식의 공장"에 형식적으로 포섭되고 있는 것으로 그려진다. 제지노동을 둘러싸

46 이기영, 「종이 뜨는 사람들」(『제일선』, 1930.4), 『일제강점기 한국노동소설 전집』 2, 72~73면(밑줄은 인용자, 이하 동일).

고 노동시간과 휴식시간 등의 규율은 자본에 의해 강제되고 있지만, 노동과정 그 자체는 기존의 수공업적 분업에 기초한 생산 공정에 따라 노동자들이 일정한 주도권을 행사하는 것으로 그려진다. 각 공정에서 요구되는 기술 및 숙련도에 따라 임금이 차등 지급되고 있으며, 노동자가 보유한 기술력숙련도에 따라 노동자 개개인에 권위가 주어지기 마련이었다. 이 소규모 수공업 노동과정에서 맨 앞자리前衛에 놓이는 사람이 물주로 지칭되는 장별감이다. 그는 수공업 단위가 근대적 대공장으로 흡수되기 전까지는 자영업자나 영세 자본가 정도의 위치를 점하고 있었으나, 흡수된 이후에는 조직상 대공장 하위 생산 단위의 책임자 정도의 위치로 전락하게 되고 임금을 둘러싼 회사의 책략으로 인해 노동자와 거의 유사한 위치에 놓이게 된다.

「종이 뜨는 사람들」은 영세한 가내공업이 식민지라는 조건하에서 어떻게 몰락하는지를 그리면서, 그러한 상황에 놓여 있었던 노동자들이 어떻게 동맹파업을 조직하게 되는지를 보여준다. 물주 장별감이 이끄는 노동자 조직은 분업과 숙련도에 따라 체계적으로 구성되어 있었으며, 종이 생산 공정 전체를 아우르고 있었기에 독립적인 단위로 자율성을 발휘할 수 있었다. 공장공업의 감독이 여러 노동자를 통제하여 "회사가 직접 종이를 떠 보려 하"다가 실패하는 장면을 통해서 알 수 있듯이, 장별감의 단위 노동자 조직에 대한 통제력은 쉽게 대체될 수 없는 것이기도 했다. 노동의 이러한 기술적 구성 아래에서 장별감이 동맹파업의 전위로서의 역할을 부여받는 것은 당연한 일일 것이다. 여기에다 이기영은 노동의 정치적 구성을 보완하기 위한 방편으로 지식인 황운을 배치한다. 황운은 관동대지진을 경험한 일본 유학생 출신으로 유물사관에 기반을 둔 사회주의자로 암시된다. 그는 노동과정 자체에서는 주도권을 쥐지는 못하지만, 노동을 통해 노동자들과 연대의 감정을 형성하며 정치적 차원에서 노동자들의 지성을 일깨우는 역할을 수행한다. 즉 임금 인상을 위한 동맹파업을 수행하는 과정에서 노동의 기술적 구성의 전위인 장별감과 정치적 구성의 전위인 황운이 각각 역할을 분업화하여 그 활동을 수행함으로써 "공고한 결속"을 이끌어낸다.

「종이를 뜨는 사람들」과 달리, 한설야의 「씨름」『조선지광』, 1929.8은 분리되어 있었던 기술적 층위에서의 전위와 정치적 층위에서의 전위를 통일하여 하나의 인물로 제시하는 형상화 방식을 취한다. 「과도기」『조선지광』, 1929.5에서 "상투짜고 감발치고 부삽들고 콘크리트 반죽하는 생소한 사람"인 "공장 노동자"가 된 창선이는[47] 「씨름」에서는 명호가 되어 등장한다. 명호는 "내호에서는 수천 명 노동자의 꼭지"인 유명한 인물로 그려진다. 그가 노동자들 사이에서 주도권을 행사하며 지도력을 발휘할 수 있는 동력은 크게 두 가지인데, 우선 그 하나는 노동과정에서 숙련노동자로서의 주도권 장악이다.

> 그만치 보람 있던 명호는 (…중략…) 소작도 뜻대로 안되어서 하는 수 없이 내호공장(그때 처음 되는 때다)으로 들어오게 되었다. 기운은 장수라는 통칭이 났지만 처음 들어오니 만치 경력이 없어서 처음에는 잡인부雜人夫로 곡괭이 들고 흙도 파고 밀구루마도 밀곤 하였다. 잡인부는 수효는 제일 많으나 이 일 하다 저 일에 예 갔다 제 갔다함으로 모이는 힘도 적고 따라서 제 일감이 없었다. 그 중에서 **제일 우쭐하는 것은 목도꾼인데 이것은 기운도 있어야 하려니와 경력도 많아야** 한다. 이 바닥 목도패는 한 이백 명 되는데 모두 사오 년 이

47 한설야, 「과도기」(『조선지광』, 1929.5), 『일제강점기 한국노동소설 전집』 1, 365면.

상의 경력이 있을 뿐 아니라 일이 원체 중요하기 때문에 …… 수천 명 중에서 제일 우쭐하였다.[48]

소설의 공간적 배경이 되는 흥남은 단일한 공장이나 공업단지를 넘어서 하나의 도시가 건설된 곳이었기에, 수력발전소 건설이나 항만 건설 등과 같은 대형 토목 공사 및 건설 공사가 진행되었다.[49] 위의 인용문에서는 '공장'이라고 지칭되고 있지만, (「질소비료공장」에서와 같이) 자동기계에 노동자가 배치되는 형태로 수행되는 노동은 아니다. 「과도기」에서도 마찬가지이지만 「씨름」에서도 그 구체적인 노동은 토목 공사에서 수행되는 이른바 노가다 노동에 가깝다. 명호는 처음에 '잡인부'로 시작하여 이후 '목도꾼'으로 위치를 잡는다. 잡인부는 육체적 능력이나 경험 등이 부족해도 수행할 수 있는 노동으로 언제든지 대체 가능한 인력이며 그렇기에 노동과정에서의 주도권이나 자율성을 발휘할 수 없는 위치이다. 그러나 목도꾼은 육체적 능력뿐만 아니라 "경력"이라는 누적된 경험으로부터 획득된 숙련도를 필요로 하는 직책이었다. 즉 목도꾼은 "직접 간접으로 그밖에 모든 일 — 집 짓는 데 사닥다리 매기, 잔디 펴기, 철공, 목공, 남포질, 토공콘크리트 같은 것같은 것"[50]을 총괄하는 역할을 수행했기에 동일한 노동자이면서도 여타의 노동자들에게 끼치는 영향력이 상당했으며 실질적으로 그들을 관리·감독하는 역할을 수행하는 것으로 형상화된다.

이렇듯 명호는 노동과정에서 뛰어난 숙련도를 갖춘 노동자로 설정되

48 한설야, 「씨름」(『조선지광』, 1929.8), 『일제강점기 한국노동소설 전집』 1, 378면.

49 차승기, 앞의 책, 56~61면 참조.

50 한설야, 「씨름」(『조선지광』, 1929.8), 앞의 책, 같은 면.

어 있을 뿐만 아니라, 다른 한편으로 노동과정 및 공장 외부에서 야학, '농민회', '소작조합' 등과 같은 정치적 활동을 수행하면서 운동적으로도 숙련된 활동가로 설정되어 있으며 외부의 급진적 노동조합 조직과도 긴밀하게 연계되어 있는 존재로 그려진다. 다만 그의 정치적 전위로서의 전투력과 지도력은 육체적 노동과정의 주도권 및 자율성을 통해 보다 강화되는 형태로 제시된다. 소설에서 노동자들을 분열시키기 위한 책동을 막아내며 노동자들의 단결력을 강화하는 주요 사건으로 '씨름 경기'가 배치된 것은 우연이 아니다. 「종이 뜨는 사람들」에서 이분화되어 있던 기술적 구성의 전위와 정치적 구성의 전위가 「씨름」에서는 명호라는 인물을 통해 통합적으로 형상화되고 있음도 흥미로운 설정이라 할 수 있다. 다만 개연성이 뒷받침되지 않은 채 명호에게 과잉된 역할이 부과되고 있는 것은 한계점으로 지적해 둘 필요가 있을 것이다.

4. 산업합리화·자동화 기계의 도입과 노동/노동자의 재구성

식민지시기 노동소설에서 '산업합리화'라는 용어가 직접적으로 등장하는 것은 이적효의 「총동원」『비판』, 1931.8에서지만, 그 이전에도 "경제공황"으로 인한 취직의 어려움,[51] "긴축시대"를 맞이하여 단행되는 정리해고[52], "절약과 긴축"이라는 회사 방침을 통한 노동자들에 대한 압박,[53] 불경기를 이유로 임금인하와 노동시간 연장[54] 등의 내용이 서사의 갈등

51 유진오, 「오월의 구직자」(『조선지광』, 1929.9), 『일제강점기 한국노동소설 전집』 1, 394면.
52 김영팔, 「송별회」(『조선지광』, 1929.11), 『일제강점기 한국노동소설 전집』 1, 417면.
53 안석주, 「여사무원」(『대중공론』, 1930.3~6), 『일제강점기 한국노동소설 전집』 2, 46면.
54 윤기정, 「양회굴뚝」(『조선지광』, 1930.6), 『일제강점기 한국노동소설 전집』 2, 90면.

과 전개를 추동하는 주요한 요인으로 설정되었다. 산업합리화의 구체적인 방책과 관련하여 1930년대 초반에는 임금인하 및 노동시간 연장, 노동과정의 새로운 분업화 등으로 대응하려는 경향이 강했는데, 1930년대 중후반으로 접어들어서는 새로운 기계의 도입을 통한 노동조직과 노동과정의 재편이 가속화되는 형태로 변모한다. 다만 이러한 경향은 당연하게도 지역별·공업별·공장별로 비균질한 형태로 전개되었다.

식민지 조선의 자본이 산업합리화라는 슬로건 아래 추진했던 다층적인 방책과 그에 동맹파업 등으로 맞서고자 했던 노동의 방략을 주된 내용으로 삼고 있는 노동소설들을 살펴보면, 평양의 고무공장, 흥남의 질소비료공장, 경성 및 인천 등의 제사·방적·방직공장 등을 배경으로 하는 작품들이 다수를 차지한다. 그런데 이 공장들은 노동자의 성별 구성, 자본의 성격, 노동과정, 기계화의 정도 등에 있어서 모두 사정을 달리했고, 동일한 섬유공업이라고 하더라도 개별 공장의 상황에 따라 그 규모 및 기계화의 정도는 상이할 수밖에 없었다. 이러한 비균질성을 충분히 고려하는 가운데 노동과정에서의 기계화 진행 수준을 살펴보면, 평양 고무공장이 가장 더디게 진행되었던 듯하고, 흥남 질소비료공장이 가장 고도의 기계-자동화 수준을 유지했던 듯하다. 고무공장과 질소비료공장은 토착산업으로서의 기원을 갖지 않았음에 비해, 제사·방적·방직 등의 방직공업은 전통적인 가내수공업으로서의 오랜 기원을 지니고 있었다. 평양고무공장에 대한 노동소설의 창작은 1930년대 초반에 이루어졌는데, 이는 '체공녀 강주룡'으로 잘 알려진 평원平原고무공장에서의 파업이 전개되었던 시기와 일치한다. 그리고 주지하듯이 흥남 질소비료공장에 관한 노동소설은 이북명에 의해 1930년대 초중반에 집중적으로 창작되었다. 이와 달리 방직공업에 관한 노동소설의 창작은

이기영의 「민며느리금순의 소전」『조선일보』, 1927.6를 시작으로 이기영의 「고향」『조선일보』, 1933.11.27~1934.9.21, 강경애의 「인간문제」『동아일보』, 1934.8.1~12.22, 한설야의 『황혼』『조선일보』, 1936.2.5~10.28, 함대훈의 「호반」『조광』, 1937.1 등에 이르기까지 카프가 성립되고 해산하는 10여 년에 걸쳐 지속적으로 이루어졌다.

이적효의 「총동원」은 평양의 고무공장을 주요 무대로 하여 "불경기를 미봉하기 위한" "산업합리화"를 둘러싸고 "조선고무공업회라는 자본가 단체"와 "고무직공조합"이라는 산별노조의 대결을 그리고 있다. 즉 당시 고무공업은 개별 자본 간의 경쟁을 피하고 노동자에 대한 착취를 강화하기 위해 카르텔을 형성하였고, 이에 노동자들은 개별 공장을 넘어 산업별 노조를 조직하여 동맹파업으로 맞섰던 것이다. 당시 고무공장은 생산과정에 따라 "배합부配合部·롤러부·장부張部·가류부加硫部·미싱부布靴, 제조의 경우·마무리부이른바 仕上部·배급부配給部 등으로 구성"되어 있었다. 여기서 "배합부와 롤러부에서 행하는 고무 원료과 약품의 배합은 제조 과정에서 가장 중요하고 숙련된 기술을 요하는 것이기 때문에 이 작업은 주로 남성 노동자인 기술원이 담당"하였으며, 그들의 "임금은 정액 급여로써 대부분 월급의 형태로 지급"받았다. 이에 비해 여성노동자는 장부 공정에 속해 직접 고무신을 만드는 작업을 수행하였다.[55] 이 장부 공정은 개별 노동자가 온전히 수공업에 가까운 작업을 수행하는 것으로 노동과정에서 일정한 자율성을 확보하고 있었고, 노동을 수행하며 옆의 동료와 대화를 나눌 수 있는 환경이었기에 단결의 기반을 조성할

55 일제시대 고무공장의 생산과정 및 분업화, 성별에 따른 담당 노동 및 숙련도, 임금 형태 등에 관해서는 다음을 참조. 김경일, 「고무 노동자의 상태와 노동 운동」, 『한국 근대 노동자와 노동 운동』, 문학과지성사, 2004, 90~93면.

수 있기도 했다.[56] 이는 크게 보자면 생산과정에서 배합부·롤러부는 장부와 연결되어 있기는 했으나, 노동과정의 차원에서 보자면 양자는 서로 일정한 간극을 유지하고 있었던 것이다. 즉 양자는 독립된 기술자와 수공업자가 합성되는 형태로 결합되어 있었다. 「총동원」에서 구체적인 고무공장의 모습은 다음과 같이 묘사된다.

> '콘크리트'로 지은 삼층 양옥은 김용언이가 자랑하고 싶은 것이지마는 사실에 있어서도 전조선땅 치고 어느 곳에서든지 고무공장으로는 볼 수 없는 굉장한 건물이었다. 그리고 남녀직공 육백여 명을 부리고 있는 것만 보아도 다른 공장이 따르지 못하겠거든 공장 안의 모든 설비라든지 또는 **정밀한 기계를 요새 새로이 주문해다 놓은 것**은 다른 공장 주인들은 생각도 못하리만치 김용언의 수완을 경탄 안할 수 없는 것이었다.[57]

「총동원」에서 "정밀한 기계"를 다루는 자들은 "정급직공定級織工"으로 명명되는데, 이들은 실제 생산과정에서 배합부·롤러부에 배치된 기술자들에 해당하는 존재들이었다고 할 수 있다. 작품에서 동맹파업의 기반을 형성했던 것은 일차적으로는 노동자들의 단결력이었지만, 사실상의 승패를 갈랐던 것은 정급직공의 파업 참여 여부로 제시된다. 이러한 정급직공의 숙련도는 쉽게 대체하기 어려운 영역이었기 때문이다. 그에 비해 수공업에 기초해 있었던 장부 공정은 약간의 경험만 있으면 쉽게 진입할 수 있는 노동이었기에 그 공정의 노동자들에 대한 대체 가능성

---

56 서형실, 「식민지 시대 여성노동운동에 관한 연구—1930년대 전반기 고무제품 제조업과 제사업을 중심으로」, 이화여대 석사논문, 1990, 75~78면 참조.

57 이적효, 「총동원」(『비판』, 1931.8), 『일제강점기 한국노동소설 전집』 2, 1995, 214면.

은 항상 열려 있었다. 앞서 「종이 뜨는 사람들」에서 유기적이며 긴밀하게 각 노동과정이 연결되어 있어 노동자들은 숙련도의 편차에도 불구하고 동일한 노동자로 연대할 수 있었다. 그런데 「총동원」에 와서는 특수기술자와 일반 노동자의 분리 경향이 두드러졌으며, 이들은 서로를 다른 존재로 인식하기 시작했다. 물론 이는 자본의 통제 방책이기도 했다. 고무공장을 다루는 노동소설에서 형상화되고 있지는 않지만, 실제 현실에서 자본가 측은 노동과정에서의 자율성을 유지하면서 계급적 단결을 뒷받침했던 장부 공정에 대해 지속적으로 분업화를 강제하면서 그 자율성과 단결력을 침식시키고 임금 저하를 유도했다.[58] 1935년 무렵에 이르러서는 고무신을 만드는 기계를 도입하여 수공업 과정을 통해 형성되었던 자율성과 단결력을 파괴하고 봉쇄하기 시작했으며 나아가 실업의 공포를 양산하였다.[59]

이북명의 노동소설은 흥남의 질소비료공장을 배경으로 새로운 기계의 도입으로 인해 자본의 유기적 구성이 고도화됨에 따라 발생하는 실업의 원리, 산업합리화라는 슬로건 하에 도입된 자동화 기계의 압도적인 힘, 그리고 그로부터 유래하는 공포를 생생하게 형상화하였다.

> 산업합리화로 해고다. 유안직장의 예를 들게. 현재 유안직장의 엔드레쓰에는 한 대에 8명이 일하고 있네. 두 대에 16명이다. 그것을 이번에 콤베어라고 하는 최신식 기계로 바꾼다고 한다. 이 콤베어를 운전하면 남는 12명은 당연히 쓸

58 「분업제 실시, 직공에 불리」, 『조선일보』, 1931.7.30, 2면; 「감임(減賃) 단행으로 직공은 태업, 직공 등의 손실은 막대, 평양 정창 고무 동요」, 『조선일보』, 1931.8.24, 2면; 「중앙상공회사의 여직공 등 맹파(盟罷)」, 『매일신보』, 1933.8.19, 2면 등 참조.

59 「대량실업자 낼 기계, 수만 고무공은 어디로! 고무화도 기계로 제조」, 『동아일보』, 1935.9.3, 2면.

모없어진다. 이 12명은 실직하지 않으면 안 된다. 이것이 소위 산업합리화에 의해 해고라는 것이다.[60]

질소비료공장은 기존의 낡은 기계를 '최신식 기계'로 교체하여 노동자 12명을 해고하여 실업자로 만들어 버린다. 달리 말하면 산 노동 12명에 해당하는 지성을 응축하고 있는 것이 죽은 노동인 최신식 기계인 셈이다. 이러한 변화는 단지 기계에 배치되는 노동자의 인원수만을 줄이는 것이 아니었다. 다음과 같이 노동과정을 완전히 변화시켜 놓는다.

'백 볼트'의 전등이 수십 개가 지붕 밑 콘크리트 벽 쇠기둥에 켜져 있는 R 직장 안은 눈 뿌리를 쑤시듯이 휘황하다. 싸이렌 소리에 놀라 선잠에 일어난 일꾼들은 눈을 쥐어뜯으면서 밥그릇을 옆에 끼고 지하도를 통하여 자기 직장에 들어온다. 기름 묻은 작업복을 갈아입은 후야근後夜勤자들은 싫은 하품을 하면서 전야근자와 교대하여 가지고 자기 부서에 가서 기계를 운전한다. '센트르'遠心分離機의 소음을 비롯하여 급회전하는 컴푸렛슈어壓縮機의 폭음.

'벨트'의 세차게 내려치는 소리.

포화기飽和器 안에서 암모니아와 유산硫酸이 디끓는 소리……. 이런 소리를 전 육신이 아프게 감수感受하는 그들은 무엇을 생각할 여유도 없이 얼빠진 사람처럼 허둥지둥 기계의 신그럼을 하는 것이다. 세차게 돌아가는 기계 곁에서 기름을 주고 기압계氣壓計를 보고 '벨브'를 조절하는 그들은 '로보트'와 같았다.[61]

---

60 이북명, 「질소비료공장(初陣)」(『文學評論』, 1935.5.3), 『일제강점기 한국노동소설 전집』 3, 1995, 177면.

61 이북명, 「오전 3시」(『조선문단』, 1935.6), 앞의 책, 196면.

여기서 노동자는 "무엇을 생각할 여유도 없이 얼빠진 사람처럼 허둥지둥 기계"에 종속되어 버린 '로보트'와 같은 형상으로 묘사된다. 같은 지역 흥남의 공사 현장에서 노동과정을 장악하고 있었던 「씨름」의 명호가 수행했던 노동과 견주어 보면, 동일한 인간의 활동인가 싶을 정도로 구별된다. 이는 개인의 육체적·정신적 능력으로 극복가능한 수준의 문제가 아니다. 이 자동화된 기계에 접속하고 있는 노동에는 더 이상 노동자의 자율성이란 존재하지 않는다.

또한 한설야의 『황혼』『조선일보』, 1936.2.5~10.28은 '산업합리화'라는 자본주의 공리가 산출한 다층적인 면모들을 형상화한다.[62] 소설에는 여러 사건들과 인물들이 중첩되어 있지만, 전체에 걸쳐서 관통하는 중요 사건은 '산업합리화'를 둘러싼 자본과 노동 간의 대립 양상 및 그로 인한 계급 구성의 변형과 재구성이다. 등장인물의 성격 및 입장의 변화도 이러한 맥락에서 이해해 볼 수 있다. 먼저, 소설에서 제시되는 시간적 배경은 "세계 유일의 흑인제국, 에티오피아 최후의 날……"324[63]이라는 신문기사가 암시하듯이 1930년대 중반 무렵이며, 공간적 배경은 'Y방적회사'로 설정되어 있다. 참고로 이 무렵 식민지 조선의 면방직대공업은 기술혁신을 통해 자동화된 근대적 대공장시스템으로 변모해 가고 있었는데,[64] 그러한 현실을 작품은 적극적으로 반영하고 있다.

이전 사장인 '김재당'은 불경기에 직면하여 "산업합리화"89를 단행하지 못하고, 사원과 직공들의 쟁의로 인해 파산상태에 몰리면서 새로운

62 한설야, 『황혼』, 영창서관, 1940. 여기서는 이 판본을 기준으로 삼아, 인용 시 본문에 첨자로 면수만 병기한다.

63 1935년에 이탈리아는 에티오피아를 침공하여 점령한다.

64 강이수, 앞의 글, 42~47면 참조.

사장인 '안중서'에게 회사를 넘기게 된다. 회사를 인수한 '안중서'는 '산업합리화'의 맥락에서 "구식인 이 공장의 면목을 일신하여 대뜸 근대식 공장을 만들려"는 "공장 혁신"441 계획을 구상한다. 작품 전체에 걸쳐 구체적인 상황이 자세히 언급되어 있지는 않지만, '김재당'이 경영하던 '구식 공장'은 숙련된 노동자가 중심이 되어 전개한 노동쟁의와 공황의 여파로 인한 위기 국면에서 그것을 극복할 새로운 방책을 마련하지 못하고 파산에 직면했던 것이다.

신임 사장 '안중서'가 추진하는 '공장 혁신'안의 주안점은 "순전히 전동력電動力만 사용하는 최신식 기계"85를 도입함으로써 자본의 유기적 구성을 고도화하는 데에 초점이 맞추어진다. 자동화된 기계 도입이라는 기술혁신을 통해 "사람은 훨씬 적게 쓰고 물건은 몇 갑절 더 만들어"85 내어 생산효율성을 높이는 동시에, "몸이 쇠약한 사람 또는 오래된 고급공 대신에 젊은 건강한 새 사람을"86 고용함으로써 노동계급의 기술적 구성의 변화를 기도한다. 즉 '고급공'이 두뇌와 신체에 응축하고 있었던 '숙련'기술을 대상화시키고 그것을 '기계'가 대체하도록 함으로써 노동력의 탈숙련화 및 탈기술화를 진행했던 것이다. 그리하여 '최신식 기계'에 종속되어 배치되기 위한 단순한 숙련도의 문제는 "양성부를 설치하고 삼 주 내지 한 달포만 양성하면 넉넉"86할 정도로 단시일에 만회가 가능하게 된다. 사실상 노동과정에서 "숙련공, 즉 고급공 …… 이런 축은 새 기계만 놓으면 별로 필요 없"86어지기 때문에, 기존에 노동과정을 통제하며 부분적으로나마 자율성을 발휘했던 고급공의 헤게모니는 상실되었고 이들은 공장 외부로 축출될 운명에 처한다. 한 달 남짓한 작업교육만으로도 기계 주변에 배치가 가능한 상황으로, 종국에는 노동계급의 기술적 구성이 탈숙련화된 노동 / 노동자로 변모하게 될 예정이었다.

소설 속에서 형상화되는 '산업합리화'는 불황과 노동쟁의라는 위기를 극복하기 위한 자본의 공리로 등장한다. 산업합리화의 구체적인 내용은 공장의 규모를 근대적 대공장으로 확장하면서 그에 수반하여 최신식 자동기계를 도입하는 것이었다. 산업합리화의 초점은 당시 '파산'이라는 자본의 죽음을 촉발하는 계급투쟁의 기술적 토대를 붕괴시키고 노동에 대한 통제력을 강화하는 데 있었다. 즉 자동기계의 도입은 우선 숙련공의 숙련이 지닌 기술적·정치적 유효성을 무효화시켰으며, 자동기계에 결합하는 대다수의 노동자들을 탈숙련화된 노동자 계급으로 재구성되게끔 하는 변화를 야기하였다.[65] 그리하여 노동자들은 노동과정에서의 통제력 및 자율성을 상실하게 되고, 따라서 총체적인 관점에서 생산에 참여하지 못하고 기계의 하위에 배치되어 부분적인 노동만을 담당하게 된다. 그리고 『황혼』에서 묘사되듯이, 이 노동자들은 단기간의 교육만으로도 기계의 하위에 배치될 수 있기 때문에 그 교체와 해고 역시 손쉽게 이루어질 수 있었다. 비유컨대 이 의식 없는 자동장치automaton는 전제군주autocrat처럼 의식 있는 기관器官인 노동자들을 종속[66]시킨다. 또한 그와 동시에 자동기계를 중심으로 이전과는 다른 새로운 위계화가 구축된다. 한편 대다수의 노동자가 탈숙련화되는 반면, 소수의 "모든 기계를 돌보며 그것들을 때때로 수리하는" 기술자라고 할 만한 존재들[67]이 새롭게 등장한다.

---

65 실제로 "기계화된 1930년대 면방대기업은 전체 주요 공정이 기계화되어 있을 뿐만 아니라 방적과 직포 등의 공정은 1주일 정도의 훈련만으로도 곧 익숙해질 수 있는 정도로 탈숙련화가 진행되어 있는 특성을 보인다." 강이수, 앞의 글, 72면.

66 카를 마르크스, 앞의 책, 563~564면 참조.

67 구체적인 시대와 지역에 따라서 차이는 있겠지만, 마르크스는 이러한 존재들에 대해서 다음과 같이 서술한다. "주요 노동자들 이외에도 예컨대 기사(技士), 기계공, 목수 등등과 같이 모든 기계들을 돌보며 그것들을 때때로 수리하는 수적으로 대수롭지 않은 인원들이 있다. 이들의 일부는 과학교육을 받았고 일부는 수공예(手工藝)에서 훈

이는 앞서 살펴본 「총동원」의 '정급직공'과 같이 새로운 계층일반 노동자들과 구별되는 기술자을 만들어 낸다.

한설야의 『황혼』에서 산업합리화는 자동기계 도입을 통한 탈숙련화와 더불어 노동자에 대한 과학적 경영과 통제, 즉 테일러주의적인 '과학적 관리'[68]를 동반하기도 한다. '사장실'은 '안중서'가 여자 주인공 '여순'을 성적으로 착취하는 공간이기도 하지만, 감독관 '장주임'과 '안중서'가 생산계획과 노동자에 대한 관리와 통제를 논의하고 구체화하는 공간이기도 하다. 즉 생산과 노동 전반에 걸친 '구상'이 이루지는 장소와 단지 '실행'을 수행하는 작업장은 공간적으로 분리될 뿐 아니라, 실질적으로도 '구상과 실행의 분리'가 이루어진다. 즉 '관리management' 혹은 '경영'이라고 할 만한 영역이 별도로 부상하고 있었던 것이다. 그리하여 '사장실'에서는 공장혁신을 위한 "도면圖面과 통계표",118 노동자들을 해고 기준으로 삼기 위한 "건강진단서에 관한 서류",571 "능률 정도, 근태 상황, 건강상태 조사"192 자료 등 노동과정 전반에 걸친 다양한 형태의 지식이 그 관리자에게 독점된다. 이 독점된 지식은 숙련노동자를 해체하고 공장 외부로 축출하는 테크놀로지로 사용되며, 생산 효율성을 극대화시키는 통제 테크놀로지로 응용되기도 한다.

요컨대 산업합리화는 "기계를 일신하는 동시에 사람까지 일신"87함으로써, 기존 계급의 기술적 구성을 탈구성하여 새롭게 재구성하고자 했

련을 받은 고급노동자 계층으로서 공장노동자 계층과는 구별되며, 다만 그들과 함께 집계되고 있을 따름이다. 이 분업은 순전히 기술적인 성격을 띠고 있다." 위의 책, 564~565면.

68 해리 브레이브맨은 테일러의 '과학적 관리'를 실행과 구상의 분리, 독점적인 지식 관리, 체계적인 숙련 파괴라는 3원리로 파악하고, 이것이 노동자들과 노동과정을 통제하고 관리하는 성격을 지니고 있다고 파악한다. 해리 브레이브맨, 이한수·강남훈 역, 『노동과 독점자본—20세기에서의 노동의 쇠퇴』, 까치, 1987, 105~112면 참조.

다. 말하자면 그람시가 「미국주의와 포드주의」에서 언급한 상황과 유사한 필요, 즉 "합리화로 인하여 새로운 작업과 생산과정에 어울리는 새로운 유형의 인간을 양성해야 할 필요"[69]가 요청되기 시작했던 것이다. 그리하여 기존의 숙련된 노동자가 부분적으로나마 수행하고 있었던 구상과 실행을 분리하고, 구상의 영역을 특화하여 관리, 감독, 통제를 담당하는 영역을 구축하는 한편, 이를 담당할 새로운 주체들, 예컨대 기술자나 관리감독자, 경영자를 배치했다.[70]

『황혼』에서는 노동의 기술적 구성과 더불어 정치적 구성도 일정 정도 변화한다. 지식인 사회주의자의 모습을 지닌 '경재'는 변화해 가는 사회와 세상 속에서 갈피를 잡지 못하는 인물로 형상화된다. 경재가 "학창學窓에서 생각던 세상과 지금 실지로 다닥친 세상은 아주 딴판"29~30이었고, 또 "학교에서 나온 후 아무 한 일도 없이 지나온 요즈음 한 달 사이에 세월은 그의 눈앞에 일찍 생각해 보지 못한 알 수 없는 세상을 펼쳐주었다."30 '경재'는 와세다早稻田대학 정치과를 졸업하고 다시 조선으로 돌아온 상황이었는데, "대체로 어찌 될 세상인지 어떻게 해야 옳을 인생인지 요새는 갈피를 출 수가 없다"30는 심정을 피력한다. 이러한 무력감은 당시 중일전쟁 등과 같이 가파르게 격변하고 있었던 현실 정세에서 기인하는 것이기도 했지만, 한편으로 탈구성 / 재구성되고 있었던 계급

69 안토니오 그람시, 이상훈 역, 『그람시의 옥중수고』 1, 거름, 1999, 343면.

70 이와 관련하여 다음의 서술을 참조할 수 있다. "윌리엄 츠츠이(William M. Tsutsui)의 연구는, 테일러주의로도 잘 알려져 있는 미국의 과학적 관리법이 전문경영자나 기술자에게 위치를 부여했으며 자본 소유자를 대신해 경제적인 기업경영에 종사하도록 강력하게 장려했다는 사실을 명확하게 밝혔다. 미국에서나 일본에서도 경영관리 전문가는 '산업에서의 과학적 중립성과 그 수행자 — 기술자와 근대적 경영자에 대한 신용'을 자주 표명한다." 빅터 코쉬만, 이종호 역, 「테크놀로지의 지배 / 지배의 테크놀로지」, 사카이 나오키 외, 『총력전하의 앎과 제도 1933~1955』 1, 소명출판, 2014, 166면.

구성과도 부분적으로 관련된 것이기도 했다. 『황혼』에서 나타나는 '경재'의 현실 인식과 실천에 대한 무력감, 즉 과거와 달리 정치적 전위로 더 이상 그 기능을 발휘할 수 없게 된 지식인 계층은 강경애의 『인간문제』『동아일보』, 1934.8.1~12.22에서도 전향하는 '신철'의 형상으로 변주되기도 한다. 이러한 현상은 통상적으로 지식인 계층의 이중성에서 기인하는 것으로 말해지곤 하는데, 당시 계급 구성의 변화와 관련하여 이해해 볼 지점도 있다. 1929년 대공황을 거쳐 1930년대로 접어들면서 식민지 조선의 자본과 통치 권력은 계급의 기술적 구성을 해체함으로써 정치적 구성에도 변화를 주었으며, 또한 법적 장치를 통해 직접적으로 그 정치적 구성을 파괴하기도[71] 했다. 다시 말해 당시 노동운동과 사회주의운동을 견인했던 전위 중심의 조직화 모델이 기술적·정치적 차원에서 침식되고 있었던 것이다. 이 과정에서 기술적 구성의 전위는 해고당하여 공장 외부로 축출되거나 새로운 계층으로 등장하면서 노동자 계급 대중과 분리되는 경향이 나타나기 시작했다. 이와 마찬가지로 정치적 구성의 전위도 사법적 탄압과 전향 공작 등으로 말미암아 사상 및 운동을 포기하거나 비합법적 지하로 잠적하지 않으면 안 되는 조건에 놓여, 대중과의 결합이 점점 어려워졌다. 「총동원」 등에서도 살펴보았듯이, 이러한 기술적·정치적 구성의 탈구성 / 재구성은 일반적인 노동자 다수와 구분되는 '정급직공', 달리 말해 기술자나 기술관료, 나아가 관리자 등과 같은 존재 — 가령 김남천의 『사랑의 수족관』『조선일보』, 1939.8.1~1940.3.3

71 일제시대 사법적 탄압 및 전향 유도는 정치적 전위를 침식·붕괴시켰다. 치안유지법(1925)이 공포·시행된 이래로 제1차 공산당 사건(1925), 조선공산당 재건 사건(1930), 카프 제1차 검거 사건(1931), 카프 제2차 검거 사건(1934) 등을 통해 전위에 대한 사법적 탄압이 지속적으로 가해졌다. 그리고 조선사상범보호관찰령(1936)이 공포·시행됨으로써 정치적 전위에 대한 전향 작업이 가속화되었다.

에 등장하는 토목기사 '김광호'와 같은 존재 — 가 가시화되고 있던 상황과 결부하여 이해해 볼 수 있을 것이다.

"동경 유학 당시 뜻을 같이하던 친한 동무"381라는 표현에서 시사되듯이, 『황혼』의 '경재'와 '형철'은 사회주의적 전망을 공유했던 지식인 청년들로 서술된다. 하지만 이후 이들의 행보는 서로 달라지는데, '경재'가 계급의 외부에 머물러 있는 반면, '형철'은 공장으로 들어가 대중적 층위에서 활동하게 된다. 하지만 전위가 되려는 지식인이 대중 속으로 진입하는 일은 과거에 비해 점점 더 어려워지고 있었다. 『황혼』에서 묘사된 것처럼, 사상범 전과가 있는 '형철'은 쉽사리 취업이나 운동을 하지 못하는 상황이었다. 그는 남의 호적을 빌려 질소공장 직공 채용시험에 응시하여 여러 단계의 시험을 통과하지만, 마지막 구술시험에서 사상을 의심받아 탈락한다. 이처럼 사회주의적 전위를 지향했던 존재를 공장에서 차단하고 제거하며 고립시키기 위한 정책들[72]이 치밀해지는 가운데, 일반적인 노동자들과 절연되는 상황이 일상화되었다. 그리하여 1930년대 중후반 노동소설에서는 사회주의적 전위를 지향했던 지식인들이 공장과 사회에서 고립되어 무기력해지거나 방황하는 경향이 두드러진다.

72 이북명의 「현대의 서곡」(『신조선』, 1936.1)과 한인택의 「해직사령」(『신동아』, 1936.2) 등에서 나타나듯이, 사회주의적 전위를 차단하기 위한 취업시험과 공장 내 축출은 매우 정교해진다. 그리고 조선사상범보호관찰령(1936) 등의 법적 장치로 인해, 사회주의자의 활동은 더욱 위축되어 갔다.

5. 맺음말

1920년대 접어들면서 카프 작가들을 중심으로 노동소설이 창작되기 시작했고, 초기 노동소설에서는 노동자, 빈자, 제국주의에 대항하는 식민지 원주민 등 프롤레타리아의 형상화는 자연스럽게 이루어졌지만, 구체적인 노동과정에 대한 재현은 드물었다. 그렇기에 공장에서 억압당하는 피해자로서의 수동적 형상과 각성하여 투사로 나서는 능동적 형상 모두 설득력 있게 그려지지 못하는 경우가 많았다. 1920년대 노동소설에서는 '노동'이라고 하면 떠올릴 법한, 근대적 공장을 배경으로 하여 노동을 수행하는 모습이 잘 나타나지 않는다. 즉, 이 무렵 노동소설에서 형상화되는 공장은 기존의 수공업에 기반을 둔 노동을 그대로 수행하면서 그 규모만 확장시켜 놓은 경우가 많았다. 이 시기 공장에서의 노동과정은 노동자들이 일정한 공정을 장악하여 자율성을 발휘하고 있었던 것으로 그려지며, 그러한 자율성을 바탕으로 파업과 같은 정치적 행위에서도 강한 힘들을 발휘했던 것으로 형상화된다.

그런데 세계대공황을 거치고 1930년대로 접어들어 산업합리화라는 정책이 식민지 조선에 실시되면서, 노동소설에서도 공장 내 산업합리화를 둘러싼 다층적인 문학적 재현이 시도되었다. 이는 여러 노동소설에서 공통적으로 두드러진 현상이었다. 이 무렵 노동소설들에서는 산업합리화라는 지배의 테크놀로지로 인해 촉발된 공장 내 억압과 갈등, 그리고 그에 대한 노동자의 대응과 이후 노동의 재편 양상 등이 서사를 이끄는 주요한 축으로 작용하였다. 그리고 '합리화'라는 말이 일종의 유행어가 되었을 정도로 산업합리화와 관련된 논의도 여러 층위에서 담론화되면서 세간의 이목을 집중시켰다.

산업합리화라는 슬로건 하에 자동화 기계의 도입이 본격화됨에 따라 노동은 물론이고 노동자의 계급 구성에도 변화가 가속화되었다. 기계의 도입으로 해고자가 양산되면서 실업의 공포가 야기되었고, 노동자를 기계에 종속시키는 형태로 노동과정이 재편되었기 때문이다. 이는 달리 말하면 노동과정에서 노동자들이 자율성을 상실해 가는 것을 의미했으며, 파업과 같은 정치적 행위를 만들어 내는 능력 또한 약화되는 것을 의미했다. 그런 가운데 노동운동과 사회주의운동의 조직화에서 주요한 기반이었던 기술적·정치적 전위가 침식되기 시작했다. 증가하던 기술자들은 자동화 기계의 도입으로 통상적인 노동자들과 분리되어 사회 내에서 새로운 계층으로 부상했고, 이는 일제 말기 소설들에서 등장하는 기술자들의 전신前身으로 자리매김했다. 즉, 산업합리화 정책으로 인해 노동의 자율성과 계급투쟁의 전투력이 약화되었으며, 자본에의 노동의 포섭 정도와 제국 일본에의 식민지 조선의 포섭 정도는 점차 심화되었다. 이는 갈등과 모순을 넘어 적대의 정도가 심화되는 것을 의미하기도 했다. 일제 말기로 접어들면서 저항과 적대의 선들은 새롭게 그어지고 교차하면서 기존과는 다른 중층적인 전선을 형성하게 될 예정이었다. 이에 관한 논의는 후속 연구를 통해 기약하도록 하겠다.

참고문헌

기본자료

『農民』, 『동아일보』, 『매일신보』, 『朝鮮』(조선문), 『조선일보』

김영팔, 「송별회」(『조선지광』, 1929.11), 안승현 편, 『일제강점기 한국노동소설 전집』 1, 보고사, 1995.

송영, 「늘어가는 무리」(『개벽』, 1925.7), 안승현 편, 『일제강점기 한국노동소설 전집』 1, 보고사, 1995.

____, 「용광로」(『개벽』, 1926.6), 안승현 편, 『일제강점기 한국노동소설 전집』 1, 보고사, 1995.

안석주, 「여사무원」(『대중공론』, 1930.3~6), 안승현 편, 『일제강점기 한국노동소설 전집』 2, 보고사, 1995.

유광렬, 「어린 직공의 사(死)」(『동아일보』, 1920.1.2), 안승현 편, 『일제강점기 한국노동소설 전집』 1, 보고사, 1995.

유진오, 「오월의 구직자」(『조선지광』, 1929.9), 안승현 편, 『일제강점기 한국노동소설 전집』 1, 보고사, 1995.

윤기정, 「양회굴뚝」(『조선지광』, 1930. 6), 안승현, 편, 『일제강점기 한국노동소설 전집』 2, 보고사, 1995.

이기영, 「민며느리(금순의 소전)」(『조선지광』, 1927.6), 안승현 편, 『일제강점기 한국노동소설 전집』 1, 보고사, 1995.

______, 「종이 뜨는 사람들」(『제일선』, 1930.4), 안승현 편, 『일제강점기 한국노동소설 전집』 2, 보고사, 1995.

이북명, 「질소비료공장(初陣)」(『文學評論』, 1935.5.3), 『일제강점기 한국노동소설 전집』 3, 보고사, 1995.

______, 「오전 3시」(『조선문단』, 1935.6), 안승현 편, 『일제강점기 한국노동소설 전집』 3, 보고사, 1995.

이적효, 「총동원」(『비판』, 1931. 9), 안승현 편, 『일제강점기 한국노동소설 전집』 2, 보고사, 1995.

한설야, 「그 전후」(『조선지광』, 1927.5), 안승현 편, 『일제강점기 한국노동소설 전집』 1, 보고사, 1995.

______, 「과도기」(『조선지광』, 1929.5), 안승현 편, 『일제강점기 한국노동소설 전집』 1, 보고사, 1995.

한설야, 「씨름」(『조선지광』, 1929.8), 안승현 편, 『일제강점기 한국노동소설 전집』 1, 보고사, 1995.

______, 『황혼』, 영창서관, 1940.

논문 및 단행본

강만길·최윤오·박은숙·곽건홍·하원호, 『한국노동운동사 1－근대 노동자 계급의 형성과 노동운동 / 조선후기~1919』, 지식마당, 2004.

강이수, 「1930년대 면방대기업 여성노동자의 상태에 대한 연구－노동과정과 노동통제를 중심으로」, 이화여대 박사논문, 1992.

곽건홍, 『日帝의 勞動政策과 朝鮮勞動者』, 신서원, 2001.

김경일, 「고무 노동자의 상태와 노동 운동」, 『한국 근대 노동자와 노동 운동』, 문학과지성사, 2004.

김영근, 「세계 대공황기 노동력의 성격과 파업투쟁」, 『역사와 현실』 11, 한국역사연구회, 1994.3.

김영숙, 「일제시대의 노동소설 연구－1925~1935년에 나온 공장을 배경으로 한 단편소설을 중심으로」, 건국대 석사논문, 1990.

김장원, 「1920~30년대 노동소설 연구－서술자와 인물을 중심으로」, 서강대 석사논문, 1992.

김재용, 「일제하 노동운동과 노동소설」, 『민족문학운동의 역사와 이론』, 한길사, 1990.

김제정, 「1930년대 전반 조선총독부 경제관료의 '지역으로서의 조선' 인식」, 『역사문제연구』 22, 역사문제연구소, 2009.10.

박대호, 「노동문학의 현실성과 목적성」, 김윤식·정호웅 편, 『한국문학의 리얼리즘과 모더니즘』, 민음사, 1989.

박순원, 「식민지 공업 성장과 한국 노동계급의 등장」, 신기욱·마이클 로빈슨 편, 도면회 역, 『한국의 식민지 근대성－내재적 발전론과 식민지 근대화론을 넘어서』, 삼인, 2006.

방기중, 「1930년대 朝鮮 農工併進政策과 經濟統制」, 『東方學志』 120, 연세대 국학연구원, 2003.6.

배상미, 『혁명적 여성들－프롤레타리아 문학의 젠더, 노동, 섹슈얼리티』, 소명출판, 2019.

배성준, 「日帝下 京城지역 工業 硏究」, 서울대 박사논문, 1998.

______, 「일제말기 통제경제법과 기업통제」, 『韓國文化』 27, 서울대 규장각한국학연구원, 2001.6.

______, 『한국 근대 공업사 1876~1945』, 푸른역사, 2022.

서형실, 「식민지 시대 여성노동운동에 관한 연구－1930년대 전반기 고무제품 제조업과 제사업을 중심으로」, 이화여대 석사논문, 1990.

손유경, 『고통과 동정－한국 근대소설과 감정의 발견』, 역사비평사, 2008.

손유경, 『프로문학의 감성 구조』, 소명출판, 2012.
유진식, 「일본에 있어서 관민협조체제 「법」의 역사적 전개」, 『행정법연구』 3, 행정법이론실무학회, 1998.10.
이상의, 『일제하 조선의 노동정책 연구』, 혜안, 2006.
이수일, 「1920~30년대 산업합리화 운동과 조선 지식인의 현실 인식」, 『역사와 실학』 38, 역사실학회, 2009.4.
이승렬, 「1930년대 전반기 일본군부의 대륙침략관과 '조선공업화'정책」, 『國史館論叢』 67, 국사편찬위원회, 1996.6.
이종호, 「혈력(血力) 발전(發電 / 發展)의 제국, 이주노동의 식민지－니가타현(新潟縣) 조선인 학살사건과 염상섭」, 『사이間SAI』 16, 국제한국문학문화학회, 2014.5.
임화, 「世界經濟恐慌의 發展과 勞働者階級의 新狀態」, 『신계단』 1(6), 1933.3.
정근식, 「서장－식민지 일상생활 연구의 의의와 한계」, 공제욱 · 정근식 편, 『식민지의 일상, 지배와 균열』, 문화과학사, 2006.
정병욱, 「1918~1937년 朝鮮殖産銀行의 資本形成과 金融活動」, 『韓國史研究』 79, 한국사연구회, 1999.12.
조현일, 「1920~30년대 노동소설 연구」, 서울대 석사논문, 1991.
차승기, 『식민지 / 제국의 그라운드 제로, 흥남』, 푸른역사, 2022.
천정환, 「세기를 건넌 한국 노동소설－주체와 노동과정에 대한 서사론」, 『반교어문연구』 46, 반교어문학회, 2017.8.
최은혜, 「'아픈 몸'과 계급－식민지기 프롤레타리아 소설의 질병과 장애 재현」, 『현대소설연구』 89, 한국현대소설학회, 2023.3
______, 「'노동자의 몸'에 대해 쓰기－송영과 이북명 소설의 직공 재현과 신체성」, 『현대소설연구』 96, 한국현대소설학회, 2024.12.
하정일, 「식민지시대 노동자소설의 변모 양상」, 『식민지시대 노동소설선』, 민족과문학, 1988.
하종문, 「일본의 쇼와공황과 민주주의의 엇박자」, 『역사비평』 87, 역사문제연구소, 2009.5.
한기형 · 이혜령 편, 『염상섭 문장 전집』 I, 소명출판, 2013.
______, 『염상섭 문장 전집』 II, 소명출판, 2013.
홍덕구, 「1920~30년대 한국 근대소설의 과학 · 기술 표상－'과학적 시간성'과 '기술적 속도'에 대한 대응을 중심으로」, 동국대 박사논문, 2021.

사계절 편집부 편역, 『韓國近代經濟史研究－李朝末期에서 解放까지』, 사계절출판사, 1983.
成田龍一, 이규수 역, 『다이쇼 데모크라시』, 어문학사, 2012.

塚田一三,『産業合理化論』, 日本出版社, 1942.

平井一臣,「세계공황과 제국일본」,『한국사학보』 38, 고려사학회, 2010.2.

Braverman, Harry, 이한주·강남훈 역,『노동과 독점자본－20세기에서의 노동의 쇠퇴』, 까치, 1987.

Cleaver, Harry, 이원영·서창현 역,「마르크스주의 이론에 있어서의 계급 관점의 역전」,『사빠띠스따』, 갈무리, 1998.

Dyer-Witheford, Nick, 신승철·이현 역,『사이버-맑스－첨단기술 자본주의에서의 투쟁주기와 투쟁순환』, 이후, 2003.

Gramsci, Antonio, 이상훈 역,『그람시의 옥중수고 1』, 거름, 1999.

Harvey, David, 황성원 역,『자본의 17가지 모순－이 시대 자본주의의 위기와 대안』, 동녘, 2014.

Koschmann, Victor, 이종호 역,「테크놀로지의 지배 / 지배의 테크놀로지」, 酒井直樹 외,『총력전하의 앎과 제도 1933~1955』 1, 소명출판, 2014.

Marx, Karl, 김수행 역,『자본론 I(하)』(제2개역판), 비봉출판사, 1994.

비행기, 총, 독가스와 '자유비상익自由飛上翼'

『별나라』 소재 과학문과 문예물을 통해 본 사회주의적 테크놀로지 인식·재현의 문제

홍덕구

1. 들어가며

'소년소녀문예과학잡지' 『별나라』와 사회주의적 테크놀로지 인식·재현

이 글의 목적은 문학·문화텍스트에 나타난 사회주의적 테크놀로지 인식 / 재현의 양상을 탐색하는 것이다. 이를 위해 1926년부터 1935년까지 약 10년간 발행통권 80호[1] 되었던 아동잡지 『별나라』 소재 과학기술 관련 기사를 분석함으로써 사회주의적인 테크놀로지 인식 / 재현이 이른바 문명개화와 과학기술만능주의에 기반한 주류적 테크놀로지 담론[2]

1 해방 이후의 복간판까지 합치면 통권 83호가 된다.

2 김우필·최혜실은 식민지 조선의 과학·기술 담론에 대한 근대성이 인문적 합리성보다 과학적 합리성을 일차적으로 추구하게 되었으며, 나아가 과학적 합리성조차 비판적 합리성을 잃고 산업자본주의의 자본재를 생산하는 생활과학, 즉 기술주의로 치닫게 되었다고 분석하였다. 김우필·최혜실, 「식민지 조선의 과학·기술 담론에 나타난 근대성-인문주의 대 과학주의 합리성 논의를 중심으로」, 『한민족문화연구』 34, 한민족문화학회, 2010, 254면. 또한 한국 근대소설에서 형상화된 과학기술만능주의에 관해서는 홍덕구, 「1920~30년대 한국 근대소설에 나타난 과학·기술 표상-'과학적 시간성'

과 구별되는 지점을 살피고자 한다.

『별나라』의 매체적 성격에 대해서는 선행연구를 통해 여러 차례 논의된 바 있다. 이재철이 『별나라』를 계급주의적 경향의 매체로 규정[3]한 이래 여러 논의가 이 관점을 받아들여 재생산하였다. 이는 송영, 박세영, 임화 등 카프의 주요 멤버들이 『별나라』의 편집과 운영에 깊이 개입했던 사정, 그리고 사회주의 성향의 글이 지면에서 두드러지는 경향에서 비롯된 평가라고 하겠다. 그러나 2010년대 이후의 연구들은 천사동심주의에 가까운 아마추어 필자들의 시대1920년대와 카프가 적극적으로 개입한 이후 계급주의적 노선을 표방한 시대1930년대를 분리하여 접근하고 있다.[4] 이 글에서는 1930년대 『별나라』를 중심에 두고 논의를 진행하되, 초창기1926~1929 권호에 나타난 천사동심주의적 테크놀로지 인식 또한 대조군으로서 함께 살핌으로써 사회주의적 테크놀로지 담론의 외곽선을 보다 선명하게 가시화하고자 한다.

이 글이 『별나라』를 분석의 대상으로 삼은 이유는 '과학'이라는 키워드가 매체의 전면에 내세워진 시점이 카프의 개입 시기와 일치하므로 사회주의적 테크놀로지 인식·재현의 문제를 살피기에 적합하다고 판단했기 때문이다. 선행연구가 지적했듯 『별나라』 창간호1926에는 '소년소녀문예'라는 제호가 사용되었으나, 1929년에는 '소년과학문예잡지', 1931년에는 '소년소녀문예과학잡지'라는 제호로 바뀌며 '과학'이 매체의 주요 키워드로 부각되었다.[5] 이는 카프의 개입으로 인한 『별나라』

과 '기술적 속도'에 대한 대응을 중심으로」, 동국대 박사논문, 2021을 참조할 수 있다.

3 이재철, 『한국현대아동문학사』, 일지사, 1978.

4 이러한 관점에 입각한 대표적 연구로는 원종찬, 「1920년대 『별나라』의 위상－남북한 주류의 아동문학사 인식 비판」, 『한국아동문학연구』 23, 한국아동문학회, 65~104면.

5 정진헌, 「1930년대 과학교양과 『별나라』」, 『동화와 번역』 41, 건국대 중원인문연구소,

의 변화에서 '과학'이라는 개념 / 범주 / 지식체계가 핵심적 역할을 수행했음을 보여준다. 단, 제호에 사용된 '과학'이란 자연과학과 사회과학을 모두 포괄하는, 대상에 대한 객관적 관찰을 방법론으로 삼는 넓은 의미에서의 '과학Science'일 것이다. 이 글이 살피고자 하는 근대 자연과학Natural Science의 구현으로서의 과학기술Scientific Technology을 변별하기 위해선 보다 세밀한 접근이 필요하다.

마르크스는 과학기술의 발달이 노동을 소외시킬 것을 경고하면서도 기술과 기계의 효용 자체를 적대시하지는 않았다. 증기기관, 철도, 기선, 전신 등 마르크스가 살았던 시대에 발달했던 기술들은 프롤레타리아트를 억압하는 수단이 되기도 했지만, 동시에 혁명의 수단으로 사용될 수 있는 것들이기도 했다. 그에게 있어서 기술은 계급 간의 투쟁 과정에서 사용되는 '무기'였으며, 따라서 필연적으로 정치적 성격을 가질 수밖에 없는 것이었다.[6] 카프 개입기1930년대의 『별나라』 소재 과학기술 관련 기사에서도 이러한 마르크스주의적 기술관觀에 입각한 서술들이 발견된다. 자동차, 비행기, 기차 등 식민지 조선에 도입된 테크놀로지가 식민권력과 부르주아지에 의해 계급적 억압의 수단으로 전용되고 있음을 비판함과 동시에 계급투쟁의 무기로 이용될 수 있다는 가능성을 제시하고 있는 것이다. 이는 이과 실험을 '마술요술', 즉 경이로움으로 소개함으로써 과학에 대한 아동 독자들의 흥미를 유발하고 과학 대중화를 지향했던 『어린이』의 전략[7]과는 분명히 변별되는 지점이다.

2021, 328면.

6 홍성욱·이장규, 『공학기술과 사회』, 지호, 2006, 92면.

7 한민주, 「스펙터클한 마술과 공감의 과학이 갖는 의미 연구-1920~30년대 『어린이』를 중심으로」, 『동아시아문화연구』 90, 한양대 동아시아문화연구소, 2022, 21~26면.

다만, 이 문제는 기사의 유형 및 창작자의 입장에 따라 정밀하게 분류해 가며 살펴야만 한다. 예컨대 필진에 의해 쓰인 상대성원리나 전기의 원리를 설명하는 기사와 독자 투고란에 실린 사치재로서의 자동차, 비행기를 비판하는 동시를 '사회주의적 테크놀로지 인식 / 재현'이라는 범주로 묶기엔 간극이 너무 크다. 따라서 이 글에서는 『별나라』 소재 과학기술 관련 기사를 세 가지 하위 범주로 나눠 살피고자 한다. 첫 번째는 사회주의 이념에 입각해 계급적 / 관습적으로 재현된 테크놀로지와 그에 대한 비판의 담론이다. 여기에는 자동차, 기차, 비행기와 같은 이동의 테크놀로지들, 그리고 전기, 공장의 생산기계와 같은 산업의 테크놀로지가 포함된다. 두 번째는 테크놀로지의 사회주의적 / 혁명적 전유 가능성을 제시하는 글들이다. 세 번째는 사회주의적 테크놀로지 인식을 서사화한 글들이다. '과학소설'이라는 레테르를 달고 연재된 박세영의 소설 「아하마의 수기」에 나타난 투명피투명망토, 자유비상익, 전사기電射機·전자총 등의 테크놀로지들이 여기 속한다. SFScience Fiction적 상상력이 가미된 이 테크놀로지 재현은 텍스트의 계급주의적 내러티브와 만나 전복적 기능을 수행한다.

2. 계급적 / 관습적 테크놀로지 재현과 그에 대한 비판

『별나라』 소재 과학기술 관련 기사에서 가장 빈번하게 등장하는 테크놀로지는 자동차, 기차, 비행기와 같은 이동의 테크놀로지이다. 매체가 본격적인 계급주의 노선을 지향하기 전인 1920년대부터 증기기관차의 발명자를 소개하는 「스티분손」1927년 6월호, 비행기를 타고 해태양나라, 달나라, 별나라 등을 탐방하는 「해太陽나라 구경」연성흠, 1928년 4월호, 「이천사만리의 大空을 돌파하고 달나라 실지탐험기」이정호, 1928년 4월호, 「구름나라 탐방기」박세영, 1928년 4월호, 「별나라를 탐험하고」김병호, 1928년 4월호, 비행기의 발명과 발달에 얽힌 일화들을 소개하는 「비행기」맹우영, 1929년 7월호 등이 실렸다. 이중 「스티븐손」이나 「비행기」의 경우 아동들에게 전범이 될 만한 과학기술 관련 인물을 소개하거나 박물博物로서의 기계를 설명하는 글이다.

「비행기」가 실린 1929년 7월호는 '소년과학문예잡지'라는 제호를 사용한 첫 번째 권호이기도 하다. 따라서 이 기사는 『별나라』가 '과학'이라는 개념을 지면상에서 구체화하는 방식을 살피는 단초가 된다.

> 사람이 살랴면 먹어야하고 입어야한다지요. 들짐승이나 날짐승을 잡아먹고 자연이 나는 초근목피를 먹고살든 옛날에 비하야 지금은 여러가지 화학적 작용으로 만든 음식을 먹게 되었습니다. 입은 의복만 하더라도 짐승의 껍질을 입거나 나무잎으로 몸을 가리고 다니던 옛날에 비하야 지금은 나무껍질의 섬유나 짐승의 털로 교묘하게 옷감을 짜내게 되었습니다. 세상이 이만큼 점점 발달되어 갈수록 의식주의 발달도 무서운 변천을 해왔습니다. 지상으로 다니던 인간이 지금은 공중 수중 지하를 마음대로 다닐 수 있게 되었으니 이 모-든 것이 과학의 발달이 아니랄 사람이 누가 있겠습니까.[8]

이 글의 필자인 맹우영에 대해서는 1927년 12월 11일 자 『매일신보』에 「검님께 呼訴」라는 제목의 시를 기고한 것이 남아 있을 뿐,[9] 생애사

8 맹우영, 「비행기」, 『별나라』, 1929년 7월호, 31면.
9 『매일신보』에는 '長律 孟雨影'으로 표기되어 있고 『별나라』에는 '맹우영'으로 표기되

적 사실을 찾을 수 없었다. 따라서 그가 이공학을 전공했는지 여부, 그리고 어느 정도의 이공학적 지식을 갖고 있었는지 또한 알기 어렵다. 기사의 내용 역시 '항공대왕 린드버그', '조선의 비차飛車' 등 다른 매체에서도 찾아볼 수 있는 내용의 나열에 가깝다. 인용된 글의 서두를 보면 계급주의적 인식이나 유물변증법적 역사관의 반영보다도 과학의 발달에 대한 경탄이 부각된다. 과학의 발달로 인해 식생활, 의복, 이동수단 등 생활의 모든 영역이 극적으로 변화했다는 것이다. 비행기는 이처럼 눈부신 과학의 발달을 나타내는 표상이 된다.

한편 1930년대로 접어들며 『별나라』가 본격적인 계급주의 노선을 표방하기 시작하면서 테크놀로지 인식과 재현에도 변화가 생긴다. 편집인 안준식은 1930년 10월호 편집후기에서 "그전에는 달콤한 문예품이나 덮어놓고 재미만 있는 옛날이야기나 우리들과 관계없는 욕심쟁이인 영웅전기 같은 것도 실어 왔지만 지금부터는 우리들의 살림살이와 또는 잘 살아보자는 운동과 관계가 없는 것이며는 절대로 실치를 아니하기로 하였다"[10]고 썼다. 이러한 변화는 테크놀로지를 소재로 삼은 동요·동시 작품에서 특히 두드러진다.

와르르 / 비행긔떳네 / 제비보다도놉히떠서 / 새파란한울을 것침업시나르네 / 아이고 저비행긔탄사람 조키도하겟지 / 저비행긔탄사람 누군줄아나 / 우리땅임자 지주영감탓다네 / 저영감은 돼지갓치살찐영감 / 저비행긔 무거워서안떠러질가 / 저영감 일도안코저러케 비행긔만타고단겨도 / 무얼먹고 그럿케 살찐줄아나? / 와르르 와르르 / 저비행긔야 나두점타잣구나 / "무거운영

어 있다.

10 안준식, 「편집후기」, 『별나라』, 1930년 10월호, 65면.

감 집어던지고 내가좀타자고" / 그러나 못드른체 다라만가는구나 / 너도 턱찍기 양과자나 비러먹는가보구나 / 어듸보자! 어듸보자! 어듸보자구[11]

필자인 오경호는 황해도 재령군 출신으로 1927년 『신소년』에 작품을 발표하며 데뷔하였고 1930년에 발간된 『소년소설육인집』에 「그 소년의 편지」, 「불상한 소녀」, 「어린 피눈물」이라는 세 편의 작품을 수록하기도 한 계급주의 성향의 문인이다.[12] 인용문에서 볼 수 있듯 오경호의 시 「비행긔」는 위에서 살핀 맹우영의 글과는 완전히 다른 관점으로 비행기라는 테크놀로지를 재현하고 있다.

처음 다섯 개 행에서는 "제비보다도 높이 떠서", "거침없이 날으는" 비행기에 대한 경탄과 선망"좋기도 하겠지"이 엿보인다. 그러나 6행부터는 논조가 완전히 전환되어, 비행기 테크놀로지의 계급편향성에 비판이 전개된다. 현실적으로 비행기에 탈 수 있는 것은 "돼지같이 살찐 영감", 즉 지주계급 뿐이므로 무산계급인 화자(나)로서는 비행기를 마냥 동경할 수만은 없는 것이다. 이는 비행기 자체를 계급화하여 비판"너도 턱찍기 양과자나 빌어먹는가보구나"하는 16행과 17행, 체제 전복을 암시하는 마지막 18행"어듸보자! 어듸보자! 어듸보자구"으로 발전한다. 흥미로운 것은 화자가 비행기에 대한 욕망을 포기하지 않는다는 점이다. 13행과 14행의 "저비행긔야 나두점타잣구나 / 무거운영감 집어던지고 내가좀타자고"라는 서술에서는 비행기가 제공하는 속도와 고도高度의 쾌快를 '나'도 누리고 싶다는 욕망이 드러난다. 부르주아지의 전유물이자 사치재가 된 비행기 테크놀로지를

11 오경호(吳京昊), (시)「비행긔」, 『별나라』, 1930년 11월호, 40면.

12 박태일, 「1930년대 한국 계급주의 소년소설과 『소년소설육인집』」, 『현대문학이론연구』 49, 현대문학이론학회, 2012, 192면.

비판하면서도, 그것을 완전히 폐기하는 것이 아니라, '나'도 향유하고 싶다는 욕망을 솔직하게 드러내고 있는 것이다. 이러한 태도는 테크놀로지에 대한 마르크시즘적 입장, 즉 부르주아지가 이용하면 억압의 도구가 되지만 프롤레타리아트가 소유하면 혁명과 진보의 수단이 된다는 입장을 떠올리게 한다. 다만, 이 시에서 비행기에 대한 화자의 욕망은 이념이나 운동과 관련된 것이라기보단 테크놀로지에 매혹된 근대인의 욕망에 가까워 보인다. 테크놀로지를 향한 이러한 욕망의 이중성은 1930년대 『별나라』 소재 과학기술 관련 기사에서 반복적으로 나타난다.

다음으로 살펴볼 것은 육상교통의 대표적인 테크놀로지인 기차철도와 자동차를 소재로 삼은 시동요 작품들이다.

> 배불득이 ×장놈 태운자동차 / 뿌-ㅇ뿡 들어온다 미워죽겠네 / 밤새도록 뜬눈으로 창고직히신 / 아저씨 한참달게 주무시는데 // 까불까불 ○○손이 서긔까부러 / 아저씨를 깨워놋네 마구흔들어 / 하로라도 인사빼면 쪼겨난다나 / 어듸보자 언제든지 그럴줄아니[13]

「자동차 소리」라는 제목의 이 시는 자동차의 속도가 아닌 소리소음를 제재로 삼고 있다는 점이 흥미롭다. 무산계급 아동으로 추정되는 시의 화자는 "배불득이 ×장놈"을 태운 자동차가 낸 소리"뿌-ㅇ뿡"가 밤새 창고 지키는 일을 한 뒤 단잠에 빠진 "아저씨"[14]를 깨우는 것을 비판한다. 2

13 이구월, 「자동차 소리」, 『별나라』, 1930년 10월호, 194면.

14 『별나라』는 '아저씨'로 표상되는 성인 남성 사회주의자와 '우리', '나', '소년' 등으로 표상되는 사회주의 아동간의 연대를 지속적으로 강조한다. 이 시에서 사용된 '아저씨'라는 시어 또한 이러한 맥락에서 이해되어야 할 것이다.

행의 "미워죽겠네"라는 진술 또한 "배불득이 X장놈"과 자동차를 굳이 구분하지 않고 함께 지시하고 있다. "어듸보자 언제든지 그럴줄아니"라는 전복의 언어로 시를 마무리하고 있는 점은 동일하지만, 앞에서 살핀 「비행긔」와는 달리 이 시에서는 자동차를 향유하고 싶다는 욕망이 전혀 드러나지 않는 것이다.

필자인 이구월李久月, 1904~?은 식민지시기 부산 경남 지역에서 활동한 아동문학가로, 본명은 이석봉李錫鳳이다. 그가 카프의 맹원이었는지는 확인되지 않지만, 『신소년』, 『별나라』 등에 프로아동문학 작품을 다수 발표했고, 김병호, 엄흥섭, 양우정, 신고송, 이주홍, 손풍산 등 경남지역 문학인들과 함께 프롤레타리아동요집 『불별』1931.3을 간행한 것으로 보아 사회주의 성향의 지식인·문인이었음은 분명해 보인다.[15] 『별나라』에 실린 그의 시 작품들은 대체로 강경한 경향적 관점을 견지하고 있다. 1930년 7월호에 실린 「조심하서요」라는 시에서는 전기 테크놀로지를 소재로 삼아 전기 인프라의 설비, 유지, 보수를 담당하는 하급 기술자전선공부의 노동과 산업재해 문제를 다루기도 하였다.[16]

이처럼 테크놀로지의 효용과 위력에만 주목하는 것이 아니라, 위험성과 계급적 성격을 강조하는 동요·동시 작품은 1930년대 초 『별나라』 지면에서 드물지 않게 찾아볼 수 있다. "자동차 기차가 / 하도미워서 / 산골작이 이곳으로 / 차저왓드니 / 뚱뚱보 그놈영감 / 더욱밉고

15 박경수, 「이구월(李久月)이 나아간 아동문학의 길과 자리－광복 이전의 작품 발굴을 중심으로」, 『한국문학논총』 65, 한국문학회, 2013, 181~191면.

16 "까치들만 안고가는 전신주꼭지 / 전선공부 아저씨 용하게안저 / 압만보고 뚝닥뚝닥 일하고잇네 / 조심해요 떠러지면 어떠케해요 / 우리형님 지난겨울 굴뚝후비다 / 떠러저서 팔다리 병신됏서요 / 우리집 밥줄이 떠러젓서요 / **조심해요 떠러지면 엇덧케해요**"(마지막 행은 원문상 큰 활자로 강조되어 있음－인용자) 이구월, 「조심하서요」, 『별나라』 1930년 7월호, 24면.

나",[17] "자동차는 뻥뻥뻥 / 오고가지만 / 저속에는 뚱뚱이 / 웃음뿐이죠"[18]와 같은 동요·동시 작품에서 자동차, 기차, 전차 등의 테크놀로지를 자본주의의 표상이자 부르주아지의 지배 도구라는 계급적 대상으로 파악하는 관점이 반복된다. 테크놀로지에 대한 사회주의적 재현의 관습클리셰이 만들어진 것이다.

그런데 이러한 클리셰는 1932년도에 이르면 『별나라』의 핵심 필진이자 프로아동문학의 이론가였던 박세영에 의해 비판의 대상이 된다. 1932년 2·3월호에 실린 「고식화한 영역을 넘어서—동요·동시 창작자에게」라는 글에서 박세영은 다음과 같이 쓰고 있다.

> 즉 XX지여드러온 작품은 대개가 너무나 고식화하야 비록 제재는 다를지언정 그 귀결에 있어서는 같은 경향에로 빠지고 만다. 얼른 생각하면 이로써 더욱 효과를 낼 수 있겠다고 생각하겠으나 절대로 그런것이 아니다.
>
> 최근에 있어서 얼마나 많이 공장주나 공장고둥 또는 스트라잌만을 들어서 작품을 제작하였나? 그러나 그러타고 잘못을 범한 것은 아니다.
>
> 하여간 사회적 환경이 같은 작품을 내지 않으면 안될 필연성을 띄고 효력을 잃어버리는 태도로 자연히 그 틀을 벗어나지 못하였던 것이다.
>
> 그러면 그 결과는 무엇을 낳나? 이는 많은 독자층을 자극줄만한 효력을 잃어버리는 것이다. 즉 소화제를 먹을수록 분량은 늘어가야 효력을 발생하는 것처럼 유사한 작품의 내용으로선 웬만한 걸작이 아니면 그것도 그러쿤 이것도 그저그러쿤 하는 느낌을 준다. 우리의 시야는 너무나 좁았으며 사건을 억지로 꾸며붙였다. 이리하야 부자연한 것이 많았고 실감이 적었다.[19]

17 박병도, 「더욱밉고나!」, 『별나라』, 1931년 9월호, 52면.
18 김예지(金藝池), 「자자ㅅ줄노래」, 『별나라』, 1931년 12월호, 48면.

이 글에서 박세영은 프로동요·동시 창작자들이 '공장주', '공장고동', '스트라이크'와 같이 자극적인 소재만을 들어 작품을 제작해 왔다고 비판하며, 그것이 반복되면 독자층이 자극에 무뎌져 효력을 잃어버리게 된다고 지적한다. 물론 그가 고식화의 사례로 지적한 것은 무산계급이나 노동 현장, 농촌 현실에 대한 관습화된 재현 전체이지만, 이는 자동차, 기차, 비행기, 공장의 기계 등 테크놀로지를 소재로 한 동요·동시 작품에서도 마찬가지로 발견되는 문제이다. 박세영에게는 이처럼 관습화된 재현이 프로아동문학의 발전, 나아가 계급의식의 고취라는 목표를 달성하는 데에 오히려 방해가 된다는 인식이 있었던 듯하다. 1932년도 들어 『별나라』를 비롯한 프로아동문학잡지에 작품을 투고하는 '소년문사'들 중에 "이 잡지에서 금방 부르주아작가의 행세를 하여 부르작품을 쓰다가도 저 잡지에는 '부르주아'를 증오하고 '프롤레타리아'를 찬미하는 프로작가의 행세를 하여 프로작품을 쓰는", "회색적 변동적 작가"[20]가 많다는 비판이 제기됐던 것도 박세영이 이러한 글을 쓴 이유의 하나일 것이다. 양 진영을 오가며 글을 쓰는 작가에게 있어서 관습화된 재현의 방식만큼 편리한 도구는 없다.

박세영 스스로도 "이것은 우리조선의 도회 서울한복판 / 웃둑웃둑 한울에솟은 집들 — / 먼지를 날리는 자동차 전차 / 붉고 푸르게 빛나는 전등 — / 아아 — 그런데 이것은 또윈일이냐 / 궁전갓치 크다란은행 돌층계우에도 / 굴속갓치 어둡고추한 뒷골목에도 / 집업고 부모업는 수만흔

19 박세영, 「고식화한 영역을 넘어서 — 동요·동시 창작자에게」, 『별나라』, 1932년 2·3월호, 10~11면.

20 삼상 이고월(三長 李孤月), 「수신국 — 회색적작가를 배격하자」, 『별나라』, 1932년 1월호, 38~39면.

불상한동무들이 / 울며불며 사러간다는것은- / 고리쇠의 조그마한가슴에는 멍이들엇다"[21] 와 같은 식으로 근대의 테크놀로지를 무산계급 소외의 표상으로 제시한 바 있다. 박세영은 이러한 테크놀로지 표상이 작품의 내러티브와 분위기에 자연스럽게 녹아들어야 한다고 생각했던 듯하다.[22]

그렇다면 박세영은 자신의 작품에서 계급주의적 테크놀로지를 어떻게 '고식적'이지 않은 형태로 재현했는가? 이 문제는 4장에서 그의 '과학소설'「화성소년 아하마의 수기」에 나타난 테크놀로지 표상을 중심으로 자세히 살필 것이다.

3. 테크놀로지 표상의 사회주의적 전유

테크놀로지에 대한 이중적 인식, 즉 ① 발달된 테크놀로지가 프롤레타리아트를 착취하는 도구가 된다는 인식과 ② 가치중립적인 테크놀로지를 프롤레타리아트의 무기로서 전유해야 한다는 인식은 『별나라』 소재 과학기술 관련 기사 도처에서 발견된다. 2절에서 ①를 중심으로 살폈다면, 이 절에서는 ②의 사례들을 중점적으로 살필 것이다.

1931년 7·8월호에 실린 박철의 「소년노동강좌—소년직공과의 문답」

21 박세영, (연작소년서사시)「탈주일만리」(1), 『별나라』, 1930년 6월호.

22 1934년 2월호에 실린 글에서 임화는 『별나라』를 비롯한 프로아동문예잡지의 선구적 노력을 높게 평가하면서도 "그들의 출판물을 통하야 나날이 성장하고 있는 소년들 자신에 문학적진출 창조적활동 등에 대하야 적당한 지도와 그들의 예술적 수준을 높이기 위한 교육적 의의를 갖는 비평 등이 유감이나마 과거 우리들의 비평에서는 찾아볼 수가 없었다"고 진단한다. 임화, 「아동문학문제에 대한 이삼의 사견」, 『별나라』, 1934년 2월호.

은 잉여가치론을 설명하며 공장의 기계에 대해 다음과 같이 설명한다.

> 철수 : 그런데 공장에서 쓰는 기계와 원료에서는 이익이 생기지는 않습니까?
>
> 선생 : 그렇지가 결코 않다! 그런데 하루 기계가 이 원의 치가 달고 원료를 백 원어치를 쓴다면 백이원의 가치가 되어 고무신 값속에 옮겨들어가는 것이다. 하여튼 기계 원료 설비 그런데서는 이익을 볼 수가 없는 것이다.
>
> 철수 : 아 그렇습니까. 자세 알았습니다. 그렇다면 공장주인이 자꾸 돈을 모으는 것은 우리들 품삯에 대한 것 말고도 공짜일을 함부로 시키는 때문입니다 그려![23]

소년 노동자인 철수와 선생의 대화로 구성된 이 글에서 선생은 철수에게 잉여가치가 발생하는 원리를 설명하고 있다. 그런데 이 글에서 기계는 토지, 건물과 같은 영구적 생산수단이 아니라 소모되는 것으로 설명된다는 점이 흥미롭다. "하루 기계가 이 원의 치가 달"게 되면, 그 이 원의 가치는 상품의 가격에 포함되게 된다는 것이다. 따라서 자본가공장주인가 이윤을 축적할 수 있는 것은 오직 노동자의 임금, 즉 노동 가치에 대한 평가절하를 통해서만 가능하다. 물론 실제로는 기계의 설비비용보다 기계가 생산하는 잉여가치가 훨씬 더 크지만, 아동 독자에게 잉여가치론을 설명하기 위해 다소 단순하게 도식화된 설명으로 보인다. 이러한 도식에서 기계에는 감정이나 정서, 정동이 달라붙을 여지가 없다. 비판과 분노는 기계가 아닌 공장주인자본가을 향한다.

---

23 박철, 「소년노동강좌 – 소년직공과의 문답」, 『별나라』, 1931년 7·8월호.

그런데 실제 노동현장에서 기계와 일상적으로 접촉하는 노동자들의 감정을 다룬 문예물에서는 기계에 대한 정서적 반응이 나타난다.

> 동무들아 / 내얼골이 창백하다고 / 나무래지 말어라 / 돈잇는 애들은 / 조흔 옷에 소고기와 / 하얀 쌀밥으로 / 뱃ㅅ장을 채우지만…… / 내 오늘도 피ㅅ기 업는 / 어린몸으로 / 南만주조밥이 그리워 / 해지도록 긔계돌니는 / 그물 짜는 工場속에서 / 내힘을 다빼앗기우네[24]

독자 투고란에 실린 이 시는 그물 짜는 공장에서 노동하는 소년 직공의 발화 형식을 취하고 있다. 화자의 고된 노동환경은 "조흔옷에 소고기와 / 하얀 쌀밥으로"와 대비되는 "南만주조밥"으로 표상된다. 그마저도 '그립다'고 표현된 것으로 보아 배불리 먹지 못하는 상황이다. 주목을 요하는 점은 화자의 힘을 빼앗아가는 것이 "해지도록 긔계돌니는 / 그물 짜는 공장"이라는 서술이다. 이 시는 착취의 주체인 자본가"공장주인"를 직접 등장시키는 것이 아니라, 노동자가 직접 접촉하는 대상인 공장의 기계를 착취의 행위자로 제시하고 있다. 이는 앞에서 살핀 「소년노동강좌」에서 강조되었던, 자본가의 탐욕과 노동가치의 평가절하를 착취의 원인으로 제시한 것과는 다른 결의 테크놀로지 재현이다. 「비행기」나 「자동차 소리」의 마지막 행에서 반복적으로 제시되었던 '두고 보자고' 식의 레토릭이 나타나지 않는 것 또한 인상적이다. 이는 필진이자 기성 프로문인으로서 계급주의 문예이론과 관습적 재현 방식을 강하게 의식했던 오경호, 이구월과는 달리, 독자 투고자로서 보다 자유로우면서도

---

24 강시환, 「공장생활」, 『별나라』, 1931년 9월호, 54면.

〈그림 1〉「대개량도급기」 광고(『동아일보』, 1929년 10월 19일)

정동적인 테크놀로지 재현이 가능했기 때문이라고 생각된다. 『별나라』 독자의 상당수를 차지했던 노동계급 아동들에게 있어 기계는 작업장에서 일상적으로 마주하는 대상으로서 관념적인 것이 아닌 실제적인 것이었다.

카프 맹원이자 1930년대 『별나라』에 계급주의적인 글을 다수 실었던 송영은 1931년 1·2월 통합호의 권두언격 글에서 "새해부터는 더한층 용감하자 부즈런하자 지지말자 생각을잘하자 공부를잘하자 아젓씨들과 갓치일을하자. 그리고 모히기를 제일만히하자. 학교의 강당으로! 고기잡이배로! 어두운땅속으로! 움속으로! 모터-가 쉬고잇는일터로!"[25]라고 썼다. 이를 통해 『별나라』가 상정하고 있는 무산계급 아동의 범주를 엿볼 수 있는데, '학교의 강당'은 학생을, '움 속'은 빈민을, '고기잡이배', '어두

25 앵봉산인(鶯峯山人), 「1931년은 왔다」, 『별나라』, 1931년 1·2월호, 3면.

운 땅 속', '모터-가 쉬고있는 일터'는 노동자를 각각 의미할 것이다. 이때 '모터-'라는 단어가 사용된 것이 주목을 요한다. 당시 '모터-' 또는 '모-타'는 에너지를 회전운동으로 바꾸는 엔진, 모터 등의 기계장치를 통칭하는 단어였다. 이 단어는 다른 기사에서도 "우리 노동자가 공장에서 늘 보고 사용하는 모-타는 엇재서 도는가를 알기 쉽게 간단하게 이야기하겠다"[26]와 같이 나타난다. 즉, 『별나라』의 (잠재적) 독자층 중 상당수가 모터로 작동되는 기계와 친숙한 환경에서 노동·생활하고 있었던 것이다.

따라서 『별나라』의 독자들에게 있어 기계는 정서적, 정동적 차원에서 가까운 대상일 수밖에 없었다. 이는 다음과 같은 동요·동시에서 잘 드러난다.

> 다르다르 다르다르 / 도급기게 잘도라간다 / 강아지는 낫치설다고 / 부억문에 코를박고서 / 한나절을 지저대지만 / 본체만체 잘도라가죠 // 다르다르 다르다르 / 도급기게 잘도라간다 / 동무끼리 일을도으면 / 힘껏맘껏 해야된다고 / 아저씨는 쉬지도안코 / 갓댁갓댁 잘놀니지요 // 다르다르 다르다르 / 도급기게 잘도라간다 / 작은아기 자미난다고 / 손꾸락을 팽팽돌니며 / 흉내내고 조화하니까 / 자랑삼아 잘도라가죠 // 다르다르 다르다르 / 도급기게 잘도라간다 / 내일이면 도조밧치러 / 십리길을 가야되기에 / 언니얼골 성은낫것만 / 갓댁갓댁 잘돌니지요[27]

필자인 안평원安平原은 1931년 2월 18일자 『조선일보』에 실린 이주홍의 「아동문학운동일년간」이라는 글에서 소년시少年詩 작가로 언급된 것

26 김병호, 「모-타는 엇재서 도나」, 『별나라』, 1931년 4월호, 18~19면.
27 안평원(安平原), 「도급기게 잘도라간다」, 『별나라』, 1934년 1월호, 20~21면.

으로 보아 순수한 독자 투고자는 아닌 것으로 보인다. 「도급기게 잘도라간다」라는 제목의 이 시 또한 관습화된 테크놀로지 재현을 넘어서 박세영이 강조했던 노동 현장, 농촌 현실의 자연스러운 재현이라는 목표를 지향하고 있어 흥미롭다.

작품의 소재인 '도급기게'는 모터의 회전력을 이용해 수확한 벼에서 낟알을 분리하는 기계인 도급기稻扱機를 가리킨다. 당시 도급기는 타작 과정을 수월하게 해주는 편리한 도구이자 농업 근대화를 대표하는 기계였다.

이 시에서도 "내일이면 도조밧치러 / 십리길을 가야되기에 / 언니얼골 성은낫것만"이라는 서술을 통해 지주에게 도조를 바쳐야만 하는, 노동의 대가를 온전히 누리지 못하는 농민계급의 현실에 대한 분노가 드러나지만, 그 정동이 도급기라는 기계에 달라붙지는 않는다. 오히려 이 작품에서 도급기는 친숙하기까지 한 대상이다. "작은아기 자미난다고 / 손꾸락을 팽팽돌니며 / 흉내내고 조화하니까"라는 표현에서 도급기가 분노의 직접적 대상이 아님을 엿볼 수 있다. 또한 "동무끼리 일을도으면 / 힘껏맘껏 해야된다고 / 아저씨는 쉬지도안코 / 갓댁갓댁 잘놀니지요"라는 대목에서는 도급기의 작동 모습이 농민계급의 협동과 연대라는 가치와 연결되기도 한다. 화자인 농촌 무산계급 아동에게 있어서 도급기는 삶과 밀착된, 친숙한 도구인 것이다.

이처럼 테크놀로지를 적대시하지 않는 방식의 재현은 기차철도를 소재로 삼은 동요[28]에서도 발견되며, 나아가 철도 테크놀로지가 제공하는

---

28 "역-부의 신호긔빨 / 퍼럭이는곳으로 / 하늘을쏘는 검은연기 / 쏘고는쏘고는다러나 / 험한다리 돈넬속도 / 가림업시 닥처라 / 긔관차는 다러난다 / 띄띄띄푹푹띄띄띄 // 레-루는 튼튼하다 / 짐은 무겁드라도 / 닥어오는 정차장에 / 불빗이비초일때까

이동성이 계급투쟁의 수단으로 의미화되는 양상도 나타난다.

꽤액!- 다왓세요 / 여긔가 조선땅 서울이에요 / 나릴손님 나린뒤 / 올라 타세요 // 차표를 보이세요 나무닙 차표요! / 중국땅에 갈이는 한닙주세요 / 「아라사」에 갈손님은 두닙주세요 / (一節略) / 꽤액 — 떠남니다 / 「준비는 다됐니? 준비는 다됐다!」 / 쿨, 쿨, 챙, 챙, / 쿨, 쿨, 챙, 챙 —

※ 이 동요는 아직 남어지가 잇습니다. 그것은 다음긔회에 발표하겟습니다(筆者)[29]

화차火車, 즉 증기기관차를 소재로 삼은 이 동요에서 김우철은 서울에서 기차를 타고 중국과 '아라사러시아'로 떠나는 사람들의 모습을 그린다. 그런데 이들은 일반적인 여행을 떠나는 것이 아니다. 이들이 중국과 러시아로 떠나는 이유가 국외로 탈출하여 사회주의 운동을 이어나가기 위함이라는 것이 암시"준비는 다됐니? 준비는 다됐다!"된다. 작품이 미완이며 나머지 부분은 다음 기회에 발표하겠다는 필자의 부기付記 또한 검열을 의식해 하고 싶은 말을 다 하지 못했음을 암시한다. 이 작품에서 철도가 제공하는 이동성과 속도는 사회주의 운동을 위한 수단으로 형상화되고 있다.

『별나라』 소재 과학기술 관련 기사의 필진 중에서 가장 많은 글을 발표했던 것은 김병호金炳昊이다. 선행연구에 따르면 김병호1906~1961는 경상남도 진주 출신의 시인으로, 경남공립사범학교 재학 중 엄흥섭, 손풍

지 / 눈바람아 폭풍우야 / 불랴거던불려아 / 긔관차는 다러난다 / 띄띄띄푹푹띄띄띄" 이향파, (동요)「긔관차」, 『별나라』, 1933년 12월호.

29 김우철, (동요)「火車」, 『별나라』, 1933년 12월호, 4면.

산과 교유하며 문학의 길로 접어들었고, 1925년에는 일본 문단에 일어 시를 발표하기도 하였고, 프롤레타리아 동요집 『불별』1931에 '김탄金彈' 이라는 필명으로 5편의 동요를 실었다.[30] 그는 경남공립사범학교 특과特科를 졸업했는데, 이 시기에 이공학적 지식을 습득한 것으로 여겨진다. 『별나라』에 그가 쓴 과학기술 관련 기사만 해도 최소 11편 이상이며, 폭발과 총, 장 기생충 구제법, 비타민의 정체, 모터의 원리, 산호 이야기, 에디슨과 과학, 비행기와 독가스, 성운설星雲說 등 실로 다양한 분야를 망라한다.

그중에서도 이 장의 주제와 관련해 특히 흥미로운 글은 전쟁의 테크놀로지를 다룬 「폭발과 총」1930.11, 그리고 「사람죽이는 과학–비행기와 독까쓰」1932.4이다. 위에서 언급했듯 김병호의 필명은 김탄, 즉 총알이다. 박경수는 이 필명이 1930년 이후에 주로 아동문학 작품을 발표할 때나 문단의 지인들 사이에서 사용되었으며, 그가 추구한 사회주의 문학 이념을 상징적으로 드러낸다고 보았다.[31] 실제로 김병호는 화약과 총에 대한 이야기, 그리고 비행기와 독가스에 대한 이야기를 각각 총 2회에 걸쳐 연재할 정도로 전쟁의 테크놀로지에 대한 관심이 컸던 것으로 생각된다.

1930년 11월호에 실린 「폭발과 총」, 1931년 3월호에 실린 「총은 어떠케해서 되엿나?」에서는 화약과 총의 역사를 설명하면서 화약의 제조법을 자세히 설명하고 있어 눈길을 끈다.

30 박경수, 「잊혀진 시인, 김병호의 시 세계」, 『한국시학연구』 9, 한국시학회, 2003, 59~107면.

31 위의 글, 71면.

> 그의 약품의 분량을 말하면 硝石 一一,二 木炭 二九,四 硫黃 一九,0으로 되여잇는것이다.[32]

> 면화약이란것은 잘싯처서 소쇄梳刷 한후에 말유어서 강유산1용强硫酸一容과 연유산삼용의 혼합액중에 부어너허서 이것을 초산화硝酸化 식히는것이다. 이 초산화한것으로 잘말유어서분말粉末 한것이 綿火藥인것이다.[33]

위의 인용문은 13세기에 로저 베이컨이 흑색화약을 발견하는 과정을 소개한 내용의 일부이고, 아래의 인용문은 1799년에 독일의 화학자 크리스티안 쇤바인이 화약 성분을 면직물에 흡수시킨 면화약을 발명한 과정을 소개한 내용의 일부이다. 이 두 편의 글은 과학상식을 가볍게 소개하는 것처럼 보이지만, 독자에게 화약의 제조법을 가르치고 있다고 볼 수도 있다. 물론 이 글들이 검열을 무사히 통과한 것으로 보아 현실적으로 식민권력에 큰 위협이 되는 지식은 아니었을 것이다. 하지만 "지금부터 폭발하는것과 총과 대포이약이를 하겟다. 이것은 우리들의 상식으로도 알어두어야할것은 물론이거니와 다음에 야단이나는때에도 제일큰물건일것이다"[34]라는 서술에서 엿볼 수 있듯, 전쟁의 테크놀로지에 대한 지식을 식민지 조선의 무산계급 아동들이 배워야 한다는 김병호의 생각은 확고했다.

이러한 생각은 독가스의 역사를 설명하는 글에서도 동일하게 나타난다.

---

32 김병호, 「폭발과 총」, 『별나라』, 1930년 11월호, 46면.
33 김병호, 「총은 어떠케해서 되엿나?」, 1931년 3월호, 12면.
34 김병호, 「폭발과 총」, 『별나라』, 1930년 11월호, 44면.

'과학'이라고 하면 우리들의 '사람'들이 살어가는데에 가장 필요한것이라는 것은 말할 것도 없습니다. 비행기는 산과 물을 건너고 넘지 않고 허허한 공중으로 맘대로 속히 단기자는 것이요.

자동차도 그렇고 기차도 그렇습니다. 전기불이나 까스나 라디오나 무엇이나 한가지도 우리들의 살림을 더 완전하게 하고 더-편안하게 하고자 발명이 되었을 뿐입니다.

그러나 지금에 와서는 오히려 이같은 사람을 더-잘-살니려는 과학의 발명품들이 도로혀 사람을 죽이는 기계로 이용이 되고 있습니다.

비행기가 붕붕만 하고 뜨면 폭발탄이 터지고 자동차는 쇠옷을 입고 장갑자동차 노릇을 하며 라디오는 어느나라 군사가 천명이 죽고 어느 나라 서울이 불천지가 되었다는 끔찍한 소식을 내뿜읍니다.

방이 밝으라고 그리고 음식이 얼른 익으라는 까스도 그만 독까스로 변해서 싱싱한 사람들을 모기향을 맡고 앵앵거리고 쓰러지는 모기만도 못하게 만들어놓고 맙니다. 이것은 요사히의 전쟁이 과학의 전쟁으로 변한 까닭입니다.[35]

「사람죽이는 과학」이라는 제목의 이 글에서 김병호는 사람을 더 잘 살게 하기 위한 과학의 발명품들이 도리어 사람을 죽이는 기계로 이용되고 있다고 개탄하며, "요사히의 전쟁이 과학의 전쟁으로 변했"다고 설명한다. 그는 「폭발과 총」에서도 "대포를 놋는 사람이나 대포알에 마저 죽는사람은 다같은 우리들 노동자 농민인 것이다"[36]라고 쓴 바 있다. 이러한 김병호의 테크놀로지 인식은 단순히 계급주의적 관점에서 테크놀로지를 적대시하는 태도를 넘어, 과학기술의 발달과 인간의 관계를 비

35 김병호, 「사람죽이는 과학－비행기와 독까쓰」, 『별나라』, 1932년 4월호, 40~41면.
36 김병호, 「폭발과 총」, 『별나라』, 1930년 11월호, 46면.

판적으로 성찰한 것이다. 김우철 또한 「와사등 이야기」라는 글에서 "이 무섭고 참혹한 독와사와 및 폭탄을 사용하는 화학전쟁이 다시는 일어나지 않기를 우리는 바라야 할 것이다. 먼저번 대전쟁에도 조선인구, 즉 이천만이나 되는 가난한 백성이 싸움에 죽어버렸다. 장차 닥쳐올 화학전쟁에는 그 몇배의 백성이 무참히도 죽어버릴 생각을 하면 우리는 인류의 평화와 행복을 위하여 전쟁에 반대해야 되겠다"[37]고 하여, 과학기술의 발전이 역사상 유래가 없는 대전쟁과 대량학살을 초래할 수 있음을 경고하였다.

김병호는 발명가 에디슨을 소개하는 글에서 "그러나 오늘에 있어서는 그의 발명품이 가난한 계급에게는 그 혜택을 입기 어렵지만 새 세상이 돌아오면 그의 발명품은 우리에게 있어서 없지 못할 것이 될 것이다"[38]라고 쓰기도 했다. 이 서술이 테크놀로지에 대한 그의 관점, 나아가 프로아동잡지 『별나라』가 테크놀로지를 인식 / 재현하는 관점의 가장 중요한 축을 함축적으로 보여준다. 부르주아지의 전유물로, 또는 전쟁의 수단으로 전용되는 테크놀로지에 대한 경계를 유지하면서도, '소년소녀문예과학잡지'를 표방하는 프로아동잡지로서 과학기술에 대한 관심과 이공학적 지식에 대한 추구는 결코 포기하지 않았던 것이다.

---

37 김우철, 「과학-와사등 이야기」, 『별나라』, 1932년 2·3월호, 22면.

38 김병호, 「에디손옹과 과학-발명계의 일인자일화」, 『별나라』, 1931년 12월호, 12면.

4. 과학소설·과학기사에 나타난 사회주의적 과학관의 내러티브화

이 절에서는 『별나라』에 박세영이 연재한 '과학소설' 「화성소년 아하마의 수기」를 중심으로 사회주의적 테크놀로지 인식을 서사에 자연스럽게 녹여내기 위해 SF적 설정과 상상력이 어떻게 활용되었는지를 살피고자 한다.

「화성소년 아하마의 수기」에 앞서 살펴야 하는 것은 1928년 4월호에 실린 가상假像 탐방기 형식의 기사들이다. 이 기사들은 각각 '해나라', '달나라', '구름나라', '땅나라', '별나라'라는 가상의 장소를 다루고 있지만, 나름의 과학적 설명과 설정을 덧붙여 천사동심주의적 과학기술 담론과 거리를 확보하고 있다. 연성흠의 「해나라 구경」은 세계적으로 유명한 비행사 '스미드씨'가 해나라 구경을 간다는 말을 듣고 서술자가 동행을 청하는 것으로 시작된다. 이때 '스미드씨'는 당시 세계적으로 명성이 높았으며 1917년 조선을 방문해 경성 상공에서 곡예비행을 선보이기도 한 미국인 비행사 아트 스미스Art Smith, 1890~1926를 가리킨다.[39] 즉, '해나라'라는 동화적 명칭을 사용하고 있음에도 불구하고 그곳에 도달하기 위해서는 실존 인물인 유명 비행사와 비행기라는 기계의 도움을 받아야 한다는 설정이 덧붙여져 있는 것이다. 또한 서술자는 이름난 화학자에게 부탁해 태양에 가까워져도 녹지 않는 옷을 만들어 준비하기도 한다. 이러한 설정은 독자들이 과학적 관찰과 사유를 통해 세계를 파악하는 태도를 자연스럽게 습득하도록 한다. 이 글은 태양에 가까워진 비행기에 열

---

39 조선을 대표하는 비행사였던 안창남이 아닌 미국인 아트 스미스를 등장시킨 것 또한 주목을 요한다. 안창남이 평생 배제된 『어린이』에 과학문을 연재(「비행기는 어떻게 뜨나」, 1923.11)한 바 있으므로 의도적인 배제였으리라는 추론이 가능하다.

때문에 고장이 생겨 인도의 어느 '토인' 부락으로 불시착한 뒤, 서술자와 스미드가 '하늘이 내린 사신' 대접을 받는 것으로 마무리되는데, 이 또한 과학문명과 미신야만을 대비시키는 효과를 낳는 서사구조이다.

이정호의 「이천사만리의 大空을 돌파하고 달나라 실지탐험기」에는 "동화의 나라에 비행기를 빌려타고 한 시간 사십 분 만에 달나라에까지!"라는 부제가 달려 있다. 필자 이정호는 지구에서 달까지 비행기를 타고 갈 수 없는 이유를 다음과 같이 설명한다.

> 그러나 큰일 난 것은 우리가 살고 있는 이 지구와 달나라 사이의 거리는 너무도 엄청나게 머니까 무엇을 타고 가더라도 자기 스스로 비행할 수 있는 그러한 힘을 가진 것이 아니면 안될 것은 물론이지만 또 그렇다고 보통 비행선이나 비행기와 같이 가솔린의 힘이나 프로펠러 같은 것의 작용으로 기체를 움직이게 되어도 이는 안될 것이다. 보통 비행기가 공중을 날려면 프로펠라가 비상히 급한 형세로 회전하여 마치 물속에서 헤엄치는 이가 물결을 뒤로 잡아들여야 앞으로 쑥쑥 나가게 되듯이 공기를 뒤로 작고작고 눌러야 쑥쑥 올라가게 되는 이것은 공기가 있는 곳에서뿐 작용할 수 있는 일이지 조금 더 올라가서 공기 없는진공 곳을 날으는데는 프로펠러라는 것이 하등의 작용을 못하는 것이다. 가령 공기가 없는 곳이라도 가솔린의 힘으로 넉넉히 날을 수 있는 완전한 무슨 장치가 되어 있는 것이라고 하더라도 달나라까지의 거리 24만 마일을 날으자면 굉장히 많은 가솔린이 소용될 것이니 그 많은 가솔린을 어디다가 어떻게 싣고 나를 수가 있으랴?[40]

40 이정호, 「이천사만리의 大空을 돌파하고 달나라 실지탐험기—동화의 나라에 비행기를 빌려타고 한 시간 사십분만에 달나라에까지!」, 『별나라』, 1928년 4월호, 50~55면.

「해나라 탐험」과 마찬가지로 이정호의 글 또한 달이라는 천체와 그것이 위치해 있는 우주공간을 과학적 대상으로 파악하고 있다. 우주는 진공 상태이기 때문에 프로펠러를 회전시켜 공기를 밀어내 추진력을 얻는 비행기로는 이동할 수 없으며, 거리상으로도 비행기의 속도로는 너무 많은 시간과 연료가 소모된다는 것이다. 「달나라 실지탐험기」는 '동화의 나라의 여왕'이 '금강석 지팡이'를 흔들어 만들어 준 '신기한 비행기'를 타고 달나라에 간다는 것으로 이 문제를 해결하지만, 그렇게 도착한 달나라 또한 계수나무와 토끼가 있는 동화적 공간이 아닌, 산과 절벽과 구덩이가 있는 천문학적 천체라고 설명한다. 아동을 대상으로 한 글에서 자주 등장하는 '해나라', '달나라'라는 동화적 심상공간을 뉴턴 역학으로 설명될 수 있는 과학적 공간으로 전유하고 있는 것이다. 이는 같은 권호에 실린 박세영의 「구름나라 탐방기」, 송영의 「땅나라를 차저간다」, 김병호의 「별나라를 탐험하고」에서도 공통적으로 나타나는 태도이다. 박세영은 "한 십년전인가 미국의 조인鳥人이라는 스미드비행가가 우리 조선의 상공에서 구름과 경주도 하고 이리저리 구름나라를 뒤흔든것을 보고 스미드군이 구름나라를 탐방하였고나 할는지 모르나 실상인즉 우리 조선사람으로 항상 구름속에 파묻혀 사는 사람신선–인용자이 많습니다"[41]라며 너스레를 떨지만, 이 글에서 그가 설명하는 것은 구름의 생성과 눈, 비가 내리는 원리이다. 송영 또한 「땅나라는 차저간다」에서 지각의 구조에 대한 지질학적 설명을 하고 있다.

김병호의 「별나라를 탐험하고」는 서술자가 화성, 금성, 토성, 목성 등 태양계의 행성들을 탐험하는 이야기이다. 그는 이 글을 통해 독자들에

41 말별(박세영), 「구름나라 탐방기」, 『별나라』, 1928년 4월호, 56~59면.

게 그들이 딛고 있는 땅이 실은 '지구'라는 이름의 구형球形 행성이며, 태양계라는 더 큰 계界에 속해있는 천체라는 지식을 전달하고자 한다. 이는 과학적 사고, 유물론적 사고로 자연과 세계를 인식하고자 하는 시도이다. 이 글에서 특히 흥미로운 점은 천문학적 설명에 그치지 않고 '화성인', '토성인' 등 외계인의 존재를 언급하고 있다는 것이다.

> 그 화성에 살고 있는 사람들은 키가 우리의 키보다 삼배나 되게 크며 거기에 따라 수족도 무척 컸습니다. 그리고 공기는 있는데 이 세상과 같지는 않아서 공중의 수분이 없어서 비가 영 오지 않기 때문에 식물들은 죽은 소나무잎 같은 것이 여러가지 많이 있었습니다. 그리고 인력이 없기 때문에 나무의 나무가지 같은 것은 퍽 가늘고도 길었습니다.
>
> 더욱 화성 나라는 우리가 사는 세상보다 발달이 어떻게 되었는지 무어 전차니 기차니 비행기니 공기선이니 없는 것이 없고 집들도 수백층 집을 짓고 살며 걸어다니는 사람이 없이 무엇인지 이상야릇한 것을 하고 다니었습니다.[42]

작중에서 화성인이 살고 있는 "화성 나라"는 과학기술이 지구보다 훨씬 더 발달한 곳으로 묘사된다. 이러한 설정은 현대 SF의 중요한 기원으로 이야기되는 휴고 건즈백의 『랄프124C41+』1912에 등장하는 화성인을 연상시킨다. 당시 천문학계에서는 독일의 물리학자 헤르만 루드비히 페르디난트 폰 헬름홀츠1821~1894가 제기한 생명의 외계 기원설[43]이 논의되고 있었고, 이는 식민지 조선에도 소개되었다.[44] '화성인'에 대한 김병호

42 계림童(김병호), 「별나라를 탐험하고」, 『별나라』, 1928년 4월호, 64~67면.

43 운석에 포함된 미생물이 지구 생명의 기원이 되었다는 가설. 생명의 기원이 지구 밖에 존재하므로 외계인의 존재 또한 긍정된다.

의 상상력은 동화적인 것이 아니라 당시로서는 최신의 과학이론에 기반하고 있었던 것이다. 다만, 『랄프124C41+』의 화성인이나, 그 이전의 『우주전쟁』허버트 조지 웰스, 1898의 외계인이 지구를 위협하는 악역이었던 것에 비해 김병호의 글에 나타난 외계인은 위협적이지 않은 존재로 그려진다.

화성과 화성인에 대한 언급은 다른 기사에서도 발견된다. 1930년 10월호에 실린 정만임의 「우리의 생활과 전기」라는 글에서는 앞으로 전기 기술이 더 발전하면 "그렇게 화성이라는 '별'과 서로서로 소식을 전하기도 하고 받기도 하는 기계를 발명할수도 있을 것이다"[45]라고 하였고, 1932년 12월호 「기묘무궁대학」독자 질문코너은 "금번에 저-높고 먼-별나라에서 대잔치가 있다고 초대장이 왔네. 곧 비행기로 출발할텐데 별나라까지의 거리와 여비를 자세히 알려주게"라는 독자의 질문에 대해 "아마 자네가 가려는 별은 화성인듯 싶으이. 십이억리는 될터이닛가 하로에 제일 빠른 비행기를 타고 가도 팔천리씩 치고 사백오십년은 가야될텐데 그러고 하로에 식료 가솔린값 이십원씩 치고 사백오십년이니까 삼백십만원은 잔뜩 꼬나야될 모양일세"[46]라고 답하였다. 이러한 사례들 역시 「별나라를 탐험하고」와 마찬가지로 '별나라'라는 동화적 공간을 뉴턴 역학으로 설명 가능한 천문학적·물리학적 공간으로 전유하는 설명이다. 이러한 기획은 초창기 권호에서도 그 단초를 엿볼 수 있으며,[47] 카프의 적극적 개입 이후 계급주의 문예이론의 영향을 받아 과학소설

44 「운석 속에 생물발견」, 『동아일보』, 1936.5.26; 「과학의 수수꺽기 텔린저현상검토」, 『조선일보』, 1936.10.1.

45 정만임, 「우리의 생활과 전기」, 『별나라』, 1930년 10월호, 51면.

46 「기묘무궁대학」, 『별나라』, 1932년 12월호, 23면.

47 "푸른하날우에 찬란히 빗나는 『별나라』를 울어보고 그 별들 가온데는 지구보담 더 큰별이 만히 잇는줄 모르는 이거는 처음보는 『별나라』를 감히 업수히녁이지말나!" 「별나라의 선언」, 『별나라』, 1926년 7월호, 1면.

의 형태로 발전하게 된다.

1931년에 박세영이 총 7회에 걸쳐 연재한[48] '과학소설'「화성소년 아하마의 수기」는 화성에서 온 소년 아하마와 그의 보호자이자 조력자 카부란 박사가 지구상의 여러 나라와 대륙을 모험하는 이야기이다. 이 작품에 등장하는 화성인은 김병호가「별나라를 탐험하고」에서 묘사한 것과 같이 지구보다 한층 더 발전한 과학기술을 갖고 있으며, 이를 통해 자유비상익自由飛上翼, 투명피透明被, 전사기電射機 등의 기계를 만들어 활용한다.

> 화성에서 지구탐험을 온 카부란박사와 조카 아하마라고 하는 소년이 있다. 맨 처음에 아프리카로 내려와서 애급 소아세아 이태로 불란서 영국까지 오게 되었다. 그래 기냥 날나댕기면 사람들이 볼터이닛가 투명피라는 독개비감투 같은 옷을 입고 또 자유비상익自由飛上翼을 달어 마음대로 날나다니는 것이다. 이제 편집자의 부탁으로 다시 계속코저하니 대개 각방면으로 상식과 취미비판을 거듭해서 독자에게 읽히고자 하는 것이다. 불행히 런던에서 아하마가 대곤란을 받던 것은 아마 읽을 수가 없게 된 것을 섭섭히 생각하는 바이다.[49]

이 인용문은 박세영이 1931년 3월호에「과학소년 아하마의 수기—화성소년의 속」이라는 제목으로 연재를 재개하며 첫머리에 남긴 글로 "각 방면으로 상식과 취미비판을 거듭해서 독자에게 읽히고자 하는 것"이라는 창작 의도가 잘 드러나 있다. 실제로 이 작품의 스토리는 과학적 현상으로 인

48 필자가 확보한 1차 자료상으로는 1931년 3월호의「과학소년 아하마의 수기—화성소년의 續」부터 동년 12월호까지 총 6회 연재된다.「화성소년」이라는 제목의 1회차 연재분이 있을 것으로 추정되나 아쉽게도 원자료를 확보하지 못하였다.

49 박세영,「과학소설 아마하의 수기—화성소년의 속」,『별나라』, 1931년 3월호, 21면.

해 발생한 사건을 중심으로 전개되는 SF의 전통적 서사 진행 방식이 아니라, 아하마와 카부란 박사가 세계 각국을 돌아다니며 겪는 정치사회적 사건을 중심으로 전개된다. 이는 박세영이 이 소설을 과학소설로 기획한 것이 아니라, 과학소설의 외피를 빌어 독자에게 계급의식과 사회주의 국제연대의 중요성을 전달하는 교양적 독물로서 기획했음을 보여준다.

그러나 『별나라』 전체를 관통하는 '과학'이라는 키워드와 테크놀로지의 사회주의적 인식 / 재현 / 전유라는 관점에서 이 소설을 바라보면 흥미로운 지점이 다수 발견된다.

> 우리는 스칸디나비아산맥을 넘어서 어느덧 스웨덴으로 향하였다. 우리는 움사라라고 하는 대학촌을 지나서 스톡홀름이라는 스웨덴의 서울에 이르게 되었다. 내가 오면서 카부란박사의 이야기를 들었을 때에는 더욱 분함을 이기지 못하였다.
>
> 당장에 프로링을 죽이고도 싶었다. 그러나 어디보자 내가 **전사기**電射機로 한 번 쏠것 같으면 문제가 없을 것이다.[50] (강조는 인용자)

> 얼마 안있다 너-쓰를 끌어내어 사형장으로 끌고가는 판이다. 나는 차마 그것이야 가만히 보고 있을 수가 없었다. 그래서 그 앞으로 뛰어갔다. 앞뒤로 네사람이나 무장을 하고 간다. 아마도 단두대로 가는 것인가 보다. 막 문을 들어설라 말라 할 때 카부란박사와 나는 너-쓰를 끌어내가지고 준비하였던 **투명피**를 얼른 씌웠다. 너-쓰는 정신없이 다-죽은 사람같았다. 그럴때 그들은 미친듯이 찾아다녔으나 찾지도 못하고 왼영문인지 몰랐다. 그리하야 우리는 너-쓰를 업고

50 박세영, 「과학수설 북구의 일일 – 아하마의 수기」, 『별나라』, 1931년 5월호, 50~56면.

날라나왔다. 이리하야 푸로링은 완전히 실패하고 말었다.[51] (강조는 인용자)

위의 장면은 스웨덴 노동조합운동을 탄압하는 대신大臣 프로링에 대한 이야기를 듣고 분개한 아하마의 반응이다. 주인공 아하마는 노동조합운동을 탄압하고 노동조합 대표 너-쓰를 체포하여 사형시키려고 하는 대신 프로링을 전사기로 쏘아 죽이고 싶어한다. "전사기"는 전기를 쏘아보내는 기계라는 뜻으로 당시 언론을 통해 소개되었던 '살인광선'을 모티브로 삼은 것으로 보인다.[52] 작품의 설정 상, 이는 화성인의 진보된 과학기술의 산물이다. 이 프로링과 너-쓰의 이야기는 19세기 말과 20세기 초에 걸친 스웨덴 노동운동사의 일부로 추정되는데,[53] 박세영이 독자들에게 전하고자 했던 세계 사회주의 운동사 또는 사회주의 국제연대의 한 장면일 것이다.

두 번째 인용문은 사형장으로 끌려가는 너-쓰를 아하마와 카부란 박사가 투명피를 이용해 구해내는 장면이다. 이 두 장면에서 전사기와 투명피라는 화성인의 테크놀로지는 현실세계의 물리적 조건을 초월한 성능을 발휘해 사회주의 운동의 '동지'를 구출하는 기능을 수행한다.

또 한 가지 주목을 요하는 점은 아하마와 카부란 박사가 '자유비상익'을 이용해 이동하는 장소들과 그 과정에서 겪는 사건들이다. 그들은 아프리카-이집트-소아시아-이태리-프랑스-영국-네덜란드-벨기에-스웨덴-핀란드-러시아-북극-몽골-중국 순으로 이동하는데, 이러한 루

51 박세영, 「과학소설 대지를 울니는 소리여—화성소년의 수기(3)」, 『별나라』, 1931년 6월호, 31~32면.

52 「英人의 發明한 殺人光線」, 『동아일보』, 1924.5.28.

53 안재홍, 「스웨덴의 초기 노동운동에 대한 새로운 인식 1886~1911」, 『한국정치학회보』 28(2), 한국정치학회, 1995, 606~632면 참조.

트는 기선과 철도를 중심으로 한 현실세계의 교통을 통해서는 불가능한 것이다. 또한 두 사람은 영국에서는 마르크스의 묘지를 방문하고, 네덜란드에서는 파업에 휘말리고, 스웨덴에서는 노동조합 위원장을 구출하고, 러시아에서는 백군 빨치산과 적군赤軍의 전투를 목격하고 몽골에서는 외국자본에 반대하는 데모 행렬을 목격하는 등 전 세계의 계급투쟁 현장을 돌아다닌다. 이는 현실세계의 물적, 기술적 조건 하에서는 불가능한, '자유비상익'이라는 가상의 테크놀로지가 존재하기에 가능한 이동과 경험이다. 자유비상익은 현실에서 담론적으로만 경험 가능한 사회주의 국제연대인터내셔날를 독자가 '화성소년 아하마'에게 이입해서 실감할 수 있게 하는 서사적 장치가 된다.

이런 맥락에서 '화성소년' 아하마는 『별나라』의 프로아동 독자들이 감정을 쉽게 이입할 수 있게 하는 매개체이다. 아하마는 스웨덴에서 투명피를 이용해 너-쓰를 구한 외에도 네덜란드에서는 투명망토와 자유비상익을 이용해 풍차 날개에 매달려 포악한 풍차 관리인을 골려주고, 세계공통어인 에스페란토어를 공부하고 싶다 생각하기도 한다. 그의 파트너인 카부란 박사는 『별나라』가 반복적으로 제시하는 사회주의자 '아저씨'의 또 다른 형태인 셈이다. 따라서 이들의 고향인 화성은 사회주의 유토피아의 성격을 지닌다.

> 아저씨의 말을 들으면 이 지구성은 이런 공장을 화성과 같이 사회에서 공동이 하는 것이 아니라 권이 있어서 혼자 이익을 남겨먹고 일하는 사람들을 그저 사뭇 부려먹고 나서 조금만 실치가 못하면 내어쫓는단다.[54]

---

54 박세영, 「과학소설 아마하의 수기－화성소년의 속」, 『별나라』, 1931년 3월호, 26면.

인용문에서 보여지듯, 화성은 생산수단을 자본가가 독점하는 지구와 달리 공동 소유, 공동 경영하는 곳으로 설정되어 있다. 이처럼 지구에 위해를 끼치지 않는 고도로 발달한 문명을 가진 화성인이라는 설정, 그리고 화성인 소년과 '아저씨' 박사가 등장한다는 설정은 『어린이』에 실렸던 「천공의 용소년」허일문·1930에서도 공통적으로 나타난다.[55] 따라서 「화성소년 아하마의 수기」는 박세영의 완전한 창작물이라기보단, 당대에 대중적으로 인기가 있었던 '화성인' 서사를 프로문예에서 드물지 않게 나타나는 사회주의 유토피아 서사로 변주한 결과물일 것이다. 그러나 그 변주가 '과학'이라는 키워드, 그리고 SF적 상상력이 가미된 가상의 장소화성와 테크놀로지를 통해 프로문학의 과학소설이라는 형태로 주조되었음은 특기할 만하다. 이는 1932년에 박세영 스스로 제기했던 '프로아동문예란 어떠해야 하는가?'라는 문제에 대해 사전에 제출된 답안이라고 하겠다.

1931년 6월호 「별님의 모임」에는 「화성소년 아하마의 수기」를 호평하는 독자 반응이 보인다. "박세영선생 작 연재소설 「화성소년」은 퍽 자미있고 유익하게 보아나려옵니다. 구라파 각국의 모든 이야기가 이 소설을 읽고 있는 가운데 저절로 알게 되여 마치 서양사람의 작품 같으나 이것은 박세영선생의 창작이라 한다. 앞으로 어떻게 되어질런지 답답하다."[56] "마치 서양사람의 작품" 같은 느낌을 준다는 반응이 특히 흥미로운데, 이는 박세영이 서구에서 수십 년간 쌓아올린 과학소설의 장르적

---

55 서희경, 「『어린이』에 나타난 근대의 문예창작—우주적 상상력의 환상과 발명의 리얼리티를 다룬 과학적 글쓰기를 중심으로」, 『방정환연구』 10, 사단법인 방정환연구소, 2023, 130~139면.

56 평양 고생(高生), 「별님의 모임」, 『별나라』, 1931년 6월호.

문법을 충분히 숙지한 상태로 이 작품을 집필했음을 보여준다. 또한 앞으로의 전개가 궁금하다는 이 독자 반응이 실린 시점에서 작품의 스토리는 주인공 일행이 스웨덴에서 노동조합 대표 너-쓰를 구하기 위해 잠입하는 대목까지 진행되어 있었다. 즉, 「화성소년 아하마의 수기」는 사회주의 교양물로서의 기능과 함께 오락적 독물로서의 기능도 충실히 이행하고 있었던 것이다.

「화성소년 아하마의 수기」는 아하마와 카부란 박사가 몽골을 떠나 중국으로 들어가 만리장성을 구경하는 대목1931년 12월호을 마지막으로 『별나라』 지면에서 사라진다. 서사 진행 상황과 주인공 일행의 이동 경로상으로 볼 때, 중국을 거쳐 조선으로 들어올 것이 예상되는 시점이었으므로 미완으로 끝난 작품인 것이다. 박세영이 이 작품의 연재를 종료한 직후인 1932년 1월호에 앞에서 살핀 「고식화한 영역을 넘어서—동요·동시 창작자에게」를 실었다는 것은 카프 내부의 방향전환과 관련이 있을 수도 있겠다는 추측을 가능하게 한다.

실제로 박세영은 1932년 이후 『별나라』에 프로아동문예에 대한 이론적 글쓰기와 몇 편의 동요·동시만을 남겼을 뿐, '과학소설' 스타일의 글은 쓰지 않았다. 계급의식이 작품에 자연스럽게 드러나야 한다는 창작이론에 '공상성'이 강한 과학소설이 적합하지 않다는 판단 때문일 수도 있고, 자신이 이론적 글쓰기를 통해 제시한 프로아동문예의 이상적 창작방법론을 동요·동시 창작을 통해 구체화하는 과제에 집중했기 때문일 수도 있다. 분명한 것은, '과학'을 표방한 프로아동잡지 『별나라』의 연재물 / 모험물로서 「화성소년 아하마의 수기」 이상의 연재물을 이후의 지면에서 찾아보기 어렵다는 점이다. 천사동심주의에 의해 동화적으로 점유되었던 '별나라'라는 공간을 '우주'라는 과학적 공간으로 전유하고, 나아가 사회주의 국제연대와 계급혁명이 선취된 장소로서의 '화성'을 상상하게 만드는 「화성소년 아하마의 수기」의 기획은 계급문학과 SF 장르이론의 교차점에서 적극적으로 재독되어야 한다. 이를 통해 『별나라』의 매체적 의의 또한 새롭게 이해될 수 있을 것이다.

5. 결론을 대신해서

이 글에서는 1920~1930년대 아동잡지 『별나라』 소재 과학문과 문예물을 검토하였다. 『별나라』는 1929년부터 제호에 '과학'을 내세우기 시작하는데, 이는 카프가 매체의 기획 및 편집 방향에 적극적으로 개입하기 시작한 시기와 일치한다. 따라서 『별나라』는 식민지시기 사회주의 담론의 과학기술 인식과 재현의 문제를 살피기에 적합한 매체라고 볼 수 있다. 이를 위해 1절에서는 1930년대 이후 『별나라』가 카프의 영향 아래 놓이게 되며 마르크스주의적 과학기술관을 받아들이게 된 과정을 개괄하였다. 2절에서는 테크놀로지를 자본주의와 동일시하여 적대하는 계급적 / 관습적 재현의 방식이 나타나는 양상을 일별하고, 이처럼 관습화된 테크놀로지 재현에 대한 비판의 담론이 출현하는 장면까지를 함께 살폈다. 3절에서는 테크놀로지를 혁명의 수단으로 전유하는 담론과 그것이 반영된 창작물들을 함께 분석하였다. 마지막으로 4절에서는 과학소설과 과학기사에 나타난 과학적 세계관이 사회주의적 창작방법론과 만나 어떠한 서사적 효과를 발생시켰는지 살폈다.

『별나라』의 사회주의적 테크놀로지 인식·재현의 양상은 과학기술만능주의에 입각한 주류적 테크놀로지 담론과는 분명한 차이를 보인다.

이광수와 같은 부르주아 민족주의 계열의 문인·이데올로그들이 과학기술을 통해 조선 민족을 구원하는 서사를 반복적으로 재생산했다면, 『별나라』는 계급주의적 관점에서 과학기술을 비판적으로 재현하였다. 그러나 『별나라』의 테크놀로지 인식·재현의 양상은 결코 단일한 당파적 입장으로 수렴되지 않는다. 본론에서 검토했듯, 무산계급을 착취하는 수단으로서의 테크놀로지와 식민주의에 대한 저항의 도구로서의 테크놀로지가 인식·재현의 두 층위에서 함께 나타나고 있는 것이다. 이는 이론적 차원에서 기계를 생산수단이자 착취의 수단으로 파악하는 사회주의 담론과, 무산계급이 노동과 생활의 현장에서 일상적으로 접촉하는 기계에 정동을 투사하게 되는 문학적 재현의 차이를 보여준다. 김병호와 같은 필자는 테크놀로지가 현실에서 억압과 착취의 수단으로 전용되고 있음을 분명히 인식하면서도, 그것이 제국주의와 자본주의라는 정치경제적 구조 때문이며 정세가 바뀌면 무산계급의 무기이자 역사 발전의 도구로서 테크놀로지가 활용될 가능성을 제시하고 있다. 박세영은 고도로 발달한 기술문명을 가진 화성인 소년이 지구의 각국을 모험한다는 내용의 과학소설 「화성소년 아하마의 수기」를 통해 테크놀로지를 사회주의 혁명의 무기로 전유하는 SF적 상상력을 보여주기도 하였다.

이러한 『별나라』의 과학문과 테크놀로지 소재 문예물들은 국가-자본과 과학기술의 관계를 분리하여 사유하기 어려워진 오늘날, 과학기술이 무엇을 위해 복무해야 하는지를 자문하게 한다. 『별나라』는 자본의 지배로부터 자유로우며, 억압받는 자를 위해 존재하는 과학기술을 상상할 수 있게 하는 단초가 되어 준다.

참고문헌

기본자료

『별나라』, 『동아일보』

논문 및 단행본

김우필·최혜실, 「식민지 조선의 과학·기술 담론에 나타난 근대성－인문주의 대 과학주의 합리성 논의를 중심으로」, 『한민족문화연구』 34, 한민족문화학회, 2010.

박경수, 「잊혀진 시인, 김병호의 시 세계」, 『한국시학연구』 9, 한국시학회, 2003.

______, 「이구월(李久月)이 나아간 아동문학의 길과 자리－광복 이전의 작품 발굴을 중심으로」, 『한국문학논총』 65, 한국문학회, 2013.

박태일, 「1930년대 한국 계급주의 소년소설과 『소년소설 육인집』」, 『현대문학이론연구』 49, 현대문학이론학회, 2012.

서희경, 「『어린이』에 나타난 근대의 문예창작－우주적 상상력의 환상과 발명의 리얼리티를 다룬 과학적 글쓰기를 중심으로」, 『방정환연구』 10, 사단법인 방정환연구소, 2023.

안재홍, 「스웨덴의 초기 노동운동에 대한 새로운 인식 1886~1911」, 『한국정치학회보』 28(2), 한국정치학회, 1995.

원종찬, 「1920년대 『별나라』의 위상－남북한 주류의 아동문학사 인식 비판」, 『한국아동문학연구』 23, 한국아동문학회, 2012.

이재철, 『한국현대아동문학사』, 일지사, 1978.

정진헌, 「1930년대 과학교양과 『별나라』」, 『동화와 번역』 41, 건국대 중원인문연구소, 2021.

한민주, 「스펙터클한 마술과 공감의 과학이 갖는 의미 연구－1920~30년대 『어린이』를 중심으로」, 『동아시아문화연구』 90, 한양대 동아시아문화연구소, 2022.

홍덕구, 「1920~30년대 한국 근대소설에 나타난 과학·기술 표상－'과학적 시간성'과 '기술적 속도'에 대한 대응을 중심으로」, 동국대 박사논문, 2021.

홍성욱·이장규, 『공학기술과 사회』, 지호, 2006.

저자소개

고봉준(高奉準, Ko Bong-jun)
행성적 위기가 문학과 예술 영역에 초래한 변화에 대해 관심을 갖고 있다. 인문, 사회 과학과 자연 과학의 경계는 물론이고 전통적인 분과 학문 체계가 급속하게 해체되는 지금, 이러한 세상의 변화가 '근대 문학'이라는 제도에 가하는 압력과, 그 압력에 대한 문학의 응전 방식에 대해 공부하고 있다. 「'인류세'에 대한 인문학적 대응과 행성적 사유」(2023), 「세계의 끝 / 종말 담론과 한국문학－세계의 끝 / 종말 담론의 시적 전유를 중심으로」(2025) 등을 썼다.

김학중(金鶴中, Kim Hak-jung)
선천성 중증 저시력 장애인이다. 시인이자 연구자로 활동하며 현재 경희대학교 후마니타스칼리지에 출강하고 있다. 일제강점기 카프 문학을 현대적으로 재독해하고자 하는 연구를 주로 해왔다. 현재는 장애 당사자성에 주목하고 의료문학이론, 크립이론, 소수자이론 등으로 연구영역을 확장하고 있다. 논문으로 「기원과 이식」(2020), 「임화와 동경」(2022), 「이식과 주체의 신체성」(2024) 등이 있다.

윤종환(尹鍾桓, Yoon Jong-hwan)
한국시의 포에틱 딕션(poetic diction) 개념을 정립하고 그 변천사를 살피는 데 관심이 있다. 이를 통해 시, 시인 간의 상호텍스트성을 밝히고 그것이 저자의 무의식, 사회와 어떤 관련이 있는지를 연구한다. 「김수영과 무한화서(無限花序)」(2023), 「한국시의 포에틱 딕션 혁신과 미적 자유」(2023), 「문학사로서의 시, 영향 소멸에 대한 불안을 전유하는 시 쓰기」(2024) 등을 썼다.

이용범(李鎔範, Lee Yong-beom)
동아시아의 전통학술 및 한·중·일의 동시대 상호관계성을 주요한 시각으로 삼아 근대 한국학(modern Korean Studies)에 대한 연구를 수행해 오고 있다. 주요 연구성과로 『한국근현대번역문학사론』(공저, 2025), Kangaku and the State : Colonial Collaboration between Korean and Japanese Traditional Sinologists(2024) 등이 있다.

이재웅(李在雄, Lee Jae-ung)
식민지시기 여성의 사회주의가 추구했던 해방의 가능성'들'을 복원하는데 관심을 지니고 있다. 「강간과 착취, 정절과 부유함－강경애의 「인간문제」에 나타난 무산자 가족의 불가능성과 대안」(2024)을 썼다.

이종호(李鍾護, Yi Jong-ho)
20세기 전반기 식민지라는 조건 속에서 다층적으로 전개되었던 노동을 둘러싼 문학적·문화적 재현 및 사상의 전유 양상을 고찰하는 연구를 수행하고 있으며, 1980년대 출판문화운동 및 문화담론에도 관심을 기울이고 있다. 『염상섭 문학과 대안근대성』(2025), 「법 바깥에서 유동하는 언어들, 유인물의 문화정치」(2024) 등을 썼다.

정윤성(丁潤聲, Jung Yoon-sung)
식민지 조선에서 진보적 의제를 이끌었던 사회주의 진영의 문학, 문화를 줄곧 공부했다. 문예, 사상운동의 산물인 텍스트가 드러내는 굴절, 균열, 모순에 흥미를 느끼며, 텍스트를 구성하는 여러 요인들을 폭넓게 탐구하고 있다. 「『신생활』의 역사적 의미 재론」(2022), 「바다와 한국 근대문학: 정어리 수산업과 1930년대 소설을 예시로」(2025) 등을 발표했다.

조지혜(趙智惠, Jo Ji-he)
재현할 수 없는 것을 재현하려는 불가능한 시도로서 프롤레타리아문학을 연구하는 데 관심이 있다. 「백낙청 문학론의 헤게모니 정치성 연구」(2017), 「프롤레타리아문학 '되기'의 미학과 윤리」(2025) 등을 썼다.

최병구(崔竝求, Choi Byoung-goo)
식민지시기 사회주의 문학과 문화에 나타난 젠더와 테크놀로지 표상에 관심을 가지고 있다. 최근에는 젠더와 테크놀로지를 키워드로 SF문학을 살펴보며 지금-이곳의 문제에 좀 더 가까워지려고 노력 중이다. 「김초엽 소설에 나타난 테크놀로지와 시간정치」(2022), 「엄홍섭 소설에 나타난 젠더 감성과 그 역학」(2024) 등을 썼다.

최은혜(崔銀惠, Choi Eun-hye)
조선의 사회주의 문인들이 어떻게 사회주의를 수용하고 미적으로 자기화하려 했는지에 대해 관심을 가지고 있다. 제국에서의 사회주의와 식민지에서의 사회주의가 어떻게 같고, 또 어떻게 다른지 정신사적 측면에서 살펴보려 공부 중이다. 「'아픈 몸'과 계급－식민지기 프롤레타리아 소설의 질병과 장애 재현」(2023), 「식민지 조선 여성 사회주의자들의 여성해방론 – 역사 인식 양상과 주체화 방식을 중심으로」(2024) 등을 썼다.

홍덕구(洪德玖, Hong Duck-gu)
한국 근대문학과 과학기술의 상호 관계를 연구하고 있다. 근대 과학기술과 과학주의의 사회적 압력에 대해 프로문학과 민족주의 문학이 각각 어떻게 대응하였는지, 과학기술이라는 키워드를 통해 문학사를 어떻게 재구성할 것인지에 관심을 갖고 공부 중이다. 「1920~1930년대 문학·문화 담론에 나타난 가속화와 템포의 문제」(2023), 「두 장의 지도와 김남천의 '해방 전후' – 『사랑의 수족관』과 『1945년 8·15』의 서사 공간 비교를 중심으로」(2025) 등을 썼다.